Story by Fuse, Illustration by Mitz Vah

전생했더니
슬라임이
있던 건에
대하여 13
Regarding
Reincarnated to Slime

후세 지음
밋츠바 일러스트
도영명 옮김

레이하가 황급하게 빛의 마법인

원소마법 : 플로어 라이트(광범위조명)을 발동시켜 불을 밝혔다.

그곳에 나타난 광경을 보고 숨이 막혀버린 일동.

그곳은 광대한 황야로 바뀌어 있었으며,

제국장병의 시체들이 산더미처럼 높게 쌓여 있었다.

그 정점에는 좌선의 자세로 앉아서 명상 중인 마물이 하나 있었다.

제기온이었다.

시체 위에 직접 앉아 있는 게 아니라 약간 공중에 떠 있었다.

그 모습을 보더라도 제기온이 고도로 마력을

끌어올린 상태라는 것이 증명되고 있었다.

"환영한다, 용감한 자들이여."

낮으면서도 또렷하게 들리는 목소리.

제기온이 한 마디를 뱉은 것만으로도 공간을 압도하는 듯한

기운이 팽창하기 시작했다.

전생했더니 슬라임이 있던건에 대하여 13

Regarding
Reincarnated to Slime

목차 — 제국침공 편

서장

두 가지 의혹

Regarding Reincarnated to Slime

가드라는 골치를 썩이고 있었다.

크게는 두 가지 일로.

첫 번째는 말할 것도 없이, 누가 자신(가드라)을 살해하려고 했는가 하는 것이다.

(내가 기척을 알아차리지도 못할 정도라면 그런 상대는 한정되어 있지. 짐작이 가는 자는 있지만…….)

그걸 인정하는 것이 두렵다──고 가드라는 생각했다.

왜냐하면 만약 이 예상이 옳다면, 가드라랑 유우키가 나쁜 꿍꿍이를 꾸민 것이 사실은 모두 황제 루드라의 손바닥 위에서 놀고 있었다는 얘기가 되기 때문이다.

(──아냐, 그럴지도 모른다. 루드라 폐하는 나보다 훨씬 더 오랜 세월을 살아오신 분이니까. 일반인의 생각이 미치지도 못할 정도의 지혜와 힘을 가지고 계시지. 이렇게 되는 것조차 다 꿰뚫어 보시고 몇 십 년 전부터 준비하시고 계셨다고 해도 전혀 이상할 게 없어. 하지만 그렇다면──.)

지금 제국을 떠난 자신은 어쨌든 넘어간다 쳐도, 유우키는 위험할 것이다. 가드라는 그렇게 생각했다.

그럼 이제 어떡한다. 유우키에게 경고할 것인가, 방치해두는 편이 좋을 것인가── 그게 문제였다.

아예 모르는 사이도 아니고, 유우키에 대한 호의도 나름대로 있었다. 그런 가드라였지만, 지금은 리무루의 세력에 가담한 몸이다. 멋대로 행동하는 것이 허용될 리가 없었다.

고민할 바에야, 리무루에게 모든 것을 밝히고 상담하는 방법도 있을 것이다. 하지만 그런 불확실한 정보를 흘렸다가 만약 자신의 착각으로 밝혀진다면, 가드라에 대한 리무루의 신뢰가 땅에 떨어지고 말 것이다.

안 그래도 가드라는 제국을 배신한 몸인 것이다. 이 이상 신용이 실추되는 것은 앞으로 가드라의 위치를 좌우하는 일이 될 것이다.

그런 손익계산도 있다 보니, 가드라는 행동에 옮기지 못하였다.

게다가…….

두 번째 의혹 때문에 가드라의 생각이 천 갈래 만 갈래로 흐트러져 있었던 것이다.

(그 얼굴, 그 패기―― 그건 틀림없이 루드라 폐하와 같은 것이었다. 하지만 나를 봐도 동요하는 기색도 없었으며, 진짜로 아무것도 모르는 듯한 모습이었지……. 가짜, 로 보이진 않았지만 그래도…….)

여기에 황제 루드라가 있을 리가 없다.

다양한 각도에서 검토해봐도 그것 말고는 정답이 없었다. ―― 그게 가드라가 내린 결론이었다.

그렇다면 역시 그 인물은 루드라와 닮은 다른 사람이라는 얘기가 될 것이다.

(만약 그자가 루드라 폐하라고 한다면―― 아니, 그건 말이 안 되는 얘기다. 그보다 나를 찌른 인물이 중요해. 역시 그 녀석이 틀림없겠지만, 그렇다면 유우키 녀석이 위험하게 되려나.

경고 정도는 해주는 게 나도 꿈자리가 사납지 않겠지. 그런 뒤에 리무루 님에게도 보고를 드리기로 하자.)

결국 가드라는 우정을 우선하기로 했다.

평가는 내려갈지도 모르지만, 그것도 또한 상관없는 일이다.

어찌 됐든 이 나라에선 실력이 모든 것이다. 가드라에게 있어서 약육강식이라는 원칙은 바라마지 않는 것이다.

겨우 결론을 내린 가드라는 재빨리 행동으로 옮겼다.

『나다. 유우키여, 너에게 충고를 하나 해두마. 실은 말이다──.』

상대의 형편을 전혀 고려하지 않은 상태에서, 가드라는 일방적으로 요점만을 알렸다.

『이것 참, 갑작스럽군.』

『어쩔 수 없다. 내 입장을 생각해봐라. 이 건으로 리무루 님으로부터 의심을 살 수도 있으니, 너와 논의하고 있을 틈은 없단 말이다. 나는 내 나름대로 노력할 테니까, 너도 방심하다가 당하는 일이 없도록 주의해라.』

그렇게 말한 뒤에 가드라는 유우키와의 '마법통화'를 끝냈다. 그리고 그 발로 바로 리무루에게 보고를 하러 갔다.

보고, 연락, 의논의 과정을 빈틈없이 밟았다.

가드라는 부하를 육성하는데 있어서 전문가인 만큼, 그런 점에는 빈틈이 없었다.

●

"역시 그 영감은 무사했나. 더구나 리무루 씨 밑에 들어가 자리를 잘 잡은 것 같군."

유우키는 창밖으로 눈길을 돌리면서, 그렇게 말하며 쓴웃음을 지었다.

제도에선 비가 계속 내리고 있어서, 창밖 풍경은 잘 보이지 않았다. 하지만 그래도 유우키의 눈은 빗속에 숨어 있는 수상한 사람 그림자를 포착하고 있었다.

훈련된 움직임을 통해 보건대, 유우키의 동향을 감시 중인 것은 틀림없었다. 그걸 알아차렸으면서도 유우키는 즐거운 표정으로 미소를 지을 뿐이었다.

그런 유우키를 보면서, 방 안에 있는 또 한 명의 인물── 카가리가 그 말에 반응을 보였다.

"가드라 말인가요? 그렇다면 당연하겠죠. 과거에 마왕이었던 제가 봐도 그 노인은 교활하고 방심할 수 없는 인물이었으니까요. 그렇기에 더더욱 협력관계를 맺는 것이 유익했답니다."

유우키도 카가리의 말을 듣고 고개를 끄덕였다.

"그래. 그 영감 덕분에 지금 우리의 지위도 손에 넣을 수 있었으니까. 그리고 이번에도 최대로 유익한 정보를 가져다준 것 같아."

가드라라면 틀림없이 템페스트(마물의 나라)에서 유익한 정보를 가져다줄 것이다. 유우키는 그런 생각을 하고 있었다.

클로노아라는 이름을 가진 '용사'와 비슷한 존재. 그 생사조차도 여전히 불명인 상태다. 리무루가 무사했다는 것을 보면 쓰러트린 것은 분명하겠지만……

만약 그 폭위를 리무루가 받아들여 흡수했다면, 어딘가에서 소문이 났을 것이다. 그런데, 그런 얘기는 일절 들려오지 않았다.

가드라의 보고에서도 그런 언급은 없었으니, 이미 죽었을 가능성을 완전히 버릴 수 없다. 지나친 걱정이려나. 유우키는 그렇게 생각하면서 마음을 고쳐먹었다.

지금 화제로 삼아야 하는 것은 가드라가 긴급히 보고해준 내용이었다.

"헤에, 그랬나요? 그래서 가드라는 뭐라고 했죠?"

"마사유키가 말이지, 황제 루드라와 완전히 빼다 박은 인물이었다——고 하더군."

"뭐어?"

자신도 모르게 원래의 말투로 돌아와 되묻는 카가리를 보고, 유우키는 쓴웃음을 지었다. 갑자기 그런 말을 들으면 자신도 같은 반응을 보였을 거라고 생각했기 때문이다.

"무슨 소리인지 이해가 안 되겠지. 영감이 노망이라도 들었나 하고 생각했지만, 아무래도 농담이 아닌 것 같아. 그리고 말이지, 황제가 마사유키로 변했을 가능성도 아예 없다고—— 잘라 말할 수 없겠지……."

마사유키와의 만남을 떠올리면서, 유우키는 웃음을 거뒀다.

떠올려보면 마사유키는 소환되어 이 세계에 온 것이 아니며, '정신을 차려보니 여기 있었다'고 말했었다. 우발적으로 이 세계에 온 '내방자'일 것이라고, 유우키는 생각하고 있었지만…….

(마사유키가 '이세계인'이라는 것은 증명할 순 없지. 분명 마법이랑 스킬로——.)

그렇게 머리를 굴리려다가, 유우키는 그때 생각을 멈췄다. 마음을 바꿔먹고 입을 열었다.

"──아니, 마사유키 얘기는 일단 넘어가기로 하지. 그보다 지금은 우리를 감시하고 있는 녀석들의 문제가 더 급해."

"어머나, 얘기가 한창 재미있었는데 말이죠. 하지만 그래야겠네요. 끝도 없이 계속 감시당하고 있는 상태라면 저도 조금은 답답하거든요."

"그렇지? 우리 계획에 지장도 생길 테고, 그 전에 모든 계획을 파기할 필요도 있을 것 같으니까 말이지."

"뭐라고요?"

"말 그대로의 의미야. 영감의 얘기가 사실이라면, 우리는 위기에 처해 있다고 할 수 있어."

가드라의 얘기가 사실이라면, 드워프 왕국을 향해 전개시키고 있는 혼성군단을 움직이는 것은 위험하다. 이다음에 무슨 일이 일어날 것인지, 아니, 그 이전에 누가 아군이고 누가 적인지, 그걸 완전히 파악한 뒤에 다시 시도할 필요가 생겨버린다.

그 정도로 유우키와 동료들은 막다른 곳으로 몰리고 있었다.

"……그렇군요. 그렇다면 확실히, 그 애송이 얘기를 하고 있을 때는 아니네요."

카가리는 유우키의 말을 의심하지 않는다.

유우키가 위험하다고 판단했다면 그건 의심할 필요도 없는 사실인 것이다.

"영감은 황제와의 면담을 요구했다가, 그 자리에서 누군가에게 등을 찔렸다고 했어."

"콘도가 한 짓이 아니고요?"

카가리는 그렇게 물었지만, 스스로 그 말을 부정했다.

"아니겠군요. 가드라를 죽일 수 있는 자라면 콘도 이외에는 없을 거라 생각했지만, 모습을 보이지 않은 '더블오 넘버(한 자릿수)'라면 숨은 인재가 있어도 이상할 게 없으니까요."

애초에 콘도 타츠야가 실행범이었다면, 너무나도 당연한 결과이므로 유우키가 놀랄 리가 없기 때문이다.

"그 말에는 동의해. 하지만 내가 놀란 건 다른 이유가 있어. 가드라는 말이지, 범인이 짐작이 간다고 말했거든."

방안은 침묵에 휩싸였다.

카가리는 숨을 한 번 내쉬고는, 유우키의 눈을 들여다보면서 물었다.

"……혹시 그자는 우리도 잘 알고 있는 인물, 이라는 건가요?"

변명을 대고 발뺌하는 건 허용하지 않겠다고, 카가리의 눈이 알려주었다.

유우키는 쓴웃음을 지은 채, 가볍게 고개를 끄덕여 보였다.

"믿기 어렵게도 그 말이 맞아. 물론, 영감의 착각이었다는 선도 부정할 순 없지. 하지만 말이야, 이것만큼은 착각이었습니다로 넘어갈 수 없는 안건이거든."

눈을 크게 뜨는 카가리.

"그 말은 우리 동료들 중에서도 중요인물이란 말인가요?"

그 표정에선 웃음이 사라지고 있었다.

"그래."

그렇게 말하면서 고개를 끄덕이는 유우키.

카가리와는 대조적으로, 유우키는 더 깊은 미소를 지으면서 밝혔다.

"그 배신자의 이름은——."

제1장

동요와 각오

Regarding Reincarnated to Slime

간부들을 모아서 회의를 벌인 뒤로 한 달이 지나갔다.

나는 오늘도 여전히 '관제실'에서 제국의 움직임을 관찰하고 있었다.

정보는 모두 여기에 모이기 때문에, 나랑 베니마루는 여기서 아예 생활하게 되었다.

뭐, 밤에는 자신의 집으로 제대로 돌아가긴 하지만.

내버려두면 베루도라나 라미리스의 은둔처가 될 수도 있다. 모처럼 내 집으로 마련한 오두막이니까 잘 활용해야지.

베니마루도 몸가짐은 늘 말쑥하게 유지하고 있으니, 일이 끝나면 자신의 방으로 확실히 돌아가서 쉬는 것 같았다. 그런 것까지 내가 걱정해줄 필요는 없지만, 결전을 눈앞에 두고 총대장이 쓰러지는 것도 곤란한 일이다.

'관제실'에는 늘 스탭들이 자리를 잡고 있었다. 전시 중에는 24시간 태세로 3교대 근무를 하였다.

지나친 무리를 하지 않도록 말이지.

자신의 건강관리가 가장 중요하다고 생각하여, 이 점만은 철저히 주의하고 있다. 그리고 그런 걱정을 하지 않아도 되는 것이 내 맹우인 베루도라다.

그리고 라미리스.

이 두 명은 굳이 말하지 않아도 알아서 잘 쉰다. 아니, 멋대로 놀러가 버린다.

처음에는 전쟁 운운하면서 잔뜩 흥분했지만, 한 달이나 움직임이 없으니 완전히 질려버린 모양이었다. 지금은 자신들의 연구소로 돌아가 버렸으며, 뭔가 움직임이 있으면 알려달라고 요구하면서 자기 편한 대로 행동하고 있었다.

뭐, 지금은 있어도 방해만 될 뿐이니까, 멋대로 하게 놔두고 있다.

그런고로, 지금 이 자리에 있는 간부는 나와 베니마루와 소우에이. 그리고 내 비서인 시온과 디아블로다.

잊어선 안 되는 인물로는 게루도도 있지만, 계속 공사를 중단시켜 놓은 상태라 미안한 마음이 들었다. 프레이 씨가 화를 내기 전에 빨리 전쟁을 끝내고 싶었다.

그러나 이것만큼은 상대가 어떻게 나오느냐에 달린 것이다.

전쟁이란 것은 공격하는 측이 주도권을 쥔다. 상대가 쳐들어오지 않으면, 싸우고 싶어도 싸울 수가 없단 말이지.

20일 정도 있으면 제국의 전차부대가 쳐들어올 것이라 예상했지만, 그 침공은 생각한 것보다 느렸다. 아니, 의도적으로 속도를 늦춰서 자신들의 위용을 보여주려는 듯이 진군하고 있었던 것이다.

내 '아르고스(신의 눈)'로 늘 감시하고 있지만, 전차 같은 걸 본 적이 없는 사람이 보면 그 위용은 흉악한 마물처럼 보일 것이다.

마물도 거대하고 흉악한 상대라면 두려워한다. 숲에 사는 A랭크 이하의 마물들도 제국군을 두려워하여 진군범위에서 도피하고 있었다.

제국군의 현재 위치 말인데, 국경선은 미리 넘어선 상태다.

우리나라 안으로 무단침입── 카운실 오브 웨스트(서방열국평의회)가 정한 국제법을 완전히 어긴 안건이지만, 적은 그런 규칙을 무시하는 제국이다. 사태가 이 지경까지 이르렀으면 그 사실을 전략적으로 어떻게 활용할 것인가, 그게 중요하다고 할 수 있을 것이다.

이 안건을 명분으로 삼아서 우리가 기습을 가하는 것도 좋겠지만…… 역시 한 번쯤은 대화를 나눠야겠지.

제국 측에서도 항복권고를 할 것이니, 그 기회까지는 공격을 참기로 했다.

"너무 안일한 생각인 것 같습니다만, 우리도 준비가 아직 끝나지 않았습니다. 기왕이면 총력전으로 끝을 내고 싶으니, 적의 눈을 피해 무슨 시도를 할 필요도 없겠죠."

베니마루도 그렇게 여유 만만한 태도로 내 의견을 받아들여 주었다.

그러므로 나도 안심하고 제국과의 전쟁을 대비하여 준비를 착착 진행하고 있었다.

그리고 그렇게 계속 기다리고만 있던 나날도 이윽고 끝이 보였다.

제국 측이 움직임을 멈추고, 진을 치기 시작한 것이다.

제국군도 멍청하진 않다. 정정당당하게 싸울 생각은 처음부터 없었는지, 전차부대와는 다른 보병소대를 숲속으로 계속 진군시키기 시작했다.

그 총수는 제국의 총병력의 약 7할── 70만에 달하고 있었다.

한참 전에 판명된 사실이긴 하지만, 한 번 더 복습해두기로 하자.

"이쪽이 본대임은 틀림없는 것 같군."

"그렇군요. 전차부대는 미끼인 동시에 드워프 군의 움직임을 봉인하는 것이 목적이겠죠."

"과연. 우리나라를 공격하는 사이에 뒤에서 협공을 받지 않으려는 건가. 이 정도나 되는 수준의 대군대를 준비했으면서, 꽤나 신중하군."

전차부대의 움직임이 느리게 보였던 것은 보아하니 시위의 목적만 있었던 게 아니었다.

또 한 가지의 중요한 목적으로, 본대인 보병부대가 집결할 때까지 우리의 시선을 묶어두고 싶었던 것 같다.

"뭐, 그런 상대방의 의도도 전부, 우리는 뻔히 다 들여다보고 있지만 말이죠. 정보를 제압하면 이렇게까지 우위에 설 수가 있군요."

그렇게 말하면서, 베니마루가 쓴웃음을 지었다.

"쿠후후후후. 역시 리무루 님은 대단하십니다. 모든 것이 손바닥 위에 있다는 것이로군요!"

지체 없이 끼어들면서 나를 보며 '역시 리무루님'을 시도하려고 드는 디아블로. 나도 이젠 웬만큼 익숙해졌기 때문에 '그런 셈이지'라고 말하면서 고개를 끄덕였다.

요령만 파악하면 디아블로는 아주 다루기 쉽다.

"제국의 보병들 말입니다만, 조금은 그 위험성을 낮게 보고 있었던 것 같습니다. 모두 나름대로 실력자들이고, 탈락자도 없으며, 수도 '리무루'에서 30킬로미터 떨어진 지점에 집합한 상태입니다. 그곳에 진을 치고, 지휘소를 설치하고 있더군요."

소우에이가 모두에게 주의를 환기시키려는 듯이 그렇게 말하면서 상황을 설명해주었다.

모스를 통해서도 정보를 얻고 있는 덕분에, 그 정확도는 두말할 것도 없이 높은 수준이었다. 내 '아르고스'를 보완하여 적의 배치도도 완벽하게 알고 있었다.

"이렇게 지척까지 접근했다면 우리가 반응하지 않는 게 오히려 부자연스럽지 않을까?"

"아뇨, 그렇지는 않을 겁니다. 녀석들은 자신들이 우수하다고 자인하고 있는데다, 은밀 행동을 취하고 있다고 생각하고 있을 테니까요. 우리를 만만하게 보고 항복을 권고한 뒤에 바로 행동으로 옮길 수 있게 준비하고 있을 겁니다."

"쿠후후후후. 저도 동감입니다. 베니마루 공의 의견에 좀 더 보태자면, 이 30킬로미터라는 거리는 실로 절묘합니다. 마법을 동원한 감시도 거리가 있으면 정확도가 떨어지니까요. 레기온 매직(군단마법)을 통한 방해마법으로 그 일대는 완전히 무해하다. 분명 그렇게 연출할 수 있다고 믿고 있겠죠. 우스꽝스럽지만, 그게 그자들의 한계라고 생각합니다."

내 걱정은 아마도 기우였던 모양이다.

우리가 움직이지 않는 건 뭔가 덫을 쳐놓았기 때문——이라고 생각하면서, 제국군이 의심하지 않을까 걱정했지만, '적은 절대 들키지 않는다고 생각한다'는 말까지 들었다.

그렇다면 남은 걱정거리는 적병들의 실력이 되겠지.

"그건 그렇고 소우에이, 적병들의 실력은 어느 수준이지?"

소우에이가 일부러 위험도가 높다고 말했으니까 상당히 강할 것이다. 그의 대답에 따라서 작전을 다시 세울 필요가 있을지도 모른다고 나는 생각했다.

"평균적인 평가가 되겠습니다만, 인간들이 말하는 등급으로 B
랭크에 해당됩니다. 상위자는 A랭크 오버가 어느 정도 있었으
며, 하위자라고 해도 C+랭크 이하로는 내려가지 않았습니다.
서방열국의 기사단과 비교해봐도 아주 우수하다고 할 수 있을
것입니다."

말하자면 그건 예상 이상의 전력이었다.

그러나 이 세계에서의 전쟁은 양보다는 질이 더 중요하다. B랭
크도 상당히 우수하지만, 그래도 단 한 명의 A랭크 쪽이 위험한
경우가 있었다.

──하지만 그렇다고 해서 집단의 힘을 만만하게 봐도 되는 것은
아니다.

"임시로 징병된 잡병은 전혀 없으며, 전원이 직업군인으로
구성되어 있단 말인가?"

"그래. 훈련도의 수준, 무기랑 방어구의 질, 그리고 전술. 그 모
든 것이 서방열국의 기사단을 넘어서는 것 같았어. 너의 '헬 플레
어(흑염옥)'으로도 녀석들의 마법방어를 꿰뚫는 건 어려울 거야."

소우에이의 말로는 적의 군대에는 레기온 매직이 상시 발동 중
이라고 했다. 그 훈련도의 수준은 대단하다고밖에 표현할 수밖에
없었으며, 소대 규모의 총전력은 A랭크 수준까지도 가능할 것이
라고 했다.

고부타와 부하들도 그렇지만, 연계가 잘 잡힌 부대는 상대하기
가 힘들다. 개개인의 힘을 합한 것이 아니라, 곱한 결과가 나오는
경우도 있는 것이다.

20명 정도가 A랭크 수준이라면, 단순 계산으로 35,000명이나 되는 A랭크를 상대해야만 하는 결과가 된다. 확실하게 말해서 이 정도면 방심할 수 없다. 상당히 위험한 상대였다.

"뭐, 괜찮겠지. 그러기 위한 미궁이니까."

"쿠후후후후. 미궁 안에서 분산시키면 적이 실력을 본격적으로 드러내기 전에 격파하는 것도 쉬울 겁니다. 모든 것은 리무루 님의 예상대로, 가 되겠군요."

아니거든요.

결과적으로는 미궁 안에서의 반격작전이 정답이겠지만, 적의 전력에 따라선—— 아니, 잠깐?

거기까지 생각하다가 나는 깨달았다.

상대가 어떤 전력으로 오든 간에 이번 같은 반격작전은 언제든 유용하다는 것을 말이다. 미궁 안이라면 상대의 전력을 분산시키고 우리의 전력을 집중시키는 게 가능해진다.

그러므로 진심으로 미궁을 공략하려면 소수정예로 도전하는 수밖에 없다는 것이 진실인 것이다.

역시 라파엘 선생(지혜지왕)은 대단하다고, 나는 생각했다.

"생각해보면 라미리스가 있어준 게 정말 다행이로군."

나도 모르게 중얼거린 말을 듣고, 베니마루가 동의했다.

"도시에 미칠 피해도 막을 수 있는 데다, 전황을 유리하게 이끄는 것도 쉬워집니다. 군을 지휘하는 입장에선 가장 적으로 돌리고 싶지 않은 상대로군요."

라미리스가 여기 없으니까 더더욱 진심으로 칭찬할 수 있다. 본인을 앞에 두고 칭찬했다면, 한동안은 거만한 표정으로 자랑을 늘어놓느라 시끄러울 테니까 말이지.

그건 뭐 좋다고 치고.

"우리 쪽은 문제가 없는 것 같은데, 고부타 쪽의 상황은 어떻지?"

'관제실'에 설치된 여러 개의 대형 스크린에는 내 마법을 통해서 각지의 상황이 비춰지고 있었다. 당연히 그곳에는 드워프 왕국 부근의 영상도 나오고 있었다.

보기 좋게 정렬한 2,000대의 전차.

우리 쪽의 포진도, 드워르곤의 센트럴(중앙도시)에서 30킬로미터 떨어진 거리에 위치하고 있었다. 감탄이 나올 정도로 우리가 예상한 바로 그 지점이었다.

마음에 걸리는 것은 전차의 성능이다. 그 포구는 나도 몇 번인가 들른 적이 있는 정면의 대문을 겨누고 있었다.

내가 알고 있는 전차보다 제국이 개발한 마도전차라는 것의 성능이 더 위인 것 같았다. 그 전차포의 사정거리도 어쩌면 내가 예전에 살았던 세계의 것보다 더 우수할 가능성이 있다.

설마 이렇게나 멀리 떨어져 있는데 포탄이 도달하는, 그런 일은 있을 수 없겠지만……

그 대문의 안쪽 광장에는 고부타랑 가비루도 부하들과 함께 대기하고 있었다.

고부타와 가비루는 각 군단을 이끌고 각자의 임무를 맡아주었다. 돌발적인 조우전을 촉발시키지도 않으면서, 역참마을에 남아 있던 주민들의 피난도 무사히 완료시켰다.

그리고 예정대로 드워프 왕국의 원군으로서 합류를 마친 상태였다.

"드워프 왕국에서 고부타와 가비루, 두 군단장을 받아들여 주었습니다. 어디까지나 공동전선을 펼치는 관계이니, 지휘권까지 뺏기지는 않았지만 말이죠."

가젤도 승낙한 것이니 걱정은 하지 않았지만, 드워프 왕국의 군부에서도 약속은 확실하게 지켜준 모양이었다.

"그러면 문제는 없겠군."

"드워프 군과의 연계에 대해선 불안 요소가 있습니다만…… 템페스트 측이 공격을 맡고, 드워프 군이 수비를 전념하는 식으로 맡아준다면 뭐, 괜찮을 겁니다."

군사행동에서 문제가 되는 것은 지휘계통의 혼란이다. 이번처럼 국적이 서로 다른 군단이 공동전선을 펼치는 경우엔 어느 쪽의 명령을 우선할 것인지를 정해놓지 않으면 안 된다.

베니마루의 경우엔 유니크 스킬인 '다스리는 자(대원수)'로 강제 개입할 수 있다. 전장에서 적과 아군이 뒤섞여 싸운다 해도 이 권능이 있으면 동료들끼리 서로 공격할 걱정은 할 필요가 없는 것이다.

이런 상태에 드워프 군이 가세한다면, 그건 혼란의 원인이 될 수도 있다. 그러므로 공격과 수비로 역할을 분담하는 것이 차라리 더 효율적이라는 결론을 낸 것이다.

"만일을 위해서 가젤과도 한 번 더 얘기를 나눠보는 게 좋을 것 같군."

"그렇군요. 제국이 진을 펼치기 시작한 지금, 개전까지는 남은 시간도 얼마 되지 않습니다. 우리 쪽도 출전을 할 때가 되었으니, 최종확인의 의미로라도 가젤 왕과 연락을 취해보기로 할까요."

베니마루도 나와 같은 의견인 것 같았다.

그렇게 하기로 하고, 나는 곧바로 새롭게 설치한 '연락기' 쪽으로 손을 뻗었다.

*

'연락기'라는 것은 베스터가 개발에 성공한 마력염화기기(魔力念話機器)를 말하는 것이다.

이게 왜 우수하냐면 음성정보뿐만 아니라 시각정보까지 전달할 수 있기 때문이다.

'연락기'는 퍼스컴과 같은 형상을 갖추고 있다. 모니터와 마우스, 그리고 키보드 같은 게 달려 있다. 자세하게 말하자면 마우스가 아니라 손바닥 사이즈의 수정구지만, 여기에 손을 대면 가동한다. 그다음에는 키보드에 새겨져 있는 상대의 이름을 지정해주면 그 상대와 연결되는 방식이다.

누구라도 다룰 수 있게 단순한 구조로 이뤄져 있다.

물론 불편한 점도 있었다.

시각정보라고 표현하지만, 이건 머릿속에서 재생된 '사념'인 것이다. '연락기'를 쥐고 가동시키고 있을 때 생각 중인 것이 상대에게 그대로 다 드러나게 된다.

이건 '사념전달'과 원리는 같다. 나는 익숙하기 때문에 잡념을 차단시킬 수 있지만, 익숙하지 않은 자라면 필요 없는 정보까지 흘러가 버릴 수도 있다.

안 좋은 생각을 하거나 하면, 상대에게 그게 전부 전달될 수도 있는 위험성이 있었다.

시커먼 속셈이 있다면 더더욱 금물이다. 이 기기를 사용하여 여성을 꼬드기는 것은 추천할 수 없다는 생각이 들었다.

정신훈련을 받지 않은 일반인이라면 통신기능만 이용하는 게 무난했다.

뭐, 그건 앞으로의 개량에 기대하기로 하고.

『여보세요, 리무루입니다. 가젤 폐하는 계십니까?』

이 세계에서도 당연하다는 듯이 『여보세요』라고 말하는 나. 몸에 익은 습관이므로 아무런 의문도 품지 않고 그렇게 행동하고 있었다.

그리고 그게 '연락기'를 이용할 때의 규칙이 되어버린 것은 애교로 여기고 넘어가 주길 바란다.

『여보세요, 가젤 폐하에게 지금 알려드리러 갔습니다. 잠시 기다려주시겠습니까?』

『알겠습니다.』

'연락기' 너머에서 부산하게 움직이는 기척이 느껴졌다. 훈련을 받은 담당자인 것 같은데, 내 이름을 듣고 당황한 모양이다.

거래처의 톱(회장)이 갑자기 전화를 걸어오면 나라도 당황했겠지. 좀 더 배려를 할 걸 그랬군.

"감히 리무루 님을 기다리게 하다니 불경하기 짝이 없군요!"

시온이 그런 말을 하면서 화를 냈지만, 그렇게 생각한다면 네가 대신 연락해주는 것도 좋지 않을까? 그게 원래 비서가 할 역할이라고 생각하는데, 시온은 '연락기'에 손을 대려고도 하지 않는다.

그 이유는 단순명쾌한데, 바로 사용법을 모르기 때문이다.

사용법을 모른다는 표현은 좀 맞지 않으려나. 사용법을 몇 번이나 가르쳐줘도 시온의 '사념'이 너무 강해서 망가지기 때문이다.

그 이후로 시온은 '연락기'를 쓰는 것에 부담을 느끼게 되었다. 불평을 말할 자격조차도 없는 것이다.

"제 생각으론 이런 것에 의존하지 않고 '공간이동'으로 직접 만나면 될 것 같은데 말이죠. 정 필요하시다면 가젤 왕을 여기로 데리고 오겠습니다만, 어떻게 할까요?"

디아블로는 디아블로대로 잘난 체를 하면서 그런 소리를 지껄이는데, 당연히 그래선 안 되지. 상대에게도 사정이 있으니까 먼저 사전연락을 하는 게 예의다.

이번 같은 경우에는 약속도 없이 가젤을 호출한 내가 잘못한 것이다. 조금 기다리는 것쯤은 당연한 것이며, 이것 때문에 화를 낼 입장도 아니다.

"갑자기 리무루 님이 연락을 해오면 당황하지 않는 게 더 어렵겠죠. 상대 쪽 담당자에게 동정이 갑니다."

그렇게 말하는 게루도의 목소리를 들으면서, 시온이랑 디아블로도 그를 좀 본받았으면 좋겠다는 생각이 들었다.

기다린 지 3분도 되지 않아 가젤이 응답하는 목소리가 들렸다.

『오래 기다리게 했구나. 슬슬 내 쪽에서 연락을 하려고 하던 참이었다.』

가젤의 목소리가 모니터에 달린 스피커를 통해 흘러나왔다.

영상은 나오지 않았다. 내 경우는 라파엘이 관리해주기 때문에 내보내고 싶은 영상을 선택할 수 있다. 그러나 가젤은 아직 익숙하지 않아서 통화기능만 이용하는 것 같았다. 현명한 선택이다.

『그거 다행이로군. 내 용건은 공동전선을 펼쳐 싸울 때의 역할 분담, 그걸 최종적으로 확인하는 거야.』

『흠. 그것도 중요하다만, 그 전에 하나 알려두지. 우리 드워르곤의 이스트(동부도시)의 통행문 말인데, 제국군에 의해 봉쇄되었다.』

가드라가 알려준 정보대로로군.

그건 아마도 유우키가 이끄는 군단이겠지.

『영상을 확인했어. 보내줄게.』

나는 '아르고스'를 제국 안쪽으로 돌렸다. 거리가 먼데다 '결계'로 인한 마법방해가 있다 보니, 선명하다고 말하기는 어려운 영상이었다. 그래도 이스트에서 이어지는 도로를 봉쇄 중인 집단을 볼 수 있었다.

『네가 말하는 대로 되었구나. 적이 배반했다는 얘기를 들었을 때는 함정이 아닌가 의심했지만, 보아하니 조금은 믿을 수 있을 것 같군.』

『글쎄, 그럴까? 가드라가 제국을 저버린 건 의심할 바가 없겠지만, 그 녀석을 믿는 건 좀 그렇다는 생각이 드는데. 그리고 본인의 자각 없이 이용당하고 있는 패턴도 있으니, 방심은 하지 않는 게 좋아.』

『홋, 그럴듯한 소리를 늘어놓고 있구나! 그것만 알고 있다면 훌륭하다.』

가젤은 그렇게 말하면서 즐거운 표정으로 웃었다.

내가 방심하고 있는지 아닌지 시험해본 것 같지만, 변함없이 사형인 양 굴어보고 싶었던 거겠지.

『그건 그렇고, 리무루여. 제국으로 보낸 사자 말이다만, 멍청하게도 그쪽의 말에 속아 넘어간 모양이다. 우리 드워르곤으로선 법률상 선제공격은 최후의 수단으로 되어 있다. 불리하긴 하지만 그게 드워프의 긍지인 이상, 제국이 먼저 나오기를 기다릴 수밖에 없다. 너희들까지 그에 어울릴 필요는 없지만, 어떡하겠느냐?』

웃음을 거둔 가젤은 마치 일부러 우리를 곤란하게 만드려는 듯한 발언을 했다.

이 말의 의도를 이해하면 어떻게 되는 걸까?

나는 베니마루 쪽으로 시선을 보냈다. 그러자, 베니마루도 씨익 웃으면서 눈짓으로 대답해주었다.

대화를 나눌 것도 없이, 의사소통은 완벽했다.

알았다는 뜻으로 한숨을 쉰 뒤에, 나는 몸가짐을 정돈한 뒤에 모니터를 향해 다시 돌아봤다. 아무것도 비치지 않는 그 화면을 보면서 예의를 갖춘 자세로 밝혔다.

『제국군은 우리나라의 영토 안으로, 우리의 허락도 없이 무단으로 침입했소. 이건 결코 간과할 수 없는 사태이며, 우리나라로선 군사적 옵션까지 염두에 둔 강경한 대응을 검토하고 있소. 나아가선 우리나라의 동맹국인 귀국에게도 우리의 뜻을 따라줄 의사가 있는지 확인하고 싶은 바요.』

이런 느낌으로.

만족스러운 표정의 베니마루.

응응 하고 고개를 끄덕이는 시온.

게루도는 싸움을 앞두서 흥분에 몸을 떨고 있는데다, 디아블로는 기쁜 표정으로 뭔가를 메모하고 있었다.

그 메모는 대체 무엇인지, 그걸 어떻게 할 생각인지는 모르겠지만 변변한 것은 아니겠지. 나중에 처분해야겠다고 결심하면서, 나는 가젤의 답변을 기다렸다.

『음, 왕답게 되었구나. 그거면 충분하다. 영토 안으로 깊숙이 끌어들인 것은 처음부터 거기서 적을 맞아 반격할 생각이었겠지?』

『물론. 도시에 미칠 피해를 생각한다면, 국경 부근에서 싸운다는 선택지도 있었지. 하지만 그랬다간 나중에 마물의 침략에 대한 정당방위라고 주장할 것 같았거든. 우리 영토 안이라면 그런 변명도 차단할 수 있는데다, 서방열국의 위기의식을 고취시킬 수도 있지. 주민들의 피난도 무사히 끝났고, 여기까지 온다면 대의명분도 서니까 말이야.』

『후하하하하! 배짱을 부리는 법을 배운 건 좋지만, 그걸 말로 하는 건 감점 요인이다.』

그렇게 말하면서 가젤이 웃었다.

그쪽이 먼저 시작했으면서, 정말 뻔뻔하다니까. 그렇게 생각했더니, 그 뒤에는 이어지는 말이 있었다.

『그렇게 말은 했다만, 나도 어중간한 것은 좋아하지 않는다. 특히 군을 움직이는 것에 관해선 인식의 차이가 있어선 안 되지. 그러므로 확실하게 말하겠다. 제국과의 교섭을 '쥬라 템페스트 연방국'에 맡기마. 그런 뒤에 전쟁을 벌이는 것으로 결정했다면, 우리 '무장국가 드워르곤'은 템페스트의 동맹국으로서 참전을 표명하겠다. 전시 중에 지휘계통의 문제로 인한 혼란을 피하기 위해 우리 드워르곤은 철저히 수비에 임하겠다만, 그래도 상관없겠지?』

오오, 생각했던 것보다 명확한 대답이 돌아왔다.

드워프 왕국에는 절대중립이라는 입장이 있으니까, 영토침범이라도 당하지 않는 한 섣불리 간섭할 수는 없으리라 생각하고 있었다. 이것도 베니마루와 부하들이 예상하고 있던 그대로인지라, 나는 놀라는 일 없이 그 제안을 받아들였다.

『고마워. 그렇게 말해주니 든든하군.』

『괜한 소리는 할 필요 없다. 이렇게 될 것이라고 처음부터 예상하고 있지 않았느냐. 뭐, 그게 가장 무난한 전술이지만, 동맹군의 위기라면 명분은 서지. 정말 필요할 때가 오면 내게 의지하도록 해라.』

　야아, 정말로 믿음직스럽네.

　천년불패의 드워르곤이라는 뒷배를 얻었다. 패전으로 끝날 경우에 도망칠 곳이 있다는 것만으로도 안심하고 싸울 수 있는 것이다.

『그럼 우리는 예정대로 사자를 파견하겠어.』

『우리나라는 중앙과 동쪽을 지키기 위해서 군사를 둘로 나눌 필요가 있겠군. 철저히 수비에 임하는 건 우리나라에게도 이로운 일이다. 그리고 조심해라. 네가 '전차'라고 부르는 신형병기 말인데, 그 전력은 불명이다. 제국병사들의 장비를 보더라도 어쩌면 이제 검의 시대는 끝이 나려는 건지도 모르겠구나. 위험한 역할을 억지로 떠넘기는 꼴이 되었다만, 용서해라.』

　가젤은 우리를 걱정해서인지, 그런 말을 해주었다.

　확실히 안심하라고 단언할 수는 없다. 가젤이 말한 것처럼 마도전차의 성능이 미지수이기 때문이다.

　그래서 나도 필요 없다고는 생각하면서도, 가젤에게 경고해두기로 했다.

『내가 아는 지식이긴 하지만, 전에 살았던 세계에도 전차라는 병기가 있었어. 화약을 폭발시켜서, 그 위력으로 포탄을 날리지. 단순한 원리이지만, 그 메커니즘은 복잡하거든. 포탄의 위력, 사정거리, 명중도, 그 어느 것을 봐도 엄청난 것 같았어. 제국이 개발한 마도전차가 그거랑 비슷한 구조로 만들어진 것이라면 기존의 전술로는 대응하지 못할 가능성이 있어.』

가젤의 말대로 검의 시대는 끝날 것이다.

그리고 그건 더욱 과격한 전장을 연출시킬 가능성이 높다.

포탄을 날리는데 화약이 아니라 마력의 힘을 이용한다면?

그에 대한 시뮬레이션을 라파엘을 시켜 계산해보게 했는데, 그 결과는 무시무시한 것이었다. 마법의 술식에 따라선 현대과학의 산물인 전차보다 압도적인 고위력의 마포탄을 만들어낼 수 있는 것 같았다.

더구나 그건 질량병기이므로…….

『마법에 대응하는 '방어결계'가 의미가 없다, 는 뜻이냐?』

『바로 그거야. '마법결계'뿐만 아니라, '마법장벽'도 필수라고 할 수 있겠지. 더구나 상당한 위력이 예상되니까 '토벽생성'이나 '구조강화' 같은 것도 병용해서, 참호랑 토벽으로 2중, 3중으로 방어를 굳히는 게 좋을 거라 생각해.』

『역시 그런가. 누구든 생각하는 건 같단 말인가. 새로운 시대에 대응하기 위해 우리도 '마장병'의 개발을 시작한 것이었다. 상대에게 그런 시도를 추월당했다고 해서 불만을 토로하는 건 말이 안 되는 짓이지. 그건 그렇고, 이길 수 있겠나?』

그 질문에 대한 대답은 어렵다.

그렇기에 내가 할 수 있는 말은 이것뿐이다.

『이길 수 있다, 없다가 아니라 이길 거야! 그 말밖에는 할 수 없어.』

그 말은 가젤을, 그리고 우리 동료들까지도 완전히 만족시킨 것 같았다.

『홋, 후하하하하하하! 믿음직스러운 녀석이로군. 무운을 빌겠다!』

『그래, 내게 맡겨둬!』

그 대화를 마지막으로, 가젤과의 통화는 끊어졌다.

최종확인치고는 결과가 제법 좋았다.

"확인은 이 정도면 되겠나?"

"충분합니다. 우리가 하고 싶은 대로 해도 된다는 언질을 받았으니까요."

베니마루의 대답을 듣고, 나는 고개를 끄덕였다.

때가 찾아왔다.

이렇게까지 되었으면 제국의 움직임을 기다릴 것도 없다. 우리의 준비도 완벽히 갖춰졌으니, 정식으로 전쟁을 개시하기로 하자.

정의는 우리에게 있다.

우리의 마왕령—— 쥬라의 대삼림 깊은 곳까지 제국군은 침공해왔다. 이건 변명이 통하지 않는 사실이다.

남은 것은 우리가 모든 것을 꿰뚫어 보고 있다는 걸 상대가 알아차리지 못하도록, 황급히 대책을 세우고 있다는 느낌을 주면서 교섭을 벌이는 것이라고 하겠다.

그럼 누구에게 명령을 내릴까.

고부타나 가비루는 화려한 분위기가 좀 떨어지는 데다, 그리고 무엇보다 교섭에 능하지 않다.

특히 가비루는…… 처음 만났을 때를 떠올려보면 사자로 보내기엔 적당하지 않다는 생각이 들었다.

그렇다면── 한 명밖에 없겠군.

나는 테스타로사에게 명령을 내리기로 했다.

뭐, 그녀라면 제국이 다짜고짜 공격하더라도 죽을 우려는 없다.

뻔히 보이는 연극이지만, 약속된 절차는 필요하겠지.

아무 말 없이 선제공격을 시도해도 상관없다고 생각하지만, 마왕에겐 연출도 중요한 법이다.

나는 그렇게 생각하면서, 결정적인 명령을 내리기 위해 '사념전달'을 발동시켰다.

●

리무루와 가젤이 '연락기'로 대화를 나누던 무렵.

드워프 왕국의 대문의 안쪽에선 고부타가 이끄는 제1군단(약 12,000명)과 가비루가 이끄는 제3군단(약 3,000명), 도합 약 15,000명의 병사들이 집결해 있었다.

동굴 안에는 들어가지 않았으며, 외곽에 있는 광장에서 야영 중이었다.

역참마을의 주민피난은 무사히 끝났으며, 지금은 제국이 어떻게 나설지를 살피고 있는 상황이었다.

제국에선 아직 사자가 찾아오지 않았으며, 항복권고도 없었다. 하지만 개전이 가깝다는 것은 이 자리에 모인 자들이라면 피부로 느낄 수 있는 사실이었다.

드워프 군도 서둘러 전쟁준비를 하고 있었다.

드워프 왕궁기사단에는 7개의 부대가 있으며, 그중에서 2개 부대, 공작부대와 마법지원부대에 소속된 장병들이 대문의 보강 및 임시방벽을 만드는 중이었다.

흙 마법으로 구축된 토벽이 불 마법으로 순식간에 벽돌을 능가하는 강도를 얻었다. 그걸 한층 더 강화시켜서 철벽의 방벽이 만들어지는 것이다.

물 흐르듯 막힘없는 작업으로 대문의 바깥쪽에 3중의 방벽이 구축되었을 때, 움직이기 시작한 건 중장비 타격부대였다.

온몸을 마법의 무기와 방어구로 감싼 중장비 타격부대의 장병들은 그 생긴 모습과는 달리 기민한 움직임으로 정렬하기 시작했다.

뭔가 사태의 진전이 있는 것 같다.

하지만 고부타 일행은 신경 쓰지 않았다.

분주한 드워프들을 곁눈질로 바라보면서, 제1, 제3군단의 멤버들은 각자 편안히 쉬고 있었다.

고부타와 가비루는 사이좋게 지면에 앉아서 식사 중이었다.

그 옆에는 무슨 이유인지 테이블 세트가 준비되어 있었고, 호사스러운 양산까지 준비되어 있었다. 그 새하얀 의자에 앉은 사람은 테스타로사와 울티마였다.

그녀들은 티타임을 즐기고 있었다.

그들의 시중을 드는 자는 마치 집사처럼 생긴 남자, 베이런이었다. 나이가 많아 보이는 외모이지만, 그의 등은 꼿꼿했다. 조각처럼 아름답게 직립부동의 자세로 서 있었다.

"이거, 엄청 맛있네! 남자다운 요리라는 느낌이 들어서 전 아주 마음에 듭니다요!"

"음! 나도 만족스럽군. 이 절묘한 식감, 씹으면 씹을수록 맛이 배어 나오는 절묘한 맛이 있어!"

고부타와 가비루가 먹고 있는 건 울티마의 시종인 존다가 준비한 식사였다. 뼈가 붙은 고기를 통째로 구운 것으로 소금과 허브만으로 간이 되어 있었다. 지급받은 음식이 아니라 존다가 직접 사냥하여 잡아온 사냥감을 재료로 만든 요리였다.

"군단장인 두 분께 그런 칭찬을 받으니, 요리한 사람으로선 더없이 만족스럽습니다. 제 전문은 궁정요리이므로, 이런 야영식은 아직 익숙하질 않으니까요. 실례되는 점이 있더라도 부디 너그러이 봐주십시오."

그렇게 말하면서 존다는 우아하게 인사한 뒤에 울티마 쪽으로 가서 대기했다.

존다가 입은 요리사용 더블 코트는 슈나가 특별히 만들어준 물건이다. 헬 모스(지옥나방)에서 뽑아낸 비단실을 가공하여, 존다의 머리카락 색과 같은 연보라색으로 물들였다.

갑옷이나 군복을 착용한 사람들만 있다 보니 한층 더 존다가 눈에 띄었다.

테스타로사랑 울티마까지도 특별 주문한 군복을 입고 있었다. 테스타로사는 바지 타입이었고, 울티마는 스커트 타입이라는 차이점은 있었지만, 그건 틀림없이 군복이었다. 존다가 눈에 띄는 것도 당연했다.

존다의 동작은 세련되었으며, 전장에는 어울리지 않는 것처럼

보였다. 기품조차 느껴질 정도지만, 존다는 지금 필요불가결한 인물이 되어 있었다. 전장에서 요리지도를 하면서, 모두의 위장을 완전히 움켜잡았기 때문이다.

또한 울티마의 시종이라는 입장도, 존다가 자유롭게 움직일 수 있는 이유의 하나가 되어 있었다.

울티마 자신이 자유방임한 성격이며, 가비루 군단장의 자문역으로서의 권한을 최대한 활용하고 있었다. 그 당당한 태도가 다른 마물들의 불평을 죄다 튕겨내고 있었다.

이미 울티마는 마물의 나라에서 유명인이었다. 그런 그녀를 상대로 당당하게 따질 수 있는 자는 극소수의 한정된 자들뿐이었다.

"내 입에는 안 맞네. 가짓수도 적고, 좀 더 베리에이션을 늘렸으면 좋겠어."

"그 말에는 동의하고 싶네. 구운 것뿐이거나 냄비에 넣고 끓이는 것뿐이라 요리를 너무 대충 만드는 것 아냐? 슈나 양이랑 요시다 씨와도 모처럼 아는 사이가 됐으니까, 좀 더 실력을 키워서 내 체면을 세워달라고!"

절찬하는 고부타와 가비루와는 달리, 테스타로사와 울티마한테서는 불평이 날아들었다.

"면목이 없습니다."

그렇게 말하면서 순순히 사과하는 존다. 그러나 그런 존다를 가비루가 위로했다.

"아니, 그렇지 않소, 존다 공. 존다 공의 실력은 충분히 인정받을 만하다고 생각하오! 문제는 맛이 아닌 것 같소만."

갑자기 그런 말을 꺼내는 가비루에게, 그 자리에 있던 모두의 시선이 집중되었다.

흥미가 생긴다는 표정을 짓는 테스타로사.

자신의 말이 부정당해 불만스러운 표정을 짓는 울티마.

주인의 기분을 상한 게 아닌가 싶어서 동요하는 존다.

태연한 표정으로 감정을 드러내지 않는 베이런.

그런 분위기 속에서 분위기를 파악하지 못한 고부타가 물었다.

"그게 무슨 뜻입니까요?"

"좋은 질문이오, 고부타 공! 아니, 그러니까 나도 여동생으로부터 종종 꾸지람을 듣는다오. 좀 더 여자의 입장에서 매사를 생각하라고 말이지."

"그러니까, 그게 무슨 뜻입니까요?"

그렇게 물어보면서, 고부타는 고기를 힘껏 물어뜯었다.

"바로 그거요, 고부타 공. 우리는 이렇게 남의 눈을 신경 쓰지 않고 식사를 할 수 있소. 하지만 말이지, 테스타로사 공이나 울티마 공은 우리와 같이 행동할 수는 없지 않겠소."

거기까지 듣고, 존다는 가비루가 하고 싶은 말이 뭔지 알아차렸다. 그리고 동시에 과연 그렇다고 생각하면서 납득했다.

육체를 얻을 때까지는 식사 따윈 필요하지 않았기 때문에, 그런 기본적인 것을 배려하지 않았음을 깨달은 것이다.

요리라는 것은 맛만이 전부가 아니라는 것을.

"헤에, 가비루 씨답지 않게 너무나도 좋은 의견이지 않습니까요!"

"아니, 아니, 나도 노력은 하고 있다오. 그렇게 말은 해도, 실은 이건 리무루 님에게서 배운 것을 써먹는 것이기도 하지만……."

그렇게 말하면서 가비루가 얘기해준 것은 얼마 전에 리무루에게 상담을 받았을 때의 일이었다.

'저도 리무루 님처럼 여성들로부터 인기가 있으면 좋겠습니다만…… 어떻게 해야 할까요?'

'나한테 그걸 묻는 건가? 나도 아직 동—— 아니, 아무것도 아냐. 가비루 군, 자네에게 지혜를 전수하지. 여성에게 인기를 얻고 싶으면 섬세한 배려를 할 줄 알아야 해. 그렇게 하면 자연스럽게 상대의 호의도 살 수 있게 될 거라고 생각하네.'

그렇게 리무루와의 대화를 나눈 적이 있었다고, 가비루는 자랑하듯이 얘기했다.

"그리고 나는 소우카 녀석의 말을 떠올렸지. 리무루 님이 말씀하시고 싶었던 것은 상대가 싫어할 만한 일을 하지 않도록 노력한다——는 실로 기본적인 것이라는 걸 깨달은 거요!"

가비루의 역설을 듣고, 일동은 감탄했다.

역시 리무루 님은 대단하다고.

본인이 이 대화를 듣고 있었다면 얼굴을 붉혔겠지만, 다행히 이 자리에 리무루는 없었다. 가비루의 독무대를 말릴 인물은 없었던 것이다.

"실례했습니다, 울티마 님. 그리고 테스타로사 님. 다음 기회에는 반드시 두 분의 기대에 부응할 수 있는 요리를 내놓을 수 있도록 정진할 것을 약속드리겠습니다."

반듯한 자세로 인사를 한 뒤, 존다는 울티마와 테스타로사 앞으로 나왔다. 그리고 한쪽 무릎을 꿇으면서 그렇게 말했다.

"헤에, 네 하인은 우수하네. 그에 비하면 내 하인은……."

"무슨 소릴 하는 거야. 내가 봐도 모스는 엄청 편리할 것 같던데? 그리고 시엔도 테스타로사의 대리를 맡길 수 있다는 건 서류 작업이 능하다는 얘기잖아? 내 하인들은 육체노동파라서 그런 일을 맡길 수 있는 하인이 있다는 것은 부러울 뿐이거든."

"그러네, 울의 말이 맞을지도 모르겠어. 없는 것을 내놓으라고 칭얼대봤자 어쩔 수가 없겠지."

무릎을 꿇은 존다를 무시하는 투로, 테스타로사와 울티마는 대화를 계속 이어갔다. 그 태도는 고부타와 가비루가 보기엔 차갑게 보였지만, 실제로는 그 반대였다.

악마의 정점에 있는 그녀들의 입장에선 다른 사람을 칭찬하기는커녕, 관심을 갖는 것조차도 좀처럼 없는 일이다. 그 사실을 알고 있는 만큼 화제로 언급되고 있는 베이런이랑 존다는 너무나 긴장하고 있었던 것이다.

그와 동시에 주인들로부터 인정을 받고 있다는 것을 실감하면서, 영혼이 불타오르는 것 같은 고양감을 느끼고 있었다.

그런데 그런 분위기를 파악하지 못하는 자가 있었다.

고부타였다.

"왠지 여자는 참 대하기가 힘듭니다요. 그러니까 쉽게 말해서 작게 한 입 사이즈로 잘라서 먹기 좋게 내놓으라는 뜻이죠? 가비루 씨의 말도 이해는 됩니다만, 솔직히 말해서 귀찮은 짓입니다요!"

"고부타 공, 그런 건 머릿속으로 생각하더라도 입 밖으로 꺼내는 게 아니오. 그게 신사가 되기 위한 첫걸음이라는 거요. 나는 리무루 님의 말씀을 통해 그걸 배웠소."

"아니, 그건 저도 알겠습니다요. 하지만 여긴 전장입니다요. 먹을 수 있을 때에 먹어둔다. 사치스러운 소리를 할 때가 아니다.

그게 이 자리에서 취해야 할 바른 자세라고, 군단장으로 임명된 저 자신은 그렇게 생각합니다요!"

먹을 수 있다면 뭐든지 좋은 것 아닌가── 라고 고부타는 생각했다. 하물며 이곳은 전장이며, 그런 이기적인 말을 늘어놓는 시점에서 문제가 있는 게 아닌가 하는 쓴소리를 해주고 싶었던 것이다.

군단장으로 임명되면서, 고부타도 책임감을 느끼고 있었다. 또한 이 자리에 있는 부하들에게 조금이라도 멋진 모습을 보여주고 싶다는, 그런 생각도 있긴 했다. 그래서 더더욱 지금의 발언을 한 것이다.

고부타가 한 말은 옳았다. 정론이었다.

하지만 세상에는 정론이 통하지 않는 상대도 있다. 고부타는 그 사실을, 좀 더 잘 생각했어야 했을 것이다.

"고부타 군은 재미있네! 난 방금 소름이 끼쳤어."

"그러게, 정말이야. 내 담당인 게 정말 다행이라니까."

미소를 지으면서 반응하는 울티마와 테스타로사.

그러나 그 눈은 전혀 웃고 있지 않았다.

아, 위험한 상황이다──. 고부타 이외의 사람들은 모두 그렇게 생각했다.

"자, 잠깐, 고부타 씨, 고부타 군단장님? 거기까지만 하시죠. 이제 충분히, 정보무관 분들도 이해하셨을 테니까요······."

황급히 말린 사람은 고부타의 부관 중의 한 명인 고부치였다.

고부치는 고부타에게 나쁜 뜻이 없다는 것도, 솔직한 감상을 늘어놓은 것뿐이라는 것도 오래 알고 지낸 사이이기 때문에 충분히 이해하고 있었다. 고부타의 말은 결코 틀린 게 아니라는 것을.

그러나 세상은 옳은 것만으로 살아갈 수는 없다. 그런 정론이 통하지 않는 상대가 있는 것이다.

고부치는 분위기를 파악할 줄 아는 남자였기에, 테스토로사와 울티마가 화를 내게 만들어선 안 되는 위험한 상대라는 것을 깨닫고 있었다. 상식적으로 생각해서 전장에서 티타임을 즐기는 상대가 정상적일 리가 없기 때문이다.

(고부타 씨, 그런 상대에게 설교를 늘어놓는 짓은 위험하다고요!!)

그게 고부치의 지금의 심정이었다.

고부치가 예상한 대로 고부타는 너무나도 위험한 상태에 있었다.

테스타로사랑 울티마는 고부타에게 화를 내고 있지는 않았다. 그저 단순히 재미있어 보이는 장난감 정도로 생각하고 있을 뿐이었다.

그러나 태초의 악마인 그녀들이 장난감으로 삼아서 다룬다는 의미, 그건 즉……

고부타의 운명은 바람 앞의 등불이라고 할 수 있었다.

하지만 이때 기적이 일어났다.

『아, 테스타로사? 지금 얘기를 나눠도 괜찮을까?』

이 타이밍에 리무루가 테스타로사에게 '사념전달'로 얘기를 걸었던 것이다.

이로 인해 고부타는 목숨을 건졌다.

『아무런 문제없습니다. 리무루 님, 무슨 용건이신지요?』

그 자리에 한쪽 무릎을 꿇는 테스타로사.

그걸 본 주위의 사람들도 테스타로사가 리무루의 '사념전달'을 수신했다는 걸 알아차렸다.

그런 뒤에 모두가 무릎을 꿇기까지는 그리 오랜 시간이 걸리지 않았다.

그런 사실은 전혀 알아차리지 못한 리무루.

『아, 응. 잠깐만 기다려봐.』

그렇게 느긋하게 말한 뒤에, 이번에는 고부타와 가비루도 '사념 전달'로 연결했다.

『다들 연결됐나?』

『그렇습니다요!』

『저도 문제없습니다!』

그 말을 듣고 고개를 끄덕이는 리무루의 기척이 느껴졌다. 이어지는 리무루의 발언은 테스타로사와 다른 사람들을 놀라게 만드는 것이었다.

『지금 가젤 왕과 얘기를 끝냈다. 제국을 상대하기 위한 선봉은 우리 템페스트 군이 맡게 되었지만, 그 전에 제국과 교섭을 할 것이야.』

사실은 선제공격을 시도하고 싶지만, 그 전에 항복권고를 한 번 할 예정이라고 한다.

그런 뒤에 리무루는 가젤과 협의하여 결정한 사항을 설명하기 시작했다. 테스타로사 일행은 중간에 끼어들지 않고 모든 설명을 끝까지 들었다.

그런 뒤에,

『그렇다면 리무루 님. 그 교섭을 제가 맡아서 진행하면 되겠습니까?』

눈치가 빠른 테스타로사가 그렇게 되물었다.

그건 확인을 위해 묻는다는 형식을 띠고 있지만, 그녀의 머릿속에선 이미 결정된 사항이었다. 문제는 그 전에 미리 정해놓아야 할 결론이었다.

『오오, 그래. 너에겐 지금도 외교무관이자, 내 전권대리로서의 권한을 부여했지. 언제든지 날 대신하여 의논── '사념전달'로 연락하는 것을 허가하고 있는 데다, 군단장과 어깨를 나란히 할 수 있는 위치도 그대로 적용하고 있으니, 고부타랑 가비루와 협조해서 잘 처리해주면 좋겠다.』

『뜻을 따르겠습니다.』

지금은 울티마와 마찬가지로 감찰관으로 파견되어 있지만, 테스타로사는 서방배치군의 군단장이라는 직위도 가지고 있다. 이번에는 나설 일이 없는 군단이긴 하지만, 그 세력은 템페스트(마국연방)에서도 최대 규모의 것이었다.

그 위치로 봐도 고부타나 가비루와 같은 급이며, 제국의 사자로서 가장 적합한 인재라고 할 수 있을 것이다.

『으, 응. 그런데 제국에 사자로 가는 건 위험할 것으로 예상되는데, 괜찮겠나?』

리무루는 그렇게 걱정스러운 말투로 물었지만, 당사자인 테스타로사는 기쁜 마음으로 수락했다.

『아무것도 문제 될 것이 없습니다. 제가 리무루 님의 위광을, 제국의 분수도 모르는 자들에게도 잘 알려주고 오도록 하겠습니다.』

『그, 그런가. 가능하면 전쟁을 피하는 게 바람직하지만, 그건 아마 불가능하겠지. 그렇다면 뒷일은──.』

『제국을 적으로 보고 섬멸하면 되겠군요.』

『——뭐? 아니, 뭐, 그렇긴 하지만…….』

『맡겨주십시오. 리무루 님의 자비로운 최후통첩을 무시하는 어리석은 자들은 이 세상에 살아 있을 가치 따윈 없으니까요. 그런 자들은 모조리 죽여버리겠습니다.』

테스타로사는 죽일 생각이 가득했다.

그걸 알아차린 가비루는 질린 표정을 지었고, '난 이런 무서운 여성은 사양하고 싶군'이라는 실없는 생각을 하고 있었다. 그에 비해 고부타는 여전히 배짱 좋은 반응을 보이고 있었다.

『리무루 님, 안심하십시오. 테스타로사 씨도 처음 겪는 전장이라 긴장한 나머지 이렇게 큰소리를 치고 있는 겁니다요. 제가 옆에 붙어서 잘 서포트할 테니까, 마음을 편하게 먹으시기 바랍니다요!』

분위기를 파악하질 못하고, 그렇게 리무루에게 선언한 것이다.

『뭐, 네가?!』

『물론입니다요. 저도 군단장으로서 책임이 있는 자리에 올랐으니까 말입니다요. 나약한 여성을 지키는 것도 제가 할 일입니다요.』

놀라는 리무루에게, 고부타는 그렇게 말하면서 당당하게 가슴을 폈다.

이 말에는 테스타로사도 쓴웃음이 나오고 말았다.

(이 아이…… 멍청하지만 싫지는 않아.)

이렇게까지 자신을 착각하고 있는 지경이라면, 테스타로사도 어이가 없을 수밖에 없었다.

테스타로사가 그 잔인성을 숨기려고 들지도 않았는데, 고부타는 전혀 알아차리지 못하고 있으니 그 대담함과 뻔뻔함을 인정해주는 것도 좋겠다는 생각이 들기 시작한 것이다.

『아, 알았다. 그럼 란가도 파견할 테니까, 너와 란가가 같이 테스타로사의 호위를 맡아다오. 제국이 우리 요구에 응한다면 좋은 것이고, 응하지 않을 경우엔 그 자리에서 바로 전쟁이 벌어질 테니까 절대 죽지 않도록 조심하고.』

『맡겨두십쇼. 전 도망치는 건 전문이니까 말입죠!』

『그렇군, 그럼 너한테 맡기겠다!』

그렇게 말한 뒤에, 리무루의 '사념전달'은 종료되었다.

이리하여 마물의 군대의 출격이 결정되었다.

모두가 소리를 죽인 채, 그 분위기를 지켜보는 가운데——.

"드디어 나설 차례가 왔습니다요! 바로 정리해버리고 출전합시다요!!"

——그렇게 외치는 고부타의 호령이 그 자리에 울려 퍼졌다.

그리고 마물의 군대는 일제히 움직이기 시작한 것이다.

●

으——음, 생각했던 것과는 조금 다른데——. 그게 테스타로사 일행에게 명령을 전달한 내 감상이었다.

우리가 서둘러 대응하고 있는 것처럼 굴어라——는 말을 할 수가 없는 분위기였다.

아니, 뭐, 생각해보면 지극히 당연한 것이다. 마왕의 위광을 보여주려면 당황하고 있는 듯한 연기를 하는 것은 자연스럽지 않단 말이지. 그렇게 대응하는 게 정답이라고 생각한다.

그건 그렇다 쳐도 테스타로사는 믿음직스럽다.

격조 높게, 내 위엄을 제국에 알려줄 것 같다.

제국군을 섬멸하겠다는 말을 했는데, 설마 진심인 걸까?

아니, 그럴 리가……. 하지만 테스타로사도 디아블로와 같은 존재다. 그 말은 곧 문제라는 사실은 틀림없으며, 진심일 가능성이 높다는 뜻이 되려나.

태초의 악마라는 존재는 엄청나게 위험한 것 같으니 말리는 것이── 아니, 이제 와서 그게 무슨 소용인가. 이건 전쟁이니까 적대자를 불쌍히 여기는 것은 이긴 뒤에 할 일이다.

생각지도 못한 수확도 있었다.

그건 고부타의 성장이었다.

책임을 져야 하는 자리에 임명한 덕분인지, 상당히 진지하게 자신의 역할을 다하려는 모습을 보여주었다.

훌륭하게 자라준 것이다.

고부타가 성장해주면 나도 편하게 지낼 수 있게 된다. 앞으로도 계속 이렇게 성장해주면 좋겠지만, 슬슬 지뢰를 밟을 것만 같은 우려도 있긴 하다.

재미있어하면서 그 모습을 지켜보고 있었지만, 테스타로사가 진심으로 화를 내기 전에 고부타에게도 사실을 알려주는 게 좋을지도 모르겠다.

그런 생각을 하면서, 나는 입을 열었다.

"란가, 있느냐?"

"여기 있습니다!"

내 그림자에서 란가가 불쑥 튀어나왔다.

파닥파닥 흔드는 꼬리가 귀엽다. 그 부드러운 꼬리를 살짝 만지면서 낮잠을 즐기고 싶어졌지만, 애써 참았다.

"란가, 너는 고부타를 따라가서 무슨 일이 생기면 지켜줘라."

란가의 꼬리가 바로 멈췄다.

한순간의 침묵 후, 상당히 낙담한 표정으로 란가가 대답했다.

"……잘 알겠습니다, 나의 주인이여. 그러면 언제 출발하면 되겠습니까?"

왠지 가는 게 내키지 않는 어린아이 같은 반응이었다.

그 짧은 순간에 무슨 생각을 했는지는 예상이 되지만, 내 명령은 변경되지 않는다. 제국의 전력이 미지수인 이상, 고부타만 보내는 건 불안하기 때문이다.

"지금 바로 출발해다오."

"그럼 지금 바로 출발하겠습니다……."

풀이 죽은 표정으로 떠나려고 하는 란가.

나랑 떨어지는 게 그렇게나 싫은 건가…….

"부탁하마. 고부타도 믿음직스러워졌지만, 역시 네가 가주는 게 안심이 되니까 말이지!"

조금 불쌍하긴 했지만, 지금은 그가 활약해주면 좋겠다. 그렇게 생각한 나는 란가에게 그렇게 말해주었다.

그러자, 그 순간.

"맡겨주십시오, 나의 주인이여!"

그렇게 대답한 란가는 의욕이 가득한 표정으로 빛나고 있었다.

패기가 없었던 걸음이, 내 말 한 마디로 빠르게 바뀌어 있었다. 그리고 란가는 '공간전이'도 쓸 줄 안다. 그걸 쓰면 고부타 일행이 출발하기 전에 도착할 수 있을 것이다.

이걸로 일단은 안심이다.

"그건 그렇고, 제국과의 교섭은 아마도 틀림없이 결렬되겠지. 그 자리에서 선전포고와 함께 바로 전쟁을 개시할 예정인데, 그렇게 되면 어떤 식으로 포진을 시켜야 할까⋯⋯."

테스타로사의 언동으로 봐도, 전쟁이 벌어지는 것은 의심할 필요도 없었다. 내 본심으로는 피하고 싶지만, 그건 무리라고 본다. 우리나라 안에 이렇게까지 진군해 온 이상, 아무런 행동도 하지 않고 돌아가 줄 것이라곤 생각할 수 없었다.

적어도 한 번은 싸워서 우리의 힘을 보여줄 필요가 있을 것이다.

하지만 상대는 미지의 전력── 전차부대가 있다. 어설픈 계획을 짰다간 우리 쪽도 큰 대미지를 입을 수 있다. 신중하게 작전을 결정할 필요가 있었다.

이런 때엔 물론 베니마루가 나서야 한다.

"테스타로사의 교섭을 통해 개전이 결정된다면, 본 도시는 즉시 미궁 안으로 격리시키겠습니다."

"그렇다면 라미리스도 불러두는 게 좋겠군."

"네. 이렇게까지 진행되었으면 거의 개전 직전이나 마찬가지이니, 지루하진 않을 거라 생각합니다."

전쟁을 오락처럼 생각하는 시점에서 뭔가 아닌 것 같은 생각도 들지만, 이런 점에 대한 마인의 사고방식은 인간과는 다르단 말이지.

"그런 뒤에는?"

그렇게 되면 예정대로 미궁이라는 최고의 방어시설로 보호를 받게 된다. 우리의 홈그라운드이므로 주도권은 우리가 쥐게 될 것이다.

문제는 고부타 쪽이다.

"일반적으로 생각한다면 전력 차이가 너무 큽니다. 그러나 적은 커다란 덩어리, 전차라는 것을 하나의 마물로 생각할 수도 있습니다. 그렇게 되면 반대로 우리가 유리하죠."

그에 따라오는 보급부대 등은 계산에 넣지 않았습니다——라고, 베니마루의 자신만만한 태도가 대신 말해주고 있었다.

그렇지도 않다고 생각했지만, 베니마루의 말에는 설득력이 있었다. 나는 다음 얘기를 일단 들어보기로 했다.

"하지만 부대를 크게 전개시키면, 전차포의 먹이가 될 수 있습니다. 리무루 님의 지식영상을 기초로 추정전력을 산출해봤습니다만, 그린 넘버즈(녹색군단)로는 버틸 수 없을 것 같더군요. 그래서 제국군과 처음 상대하는 부대는 고블린 라이더즈만 보내려고 합니다."

뭐? 그건 좀 힘들지 않을까?

"겨우 100명의 병사만으로 도전한단 말인가?"

"그렇습니다. 처음에는 그걸로 상황을 살펴볼 겁니다. 적의 전차의 위력이 제 예상대로라면 전군을 돌입시키면 이길 수 있겠지만, 예상 이상이라면 그 시점에서 작전을 다시 세울 필요가 생깁니다. 그러므로 어느 쪽이든 싸워볼 필요가 있습니다. 그런 경우,

희생이 늘어나는 건 달갑지 않으니까요."

베니마루는 차분한 표정으로 그렇게 설명해주었다.

그건 즉, 고부타의 부대를 시금석으로 활용한다는 뜻이 된다. 자칫하면 고부타를 포함한 고블린 라이더즈는 쓰고 버리는 말이 되어버릴 수 있는 우려가 있었다.

하지만 베니마루에겐 동요의 빛이 없었다.

그게 가장 효율적이라고, 실로 냉철하게 판단을 내리고 있었다.

"최악의 경우, 고부타의 부대는 어떻게 되지?"

"각자의 판단에 따라 '그림자 이동'으로 도망치라는 지시를 내려두었습니다."

과연……. 그런 의미로도 그린 넘버즈는 움직일 수가 없단 말인가.

베니마루가 예측한 전차의 성능은 내 기억에 가까운 지식이 기본적인 자료가 되어 있다. TV에서 본 지식만 있기 때문에 상당히 애매했던 것이다.

하지만.

나에겐 라파엘(지혜지왕) 선생이라는 강력한 아군이 있으므로, 애매한 기억이라곤 해도, 상당히 정확한 스펙을 산출할 수 있다고 생각했다.

그뿐만 아니라, 지금 보고 있듯이 제국의 전차의 형상은 완전히 우리에게 노출되어 있었다.

전차포의 구경이나 길이, 서브 무기로 보이는 기관총 같은 것도 파악하고 있다. 이건 '이세계인'의 지식을 기초로 만든 것으로 보이니까 운용방법도 비슷할 것이 틀림없다. 위력이나 성능이

미지수이긴 하지만, 경계해야 할 점만 본다면 어느 쪽이든 마찬가지일 것으로 생각하고 있었다.

베니마루의 추측과 라파엘 선생의 연산결과가 약간의 오차가 생기는 수준이었기 때문에 작전입안에 관해서도 베니마루의 예상대로 진행될 것이 분명했다.

적어도 초보자인 내가 생각하는 것보다는 나을 것이다.

베니마루의 계획은 이랬다.

우선 전쟁이 시작됨과 동시에 100명의 병사들이 일제히 돌격을 감행한다. 고속이동을 살려서, 불규칙적인 움직임으로 전차포의 조준을 맞출 틈을 주지 않는다. 그렇게 하면 직격을 맞는 일은 없을 것이라는 주장이었다.

소수 부대이기 때문에 어떤 사태에도 더 잘 대응할 수 있다. 운이 좋으면 일격이탈로 적을 농락할 수 있을 것이다.

설명을 듣고 나도 그럴듯하다고 생각하면서 납득했다.

두려워서 겁을 먹으면 진다──고, 베니마루는 고부타의 부대에게 설명했다고 한다.

물론 전장에선 무슨 일이 일어날지 모른다.

적이 무모한 행동을 취하는 경우도 있을 것이고, 그게 운 좋게 히트할 가능성도 있다. 직격만 막아내면 죽는 일은 없을 것이라 말하고 있지만, 이것만큼은 뚜껑을 열어보지 않으면 알 수 없는 것이다.

그렇기에 더더욱 만일의 경우에는 즉시 후퇴하도록 하라고, 모두에게 철저히 타일러놓고 있었다.

"하지만 뭐, 도망치는 건 어디까지나 최후의 수단입니다. 리무루 님의 위광에 먹칠을 하는 짓은 제가 결코 허락하지 않을 겁니다.”

제국보다 베니마루 쪽이 더 무서운데.

“무모한 짓은 시키지 마.”

“그건 무리일 것 같습니다. 이기기 위해선 최선을 다하는 게 예의니까요.”

베니마루가 그렇게 대답하면서, 상큼한 표정으로 웃었다.

그 얼굴에 망설임 같은 건 없는지라 멋지게 보이긴 하지만, 내 입장에선 복잡한 기분이 들었다. 베니마루의 말도 이해는 되지만, 그래선 누군가가 희생이 되는 것도 어쩔 수 없다는 식으로 들리기 때문이다.

내 위광 같은 건 사실은 어찌 되든 상관없다. 그게 있는 게 국가의 위신이 지켜지긴 한다. 하지만 그런 위신을 지키기 위해서 희생이 생긴다면, 그건 주객이 전도되는 게 아닐까?

난 말이지, 동료 중의 누구 하나도 다치길 바라지 않는다고…….

최악의 경우를 상정하면서, 언제든지 제3군단을 ‘전송’하여 원군으로 보낼 수 있게 준비해두자.

내가 직접 싸운다면 이런 두려움을 느낄 일은 없을 텐데——.

나는 그렇게 생각하면서, 불안한 기분을 속으로 느꼈다.

●

기갑군단의 군단장—— 칼리굴리오의 심복인 가스터 중장은 이번 원정을 기하여 ‘마도전차사단’의 지휘를 맡게 되었다.

30대 중반의 탄탄한 덩치에 예리한 분위기를 지닌 남자였다.

후방에 배치된 최신식 지휘관 전용 차량에 발을 디디고 선 채, 한껏 몸을 젖히면서 전장의 공기를 즐겼다. 주위에 있는 대삼림에 특별한 변화는 없었으며, 진군하는 방향을 가로막는 자도 없었다. 그런 상황에 완전히 익숙해진 가스터는 이번 전쟁으로 얻게 될 명성을 골똘히 생각하고 있었다.

(천년불패의 드워프 왕국—— 그 영웅왕 가젤이 다스리는 무장국가 드워르곤을, 내 손으로 타도할 것이다. 이렇게나 통쾌한 일이 또 있을까!)

가스터가 머릿속으로 그린 것은 만민으로부터 받을 갈채였다.

새로운 영웅이 탄생하면서, 후세의 역사에도 그 이름을 남기게 될 것이다. 그걸 몽상하는 것만으로 가스터의 마음은 뜨겁게 달아올랐다.

영웅왕 가젤을 쓰러트린 남자, 그 칭호가 자신의 것이 될 것이다. 그건 그리 멀지 않은 미래의 이야기이며, 확실하게 찾아오도록 예정된 결과이다. 무엇보다 그렇게 확신할 수 있는 전력을, 가스터 중장이 이끄는 '마도전차사단'은 보유하고 있었던 것이다.

2,000대의 마도전차가 일사불란하게 정렬되어 있었다.

산기슭에 펼쳐진 평야에 가로로 100대, 세로로 20대로 이뤄진 포진이었다.

그 장관을 바라보면서, 가스터는 아주 만족했다. 그러나 그건 이미 상대의 계책 속에 이미 포함된 행동이었다.

전차 하나의 사이즈는 전장이 약 10미터에 전폭이 3.5미터이며, 그런 것들이 2,000대나 줄을 지어 서 있으려면 전개시키려고 해도 장소를 고를 수밖에 없다. 가스터는 사전에 조사한 대로

부대를 전개시켰지만, 그건 리무루 일행이 예상한 지점과 정확하게 일치했던 것이다.

그런 사실은 꿈에도 생각하지 못한 가스터였지만, 군인으로서는 우수한 남자였다. 중장이라는 직책에 어울릴 만큼 개인적인 전투능력도 뛰어났다.

가스터 자신은 로열 나이트(근위기사)에도 밀리지 않는다고 자부하고 있을 정도였다.

(내가 선택을 받지 못한 것은 서열강탈전에 참가할 기회가 없었을 뿐이야. 이 사단을 맡고 있다 보니, 늘 군사행동 중인 상태에 가까웠으니까 말이지.)

가스터는 그런 생각을 하면서 속으로 불만을 품고 있었던 것이다.

물론, 중장이란 것은 높은 직책이다. 제국 내에서도 극히 일부에 속하는, 상위귀족에도 준하는 상류계급이다.

서민의 위치에서 보면 손이 닿지 않는 존재라고 해도 과언은 아니지만, 가스터는 그걸로 만족하지 않았다.

언젠가는 칼리굴리오를 대신하여, 자신이 군단장의 자리에 오를 것이다. 그리고 영웅이 되겠다고 생각했다. 그만큼 가스터의 야망은 컸다.

가스터의 바람은 돈이 아니라, 바로 명예에 있었다. 그렇기에 미궁공략이 아니라 영웅왕 가젤과의 결전에 지원한 것이다.

그리고 가스터는 그런 대망을 품기에 충분한 실력이 있었다.

유니크 스킬 '연주하는 자(연주자)'라고 하는, 소리를 다루는 능력을 보유하고 있으며, 다양한 소리를 듣기만 해도 상황을 세세하게 분석할 수 있었다.

또한 특수한 파동으로 특정한 지시를 내릴 수도 있으며, 한창 혼전 중이라고 해도 아군을 통솔할 수 있었던 것이다.

　군단을 지휘하는 데 있어서 최고의 힘이지만, 특필할 점은 그뿐만이 아니었다.

　유니크 스킬 '연주자'에는 흉악한 공격수단도 숨겨져 있었다.

　음파를 조종하여 대상을 저격하는── 음파포를 이용한 세포 파괴라는 말도 안 되는 공격을, 가스터는 뜻대로 다룰 수 있는 것이다.

　가스터는 더할 나위 없이 제국에서도 상위에 위치하는 실력자였다.

　(흥! 근위병이 강한 것은 인정하지. 그러나 그건 녀석들이 황제 폐하로부터 받은 레전드(전설)급의 무기와 방어구가 있기 때문이다! 바로 내가 그걸 손에 넣기에 걸맞은 실력자인데…….)

　레전드급 무기와 방어구를 장착하기만 하면, '더블오 넘버(한 자 릿수)'라는 최고의 영예도 손에 넣을 수 있다──고 가스트는 자신하고 있었다.

　그런 생각을 하고 있던 가스터였지만, 작전행동 중에 방심은 하지 않았다.

　(응? 숲의 기척이 달라졌는데──?)

　주위의 소리가 갑자기 끊겼다. 그걸 알아차린 가스터는 전군에게 명령을 내렸다.

　"야영준비를 중단하고, 지금 즉시 경계태세로 들어가라!"

　그렇게 명령한 가스터는 다시 집중하여 왼쪽에 펼쳐진 숲을 향해 의식을 돌렸다.

새랑 동물의 소리가 사라졌다. 벌레 울음소리도 들리지 않았다. 뭔가 긴장하고 있는 기척이 감돌고 있었다.

그리고—— 작은 발소리. 그뿐만 아니라 점점 잎을 밟으면서 다가오는 소리가 들려왔다.

거리는 멀었다. 그러나 그 속도는 빨랐다.

(기습을 노릴 생각인가. 나쁘지 않은 방법이지만, 상대가 안 좋았군.)

가스터는 그렇게 생각하며 득의의 미소를 지었다.

들려오는 소리를 통해 분석해보니, 접근하는 기척의 수는 약 100. 역참마을에 마왕군이 집합하고 있다는 정보도 있었으니, 거기서 출동했을 것이다.

그건 칼리굴리오의 계획이 순조롭다는 증명이었다. 역참마을에 주둔하고 있는 마왕군은 제국군의 본대를 그냥 보냈던 것이다.

마왕의 바로 앞까지 70만이나 되는 대군이 접근했을 때, 마물들은 어떤 식으로 당황할 것인가. 그 모습을 상상하면서, 가스터는 씨익 웃었다.

소리는 10킬로미터 지점까지 다가왔다.

이제 곧 '마도포'의 유효범위 안이다. 그 최대사정거리는 30킬로미터에 달하지만, 그 정도까지 가면 명중률이 떨어졌다. 그냥 닿는다는 것뿐이지, 실제 유효사정거리는 3킬로미터 정도였다. 단, 특수한 폭렬탄을 사용한다면 명중률은 딱히 신경 쓸 필요가 없다.

적은 소수이며, 더구나 좁은 범위로 집중하여 접근 중이다. 휑하게 뚫린 장소로 나오지 않으면 나무를 방패로 삼을 수도 있다고 생각했겠지만…….

(안일하군. 우선은 기세를 살리기 위해서 축포를 선물하기로 하지.)

특수한 포탄은 시험제작단계이며, 두 발밖에 준비할 수 없었지만, 폭렬탄의 범위는 수십 미터나 된다. 그 폭발위력은 폭렬마법에 비할 바가 못 된다. 수만 도의 열과 폭풍으로 지형조차 변형시킬 정도였다.

가스터가 탄 지휘차량에만 탑재된 특제품이긴 하지만, 가스터는 그걸 아낄 생각은 없었다.

망설임 없이 장전시켜서 포구를 숲 쪽으로 향하게 했다.

뒤이어, 전차부대에도 지시를 내렸다.

만일의 경우 적이 공격을 피했을 경우를 상정하여, 반격태세를 갖출 수 있게.

"좌익 대대, 반시계 방향으로 반전하라!"

병사들은 야영을 위해 텐트를 설치하고 있었지만, 드워프 왕국까지의 거리가 약 30킬로미터 밖에 안 되는 지점에 있다 보니 늘 긴장감은 잃지 않고 있었다.

가스터의 명령을 받음과 동시에, 전차가 끌고 있던 짐차로 차분하게 야영 장비를 옮겨 담으면서 정리를 시작했다. 그리고 얼마 지나지도 않았는데 모두 전투준비를 끝내놓고 있었다.

그랬기 때문에 가스터의 명령에 뒤처지는 일 없이, 좌익 대대—— 500대나 되는 전차들이 공중으로 떠오르면서 그 차체를 숲으로 돌렸다.

이리하여 가스터 부대의 준비는 완전히 끝났다.

그걸 기다리고 있었다는 듯이.

우거진 숲속에서 한 마리의 마물이 모습을 드러냈다.

이마에 두 개의 뿔이 난 늑대 모양의 마물이었다.

그 거구는 눈을 크게 뜨면서 놀랄 만했다. 몸길이는 5미터 정도나 되었으며, 전차와 나란히 서도 밀리지 않을 것 같았다.

(저 마물은 분명, 정보국의 보고에 실려 있던 '란가'로군. 마왕의 애완동물이라는 황당한 이름으로 불리는 것 같다고 하지만, 그 실력은 A+랭크에 해당한다는…….)

그렇다면 거물이다.

"한 마리뿐이라고? 무슨 생각으로…… 아니, 그렇군."

그 목적이 무엇인지, 가스터는 생각했다.

(혼자 왔다는 건 싸우러 온 게 아니란 말이겠지. 어쩌면 경고가 목적인가. 그렇겠지, 마왕이라는 지위를 지키기 위해서라도 적에게 저자세로 나설 수는 없을 테니까. 큭큭큭, 어리석군.)

란가라는 거물로 적을 위압하여 전의를 꺾겠다는 의도로군──. 가스터는 그렇게 파악했다.

"마왕 리무루란 자는 상당히 프라이드가 강한 것 같군. 기습을 할 수 있는 우위성을 버리면서까지 마왕의 위엄을 지키려고 한단 말인가."

그렇게 말하면서, 가스터는 목소리를 높이며 웃었다.

그의 웃음을 따라서 장교도 웃었고, 병사들의 긴장도 풀렸다. 적당히 긴장된 상태로 바뀌고 있었다.

란가는 근처까지 접근하고 있었다.

그 걸음은 유연했으며, 싸우려는 의지는 보이지 않았다.

가스터의 생각대로, 교섭이 목적인 것이라는 걸 보고 알 수 있었다.

가스터 부대와는 엎어지면 코 닿을 거리, 약 10미터 정도 되는 지점에서 겨우 란가가 걸음을 멈췄다.

그의 등에서 몸을 옆으로 돌린 채 앉아 있던 한 명의 여성이 우아하게 내렸다.

소리도 없이, 조용히.

그리고 그대로 평온하게, 가스터 부대 앞까지 걸어왔다.

인간이라고는 보이지 않는 미모를 지닌 그 여성을 보자, 가스터는 등에 얼음의 날이 닿은 것 같은 오한이 느껴졌다.

(뭐……지? 이 여자, 소리가 이상한데…….)

심장이 고동음은 들린다. 그러나 그 소리는 불길한 선율을 연주하고 있었다.

피가 흐르는 소리도 들린다. 그러나 그 소리는 인간의 것에 비교하면 조용하고 빨랐다.

아니, 너무 빨랐다.

그런 속도로 피가 흐르면 인간의 몸으로는 버틸 수 없을 정도로…….

가스터는 이미 란가 따위는 안중에 없었다.

그 여자만을 응시했다.

순백의 긴 머리카락이 아름답게 흘러내리면서, 그 미모를 한층 더 강조하고 있었다.

하지만 그 몸은 미모에 어울리지 않게 근엄한 분위기의 군복을 입고 있었다. 아랫도리는 승마용 바지처럼 허벅지 부분이 넉넉

하게 부풀어 있었다.

한 명이 더 란가의 등에 타고 있었지만, 가스터의 의식 속에는 들어오지 않았다. 그 정도로 그 여자에게서 느껴지는 불길한 기운에 가스터는 의식을 지배당하였다.

(누구지……? 정보국의 보고에는 없었는데. 간부급으로 분석된 란가 같은 마물보다 이 여자가 훨씬 더 위험하잖아!)

그런 식으로 정보국을 질타하고 싶은 기분이 드는 가스터.

하지만 그 불만을 토로할 상대는 여기에 없었다.

지금은 그보다 마왕의 측근이 나타났다는 사실이 더 중요한 것이다.

가스터는 자신이 압도되었다는 사실을 숨기려는 듯이, 위엄을 갖춘 목소리로 여자에게 말을 걸었다.

"당신은 마왕 리무루가 보낸 사자인가? 생각보다 빠른 접촉이지만, 마왕의 부하들은 우수한 것 같군. 그래서 무슨 볼일로 온 거지?"

그렇게 묻는 가스터를, 여자는 요염한 미소를 지으면서 바라봤다.

"처음 뵙겠습니다, 여러분. 제 '이름'은 테스타로사. 이 땅의 지배자이신 위대한 마왕, 리무루 님의 심복이랍니다. 그건 그렇고, 오늘 제가 여기까지 찾아뵌 용건은──."

거기까지 말했을 때 여자── 테스타로사의 입가에 띤 미소가 더 깊어졌다.

그건 너무나도, 너무나도 사악한 미소였다.

"이대로 물러간다면 그냥 놓아주겠다. 하지만 그 이상 침입한다면 용서하지 않겠다──라는 제 주인의 말씀을 전하기 위해서

입니다."

테스타로사는 핏빛보다도 붉은 눈동자를 반짝이면서 선고했다.

숨을 멈추는 가스터.

무슨 멍청한 소리를——. 그렇게 말하려고 했지만, 그보다 먼저 테스타로사가 움직였다.

가볍게 손을 흔들었을 뿐이었지만, 그 순간.

맨 앞줄에 서 있는 전차대대의 전방 1미터 지점에 불꽃의 벽이 출현했다.

불꽃의 벽은 순식간에 사라졌지만, 지면에는 불에 탄 흔적이 녹아내리면서 유리처럼 변한 상태로, 한 줄기의 선을 그리고 있었다.

"이 정도면 충분히 이해하셨겠죠? 그 선을 넘으면 당신의 목숨은 사라질 겁니다. 각오가 없는 자는 넘어서지 않도록 하세요. 그러면 평안하시길."

어디까지나 우아하게 인사를 하면서, 테스타로사는 그렇게 선언했다. 그리고 이젠 흥미를 잃은 것처럼 바로 발길을 돌렸다.

테스타로사가 걷기 시작했다.

그건 교섭이 종료되었다는 신호였다.

란가도 당연하다는 듯이 꼬리를 흔들고 있었다.

그 등에 탄 작은 몸집의 인물만이 가스터 부대 쪽을 힐끗 보고 있었지만, 그건 가스터에겐 어찌 됐든 상관없는 일이었다.

(와, 완전히 사람을 무시했겠다! 나를 대체 뭐로 생각하고 있는 거냐?! 더구나 이런 큰 전력을 앞에 둔 상태에서 허풍도 정도껏 쳐야지!!)

가스터는 그렇게 생각하면서 격노했다. 지금까지 믿고 있었던 것이 부서지는 것 같은 느낌을 받으면서, 순식간에 냉정함을 잃어버린 것이다.

일방적으로 자신들이 하고 싶은 말만 늘어놓고, 가스터 쪽의 말은 들으려고도 하지 않았다. 그건 원래는 제국이 상대에게 취해야 할 태도인 것이다.

그런데——.

사자의 태도가 가스터의 분노에 불을 붙임으로써, 그때까지 느끼고 있었던 공포도 완전히 사라져버렸다.

그렇기 때문에 가스터는 잘못된 판단을 내리고 말았다.

테스타로사와의 거리는 5미터. 란가와 가스터의 딱 중간 지점이었다.

(이대로 무사히 돌려보낼 것 같으냐.)

그렇게 결심한 가스터.

사자에 대한 예의 같은 건, 제국에겐 신경 쓸 일이 아니었다.

항복한다면 다행이다. 그렇지 않으면 철저하게 유린할 뿐이다.

그렇다면 테스타로사의 태도는 제국에 대한 모독이며, 전쟁을 시작할 이유로 충분하다고 판단할 수 있다.

『내 말이 들리나?』

『넷! 잘 들립니다.』

『저 건방진 여자의 머리를 쏴버려라. 그 후에 반전하여 앞줄에 서 있는 20대의 전차로 일제히 포격을 개시하는 거다. 숲에 숨어 있는 마물들에게 우리 제국의 위엄을 확실하게 보여줘라——!』

가스터는 몰래 자신의 '연주자'를 통해 명령을 내렸다.

가장 먼저 반응한 것은 지휘차량 전속의 저격병이었다. 재빨리 저격총을 들자마자, 테스타로사를 겨눴다.

그리고 장거리용 '스펠 건(마총, 魔銃)'에서 소리 없는 탄환이 발사되었다.

소형마도병기인 '스펠 건'을 개량한 장거리용은 사정거리가 2킬로미터까지 늘어난 것이다. 10미터도 안 되는 이 거리라면 필중이자 필살이다.

탄환에 담겨 있는 것은 원소마법 : 파이어 볼(화염대마구)인데, 그게 몸 안에서 발동되면 어떻게 될까?

생각할 것도 없이, 그 대상은 내부에서 폭발을 일으키면서 완전히 불타버릴 것이다.

마법내성이 강한 마물이라고 해도 몸 안은 무방비한 경우가 많다. 음속을 넘어서는 흉탄으로부터 도망칠 수 있는 방법이 없으니, 테스타로사의 죽음은 확실──하다고, 가스터는 믿어 의심치 않았다.

탄환이 발사되면서, 경계선상을 통과한 순간.

테스타로사가 돌아봤다.

그 얼굴은 너무나 사악하면서, 너무나 아름다웠다.

그리고 가스터의 눈이 경악으로 인해 크게 떠졌다.

테스타로사의 몸을 꿰뚫었어야 할 흉탄이, 그녀의 섬세한 검지에 막혀 완전히 정지되었기 때문이다.

발사속도는 음속의 3배까지 도달하는 마력이 담긴 탄환을.

그 안에 담긴 마력은 해방되지도 못한 채, 가볍게 집어내더니 그대로 버렸다.

재미없는 장난감을 다루는 것처럼…….

"그게 대답이란 말이군요. 좋아요. 아주 좋은 대답이에요. 그러면 정정당당히 싸우기로 하죠."

그 말을 남긴 뒤에, 테스타로사는 두 번 다시 돌아보지 않고 란가와 합류했다.

그리고 아무 일도 없었던 것처럼, 그 자리를 떠났다.

가스터는 공황상태에 빠질 뻔했지만, 의지의 힘으로 그걸 억눌렀다. 공포와 굴욕이 저울에 놓이면서, 굴욕이 승리한 것이다.

일반 병사들은 지금 무슨 일이 일어난 것인지 이해하질 못하고 있었다. 자신과 저격병만 방금 일어난 일을 이해하고 있었던 것이다.

그렇다면 이대로 예정대로 최강병기인 전차포로 모두 쓸어버리면 된다. 그러면 제국 군인으로서의 프라이드도 지킬 수 있을 것이다.

"가스터 중장님, 어, 어떻게 할까요?"

"겁먹지 마라! 저런 환술에 속아 넘어가선 안 된다! 우리는 영광스러운 제국군. 황제폐하에게 승리를 바친다! 예정대로 포격을 개시하는 거다아——!!"

큰 소리로 외치는 가스터의 호령에 따르듯이, 좌익에 전개된 전차부대가 일제히 행동을 개시했다.

경고는 바로 무시당했다.

차간 거리를 확보하기 위해서 전차부대는 전진했고, 데드라인 (경계선)은 짓밟히고 말았다.

전쟁이 시작되었다.

생각한 것보다도 훨씬 더 자연스럽게.

테스타로사가 제시한 최종 경고선을 주저 없이 넘어서는 제국군.

그 순간, 동쪽 제국과 우리는 전쟁상태에 돌입한 것이다.

"시작됐네."

"그래. 모든 건 지금부터야."

건방진 분위기를 띤 채.

약간 높은 위치에 놓인 의자에 몸을 젖혀 앉은 자세로, 라미리스와 베루도라가 대화를 나누고 있었다.

나는 한숨을 한 번 쉬었다.

이건 놀이가 아니라 진짜 전쟁인 것이다.

좀 더 마음을 다 잡고 진지하게 임해줬으면 좋겠다.

"그건 됐으니까, 빨리 도시의 피난을 부탁해."

"알았어! 이 라미리스에게 맡겨둬!"

내 부탁을 듣고, 기운차게 대답하는 라미리스.

다음 순간, 소리도 없이 수도 '리무루'가 미궁 안으로 격리되었다.

적이 오는 걸 알아차리지 못하고 있다는 연기를 하기 위해서, 아슬아슬할 때까지 도시의 격리를 늦추고 있었다. 하지만, 이제 연기는 끝이다.

테스타로사의 충고를 무시한 시점에서, 더 이상 사양할 필요는 사라진 것이다.

"아, 그렇지. 트레이니가 전해달라던 말이 있었어."

도시의 격리를 바로 완료한 뒤에, 라미리스가 생각이 났다는 듯이 그런 말을 꺼냈다.

"응?"

"뭐라더라, 수상한 자의 기척이 느껴지니까 인사를 하고 오겠다던데."

"뭐? 그게 무슨 뜻이야?"

"아니, 실은 나도 잘 모르겠어."

물어본 내가 바보였다.

라미리스에겐 상세한 보고를 요구해봤자 소용이 없는 것이다.

애초에 내 부하가 아니므로 불평을 말할 입장은 못 된다. 우리 전쟁에 휘말리게 만든 면도 있으니, 도와주는 것만으로도 크게 감사해야 한다.

그리고 트레이니 씨니까—— 아냐, 잘 생각해보면 그 사람도 꽤나 대충대충 넘어가는 면이 있는 것 같다.

"소우에이, 침입자에 대한 대책은?"

약간 걱정이 되었기 때문에, 소우에이에게 확인을 위해 물어봤다.

"문제없습니다. 남은 건 예정대로 지상에 출현한 대문만 경계 하면 될 것이라 생각합니다."

내 걱정이 지나쳤던 것 같아서 일단은 안심했다.

스파이가 몇 명 침입한 것 같지만, 그건 소우에이가 이끄는 '쿠라야미(람암중)'에 의해 처리되고 있었다. 그렇게까지 걱정하지 않아도 괜찮을 것 같다.

그러면 각 층에 대해서 말하자면.

91층부터 95층이, 96층에서 100층으로 옮겨진 것이라고 할까.

지상부에 있는 도시는 통째로 미궁의 최하층—— 임시로 설치된 101층으로 옮겨졌다.

여기까지 오려면 베루도라를 쓰러트릴 필요가 있다. 상식적으로 생각해서, 그렇게 된 경우엔 우리의 패배는 확정적이 될 것이다.

그 중요한 최종방어는 95층에서 행할 것이다. 91층부터 94층까지는 드래곤의 방으로 되어 있으며, 그곳을 돌파하면 베루도라가 기다리고 있는 큰 방이 나오는 것이다.

그 뒤에는 지금 우리가 있는 '관제실'도 있다. 베루도라가 진 경우엔 그곳에서 우리가 시간을 벌게 되어 있었다.

그 틈에 도시를 지상으로 되돌리고, 게루도의 부대로 방어하면서 주민들을 피신시키는 계획을 세워 놓았다. 확실하게 말해서 무모한 짓이므로, 각 층의 가디언(계층수호자)들이 잘 싸워서 버텨주면 좋겠다.

적어도 미궁 안의 방어태세는 만반의 준비가 되어 있었다.

아니, 95층까지 돌파하려고 해도 통상적인 군대로는 그게 불가능할 것이다.

전쟁이므로 당연히 미궁 안의 서비스는 전부 중지된 상태다. '부활의 팔찌'를 배포하지 않는 건 당연한 것이며, 여관이나 화장실 등의 이용도 불가하다.

그렇게 되면 식량을 비롯한 그 외의 것들은 스스로 준비해야만 하게 된다. 5층마다 물을 공급하는 곳도 쓰지 못하게 될 예정이기 때문에 상당히 난이도가 높아질 것이다.

미궁을 진지하게 공략하려고 하면 며칠 정도가 아니라 몇 개월은 필요할 것으로 예상된다. 인원이 많다고 되는 게 아니라, 오히려 그

많은 인원이 발목을 잡을 수 있다.

가드라 쪽을 통해서 얻은 정보로는 제국의 병사들은 개조를 받은 상태라고 했다. 1주일 동안은 먹지도 마시지도 않고도 움직일 수 있다고 하는데, 그래도 미궁공략에는 애를 먹을 것이다.

서방열국에 있는 몇몇 기사단으로 시뮬레이션을 해봤는데, 미궁공략에 성공할 가능성은 전무했다. 제국군이 그 이상으로 우수하다고 해도 그렇게 쉽게 돌파하지는 못할 것이다.

내가 지나친 걱정을 하는 건지도 모르겠지만, 뭐, 방심은 하지 않는 게 좋을 것이다.

미궁을 그대로 통과할 가능성도 있으니까, 적이 어떻게 나오느냐에 맞춰서 대처하는 것 말고는 다른 방법이 없는 것이다.

뭐, 이런 식으로 우리 준비는 완료되었다.

주변국가에도 제국의 움직임은 이미 알려놓았기 때문에, 지금쯤은 우리의 승리를 기원하고 있을 것이다. 최악의 사태에 대비하여 서방배치군이 대기하고 있으니, 이후에는 상황에 따라 대처해주면 좋겠다.

그런고로, 나는 전장으로 의식을 되돌렸다.

테스타로사는 고부타와 합류한 뒤에, 란가를 타고 물러나고 있었다.

그 뒤를 쫓아오듯이 제국의 전차부대가 전개하고 있었다.

전차포가 움직이고 있는 걸 보니, 곧바로 포격을 시작할 생각인 것 같다.

"괜찮을까?"

"맞으면 위험하겠지만, 문제는 없습니다."

베니마루가 대담한 표정을 지으면서 그렇게 대답했다.

그대로 베니마루는 유니크 스킬 '다스리는 자(대원수)'로 제1군단과 제3군단에 지시를 내렸다.

일제히 행동을 개시하는 템페스트군.

그린 넘버즈(녹색군단)는 신중하게, 적의 후방을 향해 전진을 시작하고 있었다. 숲에 들어가 나무들을 방패로 삼으면서, 적의 눈에 띄지 않도록 세심한 주의를 기울이고 있는 것 같았다. 이길 수 있을 것 같으면 돌격, 상대가 위험할 것 같으면 후퇴, 그걸 파악할 수 있을 때까지 크게 움직일 생각은 없다는 얘기겠지.

가비루가 이끄는 유격비공병단 중에서 '히류(비룡중)' 100명과 블루 넘버즈(청색병단)에서 선출한 와이번 라이더(비공룡부대) 300명이 일제히 대공을 향해 날아올랐다. 움직임이 느린 전차를 상대로 공중에서 공격을 가할 생각인 것 같군. 좋은 판단이라고 생각하지만, 적에게도 공중 전력이 있다. 그게 여기로 날아온 뒤부터 진짜 전쟁이 될 것 같았다.

그리고 가장 적군에 가까운 고부타 부대.

전차포의 위력이 확실하지 않은 이상, 적의 사정권 안에 머무르는 것은 자살행위다. 아직 양쪽 군이 접촉하기에는 거리가 있지만 상대의 유효사정거리가 불명인 이상, 경계할 필요가 있다.

그리고 고블린 라이더를 아직 눈으로 확인하지 못했을 것으로 생각하지만, 그래도 전차포를 쏠 생각인 것 같았다.

어쩌면 가드라도 모르는 신병기가 있을지도 모른다.

《알림. 전차포의 방향과 각도를 통해 계산한 것입니다만, 그 겨냥은 정확합니다. 나무에 가려져 있는 고블린 라이더의 위치를 정확히 파악하고 있는 것으로 보입니다.》

뭐?!

그렇다면 위험하잖아.

"베니마루, 적은 우리가 모르는 어떤 수단을 통해 고부타 부대의 위치를 특정하고 있는 것 같다!"

"알겠습니다. 그럴 가능성도 고려하여, 선발부대를 고부타 부대만으로 편성해둔 겁니다."

초조한 반응을 보이는 것은 나뿐이었으며, 베니마루는 여유 있는 태도를 유지하고 있었다. 보아하니 이것도 상정해둔 내용에 들어 있는 것 같다.

여기는 베니마루를 믿고 맡기기로 하면서, 나는 돌아가는 상황을 지켜봤다.

전차부대는 전부 2,000대. 그중의 500대가 반전하여 고부타 부대 쪽을 경계하고 있었다.

그리고 맨 앞줄에 있는 스무 대가, 지금 그야말로 주포를 발사하려 하고 있었다.

원래 살았던 세계의 전차와의 눈에 띄는 차이점을 말하자면, 이 전차 쪽의 포신이 더 짧은 점이랄까?

아무리 산맥의 기슭을 통과하여 왔다고 해도, 나무들이 우거지게 자라난 장소도 있었을 것이다. 그래도 문제가 되지 않았던 것은 이 짧은 포신 덕분에 선회하는 것이 어렵지 않았기 때문이다.

뭐, 억지로 나무들을 다 쓰러트리고 전진한 것 같기도 하지만.

하지만 선회가 용이하다는 것은 밀집대형을 짜기에도 편하다는 뜻이 된다. 서로의 포신에 방해를 받지 않으면서 재빨리 선회할 수 있으니까.

이 정도 포신의 길이로 명중률과 사정거리를 확보할 수 있는지는 의문이지만, 그 점은 우리가 신경 쓸 일은 아니다. 해결된 문제이니까 실제로 이렇게 운용되고 있을 테니까.

그건 그렇고, 고부타 일행 말인데.

고부타는 이미 부대와 합류하고 있었다. 그 얼굴은 창백했지만, 그건 전차부대를 보고 겁을 먹은 건 아닌 것 같군.

아마 내 생각이지만, 테스타로사의 진실을 알아차리고 자신의 입장이 상당히 위험해졌다는 것을 깨달았기 때문일 것이다.

그 테스타로사는 란가의 등에 옆으로 몸을 돌려 탄 채, 우아하게 머리를 쓸어 넘기고 있었다. 교섭이 끝난 지금, 자신의 역할은 다했다고 생각하고 있는 것 같았다.

뭐, 확실히 이렇게 무사히 돌아왔으니까 그녀의 공적은 크다. 한동안은 쉬어도 상관없지만, 지금은 그럴 상황이 아니란 말이지.

그런 생각을 하고 있으려니, 드디어 전차포가 불을 뿜었다.

날아오는 21발의 포탄.

'아르고스(신의 눈)'로 보는 것만으로는 알아보기 어렵지만, 지휘차량에서 발사된 한발만은 다른 포탄과는 다르게 보였다.

저건 대체——.

『고부타, '잠영(潛影)'해라!』

『모두, '잠영'하십쇼!!』

내 의문을 그대로 남겨둔 채, 베니마루의 명령이 날아들었다.

그 명령에 고부타가 응했다.

한순간의 정체도 없이, 고블린 라이더가 '그림자 이동'으로 그 자리에서 사라졌다. 그 직후, 그 자리에 포탄의 비가 쏟아졌다.

21발의 파괴의 폭우.

상상하는 것만으로도 무시무시한 지옥이었다.

《해답. 전차포의 구경이 120밀리미터인 것으로 보아 포탄의 질량은 약 21킬로그램으로 추정됩니다. 착탄점까지의 거리와 도달시간으로 계산했을 때 속도는 음속의 약 6배인 것으로 판명됩니다. 운동에너지는 포탄의 질량×비상속도의 제곱에 비례합니다. 이런 조건을 통해 포구 에너지, 관통능력을 산출했습니다. 횡단면하중에 역비례하는 속도저하 및 주위의 환경을 시뮬레이션하여 공기저항도 가미한 수치에, 포탄에 담겨 있는 마력계수도 곱해서 계산한 결과── TNT 화약으로 환산하면 대략──.》

저기, 엄청 기쁜 말투로 해설해주는 와중에 미안한데…….

그 TNT 화약이라는 게 얼마나 위험한 것인지 모르니까, 환산하더라도 나한텐 제대로 전달되지 않아.

《……알겠습니다. 그럼 구체적으로 말씀드리겠습니다. 직격당하면, 드워프 왕국의 대문조차 분쇄될 것입니다. A랭크의 드래곤도 버텨낼 수 없습니다. 또한 착탄지점의 5미터 범위에 있는 자는 그 충격으로 큰 손상을 입을 것입니다. C랭크 이하의 생존은 절망적입니다.》

그래, 그렇지. 처음부터 그렇게 말해주면── 잠깐, 이봐, 이봐, 이봐, 이봐!

그건 위험한 수준이 아니잖아.

하물며 정체불명의 포탄도 한 발 섞여 있는 것 같았는데, 나는 고부타가 괜찮은지 걱정이 되었다.

그러나 내 걱정은 기우로 끝났다.

착탄하자마자 지면이 폭발했다. 그 현상이 20번 연속으로 발생하면서 지형을 변형시켰다.

마지막 한 발이 목표지점에 도달하자마자, 고부타 일행이 있던 장소가 불길에 휩싸였다. 폭풍이 휘몰아쳤고, 소규모의 폭풍우가 그 주변을 엉망진창으로 만들어놓았다. 피해범위는 수십 미터에 달했고, 그 위력이 얼마나 엄청난지를 얘기해주고 있었다.

그게 바로 정체불명의 포탄의 효과일 것이다. 핵격마법에도 필적할 만한, 이런 위험한 포탄을 용케도 개발했군.

그렇게 감탄할 수 있는 것도 고부타 일행이 무사하기 때문이다. 베니마루의 명령에 즉시 반응하여 '그림자 이동'으로 그 자리를 이탈한 것이다.

『무사해서 다행이로군.』

『무사하지 않습니다요! 이 그림자 공간에까지 충격파가 전해진단 말입니다요.』

『누구 다친 사람이라도 있나?』

『아뇨, 그건 괜찮습니다요. 베니마루 씨 덕분에 다들 무사했습니다요.』

기운찬 목소리로 대답하는 고부타. 아팠다고 투덜대고 있지만 뭐, 괜찮은 것 같다.

그러고 보니 테스타로사는 '그림자 이동'을 쓸 수 있었나──
아니, 무사한 것 같으니까 딱히 신경을 써봤자 소용이 없으려나.

지금은 그보다 다음에는 어떻게 움직일 것인가가 더 큰 문제다.

*

나는 '사념전달'로 네트워크를 꾸렸다.

참가할 자는 베니마루, 고부타, 테스타로사다.

체감시간을 늘리기 위해서 '사고가속'도 발동했다. 이 방법으로
짧은 시간으로도 의의 있는 회의를 할 수 있게 만들었다.

『자, 이제 어떻게 할 거지?』

지금은 베니마루의 의견을 듣고 싶다.

『지금 현재, 가비루가 이끄는 부대가 적의 전차부대에 강습을
가하기 위해 이동 중입니다. 이들과 협공을 하도록 고부타 부대를
움직일 것입니다.』

호오.

『그건 위험하지 않은가?』

『위험하겠지만, 가비루 부대가 양동을 벌일 것입니다. 그 틈을
노리고 고부타 부대가 공격을 가할 것입니다. 전차의 파괴력은 예
상 이상이었지만, 그 기동력은 예상 범위 안이었습니다. 충분히
승산이 있습니다.』

베니마루는 그렇게 호언장담했다.

방금 전 일련의 공방을 본 결과, 전차포의 선회속도보다 가비루

부대의 비상속도가 더 빠르다고 한다. 회피에 전념하는 가비루 부대라면 전차포에 당하는 일은 없을 거라고 한다.

조준을 맞추는 것도 어려울 겁니다──라고 베니마루는 말했지만, 공격을 시도하는 쪽은 두려울 것 같다는 생각이 들었다. 가비루는 저렇게 보여도 용감하기 때문에, 그런 점은 전혀 마음에 두지 않을 것 같지만.

뭐, 확실히 하늘을 날고 있기만 하다면, 포탄의 사선상에서 회피하는 것만으로 피해를 입을 일은 없을 것이다. 가비루 쪽은 기합으로 극복해주길 바라면서 기대하자.

그리고 고부타 쪽 말인데.

『저, 저희들도 돌격하는 겁니까?』

『너희가 주역이다. 하지만 안심해라. 일단 품속으로 뛰어들기만 하면 적은 같은 편을 공격하는 걸 두려워하여 움직임이 둔해질 테니까. 그러니까 가비루 부대의 양동이 시작되면 전속력으로 파고들어라.』

베니마루는 그렇게 고부타에게 악귀(惡鬼) 같은 명령을 내렸다. 아니, 원래 오니(鬼)이긴 하지만.

『저기, 그러면 이대로 '그림자 이동'으로 들어가도 되겠습니까?』

그렇게 묻는 고부타에게, 베니마루는 고개를 가로저었다.

『그건 위험하겠군. 적도 역시 마법탐지나 방어결계 같은 다양한 방어수단을 준비하고 있을 거다. 스킬에 대비한 준비도 해놓았을 테니까, 어설픈 잔재주는 부리지 않는 게 좋겠지.』

이 말에 대해선 나도 같은 의견이다.

전차라는 가장 중요한 공격수단을 무방비하게 놔둘 리가 없으니까, 방비는 철저하게 해두었을 것으로 생각되었다. 스킬에 대비한 결계도 있을 테니 거기에 당하면 위험하다. 지금은 정면 돌파가 오히려 더 안전할지도 모른다.

『레기온 매직(군단마법)에도 계면결계라는 것이 있습니다. 이공간을 통한 기습을 막는 마법인데, 이로 인해 오히려 우리의 움직임이 봉인될 위험도 있죠. 베니마루 공의 말씀대로 정면 돌파가 가장 안전할 겁니다.』

내가 하고 싶은 말을, 테스타로사가 잘 정리해주었다.

이 말에는 고부타도 납득한 것 같았다.

『아, 알았습니다요. 테, 테스타로사 씨, 가 그렇게 말한다면 저도 불만은 없습니다요.』

겁을 먹고 있군, 고부타 녀석.

그렇겠지. 압도적으로 격이 높은 존재에게 그런 소리를 잔뜩 늘어놓았으니까 말이야.

그 정도면 겁을 먹고 떠는 것도 당연하다.

나도 그걸 기대——가 아니라, 즐거움으로 삼은——것도 아니면, 그래, 그게 아니라 편을 들어주자고 생각을 하였다. 그러니까 이 말을 고부타에게 해주자고 생각했다.

『고부타 군. 사람은 말이지, 겉보기로 판단하는 게 아니야. 그 사실을 한 번 더 마음속에 깊이 새겨두면서, 같은 실패를 반복하지 않도록 하게!』

이건 나에게도 해당되는 말이지만 말이지.

테스타로사와 다른 악마들에 대해서, 사실을 듣기 전까지는 알아차리지 못했으니까…….

『넵. 충분히 반성하겠습니다요…….』

응응. 이러면 됐어!

"무슨 얘길 하는 겁니까?"

"비밀이랄 것도 아니지만, 뭐, 고부타의 착각에 대한 얘기야."

"아아, 테스타로사 얘기입니까. 고부타 저 녀석도 성장 중이긴 한데, 정작 중요한 부분에서 멍청한 짓을 한다니까요. 가끔은 뼈저린 경험을 겪어보는 것도 좋겠죠."

베니마루도 알아차렸는지, 내 설명을 듣고 쓴웃음을 지었다.

"그건 그렇고, 디아블로가 데려온 그자들은 어떤 자들입니까? 특히 그 세 아가씨들에게선 범상치 않은 기척이 느껴집니다만?"

내가 인정한 자들이라는 이유로, 베니마루도 별말 없이 받아들이고 있었다. 그러나 역시 그녀들의 정체에 대해선 신경이 쓰이는 모양이었다.

하지만 말이지…… 태초라는 이름으로 불리는 위험한 악마입니다――라는 사실은 모르는 쪽이 더 행복할 것 같아.

그렇게 말해도 끝까지 비밀로 놔둘 수는 없으려나.

간부의 자리에 있는 멤버에게도 밝히지 않는 건 나도 마음이 괴롭다. 시온은 모르는 것은 물론이고, 그걸 딱히 신경을 쓰지도 않는 것 같지만, 베니마루에게만큼은 사실을 가르쳐줘도 좋을 것 같았다.

"――그건 뭐, 나중에 얘기해주지."

내가 그렇게 답하자, 베니마루는 어깨를 으쓱했다.

"뭐, 하긴, 전쟁 중에 신경 쓸 문제는 아니긴 하죠."

그렇게 납득해주는 것 같으니, 나도 일단 이 문제는 잊어버리고 다른 쪽에 집중하기로 하자.

『그런고로 고부타, 지금은 전쟁 중이다. 반성은 중요하지만, 그건 살아서 돌아온 뒤에 해라.』

『물론입니다요!』

『작전개요에서 모르는 점이 있나?』

『괜찮습니다요, 베니마루 씨. 숲의 끝까지 이동한 뒤에 가비루 씨가 공격을 개시할 타이밍에 돌진하겠습니다요.』

『바로 그거다. 기합을 단단히 넣어라!』

『넵!』

고부타에게서 두려움이 사라졌다.

이제 작전에 집중해줄 것이다.

이리하여 '사념전달'을 이용한 회의를 종료했다.

그리고 몇 분 후.

가비루가 이끄는 제3군단이 전차부대를 강습했다.

"크와하하하! 내 활약을 똑똑히 보아라! 움직임이 둔한 너희들은 내 적이 되지 못한다!"

여전히 가비루는 신이 난 표정으로 한껏 허세를 부리고 있었다.

약간 불안해지긴 했지만, 가비루답다고 하면 그렇다고 할 수 있다.

사실, 전차부대도 즉시 대응하지 못하고 있었다.

베니마루가 예상한 대로, 전차포의 움직임으로는 가비루를 포착하지 못하고 있었다.

이건 가비루의 공적도 컸다. 훌륭하게 지휘를 내렸고, 모두의 연계가 완벽했다.

상당한 훈련을 쌓은 성과이겠지. 놀랍기까지 한 공중전투 능력을 익힌 것 같았다.

'히류' 100명은 말할 것도 없었고, 와이번 라이더 300명도 훌륭한 움직임을 보여주고 있었다. 예비 탑승자도 육성 중이라고 하니, 와이번의 수가 늘어나면 믿음직스러운 전력이 되어줄 것 같다.

가비루는 철저하게 양동에 임하고 있었지만, 공격을 일절 하지 않는 건 아니었다. 적을 정신없게 만들려는 의미도 포함하여, 와이번을 시켜 불덩이를 토하게 만들고 있었다.

역시 B+랭크 급의 마물이라고 할까, 웬만한 마법사가 다루는 원소마법 : 파이어 볼에 필적하는 위력이었다.

전차의 마법방어를 돌파할 정도까지는 아니지만, 그래도 보병에게는 유효했다. 상공에서 지상을 향해 공격할 수 있는 가비루의 진면목을 보여주었다.

전과로서는 미미했지만, 전술적 역할은 훌륭하게 소화해주고 있었다.

그리고 고부타도.

겁을 완전히 떨쳐내고 전의를 단단히 다진 것 같았다.

고부타의 지휘에 망설임 같은 건 없었으며, 올곧게, 일사불란한 움직임으로 전차부대로 돌격하고 있었다.

고부타 부대와 대치하고 있던 500대 너머에는 드워프 왕국을 향해 1,500대의 전차가 정렬하고 있었다. 거기까지만 파고 들어가면 적은 섣불리 행동하지 못하게 될 것이다.

거기까지만 가면 대승리지만, 제국군도 무능하진 않았다. 필사적으로 방해하려고 들 것이 분명하니까, 지금부터는 숙련도와 속도의 승부가 된다.

그 사실은 고부타도 이해하고 있는 것 같았으며, 베니마루의 지시를 지키면서도 그 번개 같은 속도를 이용하여 전차부대를 향해 내달렸다.

자신들을 향하는 포구에게 눈길 한 번 주지 않았고, 공포를 느끼는 기색은 아예 존재하지 않았다.

전차부대의 앞줄까지 남은 거리는 약 100미터 정도.

고블린 라이더라면 6초도 안 되어서 돌파할 수 있는 거리다.

몇 발의 포격음이 들렸지만, 고부타 부대는 겁을 먹지 않았다. 속도를 늦추지 않고, 그대로 계속 달렸다.

사실 그 포격은 위협이었던 것으로 보였고, 포탄은 전혀 다른 방향과 각도에서 작렬하고 있었다.

제국군이 동요하고 있다는 증거였다.

고블린 라이더는 쓸데없는 동작을 하지 않고, 자신들이 가는 방향을 가로막는 장애물만을 정확하게 처분하고 있었다.

지금도 전차를 지키는 보병부대가 앞에 서서 가로막으려고 했지만, 늑대들의 먹이가 되고 있었다.

거리는 제로.

이로 인해 첫 번째 목표인 전차부대와의 접촉에 성공했다.

선두를 달리는 란가와 그 등에 앉아 있는 고부타의 용맹한 모습.

두 번째로 달리는 고부치에게, 고부타가 눈짓으로 신호를 보냈다. 그걸 보면서 고개를 끄덕이는 고부치. 다음 순간, 고부치만 전차의 포탑을 향하여 자그마한 '뭔가'를 던져 넣었다.

그건 붉게 빛나는 구슬.

엘레멘트 코어(정령속성핵)—— 약칭 코어였다.

쿠로베를 시켜 대량으로 준비하게 한 비어 있는 코어(마핵)에 카리스에게 부탁하여 불꽃의 마력을 주입시킨 물건이다.

마검에 사용하는 것이 아니라, 폭탄 대신으로 마련한 것이었다.

이름하여 플레어 봄(화폭옥, 火爆玉).

과연 이게 잘 통할지…….

전차의 약점인 내부 안에서 일으키는 대화력의 폭발. 이게 통하지 않는다면 이 작전은 즉시 중지할 예정이었다.

"괜찮을까?"

"리무루, 걱정할 것 없다. 내 친구인 카리스를 믿도록 해라!"

"안심하십시오, 리무루 님. 폭발 직전까지 마력을 담아놓았으니, 저 쇳덩어리를 행동불능으로 만드는 것쯤은 별 어려움 없을 것이라 자부하고 있습니다."

나도 괜찮을 것이라곤 생각하지만, 이게 첫 실험이다. 걱정하지 말라는 말이——. 전차가 폭발했다.

"어때? 내 말대로지? 내 작전은 틀림이 없다니까!"

이 아이디어는 내가 낸 거란 말이지.

그래서 사실 더 불안했지만…… 성공을 하면, 역시 사람은 자랑을 하고 싶어지는 법이다.

"리무루 녀석, 완전히 신났네……."

"리무루답네!"

"너희들한테 그런 소릴 듣고 싶지 않아!"

그렇게 떠들어대는 우리들.

자랑스러운 표정을 짓는 카리스.

쓴웃음을 지는 베니마루와 베레타.

방긋 웃는 시온과 디아블로.

작전의 제2단계가 성공하면서, 분위기가 조금은 더 밝아졌다.

지금까지는 전초전.

다음 목표는 적의 품에 파고드는 것이다. 고부타 부대를 향해 돌아선 전차부대에는 눈길도 주지 않고 중앙을 칠 예정이다.

포탑의 사각을 지키도록 배치된 보병부대에게 타격을 가하면서, 고부타 부대가 내달렸다.

——전장을 종횡무진으로 내달리는 하나의 거대한 마물처럼.

그 움직임은 세련된 아름다움을 보여주었고, 대형 스크린을 통해 비춰지고 있었다.

"고부타 녀석, 성공했군. 이제 전차포로 공격을 받는 일은 없겠어."

"아뇨, 방심할 순 없습니다. 상대의 지휘관에 따라선 아군이 입을 피해를 무시하고 공격하는 것도 생각할 수 있으니까요."

그런 멍청한 짓을——이라고 생각했지만, 이건 전쟁이다.

그런 사태도 상정해두지 않으면 안 되겠지.

"그리고 적에게도 항공 전력이 있으니까요. 아직 안심하기엔 너무 이릅니다."

그렇겠지. 나도 그렇게 생각하면서 대형 스크린 쪽으로 시선을 돌렸다.

거기에 비치는 적의 기체들을 보니, 속도가 상승한 것을 알 수 있었다. 제국도 뭔지 모를 방법으로 연계행동을 취하고 있는 것 같았다.

적의 항공 전력이 도착하면 가비루는 그에 대한 대처를 강요받게 된다. 그렇게 되면 고부타 부대가 전장에 고립되는 결과가 되어버릴 것이다.

이렇게 되면 시간과의 승부다.

더 늦기 전에 결정적인 전과를 올리고 싶다.

그런 내 기대에 부응하듯이, 전장의 쾌진격은 계속 이어졌다.

고부타에 가비루.

두 사람은 훈련의 성과를 최대한으로 발휘하면서, 첫 실전에서 성과를 올리고 있었다. 그러나 모든 일이 생각대로 잘 돌아가는 것은 아니다.

베니마루가 말한 대로 안심하기에는 아직 일렀다──.

●

가스터는 짜증스러운 표정을 지으면서, 닥쳐오는 고부타 부대를 노려봤다.

(쓰레기들이 주제도 모르고 건방지게!!)

속에서 치밀어 오르는 분노를 눈앞에 닥쳐온 마물들로 풀겠다고, 가스터는 그렇게 마음속으로 맹세했다.

지금 막 순백의 머리카락을 나부끼던 테스타로사로 인해, 공포가 마음에 새겨져 있었다. 그 사실을 인정하고 싶지 않은 가스터는 고부타 부대를 산산조각으로 만들어서 자신감을 되찾으려고 생각한 것이다.

전장을 어지럽히는 것밖에 할 수 없는 마물로는 아무리 재빠르게 움직인다 한들 전차에게 생채기를 내는 것도 불가능하다——고 가스터는 생각하고 있었다.

그랬는데, 전장에 울려 퍼지는 폭발음과 함께 그 생각은 산산이 부서지고 말았다.

(말도 안 돼!!)

가스터는 그렇게 소리칠 뻔했지만, 입 밖으로 나오기 직전에 겨우 참아냈다.

전장에서 지휘관이 동요하는 짓은 절대 할 수 없다. 가스터는 이래 봬도 우수한 남자이며, 아직 정상적인 판단력을 잃지는 않았다.

"중장님, 어떻게 할까요?"

"당황하지 마라. 적의 움직임을 잘 관찰해라. 겨우 한 대의 전차를 파괴했을 뿐이며, 공격이 계속 이어질 낌새도 없다. 저 폭탄이 녀석들에겐 얼마 되지 않는 비장의 수단이라는 증거다."

"과연. 듣고 보니 그 말씀이 옳군요. 그렇지 않다면 저 하늘을 나는 도마뱀들도 같이 뿌려댔을 테니까요."

음, 하고 가스터는 고개를 끄덕였다.

가스터의 입장에선 냉정하게 판단을 내릴 생각이었겠지만, 이건 잘못된 인식이었다.

실은 리무루가 준비하도록 시킨 플레어 봄(화폭옥)은 그 총수가 3,000개에 달했다. 고부타가 이끄는 고블린 라이더는 각자가 10개씩 보유하고 있었으며, 그리고 하늘을 나는 도마뱀—— 가비루가 이끄는 '히류(비룡중)'도 또한 각자가 10개씩 배급받고 있었다.

가비루 부대가 플레어 봄을 사용하지 않은 것은 양동에 전념하고 있었기 때문이다. 또한 밀폐공간에서 사용하지 않으면 플레어 봄은 제 위력을 발휘할 수 없다는 걸 알고 있었기 때문이었다.

화약은 밀폐공간에서 폭발시키면 위력이 배로 늘어난다.

플레어 봄도 그 이치는 같았던 것이다.

베니마루가 중시하는 것은 전차의 파괴였고, 그 주변의 보병 따위는 안중에 없었다. 그렇기에 더더욱 플레어 봄을 낭비하는 것을 허락하지 않은 것이다.

중요한 것은 작전의 성공여부이지, 눈앞의 전공이 아니다.

고부타랑 가비루, 그리고 부하 마물들은 그걸 충분히 이해하고 있었다.

그 사실을 모르는 가스터는 자신의 말로 여유를 되찾았다.

(아끼지 않고 신병기를 꺼낸 것은 인정해주마. 그러나 이기는 건 우리 쪽이다!)

가스터는 고부타 부대의 비장 수단에 대해 판단을 잘못 내렸지만, 어떤 것을 노리고 있는지는 정확히 꿰뚫어 보고 있었다.

(좌익 대대를 무시한 것은 이 본대를 격파하는 게 목적이란 뜻이겠지? 그렇다면 대응할 방법은 얼마든지 있다!)

가비루 부대의 공격은 화려했지만, 그건 마법을 이용한 '결계'로 막아내고 있었다. 경계해야 할 것은 신병기뿐이며, 그렇다면 고부타 부대를 접근시키지만 않으면 되는 것이었다.

"밀집형공전진형(密集型空戰陣形)으로 대처하라."

가스터의 명령을 듣고 부관이 놀랐다.

"중장님, 그건 위험합니다! 적 전력과 혼전 중인 자도 있는 현재, 그랬다간 아군을 공격할 우려가——!!"

"그래서 그게 어쨌다는 거냐? 방해가 된다면 아예 전차포로 날려버리면 된다. 애초에 아군의 발목을 붙잡는 무능한 놈들은 영광스러운 제국군에는 필요가 없다!"

"그게 무슨——."

그렇게까지 단언해버리면, 이미 부관의 힘으로는 가스터를 말릴 수 없었다.

여러 대의 전차와 다수의 보병이 공격에 휘말리게 되겠지만, 이 싸움은 확실하게 이길 수 있다——는 걸 부관도 잘 알고 있었기 때문이다.

소수의 희생을 상관하지 않고 전쟁에 승리한다. 그런 시각과 각오가 없다면 지휘관의 자리는 맡을 수가 없는 것이다.

"법규적으로 문제가 있는가?"

"아뇨, 각하. 아무런 문제도 없습니다."

참모도 가스터의 의견에 동의했다.

이리하여 가스터의 독주회가 시작되었다.

『좌익 대대, 밀집형공전진형으로 대응하라!』

가스터는 부하를 통하지 않고, 자신의 스킬로 직접 명령을 발동시켰다. 이로 인해 좌익 대대는 지금까지 보였던 것보다 더 빠른 속도로 진형을 갖추기 시작했다.

고부타 부대가 돌파한 자들을 무시한 채, 남은 차량으로 길을 막더니 전차포를 선회하면서, 앞뒤의 차량이 연결되고 있었다.

그건 현대전의 상식조차도 뒤집는 진형이었다.

"뭐야?! 그런 무모한 짓을——!!"

고부타가 아연실색하면서 소리를 치는 것도 당연했다.

전차는 그 거구를 이용하여 일부러 틈새를 만들지 않도록 밀집하기 시작했다. 그런 짓을 하면 자신들도 움직이지 못하게 되겠지만, 그래도 효과는 있다. 이로 인해 고부타 부대는 틈새를 통해 빠져나갈 수 없게 된 것이다.

더구나 놀라기에는 아직 일렀다.

좌익 대대가 원형으로 펼쳐지더니, 고부타 부대를 포위하듯이 바리케이드를 구축했다. 그 바리케이드에 호응하듯이, 중앙 본대에 소속된 반수도 움직이기 시작했다. 공중으로 부유하여 반전하더니, 앞 열에 있는 전차의 뒤에 내려앉았다. 그리고 고부타 부대가 가려는 방향을 가로막는 벽이 된 것이다.

1,000대에 가까운 전차가 연결되어, 한 개의 거대한 요새로 변했다. 이래선 중앙 부대를 격파하는 건 아예 불가능했다.

"그런 식으로 움직일 수 있다는 얘기는 들었습니다만, 설마 이런 수를 쓸 줄이야……."

고부타의 부관인 고부치도 눈앞에 펼쳐진 광경을 보고 넋이 나간 표정으로 중얼거렸다.

『기총으로 탄막을 펼쳐 적의 움직임을 봉쇄하라!』

그리고 시작된 것은 입체적인 기총소사였다. 다면적으로 탄막을 펼침으로써, 고부타 부대가 특기로 하는 고속이동이 봉쇄된 것이다.

고부타 부대의 주위에는 자신들의 동료인 전차와 그에 따르는 보병부대도 있었지만, 전혀 상관없다는 태도였다.

"위험합니다요. 이래선 작전을 진행시키는 것 자체가 불가능한 뎁쇼?!"

베니마루의 작전에 차질이 생기면서, 고부타는 동요했다.

제국병이 아군의 총에 맞는 모습을 보면서, 아무리 고부타라고 해도 초조함을 느낄 수밖에 없었다.

"끄으응…… 고부타여, 미안하다. 도와주러 가고 싶지만 우리도 이미 한계구나."

가비루 부대는 가비루 부대 나름대로, 공중포화에 노출되어 있었다.

전차포는 맞지 않는다고 해도, 전차에는 기총이 장비되어 있다. 그로 인해 가비루 부대는 견제를 당하고 있었다.

지휘관인 가스터가 냉정함을 되찾은 지금, 숫자의 차이가 결정적인 우세를 낳고 있었다. 그리고 으레 안 좋은 일에는 안 좋은 일이 겹치는 법이다.

『오래 기다리셨습니다, 가스터 공!』

팔라가 소장이 이끄는 '공전비행병단'이 지금 이 자리에 모습을 드러낸 것이다.

비공선, 100척.

가비루 부대는 그에 대한 대응에 쫓기게 되면서, 고부타 부대는 점점 더 궁지에 몰리게 되었다.

『팔라가여, 이제 왔는가. 이걸로 적은 완전히 궁지에 몰렸다. 극비병기인 매직 캔슬러(마력요소교란방사)의 시운전에는 딱 좋은 무대가 아닌가?』

『하하, 가스터 공에겐 상대가 못 되겠군요. 그러면 우리도 바로 참가하도록 하겠습니다.』

『전공을 나눠주는 거다. 방심하지 마라.』

『잘 알겠습니다. 그럼 무운을 빕니다!』

특수회선을 이용한 통화로 가스터와 팔라가는 공동전선을 펼칠 것을 약속했다.

가스터의 입장에선 작전을 더욱 탄탄하게 만들기 위해서.

팔라가의 입장에선 본격적인 전투를 벌이기 전의 준비운동. 그리고 실전에서도 도움이 된다는 걸 어필하는 목적도 있었다.

비공선이라는 비장의 병기를 보유한 '공전비행병단'이었지만, 그 위치는 세 부대 중에서 가장 낮았다. 공을 세울 필요가 있었던 것이다.

이렇게 팔라가 부대가 참전하면서, 상황은 템페스트 군에게 더욱 불리해졌다.

상황의 변화를 가장 빨리 이해하고 있는 것은 당사자들인 고부타 부대였다.

"고부타 군단장님, 어떻게 할까요?"

"그야, 당연합니다요. 후퇴하는 겁니다요!"

『그래, 그거다. 상황이 변한 지금, 무리할 필요는 없지..』

고부타의 판단은 정답이었다.

작전을 무리하게 밀어붙이지 않고, 예측 못 한 사태가 일어나면 일단 물러난다. 이게 철저하게 교육받은 규칙인 것이다.

계속 지켜보고 있던 베니마루로부터 후퇴하라는 지시가 내려오면서, 말단병까지 현재의 상황을 깨닫게 되었다.

도망치는 것도 일제히. 약간의 지체도 없이, 모두가 반전했다.

그리고 '그림자 이동'을 이용하여 후퇴를 시도했지만——.

"고부타여, 적도 만만하지 않다. '그림자 이동'을 쓸 수 없게 마법을 이용한 방해공작이 시작된 것 같다."

이상을 느낀 란가의 경고는 약간 늦었다. 그때 이미 고부타 부대는 제국의 '광범위마법방해'의 영향 하에 있었던 것이다.

란가라면 또 몰라도, 다른 권속은 그 방해마법을 돌파할 수 없었다. 이렇게 되면 직접 달려서 도망치는 것 말고는 방법이 없었다.

"전원, 전속력으로 숲까지 도망치는 겁니다!!"

고부타가 안색이 변한 채로 소리쳤고, 고블린 라이더는 그 지시를 따랐다.

숲까지의 거리는 200미터도 되지 않는다.

달리기만 한다면 필요한 시간은 십여 초. 그러나 뒤에서 적이 자신들을 노리고 사격을 가하고 있는 지금의 상황에선, 그건 절망적일 정도로 멀게 느껴지는 거리였다.

그 후퇴작전은 고난으로 가득 찬 여정이 될 것이다……

도망치는 고부타 부대를 보면서, 가스터는 잔인한 미소를 지었다.

재빨리 부하들에게 명령을 내려서 전차포를 조준시켰다.

(망할 녀석들, 그렇게 쉽게 놓아줄 것이라 생각지 마라!)

사용할 것은 이제 한발밖에 남지 않은 특수탄이다.

가스터의 명령에 따라 전차포가 조준을 완료했으며, 지체 없이 발사되었다.

그의 노림수는 적의 이동방향을 막는 것이다. 고부타 부대는 날아오는 포탄을 초직감으로 회피했지만, 도망쳐서 숨으려는 숲이 불타버리면 아무런 의미가 없게 된다.

"위험합니다요…… 이거. 우리들, 살아서 돌아갈 수 있는 겁니까요?"

"고부타 씨, 그런 말은 농담으로라도 하지 않았으면 좋겠는데요. 뭐, 제가 있으니까 모두 살아서 돌아갈 수 있습니다."

"고부토는 쓸데없이 자신만만합니다요. 그 근거 없는 발언을 듣고 있으면 고민하던 게 멍청하게 느껴집니다요."

"고부타 대장──이 아니었지, 군단장도 고민을 합니까?"

"무슨 말을 하는 거야. 기껏해야 오늘 저녁 메뉴 정도겠지. 그게 아니면 리무루 폐하와 놀러간 걸 들켰는데, 리그루 씨한테 어떻게 사과할까 정도가 아닐까?"

고부치와 고부테도 끼어들면서 고블린 라이더의 대원들 사이에서 웃음소리가 터져 나왔다.

상황은 절망적이었지만, 고부타 일행은 평소의 모습을 잃어버리진 않았던 것이다.

그리고, 그런 고부타 부대원들의 대화는 귀를 기울여 듣고 있던 가스터에게 그대로 다 전달되었다.

(……우릴 우습게 보다니. 포위가 완료된 지금, 네놈들의 운명은 내 손 안에 있단 말이다!)

격정으로 마음을 불태우는 가스터.

그 시선 끝에는 순백의 머리카락을 가진 미녀── 테스타로사가 있었다.

열기를 품은 폭풍에 그대로 노출되고 있을 텐데도, 그 표정은 차분했다. 미친 듯이 날아드는 총탄도 전혀 위협적으로 생각하지 않는 것 같았다.

(네놈도 마찬가지다. 나를 우롱하다니. 절대 용서하지 않겠어! 그 미모를, 공포로 울부짖는 얼굴로 바꿔주마!!)

가스터는 자신의 어슴푸레하게 어두운 욕망을 자각하지 못했다.

테스타로사에게 매료되어, 자신의 판단이 과격한 성격을 띠게 되었다는 것도 깨닫지 못하고 있었다.

그 얼굴을 사악하게 일그러트리면서, 가스터는 호령했다.

『나머지 전 차량에게 알린다! 적을 향해 전차포를 발사하라!!』

고부타 부대를 바짝 따르고 있는 좌익의 잔존전력. 이 부대의 안전을 무시하는 명령이었지만, 이의를 제기하는 자는 없었다.

요새로 변한 전차부대가 고부타 부대의 움직임을 견제하는 가운데, 나머지 1,000대의 전차가 포탑을 선회시켰다.

각도를 조절하고, 지근거리에서 발사되는 충격에 대비한 대책으로 대충격방어를 실시한 뒤에── 목숨을 거둬들일 필살의 포구가, 지금 일제히 불을 뿜으려 하고 있었다.

＊

상공에서도 격전이 시작되고 있었다.

비공선에서 발사되는 수많은 강화마법.

그 마법들을 앞에 둔 상태에서 가비루 부대는 농락당하고 있었다.

지금 그들을 번거롭게 만드는 것은 마력요소의 움직임이 흐트러지고 있다는 것이었다. 극비병기인 매직 캔슬러(마력요소교란방사)는 고부타 부대뿐만 아니라 가비루의 부대에게도 그 영향을 끼치고 있었다.

"끄으응, 이거 귀찮게 됐군. 저 하늘을 나는 배에 가까이 가면 우리의 몸이 무거워진단 말이지."

"가비루 님, 어떻게 할까요?"

"고부타 씨 부대를 도와주러 가고 싶지만, 그럴 여유가 없습니다."

'히류(비룡중)'만이라면 어떻게든 되겠지만, 아군 중에는 실전경험이 부족한 와이번 라이더도 있다. 여기서 서툰 짓을 했다간 고부타 부대뿐만 아니라 가비루 부대까지 같이 전멸될 우려가 있었다.

"에잇, 어쩔 수 없군! 우선은 저 배를 격추시킨다. 숫자로는 우리가 유리하다. 각자 눈앞의 적에 집중하도록 해라!"

"알겠습니다, 대장."

"하지만 상대가 더 큰데요? 숫자만 가지고 비교하는 건 좀──."

"멍청아, 입 다물어! 가비루 님도 알고 있지만 그렇게 명령할 수밖에 없는 거라고!"

멍청한 소리를 하는 자도 있었지만, 그건 평소에도 있는 일이다. 대화 내용과는 반대로 가비루 부대는 본격적으로 비공선단과의 전투를 위해 돌진하기 시작했다.

그런 가비루 부대를 냉혹한 눈으로 보는 자가 있었다.

기갑군단 비장의 부대── '공전비행병단'을 통괄하는 팔라가 소장이었다.

팔라가는 유능한 남자였다. 그리고 그에 걸맞은 상승욕구를 품고 있으며, 다른 장교에 뒤지지 않는 출세욕을 갖고 있었다.

그런 팔라가였지만, 철저하게 다른 동료를 받쳐주면서, 자신에게 적의가 오지 않도록 절치부심하고 있었다.

그런 행동에는 당연히 이유가 있었다.

옛 보금자리였던 '마법군단'의 최후를 경험했기 때문이다.

옛날에는 절대적인 권세를 자랑했던 '마법군단'이었지만, 지금은 해체된 과거의 유물이 되고 말았다. 그건 시대의 흐름일지도 모르지만, 큰 이유를 따지자면 상층부가 전쟁을 치르는 데 있어 효율이 좋지 않다는 판단을 내렸기 때문이다.

마법전은 화려한 것으로 생각하기 쉽지만, 실제로는 너무나도 지루한 작업이었다.

적의 마법을 해석하고 방해한다. 그 틈에 자신들의 마법을 발동시켜 적군에 타격을 가한다. 그 과정의 반복이며, 큰 성과를 거두는 일은 좀처럼 없다.

왜냐하면, 마법으로 강화된 기사들 쪽이 실전에선 월등하게 강했기 때문이다.

예를 들면 최강마법으로서 핵격마법이 유명하지만, 이걸 사용하려면 수십 명의 소서러(법술사)가 필요하다. 개인의 힘으로 쏠 수 있는 마법이 아니며, 주문의 구축—— 영창에는 시간이 걸린다.

일부의 영웅급에 속하는 자라면 핵격마법을 개인의 힘으로도 다룰 수 있겠지만…… 그 위력은 기껏해야 직경 100미터 범위에서 폭발을 일으킬 수 있는 정도일 것이다.

직격하면 충분한 위력이지만, 군대가 상대라면 레기온 매직(군단마법)으로 설치되는 안티 매직 실드(대마법장벽)가 있다. 이걸 돌파할 정도의 위력은 집단의 힘을 이용한 의식마법으로밖에 발현할 수 없다.

즉, 개별적인 마법사의 힘로는 전장에서의 활약을 기대할 수 없다는 얘기였다.

또 마법사라는 존재는 많은 수를 갖추는 게 유리하지만, 많으면 많을수록 좋은 것은 또 아니다. 전장에 감도는 마력요소의 양이 유한한 이상, 다 써버리고 나면 마법사는 무용지물이 되어버리기 때문이다.

없으면 안 되는 존재지만, 화려한 성과를 올릴 수가 없는 것이 마법사라는 존재였던 것이다.

팔라가도 또한 우수한 위저드(마도사)였으며, 가드라 노사의 제자 중의 한 명이었다.

스승인 가드라를 존경하고 있었으며, 그 가르침을 존중하여 스스로도 정진을 게을리하지 않았다.

그러나 깨닫고 말았다.

스승인 가드라의 협력을 통해 기갑군단의 근대화가 실시됨에 따라 자신들의 활약할 자리가 없어지게 되었다는 것을.

시대는 깊은 연구를 쌓은 마법사를 필요로 하지 않게 되었다.

'스펠 건(마총)'이 있으면, 평범한 사람까지도 마법을 다룰 수 있게 되어버렸다.

팔라가는 가드라를 증오했다.

스승의 행위가 자신들의 목을 조르게 될 것이라고, 팔라가는 그런 의견을 올렸다. 그러나 그 의견은 가드라에 의해 기각되고 말았기 때문이다.

그 결과가 '마법군단'의 몰락이었으며——.

(그래서 나는 스승을 배신하고 칼리굴리오 님에게 충성을 맹세한 것이다.)

그리고 얻어낸 것이 지금의 지위였다.

　과거의 부하── 유능한 마법사들을 받아들여서 활약할 자리를 부여했다. 그리고 언젠가는 '공전비행병단'이야말로 최강이라는 이름을 마음껏 누리게 될 것이다.

　그때까지는 동료들의 환심을 사면서 눈에 띄지 않게 해야 한다. 팔라가는 그렇게 생각하면서, 늘 자신을 다스리고 있었다.

　그리고 드디어 절호의 기회가 찾아왔다.

　베루도라 토벌작전. 그 작전의 중추적인 역할을 할 부대로서 '공전비행병단'이 임명된 것이다.

　임무의 개요는 베루도라를 매직 캔슬러로 봉쇄하는 것.

　그 외에는 다른 부대의 보조가 될 것이다.

　원래 역할로서는 병참도 있지만, 이번에는 그게 면제되었다. 아니, 비공선 400척 중에 300척은 다른 임무를 맡고 있었고, 남은 100척에는 수용 한계까지 정예의 마법사들이 타고 있었다.

　완전히 전투에 특화된 구성이었으며, 칼리굴리오가 이 작전을 얼마나 중시하고 있다는 걸 알 수 있었다.

　이번 작전은 어떻게든 성공시킬 필요가 있다──는 것을 팔라가도 충분히 이해하고 있었던 것이다.

　(여기서 무훈을 세워서 우리가 유용하다는 것을 증명할 것이다. 그리고 새로운 시대가 막을 여는 것이다!)

　팔라가는 그렇게 생각하면서 득의양양한 미소를 지었다.

　그렇게 되면 다른 장교의 눈치를 살필 필요도 사라진다. 입장은 역전될 것이며, 누구나가 팔라가의 의향을 무시하지 못하게 될 것이다.

그게 바로 자신의 원래 모습이어야 한다고, 팔라가는 믿어 의심치 않았다.

(베루도라를 쓰러트리기 전의 준비운동으로선 부족하지만, 뭐, 상관없겠지. 저 하늘을 나는 도마뱀이랑 땅을 기는 개들을 신병기의 시험대상으로 써주마.)

팔라가는 그렇게 생각했다.

"뭐가 전공을 나눠준다는 거냐. 은혜를 베풀어주는 건 우리란 말이오, 가스터 공!"

팔라가는 손에 든 와인 잔을 들어 올리면서 소리 높여 외쳤다.

"제군! 지금까지는 인고의 시간을 보내왔지만, 그것도 오늘로 끝이다! 우리의 진짜 힘을 보여주도록 하자!!"

""""오오오오오옷――!!""""

그 말에 호응하는 탑승원들.

원래는 엘리트였어야 할 마법사로서, 쓰디쓴 현실을 참아왔었다. 그 굴욕은 오늘부터 시작될 영광의 날로 보답을 받을 것이다.

모두의 마음은 하나가 되었다.

그렇게 동조된 마음을 그대로 유지한 채로, 100척의 비공선이 공세를 강화하기 시작했다.

비공선의 최대의 특징은 매직 캔슬러(마력요소교란방사) 발생 장치에 있겠지만, 그 외에도 최신예 병기를 탑재하고 있었다.

그걸 조종하는 것은 〈원소마법〉과 〈소환마법〉에 정통한 매지션(마술사)들이었다.

비공선의 구조는 크게 나눠서 세 군데.

운용부문, 방위부문, 공격부문이다.

이 부문에 각자 100명씩 배정되어 있으며, 나머지 100명은 예비 인력, 연락이나 의료관계에 종사하고 있었다.

운용부문은 말할 것도 없이 비공선의 조작을 맡고 있다. 최하 50명만 있으면 배를 띄울 수는 있지만, 전력으로 함대운용을 하려면 100명으로도 부족할 정도였다.

방위부문은 비공선의 '방어결계'를 담당한다.

물리, 마법, 속성 등의 다양한 공격에 대처하고 있다.

경량화 때문에 비공선의 외벽은 두껍지 않다. 강화마법을 이용한 방어를 소홀히 하다간 쉽게 추락당하게 된다. 절대 방심할 수 없는 부문이었다.

그리고 마지막 공격부문이 제일 각광을 받는 부문이다.

비공선에 장비된 병기에는 마법증강포라는 것이 있었다.

이건 마법사들의 연계를 쉽게 만들어주는 역할도 하고 있었다.

받침대에 장비된 마력구에 여러 명의 마법사들이 동시에 마력을 주입한다. 그리하여 마법 주문을 동시에 영창함으로써, 대마법을 쉽게 다룰 수 있도록 되어 있었다.

정면에 한 개, 양쪽 측면에 두 개씩.

총 다섯 개의 마법증강포가 있으며, 한 개당 최대 열 명의 마법사들이 명령을 기다리고 있었다. 그 뒤의 좌석에는 교대인원이 앉아서, 연속으로 마법을 발동할 수 있도록 대기하고 있었다.

특필할 사항은 이 마법증강포는 사용자의 수에 비례하여 위력이 늘어난다는 점이다.

두 명이 함께 사용하면 위력은 네 배로.

최대인원인 열 명이 사용하면 위력은 스무 배가 된다.

이건 위협적이었다.

단순한 파이어(화염구)조차 파이어 볼(화염대마구)의 위력을 능가할 수 있다는 뜻이다. 이게 얼마나 대단한 것인지는 굳이 말할 필요도 없을 것이다.

비공선의 수비는 완벽했다.

와이번이 토해내는 불꽃 덩어리 정도는 문제도 되지 않았고, 몸통박치기조차도 장벽으로 막아냈다.

어중간한 공격은 통하지 않았으며, 그 모습은 팔라가를 만족시키고 있었다.

그리고 공격성능도.

"비공선은 최강이다. 슬슬 진짜 실력을 보여주기로 하자. 최대위력으로 눈에 거슬리는 도마뱀들을 격추시켜라!"

그렇게 격한 명령을 날리는 팔라가.

지금까지는 각각 두세 명 정도의 마법사만 마법 주문을 영창하고 있었다. 그러나 테스트는 이제 충분하다. 지금부터가 진짜다.

순도 높은 마석으로 제작된 직경 50센티미터 정도의 주문제어용 구슬. 여기에 마력을 흘려 넣음으로써 마법증강포가 가동된다.

지금까지는 조용히 지켜보고 있던 마법사들도 손을 뻗었고, 이로인해 열 명 전체가 발동시킨 대규모마법이 발사되었다.

통상의 스무 배라는 위력으로 번개랑 빙설, 불꽃이랑 진공파 등등의 무시무시한 수많은 마법들이 상공에 미친 듯이 작렬했으며── 맹렬한 위력을 동반한 채, 가비루 부대에게 닥쳐왔다.

나는 잡아먹을 듯한 눈빛으로 전황을 바라보고 있었지만, 자신도 모르게 의자에서 일어났다.

전차포의 공격에 의한 충격을 받으면서, 고부타의 부하들이 사방으로 날아가고 있었다.

대규모마법에 노출되면서, 가비루의 부하들이 차례로 추락했다.

전황이 격화되면서, 피해가 생기기 시작한 것이다.

아니, 피해가 생길 것은 예상했었다. 예상했었지만, 그래도 나는 낙관하고 있었는지도 모르겠다.

이래저래 힘들게 싸우더라도 결국은 이기겠지, 라고.

베니마루는 자신만만했으며, 라파엘도 아무 말을 하지 않은 이상, 아무런 문제도 없다고 안일한 생각을 했던 것이다.

하지만 현실은 달랐다.

그야 그렇겠지. 왜냐하면 지금 벌이고 있는 것은 전쟁이니까.

우리가 아무런 피해를 받지 않고 승리하는 것이 당연할 리가 없다.

나는 자신의 안일한 생각에 대해, 이제 와서 짜증과 조바심을 느끼고 있었다.

베니마루가 차분한 표정으로 말했다.

"앉으십시오, 리무루 님. 이 상황은 예상한 범위 안의 일이며, 아무런 문제도 없습니다."

그 말을 듣고, 내 속에서 뭔가가 폭발한 것처럼 반응했다.

"넌 지금 희생자를 내고 있잖아—! 이래서 나도 '메기도(신의 분노)'

로 원호하는 게 더 좋았을 거라고──."

──아니, 이 문제에 관해선 이미 결론이 나와 있었다.

'메기도'는 확실히 효과적이지만, 그래도 의미가 없다는 결론을 내리고 있었던 것이다.

베니마루도 효과를 의문시하고 있었으며, 디아블로까지 부정적인 의견이었다.

그 이유는 몇 가지가 있다고 했다.

우선, 국가로서 걸음을 걷기 시작한 이상, 언제까지나 마왕인 자신들의 주인── 즉, 나──에게만 의존하고 있을 수는 없다는 것.

마왕은 부하 마물들을 비호하는 역할을 맡지만, 나라를 지키는 것은 부하의 임무라고. 베니마루는 그렇게 단언한 것이다.

템페스트(마국연방)가 자신들의 나라임을 자각하고, 조국은 자신들의 손으로 지킨다는 의지가 없다면 이 나라에 살 자격도 또한 없다──는 의견에는 다른 간부들까지 만장일치로 찬성했다.

"리무루 님이 모든 것을 부담하셔선 안 됩니다."

슈나가 그렇게 말했다.

나도 그 말을 듣고, 그 말도 옳다고 납득하면서 기쁘게 생각했던 것이다.

그게 우선 첫 번째 이유였다.

다음 이유는 디아블로가 지적한 '메기도'의 약점이다.

"이 '메기도'라는 것은 너무나도 아름다운 마법입니다. 낮은 코스트에 높은 위력. 범용성도 있으며, 응용하기도 편합니다. 하지만 적에게 알려지면 대책은 얼마든지 세울 수 있습니다."

그게 바로 디아블로의 주장이었다.

관제실에 머무른 채로 발동할 수 있으니, 이번에도 사용하면 큰 활약을 할 것이다. 그러나 그 내용이 알려지면 다음에는 통하지 않게 된다.

히나타도 언급한 내용이라고 하는데, 바람을 일으켜서 모래 먼지가 일어나게 만들면 그것만으로 정밀도와 위력이 엄청나게 떨어지고 만다.

예전에 썼을 때는 적을 몰살시켰다.

살아난 자──지금에 와선 에드마리스와 라젠 두 명이지만──에겐 입단속을 시켰으니, 정보가 누설될 우려는 없다. 그러나 이번 경우엔 그렇게 되지 않을 것이다.

수십만이나 되는 제국장병들의 입을 전부 막을 수는 없는 것이다.

"비장의 수단은 쓰지 않고 남겨두어야 합니다."

베니마루도 그렇게 말했다.

초장부터 절대적인 효과가 있는 마법을, 섣불리 사용해선 안 된다. 그게 디아블로와 베니마루의 의견이었다.

그런 설명을 듣고 나도 납득했다.

'메기도'라는 것은 태양광을 집중시켜 모은 초고온열선이 그 정체이며, 눈으로 보고 회피하는 것은 거의 불가능하다. 대인마법으로선 이때다 싶을 때 사용해야만 의미가 있는 마법인 것이다.

그에 비해 이번 상대는 맨몸이 아니라, 쇳덩어리인 전차였다. '메기도'가 통하지 않는다고는 할 수 없지만, 효과는 미비할 것으로 생각되었다. 라파엘(지혜지왕)의 계산으로도 전차를 파괴하려면 시간이 걸릴 것으로 판단했던 것이다.

위력을 높이지 않으면, 즉, 열선의 초점온도를 수만도 이상으로 집중시키지 않으면 전차를 관통할 수 없다. 또한 전차의 동력이 기름과 다르기 때문에 폭발을 일으키지도 않을 것이라 예상할 수 있었다.

열선을 관통시키는 것만으로는 전차의 움직임을 막을 수 없다고 한다면, 움직이지 않을 때까지 계속 관통시킬 필요가 있었다. 그런 지지부진한 작업을 할 바에야 핵격마법으로 날려버리는 것이 더 간단하다.

그런 경우엔 몇 겹이나 펼쳐진 '대마결계'를 파괴할 필요가 있으며, 그 결계를 발동 중인 마법사를 먼저 처리해야만 하는지라, 결국엔 마법을 동원한 진흙탕 싸움이 시작되는 셈이니…… 전술적으로는 의미가 없어진다.

마음대로 쉽게 풀릴 것 같지 않았다.

그렇다면 지휘권을 베니마루에게 준 이상, 내가 할 일은 지켜보는 것뿐이라는 얘기가 된다.

그렇게 되지만…….

"역시 나도 전장에 나가는 게──."

나는 그렇게 말하려고 했지만, 도중에 내 말은 가로막혔다.

"그건 안 됩니다. 총대장으로서 왕을 위험에 노출시키는 짓은 허락할 수 없습니다. 무엇보다 '용사' 클로에의 얘기가 마음에 걸립니다. 다른 시간축에선 리무루 님을 살해한 누군가가 있었습니다. 그런 위험인물의 존재를 알고 있으면서, 리무루 님을 전장에서 싸우게 할 수는── 없습니다."

적에게 위험인물이 있다는 이야기는 간부 전원이 공유하고 있었다. 미래에 일어날 수 있는 이야기라는 명목으로 내가 모두에게 전달해두었기 때문이다.

그 사실을 알게 되면서, 다들 무슨 생각을 했을까?

그 대답은 지금의 베니마루의 표정을 보면 일목요연했다.

"현시점에서 위협적인 존재로 생각할 수 있는 것은 3군단의 군단장과 임페리얼 가디언(제국황제 근위기사단)에 소속된 100명이라고 할 수 있겠죠. 그 외에도 숨겨진 강자가 있을 가능성도 있으므로, 현재 조사 중입니다. 무능한 저희들을 부디 용서해주십시오."

그렇게 말한 자는 소우에이였다.

소우에이와 그의 부하들은 현재진행형으로, 목숨을 걸고 정보 수집에 매진해주고 있었다.

그건 전부 나를 위해서였다.

나에게 닥칠 위협을 배제하기 위해서였다.

"적의 전력이 확실하지 않은 지금, 왕이신 리무루 님을 전선에 나서게 하는 것은 아예 논외입니다. 작전은 문제없이 진행 중이므로 부디 저를, 그리고 고부타 부대와 가비루 부대를 믿어주십시오."

그 말을 듣고, 나는 힘없이 의자에 다시 앉았다.

이 짜증이라고도 분노라고도 할 수 없는 불쾌한 감정이 사라진 건 아니었다. 아니었지만, 베니마루의 말은 너무나도 정론이었다.

그렇다.

냉정히 생각해보면 처음부터 베니마루는 내 안전을 생각하면서 작전을 수행하고 있었던 것이다.

그건 베니마루뿐만 아니라, 내 뒤에 대기하고 있는 시온이랑 옆에 서 있는 소우에이도.

디아블로는 말할 필요도 없으며, 나를 걱정스러운 표정으로 보는 슈나까지, 모두 전쟁에 참가한 자들의 희생을 각오하고 있었다는 것을 깨달았다.

그리고 그건 여기에 있는 자들뿐만 아니라―― 아마도 전선에서 싸우고 있는 본인들도 또한.

자신들의 몸을 희생하여―― 아직 보지 못한 위협을 낚기 위한 미끼가 될 각오를 한 채, 전장에 섰을 것이다.

그리고 평소에는 늘 제멋대로 구는 베루도라가 얌전히 '관제실'에 있는 이유도. 그건 만일의 경우에 내 몸을 지키기 위해서였던 것이다.

――모든 것은 이 나라의 왕인 나를 지키기 위해서.

각오를 하지 않았던 것은 나뿐이었다…….

그리고 그때.

《――그렇기에 더더욱 제가 완벽해져야만 하는 것입니다――.》

라는 목소리가 어딘가에서 들린 것 같았다.

너한테까지 걱정을 끼치고 말았단 말인가?

하지만 이젠 괜찮다.

내가 슬퍼하는 것은 각오가 되어 있는 자들에게 실례가 되니까 말이지.

그렇다면 나도 각오를 굳히도록 하자.

"미안, 내가 조금 냉정하지 못했다……."

내가 베니마루에게 사과하자, 베니마루는 고개를 끄덕였다.

"안심하십시오. 승리는 반드시 리무루 님의 것이 될 것입니다."

대담한 웃음을 지으면서, 내게 약속하는 베니마루.

그 자리에 존재하는 것은 장병들의 목숨을 맡고 있는 대장군으로서의 진지한 표정이었다.

그 말을 듣고, 내 안에 있던 짜증과 갈등, 그런 불쾌한 감정이 사라지는 것을 느꼈다.

자신이 죽는 것도, 적을 죽이는 것도 이미 각오를 하고 있었다. 하지만 자신을 위해 누군가가 죽는 것에 대해선 깊게 생각하지 않고 있었던 것이다.

나는 받아들일 필요가 있었다.

그 행위는 나만을 위해서 하는 것이 아니라, 그들의 가족이랑 그들을 보호하여 지키는 국가라는 틀, 그런 모든 것을 상징하는 것(입장)으로서, 나라는 존재가 있는 것이라고.

그렇기에 나는 그 마음을 받아들였다.

그들의 행위에 대한 대가로서, 결코 패배는 허용되지 않는다.

상징은 상징답게, 그에 걸맞은 연기라는 것이 존재하겠지. 그렇게 생각한 나는 그렇게 보일 수 있도록 의연하게 베니마루의 말에 대꾸했다.

"당연하지. 내 말을 모두에게 전해라. 알겠나?"

"──말씀하십시오!"

베니마루의 승낙과 협조를 받으면서, 내 '의지'를 모든 부하들에게 전달했다. 유니크 스킬 '다스리는 자(대원수)'를 통해 내 말이 그대로 전달된 것이다.

『다들 들어라! 전력을 다해 적을 격파하라. 힘 조절을 할 필요는 없다. 당연하지만 인정을 베풀 필요도 없다. 너희가 지닌 **모든 힘**으로 가급적 빨리 적을 배제하라.』

내 모든 마음을 담아서 명령을 내렸다.
내 말을 듣고 고개를 끄덕이는 베니마루.
다른 간부들의 얼굴에도 미소가 떠올랐다.
그 명령은 한 가지의 의미를 담고 있었다.

──제어하고 있던 힘의 해방──.

내 말의 의미를 올바르게 이해하면서, 마물들은 활동을 재개했다.
그리고 그 결과.
전황은 크게 바뀌게 되었다.

제2장

유린의 시작

Regarding Reincarnated to Slime

전장에 있는 모든 마물들은 맹주(리무루)의 말을 영혼으로 받아들였다.

자신들의 모든 충성과 신뢰를 받아들여 주는 절대적인 지배자의 말을.

뒤이어 명령하는 목소리가 들렸다.

『위장작전은 중지다. 리무루 님의 마음을 어지럽히는 어리석은 자들을 철저하게 격파하라.』

이로 인해 마물들을 속박하던 것은 사라졌다.

마물들의 마음을 환희가 가득히 채웠으며, 끓어오르는 충동에 몸을 맡긴 채, 자신들의 마력을 해방했다.

도시에서 생활하는 동안 환경에 영향을 주지 않도록 억제하고 있었던 오라(요기)가 해방되면서, 주위의 마력요소 농도가 한 단계 상승했다.

이제 두려워할 것은 아무것도 없다.

그 안에 내재하였던 충동을 그대로 따르면서 전장을 누빌 것이다——.

포탄의 비가 쏟아지는 가운데, 고부타도 명령을 듣고 있었다.

"드디어 시작입니까요. 하지만 목표는 달성하지 못할 것 같은데, 그대로 괜찮겠습니까요?"

그렇게 혼자 독백하듯 웅얼거리는 고부타.

그 말에 대꾸한 자는 부관인 고부치였다.

"괜찮지 않겠습니까? 이대로 끈질기게 버티면서 상대가 비장의 수를 쓰게 만드는 게 작전이었습니다만, 이대로 가면 우리 쪽 상황이 악화될 테니까요. 조금은 상대가 조금이라도 겁먹지 않으면 강한 자도 나오지 않을 겁니다."

"그렇습니까요?"

"그렇고말고요."

수많은 포탄에 의한 폭격으로 충격파가 미친 듯이 휘몰아치는 전장 속에서 그런 대화를 나누는 고부타와 고부치. 잘도 목소리가 들린다는 생각을 하면서, 그 모습을 보고 있는 자들은 감탄했다.

여유가 넘치는 그 태도에 대해선 모두가 당연하다고 생각하고 있었다.

"우리 군이라면 강한 사람이 맨 먼저 뛰쳐나올 것 같은데 말입니다요."

"그렇게 말한다면 고부타 군단장도 사천왕이 아닙니까."

"잠깐! 사천왕이라고 해도 저는 그중에서 가장 약하단 말입니다요. 진짜 그건 좀 봐주면 좋겠습니다요……."

그런 대화를 나누면서도 고부타랑 고부치, 그리고 고블린 라이더 대원들은 방금 전보다도 더 끓어오르는 마음을 주체하지 못하고 있었다.

고부타의 명령이 떨어지기를 이제나저제나 기다리고 있었던 것이다.

정기적으로 포탄의 비가 쏟아졌다.

그건 의도적으로, 바둑판의 눈을 노리는 수준의 정확성으로, 점이 아니라 면을 이루면서 날아들었다. 처음부터 직격이 아니라 충격파를 이용한 섬멸을 의도하고 있어서였다.

고부타 부대는 그걸 꿰뚫어 보고, 안전지대를 파악하여 이동하고 있었다.

직격하면 즉사지만, 반대로 말하면 맞지 않으면 살아남을 수 있는 것이다.

이 자리에 있는 자들은 백인대장급의 실력자—— A-랭크에 해당하는 자들이다. 다대한 부상을 입었다고 해도, 그건 회복약으로 어떻게든 해결할 수 있다.

그걸 감안하여 세운 베니마루의 '패배하는 척하는 작전'이었다.

실제로 패배할 필요는 없으며, 위기에 몰린 척을 했다. 그 틈에 남은 자들로 제국군의 퇴로를 막고, 단번에 반격을 하게 되어 있었다.

전차의 포탄이 바닥나기를 기다리면 적의 강자가 마무리를 하기 위해 올 것——이라고, 베니마루가 지극히 간단하게 말해주었다.

고부타의 입장에선 잠깐만 기다려달라는 말을 하고 싶은 기분이었다.

그러나 명령은 명령이며, 그걸 거역할 순 없다. 제국군보다도 베니마루 쪽이 더 무서운 것이다.

(야아, 베니마루 씨는 평소엔 상냥한데 말입죠……. 군대 일에

관련되기만 하면 인정사정이 없어진다니까요. 하물며 이번엔 리무루 님의 안부까지 걸려 있단 말입죠. 나 같은 놈이 반론을 펼쳐 봤자, 그건 무리입니다요.)

그렇게 작전을 들었을 때를 회상하는 고부타.

대원들을 설득하는 것도 피곤하지만, 리무루의 이름을 대자 불만은 사라졌다.

남은 건 최후의 교전에서 적을 압승할 수만 있으면 되는 거지만, 역시 그건 너무 쉽게 생각한 얘기였던 모양이다. 바로 돌파를 저지당한 시점에서 고부타 부대는 원래 역할인 미끼의 역할에 철저히 집중하게 된 것이다.

그러나 그것도 이제 끝이다.

리무루가 해준 말.

그리고 그 뒤에 이어진 베니마루의 새로운 명령.

사양할 필요는 없다.

가지고 있는 모든 힘을 해방할 때가 온 것이다.

『지금부터 자유롭게 공격하는 걸 허가하겠습니다요. 그린 넘버즈(녹색군단)는 하쿠로우 스승님께 맡기고 있으니까 괜찮을 것이라 생각하고, 이 부대는 고부치에게 맡기겠습니다요.』

다시 진지하게 표정을 고친 고부타는 '사념전달'로 대원들에게 알렸다. 그 말투는 평소와 같았지만, 반론을 허용하지 않는 박력이 있었다.

『알겠습니다. 그러면 고부타 군단장은 어떻게 하시려고요?』

어깨를 으쓱하면서 고부치가 묻자, 고부타도 또한 난감하다는 듯이 미소를 지으면서 대답했다.

『나도 놀고 있을 때가 아니게 되었습니다요. 사천왕 같은 건 아무래도 상관없지만, 리무루 님이 명령을 내리셨으니까 말입죠. 모처럼 리무루 님이 지켜봐 주시고 있는데 꼴사나운 짓은 할 수 없습니다요! 그런고로, 지금부터 진지하게 싸우겠습니다요!』

고부치, 그리고 대원들은 고부타의 눈을 보고 진심이라는 것을 알아차렸다.

그건 좀처럼 볼 수 없는 상사의 진지한 모습이었다.

"훗, 내가 인정한 그 힘, 아낌없이 쓰도록 하라고요."

『왜 당신은 그렇게 건방지게 구는 겁니까요?』

『드, 들렸습니까?』

『뭐, 아무래도 상관없지만 말입죠. 고부토도 잘 싸우십쇼.』

『훗, 물론이고말고요.』

고부타는 고개를 절레절레 저으면서 한숨을 쉬었다.

고부토라는 자는 초기부터 대원 중의 한 명이었고, 오래 알고 지낸 사이기도 했다. 나름대로 우수했지만, 리무루로부터 쓸데없는 지식을 여러모로 흡수한 탓에 괜히 폼을 잡는 버릇이 있었던 것이다.

초기에는 부관 고부치의 흉내를 내고 있었지만, 지금은 독자적인 진화를 이루고 있었다. 검은 롱 코트에 두 자루의 롱 소드. 제대로 다루지도 못하면서 쌍검을 쓰고 있었다.

괜찮은지 몰라서 불안하게 느껴지는 차림새였지만, 고부치가 있으니 어떻게든 될 것이다. 그렇게 마음을 먹은 고부타는 가장 신경을 써야 할 상대 쪽으로 돌아봤다.

고부타의 뒤에 앉아 있던 그 상대는 굳이 말할 것도 없이 테스타로사였다.

『보시다시피 이렇게 됐습니다요, 테스타로사 씨. 지금부턴 별도로 행동해주길 바랍니다만, 괜찮겠습니까요?』

테스타로사는 미소를 지으면서 고개를 끄덕였다.

이 폭염과 충격파 속에서 있으면서도 우아한 몸짓은 그대로였다. 그 군복도 여전히 깨끗했다. 그을음과 흙먼지 정도로는 테스타로사를 더럽히는 것은 불가능할 것이다.

『네에, 물론이죠. 저도 당신과 같은 마음이랍니다. 지금부터는 감찰관이 아니라, 리무루 님의 부하 중의 한 사람으로 움직이겠어요. 여러분도 잘 싸워주세요.』

그리고 테스타로사는 란가의 등 위에서 내려왔다.

그러면 평안하시길――이라고 말하면서, 테스타로사는 유유히 걸어서 그 자리를 떠났다.

리무루가 감찰관의 자격으로 고부타에게 붙여준 테스타로사였지만, 그 역할은 지금 끝났다. 위험한 악마가 움직이기 시작한 것이다.

(정말 자유로운 사람입니다요…….)

고부타는 그렇게 생각하면서 어이없어했지만, 말로는 하지 않았다. 그런 어리석은 짓을 하지 않을 정도로는 고부타도 성장했던 것이다.

이렇게 테스타로사를 배웅한 고부타는 다음은 자신의 차례라는 듯이 선언했다.

『그러면 각자 행동개시입니다요!!』

『『『오오오오옷――――!!』』』

대원들에게 호령을 내렸고, 그 대답에 만족했다.

고부타도 리무루가 자신의 멋진 모습을 봐주길 바랐던 것이다.

고부타는 리무루를 좋아했다.

막무가내에 약간은 심술궂지만 그래도 너무나 자상하고 믿음직스럽다. 그런 리무루에게 고부타도 동경을 품고 있었던 것이다.

보잘것없는 고블린이었던 고부타도 지금은 이름이 있는 전사로 성장했다. 지금이야말로 그 은혜에 대한 보답할 때라고 할 수 있다.

『고부치, 뒷일은 잘 부탁하겠습니다요!!』

그렇게 소리치면서, 고부타는 란가에게 신호를 보냈다.

"우리 차례입니다요, 란가 씨! 변신(마랑합일)———!!"

그 목소리에 응한 것은 지금까지 계속 참고 또 참았던 란가였다.

"기다리느라 지쳤다, 고부타여. 나의 주인인 리무루 님에게 우리의 힘을 보여드리자!"

고부타와 란가, 두 사람의 의식이 동조되면서, 내재되어 있던 마력을 해방했다. 다음 순간, 검은 안개가 고부타를 감쌌다.

"자아, 마음껏 날뛰어보는 겁니다요!"

"음. 오랜만에 힘을 조절할 필요가 없다고 하니, 진짜 실력을 발휘해보자!"

검은 안개가 고부타에게 흡수되듯이 사라졌다. 그리고 그 자리에는 검은 늑대의 모습을 갖춘 고블린 전사가 모습을 드러냈다.

불길한 느낌을 주는 두 개의 뿔이 난 인간 형태의 검은 늑대.

고부타와 란가가 '동일화'한 모습이었으며, 진정한 의미로 사천왕으로 불릴 만한 힘을 갖추고 있었다.

그 모습을 본 순간, 고부치를 포함한 고블린 라이더들은 그 자리에서 일제히 내달리기 시작했다.

『쓸데없이 휩쓸리지 마라! 고부타 군단장은 진심이다!!』

그런 고부치의 필사적인 목소리가 지금의 고부타와 란가의 위험성을 표현하고 있다고 할 수 있었다.

그 증거로.

날아온 전차의 포탄조차도 마랑의 주먹이 격추시켰다. 아니, 직격을 받더라도 경질화된 검은 모피 덕분에 아무런 상처도 입지 않았다.

음속의 약 여섯 배라는 엄청난 파괴 에너지를 품은 질량탄임에도 불구하고, 란가라는 갑옷을 두른 고부타에게 부상을 입히는 건 불가능했다.

이건 란가의 '다중결계'에 의한 방어효과가 있었기 때문이지만, 그 사실을 모르는 제국군의 입장에선 그야말로 악몽일 뿐이었다.

"뭐, 뭐야, 저건? 내가 꿈이라도 꾸고 있나……?"

"아냐, 그렇지 않아! 괴물이야. 터무니없는 괴물이 마왕의 부하 중에 있었던 거야!!"

하급병사들 사이에 동요가 일기 시작했다.

그리고── 연결되면서 개별적으로 움직이지 못하게 된 전차부대의 병사들은 훨씬 더 큰 공포를 맛보게 되었다.

고부타가 한 번 크게 울부짖자 '검은 번개'가 전차부대의 상공에서 쏟아졌다. 요새로 변한 1,000대에 가까운 전차부대는 '검은 번개'의 딱 좋은 표적이었다.

검은 뇌격은 전차에 펼쳐진 방어결계에 간섭하면서, 눈부신 빛

을 발했다. 몇 초 동안은 버텨냈던 전차였지만, 그 '내전(耐電)능력'
은 완벽하다곤 할 수 없었다.

탑승자의 안전은 지켜지고 있는 것 같았지만, 전차를 벽으로
삼고 진형을 갖춘 보병부대에겐 막대한 피해가 발생하고 있었다.

또한 '검은 번개'의 위협은 전류에만 있는 게 아니었다.

그 본질은 자연계의 번개보다도 무서운 것이다.

"뜨거워! 이, 이거, 차체의 방어기구에 심각한 대미지가──?!"

"저, 전원 대피! 재빨리 전차에서 물러나라!!"

전격에 의한 감전효과는 막아낸 것 같지만, 그 열량은 완전히
버텨낼 수 없었던 모양이다. 그리고 발동된 뒤에도 그건 끝난 게
아니었다.

'검은 번개'는 의지가 있는 뱀처럼 무기질의 전차를 향해 잡아
먹을 듯이 달려들었다. 그리고 정밀한 기계부분에 중대한 피해를
주었다.

차례로 전차가 계속 폭발을 일으켰다.

사방에 울려 퍼지는 뇌명에 의해 행동불능에 빠진 전차부대.

이렇게 되면 연결되어 요새로 변한 전차는 족쇄에 지나지 않는
다. 장병들은 필사적으로 전차에서 뛰어나와 도망쳤고, 뇌격에
휩쓸리지 않도록 뿔뿔이 흩어지기 시작했다.

통제 같은 건 이미 사라진 상태였으며, 그 모습은 패잔병 그
자체였다.

(이 정도면 딱히 대단하지 않겠습니다요.)

그 모습을 관찰하면서, 고부타는 웃었다.

자신들의 힘은 적에게도 충분히 통한다고 생각하면서.

그리고 당초의 목적이었던 적의 본대도 지금의 마랑형태라면 두려워할 필요가 없다──고 고부타는 생각했다.

고부타는 정면에 우뚝 선 전차의 벽을 바라봤다.

자신이 갈 길을 막은 그 벽은 란가의 번개를 맞아 검은 연기를 피워 올리고 있었다.

망설이지 않고 포효하는 고부타.

그 목소리── 보이스 캐논(성진포)로 인해 전차의 벽은 분쇄되었다.

그 벽 너머에는 자신들 쪽으로 포구를 겨눈 채 줄지어 있는 전차들이 보였다.

『미끼 역할은 충분합니다요. 지금부턴 우리가 활약할 자리가 되겠습니다요!』

『그 말이 맞다. 우리의 활약을 분명 리무루 님도 즐겨주시겠지.』

고부타와 란가는 신이 난 표정으로 서로를 향해 고개를 끄덕였다.

자, 그러면 시작하자.

고부타는 망설임 없이 전차의 벽을 통과했다.

그 앞에 대기하고 있는 강적에 대해서도, 아무런 두려움을 느끼지 않은 채.

그리고 전력을 다해 전장을 누빌 것이다.

그 속도는 가볍게 음속을 넘어섰으며, 이젠 제국군 장병들의 육안으로는 포착할 수가 없었다.

"나와 란가 씨의 특훈의 성과를 확실히 보여주겠습니다요! 자아~ 어디까지 따라올 수 있을까요? 댄스 위드 울브즈(질풍마랑연무)──!!"

검은 질풍이 전장을 누비며 내달렸다.

그에 동반된 소닉 붐(초음속충격파)에 의한 파괴가 제국전차부대를 덮쳤다.

그 충격파에는 '파멸의 폭풍우(嵐)'의 마법효과가 부여되어 있었으며, 이윽고 회오리바람으로 성장했다. 완벽히 계산된 움직임을 통해 효과적으로 적군을 섬멸하는 '파멸의 용권람(龍卷嵐)'으로.

무시무시한 고부타의 대군섬멸기── 그게 바로 댄스 위드 울브즈였던 것이다.

전장의 일각은 이렇게 붕괴되었다.

●

지상에서 고부타가 무쌍을 개시했을 무렵, 상공에서도 변화가 발생하려 하고 있었다.

가비루가 이끄는 제3군단이었다.

················.

···········.

······.

가비루 부대는 베니마루의 명령에 따라, 고부타 부대의 엄호를 시작했다. 그리고 그게 난관에 처하게 되었음에도 당황하지 않고 다음 작전으로 이행하고 있었다.

즉, 고부타 부대와 마찬가지로 '패배하는 척하는 작전'이었다.

질 것 같은 느낌을 연출하면서 고착상태를 유지함으로써, 적이 비장의 수단을 꺼내도록 만드는 작전. 터무니없이 무모한 작전이긴 했지만, 베니마루는 안색 하나 바꾸지 않은 채 그렇게 명령을

내렸다. 그리고 고부타랑 가비루도 태연하게 그 명령을 받아들인 것이다.

정말로 위험하다면 후퇴하라는 허가는 받아놓았다. 당연하지만, 그건 고부타 부대가 도망치는 걸 도와준 뒤의 이야기였다.

그러나 가비루 입장에선 그걸 걱정할 필요는 없을 것이라 생각하였다. 왜냐하면 고부타도 입으로는 불만을 토로하면서도 웃고 있었기 때문이다.

그 담력을 본받고 싶다고 생각하고 있던 가비루였지만, 의외로 서로 닮은 부분이 있었다. 이런 상황에서도 가능하면 비공선을 격추시키고 싶다는 생각을 하고 있었던 것이다.

무리하지 않고 고착상태를 유지할 수 있다면 어느 정도는 상대에게 대미지를 줘도 문제가 없을 거라고 판단했다.

그렇게 생각하여 벌인 공중전이었지만, 적은 생각했던 것 이상으로 강했다.

가비루 부대의 마법은 통하지 않았고, 와이번 라이더의 불꽃 공격도 막혔다. 공중에서 일방적인 공격을 할 수 있다는 어드밴티지가 사라진 지금, 가비루 부대 쪽이 불리하다고 말할 수 있었다.

(우리 역할은 이 비공선이라는 것의 주의를 끄는 것. 나중 일을 생각하지 않고 전력으로 싸운다면 격추시키는 것도 불가능하진 않겠는데…….)

가비루 부대인 '히류'의 비장의 수를 쓴다면, 비공선의 방어를 파괴할 수 있는 있을 것이다. 그러나 그걸 쓰는 경우엔 작전을 속행하는 것이 불가능하게 되어버린다. 따라서 가비루는 지금은 얌전히 참아야 할 때라고 마음을 고쳐먹었다.

베니마루의 명령에 따라, 일방적으로 공격을 받는 입장을 감수한 것이다.

그렇게 되면 문제는 내구력이 약한 와이번 라이더다.

블루 넘버즈(청색병단)에서 선출된 정예들이라곤 하나, 그들은 가비루 부대처럼 드라고뉴트(용인족)로 진화하지 않았다. 마법내성도 낮아서, 대규모 마법에 휩쓸리면 그것만으로 격추되고 말 것이다.

그래서 가비루는 와이번 라이더를 후퇴시키기로 했다.

"울티마 공, 부탁이 있소."

"뭐지?"

"우리는 '패배한 척하는 작전'을 속행하면서, 지금부터 본격적인 연기를 할 생각이오."

"연기?"

"음. 이대로 계속 피해 다닌다고 해도 적은 방심하지 않을 거요. 그래서 우리 '히류'는 일부러 적의 마법을 맞을 생각이오."

가비루는 그렇게 밝혔다.

"흐―응. 재미있는 얘길 하네. 그건 그렇고 진짜 목적은 뭐지?"

"음. 내 생각이지만, 지금의 상황은 내성획득에 딱 좋다는 생각이 들었소. 우리라면 아마도 직격을 받아도 죽지는 않을 거요. 회복약은 대량으로 있으니, 당한 척을 하면서 박진감 있는 연기를 하기 위해서라도 내구력 실험을 한번 시도해보는 게 좋겠다는 생각이 드는군."

가비루는 그렇게 큰 소리를 쳤다.

그 얘기를 들은 울티마는 웃었고, 대원들은 불만 섞인 목소리를 토해냈다.

"잠깐, 대장, 진심입니까?!"

"가비루 님은 가끔은 멍청한 짓을 한다니까."

"그걸 지금 할 필요가 있냐는 말을 하고 싶어……."

그렇게 각자 떠들어대는 대원들의 말을, 가비루는 들리지 않는 척을 하면서 무시했다.

"응, 좋아! 재미있을 것 같으니까 허가할게."

"미안하오. 그러면 귀공은 이 자리에서 물러나 주었으면 좋겠소."

감찰관인 울티마는 와이번 라이더를 이끌고 후퇴해주면 좋겠다.

그리고 남은 가비루 부대만으로 비공선 부대로 특공을 시도하기로 했다.

"죽으면 원망할 겁니다――!!"

"이런 실험을 해보자는 생각은 여기서 떠올리지 않았으면 좋겠는데 말이죠."

"이거, 틀림없이 나중에 단단히 꾸중을 듣겠네."

대원들은 초점 없는 눈으로 허공을 바라봤지만, 그래도 가비루와의 알고 지낸 시간은 길었다. 이래저래 불평을 늘어놓으면서도 신이 난 표정으로 의욕이 가득한 모습을 보였다.

이리하여 '히류'에 의한 마법내구력을 기르는 훈련이 실시되게 된 것이다.

참고로.

그 모습을 목격하고 걱정한 리무루가 나중에 진실을 알고는 기겁하면서 가비루 부대를 엄청나게 꾸짖게 되지만, 몇 명은 그렇게 될 것을 예측하고 있었다. 그런데도 실행으로 옮기는 모습을 보면 그들도 대장인 가비루의 영향을 어느 정도는 받았다고 할 수 있었다.

어쨌든 가비루 부대는 비공선에서 발사된 마법을 맞고, 많은 대미지를 받게 되었다.

··················.

············.

······.

그리고 지금.

가비루는 리무루의 '목소리'를 들었다.

"다들 들어라! 훈련은 끝났다. 그리고 나는 지금부터 수라의 길로 들어설 것이다——!!"

자신들의 훈련 때문에 리무루가 불안한 생각을 했다는 것은 전혀 모른 채. 가비루는 목소리를 높여서 선언했다.

그 목소리를 듣고 대원들이 흥분하기 시작했다.

가비루는 최고조의 상태에서 계속 말을 이어갔다.

"다행히도 미숙한 자들은 울티마 공과 함께 후퇴했다. 이 자리에 있는 우리들만으로는 어느 정도는 무모하게 싸워도 문제가 없을 것이다!"

그런 가비루를 대원들이 놀렸다.

"무모하다뇨. 방금 전의 내구력 훈련에 비하면 진심으로 싸우는 게 그나마 낫겠는데요!"

"그래, 맞아. 가비루 님의 무모함은 어제오늘 시작된 게 아니란 말이지."

그 말을 들은 가비루는 얼굴을 새빨갛게 붉히면서 소리쳤다.

"입 닥쳐라! 됐으니까 어서 시작하자! 나를 따라서 마음껏 힘을 발휘하는 거다!"

그렇게 부끄러움을 애써 감추려는 가비루를 보면서, 대원들의 얼굴에는 쓴웃음이 떠올랐다.

"어쩔 수 없지. 너희들도 이제 장난은 그만 치고 빨리 지시받은 대로 시작하자."

"예이, 예이. 대장에겐 거역할 수가 없죠."

"그러게 말이지! 가비루 님, 명령을 내려주세요!"

가비루는 그 말을 듣고, 만족스러운 표정으로 고개를 끄덕였다. 그리고 대치 중인 제국의 '공전비행병단'을 노려보면서, 큰 소리로 물었다.

"얘들아, 대공의 패자는 누구냐?"

"""그건 바로 우리, '히류'입니다!!"""

분위기가 바뀐 가비루를 보면서, 부하들도 진지하게 응했다.

"그렇다. 우리의 하늘을 더럽히는 놈들은 처단해야만 한다. 그게 리무루 님의 뜻이다! 리무루 님이 내리신 칙령이다. 전력을 다해서 싸워라! 전력이다. 나중 일은 생각하지 마라!"

"""우오――!!"""

가비루의 명령은 '히류'에게 있어 특별한 의미를 지닌다.

그건 바로――.

"자아를 잃어버리지는 않도록 해라. 전원, '드래곤 바디(용전사화)'를 발동한다――!!"

가비루의 명령을 듣고, '히류'가 들끓었다.

――'드래곤 바디'라는 그들의 비장의 수이자 최강의 공격방법이었다.

압도적일 정도로 전투력이 상승하지만, 흉포성이 증가하면서 제어가 어렵게 된다. 자아를 잃어버리면 미쳐 날뛰는 괴물이 되어 버리는 것이다.

파괴충동을 억누를 수가 없기 때문에 지금까지 봉인해온 스킬(능력)이었다.

가비루는 미도레이를 강사로 초빙하여, 동료들과 제어훈련을 쌓아왔다. 그러나 그 성공률은 높다고 할 수 없는 것이 현재의 상황이었다.

그래도 사용할 것이다.

리무루가 내린 명령은 전력을 다해 싸워라——였으니까.

망설일 이유 같은 건 전혀 없다.

""""드래곤 모드(용, 신, 변, 화)——!!""""

히류는 일제히 그 본래의 힘을 해방했다.

근육이 팽창하면서, 그 표면을 덮은 보라색의 비늘이 칠흑색으로 변했다. 두께가 증가하면서 유연성과 경도가 몇 배로 늘어났다.

그에 따라 키도 20퍼센트 정도 거대해졌다. 주위의 마력요소를 흡수하면서, 새로운 신체가 구축된 것이다.

몸의 부피와 질량이 크게 증가하면서, 공격력이랑 방어력도 비약적으로 상승했다. 더 말할 것도 없이 변신 전과 비교가 되지 않는 수치였다.

그리고 가장 중요한 자아 쪽은——.

이 상태에서 의식을 잃으면 단순한 힘의 화신이 될 뿐이다. 그러나 '히류'는 누구 하나 빠짐없이 훌륭하게 자아를 유지하는 데

성공했다.

드래곤 워리어(용화전사, 龍化戰士)—— 템페스트 최강부대의, 진정한 전투능력이 개화한 순간이었다.

"한 명당 한 척씩 격추시키는 거다. 가능하겠지?"

"""오옷!!"""

"좋아! 그러면 공격 시작——."

가비루의 호령에 따라 '히류'는 일제히 움직이기 시작했다.

대공의 패자는 누구인가?

그 질문에 대한 대답이 지금 눈앞에서 확실하게 나오려 하고 있었다.

제국이 자랑하는 3대군단 중의 하나인 기갑사단. 그중에서도 가장 강한 힘을 보유한 '공전비행병단'은 이젠 가여운 아기 양에 지나지 않았다.

왜냐하면 드라고뉴트(용인족)의 고유 스킬—— '드래곤 바디(용전사화)'가 발동된 지금, 그 특수효과에 의해 마법이 통하지 않게 되었기 때문이다.

드래곤 워리어(용화전사)로 변한 가비루 부대는 자연효과인 '메기도(신의 분노)'조차도 통하지 않게 된다. 모든 물리공격에 대응하며 마법공격 및 자연효과를 무효화시키는 배리어(장벽)——'다중결계'와 '자연영향무효'가 자동적으로 발생하기 때문이다.

비공선의 공격수단은 마법이 메인이며, 보조무장으로 달려 있는 기관총 정도로는 가비루 부대원들의 비늘을 관통할 수 없었다. 기본적으로 A-랭크 수준의 전투력을 보유한 '히류'가 몇 배로 강해지면서, 그들의 힘은 A랭크의 벽을 가볍게 넘어선 상태였다.

더구나 변신 중에는 '초속재생'에 가까운 재생능력까지도 발휘할 수 있다.

그 힘은 상위마인조차도 상회할 정도…….

공격수단이 통하지 않는 비공선의 운명은 지금 막 끝이 난 셈이었다.

그걸 증명하려는 듯이 가비루가 소리쳤다.

"가자! 받아라, 나의 필살기――."

원래부터 강력한 개체였던 가비루는 특A급이라는 월등한 에너지(마력요소)양을 자랑했다. 시온이랑 베니마루에 비하면 떨어지지만, 소우에이나 게루도와 어깨를 나란히 할 수 있는 수준의 강자였던 것이다.

그런 가비루가 '드래곤 바디'를 자신의 힘으로 완전히 만드는 데 성공하면서, 엄청난 전사가 탄생했다.

그 힘은 과거에 마왕이었던 칼리온이나 프레이와도 맞먹을 정도다――.

"――볼텍스 크래시(와창수류격, 渦槍水流擊)!!"

가비루가 날린 일격으로 비공선 한 척이 대파되면서 격침했다.

기류가 소용돌이쳤고, 대기 중의 수분을 한 곳으로 모으면서 커다란 마력의 소용돌이가 되었다. 그 폭발적인 위력이 가비루가 든 창에서 발사되면서 비공선 한 척을 꿰뚫은 것이다.

방위부문의 100명이 동원된 '방어결계'도 아무런 저항을 못 하고 파괴되었다.

그야말로 굉침이었다.

그 뒤를 따르는 드래곤 워리어들. 가비루처럼 마력의 창을 날릴 수는 없지만, 그 강화된 신체능력을 이용해 비공선으로 돌격하기 시작했다.

마법이 통하지 않는 그들에겐 비공선의 배리어(장벽)도 통하지 않는다. 눈 깜짝할 사이에 방벽이 돌파되면서, 배 안으로 침입을 허용하고 말았다.

한 척의 배에 다섯 명이 한 팀으로. 몇 분 만에 격침되었다.

이렇게 되면 이제 '공전비행병단'의 전멸은 시간문제였다.

가비루는 신이 나서 소리쳤다.

"크왓하하핫! 자아, 계속 공격하자. 한 척도 격침시키지 못한 자는 나중에 어떻게 될지 알고 있겠지?"

그 말을 듣고, 뒤떨어진 '히류'의 얼굴이 긴장으로 굳어졌다.

비공선은 100척뿐이다. 가비루가 공격의 고삐를 늦추지 않는 지금, 잔존함의 수는 계속 줄어들고 있었다.

이렇게 되면 경쟁이다.

"그건 아니죠, 가비루 님!"

"가비루 님은 기분파라서 말이지. 지금 한창 컨디션이 최고인 것 같으니, 우리 몫을 남겨주시지 않을지도 몰라!!"

"대장이라면 충분히 그럴 수 있어……."

팀으로 격침시킨 배는 어떻게 계산할 것인지, 그건 가비루의 기분에 달렸다. 그걸 잘 아는 대원들은 크게 당황하여 공격에 참가하기 시작했다.

사냥꾼과 사냥감의 입장은 역전되었고, 대공에서 벌어지는 전투의 추세도 이미 결정이 난 상황이었다.

잠시 시간을 거슬러 올라간다.

제국군의 '마도전차사단'에 속한 보급부대에도 시련의 때가 찾아오려 하고 있었다.

"다들, 용케도 뒤처지지 않고 날 따라왔구나. 하지만 지금부터가 진짜라는 것을 명심해라!"

그렇게 말한 자는 그린 넘버즈(녹색군단)를 맡은 하쿠로우였다.

하쿠로우는 호흡이 전혀 흐트러지지 않은 채 차분한 표정을 짓고 있었지만, 그 말을 듣는 군단원 12,000명은 모두 어깨를 들썩이면서 가쁜 숨을 쉬고 있었다.

그도 그럴 것이 현재 지점은 제국의 전차부대의 한참 후방인 것이다. 드워프 왕국에서 여기로 돌아서 들어가기 위해 40킬로미터 이상이나 되는 거리를 우회하여 주파한 것이다.

그것도 중장비를 착용한 상태에서…….

그걸 가능하게 한 것은 하쿠로우라는 '스승' 덕분이었다.

하쿠로우는 단원들을 철저하게 단련시켜서 〈기투법〉을 익히게 만들었다. 그 결과 단원들은 순간적으로 이동하는 '순동법'과 상대의 인식을 방해하는 '은형법' 같은 다양한 아츠(기술)를 구사할 수 있게 된 것이다.

그린 넘버즈는 고부타 부대와 동시에 출전하여, 적에게 들키지 않도록 주의하면서 이곳까지 내달려 돌파한 것이다.

"내가 가르쳐준 〈기투법〉을 잘 구사하게 되었구나. 칭찬해주마."

부처님 같은 자상한 표정으로 하쿠로우가 말했다.

지면에 주저앉은 채 그 말을 들은 단원들은 반대로 위험한 예감을 느끼면서 숨을 죽였다.

하쿠로우와는 오래 알고 지낸 사이다. 이 인정사정없는 '스승'은 아군 이상으로 적에게 가열한 태도로 대했다. 그런 하쿠로우가 아군을 칭찬하면서 내릴 명령── 그건 상상하는 것만으로도 무시무시한 것이 될 것 같았기 때문이다. 그 명령을 실행하는 것이 자신들이라는 걸 이해하고 있는 단원들의 입장에선, 단단히 각오를 하지 않고는 그다음 나올 말에 귀를 기울일 수가 없었다.

"우리의 임무는 여기서 적의 보급을 끊는 것이다. 큰 의미는 없겠지만, 적의 후방에 있는 보급부대를 박살 내면 조금은 적의 전의를 꺾을 수 있겠지. 쓸데없이 적병의 목숨을 빼앗을 필요는 없겠지만, 적에게 자비를 베풀 필요도 없다. 그리고──."

거기까지 말하고 하쿠로우는 전장 쪽으로 힐끗 시선을 돌리면서 미소를 지었다. 그리고 다음 말을 입에 올렸다.

"고부타도 훌륭하게 성장했다. 훌륭하게 이곳저곳을 돌아다니면서 미끼 역할을 소화하고 있구나. 너희도 군단장에게 뒤지지 않도록 임무를 완벽히 수행해야 하지 않겠느냐!"

멀리서 들려오는 폭음에도 밀리지 않고, 하쿠로우의 목소리가 낭랑하게 울려 퍼졌다. 실전 경험이 없는 자들은 그런 하쿠로우에게 압도되면서 긴장감에 사로잡히기 시작했다.

"잘 들어라. 싸우고 있는 도중엔 다른 생각을 해선 안 된다. 적을 베지 못하면 죽는 것은 자신이라고 생각해라. 적을 놓아주면 그 때문에 동료가 죽는다고 생각해라. 그게 전장의 철칙이다."

방금 전만 해도 어깨를 들썩이면서 숨을 쉬고 있었을 텐데, 어느새 모두 숨을 죽인 채 하쿠로우의 말을 귀 기울여 듣고 있었다.

하쿠로우는 싸움을 앞둔 자가 가져야 할 마음가짐을 말해주고 있었다.

각오를 굳힌 자들이 전장에서 주저할 일이 없도록.

"목숨의 가치는 평등하지 않다. 자신의 소중한 자들의 목숨에 비하면 낯선 타인의 목숨 같은 건 신경 쓸 필요도 없을 것이다. 하물며 적은 침략자이다. 살려둘 가치도 없는 어리석은 자들이다. 봐줄 필요는 없다. 보이는 대로 베어버리도록 해라!"

그리고 과격한 말로 으름장을 놓으면서, 조금이라도 죄책감을 느끼지 않도록.

그건 하쿠로우 나름의 배려였다.

"내가 단련시킨 너희들이라면 저 쇳덩어리조차도 벨 수 있을 것이다. 적이 날리는 돌멩이 따위는 느리게 보이겠지. 그러니까 겁내지 마라. 우리의 칼 앞에 대적할 자는 존재하지 않는다!"

느리게 보이지 않습니다──라고는 아무도 말할 수 없었다.

말할 수 있을 리가 없었다. 그런 말을 했다간 '수행이 부족하다'는 말과 함께 전쟁터에 있는 것보다 더 끔찍한 꼴을 당할 테니까.

그런 '약간의 불만'을 마음에 품은 자도 있었지만, 하쿠로우에게 불만이 없는 것은 공통적인 진심이었다.

하쿠로우는 자신이 할 수 없는 것은 절대 말로 하지 않는다. 하쿠로우의 말은 과격하긴 했지만, 그건 단원들도 그 경지까지 올라와 주길 바라는, 그런 지도자로서의 마음도 포함된 말과 행동이었다.

그리고 그린 넘버즈는 때를 엿보고 있었다.

하쿠로우의 지시── 돌격명령을 기다리고 있었다.

자신들의 보스가 가장 위험한 미끼를 맡아 움직이고 있는 것이다. 사천왕의 이름에 부끄럽지 않게 훌륭하게 싸우면서.

그 모습은 하쿠로우의 엑스트라 스킬 '천안'으로 확실히 포착되고 있었다. 그리고 그 모습은 '사념전달'을 이용한 인식공유를 통해 말단인 군단원까지 인식하고 있었다.

공포는 느끼고 있다. 그러나 그 이상으로 단원들은 고부타가 이끄는 고블린 라이더의 용맹한 모습에 매료되어 있었다.

그 다음은 자신들이 싸울 차례라고 생각하면서, 모두가 각오를 굳히고 있었던 것이다.

하쿠로우는 그런 단원들을 보고, 조금은 불안감이 해소된 기분이었다.

다양한 사태에 대응할 수 있도록 철저하게 훈련을 시킨 단원들이었지만, 그래도 첫 출전이라면 희생자가 나올 것이다.

좀 더 단련시켜주고 싶었다──는 아쉬움은 남지만, 이것만큼은 어쩔 수가 없다. 적은 기다려주지 않는다.

베니마루의 작전에 따르면 고부타 부대가 끈질기게 버티면서 고착상태를 유지할 것이다. 그렇게 되면 적은 반드시 초조함을 느끼게 될 것이라고 했다.

전차의 포탄도 무한하진 않으므로, 탄막의 비도 언젠가는 그칠 것이다. 그때가 바로 하쿠로우의 부대가 나설 차례인 것이다.

적의 보급부대를 격파하여 물자를 빼앗는다. 그렇게 하면 적의 전차라는 것을 무력화시키는 것도 간단해진다.

또 하나의 목적으로는 숨겨진 강자를 색출해낸다는 것이 있지만…… 그 문제만큼은 계획대로 되는 것이 아니다.

(내 앞에 나타나 주면 좋겠는데 말이지.)

하쿠로우는 그렇게 바랐지만, 이것도 또한 시기와 운에 달린 것이었다.

(처음 참가한 전쟁에서 공포에 먹히면 죽는다. 조금이라도 공포를 누그러트리고 싶었지만, 그게 과연…….)

지금은 단지 작전의 성공을── 그리고 모두가 무사하기를 기원할 뿐이다. 하쿠로우는 그렇게 생각했지만 그 걱정은 기우로 끝났다.

『다들 들어라!』

갑자기 베니마루의 스킬(능력)을 통해서 리무루의 염화(念話)가 들려왔다. 그 말을 듣는 것만으로 마물들의 마음에서 불안이 사라지기 시작했다. 그리고 뭐라 말할 수 없는 고양감이 끓어올랐고, 몸 안이 불타는 것처럼 뜨거워졌다.

『──가급적 빨리 적을 배제하라.』

그런 내용을 담은 리무루의 말── 아니, 명령이 발동됐다.

하쿠로우는 쓴웃음을 지었다.

"쓸데없는 걱정이었나. 다들 들었겠지?"

"""넷!!"""

"그럼 가라!! 이제 참는 시간은 끝났다. 가서 너희의 힘을 마음껏 발휘하도록 해라."

하쿠로우의 말이 끝나기도 전에.

마물의 군단은 성난 파도와 같은 기세로 내달리기 시작했다.

그리고 십여 분이 경과.

제국의 보급부대를 지키는 보병들은 1열 횡대로 서서 마물의 군대를 맞아서 싸웠다.

갑작스러운 기습으로 인해 혼란에 빠질 뻔했지만, 그래도 제국의 정예였다. 즉시 태세를 정비하여 질서를 되찾고 있었다.

수송용의 장갑차량을 방패로 삼고, 마물을 저격하는 부대도 있었다. 숫자로는 제국군이 이기는 것 같았고, 언뜻 보기엔 우세한 전황이었다.

그러나 그린 넘버즈는 기가 꺾이지 않았다.

총탄에 노출되어도 앞줄에 배치된 스케일 실드가 도움을 주고 있었다.

활과는 달리 소총 사격은 그 궤도가 호를 그리지 않는다. 지근거리에서의 제압이 목적이며, 맨 앞에 있는 자들이 총탄을 맞고 쓰러지지 않는 한, 그 제압력은 발휘되지 않는다.

세계는 아직 검과 마법의 시대였던 것이다.

총이라는 병기가 전술을 변화시킨 것은 그 고도의 살상력 때문이다.

마법이 있는 이 세계에선 총탄 한 발로는 적을 무력화시킬 수 없었다. 총탄에 의한 점의 공격보다도 검이랑 도끼 등에 의한 선의 공격이 더 강했다.

패러다임 시프트——시대를 변환시키기에는 제국이 자랑하는 신병기로도 역부족이었던 것이다.

그렇다면 다른 신병기를 준비하면 된다. 그렇게 생각한 지휘관은 다음 지령을 내렸다.

"제길! 전원, 소총에서 '스펠 건'으로 전환하라. 정비반은 중요한 물자만을 지참하여 본대와 합류를 시도하라!"

소총이라는, 이세계에서 가져온 지식을 기반으로 재현된 무기는 마물을 상대로는 유용하지 않았다. 아니, 실험단계에선 성과를 거뒀지만, 그건 어디까지나 무장하지 않는 마물이 상대였다.

그렇다면 마법이 있다. 이 일반병사로도 다룰 수 있는 '스펠 건'에는 파이어 랜스(화염대마창)의 마법이 새겨져 있었다.

이거라면 대부분의 마물을 관통하여 불태울 수 있을 것이다──. 지휘관은 그렇게 생각했다.

그러나 유감스럽게도 그 생각은 안일했다고 말할 수밖에 없었다.

그린 넘버즈(녹색군단)는 최신 유니크(특질)급의 방어구로 무장하고 있었던 것이다. 카리브디스(폭풍대요와)의 비늘을 가름이 가공한 스케일 실드였다. 납탄 정도는 가볍게 튕겨낼 뿐만 아니라, 그 외의 특수효과로서──.

"아, 안 됩니다! 적 부대에겐 마법이 통하지 않습니다!"

마법에 대한 높은 내성──. 그게 바로 스케일 실드의 진정한 가치였다.

그리고 거기서 그치지 않고, 엄청난 악몽이 제국군을 덮쳤다.

상공에서 날아온 것은 와이번 라이더── 울티마가 이끄는 블루 넘버즈(청색병단)의 정예들이었다.

"사양하지 말고 산산조각을 내버려!"

그렇게 소리치는 귀여운 목소리가 들린 뒤에 지상은 폭염에 휩싸였다.

플레어 봄(화폭옥)을 이용한 범위공격이었다. 위력은 그렇게 강하진 않았지만, 제국의 보병을 상대로는 충분한 살상력을 갖추고 있었다.

그리고 그 소리는 전장에 혼란을 가져다주기에 충분했다.

전쟁에 익숙하지 않은 지원병——정비병이나 의무병 같은 자들은 변해버린 상황을 따라가지 못하고 있었다. 그 결과, 본대와 합류하라는 명령은 지켜지지 못했고, 쓸데없이 피해가 확산되는 상황이 일어난 것이다.

걱정했던 것보다 훨씬 더 일방적이 된 전황을 보면서, 하쿠로우는 아주 약간 안도했다.

"야아, 하쿠로우 씨. 내가 맡은 아이들 말인데, 그쪽에게 맡겨도 괜찮을까?"

"울티마 양인가. 내가 맡는 건 상관이 없다만——."

와이번의 등에서 내려온 울티마를 보면서, 하쿠로우는 사람 좋은 할아버지처럼 온화하게 대응했다.

단원들에게 보인 태도와는 천양지차였다.

"그래? 그럼 부탁할게!"

울티마도 또한 할아버지에게 응석을 부리는 손녀딸 같은 태도로, 귀엽게 보채면서 부탁했다. 그런 모습을 베이런이나 존다가 봤으면 꿈이라도 꾸는 게 아닌가 하는 싶은 마음에 놀라서 어이가 없었을 것이다.

애초에 그런 말을 꺼낼 일은 절대 있을 수도 없겠지만…….

"그렇게 하지. 그건 그렇고——."

"응, 뭔데?"

"아니, 그러니까 하나 묻고 싶은 게 있는데, 울티마 양은 카레라 공과는 친한 사이인가?"

"으—음, 카레라는 '공'인데 나는 '양'으로 부르는 게 마음에 좀 걸리지만, 뭐 하쿠로우 씨니까 그건 넘어갈게. 답은 간단해. 엄청 나쁜 사이야!"

방긋방긋 웃으면서 대답하는 울티마.

그 표정은 여전히 귀여웠지만, 그녀가 띠는 분위기에는 오싹한 느낌이 섞이기 시작했다.

실은 울티마는 정체를 숨기고 시치미를 떼는 것이 특기였다. 그 본성은 잔인무도하며, 이중인격을 의심할 정도로 감정의 기복이 심했던 것이다.

그래도 선배에게는 경의를 표하고 있는지라, 그 본성을 알아 차리는 자는 적었다.

"그렇군, 그건 참 아쉬운 일이로군."

"왜 그런 걸 묻는 걸까?"

"아니—— 조금 걸리는 게 있어서 말이지. 그 아게라라고 하는, 카레라 공의 부하에 대해서 알고 있나 해서……."

말끝을 흐리는 하쿠로우.

아게라라고 하는 악마는 하쿠로우가 아는 어떤 인물과 많이 닮았다. 아니, 완전히 똑같았다.

그 인물은 하쿠로우의 조부이자 스승, 아라키 뱌쿠야, 바로 그 사람이었다.

그래서 하쿠로우는 아게라라는 인물에 관심을 가지고 있었다. 그러나 당사자인 아게라 쪽은 하쿠로우를 알아보는 낌새도 보이지

않았던 것이다.

늙으면서 외모가 바뀌었기 때문일까. 하쿠로우는 그렇게 생각하기도 했지만……

"으—음, 미안해. 관심이 없어서 잘 모르겠어."

울티마는 무관심한 표정으로 그렇게 말했다.

그리고 뒤이어,

"그게 마음에 걸리면 본인에게 직접 물어보면 되는 거 아냐?"

별일도 아니라는 것처럼 그렇게 말한 것이다.

그 말을 들은 하쿠로우는 저 말도 옳다고 생각하면서 고개를 끄덕였다.

"그렇군. 내가 너무 지나치게 생각한 모양이야."

"응응, 생각이 지나친 건 좋지 않아. 하지만 말이지, 그 얘기는 나중에 하는 게 좋지 않을까. 지금은 전쟁 쪽이 더 중요해. 안 그러면 하쿠로우 씨도 리무루 님한테 꾸중을 들을 테니까!"

그럼 뒷일은 맡길게——. 웃는 얼굴로 그 말을 남긴 뒤에, 울티마는 다시 하늘로 날아올라 사라졌다.

그 모습을 지켜보던 하쿠로우는 이미 망설임을 떨쳐낸 표정으로 바뀌어 있었다.

"후훗, 나도 주책이로군. 전장에서 쓸데없는 일에 정신이 팔리다니, 수행이 부족한 건 나 자신이었나. 그럼 어서 이 실수를 만회해야겠군."

그리고 하쿠로우는 칼을 뽑았다.

한 명의 검귀가 되어, 전장을 지배하기 위해서.

팔라가 소장은 눈앞에서 벌어지는 광경을 보고 아연실색했다.

정예에 속하는 마법사들이 관리하는 여러 개의 '방어결계'를 통해 완벽한 방어력을 자랑하는 하늘의 요새. 그런 비공선 한 척이 마물의 일격으로 침몰된 것이다.

제국정보국의 조사결과로는 드라고뉴트(용인족)라는 보기 드문 종족이라고 했다. 인간의 모습을 한 용으로 불릴 만큼 강력한 전투력을 가졌다고 들었지만, 눈앞에서 본 그들은 그런 차원이 아니었다.

"녀석들은 괴물인가?! 정보국은 나에게 엉터리 정보를 준 것이란 말이냐!!"

마법사, 위저드(마도사)인 자신을 배제하기 위해서 가짜 정보를? 팔라가는 그렇게 생각할 뻔했지만, 아무리 그래도 그건 아닐 것이라고 다시 생각했다.

(아냐, 그건 아니겠지. 녀석들은 내 눈앞에서 모습이 바뀌었다. 이건 어쩌면 스승님이 적은 문헌에 있던 마물의 형태변화……?)

마물 중에는 평소의 생활에 적응한 모습과 전투에 특화된 모습, 이 두 가지를 자유자재로 나눠서 쓸 수 있는 종족이 있다고 했다.

지금 싸우고 있는 상대인 드라고뉴트는 리저드맨이 진화한 마물이었다. 대공을 날 수 있는 날개와 각종 속성의 브레스라는 특기를 지녔다. 마물로서의 위험도는 B랭크이며, 얕볼 수는 없지만, 결코 위협적인 존재라고는 부를 수 없는 상대였다.

……그랬을 텐데. 현실은 달랐다.

"이게 어떻게 된 거냐?"

부관에게 묻는 팔라가.

질문을 받은 부관도 눈앞에 일어난 현실과 정보의 차이에 혼란을
겪고 있는 것 같았다.

"죄, 죄송합니다. 적 마물의 에너지 수치를 측정하고 있던 자
의 보고에 의하면, 그 모습이 변화함과 동시에 수치가 크게 상승
했다고 합니다. A랭크로 분류될 만한 기준치를, 몇 배나 오버한
상태인 것으로 판명되었습니다."

"몇 배나── A랭크를 오버했다고? 더구나 마법에 대한 완전
내성까지 보유하고 있다고 말하려는 거냐?!"

팔라가는 그렇게 소리쳤지만, 그 인식은 틀린 것이었다. 가비루
부대는 높은 '마법내성'을 보유하고 있지만 '마법무효'는 보유하고
있지 않았다. 그들의 몸을 보호하는 '다중결계'를 파괴할 수 있을
정도로 비공선의 마법공격이 강하지 않았을 뿐이었다.

"인정하고 싶지 않지만, 눈앞에 펼쳐진 상황을 보면 그렇게 추
측할 수밖에 없습니다. 우리 쪽의 마법공격은 통하지 않는데, 반
면에 적 마물의 공격을 받고 우리가 자랑하는 비공선이 격추되고
있으니까……."

그건 보면 안다──고 팔라가는 호통치고 싶었다. 그러나 그런
기분을 억지로 참고 냉정하게 대응하기로 마음먹었다.

겨우 100마리 정도의 드라고뉴트 따위는 두려운 존재가 아니
다. 아무리 우수한 무기와 방어구로 무장했어도 제국의 최신예
병기의 적은 되지 못한다고, 그렇게 생각하고 있었다.

와이번(비공룡)이 300마리나 도망쳤을 때는 승리를 확신했——
아니, 아니다. 그때 사실 팔라가는 불안감을 느끼고 있었다. 오랫동안 전장에 참가했던 자의 경험 때문인지, 말로 표현할 수 없는 불길한 예감이 들었던 것이다.

(내 감은 정확했단 말인가. 하지만 지금은 대책을 생각하는 것이 먼저다.)

그렇게 생각한 팔라가는 한 번 더 전장을 향해 시선을 돌렸다.

"몇 배나 오버한 상태라면, 저 한 마리 한 마리가 상위마인에 해당한다는 뜻인가. 해저드(재해)급—— 아니, 어쩌면 캘러미티(재액)급에 필적한다고 봐도 틀림이 없겠지?"

"넷! 분석반으로부터 그렇게 들었습니다."

"짜증이 나는군. 마법이 통한다면 A랭크의 마물이라도 대처할 수 있을 텐데. 그래서, 저 선두에 있는 개체는?"

"그, 그게……."

"어쨌다는 거냐? 빨리 대답해라."

"넷! 그럼 말씀드리겠습니다."

부관은 보고서를 눈으로 보면서 말하기를 망설이고 있었지만, 팔라가가 노려보는 눈빛에 위압당하면서 보고를 재개했다. 그리고 그 내용은 팔라가를 절규하게 만들었다.

"——열 배 이상이라고? 그게 사실인가?"

"사실입니다. 측정기가 고장 난 게 아니라, 틀림없이 저 특수개체는 다른 개체의 10배 이상의 에너지를 보유하고 있다고 합니다."

"그럴 수가……."

할 말을 잃은 팔라가.

전생을 반복하여 힘을 축적했다는 팔라가의 스승인 가드라조차도 그 정도로 엄청난 마력량은 보유하고 있지 못했다. 그 수치는 마왕에게 필적하는 것이었다.

"저 마물의 정보는 정보국의 자료에도 실려 있지 않았습니다. 마물들이 개최한 무투대회에도 참가하지 않았기에, 그 전투력은 불명이라고 합니다."

"잠입시켜둔 첩자의 말로는 약초에 관한 발표를 했다고 하더군요. 흥미 있는 내용이었다고 하는데, 지금 생각해보면 디재스터(재화)급에 해당되는 수준인 자신의 전력을 숨기는 게 목적이었던 것 같습니다."

각각 의견을 제시하는 부관들의 얘기를 듣고 있던 팔라가는 '과연, 그랬단 말인가'라고 생각하며 납득했다.

방금 전의 그 현상, 그건 그야말로 '변신'이라고 생각했다.

전력을 숨기고, 적을 방심시키고 있었다. 그리고 비공선의 무장이 마법뿐이라는 것을 알고, 그 본성을 드러낸 것이리라.

우릴 우습게 보고 있었군——. 팔라가는 그렇게 생각했다.

"진정하라, 제군. 적은 마물이다. 그렇다면 우리의 승리는 변함이 없다고 생각하라. 어떤 상대라고 해도 매직 캔슬러(마력요소교란방사)를 본격적으로 발동시켜 그 움직임을 봉쇄하면 이길 것이다!"

드라고뉴트는 보기 드문 종족이다. 그중에서도 '변신'까지 한다면 더욱 희소한 존재이긴 하지만, 결코 이기지 못할 상대는 아니었다.

비공선은 제국이 베루도라를 대비하여 개발한 비장의 병기인 것이다. 그 진가인 매직 캔슬러를 이용하면 용의 권속 따윈 적이 되지 못한다.

현재도 매직 캔슬러는 발동 중이다. 그건 지상도 망라할 정도로 넓은 범위에 걸쳐 영향을 끼치고 있었다. 그러나 이건 어디까지나 익숙해지기 위해 시험 운용을 하는 것에 가까웠으며, 베루도라를 상대하는 싸움에서는 집중적으로 운용하도록 되어 있었다.

마력요소를 교란하면 마력요소로 신체를 구성하고 있는 마물의 움직임은 둔해진다. 교란파의 조준을 집중하면, 어떤 마물이든 움직임을 봉쇄할 수 있다.

"지금 즉시 시행하겠습니다!"

서둘러 움직이기 시작하는 부관들을 곁눈질로 보면서, 팔라가는 전황을 파악하는데 집중했다. 저 선두에 있는 개체 이외엔 다섯 마리가 한 팀으로 행동하고 있었다. 현재 스무 척이 교전 중이었다. 격추된 비공선은 열 척이 채 되지 않았다.

아직 충분히 만회할 수 있는 피해였다.

"팔라가 소장님, 조준준비가 완료되었습니다. 하지만 이대로는 아군도 휩쓸리게 됩니다만……."

"그래서?"

"아, 아닙니다."

"그럼 당장 시작하라."

"넷!"

마법의 힘으로 부유하는 비공선에 매직 캔슬러를 조준하여 발사하면 어떻게 될까?

그건 굳이 말할 필요도 없었다. 마법효과가 사라진 비공선은 물리법칙에 따라 추락하게 된다. 그리고 당연히 탑승원의 생존은 절망적이게 될 것이다.

그리고 그건 '마법군단'의 동료였던 팔라가를 따르는 마법사들이 희생이 된다는 것을 의미하고 있었다.

그래도 팔라가는 눈썹 하나 까딱하지 않은 채 명령을 내렸던 것이다.

"매직 캔슬러―― 조준 및 발사 개시!!"

교전 중인 비공선과 가비루를 둘러싸듯이, 남은 함선들이 진형을 펼치기 시작했다. 그리고 차례로 뱃머리에서 매직 캔슬러를 발사하기 시작했다.

그 결과, 비공선이 추락하기 시작했다. 교전 중이던 드라고뉴트와 함께……

(미안하다. 이건 필요한 희생이다.)

팔라가는 눈을 뜬 채 묵도했다.

추락한 비공선은 지상에 격돌하면서 폭발과 함께 화염을 일으키고 있었다. 탑승원은 물론이고, 마물들도 무사할 리가 없었다.

"성공했군요. 남은 건 저 특수개체뿐입니다."

"마법이 듣지 않더라도 저 충격과 열량에는 버텨낼 수 없을 겁니다."

"큰 희생이었지만, 상위마인 100명을 처단했으니 싼 대가로군요."

부관들 사이에 안도의 기류가 흘렀다.

그 분위기에 찬물을 끼얹은 것은 팔라가의 일갈이었다.

"방심하지 마라. 동료의 희생이 있었으니, 이건 자랑할 만한 전과가 아니다! 그리고 저 개체의 처리는 아직 끝나지 않았단 말이다!"

그 말을 듣고, 부관들도 다시 정신을 차렸다.

마왕급의 특수개체도 그 움직임이 봉인되어 있었다. 그러나 아직도 그 날개는 건재했으며, 공중에 머무르고 있었던 것이다.

스무 척 이상의 희생을 치른 지금, 이 적을 격추시키지 못하는 건 허용할 수 없는 일이었다.

"하늘을 날지 못하는 '사천왕' 고부타만 상대했다면 이렇게 고생할 일도 없었을 텐데 말입니다……."

"음. 가스터 공의 전차부대와 협력하면 아무리 강인한 방어력을 가졌어도 무너뜨릴 수 있었을 텐데……."

"하지만 녀석은 매직 캔슬러 때문에 움직이지 못하고 있어. 이대로 계속 조준을 겨누고 있으면 곧 몸 안에서 붕괴가 일어나겠지."

"아니, 그건 확실하지 않습니다. 분석반이 관측 중인데, 특수개체의 에너지 수치의 감소율은 경미하다고 합니다."

그런 부관들의 대화를 들으면서, 팔라가는 급속도로 몸속이 차가워지는 듯한 감각을 맛봤다.

(이 정도로, 70척 이상의 비공선이 매직 캔슬러를 발사하고 있는데, 겨우 그 움직임을 멈추게 하고 있는 게 고작이라고?! 그렇다면 녀석에겐 마물을 약하게 만드는 효과가 아무 의미 없다는 뜻이냐──?!)

실로 어이가 없다는 생각을 하면서, 팔라가는 작전을 다시 짤 필요가 있다고 느꼈다.

차원이 다른 강자라는 것을 이해했다.

모든 매직 캔슬러를 집중시켜서 겨우 움직임을 봉쇄했다. 시간을 들이면 약하게 만들 수도 있겠지만, 베루도라 이외에도 그런 괴물이 있다는 건 놀라운 일이었다.

(이 녀석이 '사천왕'인 고부타보다 훨씬 더 번거로운 존재가 아닌지── 아니, 어쩌면……?!)

그때 팔라가의 머리가 번뜩이면서 갑자기 그런 생각이 들었다.

이 특수개체가 바로 자신들의 목표였던 '베루도라'일지도 모른다고.

스스로의 생각에 자신도 모르게 납득하는 팔라가.

"──그렇군, 이 녀석이 베루도라인 것이다. 그렇다면 이렇게 말도 안 되게 에너지 수치가 높은 것도 설명이 된다."

정신을 차려보니, 입이 멋대로 그렇게 중얼거리고 있었다.

그 말을 들은 부관들의 반응은 제각각이었다.

"과연…… 봉인에서 해방된 지 얼마 안 되었기 때문에, 용의 모습을 유지하지 못할 정도로 약해진 상태였단 말이군요."

"약해졌다고? 이 정도나 되는 힘이 있는데, 이게 약해진 상태라고 말하는 겁니까? 같이 있던 부하들조차 드래곤에 필적하는 수준이었습니다. 몇몇은 아크 드래곤(상위용족) 수준에 가까운 개체도 확인될 정도였단 말입니다."

그런 부관들에게 팔라가가 말했다.

"그렇다. 그게 베루도라의 무서운 점이다. 과거에 제국군은 베루도라에게 패배했다. 나도 스승이었던 가드라에게 그 얘기를 들은 적이 있다. 300년 정도 전에 봉인되었으면서도, 녀석은 저 정도의 강함을 자랑하는 것이다. 봉인 전에는 얼마나 강했을지, 상상도 되지 않는 수준이라 할 수 있지 않는가?"

팔라가의 설명을 듣고, 부관들도 납득한 것처럼 고개를 끄덕였다.

"확실히 이 정도의 힘이라면 파르무스의 군대가 전멸된 것도 납득이 됩니다."

"팔라가 소장님의 말씀대로, 녀석이 베루도라인 것은 틀림없는 것 같습니다."

그런 식으로 동의하는 자들이 대부분이었지만, 그중에는 의문을 품은 자도 있었다.

"실례합니다, 팔라가 소장님. 자료에는 드라고뉴트의 수괴의 이름은 '가비루'라고 적혀 있습니다만⋯⋯?"

그렇게 물어봤지만, 팔라가는 그 질문을 일소에 부쳤다.

"가명이겠지. 베루도라는 봉인되면서 힘이 줄어들었다고 들었다. 원래의 전투력을 회복할 때까지 눈에 띄지 않게 하려는 배려일 것이다."

그렇게까지 단언한다면, 부관으로선 물러설 수밖에 없었다.

"마물이 가명이라니⋯⋯ 전대미문입니다만⋯⋯. 아니, 그렇기에 바로 베루도라라고 할 수 있겠군요."

여러모로 납득이 되지 않는 점도 있었지만, 그렇게 자신을 애써 설득시켰다.

그리고 눈앞의 특수개체가 베루도라라는 인식을 공유하게 되자, 부관들의 얼굴은 희색을 띠었다.

"비장의 수단인 비공선에 30퍼센트나 되는 피해가 생겼지만, 상대가 베루도라라면 어쩔 수가 없지!"

"오히려 행운이라고도 할 수 있습니다. 파르무스 군대를 전멸시킨 광범위공격에 주의해야겠군요. 빠르게 매직 캔슬러로 움직임을 봉쇄한 것은 정답이었습니다."

그 말이 옳다──고, 팔라가는 생각했다.

(베루도라는 매직 캔슬러에 붙잡혀서 움직이지 못하고 있다. 이대로 체력을 갉아먹으면 처치하는 것도 쉬워질 것이다.)

정신을 차려보니, 이번 작전의 최대 전과를 손에 넣고 있었던 것이다.

그 행운을, 팔라가는 천천히 씹으면서 맛보고 있었다.

"매직 캔슬러의 출력은 괜찮은가?"

"문제없습니다. 출력 80퍼센트로 안정되어 있습니다."

"최대출력이 될 때까지 앞으로 어느 정도 걸리나?"

"1시간도 걸리지 않을 겁니다. 이 상태라면 움직임을 봉쇄하는 게 한계지만, 조금씩 베루도라의 육체적 붕괴는 일어나고 있습니다. 충분히 효과를 기대할 수 있을 것 같습니다."

"음. 베루도라의 목숨도 이제 1시간 남았단 말인가. 그때까지는 가스터 공도 지상의 제압을 완료하겠지."

부관들은 우수하다.

아무 말 하지 않아도 팔라가의 뜻을 짐작하여, 분석반과의 대화를 시작하고 있었다. 그리고 작전을 다시 검토하면서 문제점을 찾아내는 작업을 마치고 있었다.

1시간만 있으면 '사천왕' 고부타의 토벌도 끝이 날 것이라는 결론. 마랑과 합체한 고부타도 강력한 개체이긴 했지만, 그래도 베루도라보다는 약하다. 가스터의 전차부대가 진짜 실력을 발휘하면 토벌하는 것도 그리 어렵지 않은 상대일 것이다.

"마법이 통하지 않았던 것도, 상대가 베루도라와 그의 권속이라면 어쩔 수 없는 일이다. 하지만 승리의 여신은 우리에게 미소 지었다! 이대로 천천히 기다리기만 하면 제국의 비원은 달성될 것이다!!"

팔라가는 그렇게 확신하면서, 장병들을 고무시켰다.

●

함교에선 승전의 분위기가 감돌고 있었다.

"와인을 준비하도록 하죠."

"그게 좋겠군. 이때를 위해 따로 보관해둔 빈티지(400년 된 것)로 부탁하마."

"제국의 설욕을 기념할 물건이 되겠군요. 1시간 정도 놔두면 침전물도 가라앉을 것입니다."

"음, 귀관에게 맡기지."

"그거 나도 좀 줘."

자줏빛을 띤 감색의 머리카락을 사이드 포니테일로 묶은 미소녀가, 어느새 팔라가 옆의 부관석에 앉아 있었다.

(대체 언제부터 있었지?! 아니, 그보다——.)

군복이라는, 나이에 어울리지 않는 차림을 하고 있었다. 그러나 그 딱딱한 분위기의 군복이, 오히려 소녀의 가련함을 더 돋보이게 만들고 있었다.

팔라가는 자신의 판단을 후회했다.

승리를 확신하면서, 마음을 놓고 있었다. 그건 팔라가뿐만 아니라, 이 자리에 있던 장병들 전원이 해당되는 얘기였다.

그런 장병들의 마음속 빈틈을 통해 이 소녀는 침입한 것 같았다.

"넌 누구냐?"

어디서 침입한 것인가.

그리고 소녀의 목적은 무엇인가.

적인지 아군인지를 따지면 틀림없이 적일 것이다.

소녀가 순순히 대답해줄 것이란 생각은 들지 않았다.

"어라, 안 돼? 그럼 차를 줘도 돼. 계속 견학하고 있었기 때문에 목이 마르거든."

팔라가가 묻는 소리를 듣고, 함교에 있던 부하들이 돌아봤다. 그리고 소녀의 존재를 알아차리면서, 경악한 표정으로 눈을 크게 떴다.

함외뿐만 아니라 함내에도 '결계'는 펼쳐져 있었다.

그런데도 이상을 감지하지 못했다.

그 소녀는 당연하다는 표정을 지은 채 그 자리에 있었다.

"누구냐고 물었다."

팔라가는 천천히 일어서면서 소녀를 향해 돌아봤다. 그리고 총을 꺼내면서, 한 번 더 그렇게 물었다.

그래도 소녀는 웃음을 거두지 않았다.

총을 겨누고 있는데도 그게 위협이 된다고는 생각하지 않고 있었다.

왜냐하면 그 소녀의 정체는——.

"내가 누구냐고? 내 이름은 울티마야. 리무루 님한테서 받은 너무나, 너무나 소중한 이름이지!"

이 세계에 존재하는 밸런스 브레이커(최강자중 한 명)—— 비올레 (태초의 보라색)이니까.

팔라가는 냉정하게 울티마를 관찰하면서, 상대의 실력을 파악하려고 했다. 그러기 위해선 대화를 통한 정보 수집은 유효한 수단이 된다고 생각했다.

"울티마라고? 모르겠군."

"그래? 너는 무지한 인간이네. 오늘은 여러모로 얘기를 좀 들으러 왔는데, 기대해선 안 되는 건가?"

"뭐라고?"

"너희는 말이지, 이제 곧 죽을 거잖아? 그러니까 말이지, 그 전에 몇 가지를 좀 가르쳐줬으면 좋겠어!"

천진난만하게 웃는 표정으로, 울티마는 말했다.

팔라가는 그런 울티마의 태도를 보고, 뭐라 표현하기 힘든 감각을 느끼고 있었다.

그렇다. 예를 들자면.

절대적인 존재—— 임페리얼 가디언(제국황제 근위기사단)의 상위자와 상대했던 때 같은, 어쩌면 그 이상의 압박감을, 울티마로부터 느끼고 있었던 것이다.

(설마…… 내가 압도되고 있는 건가? 이런 소녀에게, 공포를 느끼고 있단 말인가?!)

팔라가는 자신의 본능을 의심했다.

그러나 현실적인 문제로서, 눈앞에 앉아 있는 소녀—— 울티마는 단지 혼자서 함내에 침입해온 기이한 존재였다. 긴급사태임은 분명했다.

팔라가는 울티마의 목적을 추측했으며, 그게 명백하다는 것을 깨달았다.

창밖에는 붙잡힌 베루도라. 제국의 승리를 상징하는 그 광경은 마물들에겐 절망 그 자체일 것이다. 그를 구출하기 위해서, 베루도라의 부하 마물들이 움직이기 시작한 것이리라.

(울티마라고? 나조차도 전율할 정도의 마물을 정보국이 파악하지 못했다니. 아마도 비장의 수단이겠지. 베루도라 직속의 간부급 마물임이 틀림없다.)

틀림없이 최근에 이름을 막 부여받은 간부. 그 외견은 인간에 한없이 가깝지만, 그 오라(요기)의 무시무시함은 형용하기 어려울 정도로 사악했다. 그 정체는 불명이지만, 팔라가는 다행히 그런 오라를 풍기는 마물에 대해 짐작 가는 것이 있었다.

팔라가의 스승이었던 가드라가 열심히 연구하고 있었기 때문이다.

총구를 울티마에게 겨누면서, 팔라가는 물었다.

"알고 있다. 너는 데몬(악마족)이지?"

"와아, 대단하네. 정답이야."

당연하다고 생각하며, 팔라가는 콧방귀를 뀌었다.

이 정도나 되는 사악한 기운, 틀림없이 아크 데몬(상위마장)이다. 그것도 육체를 얻은 것뿐만 아니라 이름까지 있는, 진짜 괴물이었다.

문제가 되는 것은 울티마의 계급이었다.

(귀족인 것은 틀림없다. 중세종 이하라면 좋겠지만, 고대종이라면 좀 벅차려나? 아니, 여기라면 악마의 특기를 봉인할 수 있어. 마법을 쓰지 못하는 악마 따위는 두려워할 필요가 없다!)

그렇게 생각한 팔라가는 부하에게 몰래 지시를 내렸다.

부하에게 지시한 내용은 매직 캔슬러를 함내를 향해 발동시키라는 것이었다. 그런 짓을 하면 마법증강포를 사용하지 못하게 된다. 그리고 '스펠 건'도 쓰지 못하게 되며, 승무원인 마법사들도 제 역할을 하지 못하게 될 것이다.

그러나 그게 바로 팔라가가 노리는 것이었다.

마물은 마력요소를 봉인해버리면 위협이 되지 못한다. 그건 악마도 마찬가지다. 마력요소를 봉인해버리면 악마의 무기인 마법도 쓰지 못하게 되는 것이다.

아크 데몬이 상대라면 마법을 쓸 수 있는 부하가 아무리 많아도 의미가 없었다. 그보다 악마에 대한 절대 우위의 상황을 만들어 내는 게 승리할 확률도 더 높아졌다.

팔라가는 겨눈 총을 보여주면서, 몰래 허리에 차고 있던 세이버에 손을 댔다. 그리고 울티마의 주의를 끌기 위해 대화를 계속 이어갔다.

"설마 베루도라에게 너 같은 악마 시종이 있었을 줄이야. 놀랍군."

"뭐, 베루도라 님의 시종?"

"큭큭큭, 숨기지 않아도 된다. 이런 상황이라면 주인을 구출하러 온 것 이외에 다른 이유가 없지 않느냐!"

"아닌데? 난 리무루 님의 충실한 부하라고!"

(마왕 리무루의 부하라고? 아니, 베루도라의 구출이 목적이라는 것은 틀림없을 것이다.)

베루도라가 부하를 두고 있다는 얘기는 확실히 보고로는 올라 오지 않았다. 마왕의 부하인지 베루도라의 부하인지는 어찌 됐든 상관없는 얘기였다.

"그거 실례했군. 그래서 너는 베루도라를 구하기 위해 온 것이겠지?"

"아까부터 무슨 소리를 하는 거야? 얘기를 좀 들으러 왔다고 가르쳐줬는데, 넌 남의 말을 듣지 않는 인간이야?"

아무래도 얘기가 엇갈리고 있었다.

(허세, 인가? 숨길 의미가 없다고 생각하지만, 이 녀석의 목적은 대체⋯⋯.)

팔라가는 자신이 뭔가 착각을 하고 있는 게 아닐까 하는, 말로 표현하기 힘든 불안감으로 인해 큰 부담을 느끼고 있는 심정이었다.

뭔가, 큰 착각을 저지르고 있는 것 같은⋯⋯.

"⋯⋯그럼 뭘 듣고 싶은 거지?"

그 말을 듣고 울티마는 기다리고 있었다는 것처럼 미소 지었다. 그리고 미소를 지은 채로 말했다.

"이 배의 구조와 운용방법을 꼭 들어야겠어. 듣는 김에 제국 내에 남아 있는 전력도. 어느 정도 강한 자가 있는지, 알고 있는 한 다 얘기해줘."

그 천진난만한 태도를 보면, 완전히 팔라가를 얕보고 있었다.

(우리를 얕보고 있는 건 운이 좋군. 약간 버거운 상대라는 건 인정하겠지만, 겨우 혼자서 뭘 할 수 있단 말이냐.)

불안하긴 했지만, 그게 팔라가의 본심이었다.

이제 곧 준비는 끝날 것이다.

악마에게 쓸 수 있는 비장의 수단도 있다.

시야의 한쪽 구석에 준비가 끝났다는 사인을 보내는 모습이 보였다.

이것으로 승리는 의심할 바가 없었다. 팔라가는 여유를 되찾았다.

"큭큭큭, 그걸 순순히 가르쳐줄 거라고 생각하나?"

"생각하진 않지만, 어느 쪽이든 상관없다고 할까. 그보다 차는 아직 멀었어? 난 계속 기다리고 있었는데?"

"차보다 더 좋은 걸 주마!"

망설임을 떨쳐버리려는 듯이 팔라가는 방아쇠를 당겼다.

발사되는 총탄. 그리고 그게 전투의 시작을 알리는 신호가 되었다.

그 자리도 또한 매직 캔슬러의 영향 아래에 놓이게 된 것이다.

팔라가가 소유하고 있던 권총은 '스펠 건(마총)'이 아니었다.

미합중국의 콜트 파이어어암즈 사가 개발한 군용자동권총── 나인틴일레븐(콜트 거버먼트)였다. '이세계인'이 가져온 앤티크(골동품)이며, 매일 정성을 들여 정비하고 있는 팔라가의 애용품이었다.

장탄수는 7+1발. 돈을 들여 특별히 제작한 대구경탄을 사용함으로써, 핸드 캐논이라는 애칭에 걸맞은 위력을 발휘한다.

그러나 그건 어디까지나 양동이었다. 정신생명체인 데몬(악마족)에게 통상 병기 같은 건 무의미하다. 육체를 얻은 악마라면 조금은 통증을 느낄지도 모른다. 그러나 그뿐일 것이다.

익숙한 동작으로 안전장치를 해제하고, 모든 탄환을 발사한 팔라가. 만일의 경우, 어쩌면 쓰러트릴 수 있을 거라고 낙관하진 않는다. 아크 데몬을 얕보다니, 그런 행위는 자살을 바라는 자나 할 짓이다.

소리가 사라지면서, 팔라가의 예상은 완전히 빗나갔다.

태연하게 그대로 의자에 앉아 있는 울티마. 그녀의 왼손이 펼쳐

지자, 여덟 발의 탄환이 후드득 떨어졌다.

마법을 사용하지 않고 어떻게 막아낸 건지 모르겠지만, 탄환은 물리적인 에너지를 잃은 상태였으며, 울티마의 손에는 상처 하나 내지 못하고 있었다.

"재미있는 장난감이네. 하지만 나는 리무루 님이 갖고 계시는 게 더 좋은 것 같아."

"그런가. 이건 내가 마음에 들어 하는 것인데 말이지."

예상보다 바람직하지 못한 결과였지만, 팔라가는 놀라지 않았다. 총을 집어넣고, 허리에 차고 있던 세이버를 뽑았다.

'매직 세이버(제국식마법검)'는 매직 캔슬러(마력요소교란방사)의 영향 하에서도 유용한 물건이다. 팔라가 자신의 마력으로 마력요소를 순환시킴으로서, 아츠 : 오라 소드(기술 : 투기검)보다도 높은 위력을 가지고 있는 마법검과 동등한 효과를 발휘할 수 있었다.

마법검이라면 데몬에게도 통한다. 그리고 그 육체를 파괴해버리면 매직 캔슬러에는 버틸 수 없다.

팔라가는 그렇게 생각했다.

(지금 당장 악마계로 추방해주마!)

팔라가는 위저드(마도사)임과 동시에 검술 실력도 일류였다. 일부러 과시하지 않았을 뿐, 이름 있는 검사에도 지지 않는다는 자부심도 가지고 있었다.

그런 팔라가였기 때문에 더더욱 이 마법이 봉인된 환경에서도 침착함을 유지할 수 있었던 것이다.

울티마도 또한 매직 캔슬러의 영향을 받고 있음에도 불구하고 여전히 태연함을 유지하고 있었다.

그건 일부러 내색하지 않는 것이라고 팔라가는 생각했다. 상대의 연기에 속아 넘어가지 않겠다고, 팔라가는 냉정하게 판단했다.

"특기인 마법이 봉인되니 기분이 어떻지?"

"?"

어리둥절한 표정을 지으면서, 울티마는 고개를 갸웃거렸다.

"큭큭큭. 초조하겠지? 수다를 나눌 시간은 이제 끝났다, 이 빌어먹을 악마!"

팔라가의 주변의 공기의 질이 바뀌면서, 울티마와의 사이에 눈에 보이지 않는 긴장의 실이 팽팽해지고 있었다.

"흐—응, 붙어볼 생각이네?"

"당연하지. 악마와의 거래에 응할 바보가 있을 것 같으냐."

"바보? 저기, 혹시…… 그건 날 말하는 거야?"

"어리석은 녀석. 그런 것도 이해하지 못하는 건가. 하나 가르쳐 주마. 네가 알고 싶어 했던 강자 말인데, 나도 그중의 한 명이다!"

팔라가는 울티마가 말하는 틈을 노려, 세이버를 단번에 찔렀다.

달인 클래스의 찌르기. 울티마의 심장을 노린 그 공격은 마인조차도 피해내지 못할 필살의 일격이었다.

하지만.

"넌 마지막에 죽일게."

팔라가의 뒤에서 목소리가 들렸다.

팔라가의 필살의 일격은 의자에 앉아 있던 울티마에게 닿지도 않았으며, 그냥 의자에 구멍을 뚫었을 뿐이었다. 있을 수 없는 일로 생각되었지만, 눈앞에 앉아 있었을 울티마는 정신을 차려보니 뒤로 이동해 있었다.

팔라가에겐 믿을 수 없는 현실이었다.

"대화할 마음이 없다면 그래도 괜찮아. 하지만 질문에는 대답하게 될 거야. 안심해도 돼. 말하지 않아도 내가 알아서 지식을 받아갈 테니까."

울티마는 천진난만하게 웃으면서, 주위에서 지켜보고 있던 장병들을 둘러봤다. 그리고 오싹해지는 무시무시한 목소리로 그렇게 선고했다.

"그럼 처음에는 너부터 시작할게."

"──뭐?"

당황하면서 뒤돌아본 팔라가의 옆을, 뭔가 둥그런 덩어리가 날아갔다.

철퍽──하고 벽에 부딪히면서 얼룩을 남긴 그것. 그 정체는 인간의 머리였다.

목 윗부분이 사라진 부관 중의 한 명이 그제야 알아차린 것처럼 경련하면서 바닥에 엎어졌다.

"뭐야──?!"

"중요한 건 모르는 것 같네. 바로바로 죽일게."

그렇게 말하자마자 울티마는 대수롭지 않게 적 장병들의 머리를 뽑았고, 몇 초 만지작거리다가 버리는 행위를 반복하기 시작했다.

차례로 늘어나는 희생자들. 함교는 절규와 공포로 물든 지옥으로 변모하고 있었다.

"매, 매직 캔슬러의 출력을 최대로 올려라! 다른 함에도 연락하여, 이 기함을 향해 조준을 집중시키는 거다!!"

공포로 패닉에 빠져 있던 마법사들이었지만, 팔라가의 말을 듣고 제정신을 찾았다.

황급히 명령에 따라 각자가 움직이기 시작했다.

"이 매직 캔슬러라는 건 너희의 신병기지? 마력요소에 난수지령을 내려서 마법을 방해한다는 이론으로 만들어진 것이고 말이야? 확실히 마물에게도 영향을 미치긴 하겠지만, 그게 나한테 통할 거라고 생각해?"

귀엽게 고개를 갸웃거리면서, 울티마가 궁금하다는 듯이 중얼거렸다.

그 말을 듣고, 팔라가가 소리쳤다.

"허세를 부리다니. 너 이 자식, 이 자리를 그런 허세로 빠져나갈 수 있을 거라 생각하지 마라!"

"으~음, 이해를 못하네. 마력요소로 육체를 구성하고 있는 요수 같은 존재라면 큰 효과를 기대할 수 있을 거야. 하지만 나처럼 육체를 얻었으면 의미가 없다는 생각은 못하는 거야?"

"무슨 소리를……?"

"그리고오, 하급 데몬이라면 또 모를까 상위 존재에겐 의미가 없단 말이지. 너희가 자연스럽게 호흡을 하는 것처럼 우리가 의식하면 자연스럽게 마법이 발생하는 거니까. 이런 식으로 말이야."

울티마가 그렇게 말하자마자, 그 모습이 사라졌다.

동시에 구석자리에 앉아 있던 통신병의 머리가 날아갔다. 순식간에 이동한 울티마의 짓이었다.

"봤지? 방금 그건 그냥 이동해서 이 사람의 머리를 날린 거야. 음속을 돌파했지만, 충격파 같은 건 생기지 않았지? 그도 그럴 것이 이 이동은 마법이기 때문이야. 그리고——."

손목을 가볍게 흔드는 울티마. 그 손가락 끝이 한순간, 흔들리면서 흐릿하게 보였다.

그 직후, 부웅—— 하는 충격음과 함께 팔라가의 옆에 서 있던 부관의 머리가 파열했다.

"이런 식으로 물리법칙에 따라서 충격파를 내는 것도 간단하단 말이지."

그런 잔학한 행위를 태연하게 벌이면서, 울티마는 천진난만하게 얘기했다. 죄책감 같은 건 일절 느끼지 않았다.

"말도 안 돼……."

자신도 모르게 팔라가는 그렇게 중얼거렸다.

팔라가의 머릿속에 울티마의 말이 겨우 전해졌다. 그 내용을 이해하기엔, 지금까지 쌓아온 팔라가의 상식이 방해를 했다.

어딘가 멀리서 다른 나라의 말을 하고 있는 것 같은, 그런 신기한 감각. 본능이 이해하는 것을 거부하고 있었다.

아크 데몬—— 정말로 그럴까?

이제 와선 늦었지만, 팔라가는 울티마의 정체를 생각하느라 머리를 굴리고 있었다.

팔라가의 실력이라면 아크 데몬과 호각이었다.

태어나지 얼마 되지 않은 개체라면 혼자서도 승리할 수 있었다. 고대종 이상의 존재에는 이길 수 없어도 자작급인 중세종 이하라면 이기지는 못하더라도 좋은 승부가 될 것이라고 생각하고 있었다.

그렇다면 지금의 상황은 대체 뭐란 말인가.

베루도라조차 봉인하는 매직 캔슬러가 전혀 제 역할을 못 하고 있었다.

울티마라고 이름을 밝힌 네임드 아크데몬(이름을 지닌 상위마장)은 육체를 얻은 상태라고 쳐도 비정상적일 정도로 강한 실력을 자랑하고 있었다.

그야말로 팔라가의 상식을 뒤집어버릴 정도로…….

아무리 발버둥 쳐도 울티마에게 이길 가능성이 없다고, 팔라가는 그렇게 인식했다. 그렇기 때문에 악마에게 쓸 수 있는 비장의 수단을 아낌없이 투입했다.

"우쭐대지 마라, 이 빌어먹을 악마!! 정령소환 : 이플리트(불꽃의 거인)──── 나와라, 근원이 되는 불꽃의 상위정령이여!!"

영웅급의 자에게만 허용되는 최강의 소환마법. 팔라가 개인으로는 성공시킬 수 없는 비술이었지만, 이 비공선에 비치된 마법 증강포와 50명의 마법사의 존재가 그걸 가능케 했다.

그리고 정령에겐 매직 캔슬러의 영향이 극히 경미했다. 그렇기에 그 소환은 성공했다.

함교를 파괴하면서, 그 자리에 나타난 이플리트. 악마에 대한 우위성을 지니고 있는 상위정령이라면 아크 데몬이라고 해도 격파할 수 있다. 팔라가는 그렇게 확신하면서, 울티마를 향해 소리쳤다.

"네놈이 괴물이란 것은 인정하마. 그러나 우리는 계속 악마를 연구해왔다! 그러므로, 그 대책도 완벽하지. 안 됐구나, 이걸로 네놈도 끝이다!!"

그렇게 팔라가가 소리 높여 외친 목소리를 듣고 있으면서도 울티마는 여전히 미소를 짓고 있었다.

미소—— 그게 이렇게까지 무서운 것이라는 것을, 팔라가는 그때 처음 알았다.

(말도 안 돼. 그럴 리가 없어. 내가 소환한 이플리트에게 이길 수 있을 리가 없단 말이다——!!)

팔라가가 소환한 이플리트에겐 50명의 마법사가 마법증강포를 통해 힘을 부여하고 있었다. 당연히 그 힘은 원래의 상위정령의 몇 배에 달하는 것이며, 고대종이든 선사종이든 고작 아크 데몬 따위에게 질 리가 없었다.

그런데도 팔라가의 공포는 사라지지 않았다.

"그런 잔챙이를 소환한 것 정도로 신이 나서 까불지 말라고. 내가 자상하게 웃고 있을 때 순순히 말했으면 좋았을 텐데. 너희에겐 절망을 선사해주지."

아아, 끝이다——. 팔라가는 그 사실을 깨달았다.

그건 직감이었다.

그리고 팔라가의 직감은 정확했다.

다음 순간, 팔라가와 부하들의 눈앞에서 절대적인 힘의 권화인 이플리트가 얼어붙으면서, 산산조각이 났다.

울티마가 숨을 쉬는 것처럼 주문영창 없이 발동시킨 소환마법 : 코퀴토스(빙결지옥)로 인해.

"아, 앗…….."

"히, 히이익!! 괴물이다——!!"

"뭐야, 뭐냐고, 그거언——?!"

어리석은 자들은 탄식의 강(코퀴토스) 앞에서 울면서 소리쳤다.

완전한 공황상태.

그 반응은 당연하다. 눈앞에 죽음이 구체화된 존재가 서 있으니까.

"자, 그럼 질문을 다시 할게요~!"

그 낭랑하다고밖에 표현할 수 없는 울티마의 목소리가, 가여운 자들이 들었던 마지막 말이 되었다.

몇 분 후.

울티마는 만면의 미소를 지으면서 고개를 끄덕였다.

알고 싶은 정보를 전부 입수한 것이 만족스러웠다. 지식을 전부 빼앗는 것은 불가능했지만, 사람의 뇌파를 감지하여 정보를 읽어 들이는 것은 울티마에게 있어선 식은 죽 먹기였다.

울티마는 정보무관이며, 정보를 들고 돌아가는 것도 임무에 포함된다. 만족할 만한 성과를 올린다면, 그녀들의 주인인 리무루가 기뻐할 것이다.

칭찬해주면 기쁘겠는데── 라고 울티마는 생각했다.

그런 뒤에 아직 살아 있던 자들을 향해 시선을 돌렸다.

그 인물은 바로 팔라가였다.

팔라가만이 유일하게 이 절망 속에서 울티마가 봐주고 있는 사람이었다.

그건 물론 자비로움에 기반을 둔 이유가 아니었다.

"날 바보라고 말했던 너에겐 최고의 공포를 선물해줄게. 노력하면 살아남을 수 있을 테니까, 최선을 다해서 발버둥 쳐봐."

속삭이듯이 그렇게 선고한 울티마는 하나의 마법을 발동시켰다.

울티마의 왼손 위에 주먹 크기만 한 칠흑의 불꽃이 발생했다.

"앗, 앗, 아……."

팔라가는 그걸 알고 있었다.

어비스 코어(흑염핵)——. 어떤 마법의 발동단계에서 발생하는, 제어가 어려운 지옥의 불꽃이라는 걸.

인류의 힘으로는 제어할 수 없다고 하는 궁극의 마법.

——아니, 팔라가가 모를 뿐이지, 제어할 수 있는 자도 있다. 인류의 영웅이었던 '칠요의 노사'들이라면 세 명이 달려들어 제어할 수 있었다.

그러나 지금 울티마가 만들어낸 어비스 코어는 '칠요'가 생성시킨 그것보다 한층 더 큰 사이즈였다. 그런 사정을 전혀 모르는 팔라가조차도, 그걸 본 순간 전략급의 '위협'이라는 걸 이해할 수 있을 정도로…….

울티마는 그걸 가볍게 휙 던졌다.

"그럼 잘 있어. 바이바이!"

그 말을 남기고, 울티마는 함교에서 사라졌다.

남은 팔라가는 망연자실한 표정으로 가만히 서 있었다.

울티마의 정체는 과연 무엇이었나——. 그런 의문 같은 건 지금의 팔라가는 어찌 됐든 상관이 없게 되었다.

어비스 코어를 받은 시점에서 팔라가는 자신의 인생에 최후가 왔음을 깨달았다.

제어는 절대 불가능하다는 것을 본능으로 이해하면서.

그리고 그 이해는 옳았다.

팔라가가 최선을 다한다는 것은 무의미했다.

팔라가의 노력을 마치 가치가 없다며 비웃는 것처럼, 울티마의 제어를 벗어난 불꽃은 그대로 팽창하고, 증식하며, 확산되었다.

그리고 울티마가 뛰어나간 직후, 검은 불꽃의 덩어리가 기함을 집어삼켰다.

그 불꽃의 덩어리는 크게 부풀어 오르면서, 폭발을 일으켰다.

궁극의 파괴마법―― 핵격마법 : 뉴클리어 플레임(파괴의 불꽃)으로 바뀌면서.

그리고 남겨진 팔라가는――.

"아름다워……. 이게, 이게 바로 마법의 궁극――."

황홀한 표정을 지으면서, 검은 불꽃에 자신의 몸을 불태우고 있었다.

육체가 증발하면서, '영혼'이 불꽃에 타는 고통을 맛봤다.

(스승은, 가드라 노사는 이 기적을 경험한 적이 있을까?)

아니, 없다――고, 팔라가는 단정했다.

매직 캔슬러(마력요소교란방사)를 통한 마법방해 같은 건 더욱 강한 사념파로 지배해버리면 의미가 없다는 것을, 팔라가는 이해했다. 그 증거로, 그 아름다운 파괴의 마법은 완벽하기까지 한 절망을 팔라가에게 선사하고 있었다.

팔라가는―― 자신이 궁극의 마법에 휩싸이게 된 절망과, 그리고 행운을 곱씹으면서 자신의 생애를 끝마쳤다.

팔라가가 이끄는 '공전비행병단'은 뉴클리어 플레임(파멸의 불꽃)에 의해 흔적도 남기지 않고 철저하게 파괴되어버렸다.

1차 피해에 의한 초고열의 불꽃과 2차 피해인 폭발에 의한 충격파.

상상을 초월하는 초고열에 의해 증발한 기함.

그 주변의 함선은 폭발하여 흩어지면서, 그 선체를 포탄 그 자체로 바꿔버렸다. 음속을 넘어서 흩어지며 날아가는 배의 파편은 그것 자체만으로 막대한 피해를 가져온 것이다.

이 대폭발로 인해 전세는 정해졌다.

무사히 원형을 유지할 수 있었던 것은 처음에 지상으로 추락한 함선뿐. 공중에 남아 있던 함선은 모두 연쇄폭발의 피해로 인해 꿩침한 것이다.

이리하여 제국이 아끼던 비장의 수단인 '공전비행병단'은 베루도라와 교전하지도 못한 채, 모든 배가 꿩침되는 불명예스러운 기록을 남기면서 패배하게 된 것이다.

●

울티마는 기함에서 뛰어나옴과 동시에 팔라가에 대한 흥미도 깔끔하게 잊어버렸다.

팽창하는 불꽃 덩어리를 보면서, 만족스럽게 고개를 끄덕였다.

전력을 다해 싸우라는 리무루의 명령을 떠올리고 위력을 좀 더 높일 걸 그랬나 하는 생각을 했지만, 그런 짓을 했다간 지상에 있는 '히류(비룡중)'까지 몰살시켰을지도 모른다고 생각하면서, 이 정도면 충분하다고 마음을 고쳐먹고 스스로를 납득시켰다.

공중에서 대참사가 발생했지만, '히류'에게 미친 피해는 마치 계산한 것처럼 제로였다.

아니, 할당량을 달성하지 못한 채, 나중에 간접적인 피해를 입은 자가 나오긴 하지만…… 그런 것까진 울티마가 알 바가 아니었다.

그보다 울티마가 신경이 쓰였던 것은 가비루의 행동이었다.

"아까부터 뭘 하고 있는 거지, 가비루 씨……."

매직 캔슬러(마력요소교란방사)의 집중포화를 받고 있던 가비루. 무슨 이유인지 가비루를 베루도라로 착각하고 있었던 것 같은데, 그건 울티마에게 있어서 아무래도 상관없는 일이었다.

이대로는 뉴클리어 플레임(파멸의 불꽃)에 휩쓸리게 될 테니까, 빨리 물러나면 좋겠다고 울티마는 생각했다.

귀찮지만 어쩔 수가 없어서 울티마는 가비루가 있는 곳까지 날아갔다.

"저기, 가비루 씨, 아까부터 뭘 하고 있는 거야?"

"오오, 울티마 공인가! 실은 내가 지금 새로운 감각을 익혔다오."

울티마의 질문에 대답하는 가비루는 무슨 이유인지 자랑스러워하고 있었다.

울티마는 그게 무슨 뜻인지 궁금했기 때문에 흥미가 생겼지만, 지금은 후퇴가 우선이다.

울티마 자신이 스스로 발동시킨 마법으로 죽는 일은 없겠지만, 가비루는 버텨내지 못할 것이다. 어쩌면 살아남을 수 있을지도 모르지만 확률이 높지 않은 도박이었다.

동료를 죽인 자라는 오명은 사양하고 싶었기에, 울티마는 가비루를 강제적으로 끌고 가기로 했다.

지상까지 이동한 뒤에 '히류(비룡중)'와 합류했다.

그때서야 비로소 울티마의 질문 타임이 시작되었다.

"그건 그렇고, 방금 그 말이 무슨 뜻이야?"

가비루에게 따져 묻는 울티마의 말투는 딱딱했다.

정보무관의 역할과는 별도로, 울티마는 감찰관으로서 가비루의 행동을 감시하는 입장에 있다. 서포트하는 것뿐만 아니라, 잘못된 행동을 취하지 않도록 조언해야 하는 것이다.

가비루의 실패는 즉, 울티마의 실패와 같은 뜻이다. 엄격하게 대응하는 것도 당연했다.

그런데도 가비루는 분위기를 파악하지 못하는 발언을 했다.

"그왓하하핫! 실은 말이지, 적이 발사한 특수 광선을 맞으면서 나는 이렇게 생각했소. 그 성질이 마력요소에 영향을 미친다는 걸 즉시 간파하고, 나라면 얼마나 버틸 수 있을지 실험해보고 싶어졌지, 뭐요!"

이 도마뱀(가비루), 리무루 님한테 크게 꾸중을 들으면 좋겠는데—— 라고 울티마는 생각했다. 그러나 억지로 꾹 참고 뒤이어 나올 얘기를 들었다.

"그래서, 그 새로운 감각이란 건 뭐야?"

"오오, 그렇지! 너희도 잘 들어라. 우리의 고유스킬 '드래곤 바디(용전사화)' 말인데, 숙련되면 사용가능한 시간이 늘어난다고 미도레이 공이 말하셨다. 현재 나는 아직도 계속 '변신' 상태를 유지하고 있지 않느냐?"

동료들을 둘러보면서, 가비루가 자랑스러운 표정으로 말했다.

그 말을 들은 '히류'는 서로의 얼굴을 바라보면서 놀라고 있었다. 그들의 변신시간은 평균적으로 10분 정도이며, 모두 이미 원래의 모습으로 돌아간 상태였던 것이다.

"가비루 님이라서 당연한 것이라고 생각했습니다만, 그게 아니었군요."

"그럼 그 비밀을 알면 저희들도……?"

가비루의 부하들은 각자 그렇게 흥분하면서 떠들어댔다.

그렇게 들떠 있는 가비루와 부하들을 보면서, 울티마의 눈이 죽은 생선처럼 바뀌었다.

이 도마뱀들, 진짜 아픈 꼴을 제대로 한 번 당했으면 좋겠다고 빌었다.

울티마는 적에겐 인정사정없었고, 부하에게도 딱히 배려를 베풀지 않았다. 그러나 가비루 일행은 엄밀히 말하면 부하는 아니었다.

멋대로 처분했다간 리무루에게 꾸중을 듣는 것은 울티마였다.

꾸중을 듣는 것뿐으로 끝난다면 다행이지만…… 부하가 다쳤을 때 리무루가 격노하던 모습을 떠올리면 훨씬 더 무시무시한 벌이 내려질 가능성도 높다. 자칫하면 추방을 받을 수도 있었다.

그건 절대 싫다고 생각하는 울티마. 자신의 스트레스 발산과 받게 될 처벌을 저울에 올려놓고 계산한 뒤에, 할 수 없이 억지로 참는 길을 골랐다.

그런 울티마에게 가비루가 말을 걸었다.

"내가 이 힘의 비밀을 알아차린 것은 울티마 공 덕분이오. 내가 어떤 생각을 가지고 행동한다는 것을 믿어주고 시간을 벌어주었으니까 말이지."

"뭐?"

"훗훗후, 시치미를 떼지 않아도 이 가비루는 다 알고 있소. 미숙한 우리에게 성장의 기회를 준 것을 진심으로 고맙게 생각하외다!"

그 말을 듣고, 울티마의 마음은 약간 풀렸다. 온화해진 기분을 되찾으면서, 가비루에 대한 평가를 아주 조금 상향 수정했다.

"이제 그 정도면 됐어. 그건 그렇고, 가비루 씨는 어떤 발견을 한 거야? 다들 그걸 알고 싶어 하는 것 같은데?"

울티마는 가비루의 착각을 정정하지 않았다. 지금은 그보다 이 상황을 수습하는 것이 우선이라고 판단한 것이다.

이 시점에서 전투행위는 국지적인 규모로 바뀌어 있었다.

하쿠로우가 지휘하는 후방과, 고부타 & 란가가 날뛰고 있는 중앙. 그리고 테스타로사가 향하고 있는 적의 본진, 이렇게 세 군데.

가비루 부대가 맡은 상공전력의 구축은 완료되었으니, 다른 지역으로 도와주러 가야 한다. 느긋하게 얘기를 나누고 있을 여유는 없었다.

"이건 리무루 님에게도 보고를 드릴 예정이지만, 우선은 간결하게 설명하지. 이건 전력의 증강에도 이어지는 결과가 될 테니까, 너희들도 잘 듣도록 해라."

그렇게 서론을 늘어놓은 뒤에, 가비루는 진지한 표정으로 설명하기 시작했다.

그 내용은 '드래곤 바디'의 완전제어에 관한 것이었다.

드라고뉴트의 고유 스킬인 '드래곤 바디'는 마력요소의 폭주에 의해 자신을 강화하는 특수 스킬이라고 한다.

폭주하는 마력요소는 주위의 물질을 흡수하여 사용자의 육체를 강화시킨다. 그 질량을 증가시킴으로써 방어력을 높이고, 상처를 입어도 즉시 회복하는 것이다.

마력요소가 폭주하고 있기 때문에 마법은 사용하지 못해도 브레스 같은 스킬(능력)의 사용은 문제없다. 자아를 유지하기만 하면 단순히 강화되기만 하는 훌륭한 힘이었던 것이다.

"그리고 적의 공격은 마력요소의 움직임을 교란시키는 성질이 있는 것 같더군. 내 힘이 한층 더 강화되는 것을 느꼈다."

"어, 그렇다면…… 지금 그 모습보다 더……?"

매직 캔슬러의 예상치 못한 효과에 울티마도 놀랐다.

지금의 가비루는 클레이만이 마지막으로 각성했을 때와 필적할 정도의 에너지(마력요소)양을 지니고 있다. 여기서 더 강화된다면 얘기를 들을 만한 가치가 있는 것이다.

마력요소를 폭주시키는 것만으로 힘이 늘어나면서, 각성마왕──'진정한 마왕'의 힘을 수치상으로 상회한다는 얘기를 들었으니 울티마가 놀라는 것도 당연했다.

하지만 역시 그렇게 좋은 점만 있는 건 아니었다.

"아니, 아니, 그렇진 않습니다. 힘은 늘어나지만, 그걸 제대로 다룰 수가 없더군요. 그래서 나는 체내에서 폭주하는 마력요소를 느끼려고 집중했소만──."

그 결과가 움직임이 봉인된 방금 전의 모습이었다.

대미지는 받지 않았더라도 움직이지 않게 된 가비루. 그러나 그런 상황에서도 이점을 찾아내려고 애쓰던 가비루는 그때 마력요소를 느끼는 기술을 몸에 익힌 것이다.

"미도레이 공이 말씀하셨던 '무아의 경지'라는 것이겠지. 자신

안에 존재하는 우주로 눈을 돌리고 그 목소리에 귀를 기울이는 것이다. 그렇게 하면——."

"장황하니까, 알아듣기 쉽도록 간결하게 말해!"

울티마가 날카로운 지적을 했고, 가비루의 부하들도 그 말을 듣고 응응 하고 고개를 끄덕였다.

압도된 표정으로 "아, 네"라고 말하면서 고개를 끄덕이는 가비루.

"쉽게 말해서 엄청나게 폭주하는 마력요소를 느끼면서, 그곳으로 '사념'을 날릴 수 있게 된 겁니다. 그렇게 하니까 신기하게 힘을 제어하는 것도 가능해지게 되더군요."

그 말을 들은 가비루의 부하들은 무모한 짓이라고 떠들어대고 있었다.

울티마는 반대로 흐—응 하고 생각했다.

자신에겐 호흡하는 것보다 간단한 일인데, 가비루 일행에겐 그게 너무나 어려운 일이란 것을, 가비루 일행의 모습을 보고 이해했다.

그와 동시에 울티마는 흥미가 점점 일어나기 시작했다.

(어라? 이거, 내가 단련시켜주면 가비루 씨의 부하들도 더욱 강해질 수 있는 거 아냐?)

그렇게 되면 리무루에게 도움이 될 것은 틀림없는 사실이다.

울티마가 칭찬을 받을 가능성이 커지게 된다.

"가비루 씨의 얘기는 이해했어. 하지만 그 건은 나중에 천천히 의논하자고. 그보다 지금은 고부타 군 쪽을 도와주는 게 먼저일 것 같은데."

휴식은 끝났다는 듯이 울티마가 그렇게 말했다.

원래는 게으름을 피우고 있었다고 보고할 예정이었지만, 이렇게 의의 있는 정보를 가져다준 가비루를, 울티마는 조금은 다시 봤다. 그렇기 때문에 온정 있는 대응을 한 것이다.

가비루의 엉뚱한 행동까지 포함하여, 이번에는 그냥 넘어가 주기로 결심한 것이다.

"음, 그랬었지! 그렇다면 우리도 도와주러 가기로 하자."

가비루도 희희낙락한 표정을 지으면서 고개를 끄덕였다.

이쪽은 여전히 착각에서 벗어나지 못하고 있었지만, 울티마의 입장에선 문제될 게 없었다. 오히려 그대로 놔두는 게 더 좋을 것 같기에 아무 말도 하지 않고 방치했다.

"할당량을 달성하지 못한 자는 나중에 단단히 재교육을 받게 될 테니까 각오해둬라!"

"응응. 그건 나도 도와줄게!"

그건 실로 좋은 생각이라고 생각하면서, 울티마도 귀여운 미소를 지었다.

가비루 일행은 울티마의 의도를 알아차리지 못한 채, 다시 전장으로 돌아갔다.

●

"말도 안 돼. 이런 일이 있을 수가 있단 말인가!"

전장에서 벗어난 본진에서, 가스터 중장은 새파래진 얼굴로 그렇게 소리쳤다.

있을 수 없는 참상이, 눈앞에 펼쳐지고 있었다.

자랑거리인 마도전차사단이 인간의 모습으로 변한 마랑에게 농락당하고 있었다.

그건 악몽 같은 광경이었다. 이젠 파괴된 차체 쪽이 더 많은 것은 틀림없는 사실이었다.

지금 시점에서 패배는 결정적이지만, 예상 이상으로 전투의 진행 속도가 너무 빠른지라 후퇴할 타이밍을 놓치고 말았다.

기갑군단의 군단장이자 총사령관인 칼리굴리오에게도 상황 보고를 할 수 없는 것이 현재의 상황이었다.

(빨리 칼리굴리오 녀석에게 보고해서 후퇴 허가를 받아야 하는데…….)

가스터의 이성이 그렇게 호소하고 있었다.

(……하지만 그래도——.)

보고를 하더라도 그 허가는 받지 못할 것이다.

이미 칼리굴리오가 이끄는 본대도 작전행동 중이며, 여기서 가스터 부대가 후퇴해버리면 본대가 고립될 것이다.

마왕 리무루의 본거지를 앞에 둔 상태에서, 주력부대인 '기갑개조병단'이 전개 중이었다. 개개별로 개조수술을 받은 제국의 자랑스러운 전사들이며, 70만이라는 압도적인 숫자를 자랑하는 군대다. 승리할 것이 확실한 주력부대라고 해도 후속부대가 후퇴해버리면 동요는 피할 수 없을 것이다.

드워프 왕국의 군대도 움직일 것이다. 그렇게 되면 마왕 리무루의 세력과 협공을 당하게 되어버린다.

그건 즉, 보급선이 끊어진다는 것을 의미한다.

수면이나 식사를 취하지 않아도 '기갑개조병단'이라면 1주일 정도는 활동할 수 있다. 그러나 그게 한계였다. 인간의 몸인 이상, 보급은 절대적으로 필요한 것이었다.

(내 임무는 드워프 왕국의 제압……. 만약 이 전투구역에서 후퇴하면 칼리굴리오 쪽을 저버리는 게 된다. 이기진 못하더라도 적어도 고착상태를 유지해야 하는데…….)

하지만 그건 이루기 어려운 바람이었다.

가스터의 눈에 비친 것은 아군이 패배하여 후퇴하는 모습뿐.

후방에서도 혼란이 일어나고 있었으며, 지휘계통도 정상적으로 가동하지 못하기 시작했다.

아군이 아군을 공격하는 일도 일어나고 있었다. 이대로 계속 싸워봤자 전멸하는 것은 시간문제였다.

"가스터 중장님! 이대로 가면 결국은 전멸합니다!"

"후퇴를, 후퇴 명령을!!"

부하들의 진언을 들을 것도 없이, 가스터의 의견도 그들과 같았다. 그러나 그 생각을 말로 해버리면 패배의 모든 책임을 가스터가 지게 될 것이다.

가스터 중장이란 남자는 개인적인 무용은 부족할 게 없었으며, 군 내부에서의 평가도 제법 높았다. 그런 좌절을 모르는 인물이었기 때문에 더더욱 지금 같은 상황에 익숙하지 않았다.

(후퇴는 할 수 없다. 그런 짓을 했다간 폐하가 나를 처단할 것이다. 그런 일을 허용할 수 있을 것 같으냐!! 나는 영웅이 될 남자다. 그랬는데, 그런 내 출셋길이 사라지려고 한다. 적어도 나 혼자만의 책임이 아니라, 뭔가 정당한 이유가 있다면…….)

제국의 위신을 건 이번 작전이 자신 때문에 실패로 끝난다——.

그런 생각이 가스터의 본성을 그대로 드러나게 만들었다.

자신의 보신만을 생각하고, 부하를 희생시키는 것을 전혀 신경 쓰지 않았다. 가스터는 그런 소인배였던 것이다.

"중장님, 이대로 가면 부대를 재편성하는 것조차 어려워집니다. 아직 통제가 잡히고 있는 본대로 후방의 적을 격퇴해야 한다고 생각합니다!"

"일단 물러나는 것이 수치스러운 짓은 아닙니다. 이대로 혼전을 계속 유지하다간 아군의 피해가 더 늘어날 뿐입니다!!"

그런 의견들을 듣고, 가스터도 겨우 머리를 굴리기 시작했다.

맡겨진 부대를 잃었다면, 어찌 되었든 처분은 면하지 못한다. 강등은 물론이고 자신의 목숨조차도 재판도 없이 빼앗길 것이다.

"빌어먹을. 나는 영웅이 될 남자다. 그런데…… 이놈이고 저놈이고, 죄다 내 발목을 붙잡는 무능한 놈들뿐이란 말이냐!!"

그 추악한 본성을 그대로 드러내면서, 악담을 토해내는 가스터.

그때 가스터의 목소리를 상쇄시킬 정도의 커다란 폭발소리가 울려 퍼졌다.

본진에 동요가 일었다.

"무슨 일이냐?!"

"저, 적의 마법에 의한 공격입니다!"

"마법? 서, 설마 핵격마법인가?!"

"아직 특정할 순 없습니다만, 규모로 볼 때 틀림없는 것 같습니다. 하지만 그게……."

"뭐냐, 확실하게 말해라!!"

"넷! 적의 공격마법 말인데, 그게, 우리 군의 마법방어용 레기온 매직(군단마법)을 너무도 쉽게 돌파한 것 같습니다——."

"뭐라고오?! 그래서 피해는?"

"폭발은 상공에서 발생하고 있습니다. 우군의 비공선과의 연락이 끊어졌습니다아——!!"

"그, 그런 말도 안 되는 일이?! 비공선이, 제국이 자랑하는 '공전 비행병단'이 전멸이라도 했단 말인가……?"

상황이 속속 판명되었다.

그로 인한 피해는 상상 이상으로 심각하다는 걸 모두가 이해했다.

연락되지 않는 비공선은 한 척만이 아니라, 모든 배가 그러했다.

이렇게 되면 이젠 방금 전의 마법으로 인해 전멸한 것으로 생각할 수밖에 없었다.

비공선에는 매직 캔슬러(마력요소교란방사)라는 신병기가 탑재되어 있었다. 그런데도 마법으로 패배했다는 건 도저히 믿기 어려운 얘기였다.

"후퇴다. 아니, 아니야. 이건 그래, 전진(轉進)하여 태세를 정비하는 것이다!"

장병들이 아니라 자기 자신에게 들려주려는 것처럼, 가스터는 그렇게 명령했다.

이 너무나도 위태로운 상황을 보고 나서야 겨우 후퇴한다는 판단을 내린 가스터. 그러나 그 판단은 결정적으로 너무 늦은 것이었다.

*

상큼한 목소리가 전장에 울려 퍼졌다.

"어머나? 설마, 이걸로 끝이란 말을 하려는 건 아니겠죠? 제가 분명히 전했을 텐데요. 침입한다면 용서치 않겠다고 말이죠."

당황하면서 목소리가 들린 쪽으로 돌아본 가스터의 눈에 한없이 희고 아름다운 얼굴이 비쳤다.

만면의 미소.

테스타로사였다.

"이래 봬도 전 약속을 지키는 편이랍니다. 예전에 이 세상에 잠시 들렀을 때도 소환해주신 분의 소원을 확실하게 들어드렸거든요. 안심하셔도 괜찮아요. 당신과의 약속도 확실하게 지켜드릴 테니까요."

가스터의 마음을 공포가 뒤덮으며 짓눌렀다.

자신의 안전을 생각하는 그런 쩨쩨한 수준의 공포가 아니라, 본능을 잠식하며 생명의 근원을 위협하는 공포가 한없이 솟구쳐 나오고 있었다.

"너, 너는……!"

"어머나? 잊어버리셨나요. 무례한 분이로군요."

테스타로사는 다루기 어려운 어린아이를 보는 듯한, 자애로운 어머니 같은 표정을 지으면서 그렇게 대꾸했다.

가스터도 물론 잊을 리가 없었다.

헤어진 뒤로 시간이 그렇게 많이 흐른 것도 아니었지만, 몇 년이 지나더라도 그 아름다운 순백의 머리카락과 붉은색의 눈은 결코 잊을 수가 없을 정도로 매력적인 것이었다.

그 이상으로 두려웠다.

테스타로사의 미모는 가스터에게 끝 모를 불길함을 느끼게 하였다.

공포를 억누르면서, 가스터는 부하들에게 공격명령을 내리려고 했다.

그러나 반응하는 자가 아무도 없었다.

"뭘 하고 싶으셨는지는 모르겠지만, 부하 분들은 지금 쉬시는 중이랍니다. 꽤나 피곤했던 모양이네요. 그도 그럴게, 이젠 일어나지 못할 것 같거든요."

그렇게 속삭이듯 말하는 테스타로사의 목소리는 가스터의 귓가에서 들려왔다. 지금까지 마주 본 채 대화를 나누고 있었는데, 정신을 차려보니 뒤에 서 있었던 것이다.

가스터도 방심했던 것은 아니며, 결코 그녀에게서 눈을 뜨지 않았다. 그런데도 테스타로사가 어느새 이동했던 것이다.

너무나 빠른 이동속도.

그보다 더 두려운 점은 소리가 전혀 나지 않았다는 것이라 하겠다.

가스터가 지닌 유니크 스킬 '연주자'는 소리로 상대의 움직임을 감지한다. 어떤 달인도 제어할 수 없는 미약한 소리—— 심장의 고동소리뿐만 아니라 혈관을 흐르는 혈액의 소리조차도 포착할 수 있었다.

그랬는데, 테스타로사에게서 완전히 소리가 나지 않았다.

그리고 가스터는 그때 한 번 더 무시무시한 사실을 깨닫고 말았다. 쓰러져 있는 부하들에게서도 소리가 전혀 들리지 않았던 것이다.

죽은 것이다.

"너, 너, 설마…… 부하들을 죽인 것이냐?!"

비틀거리는 걸음으로 테스타로사로부터 도망치면서, 가스터가 물었다.

그 질문에 테스타로사는 죄책감 하나 없는 표정으로 대답했다.

"어머나? 배가 약간 고파서 조금만 받았을 뿐이랍니다."

"받았다고? 뭘?"

"네, 영혼을 조금."

별일도 아니라는 듯이 밝히는 그녀의 말을 듣고, 가스터는 격노했다. 분노가 공포를 능가하면서, 가스터의 몸이 힘을 되찾았다.

"죽어라, 이 사악한 악마! 마인드 레퀴엠(정신사송장곡, 精神死送葬曲)!!"

그 기세에 몸을 실은 가스터는 자신이 가지고 있는 최대의 필살기를 발동시켰다. 주위의 공간을 향해 피할 수 없는 살인음파를 흩뿌린 것이다.

그 살인음파에는 지적생명체의 정신에 영향을 주어 사망하게 만드는 특수한 효과가 있었다. 정령이나 악마 같은 정신생명체에도 유효한, 가스터 비장의 수였다.

그런데도 테스타로사는 우아하게 미소 지었다.

"아아, 정말 기분이 좋아지는 음색이군요. 인간으로 남겨두는 것이 아까울 지경이에요. 아쉽군요. 이렇게 훌륭한 음악가인 당신을 죽여야만 하니까 말이죠."

황홀한 표정을 짓던 얼굴을 슬픈 표정으로 흐리면서 테스타로사가 중얼거렸다.

그런 테스타로사를 보고, 가스터는 자신의 공격이 통하지 않았다는 걸 깨달았다. 그리고 절망했다.

아름다운 외모에 홀리긴 했지만, 테스타로사는 틀림없이 인간이 아닌 존재였다. 그것도 차원이 다른 상위존재라는 것을, 가스터는 겨우 인식한 것이다.

(어쩌면 저기서 마구 날뛰고 있는 인간 형태의 마랑보다 더 강하겠지…….)

아니, 틀림없이 위험할 것이다.

(이런 괴물이 이 나라에는 흔할 정도로 많단 말인가? 그렇다면 우리는 처음부터 전략을 잘못 세운 것일지도 모른다…….)

그렇게 생각하면서, 가스터는 이제 와서 뒤늦게 후회했다.

그와 동시에 제국의 이번 군사작전은 실패로 끝날 것을 예견했다.

더구나 템페스트(마국연방)에는 베루도라라고 하는 '카타스트로프(천재)급'의 위협이 대기하고 있었다. 이미 패전의 기색이 짙은 지금의 상황에서, 승리의 가능성 따위는 없는 것과 마찬가지였다.

그렇기 때문에 가스터는 필사적으로 외쳤다.

"잠깐만 기다려다오. 거래를 하고 싶다!"

"어머나, 어떤 거래인가요?"

"나, 나는 제국에서도 계급이 높다. 군사작전에도 정통하며, 기밀정보도 파악하고 있다. 너희에게 도움이 될 것을 약속하마. 그러니까 목숨만은 살려다오!"

수치심도 체면도 다 버리고 목숨을 구걸하는 가스터. 그러나 그의 눈은 아직 빛을 잃지 않았으며, 방심하지 않고 테스타로사를 살피고 있었다.

모든 게 끝이라고 생각했던 가스터였지만, 자신의 자랑거리인

'귀'가 몇 명의 사람이 접근해오는 발소리를 포착하고 있었다.

가스터는 접근하는 자들의 정체에 대해 짐작이 갔다. 가스터가 아니라면 알아차릴 수 없을 정도로 소리를 죽인 채 달리는 기술. 그 발소리를 듣기만 해도 제국정보국에 소속된 자임을 직감한 것이다.

제국정보국이라면 전장을 감시할 목적으로 첩보원을 풀어놓았어도 이상할 것이 없다.

그 '정보 속에 둥지를 틀고 사는 괴인'이란 소문이 도는 제국정보부 국장── 콘도 타츠야라면, 다양한 수를 써놓았을 것이다.

이제 살아날 수 있다──. 가스터는 그렇게 믿기로 했다.

아무리 꼴사나운 모습을 보인다 하더라도, 시간을 끌면 살아날 수 있을 거라고.

가스터가 그렇게 생각한 이유는 정보국에 관련된 어떤 소문을 알고 있었기 때문이다.

정보국 직원 중에 첩보원으로 불리는 자들이 있다. 그 첩보원이란 자들은 어떤 환경에서도 활동할 수 있도록 훈련을 받은 1급 전투능력의 보유자라고 했다.

그런 강자들의 이름이 알려지지 않은 것은 서열강탈전에 참가하지 않기 때문이다. 제국정보국에 소속되면, 거기서 이동하는 일이 없었던 것이다.

첩보원이란 자들은 콘도 타츠야라는 정체불명의 '이세계인' 밑에서 활동하며, 속세와는 거리를 둔 자들이었다.

그건 어디까지나 소문이다.

신빙성도 없는 내용이지만, 가스터로선 그 소문을 믿을 수밖에 없었다.

여기로 오는 자들이 단순한 병사라면 그때는 끝이다.

그러나 만약 첩보원들이라면…….

가스타가 힘을 합쳐 싸우면 테스타로사에게도 이길 수 있을 것이다. 그렇기에 지금은 목숨을 구걸하는 것은 물론이고 무슨 짓이라도 해서 시간을 벌어야 한다. 그렇게 생각한 것이다.

그리고 가스터는 그 도박에 이겼다.

"이 기척, 너는 데몬(악마족)—— 아니, 아크 데몬(상위마장)이로구나!"

그렇게 외치면서, 몇 명의 병사들이 가스터 앞에 뛰어든 것이다.

가스터는 자신의 행운에 감사했다.

아크 데몬이란 말을 듣고, 납득했다. 물리공격이 통하지 않았던 것도 상대가 정신생명체였기 때문이라고.

하물며 아크 데몬은 악마의 최상위. 캘러미티(재액)급에 해당하는 위험한 존재인 것이다.

개인의 힘으로 상대하여 싸울 수 있는 것은 영웅급인 자들뿐이다. 가스터도 이기지 못하는 상대는 아니겠지만, 목숨을 걸고 싸워야 했을 것이다.

"오오, 너희들은……?"

그 자리에 달려온 남자들은 세 명이었다.

그걸 보고 여유를 되찾은 가스터가 일부러 물었다.

"넷! 저는 제국정보국의——."

가스터의 예상대로 정보국의 인간이었던 모양이다.

그중의 한 명이 자신의 이름을 밝히려 했지만, 중앙의 리더로 보이는 남자가 그를 제지했다.

"잠깐! 이름을 밝힐 때가 아닌 것 같다."

그렇게 지적을 받는 남자도 테스타로사를 보고 표정이 험악하게 바뀌었다.

"네놈, 단순한 아크 데몬이 아니로구나?"

"아무래도 이 녀석은 육체를 얻은 것 같아. 쳇, 어쩐지 기척이 미약하다 싶더라니."

"가스터 공, 이름은 나중에 밝히겠습니다. 지금은 우리와 힘을 합쳐 이 사악한 악마를 토벌해주십시오!"

"음, 당연하지."

리더로부터 그런 말을 듣고, 가스터도 고개를 끄덕일 수밖에 없었다. 주도권을 넘기는 건 내키지 않았지만, 이 자리는 살아남는 게 우선이었다.

정보국의 남자들은 훌륭한 연계로 테스타로사를 포위했다. 그리고 마물의 털을 넣어서 만든 사슬을 세 방향에서 동시에 던져 테스타로사의 움직임을 봉쇄하는데 성공했다.

가스터는 몰랐던 사실이지만, 이 일련의 동작은 제국봉살진이라고 부른다. 삼위일체가 되어서 상위의 마물—— 그렇다, 아크 데몬조차도 봉살시킬 수 있는, 제국에 전해지는 최고봉의 필살진형인 것이다.

그 비밀은 그 사슬에 있었다.

마물의 털을 섞은 성은(聖銀)을 재료로 만든 사슬. 그건 레전드(전설)급에 해당하는 비보였다.

그걸 다룰 수 있는 자가 단순한 장병일 리도 없었으니, 이 남자들이야말로 제국의 최고전력── 임페리얼 가디언(제국황제 근위기사단)에 소속된 로열 나이트(근위기사)의 또 다른 모습이었던 것이다.

서열 11위, 데이비스.

서열 38위, 발트.

서열 64위, 고든.

로열 나이트는 기본적으로 잠입할 때에 3인1조로 행동한다. 임페리얼 나이트에도 서열은 존재하며, 넘버가 낮은 자가 리더가 되는 것이 관례였다.

그들의 실력은 20번대까지와 30번대 이후는 하늘과 땅 만큼의 차이가 존재한다고 일컬어진다.

30번대 미만의 자들은 인간이 아닌 영역── '선인'급에 이르며, 그 위에 군림하는 것은 '성인'에 가까운 실력을 보유한 자들뿐이었다.

그런 인간의 영역을 벗어난 자가 한 명, 이 자리에 있었다.

'붉게 물든 호반사변'을 해결한 남자── 데이비스였다.

그 악몽 같았던 블랑(태초의 흰색)을 봉인했던 데이비스의 팀이, 가스터의 위기에 등장한 것이다.

그리고 블랑과의 인연은 즉──.

삼위일체로 테스타로사를 봉쇄한 '기사'들을 보면서 이겼다──고 생각하면서, 가스터는 속으로 갈채를 보냈다.

이대로 자신의 마인드 레퀴엠(정신사송장곡)로 계속 공격하면 정신생명체라고 해도 쓰러트릴 수 있을 것이라고 생각했다.

방금 전에는 생물도 대상에 포함시켰지만, 이번엔 정신에만 작용하도록 조정할 것이다. 그렇게 하면 아무리 아크 데몬(상위마장)이라고 해도 분명 그 존재를 유지하지 못할 것이다.

가스터는 그렇게 생각했다.

그러나 그 인식은 너무나 안일했다.

그건 데몬이 육체를 얻지 않은 것을 전제로 한 작전이었던 것이다. 테스타로사는 육체를 얻은 상태이므로, 정신에만 작용하도록 만들어도 그렇게 큰 의미가 없었다.

필연적으로 가스터의 희망은 분쇄될 것이다.

그러나 그 이전에…….

"어머나, 어쩜. 이거 반갑네요. 예전에 저를 쓰러트리신 분들이죠?"

"——뭐?"

"기쁘네요. 그때는 방해를 받은 덕분에 배불리 먹지를 못했거든요. 모처럼 맛있어지도록 요리한 뒤에 본격적으로 맛을 볼 타이밍이었는데 말이죠. 그때의 원한은 잊지 않았답니다."

사악한 의지가 담긴 테스타로사의 목소리가 울려 퍼졌다. 몸이 묶여 봉쇄되어 있음에도 불구하고, 그 목소리에 동요의 빛은 조금도 없었다.

"설마 이 사악한 기척은——?!"

"그 얼굴은?! 블랑(태초의 흰색)……인가?"

"헛소리 마라! 그렇게 고생하면서 봉인했는데, 이렇게 빨리 부활했다는 말이냐!"

세 명이 동요하는 모습을 보고, 테스타로사는 웃었다.

그 모습은 너무나도 사악했고, 너무나도 아름다웠다.

"우후, 우후후후후후. 좋아요오, 그 표정. 공포와 불안. 그리고 근거가 없는 자신감. 허세를 부리는 것 말고는 아무 능력도 없는 주제에, 아직도 내 앞에서 도망치질 않는단 말이죠. 정말로 쓸데없는 노력을 좋아하는 남자들이라니까요."

"입 닥쳐라, 이 저주받을 악마!"

"이미 부활했다는 것은 계산 밖의 일이지만, 잊었나? 우리는 네놈을 한 번 봉인했단 말이다. 건방지게 큰소리를 치는 것은 우리를 이긴 뒤에 하도록 해라!!"

"데이비스 씨의 말이 옳아. 이번에는 그 영혼까지 섬멸시켜주마!"

그 선언은 테스타로사의 입장에선 우스꽝스러움 그 자체였다.

"어머나, 재미있네요. 그렇게 자신만만하게 굴어도 괜찮을까요? 그때와 완전히 똑같은 기술이 한 번 더 나에게 통할 것이라 생각하는 건가요?"

테스타로사는 제국봉살진에 붙잡힌 채로 우아하게 물었다.

"패배를 인정하기 싫어서 헛소리를 늘어놓는군. 악마의 헛소리에 귀를 기울일 자는 없다."

"고든의 말대로야. 네가 있을 곳은 여기엔 없다고—. 한 번 당하고도 깨닫지 못하겠다면 몇 번이든 죽여주지!!"

"자, 가스터 공. 이 자리는 저희에게 맡겨주십시오. 빨리 후퇴 명령을……!"

데이비스는 어떤 때에도 냉정했다. 블랑의 등장은 예정에 없던 일이었지만, 그 원래 목적을 잊은 것은 아니었다.

데이비스는 마랑—— 고부타&란가를 쓰러트릴 생각을 하고 있었다. 그러기 위해서라도 남들의 눈을 피해 자신들의 정체를 숨길 목적으로 가스터 군이 후퇴할 것을 요청하려고 했다.

아무리 데이비스라고 해도 계급이 더 높은 가스터에겐 명령권이 없었다. 최악의 경우엔 가스터를 제거할 예정이었지만, 블랑의 등장으로 지금은 그럴 때가 아니게 되었다.

블랑이 상대라면 정체를 숨긴 상태에서 승리하는 것은 낙관할수 없었다. 그 이전에 빨리 전군을 후퇴시키지 않으면 자신들의 싸움에 휩쓸릴 수도 있다는 것을 우려했던 것이다.

그런 데이비스의 심정을 알아차리지 못하고, 가스터가 그제야 생각이 났다는 듯이 움직이기 시작했다.

가스터는 지금의 상황을 따라가지 못하고 있었다.

(블랑이라고? 무슨 얘기야? 설마 그, 그 대악마란 말이냐? 아니, 지금은 그럴 때가 아니다. 이 녀석들의 정체를 파헤치는 것보다 이 자리에서 살아남는 게 먼저야.)

헛도는 머리를 필사적으로 굴려서, 이 자리에서 가장 적절한 해답을 이끌어낸 가스터.

그리고 서둘러서 유니크 스킬 '연주자'로 전군에게 후퇴명령을 전달하려고 했다.

그러나 이미 때는 늦었다.

테스타로사와 만난 시점에서 모든 희망은 박살이 나 있었던 것이다.

＊

데이비스, 발트, 고든, 이 세 명은 과거에 강대한 악마의 왕을 타도한 이름 없는 영웅들이었다.

세간에서 일컫는 소위 '붉게 물든 호반사변'이 그 사건의 배경이었다.

동쪽의 악마들을 지배하는 무시무시한 블랑(태초의 흰색)이 이 세상에 나타나 육체를 얻기 직전까지 이르렀다.

그날 이후로 악마에 대한 경계가 완전히 바뀌었다. 도시 곳곳에 악마대책실이 설치되었고, 악마소환에 관계되는 술법들은 법률로 금지되는 사태로 발전되었다.

애초에 아크 데몬이 육체를 얻어버릴 경우엔 군대가 출동하지 않으면 대처할 수 없는 사태가 된다. 자칫하면 도시가 멸망할 수도 있을 수준의 터무니없는 재앙인 것이다.

하물며 상대는 태초의 악마.

아크 데몬 중에서도 격이 다른 존재이며, 단순히 에너지(마력 요소)양만으로는 다 계산할 수 없을 정도로 강한 실력을 보유한 무시무시한 악마의 왕이었다.

그 사건이 일어났을 때 블랑을 쓰러트릴 수 있었던 것은 요행이었다——고 데이비스는 생각하고 있었다. 그러나 동시에 몇 번을 싸우더라도 질 리가 없다는 자신도 가지고 있었다.

왜냐하면 데이비스는 서열 11위이기 때문이다.

눈에 보이는 세계에서 최강으로 이름 높은 영웅들이라고 해도, 어둠의 세계에서 1,000년 이상을 살아온 진정한 강자의 적은 되지 못한다.

대국 파르무스의 수호자였던 마인 라젠,

무장국가 드워르곤의 영웅왕 가젤.

카구라자카 유우키나 사카구치 히나타 같은 '이세계인'이라도, 마도왕조 살리온의 메이거스(마법사단)나 신성교황국 루벨리오스의 크루세이더즈(성기사단)에 소속된 강자라고 해도.

어떤 전력이라 해도 임페리얼 가디언(제국황제 근위기사단) 앞에선 빛이 바랠 뿐이다.

그런 최강집단 중에서도 '더블오 넘버(한 자릿수)'는 특별한 의미를 지닌다. 그자를 보조하는 위치에 있는 것이 서열 11위인 데이비스인 것이다.

(폐하로부터 받은 최강의 무기와 방어구. 그 힘까지 더해진다면 악마 따위에게 패할 리가 없다!!)

데이비스는 그렇게 생각하면서 자신감을 불어넣었다.

가스터에게 후퇴할 것을 종용한 데이비스는 동료들을 향해 소리쳤다.

"너희들, '개봉'해라. 아무래도 블랑이 육체를 얻은 것 같지만, 아직 그렇게 에너지(마력요소)양을 많이는 축적하진 않았을 것이다. 지금 여기서 전력으로 녀석을 친다!"

"알겠습니다!"

"그러자고!"

고개를 끄덕이는 고든과 대담하게 웃는 발트.

대답과 동시에 세 사람이 목에 걸고 있던 펜던트가 빛을 내면서 반짝였다. 그 빛은 물줄기처럼 바뀌더니 세 사람의 몸을 감쌌다.

그리고 모습을 드러낸 것은 황금의 풀 메탈 메일을 착용한 전사의 모습이었다.

선택된 자에게만 주어지는 레전드(전설)급의 무기와 방어구. 무기는 개인차가 있었지만, 그 갑옷의 형상은 모두 같았다. 통상적인 방법으론 볼 수도 없는, 예로부터 전해 내려오는 최고급의 장비였다.

그것을 착용한 지금, 데이비스 일행은 전력전투가 가능하게 되었다.

"운이 안 좋았구나, 블랑이여! 운 좋게 육체를 얻은 모양이다만, 그 정도론 아직 멀었다. 여기서 우리를 만난 것을 너의 불운으로―― 윽?!"

테스타로사에게 마지막 공격을 날리기 위해서, 데이비스는 사슬을 쥐고 있던 손에 힘을 주려고 했다. 그리고 그때 손에 반응이 느껴지지 않는다는 것을 알아차렸다.

봉쇄한 채 묶어두고 있었어야 할 테스타로사가 아무렇지 않은 표정을 지은 채 빠져나간 것이다.

"있잖아요, 그런 짓이 통할 거라고 생각했나요?"

그렇게 온몸이 얼어붙을 것 같은 목소리가 들리는 바람에, 그쪽으로 돌아보는 데이비스. 그 시선 끝에는 가스터의 목을 붙잡고 있는 테스타로사가 있었다.

빠각 하는 둔탁한 소리가 울려 퍼졌고, 가스터가 쓰러졌다.

아무런 반항도 하지 못하고 테스타로사에게 살해당한 것이다.

"말도 안 돼……."

데이비스는 자신도 모르게 그렇게 중얼거리고 있었다.

가스터는 약간 자기도취적인 성격이 강한 남자였지만, 결코 약하지는 않았다. 중장이라는 높은 지위에 걸맞은 수준의 실력을 갖추고 있었다.

그야말로 로열 나이트(근위기사)에 선발되어도 이상하지 않을 정도로.

물론 하위 넘버밖에 부여받지 못하겠지만, 그래도 누군가에게 간단히 살해당할 남자는 아니었다.

그뿐만이 아니다——. 그런 생각과 함께 데이비스는 자신의 손을 보면서 전율했다.

마물의 털을 섞은 성은으로 만든 사슬이 레전드(전설)급에 해당하는 희귀한 무기라는 사실이 허망하게 느껴질 정도로 파괴되어 있었다.

데이비스뿐만 아니라 발트랑 고든의 얼굴에도 초조함과 혼란의 표정이 드러나고 있었다. 테스타로사가 어떻게 사슬을 파괴하고 어느새 이동한 것인지, 전혀 보이지 않았던 것이다.

그리고 그런 그들을 새로운 고난이 덮쳤다.

"오래 기다렸나요? 그렇다면 죄송하네요. 이 남자가 도망치려고 하는 바람에 벌을 좀 줬답니다. 하지만 그렇게 하지 않으면 리무루 님의 명령을 어기는 게 되어버리니까 말이죠. 어쩔 수 없는 일이잖아요?"

테스타로사가 데이비스 일행을 응시하더니, 요염한 웃음을 지으면서 그렇게 말했다. 그리고 뒤늦게 생각이 났다는 듯이 한 마디를 더했다.

"아, 그렇지. 아까부터 계속 거슬리던 건데 당신들, 저를 블랑이라고 부르는 건 이제 그만해주시겠어요?"

"뭐……?"

"그도 그렇게, 저에겐 '테스타로사'라는 '이름'이 있으니까 말이죠.

그렇게 불러주시면 좋겠네요."

그녀의 입을 통해서, 데이비스 일행에게는 절망에 가까운 선고가 내려졌다.

"잠깐…… 이름, 이름이라고?"

"테스타로사…… 태초의 악마에게 '이름을 지어주는 짓'을 한 멍청이가 있단 말인가?!"

"육체를 얻은 것뿐만 아니라 이름까지……."

미증유의 사태였다.

전황이 불리하다고 단정할 필요가 있었다.

"물러난다. 이 위기를 폐하께 알려드려야 해."

"그래, 알았어. 녀석의 발을 묶어두는 건 내가 맡지."

"그러면 제가 원소마법 : 워프 포털(거점이동)을——."

이럴 때를 위한 삼위일체. 재빨리 역할분담을 정한 뒤에, 고든이 전이마법의 주문영창에 들어갔다.

그 직후, 테스타로사가 사악한 표정으로 비웃었다.

그 미소는 가련하고 아름다우면서, 너무나도 불길했다.

"뭐가 그렇게 우습냐!"

그렇게 소리치면서, 발트가 창을 겨눈 채로 테스타로사에게 돌격했다.

그러나 테스타로사의 모습은 이미 사라지고 없었다. 발트의 속도로는 테스타로사의 움직임을 따라가지 못했다.

"빌어먹을, 어디로 사라진 거야?!"

"여기에요."

발트의 귀에 숨결이 닿았고, 달콤하고 향기로운 냄새가 콧구멍을

자극했다. 돌아볼 필요도 없이 테스타로사였다.

발트는 영혼까지도 얼어붙게 만들 것 같은 차갑고 섬세한 여자의 손이 자신의 목에 닿아 있다는 것을 느꼈다.

(아아, 아아아아아아앗——?!)

발트의 뇌리에 떠오른 것은 방금 전에 살해당한 가스터의 모습이었다.

"자기 실력을 파악하지 못하는 자는 정말 싫다니까요."

그 테스타로스의 목소리는 과연 발트에게 들렸을까.

뚜둑.

처절하게 느껴질 정도로 공포의 표정을 지으면서 발트가 쓰러졌다.

서열 38위인 발트는 이렇게 테스타로사에게 살해당한 것이다.

그 모습을 보고 있던 데이비스는 몇 백 년 만에 초조감으로 인해 머릿속이 혼란에 빠지는 감각을 맛보고 있었다.

"빨리 해라, 고든! 발트가 당했다. 녀석은 너무 위험해!!"

그렇게 외치는 목소리에는 데이비스의 의사와는 관계없이 공포의 색으로 물들어 있었다.

알고 있다는 듯이 고든도 말없이 고개를 끄덕였다. 그리고 전이 마법이 완성되었고, 지상에 떠오른 마법진이 빛을 발했다.

"좋아, 후퇴한다!"

데이비스도 서둘러 마법진 안으로 들어가서, 그렇게 명령했지만——.

전이마법진이 발동하지 않았다.

"이, 이럴 수가? 어째서지?!"

동요하는 고든을 비웃으면서, 테스타로사가 상냥하게 가르쳐 주었다.

"뭐가 그렇게 신기한가요? 매직 캔슬러(마력요소교란방사)의 사용 방법이 잘못된 건 아닌 것 같은데 말이죠?"

그런 말을 들었지만, 데이비스와 고든은 무슨 뜻인지 이해하지 못하고 있었다.

"뭐라고? 매직 캔슬러——?"

"설마, 마법으로 재현이라도 했단 말인가……."

그런 두 사람을 보고, 테스타로사는 고개를 절레절레 저으면서 한숨을 쉬었다.

테스타로사는 울티마랑 카레라와 '사념전달'로 정보를 공유하고 있었다. 그리고 그렇게 얻은 정보 중에는 비공선에 탑재되어 있던 매직 캔슬러도 있었다.

습득한 정보를 통해 기술을 재현하여 이용하는 것쯤은 테스타로사에겐 어린아이 장난이나 마찬가지였다. 그러나 그런 짓은 인간의 상식으로는 가늠할 수 없는 차원의 이야기이며, 데이비스와 고든에게는 이해하라는 것 자체가 무모한 얘기였다.

그저 데이비스와 고든이 이해할 수 있었던 것은——.

"넌, 넌 대체 뭐냐?! 아무리 태초의 악마라고 해도, 아크 데몬에게 그 정도로 강한 힘이 있을 리가 없을 텐데——!!"

자신의 공포를 억지로 몰아내려는 듯이 데이비스가 소리쳤다.

"그, 그래. 예전에 싸웠을 때는 이렇게 압도적이진 않았는데! 대체 뭘 어떻게 하면 이렇게까지 진화를—— 진화?"

데이비스와 고든은 서로의 얼굴을 바라봤다.

고든은 자신이 외친 소리를 듣고, 테스타로사의 현재 상태를
올바르게 이해했다.

이해, 하고 말았다.

데이비스도 마찬가지였다.

육체를 업고, 이름을 받았다──. 그 결과, 테스타로사(태초의 흰색)
가 어떤 경지에 이르고 말았는지…….

그런 두 사람의 얼굴을, 즐거운 표정으로 바라보는 테스타로사.

데이비스와 고든의 의문에 대답해주기 위해서, 여유 있게 입을
열었다.

"어머나, 똑똑하기도 하지. 정답이에요. 저는 이름을 얻으면
서, 아크 데몬보다도 상위의 존재가 되었답니다. 데몬 로드(악마
공)라는 걸 알고 있나요? 아크 데몬 같은 것과는 '격'이 다르답니
다. 제가 직접 말해주지 않으면 이해를 못 한다니, 정말 슬픈 일
이네요."

그건 더욱 깊은 절망으로 이끄는 대답.

"데, 데몬 로드──."

"제2의, 기이 크림존……."

데이비스, 그리고 고든은 이제야 겨우 사안의 중대성을 이해했다.

태초의 악마가 놀이 삼아 나타난 게 아니라, 확고한 의지를
지닌 상태에서 이 세상에 정착했다는 것을.

"너는, 너는 그 왕녀의 육체를 잃으면서, 이 세상에 대한 흥미를
잃어버렸을 텐데……."

"아니에요. 당신들이 왔을 때는 이미 그 아이와의 계약은 완료
했었답니다. 그래서 전 미련은 남아 있었지만, 그 자리를 떠난 거

예요."

"설마──."

"어머나, 미안해요. 혹시 저한테 이긴 것으로 착각하고 있었나요? 그럴 리가 없을 텐데, 멍청하게도."

그런 말도 안 되는 일이──. 데이비스는 스스로의 자신감이 산산조각 나는 것을 느꼈다.

"그때는 용케도 제 식사를 방해하셨죠?"

"…………."

"이, 이봐, 데이비스……."

테스타로사가 심홍색의 눈동자로 바라보자, 데이비스도 고든도 몸을 움직이지 못하게 되었다.

뱀이 노려보는 개구리처럼.

"……식사라고?"

데이비스가 할 수 있었던 것은 대화를 이용한 시간벌이뿐이었다.

그렇게 번 귀중한 시간을 이용하여 자신의 몸에 무슨 일이 일어나고 있는지를 필사적으로 찾고 있었다. 자랑스러운 표정으로 승리를 확신하고 있을 테스타로사에게 반격하여 갚아주기 위해서.

"네, 그래요. 아름다운 호수가 새빨갛게 물들 정도의 피를 뒤집어써도 저는 배가 부르지 않았답니다."

"──만 명에 가까운 무고한 백성들이 죽었는데도 말이냐?"

"그게 계약이었으니까요. 그리고 가장 중요한 메인디시를 먹기 전에 당신들이 방해했거든요. 모처럼 좋은 기회가 왔으니까, 그 죄를 보상받고 싶군요."

"네 이놈──!!"

그 '붉게 물든 호반사변'이라는 참극을 일으킨 장본인, 테스타로사.

그러나 이 악마는 그 정도의 참극을 단순한 식사라고 내뱉듯 말했다.

(더구나 아직 모자란다……고?!)

격렬한 분노가 데이비스의 마음을 불태웠다.

그리고 그 정의의 불꽃은 데이비스의 공포심을 완전히 태워버렸다.

이 악마를 결코 풀어놓아선 안 된다고 생각하면서, 데이비스는 자신의 몸에 힘을 주었다.

"너 같은 악마는──."

빛나는 검을 들고, 데이비스는 테스타로스의 주박에서 벗어나기 위해서 분기했다. 그랬던 보람이 있었는지, 몸에 힘이 돌아왔지만…… 데이비스의 절망은 이제 시작되었을 뿐이었다.

"테스타로사, 아직 죽이지 않은 거야? 한창 대화 중인 것 같아서 기다려주고 있었는데, 이제 슬슬 끝을 내자고."

전장에 어울리지 않는 귀여운 목소리가 상공에서 들려왔다. 그 정체는 자줏빛을 띤 감색의 장발을 사이드 포니테일로 묶은 소녀── 울티마였다.

서열 11위인 데이비스가 보더라도 비정상적인 기운을 풍기고 있었다.

그리고 그 말투를 들어보면 테스타로사와 친한 것 같으니, 동격이거나 그에 가까운 존재임을 짐작할 수 있게 했다.

"어머나, 울티마잖아. 그렇게 오래 기다리게 했어?"

"으─음, 나도 가비루 씨 일행이랑 너무 느긋하게 시간을 끌고 있었으니 남의 말을 할 입장은 아니지만, 리무루 님이 전력을 다해서 싸우라고 하셨으니까 빨리 끝내지 않으면 나중에 꾸중을 들을걸?"

"그건 안 되지."

"그렇지?"

"간만에 옛날에 알던 사람과 만나는 바람에 나도 모르게 그만 얘기가 길어지고 말았지, 뭐야. 하지만 그러네. 리무루 님께 꾸지람을 듣기 전에 그만 끝내기로 할까."

데이비스에겐 눈앞에서 나누고 있는 대화가 이해가 되지 않았다.

——아니, 이해가 되지 않는 게 아니라, 이해하고 싶지 않았다는 게 정답이었다.

(말도 안 돼, 말도 안 돼, 말도 안 돼, 이건 말도 안 돼애——!!)

테스타로사와 울티마.

의심할 것도 없이 '동격'의 존재였다.

(데몬 로드가 두 명——.)

겨우 한 명을 상대로도 힘든 상황 속에서 울티마라는 이 응원군의 등장은 치명적이었다. 데이비스의 마음속에서 뜨겁게 타오르고 있었던 정의의 불꽃은 어느새 시커먼 색으로 뒤덮이고 있었다.

공포로.

서열 11위라는 영광도 테스타로사와 울티마 앞에선 무의미했다.

단순한 아크 데몬이라면 혼자서도 처리할 수 있는 데이비스라고 해도, 데몬 로드가 두 명이라는 현실을 앞에 둔 상태에선 거의 마음이 꺾이기 직전까지 몰리고 있었다.

그것도 어쩔 수 없는 일이라 할 수 있었다.

사실, 고든 같은 경우는 이미 주저앉은 채, 훌쩍이면서 울음을 터트린 지경이었다. 과묵하고 믿음직한 남자였는데, 지금은 어린 아이처럼 굴고 있었다.

데이비스는 문득 먼저 죽은 발트가 부럽다는 생각이 들었다. 자신이 상대한 자의 진정한 정체를 알아차리지도 못한 채 죽음을 맞이한 동료. 그게 얼마나 큰 행운이었는지…….

"응응, 그러는 게 좋겠어!"

"그러면 아쉽지만 이제 헤어져야겠군요. 그러네요, 모처럼 옛날에 알던 사람을 만났으니까, 당신의 희망에 따라서 마법을 보여주도록 하죠."

망연자실한 표정으로 서 있는 데이비스에게 테스타로사가 유쾌한 표정으로 말했다.

그 말의 뜻을 이해하지도 못한 채, 데이비스는 종말의 때가 가까워졌음을 깨달았다.

깊고 깊은 어둠으로부터 검은 불꽃이 부름을 받고 나타났다.

그 검은 불꽃은 주먹크기로 압축되면서, 테스타로사의 손바닥 위에서 빛을 발했다.

어비스 코어(흑염핵)―― 그 제어하기 어려운 지옥의 불꽃을, 테스타로사는 너무나도 간단하게 주먹으로 쥐어서 터트렸다.

테스타로사는 웃으면서 노래하듯이 속삭였다.

"――'데스 스트릭(죽음의 축복)'――."

눈을 크게 뜨는 데이비스.

그 마법이 무엇인지, 데이비스는 모른다.

이해할 수 없었다.

모르겠다.

그래도 단 하나 확실한 것은———.

그게 너무나도 사악한 마법이라는 것.

"거기 있는 애송이분도 기이 크림존은 알고 있겠죠? 그렇다면 이 마법도 알고 있을 텐데요? 이 마법이 바로 기이가 마왕이 될 때에 쓴———."

아쉽게도 데이비스의 의식은 거기서 끊어졌다.

모르고 있는 게 나았다는 생각과 함께, 더욱 깊은 절망에 잡아 먹히면서.

....

....

....

테스타로사가 쥐어서 터트린 어비스 코어가 검은빛으로 변하면서 주위를 비추었다.

그 빛은 거의 모든 물질을 투과하는 성질을 갖고 있었다. 자연적으로 발생하는 일이 없는 어둠의 빛이었다.

물리적인 파괴력은 없지만, 어떤 특징을 가지고 있었다.

생물을 투과할 때 그 유전자배열에 영향을 주는 것이었다.

유전자를 강제적으로 재배열함으로써, 거의 모든 생물을 강제적으로 사멸시킨다.

사악하기 이를 데 없는 죽음의 마법.

하지만 그 목적은 달리 있다———고, 전승을 통해 전해지고 있었다.

이 마법을 버틸 수 있는 것은 정신생명체이거나 영혼에 기억능력을 보유하고 있는 자뿐이다. 육체가 완전히 파괴되더라도 그 상태에서 부활할 수 있는 자가 이 마법을 피할 수 있는 것이다.

마력요소를 구성하는 특수한 입자――'영자(靈子)'는 특수한 파동을 발산한다. 그게 바로 어둠의 빛이며, 마법을 이용하여 방어하기도 어려운 데다 물리적으로는 방어할 방법이 없었다.

'영자'에는 '영자'를 맞부딪치는 방법으로 대항할 수밖에 없다. 마찬가지로 어둠의 빛에는 어둠의 빛으로만 대항할 수 있으며, 통상적인 방법으로 제어하는 것은 불가능했다.

이 빛을 뒤집어썼을 경우의 사망확률은 99.9999퍼센트였다.

그러나―― 아주 드물긴 했지만 생존자도 있긴 했다.

100만 명 중의 한 명 정도가 자신의 몸을 마물로 바꾸면서 새로운 삶을 얻었다. ――즉, 이 마법은 마(魔)에 적성이 있는 적성자를 선별하는 역할을 맡는 축복의 마법이기도 했던 것이다.

이 마법이야말로 최악의 금지된 주술.

디스인티그레이션(영자붕괴)같은 물리적 파괴력은 없지만, '정보자(正報子)'만을 정확하게 노린다――. 핵격마법 : 데스 스트릭(죽음의 축복)은 즉 '영혼'까지도 파괴하는 궁극의 금단마법이었다.

....

....

....

이리하여 제국의 서열 11위인 데이비스와 서열 64위인 고든은 테스타로사가 발동시킨 '데스 스트릭'에 맨 처음 희생되는 먹이가 되었다.

뒤이어 반경 500미터로 제한된 범위 안에서 흉포한 죽음의 폭위가 미친 듯이 불어 닥쳤다.

　이 마법은 적과 아군을 구별할 수 없으므로, 범위 안의 생물을 모조리 죽여버린다. 그렇기 때문에 테스타로사는 '마력감지'를 이용하여, 이 범위 안에 아군이 없다는 것을 파악한 뒤에 구사한 것이다.

　만약 제한을 두지 않았더라면 반경 수 킬로미터의 범위 안에 있는 생명체가 사멸했을 것이다.

　'데스 스트릭'은 정신생명체에도 효과가 있었다. 그러나 이번에는 '영혼'에 피해가 가지 않도록 신경 써서 발동시켰기 때문에 테스타로사와 울티마에겐 아무런 해가 없었다.

　테스타로사와 울티마는 가벼운 분위기로 결과를 확인했다.

　"이 부근 일대에 살아 있는 자는 없는 것 같아. 그건 그렇고 테스타로사는 솜씨가 좋네."

　"어머나, 그게 무슨 말이지?"

　"이 전차라고 부르는 장난감 말이야. 깔끔하게 원형을 남겨두었으니, 흠집 없는 실물을 가져가서 정보를 조사할 수 있게 됐잖아."

　"당연하지. 그러기 위해서 인간만을 청소한 거니까."

　"나도 봐주지 말고 '데스 스트릭'을 쓸 걸 그랬나. 그렇게 했으면 공중에 떠 있던 장난감도 부서지지 않았을 텐데."

　"그러네. 울의 마법은 너무 화려하긴 했어. 하지만 맨 처음 떨어트린 샘플을 회수하면 자료로서의 가치는 충분할 거야."

　"……그렇겠지. 실은 말이지, 저 장난감이 너무 약한 바람에 예상 이상으로 큰 피해가 생겨버렸어. 하나만 파괴할 생각이었는데,

죄다 망가졌지 뭐야."

"어쩔 수 없지. 우리는 리무루 님으로부터 이름을 받으면서 예전보다 더 강해졌으니까, 좀 더 주의하지 않으면 안 돼, 울티마."

"응. 나도 반성했어. 하지만 말이지, 나보다 더 걱정을 해야 하는 건 카레라일지도 몰라. 그 녀석은 힘 조절이라는 단어를 알고는 있는지 의문스러운 성격인 데다, 화려한 마법을 엄청 좋아하니까……."

"그렇기 때문에 본부에서 대기 중인 거겠지. 리무루 님께서 거기까지 꿰뚫어 보고 계신다는 사실에 나도 감탄했어."

"아아, 그렇구나! 그렇다면 안심이네!"

두 사람의 대화는 그런 식으로 이어졌다.

리무루에 대한 착각성의 발언도 있었지만, 그걸 지적하는 자는 이 자리에 없었다.

"베니마루 씨도 걱정이 지나치단 말이지. 리무루 님에게 해를 끼칠 수 있는 자가 제국에 있다느니, 그러니까 그자를 색출해내기 위해서 일부러 힘 조절을 하라느니 운운했으니까."

"조금 귀찮아졌네. 단순히 승리를 목표로 싸우는 것뿐이라면 처음부터 우리가 나서면 되는 건데 말이지. 그렇게 되면 리무루 님의 마음을 심란하게 만들 일도 없었을 텐데."

"그건 리무루 님이 세우신 방침이잖아? 우리는 싸우지 말라고 말씀하셨으니까. 내 생각이지만, 아마도 리무루 님은 고부타 군이랑 가비루 씨의 부대를 성장시키고 싶어 하신 것 같아. 리무루 님이라면 진화시키는 것만이라면 별것 아니겠지만, 전투경험은 스스로 쌓을 수밖에 없으니까 말이지. 힘만 강하고 머리가 없는 녀석은 내가 봐도 그냥 잔챙이일 뿐이야."

"그런 생각은 나도 훌륭하다고 생각하고, 이해하고는 있지만……
그래도 말이지."

"우리가 나설 차례가 있었다는 것만으로 난 다행이라고 생각해."

그런 식으로 테스타로사와 울티마는 한창 대화에 열중했지만,
대화하는 도중에도 죽은 자의 영혼을 모으는 작업을 정성껏 처리
하고 있었다.

실은 '데스 스트릭'이라는 이 금지된 주술에는 어떤 비밀이
있었다.

이 마법을 통해 마물로 변하게 된 성공사례는 존재하지 않는다.

이 마법으로 인해 마물로 변할 수 있는 가능성이 있는 것은 '영
혼이 남겨져 있는 경우'에 한해서일 뿐이다. 이번처럼 영혼을 죄
다 거둬가 버리면 생존율은 완전히 제로가 되어버리는 것이다.

악마가 희망적인 얘기를 하면서 농락하고 있다──. 아마도 그
런 식으로 전해지면서, 진실은 숨겨져 있었을 것이다.

당연하게도 테스타로사랑 울티마는 그 사실을 숙지하고 있었
다. 그렇기에 이 전장에서 생존자가 없었던 시점에서 전투는 종
료된 것으로 판단하고 있었던 것이다.

자신을 방해한 자들의 말로를 보고도 테스타로사의 마음은 움
직이지 않았다. 아무런 감흥도 없었고, 그 외의 다른 자들과 같이
여길 뿐이었다.

애초에 테스타로사의 안중에 없었던 자들이므로 당연하다고
할 수 있는 결과였다.

이리하여 테스타로사 일행의 싸움은 끝이 났다.

이번 작전에 종사하고 있던 제국 '기갑군단' 중에서 '마도전차사단'과 '공전비행병단'은 완전한 패배를 맛봤다.

가스터 중장의 죽음으로 인해 작전본부는 침묵했으며, 말단의 장병들은 상황도 파악하지 못한 채 패주를 시작했으며, 전장은 섬멸전으로 그 양상이 바뀌게 되었다.

가스터 중장이 이끄는 '마도전차사단'이 20만 명.

팔라가 소장이 이끄는 '공전비행병단'이 4만 명.

지휘관이 없는 제국군에게 정전을 제안할 수단은 없었다. 그리하여 제국의 장병들은 전장에서 차례차례로 목숨을 잃는 결과로 이어진 것이다.

이 전장에서 템페스트(마국연방)의 승리가 확정된 순간이었다.

하지만 이건 전쟁의 종식을 의미하지 않았다.

이번 제국군의 패배와 관련된 진실을, 제국 '기갑군단'의 군단장인 칼리굴리오 대장이 아직 모르고 있었기 때문이다.

그리고 지금, 제국 '기갑군단'의 주력인 '기갑개조병단'이 템페스트의 수도 '리무루'를 향해 움직이기 시작하려 하고 있었다.

막간 가젤의 우울

드워프 왕 가젤은 눈앞에 있는 대형 화면에 비치는 광경을 보면서 아연실색하고 있었다.

"이건…….."

"폐하, 동요하는 표정이 얼굴에 드러나고 있소이다. 그래선 아직 멀었다는 소리를 듣게 될 거요."

"하지만 젠, 이렇게까지 전장에서의 상식이 뒤집히는 사태를 본다면 나도 반응하기가 어려울 것 같소."

아크 위저드(궁정마도사)인 노파, 젠의 지적에 가젤이 아니라 어드미럴 팔리딘(군부 최고사령관)인 번이 씁쓸한 표정으로 대꾸했다.

그것도 어쩔 수 없는 일이다.

리무루가 제공해준 기술로 마련한 대형 화면에는 현재진행형으로 일어나고 있는 전쟁의 상황이 비춰지고 있었다. 그리고 그건 호탕하고 담대한 가젤이 보더라도 어이가 없는 광경이었다.

"전쟁의 상식이 근본부터 무너졌군요."

그렇게 말한 뒤에 페가수스 나이츠(천상기사단)의 단장인 돌프가 지친 것 같은 표정으로 발언했다.

"저 전차라는 병기는 레기온 매직인 '배리어(장벽)'로도 막을 수 없을 것 같습니다. 아무것도 모르고 상대했다면 틀림없이 패배했겠지요. 그러나—— 무시무시한 위력이긴 합니다만, 사전에 들었던 대로 참호와 토벽을 구축하는 것으로 대처할 수는 있을 것 같습니다……."

고개를 끄덕이는 일동.

단순한 토벽만으로는 막을 수 없겠지만, 몇 겹이나 되는 방벽을 설치함으로써 포탄의 위력을 저하시킬 수는 있다는 결론이 나와 있었다.

이건 리무루의 지식을 통해서 얻은 대처방법이었다. 실제로는 활용하기 전에 끝이 나버렸지만, 영상을 통해 추측할 수 있는 위력을 계산해보면 아무런 방법이 없는 압도적인 병기는 아니라는 결론에 도달한 것이다.

"제국의 장비를 보건대, 접근전보다는 중, 원거리전에 중점을 두고 있군. 중장비 부대는 없애고, 경장으로 통일한 것 같은데?"

"그에 대해선 나도 조사해봤어. 제국에선 '스펠 건(마총)'이라는 신병기를 준비했다고 하며, 말단 병사까지 마법을 쉽게 다룰 수 있게 되었다고 하더군. 또 일부에선 '총'이라는 '이세계'의 병기로 무장하는 부대도 있다고 하는데, 접근전투는 시대에 뒤처진 것으로 인식되고 있는 모양이야."

"검의 시대는 끝났다고, 제국이 그렇게 생각한 것도 무리는 아니겠군요."

돌프가 깊이 고개를 끄덕였다.

강철갑옷을 쉽게 관통한다고 하는 '총'이라는 병기. 그리고 성벽조차도 무력하게 여겨지는 전차의 대부대. 드워프가 주요산업으로 다루고 있는 무기랑 방어구를, 시대에 뒤처지는 것이라고 비웃을 만한 병기들이었다.

하지만.

"여긴 '이세계'가 아니다. 저쪽 세계에서 통용되던 전술이론도 마

215

법이라는 개념을 잘 조합하지 못하면 의미가 없다──는 말인가."

"그렇군요. '스펠 건'도 위협적이었습니다만, 상대가 너무 안 좋았습니다. 리무루 폐하에겐 카리브디스(폭풍대요와)에게서 얻은 대량의 비늘이 있으니까요. 우리에게도 나눠주긴 했습니다만, 이게 있으면 대부분의 마법은 무효화시킬 수 있을 겁니다."

"음."

마법이라는 개념이 있으면, 아무리 근대병기가 많아도 대항할 수 있다. 그리고 적의 마법은 자신들의 장비가 있으면 무력화될 것이다.

상성이 잘 끼워 맞춰지면서 나온 결과였지만, 제국군에겐 재난이라고 할 수 있었을 것이다.

중, 원거리 전에 너무 특화된 결과, 접근을 허용한 뒤에 대응을 제대로 하지 못하는 모습이 눈에 띄게 드러났다. 이런 모습은 전술적으로는 큰 약점이 된다.

"어떤 일이든 운용하는 자의 자질에 달린 것이긴 하지. 우리도 같은 전철을 밟지 않도록, 이 전쟁에서 얻은 정보를 유효하게 활용해야만 할 것이다."

가젤은 그렇게 결론을 내렸지만, 그의 본심은 그 이전의 사안을 생각하고 있었다.

전술이나 병기에 대한 것보다도 더 중요한 일이 있었다. 그러나 그건 말로 하지 않았다.

그건 바로 마물들 각자의 개별적인 실력에 대한 것이었다.

고부타&란가나 가비루는 말할 것도 없었고, 그 부하 마물들도 상당히 성장한 것 같았다.

또한 회복약을 아낌없이 사용하면서, 상당히 위험한 전법도 선택하고 있었다. 예전과는 달리, 히포크테 풀의 대규모생산에 성공한 덕분에 회복약의 대량공급이 가능하게 되었기 때문이다.

이것도 또한 전장의 상식을 뒤집는 한 수였다.

하지만 그것보다도——.

"가젤 폐하, 충고를 하나 해도 되겠소이까."

"말하지 마라. 이미 알고 있다."

"그야 그렇겠지요. 하지만 이건 직접 말로 언급을 해줘야 할 일이외다."

"…………."

젠의 말은 무거웠다.

그 충고는 모두가 공유해둘 필요가 있었다.

가젤의 침묵을 긍정으로 받아들이고, 젠이 입을 열었다.

"저 악마 아가씨들 말인데, 평범한 존재가 아니외다. 하늘을 나는 배를 불태운 건 의식마법으로 분류되는 대주문 : 뉴클리어 프레임(파멸의 불꽃)이오. 나조차도 혼자 다루려면 고생하는 수준이지. 그리고 문제가 되는 건 저 백발의 아가씨가 쓴 것이란 말이지. 저건 데스 스트릭(죽음의 축복)—— 인간의 몸으로는 제어할 수 없는 것으로 여겨지는 금단의 주문이거든——."

모두 아무 말 없이 젠의 말에 귀를 기울였다.

저 악마 아가씨들이 범상치 않다는 것은 같이 지낸 며칠 동안 관찰한 것만으로 이해할 수 있었다.

그녀들에 대해선 나이트 어새신(암부의 수장)인 앙리에타가 조사하고 있었다.

템페스트(마국연방)에서 새로이 고용된 아가씨들. 리무루의 심복인 디아블로가 어디선가 데리고 왔다고 한다. 그 정체는 데몬(악마족)이며, 소문으로는 디아블로의 옛 친구라고 했는데.

리무루로부턴 정보무관이며, 또한 각 군단을 관찰하는 임무를 내렸다고 들었다. 가젤은 그 뿐만은 아닐 것이라고 생각했지만, 그 생각이 맞았던 모양이다.

"혹시나── 하는 생각은 하고 있었다……."

"그 말은 즉, 폐하는 저 아가씨들의 정체를 짐작하고 있는 말이구려?"

"으, 음. 하지만 듣지 않는 게 나을 텐데?"

"무슨 소리를 하는 게요! 이런 말도 안 되는 싸움을 보고 말았으니, 모르는 게 오히려 더 불안하지."

젠의 말대로 가장 두려운 것은 악마들의 전투능력이었다. 가젤도 영상을 보고 "이건 무슨 농담인가?"라는 말이 튀어나올 뻔했을 정도였으니까.

"……그리고 각오는 이미 되어 있소이다. 가젤 폐하, 폐하가 그 정도로까지 감정을 드러낸 채 정신없이 바라보고 있었으니, 대충 상상은 가오."

젠이 무거운 말투로 그렇게 말하자, 다른 동료들도 고개를 끄덕였다.

돌프가, 번이, 앙리에타가.

믿음직한 전우들의 얼굴을 둘러보면서, 가젤도 각오를 굳혔다.

"그, 축제가 있던 날의 밤에 들었던 얘기다."

"축제라면 그건가? 마물의 나라에 초대받았던……?"

"그러고 보니 폐하께서 혼자 비밀 회합에 참가하신 적이 있었죠. 저희도 옆방에서 대기하고 있었습니다만, 그때 무슨 애기를……?"

"음, 실은 리무루의 비서——라기보다는 집사에 가까운 자가 있었다만, 너희들도 만났겠지?"

"아아, 디아블로 공 말이군요. 신사적인 분이었죠."

"보통내기가 아닌 분위기를 풍기긴 했는데, 그자가 어쨌다는 거지?"

'템페스트 개국제'에 참가했던 멤버들은 디아블로와도 면식이 있었다. 앙리에타도 남들의 눈을 피해서 몰래 가젤을 경호하고 있었기 때문에 리무루의 부하인 간부들의 얼굴과 이름은 일단 알고 있었다.

혼자 남아서 나라를 지켰던 젠만 모르는 상태에서, 가젤이 폭탄을 날렸다.

"——에르메시아의 말로는 디아블로는 '태초의 악마'라고 하더군."

"""…………"""

"자, 잠깐만? 가젤 폐하, 지금 뭐라고 말했소?"

순식간에 얼굴이 창백해진 젠이 자신의 생각이 착각이길 바라면서 가젤에게 물었다. 그러나 현실은 무정했다.

"태초의 악마라고 말했다. 내 짐작으로는 느와르(태초의 검은색)인 것 같더군. 그 '검은색'만큼은 지배영역에 얽매이지 않고, 내키는 대로 세계각지에서 나타난 것에 대한 목격담이 남아 있으니까 말이지."

정색한 표정으로 태연하게 말하는 가젤 왕. 그의 관록은 역시 대단했지만, 젠은 속일 수 없었다.

"잠깐, 잠깐잠깐잠깐! 가젤 폐하, 잠깐만 기다리시오!!"

"왜 그러지?"

"왜 그러지, 가 아니지! 태초의 악마가, 느와르가 마왕 리무루의 부하로 들어갔단 말이오?!"

"바로 그렇다."

"크, 큰 문제가 아닌가! 왜 지금까지 입을 다물고 있었소이까──?!"

절규하는 젠.

그런 그녀에게 추가타가 가해졌다.

"혹시…… 테스타로사 공과 울티마 양도……?"

"잠깐, 아무리 그래도 그건……. 보나마나 그 디아블로의 부하 중에서 오래된 개체──정도겠지?"

돌프랑 번의 희망적인 관측도 뒤이어진 앙리에타의 발언으로 인해 부정되었다.

"그 두 사람뿐만 아니라 몇 명의 인재를 더, 디아블로 공이 어딘가에서 권유하여 데려왔다고 하더군요. 그자들의 위치는 디아블로 공의 부하인 것으로 되어 있는 것 같습니다만── 외교무관 테스타로사, 검사총장 울티마, 재판소장 카레라, 이 세 명은 오래전부터 알고 지낸 사이라고 하며…… 동격인 것처럼 대하고 있었습니다."

"잠깐, 그게 사실이야?"

"너무 자유로우시군, 리무루 폐하는……."

"태, 태초의 악마와 동격인 자가 세 명이라고? 아니, 아니, 하지만 그중 두 명이 방금 그……."

부정하고 싶은 마음은 모두가 공통적으로 가지고 있었다. 그러나 눈앞에서 일어난 일을 고려하면 저절로 진실이 보이고 있었다.

적어도 테스타로사와 울티마의 실력은 젠이 보기에도 추정 불가능일 정도로 강대한 것이었다.

"그래서 말했던 거다. 듣지 않는 게 나을 거라고."

"".............""

"뭐, 디아블로에 대한 사실을 말하지 않은 것은 미안하게 생각하지만, 말해도 어쩔 수가 없지 않은가? 녀석이 나쁜 짓을 벌이고 있었다면 또 모를까, 리무루가 확실하게 폭주를 막겠다고 약속했으니까 말이지. 나도 사제의 말을 믿어줄 뿐이다. 하지만 설마 태초의 악마를 늘릴 줄은 내 눈으로도 꿰뚫어 보지 못했지만 말이지!"

꿰뚫어 보고 아니고의 문제가 아니다———. 모두 그렇게 생각했다. 그와 동시에, 들었다고 해도 대처는 할 수 없었을 것이라고도 생각했다.

"그리고 무엇보다 리무루를 믿기로 결심한 시점에서 나는 각오를 굳혔다. '폭풍룡'도 있으니, 이제 와서 무슨 의미가 있는지는 모르겠지만 말이지. 너희도 각오를 해둬라."

그렇게 간단한 얘기가 아니었다. 아니었지만 가젤의 말도 지당했다.

"뭐, 난 널 믿고 있어. 네가 믿는 상대라면 나도 다른 말은 않겠어."

"그렇군요. 저도 리무루 폐하를 제 눈으로 직접 봤습니다. 그분은 믿을 수 있는 인물이라고 생각하며, 가젤 폐하와 같은 마음입니다."

"저는 폐하의 그림자. 폐하의 생각에 따를 뿐입니다."

"이것 참. 나도 믿고는 있소이다. 마왕이 되기 전이지만, 리무루 폐하를 배알한 적이 있으니까 말이지. 내가 두려운 것은 대처할 수 없는 전력이 한 곳에 집중되는 것이지만…… 확실히 이제 와선 의미가 없겠군. 그리고…… 대책을 세울 수도 없으니, 생각해봤자 소용이 없겠구려."

젠의 이 발언을 듣고. 모두가 깊이 고개를 숙였다.

생각한 끝에 결론이 나온다면 또 모를까, 이 문제에 대해서는 답이 존재하지 않았다.

믿느냐 아니냐, 그 두 가지의 선택뿐이었다.

"이 건은 보류로군."

가젤이 그렇게 말하면서 이 문제는 나중으로 미루기로 했다.

이걸로 전쟁이 끝난 것인가 하면, 그렇지는 않았다.

드워프 왕국의 중앙을 위압하고 있던 부대는 섬멸되었지만, 동부는 제국군과 여전히 대치 중이었다. 그리고 템페스트(마국연방)의 수도 '리무루' 주변에는 불온한 기운이 여전히 감돌고 있었다.

"그건 그렇다 치고 리무루 녀석……. 이 정도의 대승을 눈앞에서 보고도 아직 만족하지 못한단 말인가? 실로 두려운 녀석이로군, 나 참."

"아니, 이건 리무루 폐하의 뜻이 아닐지도 모릅니다. 제국측이 아군의 패배를 알아차리지 못하고 있는 상태에서, 침공을 중단하지 않았을 가능성이──."

"흠. 그럴 가능성이 높겠군."

돌프의 발언을 듣고 가젤도 고개를 끄덕였다.

이 정도의 대패를 알아차렸다면 틀림없이 작전은 중지되었을 것이라고 생각하면서.

"그리고 말이오, 가젤 폐하. 제국군도 마법으로 연계를 취하고 있을 것이외다. 하지만 이렇게 순식간에 전황이 변해버렸으니 말이지. 자신의 눈으로 보고도 믿어지지 않지만, 이 정도의 대패…… 갑자기 몰살당했다는 보고를 받더라도 적의 기만공작으로 의심했을 거요."

"나도 보고만 받았다면 믿지 못했을 거야. 제국의 칼리굴리오 대장도 무능한 자는 아니지만, 여기서 후퇴하자는 결단을 내릴 수 있는 인물로는 생각되지 않는단 말이지—. 자칫하면 겁쟁이 취급을 받을 테니까. 제국의 바보들이 빼든 칼을 다시 집어넣으려면 한 번 져보지 않고는 이해를 못 하겠지."

젠의 의견도 지당했고, 번의 판단도 정론이었다.

가젤도 또한 자신이 제국의 입장이라면 같은 판단을 내렸을 것이라고 생각하며 납득했다.

가여운 것은 그에 어울려야 하는 제국의 장병들이지만——
이것만큼은 침략한 쪽에 책임이 있다.

가젤도 현왕으로 이름이 높지만, 현시점에서 적대관계에 있는 제국에 대해서까지 책임을 질 생각은 없었다. 또한 그럴 의무도 없다. 그저 냉철하게 앞으로의 전개를 예상할 뿐이다.

"쥬라의 대삼림으로 침공한 제국군 94만 중에 24만이 이미 섬멸되었다. 이렇게 되면 리무루의 승리는 의심할 바가 없겠군."

"뭐, 그렇겠지. 이렇게 되면서 방심하는 모습을 보인다면, 그나마 귀엽게 보이겠지만—— 리무루 폐하는 그런 인물이 아니니까 말이야."

가젤의 중얼거림에 번이 동감한다는 말투로 대꾸했다.

과연 제국군은 최종적으로 얼마나 되는 희생을 치르게 될 것인가…….

"이 전쟁을 빠짐없이 기록에 남겨 교훈으로 삼겠다. 인류는 결코 마왕에게 손을 대선 안 된다는 것을 지금 한 번 더 마음속에 새기는 거다."

""""네엣!!""""

전쟁의 상식은 산산조각으로 파괴되었으며, 추정치에 지나지 않았던 마물들의 실력이 진정한 의미로 카타스트로프(천재)급에 이르렀다는 것이 판명되었다. 리무루 일행의 목적이 세계의 패권 같은 것이 아니라 인류와의 공존공영이었던 것은 요행이라고 할 수 있을 것이다.

이번 일은 제국의 자업자득이다.

그 희생을 쓸데없는 것으로 만들지 않기 위해서라도, 가젤은 이 전쟁을 마지막까지 지켜보겠다고 생각했다.

그리고 최악의 가능성을 대비해두지 않으면 안 된다.

만약 리무루와 적대하게 된다면——.

그렇게 되지 않기를 바라면서도, 만약의 경우에는 과연 어떻게 해야 할 것인가.

동료들은 리무루를 믿는다며 호언장담하고 있었지만, 그건 어디까지나 개인적인 의견이다. 국가의 지도자로선 백성들에게 피해가 생기지 않도록 최대한의 대책을 생각해야만 한다.

답이 나오지 않는다고 해서 생각하는 것을 포기할 순 없는 것이다.

(——그렇게 말해도 말이지. 태초의 악마를 상대하는 것은 정

말로 어리석은 짓이며, 베루도라를 상대로는 이길 수 있을 리가 없지 않은가. 사실상 아무런 방법이 없구나…….)

답 같은 건 나올 리도 없는 어려운 문제를 앞에 두고, 가젤은 골치를 썩이게 되었다.

제3장

미궁공방전

Regarding Reincarnated to Slime

전력을 다해 싸워라——. 그런 말을 한 기억은 있다.

괜찮다. 아직 치매 같은 것에 걸릴 나이도 아니다.

다시 태어나면서 아직 3년 정도밖에 지나지 않았으니까.

그런 걱정은 할 필요가 없다.

하지만.

대형 스크린에 비친 광경을 보고 있으려니, 내가 정말 그 말을 한 것인가? 라는 의문이 떠오르고 말았다.

왜냐하면 대형 스크린에는 우리 군의 대승리가 비춰지고 있었으니까.

그건 좋다.

그건 문제가 없지만 그 내용이 너무 심각했다.

보고 있으면 넋이 나갈 정도로, 일방적으로 유린하는 싸움이 전개되고 있었던 것이다.

고부타가 고부타답지 않은 멋진 모습으로 전장을 질주하면서 전차를 박살 내고 있었다. 란가와 '동일화'한 모습으로, 외관도 힘도 사천왕이라고 부르기에 적합하게 바뀌어 있었다.

가비루는 가비루 나름대로 딱 봐도 강해 보이는 드래곤 계통의 마인 같은 모습으로 변신하더니, 비정상적으로 느껴지는 뭔지 모를 고위력의 에너지 반응으로 적함을 일격에 분쇄하고 있었다.

그건 가비루뿐만 아니라, '히류(비룡중)'에 속한 전원이 '변신'한 모습인지라 웃을 수도 없었다.

그 비밀은 '드래곤 바디(용전사화)'라는 것을 바로 알아차렸지만, 어느새 다들 저렇게 구사할 수 있게 된 건지…….

아니, 그전에 일단 미뤄둔 채로 잊어버리고 있었던 '드래곤 바디'의 효과가 이렇게 엄청난 것인 줄은 몰랐다.

제한시간이 있어서 실질적으로는 10분 정도밖에 활동할 수 없는 것 같았는데…… 그런 단점을 보충하고도 남을 만한 강화였다.

자칫 잘못 사용하면 자살행위가 되어버릴 수도 있지만, 비장의 수로 쓰기에는 부족함이 없다고 생각했다.

그러나 그런 가비루 일행의 활약도 무색하게 만든 것이 공중에서 발생한 대폭발이었다.

무슨 말도 안 되는 짓을 한 건지는 모르겠지만, 적의 기함에서 열핵폭발이 일어났고, 제국의 비공선부대가 그 여파에 휩쓸리면서 차례로 불꽃을 뿜으며 폭발한 것이다.

이 사태에는 나도 깜짝 놀라고 말았다.

그 결과, 이 시점에서 제국 측의 항공 전력은 궤멸되었다. 한 척도 남기지 않고 땅에 추락했다.

이 일을 기점으로 템페스트 군의 대공세가 시작되었다. 고부타와 가비루의 부대가 합류하면서, 전황은 누가 보더라도 우리 쪽이 우세하게 바뀐 것이다.

현대전에서도 전차에 대해선 헬리콥터가 압도적으로 유리하다.

이와 마찬가지로 가비루의 부대도 상공에서 브레스를 주로 활용하여 공격했기 때문에 제국군의 지상 전력에게 일방적으로 피해를 줄 수 있었다.

표적이 작으니까 전차포는 위협이 되지 않았다.

그야말로 맞지만 않으면 아무 일 없다는 것 같았다.

제국도 당하기만 하는 게 아니라, 반격하려고 몇 번이나 시도하고 있었다. 그러나 그런 시도는 차례차례로 짓밟히고 있었다.

울티마의 부하인 베이런과 존다가 그렇게 만들고 있었다.

이 두 명은 역시 오래된 악마였다. 강자를 파악하는 눈도 있는 것 같았으며, 대장이나 일반병을 구별하지 않고 순수하게 강한 자만을 골라서 잔혹하게 처리했다.

전장에 어울리지 않는 집사복과 요리사복. 그러나 그건 제국장병들의 공포의 상징이 되었던 것이다.

적의 보급부대는 하쿠로우가 맡았다.

일체의 인정사정없이 단칼에 베어버리고 있었다.

그중에는 나름대로 이름을 대려고 한 자도 있었지만…….

"제길! 나는 서열 97위인——."

그런 상대의 말이 마지막까지 나오게 놔두지도 않은 채, 하쿠로우의 칼날이 번뜩이면서 피를 뿜게 만들었다.

차례로 쓰러지는 상대에게 "용서해라. 이 싸움은 리무루 님이 보시고 계신다. '전력을 다해 싸워라'라고 명령하신 이상, 봐주는 일은 있을 수가 없다"고 내뱉듯 말하는 하쿠로우.

나는 결코 그런 생각으로 말한 게 아니었지만, 큰일이 벌어진 것만큼은 이해했다.

하지만.

이제 와서 명령을 철회하는 것도 불가능하다고 판단했다.

함부로 끼어들었다간 전장에서 혼란이 생길 수 있으니까 말이지.

나는 달관한 심정으로 전장을 지켜보기로 했다.

더 끼어들어 말하지 않은 것은 정답이었다.

솔직히 말해서 베이런과 존다, 그리고 하쿠로우가 처리한 제국의 병사들 말인데, 홀리 나이트(성기사)에 필적하거나 그 이상의 전투능력을 보유하고 있었다. 더구나 그들의 무장은 상대하기 버거웠던 것이, 홀리 나이트가 장착했던 '정령무장'보다 더 높은 성능—— 레전드(전설)급에 해당하는 수준이었다.

종합적으로 생각하여 이자들 쪽이 더 강하다. 라파엘(지혜지왕)의 분석결과를 듣고 나도 놀랐던 것이다.

어떻게 이 정도 수준의 무장을——. 그런 생각이 들었지만, 이미 존재하는 것이니 따져봤자 어쩔 수 없다.

이런 장비를 부여받고 있는 이자들의 정체 말인데, 소문으로 유명한 임페리얼 가디언(제국황제 근위기사단)이지 않을까.

가드라에게서 들은 정보 속에 있었던 '이세계인'을 포함한 제국 내의 강자들로부터 선발하여 만든 조직이라고 했지.

그 멤버들은 100명 정도 된다고 하던데…… 서열 운운했던 것이 그 증거라고 생각한다.

그런 강자들이 실력을 발휘했더라면 전장은 훨씬 혼란스럽게 바뀌었을지도 모른다. 하쿠로우처럼 상대의 준비가 갖춰지기를 기다리지 않고 처리하는 것이 정답이었다.

베이런이랑 존다도 그랬다. 남들이 모르게, 이자들이 행동으로 옮기기 전에 처리하고 있었다.

상대의 실력을 바로 꿰뚫어 보는 걸 보면, 저들의 무시무시한 점은 바로 강자를 알아보고 선별할 수 있는 눈이었다.

이자들이 단체로 움직였다면 이렇게 쉽게 쓰러트리진 못했을 것이다. 하지만 이건 전장에서 방심을 하고 있는 쪽이 잘못이다. 불만이 있다면 처음부터 전력을 다해 싸웠어야 한다.

이건 우리에게도 해당되는 일이라 할 수 있었다.

섣불리 적에게 인정을 베풀었다간 빈틈을 공격당할 가능성이 높다. 그렇게 되면 피해는 막대해졌을 것이다.

적병을 구해주다가 아군이 피해를 입는, 그런 어리석은 짓은 결코 인정할 수 없다. 자신도 모르게 그만 인정을 베풀고 싶어질 때가 있지만, 그건 이길 수 있다고 생각하여 상대를 만만히 보고 있다는 것과 같은 뜻이다.

우리는 전쟁을 벌이고 있다. 지금은 악귀처럼 마음을 차갑게 먹고, 마지막까지 최선을 다해 싸워주기를 바라도록 하자.

그리고 정작 중요한 적의 항복 선언 말인데…….

내가 하쿠로우 일행의 싸움을 홀린 듯이 바라보고 있던 중에, 제국군의 작전행동사령부에선 이상이 발생하고 있었다.

《알림. 대규모 섬멸마법 '데스 스트릭(죽음의 축복)'의 발동을 확인했습니다. 사용자는 개체명 : 테스타로사입니다.》

그런 라파엘의 보고를 듣고, 나는 황급히 그 현장을 대형 스크린에 비췄다. 그러자 그곳에는 미소를 지은 채 서 있는 테스타로사와 울티마가 보였다.

그 외에 다른 생존자는 없었다.

잔존병력이었던 1,000대에 가까운 전차도 움직임을 멈췄고, 주위에 전개되어 있던 보병들도 모두 쓰러져 있었다.

그 수는 대략 수만 명의 규모로 보였다.

듣기로는 '데스 스트릭'이라는 이름이라고 했는데, 터무니없이 위험한 마법이라는 것은 이해할 수 있었다.

《해답. '데스 스트릭'이란 것은 핵격마법의 일종으로 마사광선(魔死光線)을 발사하여 생물을 사멸시킵니다. 또한 부차적인 효과로서——.》

라파엘이 신이 난 듯한 분위기로 분석하면서 해설해주었지만, 그런 위험한 마법은 쓰지 마!! ——라고 소리치고 싶은 마음이 드는 건 어쩔 수 없는 일이라고 하겠다.

울티마가 사용한 핵폭발은 '뉴클리어 플레임(파멸의 불꽃)'이라고 했는데, 그보다도 이쪽이 훨씬 더 위험도가 높았다.

테스타로사도 라이벌 의식을 발휘해서 일부러 그걸 쓴 것은 아니겠지만…….

이 마법이 발동한 순간에 패배는 이미 결정된 것이다.

적 사령부에 생존자는 전무.

잔존병력이 도태되는 것도 시간문제였다.

이리하여 드워프 왕국방면에서 제국군과 벌인 전투는 우리 쪽의 대승리로 끝났다.

*

　미끼로 파악하고 있던 제국군은 전멸했다.

　말 그대로 전멸이었다. 군사적 해석이 아니라는 것이 두려운
사실이었다.

　엄청난 일이 되었다고 생각한다.

　내가 전력을 다해 싸우라고 말한 것만으로 이런 결과가 될 줄은
생각하지 못했다.

　더구나 아까부터 베니마루가 무서웠다.

　"──아니, 이렇게 끝날 거였으면 내 작전이 전혀 의미가 없었
던 거잖아─! 대체 뭐야, 저 정보무관이란 녀석들은?! 리무루 님
의 직속이라고 말씀하셨습니다만, 이번 일에 대해서 설명해주시
겠죠?"

　그냥 몇 가지만 조금 비밀로 하고 있었을 뿐인데, 베니마루가
보기 좋은 미소를 지은 채 날 보면서 그렇게 말했다.

　그야 뭐…… 그렇긴 하네?

　작전이고 뭐고, 아무런 의미가 없었으니까 말이지?

　하지만 말이지, 베니마루.

　설명을 듣고 싶은 건 너뿐만이 아니야. 오히려 내가 더 설명을
듣고 싶은 심정이라고!

　──그런 마음속의 목소리를 입 밖으로 내지도 못한 채…….

　나는 도움의 손길을 바라는 심정으로, 베루도라 쪽을 힐끗
바라봤다.

　내 눈을 슬쩍 피했다.

알고는 있었지만, 베루도라는 이런 때엔 도움이 안 된다. 라미리스도 마찬가지로, 내게 아무런 도움이 되어줄 것 같지 않았다.

"아니, 아니, 알려줬잖아? 저자들은 디아블로가 권유하여 데려온 새로운 동료들이라고."

"디아블로의 부하인 것은 알고 있습니다."

얼버무리고 넘어가는 것은 이제 무리다.

이렇게 되면 이젠 방법이 없다.

나는 솔직하게 모든 것을 얘기하기로 했다.

베니마루랑 게루도라면 그녀들의 정체가 태초의 악마라는 위험한 존재라고 해도, 웃으면서 받아들여 줄 것이 틀림없다. 그리고 모든 책임은 디아블로가 지도록 할 테니까 문제가 발생하면 그때 생각하면 되겠지.

나는 그렇게 이론으로 무장하면서 진실을 알려주기로 했다.

"실은 말이지, '태초의 악마'라는 걸 알고 있어?"

"태초의 악마, 라고요?"

베니마루는 몰랐던 것 같지만, 커피를 끓이고 있던 슈나가 그때 끼어들었다.

"악마의 원류가 되는 7왕, 7군주를 말씀하시는 거죠? 예전의 대화를 통해 들은 게 있어서 신경이 쓰여 잠깐 조사해봤답니다. 설마 디아블로 씨가 그중의 한 명이었다는 건 놀라웠지만요."

시작의 악마라고 정의되는 태초에게 그런 거창한 명칭이 있는 줄을 몰랐다.

그 전에 중요한 비밀을 말하고 있는 슈나 말인데, 그녀의 표정은 여전히 온화한 미소를 짓고 있었다.

관제실에 커피의 향기가 감돌면서, 긴장된 분위기가 완화되었다.

"응……?"

당혹스러운 표정으로 베니마루가 중얼거렸다.

"어머나, 오라버니도 모르셨던 것 같네요. 디아블로 씨뿐만 아니라 테스타로사 씨랑 카레라 씨에 울티마 양도 악마들의 왕인 것 같던데요."

"그랬단, 말이야?"

"네."

슈나의 미소가 눈부셨다.

베니마루도 그 미소 앞에선, 더 이상의 의문을 입에 올릴 수 없는 것 같았다.

침묵하고 있는 베니마루를 곁눈질로 보면서, 나는 생각했다.

슈나는 사실은 엄청난 거물이구나, 라고.

무시무시한 비밀을 밝히려고 단단히 마음을 먹고 있었는데, 그랬는데 그녀가 아무렇지 않게 폭로하는 바람에 허탕이 되었다. 하지만 그 덕분에 나도 마음이 편해졌다.

"디아블로, 네 입으로 직접 설명해다오."

"잘 알겠습니다, 리무루 님. 베니마루 공, 실은 방금 소개받은 대로 저는 태초의 악마 중의 한 명으로——."

디아블로의 설명을 흘려들으면서, 나는 커피를 한 모금 마셨다.

음.

홍차도 맛있지만, 커피도 좋군.

"——과연, 사정은 이해했습니다. 그래서 저렇게 강하단 말인가. 그렇다면 그렇다고 처음부터 알려주시면 좋았을 텐데 말입니다."

"아니, 아니, 알게 되면 겁을 먹지 않을까 싶어서 말이지. 나랑 베루도라라면 또 모를까, 베니마루랑 다른 간부들에겐 괜한 걱정을 끼치고 싶지 않았거든."

동료를 걱정해서 일부러 입을 다물었다는, 그 점만큼은 일부러 강조했다.

내가 저지른 짓── 육체를 주거나 이름을 지어준 것은 이참에 그냥 넘어가 주면 좋겠다.

"나도 무섭지 않았거든!"

라미리스도 그렇게 말하고 있었다. 다들 필요 이상으로 겁을 먹지 않았으면 좋겠는데.

"뭐, 그건 쓸데없는 걱정이라 하겠습니다. 저희는 리무루 님이 인정하신 자라면 동료로서 받아들일 테니까요."

"음. 베니마루 공의 말이 옳습니다. 겉보기와 실력으로 상대를 차별하는 자는 저희 동료들 중에는 없으니까요."

베니마루는 쓴웃음을 지으면서, 그리고 게루도는 지극히 당연하다는 표정으로 내 걱정을 날려버리게 해줬다.

슈나도 디아블로 일행에게 아무런 거부감이 없는 것 같았다. 지금까지와 마찬가지로, 평범하게 대해주고 있는 것이 그 증거였다.

"그렇다면 다행이군. 괜히 걱정했다는 기분이 드는걸."

"하하하, 저희를 좀 더 믿어주십시오."

"그 말이 옳습니다. 애초에 리무루 님이 저희를 걱정하여 카레라 공 일행을 배치해주신 것은 감사하게 여길 따름입니다만 말이죠."

조금 창피한 마음이 들긴 했지만, 베니마루랑 게루도가 별일 없이 받아들여 줘서 다행이었다.

가비루랑 고부타 쪽은 과연 어떨까?

지금의 모습으로는 잘 지내고 있는 것 같다. 앞으로도 괜찮을 것이라고 기대하자.

"뭐, 디아블로하고도 잘 지내고 있지 않습니까. 괜찮을 겁니다!"

시온이 자신이 보장한다는 듯이 호언장담해주었지만, 처음부터 너는 전혀 걱정하지 않았어.

"그게 무슨 뜻입니까, 시온?"

"말 그대로의 의미다, 디아블로."

서로를 노려보는 제1비서(시온)와 제2비서(디아블로). 태초의 악마라는 소리를 들으면 분위기가 여간 심상치 않을 것 같았지만, 실제로는 이런 느낌이었다.

나는 지나친 걱정을 했다고 생각하면서, 새삼스레 안심했다.

사정설명이 끝난 뒤에 반성회를 시작했다.

"적군 중에 마왕 클래스의 강자가 있으면 위험하다고 생각해서, 테스타로사와 다른 악마들을 배치한 거야. 그랬더니 조금 지나치게 싸운 것 같군."

내 말 한마디가 원인이 되었지만, 설마 이렇게까지 대난동이 벌어질 줄은 생각하진 못했다.

무모하다고 할까, 지나쳤다고 할까.

녀석들, 너무 쿨하잖아.

아무런 망설임도 없이 적군을 섬멸시켜버렸으니까.

"쿠후후후후. 기운이 넘쳤다고 할까, 주제를 모르고 약간 까분 것 같군요. 나중에 확실히 교육을 시키도록 하죠."

미소를 지으면서 그렇게 말하는 디아블로에게 "적당히 해라!"라고 말하는 것을 잊지 않았다.

뭐, 뒷일은 디아블로에게 맡기기로 한다.

앞으로는 지나치게 굴지 않도록 확실하게 교육하겠지.

뒤이어 피해상황을 확인했다.

전투개시부터 2시간이 채 안 되었는데, 모든 전투가 종료되었다.

부상자가 다수 발생한 것 같지만, 과연 피해상황은…….

"현재 상황을 말씀드리겠습니다만, 부상자는 전원 회복했다고 합니다!"

관제실에 밝은 목소리가 울려 퍼졌다.

출전한 마물들에겐 우리나라에서 만든 하이퍼 포션(상위회복약)을 나눠주고 있었다.

각자에게 10개씩. 그 덕분에 대부분의 부상은 바로 치료한 것 같았다.

또한 처음에 내가 죽었다고 생각한 자들도.

실제로는 죽은 척을 하고 있었을 뿐이며, 신체의 일부분을 잃은 것도 풀 포션(완전회복약)의 효과로 완전히 치료를 끝냈다고 한다.

베니마루의 지휘하에서 미끼 역을 훌륭히 수행해주었다고 할 수 있었다.

"말씀드렸지 않습니까? 걱정하실 필요가 없다고."

"그렇군. 나도 물론 너랑 모두를 믿고 있었어."

모든 것은 베니마루의 계획대로 되었다. 예상외였던 것은 테스타로사의 활약뿐이었던 것 같다.

그 결과 회복약을 많이 쓰긴 했지만, 인적피해는 제로였던 것이다.

이렇게 되리라고는 생각할 수 없을 정도의 대승리였다.

하지만 전혀 피해가 없는 것은 아니었다.

가비루와 그 부하들인 '히류(비룡중)'의 멤버들.

특수스킬인 '드래곤 바디(용·전사화)'을 사용함으로써 육체에 큰 대미지를 받은 것 같았다.

효과가 엄청나다고 생각했지만, 예상대로 단점은 제한시간만 있는 게 아니었다. 전투종료와 동시에 무리를 한 반동이 돌아오면서, 온몸이 마비가 된 것처럼 움직이지 못하게 되었다고 한다.

부상이 아니므로 회복약도 효과가 없었다.

주위의 마력요소를 흡수하여 강인한 육체를 만들어냈기 때문에 이물질에 대한 거부반응도 나올 법하다.

이번에 가비루가 신이 나서 까불다가 받게 된 반동인 그 페널티는 가비루뿐만 아니라, '히류'의 멤버들 전원이 받게 된 것이다.

그 정도로 그쳐서 다행——이라고 반성해주길 바라는 바이다.

——참고로, 그 상태는 24시간 정도 계속되었기 때문에 이틀에 한 번의 발동이 한계라는 결론을 낼 수 있게 되었다.

이번에는 전력을 다해 싸워서 승리했으니까 괜찮지만, 사용할 때를 잘못 골랐다간 자폭하는 결과가 될 것이다. 양날의 검이라고 할 수 있는 힘이므로, 충분히 주의하라고 전해두었다.

*

화제를 전환하여, 제국 측의 상황에 대한 보고를 들었다.

가스터 중장이 이끄는 '마도전차사단'이 20만 명.

팔라가 소장이 이끄는 '공전비행병단'이 4만 명.

그게 가드라 노사를 통해서도 확인한 제국 측의 전력이었다.

포로는 없었다. 왜냐하면 전원 사망했기 때문이다.

그 합계는 대략 24만 명……

대학살이었다.

마음이 아프지 않을 리가 없다.

하지만 나는 이미 마왕이 될 때 자신의 손으로 2만 명이나 되는 사람을 죽인 적이 있다. 이제 와서 변명을 늘어놓을 마음도 없었다.

어찌 됐든 제국군의 약 24만 명을 몰살시킨 결과, 내 속에 그들의 영혼이 바쳐진 것 같았다. 전투가 시작되고 시간이 좀 지나자, 맹렬한 기세로 '영혼'이 축적되어가는 것을 느꼈던 것이다.

이 감각이 바로 부하들을 시켜 영혼을 모을 때 느껴지는 것이겠지. 이 감각 덕분에 쓰러트린 적병들의 정확한 수를 파악할 수 있었다.

그건 그렇다 치고, 이렇게나 많은 인간의 '영혼'을 획득하게 된 셈인데——.

마왕종에서 '진정한 마왕'으로 진화하려면 1만 명의 양분(산 제물)으로 충분했다.

약 24만 명의 분량이면 과연 어떻게 될까?

답은 변화 없음! 이었다.

'진정한 마왕'으로 각성한 시점에서, 내 진화도 한계에 도달했다는 뜻인 것 같다.

그야 그렇겠지.

그렇지 않았으면, 기이 같은 경우엔 지금쯤 인류를 멸망시킬 기세로 마구잡이로 죽여서 영혼을 거둬들였을 것 같다.

이 이상 진화하지 않을 것이란 것을 직감으로 깨달았기 때문에 쓸데없는 살육을 피한 것일 테니까.

그런데 여기서 예상외의 보고를 들었다.

《알림. 획득한 '영혼'이 규정량을 초과했습니다. 현시점에서 '영혼의 계보'로 연결된 부하들을 각성시키는 것이 가능하게 되었습니다. 그 대상이 되는 것은——.》

그런 식으로 라파엘이 터무니없는 말을 꺼낸 것이다.

듣자하니 자격이 있는 자에게 규정량의 '영혼'을 부여하면 각성시킬 수 있는 모양이다. 의미가 없다고 생각한 대량의 '영혼'이었지만 자신의 진화에는 영향이 없어도, 부하를 진화시키는 데 이용할 수는 있다고 했다.

라파엘의 말로는 몇 명 정도가 각성할 수 있는 조건을 채우고 있다고 한다. 내가 획득한 '영혼'을 부여함으로써 각성—— '진정한 마왕'에 필적하는 강함을 손에 넣을 수 있다고 했다.

필요한 영혼의 수는 10만 개.

부하를 각성시키기 위해선 설마 10배나 되는 '영혼'이 필요할 줄이야…….

아무리 그래도 이건 지금까지 아무도 몰랐을 것이다.

기이라면 알고 있었을 가능성도 있지만…… 과연 어떨까?

알고 있었다고 해도, 그렇게 쉽게 실행할 수 있는 게 아니다. 마왕의 수준에 이른 자를 동료로 삼고, 각성으로 이끄는 쪽이 더 싸게 먹히니까.

그렇기 때문에 기이는 발푸르기스(마왕들의 연회) 같은 상위자들이 모이는 자리를 개최하여, 동료로 삼을 가치가 있는 자를 선별하고 있었던 것은 아닐까.

그뿐만이 아니라 다른 이유가 있을지도 모르지만.

어쩌면 내가 과대평가한 것이며, 그도 모르고 있을 가능성도 완전히 저버릴 순 없지만 말이지.

적어도 10만 명분의 '영혼'을 모으려면 여간 힘든 게 아니다. 대도시 하나의 인간들을 몰살시키는 수준이므로, 가볍게 실행할 수 있는 게 아닌 것이다.

어찌 됐든 간에.

지금 현재 내 안에 25만 개 정도의 여분이 쌓여 있는 모양이다. 이걸 이용하면 두 명을 각성시킬 수가 있다고 한다.

대상이 되는 자는—— 란가, 베니마루, 시온, 가비루, 게루도, 디아블로, 테스타로사, 울티마, 카레라, 쿠마라, 제기온, 아다루만—— 이상 열두 명.

《——'영혼의 회랑'을 작성하여 부하를 진화시키겠습니까?

YES/NO》

라파엘이 그렇게 말해준 덕분에, 떨어져 있어도 진화를 시킬 수 있다는 것을 이해했다.

베루도라가 그런 것처럼 '영혼의 회랑'을 연결하면 시간과 공간의 영향을 받지 않게 된다. 나와 동료들의 인연이 강하고 단단해진다는 장점도 있으니, 결코 나쁜 얘기는 아니다.

자, 그럼 어떻게 할까.

내 경우엔 각성하면서 이전과는 비교도 되지 않을 정도로 강해졌다.

그리고 유니크 스킬 '지혜가 있는 자(대현자)'가 얼티밋 스킬 '라파엘(지혜지왕)'으로 진화한 것이다.

베니마루를 비롯한 내 동료들도 진화할 수 있으니, 망설일 필요는 없을 것 같았다.

하지만──.

마음에 걸리는 건 '영혼의 계보'로 이어진다는 말인데. 이건 아마 내 생각이지만, '이름을 지어주는 것'으로 인해 영혼이 이어진다는 걸 말하는 거겠지.

이름을 지어주면 마물이 진화한다. 나는 신경을 쓰지 않고 활용하고 있지만, 이건 상당한 위험을 동반하는 짓이라는 것을 이해하고 있다. 라파엘이 안전한 확률을 완벽히 파악해주었기 때문에 안심하고 이름을 지어줄 수 있었던 것이다.

만약 실패하면 자신의 힘을 전부 빼앗기고 죽어버릴 가능성도 있다고 한다. 그렇지 않더라도 힘이 회복되지 못한 채 약해질 수도 있다고 한다.

내 경우는 벨제뷔트(폭식지왕)의 '위장' 같은 편리한 스킬이 있었으니, 남아도는 마력요소를 보관해둘 수 있었다.

부족하면 베루도라에게서 빌리기도 했던 것 같으니, 모든 문제를 라파엘에게 다 맡기면 괜찮았던 거다.

확실하게 말하자면 이건 반칙이다.

일반적으로는 자신의 마력을 이용하지 않으면 안 된다고 하며, 아무나 쉽게 '이름 지어주기'를 할 수 없는 것은 당연한 것이었다.

그건 기이라고 해도 마찬가지라 할 수 있다.

그렇기 때문에 영혼이 이어진 부하를 지닌 자가 적은 것이다.

나에게 있어선 그 어떤 것과도 대신할 수 없는 동료들.

내게 직접 실험한다면 또 몰라도 동료들을 실험용 쥐로 삼을 생각은 없었다.

라파엘이 추천하는 것이니까 위험은 없을 거라 생각한다. 아니, 그렇게 생각하고 싶다.

하지만 너무나도 위험한 예감이 들었다.

그리고 누구를 골라야 좋을지도 고민이 되었다.

그 외에도 여러모로 묻고 싶은 문제가 있는데.

에너지(마력요소)양이 기준이라면, 소우에이에게도 자격이 있을 것 같기 때문이다. 그러나 선발되지 못한 걸 보니 각성조건에도 의문이 생겼다.

무슨 이유로 그렇게 되는 지에 대해 명확하지 않은 것도 마음에 걸렸다.

하베스트 페스티벌(마왕으로의 진화)이 있었을 때는 이니시에이션(통과의례)으로서 진화에 이르기 위해 취해야 하는 휴면기가 있었다. 이번에도 그런 일이 일어나지 않는다고는 장담할 수 없으니, 완벽을 기한 상태에서 행하는 게 좋다고 생각했다.

그리고 무엇보다도 전쟁은 아직 끝나지 않았다.

제국군의 본대——총 70만이나 되는 군대가 우리나라의 수도를 향해 침공 중이었던 것이다.

이렇게 긴급할 때에 모험을 시도하는 것은 역시 참는 게 좋을 것 같다.

그러므로 대답은 NO다.

이 건은 일단 주변이 차분하게 정리될 때까지 방치해두기로 하자.

*

고부타 부대에겐 그 자리에서 회수작업을 하라고 명령했다.

무사한 전차나 비공선의 잔해를 회수할 생각이다.

가비루 부대는 지금은 움직이지 못하는 것 같기에, 와이번 라이더를 시켜서 드워프의 나라까지 옮기도록 했다. 마음 편하게 요양해주면 좋겠다.

그 대신에 블루 넘버즈(청색병단)를 고부타 부대와 합류시켰다.

지금부터 되돌아와도 결전에는 합류할 수 없을 것 같으니, 서둘러 돌아올 필요는 없다고 베니마루가 지시를 내린 것이다.

참고로 가젤도 우리에게 응원군이 필요한지를 물었지만. 문제없다고 대답했다.

가젤 쪽도 아직 전쟁을 계속 치르는 중이다. 중앙방면에서의 전투를 끝냈지만, 제국에 인접한 이스트(동부 도시)에는 아직 제국군이 전개 중이었다.

그 수는 6만.

가드라의 말로는, 이건 유우키의 부대이며 양동이라고 했지만…… 상황이 어떻게 돌아갈지가 명확하지 않은 이상, 결코 방심할 수는 없다.

가젤 쪽에겐 그쪽을── 아니, 내가 굳이 말할 것도 없이, 방심하지 않고 대처하고 있겠지만.

제국군 본대와 결말을 내는 것은 우리다.

모두의 의견은 그렇게 정리되었다.

그렇게 말해도.

전초전은 우리의 대승리였지만, 적에게도 아직 방심할 수 없는 큰 전력이 남아 있다.

숫자상으로는 압도적으로 불리한 것이다.

불리하긴 하지만 간부들의 전의는 높았다.

시온은 의욕이 가득한 모습을 보일 뿐만 아니라 "저 악마들, 자신들만 눈에 띄는 활약을 하려 들다니! 내가 가서 진짜 강한 게 어떤 것인지를 보여줘야 하는데!!"라고 분한 표정으로 소리치는 지경이었다.

누구랑 싸우고 있는 거야, 넌──. 나도 모르게 그렇게 지적을 할 뻔했다.

"너는 내 경호원 아니었냐?"

그렇게 지적한 순간, 황급하게 이성을 되찾은 것 같긴 했지만. 전의가 너무 높은 것도 문제로군──. 그런 생각이 들었다.

의욕에 가득 찬 건 시온뿐만이 아니었다.

"주군! 울티마가 자랑을 했어. 들자하니 모든 전투에서 대승리를 거두었다고 하잖아! 아아, 나한테도 빨리 차례가 왔으면 좋겠어.

지금부터라도 나가서 잠깐 인사만 하고 오는 건 괜찮지 않을까?”

관제실에 뛰어 들어온 카레라가 볼을 붉게 상기시킨 채 그렇게 외쳤다.

제2군단과 함께 대기하라는 명령을 내렸는데. 그렇군, 울티마 쪽과 ‘사념전달’로 연락을 주고받고 있었던 건가.

자신의 활약을 자랑하는 동료 때문에 참지 못하게 된 것 같은 데…… 지금 멋대로 날뛰는 건 곤란하다.

“인사라고?”

그렇게 되물은 사람은 베니마루였다.

카레라의 정체가 태초의 악마라는 것을 알고도 그 태도는 변함이 없었다. 역시 내 걱정은 지나쳤던 모양이다.

“응, 그래. 핵격마법을 조금만 선물해주고 올까 하거든.”

너무나도 귀엽게 미소 짓는 얼굴로, 엄청난 발언을 했다.

역시 존느(태초의 노란색), 막 나가는군.

“기각!”

어이가 없는 표정으로 베니마루가 대꾸했다.

“카레라 공. 지금은 다른 명령이 나올 때까지 참아주면 좋겠소. 이때다 싶을 때에 나서주는 것이, 그 행동에 의미가 있는 법이니까.”

카레라가 불만스러운 표정을 지었지만, 베니마루의 명령을 어길 마음은 없는 것 같았다. 게루도도 그녀를 달래주자, 쓸쓸한 표정으로 고개를 끄덕이고 있었다.

“알았어. 내 활약을 보여주고 싶었지만 효과적인 ‘시기’라는 것도 있으니까 말이지. 얌전히 그때를 기다리기로 하겠어.”

납득해준 것 같아서 고마웠다.

게루도의 말에는 귀를 기울이는 것 같으니, 생각했던 것보다는 좋은 콤비가 된 것 같다.

"핫핫하, 카레라. 마구잡이로 날뛰는 것만이 활약은 아니거든? 주군의 검이 되어 활약해야 비로소 우리는 빛이 나는 존재니까!"

"알고 있어, 시온 씨. 나도 조금은 마음이 급했던 것 같아. 머리를 식히고 냉정해지도록 할게."

네가 그런 말을 한다고? ――나는 그렇게 생각했다.

뭔가 그럴듯한 말을 한 것 같지만, 그게 시온의 말이라고 생각하니 납득이 되지 않는 기분이 들었다.

너도 얼마 전까지만 해도 제일 먼저 마구잡이로 날뛰던 존재였거든?

그렇게 한 마디 쏘아줄 뻔했지만, 지금은 참았다. 모처럼 정리가 된 얘기를 여기서 다시 날려버리는 건 그야말로 악수니까.

관제실을 나가는 카레라를 배웅하면서, 나는 시온을 가늘게 뜬 눈으로 바라보았다.

그런 식으로 뭐, 의욕만큼은 충분했다.

우리의 전력은 미궁 안에 있는 세력과 출전시키지 않고 보존해 두고 있던 제2군단. 간부들뿐만 아니라 말단 병사까지 잔뜩 기운이 넘쳐 있었다.

내 말을 들었기 때문인지, 모두가 전력을 다해 싸울 생각으로 사기가 드높았다.

그에 비해 제국 쪽은 70만.

숫자로는 대항할 수 없을 것 같지만, 중요한 건 양보다는 질이다.

상대 쪽에도 강자가 숨어 있겠지만, 우리에겐 미궁이라는 비장의 수단이 있었다.

"승부의 열쇠는 미궁이 쥐고 있어. 부탁한다, 베루도라, 그리고 라미리스!"

"물론이지. 안심하고 나에게 맡겨두도록 해!"

"그 말이 맞아. 우리가 있으니까, 마음 편하게 생각하라고!"

힘찬 대답을 들으면서, 나도 마음이 환해지는 기분이었다.

중요한 것은 얼마나 희생을 내지 않는가 하는 것이다.

그러기 위해선 미궁 안으로 끌어들이는 것이 제일 좋다.

그뿐만이 아니라 미궁 안의 마물을 전력으로 가담시킬 수 있기 때문에 단번에 수적불리를 보충할 수 있는 것이다.

하급 마물을 우리 쪽에 포함시키면 그 수는 수십만에 달할 것이다.

"남은 건 제국이 유우키의 농간을 얼마나 믿어줄까 하는 것인데."

"반대라고 생각합니다만? 믿을 수 없는 자라는 걸 스스로도 알고 있으니 자신을 의심하도록 유도하지 않았을까요?"

"그렇군, 완전히 납득했어!!"

베니마루의 말이 옳을 것이다.

유우키는 적으로 보면 상당히 번거로운 존재였다.

지금은 일시적 공동전선을 펼친 관계에 있긴 하지만, 아군으로 생각하기엔 좀처럼 신용할 수 없는 남자이다.

제국 측에서도 마찬가지로 그렇게 느끼고 있을 지도 모른다.

"그런 수상쩍은 상대는 아군으로서 같이 싸우는 것보다는 적 안에 잠입시켜두는 것이 더 안심된단 말이죠."

시온이 드물게 정확한 말을 했다.

"배신당할 걱정을 할 필요가 없는 것만큼, 쓸데없는 노력이 줄어드니까 말이지."

베니마루도 그렇게 말하면서 고개를 끄덕이고 있었다.

"그에 비해 제국 측은 유우키를 완전히 아군이라고 믿고 있지 않겠지. 경계도 할 것이고, 그의 말에 의심도 할 거야. 그렇다는 건 드워르곤의 이스트(동부 도시)에 전개시켜두고 있는 6만의 병력도 어떻게 움직일지는 확실하지 않다는 뜻이네. 이걸 제국이 공격할 가능성도 있으니, 가젤에게도 충분히 경계하도록 전해줘야겠군."

"가젤 왕이라면 그런 걱정은 필요가 없을 겁니다. 하지만 신용할 수 없는 아군만큼 귀찮은 존재는 없죠. 저라면 맨 먼저 박살을 내놓을 겁니다."

가젤 왕에게도 유우키에 대한 건 전해놓았다. 베니마루의 말처럼 내가 걱정하지 않아도 만반의 대책을 갖춰놓았을 것이다.

우리가 걱정해야 하는 것은 역시 제국군의 본대.

지금 현재도 다방면에서 우리를 포위하는 식으로 공격해오고 있다. 지상에는 이미 거대한 문만 남아 있으니까 당황할 필요는 전혀 없지만, 그래도 긴장이 되는 것은 어쩔 수 없다.

가장 걱정이 되는 것은 템페스트(마국연방)를 무시하고 요움이 수립한 신왕국—— 파르메나스로 쳐들어가는 것이었다.

라젠이나 그루시스 같은 전력이 있지만, 대규모의 전쟁을 치를 여력이 그 나라에는 남아 있지 않다. 우리의 도움도 받으면서 개혁을 한참 진행 중이기에, 지금 시점에서 전쟁이 벌어지는 것은 피하고 싶을 것이다.

당연히 우리도 원군으로 가게 될 것이 확실하기 때문에 전황이 복잡해질 것이라고 생각한다.

그렇게 되지 않아서 일단은 안심이지만, 아직 방심할 수는 없다.

제국이 유우키의 말을 믿지 않고, 이 땅을 그냥 통과하여 블루문드 왕국 방면으로 간다면…… 그때는 게루도 부대가 제국군의 뒤를 치게 되어 있다.

내 '전송술식'으로 제2군단을 한꺼번에 보내도록 되어 있지만…… 그렇게 된다고 해도 지상전이 된다. 미궁 안에 있는 아군 중에서 보내줄 수 있는 원군의 수가 격감하기 때문에 힘든 싸움이 될 것이라 예상된다.

미궁 안에서 싸울 의지가 있는 자들을 모집한다면 어느 정도의 수는 모일 것이다. 그러나 그래도 싸울 의지가 없는 마물들을 내보낼 수 없으니, 아무래도 숫자가 줄어들고 만다.

무엇보다 지상전이 되어버리면 미궁의 혜택을 받을 수가 없기 때문에, 많은 피해를 각오해야만 한다. 이상적인 전개는 적이 미궁을 노리고 와주는 것이다.

베니마루의 작전 중에서도 성공률과 안정성이 가장 높은 것이 '미궁공방전'이다.

지상전이 되면 미궁 안에서의 이런 유리한 조건이 사라지고 마는 것이다. 정면에서 호각의 조건으로 싸우게 되어버린다.

원래는 그게 당연하겠지만, 전쟁에선 얼마나 자신에게 유리한 상황을 만들어낼 수 있는가가 승부의 열쇠가 된다.

미궁을 끌어들이는 건 나도 비겁하다고 생각하지만, 이기는 게 곧 정의다.

그러므로 바라건대, 미궁이 주전장이 되었으면 좋겠다.

지상전이 되어도 기본방침은 같다.

강자의 존재를 파악하는 것이 제1목표다. 방금 전의 싸움에서도 고부타 부대를 미끼로 내세웠던 것처럼, 이번에는 게루도 부대가 그 역할을 맡게 되어 있다.

베니마루가 입안한 작전의 근간에는 이 생각이 공통적으로 적용되어 있었다.

모든 것은 대장인 나를 지키기 위해서…….

내가 동료들을 소중하게 생각하고 있는 것과 마찬가지로, 혹은 그 이상으로, 베니마루를 비롯한 내 동료들은 나를 우선시해주고 있는 것 같았다.

무리하지 않으면 된다고 생각하지만, 그런 점은 전술에 대해서 잘 모르는 나보다 베니마루 쪽이 더 잘 알고 있을 것이다. 방금 전의 싸움도 결과적으로는 손해가 경미했으니까.

모든 것을 베니마루에게 맡긴 이상, 나는 잠자코 무게를 잡은 채 앉아 있으면 된다.

그리고 더욱 안심하기 믿을 수 있는 사람이 되기 위해, 몰래 노력을 더 하자고 생각했다.

*

제국군이 침입하기 쉽도록 지상에 거대한 문을 마련했지만, 조금은 그 의도가 뻔히 보일 지도 모르겠다. 덫이라고 여기지 않을지 조금은 걱정이 되었지만, 그건 기우였다.

내 바람이 통한 것인지 아닌지는 모르겠지만, 결론만 말하자면 내가 바란 대로 전개되었다.

"적군, 지상의 대문 앞에 전개 중입니다!"

오퍼레이터가 보고를 했다.

대형 스크린에 비춰진 것은 가지런히 정렬한 적국장병들의 모습이었다.

'아르고스(신의 눈)'로 얻은 정보라 틀림없다고 생각하지만, 소우에이의 부하들도 감시를 하고 있으므로 환각 등에 속고 있는 것을 걱정할 필요는 없다. 제국군이 미끼를 문 것은 아무래도 분명한 것 같았다.

이렇게까지 진행되면 숨길 생각도 없는 것인지, 70만이나 되는 군 전체가 모습을 보이고 있었다. 위압이라는 목적도 있겠지만, 우리에겐 의미가 없었다.

항복할 마음 따윈 아예 없다. 도망치는 일은 있을 수 있어도 제국에게 무릎을 꿇고 속국이 될 생각은 전혀 없는 것이다.

게다가 상황도 이상적이다.

"이겼군."

나도 모르게 그렇게 중얼거렸다.

"네. 우리의 승리입니다."

베니마루도 활기차게 대꾸해주었다.

사실, 이 시점에서 전술상의 승리가 확정된 것이다.

미궁 안이라면 우리 손해는 제로이므로, 시간만 들이면 승리는 확실하다. 남은 건 마왕을 능가할 만한 상상 이상의 강자가 없는 한, 우리의 우위성이 완전히 뒤집힐 일은 없는 것이다.

"욕심 많은 바보가 미궁에 낚여서 다행이로군."

"그렇군요. 리무루 님이 뿌린 미끼가 너무 노골적이지 않은가 하는 생각도 들었습니다만, 잘 낚여줘서 정말 잘 됐습니다."

"그러게 말이지. 가드라가 일을 잘 해준 것 같군."

적군은 지금 그 전모를 우리에게 드러내고 있었다.

전력을 분산시켜두고 있었더라면, 어디에 강자가 숨어 있는지가 불안요소로 남았을 것이다.

전력분산은 기본적으로 어리석은 계책이라고 생각하지만, 이번에는 한데 모아준 것이 큰 도움이 되었다. 순차적으로 미궁 안을 침공시킬 생각을 하고 있을 테니 과연 지상에 얼마만큼의 전력을 남겨둘 생각인지, 그게 유일한 문제가 되겠지만…….

"어찌 됐든 제국에게 있어, 우리나라를 그냥 통과하는 건 전략적으로도 악수가 되겠죠. 이대로 지상부의 문을 봉쇄하고 그대로 서쪽을 향해 이동했다면 일이 골치 아프게 되었겠지만."

"그렇겠지. 70만 명 중에 10만 명만 남겨두었어도 충분히 포위할 수 있을 테니까."

그런 상태에서 나머지가 서방열국으로 향하면 뒤에서 공격을 당할 우려도 완전히 봉쇄해버릴 수 있었을 것이다.

참고로, 만약 그렇게 되었을 경우엔 다른 장소에서도 일단은 드나들 수가 있었다. 단, 공간고정계의 '결계' 같은 것으로 봉쇄된 장소로는 출입구를 열지 못할 뿐 아니라, 어느 정도는 생활했던 적이 있는 장소만 문을 열 수 있다고 한다.

현실적으로 가능한 장소로는 라미리스의 옛 거처인 '정령이 사는 집'의 출입구의 봉인을 풀면 그쪽으로 드나들 수가 있게 되는 것이다.

그렇게 되면 우리는 미궁에 갇히는 꼴이 된다. 그대로 있다간 서방열국이 유린되는 것을 보고 있을 수밖에 없게 되기 때문에 억지로라도 출격해야 하는 압박에 몰리게 될 것이다.

결국에는 지상전.

최종적으로는 피할 수 없는 싸움이지만, 그때까지는 가능한 한 적의 전력을 줄이고 싶다.

"지상에 있는 자들에게 경고를 하진 않는 건가?"

"도발해서 화를 돋우면 발끈해서 전력을 투입하지 않겠어?"

베루도라와 라미리스가 그런 의견을 내놓았다.

"그 의견도 그럴듯하긴 하지만, 경고는 하지 않을 거야."

"호오? 그 이유는?"

"라미리스는 알고 있을 텐데? 문에 '문언'을 새긴 것을."

"아! 듣고 보니 그런 게 있었지."

실은 지상의 대문에는 메시지를 하나 새겨놓았다.

──약한 자는 이 문을 넘을 자격이 없다──.

그런 내용이었지만, 과연 반응은 어땠을까?

"그걸 보고 상대가 어떻게 움직일지 알고 싶었거든."

"저라면 발끈해서 돌입했을 겁니다. 물론 부하는 뒤로 물렸겠지만요."

베니마루는 그랬겠지. 덫이라는 걸 알고 있으면서도 돌격하는 타입이다.

"나라면 신경 쓰지 않아. 난 강하니까 말이지!"

네, 네. 베루도라에겐 묻지 않았습니다.

"나라면 그래…… 베레타가 무슨 일이 있어도 가고 싶다고 말한다면, 어쩔 수 없으니까 따라간다고 할까?"

라미리스…… 무서우면 무리하지 마. 갑자기 이름을 언급당한 베레타가 쓴웃음을 짓고 있다고.

"리무루 님의 자비, 그 경고를 무시하는 어리석은 자는 어떤 꼴을 당하더라도 불만을 말하지 못할 겁니다."

왜 기쁜 표정을 짓는 건지는 의문이지만, 뭐, 디아블로의 말이 옳다. 이건 일단 경고의 의미도 포함되어 있는 것이다.

"애초에 문을 넘어서지 못하는 겁쟁이에겐 전장에 설 자격 따윈 없다고 할 수 있습니다. 인정사정없이 섬멸하여 리무루 님을 적대한 어리석음을 이해하게 만들어줘야 합니다!"

시온 양. 그런 말을 한다면 결국은 싸움을 벌여야 하는 것 아닌 가요. 게루도도 쓴웃음을 짓고 있으니, 좀 더 생각한 뒤에 발언해 주시길 바랍니다.

그렇게 말은 했지만, 실은 다른 간부들의 생각도 그와 비슷한 것 같았다.

실로 의욕이 가득한 모습으로, 새로운 승리를 내게 바치겠다고 말하며 힘이 잔뜩 들어가 있었던 것이다.

테스타로사와 울티마가 '영혼'을 모아서 내게 헌상해주었지만, 그 사실을 안 다른 자들까지 무슨 이유인지 그걸 따라하려 하고 있으니까 말이지.

테스타로사── 아니, 데몬(악마족)은 영혼에 들러붙은 감정의 잔재를 좋아하는 것 같았다. 그걸 먹는 방법에도 여러 가지가 있는 것 같지만, 공포로 굳어진 표정을 보는 것을 정말 좋아한다고 테스타로사는 말했었다.

그 미소가 조금은 무서웠다.

전생하기 전의 나였으면 겁을 먹고 벌벌 떨었을지도 모르지만, 지금은 뭐, 그런가 보다 하고 납득하고 있었다.

데몬은 그렇다 치고, 다른 악마들은 어떨까.

'영혼'을 모은다고 해서 뭘 할 수 있는 것인지는 모를 텐데. 아니, 나도 방금 전에 처음 알았을 정도이니, 왜 그걸 두고 경쟁하는 것인지 의문으로 생각될 정도였다.

아마도 전리품 같은 감각이겠지만, 나는 딱히 그런 걸 바라진 않는데 말이지…….

그건 그렇고 70만 명이라.

만약 정말로 전원의 영혼을 획득하게 된다면, 추가로 일곱 명을 더 각성시킬 수 있다——는 생각을, 저절로 떠올리고 만 나 자신이 두려웠다.

안 되지, 안 돼.

마음까지 마물이 되지는 않도록, 확실하게 정신을 차리고 있도록 하자.

그렇게 결의를 새롭게 다지면서, 나는 대형 스크린을 향해 시선을 돌렸다.

"움직이기 시작했군."

거기에 비친 것은 대열을 유지한 채 움직이기 시작하는 제국장병들의 모습이었다.

두려워하는 모습은 전혀 없이, 태연하게 문으로 돌입을 시작하고 있었다.

"계획대로군. 반수 이상이 돌입해주면 그다음이 상당히 편해지겠는데……."

내가 그렇게 중얼거리자, 베니마루가 대담하게 웃었다.

"병졸 하나도 놓아줄 생각은 없습니다. 상황에 따라선 저도 나설 겁니다."

그 말을 듣고 고개를 끄덕이는 게루도.

"우리 제2군단도 실제 동원 가능한 수는 17,000명 정도. 숫자만 비교하면 뒤떨어집니다만, 실력으론 밀리지 않습니다. 지형을 바꿔서 적군을 가둬버리겠습니다."

"믿음직스럽군. 그렇게 가둬버린 곳을 내 불꽃으로 불태워버리면 그 후에 살아남은 자가 싸우기에 충분한 가치가 있는 강자라는 얘기가 되겠지."

"그렇게 되면 카레라 공도 도와주겠죠. 아까부터 싸우고 싶어 했으니 기뻐하면서 실력을 발휘해줄 거요."

"태초의 악마의 실력은 의심할 것도 없지. 나도 지고 있을 수만은 없겠군."

어라라?

생각했던 것과는 다른 분위기의 대화가 이어지고 있는데.

베니마루랑 게루도는 이기는 것이 기본 전제인 것처럼 얘기하고 있었다. 나도 조금은 걱정하고 있는데, 다들 참 호탕하다.

당연하다는 듯이 카레라를 전력에 집어넣고 계산하고 있는 데다, 태초의 악마에 대한 공포나 거부감은 눈곱만큼도 느껴지질 않으니까 말이지.

"베니마루, 너무합니다. 섬멸전이라면 당연히 제가 나서야 하지 않습니까!"

시온까지 그렇게 말하면서 나서는 지경이었다.

또 내 경호원이라는 것을 잊어버린 것 같지만, 관제실은 가장 안전한 장소에 있다. 시온의 부하인 '부활자들(자극좀)'은 그 끈질긴 생명력이 장점인 부대다. 그냥 내버려 두는 것도 아까우니까 지상전이 벌어지면 활약시킬 생각을 하고 있었다.

시온이 바란다면 출격명령을 내리는 것도 좋겠다는 생각은 했지만……

"진정해라, 시온. 적이 어떻게 움직일지, 그걸 파악하는 게 먼저다. 경우에 따라선 너도 싸울 테니까."

어쨌든 지금은 그렇게 말하면서 달랬다.

"쿠후후후후, 리무루 님의 경호라면 저 혼자서 충분합니다."

디아블로도 이렇게 말하고 있으니, 여차하면 테스타로사 일행을 다시 불러들이면 된다. 그녀들은 '전이'를 쓸 수 있으니까 순식간에 여기로 올 수 있는 것이다.

"리무루 님이 그렇게 말씀하신다면 괜찮겠지. 그때는 너도 출격시키도록 하겠다, 시온."

"음! 베니마루, 맡겨만 주십시오."

시온은 만면의 미소를 지으면서, 베니마루에게도 감사의 인사를 하고 있었다.

왜 이 아이는 이렇게나 싸우는 걸 좋아하는 건지, 난 조금 이해가 되진 않지만 말이야. 뭐, 본인이 기뻐하고 있으니 좋게 생각하고 넘어가기로 하자.

"자, 그럼 리무루. 나는 준비에 들어가기로 하겠다!"

"나도 갈게! 미궁의 무서움을 보여주도록 하겠어!"

"음. 최후의 방어는 내가 맡고 있으니까 안심하도록 해."

"그럼 리무루 님, 이만 실례하겠습니다."

기합이 들어간 모습으로, 베루도라와 라미리스가 관제실에서 나갔다. 그 뒤를 베레타도 뒤따르면서 관제실이 조금 쓸쓸해졌다.

베루도라의 입장에선 미궁의 주인으로서 맡는 첫 일거리가 된다. 정말로 자신이 나설 차례가 있을지 없을지는 불명이지만, 그 모습은 너무나 믿음직스럽게 느껴졌다.

"그러면 적의 실력을 보기로 할까."

속속 문 안으로 들어서는 자들을 눈에 담으면서, 나는 마왕답게 그렇게 말했다.

고개를 끄덕이는 일동.

이리하여 제국군 본대 70만과의 결전이 막을 올린 것이다.

●

기갑군단의 군단장인 칼리굴리오는 예정대로 진행되는 상황을 보며 득의양양하게 웃고 있었다.

절대적인 자신감을 갖고 자신의 군대를 바라봤다.

속속 대문 안으로 들어가는 정예병들.

그 안쪽은 미궁으로 이어져 있으며, 막대한 부를 칼리굴리오에게 가져다줄 것이다.

지금쯤 마물들은 예상외의 대군이 출현한 것에 크게 당황하고 있을 것이다.

이것도 다 면밀한 계획과 그에 따라준 장병들의 실력이 있기에 가능했던 것이다.

....

....

......

침공 루트는 참모들과 몇 번이나 협의를 거쳐서, 일부러 눈에 띄게 '마도전차사단'을 정면으로 침공시켰다. 그뿐만 아니라 사룡 베루도라가 나타나도 격퇴할 수 있도록, 비장의 수단으로 아껴두고 있던 '공전비행병단'의 비공선 100척을 투입하고 있었다.

글라딤이 이끄는 '마수병단'을 서쪽으로 운반하는 것도 '공전비행병단'의 임무였다. 그러나 그건 바다 위를 비행하는 것이므로 안전한 여행이 약속된 것이었다.

비공선에 전력은 필요하지 않다고 판단했기에, 칼리굴리오가 맡아야 할 것은 병참지원뿐이었다. 비공선 300척을 풀가동하여 군수물자도 동시에 운반함으로써, 그 역할을 끝낼 생각을 하고 있었다.

그러므로 전력을 집중시키는 것은 베루도라 전을 대비했을 때다. 쥬라의 대삼림에 파견시킨 비공선 100척에는 만반의 태세를 갖추고 최정예마법사를 탑승시켜두고 있었다.

이것으로 원호태세도 완벽해졌으며, 이 전력만으로도 서쪽 전체를 제압하기에 충분하다고 생각하였다.

더구나 글라딤 부대가 잉그라시아 왕도로 쳐들어가면 전쟁은 눈 깜짝할 사이에 종결될 것이다.

이 양면동시 작전에서 칼리굴리오의 기갑사단이 맡은 역할은 컸다. 그건 즉, 성공하면 다대한 성과를 거둔다는 것을 의미했다.

이로 인해 제국 안에서의 권세는 점점 더 커질 것이다. 그런 생각을 하자. 칼리굴리오는 웃음이 멈추지 않았다.

본 작전의 개요를 말하자면——.

일부러 눈에 띄도록 침공시킨 '마도전차사단'에 적이 낚여서 달려들었을 때, 이번에는 칼리굴리오 자신이 이끄는 본대도 당당하게 모습을 드러낼 것이다. 그리고 마왕 리무루의 본거지를 공격하는 것이다.

사전 정보에 의하면 마왕이 지배하는 도시는 미궁에 격리시킬 수가 있다고 한다. 말도 안 되는 일이라고 생각했지만, 그게 현실이었다.

지상에 남아 있는 것은 미궁으로 이어지는 대문 하나.

그렇다면 그걸 포위하여 도망칠 수 없게 만들면 된다.

주위의 공간도 매직 캔슬러(마력요소교란방사)로 봉쇄해버리면 전이마법도 봉쇄될 것이다. 완전히 봉쇄할 수 있다고 생각하고 있었다.

문제가 되는 것은 무장국가 드워르곤의 전력이다. 영웅왕 가젤은 얕볼 수 없으며, 드워프 병사들도 패배를 모르며 강하기로 이름이 높다. 천년불패라는 명성은 단순한 허언이 아니므로, 우습게 봤다간 뼈아픈 꼴을 겪을 것이다.

하지만!

(질 리가 없다. 2,000대나 되는 마도전차가 있으면 구세대의 골

동품을 꺼낸다 한들, 제대로 싸움조차 되지 않을 테니까.)

무장국가 드워르곤의 중립성 같은 건 제국에게는 관계가 없다. 상대하기 귀찮으니까 그냥 넘어가 줬을 뿐이지, 이길 수 있게 되면 상대를 굳이 봐줄 필요는 없게 된다.

마법과 과학.

그 융합을 통해 전혀 새로운 전투방식에 기반을 둔 최강군단.

그게 바로 칼리굴리오가 이끄는 기갑군단이니까.

가젤은 분명히 영웅이지만, 겨우 혼자의 힘으로는 아무것도 할 수 없다. 물론 양보다는 질이 전황을 바꾼다는 것이 상식이지만, 전차포의 파괴력을 아는 칼리굴리오에겐 검과 마법으로 싸우는 것은 시대에 뒤떨어진 전법일 뿐이었다.

시대에 뒤떨어진 구식 무기와 방어구밖에 준비할 수 없는 드워프들은 신세대 군단의 진정한 가치 같은 건 상상도 하지 못할 것이다. 그걸 알게 되었을 때는 이미 늦었다. 일방적인 유린이 드워프들을 기다리고 있을 것이다.

──그런 생각은 근본부터 잘못된 것이지만, 그때의 칼리굴리오가 그 사실을 깨달을 방법은 없었다. 지금 칼리굴리오는 행복한 심정으로 승리를 확신하고 있었으며, 만일의 경우에도 패배할 것이라고는 상상도 하지 않았던 것이다──.

그리고 방금 막 그가 바라고 있던 보고가 들어왔다.

적이 보낸 사자가 찾아왔으며 교섭은 결렬. 그대로 교전상태로 들어갔다고 한다.

그 보고를 받고 예정대로 칼리굴리오 부대는 진군했으며, 현재는 마왕 리무루의 본거지로 보이는 곳을 제압해둔 상황이었다.

······················.

·············.

········.

유연하게 대비를 끝낸 칼리굴리오는 부하들을 생각했다.

(가젤의 목을 가스터에게 주는 것은 아까운 짓일지도 모르지만, 당근을 주지 않으면 부하들은 따라오지 않으니까 말이지. 어쩔 수 없지.)

가스터 중장이랑 팔라가 소장은 칼리굴리오의 부하 중에서도 손꼽히는 실력자다. 분명히 기대에 부응해줄 것이라고, 그리 믿어 의심하지 않았다.

지금 시점에서 가스터랑 팔라가는 이미 사망한 상태지만, 그 사실을 알아차리라는 건 칼리굴리오에겐 무리한 요구였다.

"그래서 가스터의 연락은 아직 오지 않았나?"

"넷! 가스터 중장으로부터는 교전에 들어갔다는 보고 이후로 연락이 되지 않고 있습니다!"

"흠. 슬슬 전세도 결정되었을 거라 생각하는데 말이지. 애초에 고전하고 있는 것도 아닐 텐데, 연락도 보내지 않는다니 태만한 게 아닌가?"

"넷, 소관으로선 쉽게 추측할 수 없는 사안이라······."

"뭐, 됐다. 그러면 팔라가의 연락은 어떤가?"

아무래도 가스터는 오랜만의 전장을 보면서 흥분하고 있는 모양이다. 대승리를 목전에 두고, 전쟁에 열중하고 있을 거라고 칼리굴리오는 생각했다.

그렇다면 팔라가의 상황을 물어보기로 하자. 팔라가라면 분명 우아하게 하늘 위에서 전황을 바라보고 있을 것이다. 그렇다면 정확한 보고를 해줄 수 있을 거라고 생각했다.

하지만 팔라가를 담당하고 있는 연락관의 상태가 이상했다. 식은땀을 흘리면서, 필사적으로 연락을 취하려고 하고 있었다.

"──뭘 하고 있는 거냐?"

좋은 기분에 찬물을 끼얹는 바람에 칼리굴리오는 기분이 상했다. 그 말투에도 약간 가시가 돋쳐 있었다.

그 말을 듣고 초조해졌는지, 정보장교가 당황하면서 대답했다.

"팔라가 소장 말입니다만, 베루도라로 보이는 마물과 조우했다는 보고가 들어왔습니다! 확인되는 대로 추가 보고를 하겠다고는 했습니다만…….."

그 후의 연락은 없었다.

첫 번째 보고 이후, 일절 통신이 연결되지 않고 있던 것이다.

자신의 부대에 두고 있는 통신마도사의 말로는 쥬라의 대삼림의 마력요소의 농도가 높아서 안 그래도 통신염파가 방해를 받기 쉽다고 한다.

듣고 보니 마력요소의 농도가 높은 것 같긴 한데, 그 원인에 짐작이 가는 건 있었다. 이곳은 숙적인 베루도라가 만들어낸 숲인 것이다.

더구나 이곳은 일단 마왕의 근거지이다. 그럴 수도 있겠다고 납득할 수밖에 없었다.

칼리굴리오는 걱정해도 어쩔 수가 없다고 생각하면서, 더 이상 생각하는 것을 관뒀다.

전투 중이라면 보고를 할 때가 아닐 것이다. 그리고 통신마도사의 말대로, 주위의 마력요소 농도가 영향을 주면서 '마법통화'가 연결되지 않는 사태는 충분히 있을 수 있는 일이었다.

그리고 지금, 그 베루도라가 전장에 있다면…… 마법을 이용한 통화는 불가능할 것이다.

그렇게 납득한 칼리굴리오는 곧바로 마음을 고쳐먹었다.

"흥! 그렇다면 좋은 소식을 기다리고 있으면 되겠지. 만약 정말로 베루도라와 조우한 것이라면 가스터랑 팔라가의 연락이 없는 것도 당연할 것이다. 그렇다면 우리도 뒤처지고 있을 순 없지. 지금 당장 미궁을 공략해버리자!"

가스터 부대에게 대규모의 전력을 나눠줬다는 안도감 때문에, 칼리굴리오는 그들의 패배까지는 생각하지 않았다. 그런 일은 절대 일어나지 않는다고 생각하면서, 그 가능성을 완전히 저버렸던 것이다.

그러기는커녕, 오히려 지금이 좋은 기회라는 생각까지 하고 있었다.

팔라가가 베루도라와 조우한 지금, 미궁 안에 있는 것은 마왕뿐이다. 그 부하인 사천왕이라는 자들도 상대하기 버거운 존재라고는 들었지만, '기갑개조병단'의 정예들이 상대한다면 적수는 되지 않을 것이다.

칼리굴리오는 아무런 망설임도 없이, 눈앞에 있는 미궁에 집중하기로 했다.

칼리굴리오가 있는 장소에는 허허벌판이 펼쳐져 있었다.

대도시가 통째로 들어갈 정도의 광대함. 그 중앙부근에 미궁의 출입구가 되는 대문이 우뚝 솟아 있었다.

마법을 이용한 조사결과에서도 덫이나 함정 같은 유해한 물건은 확인되지 않았다. 있는 것은 대문뿐이었고, 칼리굴리오 부대의 도전을 기다리고 있는 것 같은 분위기를 풍기고 있었다.

그 대문에 새겨진 말——약한 자는 이 문을 넘을 자격이 없다——이야말로, 자신의 생각이 틀린 게 아니라는 증거라고 칼리굴리오는 생각했다.

(우리에게 약탈을 당할 걸 두려워해서 모든 걸 감출 줄이야. 마물 주제에 교활한 지혜를 가지고 있지 않은가.)

현지조달이라는 명분의 약탈을 두려워하는 것은 어느 나라이든 당연한 일이다.

실제로 식량을 조달하지 못하면 곤란해진다. 대군을 보유하고 있는 제국군에게는 심각한 타격이 된다. 전술상으로도 유효한 수단으로 인정할 수 있었다.

(하지만 아직 어설프다!)

칼리굴리오는 마물의 얕은 지혜를 비웃었다.

이세계의 과학과 마법으로 강화수술을 받은 병사들은 1주일 동안은 먹지도 마시지도 않아도 전력 활동을 할 수 있게 바뀌어 있었다.

에너지 밸런스를 고려한 휴대용 식품은 그것 한 개만으로 하루 분의 활동 에너지를 공급해준다. 그걸 각자 스무 개씩 가지고 있었는데, 현재까지는 계산대로 소비하고 있었다.

이미 소비한 분량도 다시 배급이 끝났으니, 이 도시의 식량에 의존하지 않아도 계속 싸움을 이어갈 수 있는 능력은 완전히 갖추고 있었다.

소형화 및 경량화된 휴대용 식품은 병참 문제를 한없이 쉽게 간소화시키고 있었다. 최대의 문제점인 음료수도 마법으로 만들어 낼 수 있었다.

이걸로 문제는 전혀 없다. 정예인 장병들은 미궁 안에서 27일은 활동할 수 있는 것으로 계산이 나와 있었다.

대군을 동원한 군사행동에 있어서 최대의 약점—— 보급 단절에 희망을 품은 것 같지만, 그 생각은 안일하다고 할 수밖에 없었다.

"우리의 보급을 끊은 것 정도로 이길 것으로 생각했나? 어리석은 생각이다."

적을 얕보듯이 웃으며 뱉은 칼리굴리오의 말에 참모 한 명이 동조했다. 귀족출신으로, 칼리굴리오에게 달라붙어 단물을 빼먹으려고 하는 남자였다.

"핫핫하, 칼리굴리오 님. 그렇게 적을 불쌍하게 여기시는 말씀을 하시면 안 되죠. 마왕 리무루는 처음부터 잘못을 범한 겁니다. 우리의 영광스러운 '기갑개조병단'의 존재를 놓치고, 미끼 쪽으로 최강이자 비장의 수단인 사룡 베루도라를 보내고 말았으니까요. 그리고 그걸 알아차렸을 때엔 이미 이렇게 많은 수의 영웅들에게 포위되어 버린 것입니다."

그 말을 따라 다른 참모들도 한마디씩 거들었다.

"뭐, 그런 생각을 하게 된 것도 뭐라고 할 순 없습니다. 미끼라곤 하나, 저쪽도 저쪽대로 대부대였으니까요."

"그 말이 옳습니다. 최대전력으로 대처하고 싶은 기분이 드는 것도 저는 이해할 수 있습니다."

그런 참모들의 대화를 듣고, 칼리굴리오도 기분이 좋아졌다.

"흥! 마왕이니 뭐니 큰 소리를 쳐봤자 결국은 그 정도밖에 안 된다는 얘기지! 지금쯤은 미궁 안에서 숨을 죽인 채, 웅크리고 있을 것이다!"

마왕의 얕은 생각을 비웃으면서, 이번 원정의 성공을 확신하는 칼리굴리오와 참모들.

"와하하하하! 그 말이 옳습니다. 남은 건 칼리굴리오 님의 앞까지 마왕을 끌고 와서 그 목을 치는 것뿐이군요. 그렇게 되면 칼리굴리오 님도 마왕을 죽인 영웅이 될 겁니다!"

귀족 출신의 참모가 칼리굴리오를 치켜세워주었다.

나쁘지 않다——고 칼리굴리오는 생각했다.

우선은 이 미궁을 함락하고, 여기에 발판을 세울 것이다.

군사거점을 구축하고, 이 기세를 살려 서쪽을 유린할 것이다.

빨리하지 않으면 마수군단을 이끄는 글라딤이 북쪽에서 서방열국을 죄다 유린해버릴 것이다. 그렇게 되기 전에 쥬라의 대삼림을 빠져나가고 싶은 것이 본심이었다.

그러나 서두를 필요는 없다.

자신들의 공적이 줄어들 것은 확실하지만, 그건 미미한 것이다.

제국의 비원—— '폭풍룡' 베루도라의 토벌. 그 위대한 공적만 있으면, 다른 무공 따위는 상대가 되지 않는다.

그에 더하여 마왕 리무루의 목까지 거둔다면, 칼리굴리오가 최대공적자로 선정되는 것은 확정적이다.

칼리굴리오와 마찬가지로, 참모들도 승리를 의심하지 않는 것 같았다.

그도 그럴 것이, 70만이나 되는 대군이 있는 것이다.

그 위용을 보면 누구도 패배 같은 건 생각도 하지 않을 것이다.

"이 땅에 '결계'를 펼쳐둔 뒤에 야영지로 삼도록 하자. 그런 뒤에 순서대로 부대를 투입하라. 본격적으로 미궁을 공략하는 거다!"

"맡겨주십시오."

"그러면 예정대로 진행하겠습니다."

반대 의견은 나오지 않았다. 일부러 상관의 기분을 상하게 만들면서까지 반대할 만큼, 상황은 절박하지 않았던 것이다.

서쪽에서 얻게 될 영예 같은 것은 글라딤에게 주면 그만이다. 그게 이 자리에 있는 자들의 공통적인 인식이었다.

지금은 그보다도.

미궁 안에서 손에 넣게 될 실질적인 금품에 대한 흥미가 더 컸다.

자신들의 욕심이 이긴 것이다.

어쨌든 물량작전으로 미궁 안을 가득 메우고, 뿌리째 뽑아버린다는 단순명쾌한 작전. 그 작전에 반대의견이 나오지 않는 시점에서, 당장 눈앞의 이익에 눈이 어두워져 있다는 증거였다.

승리를 확신하고 있기 때문에, 칼리굴리오와 참모들은 자신의 욕망에 더욱 솔직해졌다. 미궁 안에서 얻은 보물들을 배분하면 자신들의 주머니를 두둑하게 만들어줄 것이라 믿고 의심하지도 않았다.

그리하여 미궁공략이 시작되었다.

그리고──.

아무것도 모르는 불쌍한 자들은 두 번 다시 위로 올라올 수 없게 될 계단을 기뻐하면서 내려갔다.

──미궁은 오는 자를 막지 않는다──.

상대가 규칙을 지키지 않았다고 해도 그건 마찬가지다.
하지만.
이미 안전장치는 해제되어 있었다.
그 앞에 기다리고 있는 것은 아직 아무도 경험하지 않은 미궁 본래의 모습── 이 세상의 지옥이었던 것이다.

●

미궁의 가장 깊은 곳에 있는 어떤 방.
그곳에 리무루도 모르는 비밀 회의실이 있었다.
광대한 공간으로 이뤄진 방에 모인 것은 미궁 안의 지배자들이었다.
평소에 여기 있는 멤버들이 한자리에 모일 일은 없었다. 그런데 이렇게 모두 모여 있는 걸 보면 이번 일이 얼마나 중요한 안건인지를 알 수 있었다.
....
....
......
라미리스의 부관이자 대리인, 라미리스의 졸개(미궁총괄자)인 베레타를 필두로.

네 마리의 각종 용왕들.

파이어 드래곤 로드(화염용왕), 아이스 드래곤 로드(빙설용왕), 윈드 드래곤 로드(열풍용왕), 어스 드래곤 로드(지쇄용왕)가 넓은 방의 네 구석을 차지하고 있었다.

방의 중앙, 흑단으로 만들어진 원탁에 앉은 자들은——.

90층의 가디언(계층수호자)——'나인 헤드(구두수)' 쿠마라.

80층의 가디언(계층수호자)——'인섹트 카이저(곤충황제)' 제기온.

79층의 플로어 보스(영역수호자)——'인섹트 퀸(곤충여왕)' 아피트.

70층의 가디언(계층수호자)——'임모탈 킹(불사왕)' 아다루만.

70층의 전위(前衛)——'데스 팔라딘(사령 성기사)' 알베르트.

이상, 미궁십걸로 불리는 자들이었다.

그 외에도 그 자리를 잘못 찾아온 것 같은 자들이 세 명 정도.

아다루만의 옆자리에는 눈빛이 날카로운 노인—— 가드라가.

말석에는 50층의 가디언인 고즐과 메즐이 쟁쟁한 강자들 중에서 자신들만 붕 떠 있다는 사실을 자각하면서 소심한 표정으로 참가하고 있었다.

고즐과 메즐은 평소에는 어떤 상대라도 이길 수 있다고 생각하고 있었다. 그러나 실제로 정점에 있는 존재들을 직접 눈으로 보면서, 엄연한 격차가 있다는 걸 깨닫고 말았다.

그래서 지금, 불편한 심정으로 앉아 있는 중이었다.

고즐과 메즐이 위축된 모습으로 앉아 있는 것에는 또 하나의 이유가 있었다. 그건 이 자리에 모인 자들이 누가 최강인가를 놓고 늘 다투고 있기 때문이다.

지금도 격렬하게 기 싸움을 벌이고 있었으며, 그 공간은 비정상적인 압력으로 일그러진 것처럼 무거운 분위기가 느껴졌다.

　신참인 가드라조차 태연하게 그 경쟁에 참가하고 있었다. 그걸 보고, 고즐과 메즐은 자신들의 실력을 깨달은 것이다.

　진짜 미친 자들에겐 이길 수 없다는 걸.

　100년 동안 계속 싸웠던 고즐과 메즐이 그런 생각을 하게 만들었으니, 가드라도 상당한 거물이었다.

　베레타나 용왕들은 그 경쟁에 참가하지 않았지만, 그렇다고 해서 말릴 생각도 없었다. 각자 좋을 대로 하라는 태도로 일관하고 있었다.

　그게 이유가 되진 않겠지만, 십걸들 내부에선 누가 최강인지에 대한 토론이 한창 박차를 가하고 있었다.

　리무루가 아다루만을 직접 칭찬해주면서 계층의 지위를 상승시켜준 사실은 기억에 새로웠다.

　그 이후로 모두의 몸에 잔뜩 힘이 들어가 있었다.

　자신이야말로 가장 도움이 된다——고, 모두가 그렇게 생각하고 있었다. 아래층의 지배자는 나설 차례가 없기 때문에 그런 생각을 하는 경향이 강했다. 자신들의 힘을 보여줄 자리를 원했던 것이다.

　신참인 가드라는 친구인 아다루만에게 도움을 주겠다는 생각으로 한창 불타고 있었다. 여기서 눈에 띄는 활약을 하면 본격적으로 자신의 위치도 안정적이 될 것이라고 생각하고 있었던 것이다.

　아다루만은 아다루만 나름대로, 지금 이상으로 그가 신봉하는 리무루를 위해 일하고 싶다고 생각하고 있었다. 그리고 하나 더 바란다면, 자신의 지위를 높이고 싶었다. 그러기 위해선 다른 가디언들은 눈엣가시였다. 적은 아니지만, 방해되는 존재라고 생각하고 있었다.

알베르트는 아다루만을 따를 것이다. 그런 뒤에 자신의 무력을 높이고, 그 이름을 떨칠 야망을 품고 있었다. 의외로 야심가였던 것이다.

아피트와 쿠마라는 같은 여성끼리인데도, 사이가 너무나도 험악했다.

특히 쿠마라는 90층이라는 깊은 층을 수호하고 있었다. 그러므로 그녀가 나설 차례는 거의 없는 것에 가까웠다.

홀리 나이트(성기사)들을 상대로 활약했던 적이 있는 아피트를, 쿠마라는 질투하고 있었다. 그러므로 반발도 컸고, 라이벌 의식을 불태우고 있었다.

아피트는 아피트 나름대로 지는 걸 싫어하는 성격이라 쿠마라를 상대로 한 발도 물러서지 않으려고 했다. 따라서 이 두 사람은 무슨 일이 있을 때마다 대립하곤 했다.

제기온은 자신과 관계없는 일이라는 자세를 고수하고 있었지만, 그가 바로 미궁 안에서의 정점이며, 모두의 질투를 한 몸에 받는 자였다. 바라건 바라지 않건, 늘 분쟁에 휘말리는 입장에서 있었다.

이런 식으로, 미궁 안의 강자들의 관계는 험악했다.

하지만 진심으로 서로를 미워하느냐고 묻는다면, 그건 또 아니라는 것이 진상이라 할 수 있었다.

결국은 자신이 최고라는 것을 증명하고 싶을 뿐이지, 상대를 그 자리에서 떨어트리겠다는 생각을 하는 것과는 다른 것이니까.

질투는 하지만, 상대를 존경하기도 했다.

싸움은 하지만, 그렇다고 해서 상대를 증오하는 것은 아니다.

서로가 서로를 절차탁마하는 라이벌이라고, 다들 그렇게 생각하고 있는 것이다.

··················.

············.

······.

그런 그들이 한자리에서 만났는데, 지금은 의외일 정도로 조용했다. 모두의 시선은 여전히 빈자리로 남아 있는 원탁의 맨 윗자리에 고정되어 있었다.

미궁의 왕인 베루도라와 이 미궁을 만들어낸 위대한 라미리스의 자리를 향해.

소집된 뒤로 이미 두 시간이 지났다.

방금 전까지만 해도 소란스러웠지만, 베레타가 모습을 보이면서 다들 조용해졌다.

"이제 곧 베루도라 님과 라미리스 님이 들르실 것이다. 다들 조용히 하고 기다리도록."

베레타가 그렇게 말하면서 자신의 자리에 앉았다.

"필두님, 하나 물어봐도 될까요?"

쿠마라가 그렇게 묻자, 베레타가 고개를 끄덕였다.

"이번에 우리가 모인 이유는 뭐죠——?"

"너희가 상상하고 있는 게 맞을 것이다. 이 미궁으로 침공해 온 어리석은 자들을 어떻게 격멸하면 되는지, 다 같이 논의하는 것이 목적이다."

그 말을 들은 이후, 모두가 입을 닫았다.

다들 지금 현재의 상황은 얘기를 전해 들으면서 알고 있었다.

소집된 목적은 듣지 못했지만, 거의 정확하게 그 목적을 알아 차리고 있었던 것이다. 그렇기 때문에 서로 격렬하게 견제하고 있었던 거지만, 제국군이 미궁에 침입했다는 얘기를 들은 지금, 경쟁심보다 적개심이 더 강해졌다.

미궁을 적으로 삼는다는 것이 어떤 의미를 가지는가. 그걸 정 확하게 이해시켜주자는 생각을 하면서, 모두의 마음이 하나로 통 일된 것이다.

무거운 긴장감이 그 자리를 가득 채웠으며, 그리고——.

"얏호—, 오래 기다렸니?!"

"제군. 다들 잘 와주었다!"

라미리스와 베루도라가 등장하면서, 넓은 방 안의 열기가 단번에 높아졌다.

라미리스는 그런 분위기에 기분이 좋아졌으며, 평소와는 다르게 진지한 말투로 모두에게 물었다.

"오늘은 이 미궁이 시작된 이후로 미증유의 위기를 맞게 된 셈이야! 그래서 너희의 생각을 듣고 싶어!"

그리고 그 말이 회의가 시작됨을 알리는 신호가 되었다.

맨 처음 반응한 것은 쿠마라였다.

"어머나? 그건 이미 정해지지 않았나요."

기다렸다는 듯이 자신의 생각을 얘기하려고 했지만, 그 말을 빼앗듯이 아피트가 뒤를 이어 말했다.

"몰살, 이지."

서로를 노려보는 쿠마라와 아피트.

"이번에는 제가 있는 층도 활약할 차례가 오겠죠? 아피트는 최근에 홀리 나이트 분들과 재미있게 즐기면서 만족했을 테니까요?"

"무슨 말을 하는 건가요? 히나타 님이라면 또 모를까, 크루세이더즈(성기사단)로는 상대가 너무 약해서, 오히려 재미를 전혀 보지 못했거든요!"

다른 의미의 긴장감이 회의장에 감돌았다.

그런 그녀들을 달랜 것은 의외로 베루도라였다.

"크아하하하! 싸움은 그만해라. 그리고 안심하도록 해라. 이번에는 모두에게 싸울 기회를 마련해주겠다. 내가 듣기로는 그자들은 미궁의 가장 깊은 층을 60층으로 생각하고 있는 것 같더군. 100층까지 있다는 걸 선전하고 있는데도 믿질 않는 모양이다. 그런 멍청한 생각을 그냥 놔둬도 괜찮다고 생각하나?"

아닙니다! 라고 모두가 생각했다.

음, 하고 고개를 끄덕이는 베루도라.

"그에 맞춰 연기하는 것도 재미있겠다는 생각은 했지만……귀찮을 것 같아서 말이지."

"그래, 그 말이 맞아! 지금 사부가 말했던 대로 50층까지 돌파하는 것을 기다리고 있는 건 진짜 귀찮은 것 같아. 이건 우리만 그런 게 아니라 상대도 마찬가지일 거야."

"음. 밖은 지금 70만 정도의 인간들이 서로 북적거리고 있다. 리무루는 가능한 한 많이 미궁으로 끌어들이라는 지시를 받은 상태인데 말이지——."

"입구에서 사람들이 몰리면 시간도 많이 걸리겠지? 적의 수가 많은 것도 고려해볼 일이란 말이야. 그래서 말이지, 처음부터 각층에 1,000명씩 적군을 분단시켜 들이는 걸 반복하기로 했어!"

다행히도 적국의 장병들은 규칙적으로 정렬하여 행동하고 있었다. 줄이 흐트러지지 않게 유지하면서 순서대로 미궁에 들어오고 있지만, 그대로 시간이 걸리는 것은 당연했다.

이런 상태에선 앞에 있는 줄이 전투에 돌입하면 거기서 움직임이 중단되어버릴 것이다. 그렇게 되면 전원이 미궁 안으로 들어오려면 얼마나 시간이 걸릴 지 알 수가 없었다.

"뽑기 운이 좋으면 상대 중에 강자가 있을 수도 있겠지?"

"크아하하하! 그중에는 베니마루가 찾고 있는, 리무루의 목숨을 위협할 수 있는 강자가 있을 수도 있겠군! 뭐, 그건 지나친 걱정이라고 생각하지만, 찾아낼 수 있으면 그것만으로도 대박이야."

그런 라미리스와 베루도라의 말을 듣고, 일동의 눈빛이 바뀌었다.

리무루의 부하 중에서 사천왕이란 존재는 미궁을 맡은 자들에게 있어선 동경의 대상이었다. 그중에서도 베니마루는 리무루의 심복이자 최고의 친구. 언젠간 싸워보고 싶은 상대로 여기고 있었던 것이다.

아니야. 최고의 맹우는 바로 나라고. 베루도라가 들었다면 그렇게 생각했을 것이다. 하지만 아무도 그 말을 입에 올리지 않았기 때문에, 지금은 막힘없이 얘기가 진행되었다.

"즉…… 모두에게 기회가 있단 말이군요?"

"그렇다면 저도 불만은 없답니다."

아피트와 쿠마라는 그 말을 듣고, 순식간에 화해의 분위기를 띠었다.

다른 자들도 각자의 야망을 가슴 속에 품고, 의욕을 불태우고 있었다.

"그러면 자신의 테리토리(지배영역)에 들어온 자들은 각자가 자유롭게 처리해도 괜찮다는 말입니까?"

아다루만이 그렇게 묻자, "바로 그거야!"라고 말하면서 라미리스가 크게 고개를 끄덕였다. 그게 결정타가 되면서, 미궁을 맡은 자들은 더욱 진지한 분위기를 띠게 되었다.

라미리스가 설명을 계속했다.

"지금도 계속 침입하고 있지만, 일단은 41층부터 순서대로 투입시킬 거야. 1,000명이 들어간 시점에서 한 층씩 낮춰서 넣어줄 테니까, 그렇게들 알고 있어! 그런 뒤에 고즐과 메즐에겐 다른 임무를 줄 건데, 그건 나중에 설명해줄게."

이 자리에 있는 자들의 질투의 시선이 일제히 고즐과 메즐에게 집중되었고, 두 사람은 긴장하면서 덜덜 떨었다. 방금 전보다 더 몸을 위축시키면서, 어떻게든 이 자리의 분위기를 필사적으로 넘어가 보려고 했다.

이런 기분을 맛보면서 앉아 있을 바에야, 어리석은 침입자들과 싸우는 게 몇 배 더 낫다——고, 두 사람은 일치된 생각을 하고 있었다.

그런 고즐과 메즐의 심정은 아랑곳하지 않은 채, 라미리스의 설명은 아직 끝난 게 아니었다.

"그런 식으로 각층에 골고루 분산시켜 넣을 거야, 최종적으로는

41층부터 50층까지 10만. 51층부터 60층까지 10만. 61층부터 70층까지 10만. 71층부터 80층까지 10만. 81층부터 90층까지 10만. 그리고 각 용왕이 각자 1만씩 맡도록 넘겨주는 걸로 알면 될 거야. 더 들어온다면 그건 그 위층에 분산시키도록 할게!"

한 번에 받아들이는 최대목표는 54만. 적어도 35만은 받아들이고 싶다고, 라미리스는 얘기했다. 그리고 마지막으로 가장 중요한 건에 대해 설명을 했다.

"잊어버리면 안 되는 것이 이번에 한해선 미궁의 룰을 변경했다는 거야. 각각의 드래곤이 있는 방은 통상의 열 배로 확대되어 있고 층도 바꾸었으니까, 90층을 돌파하면 바로 드래곤 방으로 돌입하게 되어 있어. 하지만 그건 중요한 게 아니야. 정말 중요한 건 클리어 조건이 바뀌었다는 거지!"

날개를 파닥거리고 날아다니면서 라미리스가 강조했다.

그 클리어 조건이란 것은 과연 무엇인가?

우선 이번에는 문을 통과한 시점에서 클리어하지 않으면 나가지 못하게 되었다. 클리어란 것은 베루도라의 토벌을 의미하기 때문에 실질적으로 총력전이 되는 셈이다.

또한 베루도라에게 도전하기 위한 조건으로서, 십걸이 드롭하는 열쇠를 열 개 모을 필요가 있었다.

즉, 처음에 80층부터 시작하는 자라도 위층으로 돌아가서 다른 십걸을 쓰러트리고 다녀야 한다는 것이다.

이 말을 듣고 십걸들의 얼굴에 만족스러운 빛이 떠올랐다.

넓은 방의 네 구석에서 작게 으르렁거리는 용왕들.

"그렇다면 평등하게 찬스가 있을 것 같군요."

"그러네요. 어느 쪽이 더 많은 사냥감을 처리할 수 있을지를 놓고 경쟁하는 거죠."

그렇게 말하면서 서로 불꽃을 튀기는 자들.

"훗. 내가 검을 진심으로 휘두를 만한 상대가 있으면 좋겠는데."

"자만하지 마라, 알베르트. 우리는 단지 신의 적을 멸하는 것만 생각하면 되는 것이다."

그렇게 말하면서 투지를 불태우기 시작하는 주인과 종.

조용히 명상을 계속하는 자.

모두 다가올 싸움을 대비해 기합을 충분히 넣고 있는 것 같았다.

그런 미궁십걸을 앞에 두고, 그 필두——로 여겨지고 있는 베레타가 입을 열었다.

"그건 그렇고 라미리스 님. 예전부터 부탁드린 건 말입니다 만⋯⋯."

"아아, 그거 말이지. 응응, 리무루도 OK라고 말했으니까, 이참 에 모두의 반응을 보도록 할까."

"감사합니다. 그러면——."

라미리스와 뭔가 대화를 나눈 뒤에, 베레타가 일어나서 십걸 들을 둘러봤다.

"제군. 나는 라미리스 님으로부터 던전 마스터(미궁총괄자)의 역 할을 부여받았다. 그와 동시에 십걸들의 필두도 병행하여 맡고 있긴 하다만——."

베레타는 십걸의 필두라는 자리는 그냥 잡일을 맡는 것뿐이라 고 생각하고 있었다. 이름에 맞추기 위해서 열 명이 필요했으니 까, 베레타까지 포함하여 십걸로 치고 있는 것뿐이었다.

그 직함의 명칭도 대충대충 넘어가는 라미리스의 성격을 반영한 것인지 수시로 바뀌었다. 그중에서 심한 것은 '라미리스의 졸개'라는 이름도 있었으니, 확실히 말해서 자신의 뜻은 반영되지 않았다.

동료인 트레이니는 같은 위치에 있으면서도 라미리스가 중하게 여기고 있었다. 그 이유는 라미리스를 일절 꾸짖지 않기 때문이지만…… 그것도 그것대로 문제가 있다고 베레타는 생각했다.

그런 트레이니였지만, 지금도 멋대로 행동하고 있다. 라미리스의 허락은 받은 것 같았지만, 베레타에게도 비밀로 하고 어디론가 가버린 것이다.

난감하다고 생각하면서, 베레타는 속으로 몰래 한숨을 쉬었다.

어쨌든 현재 상황에선 수를 맞추기 위해서 십걸의 필두를 억지로 자처하고 있는 셈이다. 베레타의 입장에선 본의가 아니었기 때문에, 미궁십걸의 지위 정도는 다른 누군가에게 양보하고 싶다고 생각하고 있었다.

그리고 지금 기다리고 있던 기회가 찾아왔다.

"——그 지위는 이번 싸움에서 무훈을 세운 자에게 넘겨주려고 생각한다."

그 말을 듣고 놀란 듯한 표정을 지으면서, 십걸들의 눈빛이 바뀌었다.

고즐이랑 메즐까지도 어쩌면 자신들이 십걸에 들어갈 수 있지 않을까 하고, 주제에 맞지 않는 야망을 품기 시작하고 있었다. 그러나 유감스럽게도 그 야망은 베레타의 다음 말로 무산되고 말았다.

"이번 싸움에서 십걸로서의 역할은 잠정적으로 거기 있는 가드라 공이 대신 맡게 할 것이다. 그 실력은 아다루만 공이 추천하고 있다는 점만 봐도 확실하며, 그 지식은 나뿐만이 아니라 라미리스 님까지도 인정하실 정도로 풍부하다."

가드라는 갑자기 지명을 받았지만, 놀라면서도 태연한 표정을 짓고 있었다. 괜히 오래 살아온 게 아니다 보니, 이런 경우의 일에도 익숙했던 것이다.

(드디어 왔구나―!! 나의 시대가 왔다. 여기서 눈에 띄는 공적을 쌓으면 잠정적이라는 글자도 사라질 것이야!!)

가드라는 늘 어그레시브했다. 그렇지 않으면 날쌔게 각국을 이동하며 다닐 수 없는 것이다.

그리고 가드라는 자신의 위치를 잘 파악하고 있었다. 정확하게 감정할 수 있는 그 눈으로 미궁십걸의 실력을 꿰뚫어 보고 있었다. 그중에는 자신보다 약하거나 호각 수준인 자도 있지만, 비교하는 것도 무안할 정도의 강자도 또한 십걸 중에 존재하고 있었다.

그런 규격외의 존재를 무시하고, 자신이 필두를 자처하는 건 절대 있을 수 없는 일이다. 그걸 충분히 이해하고 있었기 때문에 가드라는 일단 십걸에 들어가는 걸 목표로 정했던 것이다.

"삼가 그 명을 받들도록 하겠소!"

"받아들여 주겠소? 그래주면 나에게도 도움이 될 것이오, 가드라 공."

가드라와 베레타, 둘의 이해관계가 일치된 순간이었다.

이리하여 잠정적이긴 하지만 제국과의 전투를 앞에 두고 인사이동이 이뤄졌다. 베레타가 십걸에서 빠지고 가드라가 멤버로 들어간 것이다.

"응응! 가드라가 받아들여 줘서 나도 기뻐. 가드라에게 맡길 곳은 60층이야. 그곳의 보스인 데몬 콜로서스(마왕의 수호거상)를 마음껏 이용하도록 해!"

모든 일이 척척 결정되었다.

이건 이미 리무루와도 합의가 된 얘기였으며, 가드라를 시켜 실험적으로 운용해보기로 결정되어 있었던 것이다.

가드라도 평소에는 라미리스의 연구를 돕고 있었기 때문에 두말없이 승낙했다.

오히려 가드라의 입장에선 데몬 콜로서스를 맡겨주기를 바라고 있었던 것이다.

"음! 이렇게 되면 가드라에게도 뭔가 '이명'을 지어줘야겠군."

"아, 그거 말인데, 가드라, 뭔가 바라는 게 있어?"

그런 말을 갑자기 들어봤자, 가드라는 뭐라고 반응하기도 애매했다.

"그, 그렇군요……."

중요한 건 그게 아니라고 가드라는 생각했다.

제국군도 이미 침공 중이니, 바로 방어태세에 들어가는 게 바람직하다. 그건 굳이 말로 하지 않아도 모두가 그리 생각하고 있을 거라 생각했다.

하지만 정상에 있는 분들에겐 그다지 큰 문제가 아닌 것인지, 이런 때에도 평소와 다름없는 태도를 유지하고 있었다.

(여, 역시 대단하군. 루드라 폐하도 대단하신 분이었지만, 이분들도 절대 뒤지지 않아. 아니, '폭풍룡'과 '라비린스(미궁요정)'쯤 되면 그것도 당연한 건가…….)

그렇게 생각하며 탄복하는 가드라.

가드라는 충성심과는 인연이 없는 남자지만, 베루도라와 라미리스, 그리고 그런 두 사람을 절적하게 이용하고 있는 리무루에게 경외와 두려움 같은 감정을 품었다.

"'룬 마스터(마도왕, 魔導王)'는 어떨까?"

"사부, 그거 엄청 멋진 것 같아!"

"그렇지? 나도 말이지, 할 때는 하는 남자라고. 크아———핫핫하!!"

가드라에게 이견 같은 게 있을 리가 없었다.

그렇게 하기로 정해진 것이다.

대충 설명도 끝났다고 생각했지만, 라미리스에겐 아직 전달 사항이 남아 있었던 모양이다.

"아, 그렇지. 이제 생각이 났네! 고즐과 메즐에게도 중요한 역할이 있었어!"

그 말을 듣고, 자신들에게 어떤 역할이 주어질지 몰라서 긴장하고 있던 고즐과 메즐이 펄쩍 뛰었다.

"저, 저희에겐 어떤 역할이……?"

"뭘 하면 되겠습니까?"

조심스럽게 물어보는 두 사람. 그에 비해 라미리스는 가벼운 말투로 명령했다.

"30층에 대기하고 있어. 거기 있는 보스들을 부려도 괜찮아. 그러다가 도망쳐 오는 자가 있으면 제거하도록 해. 그 팔찌로 부활하는 곳도 30층으로 설정해두었으니까 자칫 실수해서 죽어도 괜찮아! 잘 싸워줘!"

그 말투에는 해낼 수 있는 게 당연하다는 분위기가 담겨 있었다.

고즐과 메즐은 고개를 끄덕일 수밖에 없었다.

의욕은 있었지만, 그 이상으로 불안감이 컸다.

여기서 제 역할을 해내지 못한다면 버림을 받지 않을까. 이 싸움에서 한심스러운 모습을 보이게 되면 이 영예로운 역할에서 잘리게 될 것이다. 그렇게 되지 않도록 노력하자고 생각하면서, 고즐과 메즐은 서로의 얼굴을 보면서 고개를 끄덕였다.

30층의 보스는 B+랭크의 오거 로드와 다섯 명의 부하들이다. A랭크 오버인 고즐과 메즐의 명령에는 따를 것이므로, 지금은 믿음직한 동료로 느껴졌다.

게다가 신참인 가드라조차도 태연하게 십걸의 대행을 맡는 것을 승낙했다. 선배인 고즐과 메즐이 여기서 꼴사나운 모습을 보여줄 수는 없었다.

그리고 또 하나. 두 사람이 깨달은 것이 하나 있었다.

만약 30층을 빠져나간다 해도 제국군에게 도망칠 곳은 없다. 최상층인 1층까지 올라간다고 해도 거기서 다시 되풀이할 수밖에 없는 것이다.

그렇게 생각하면 자신들이 맡은 일은 아주 책임이 가볍다. 그리고 지면 지는 대로 죽게 될 뿐이라는 것을 깨달아버린 것이다.

"어디 해보자고. 우리도 가디언(계층수호자)이야. 여기서 세운 공을 인정받으면 '격'이 올라갈 거라고!"

"아아, 그 말이 맞아, 형제. 이번에는 서로 교대해야 한다는 치사한 말은 하지 않겠어. 전력을 다해 적을 쳐부수자고!"

"도망쳐 온 제국병 따위는 우리가 하나도 남김없이 처치해버리는 거야!"

"그래! 라미리스 님의 기대에 반드시 부응하는 모습을 보여드려
야지!"

뒤가 없다면 앞으로 나설 수밖에 없다.

두 명의 불안 같은 건 순식간에 날아가 버려서 의욕으로 불타
오르기 시작했다.

이리하여 모두의 역할분담이 정해졌다.

"리무루의 의뢰를 받았으니, 가능한 한 많은 제국병을 미궁으
로 끌어들일 거야! 그러기 위해선 어느 정도는 상대도 들어온
보람을 느끼게 만들어줘!"

그 말을 들은 자들은 다 알고 있다는 듯이 힘차게 고개를 끄덕
였다. 모두 자신의 역할을 이해하고 있었다. 적어도 하루 정도는
조용하게 적군의 동향을 지켜볼 생각이었다.

그런 일동을 만족스럽게 보고 있던 라미리스가 최후에 폭탄을
날렸다.

"좋아, 좋아. 그러면 다들 잘 해줘! 참고로 이번 싸움은 리무루
도 보고 있겠다고 말했어. 누구를 필두로 삼을 것인지를 판정하
는 것뿐만 아니라, 자신들의 활약을 보여줄 수 있는 기회가 될 거
라고들 생각해!"

그런 라미리스의 발언을 듣고, 모두의 표정이 살기가 느껴질
정도로 진지하게 바뀌었다.

"——리무루 님이 지켜보신단 말입니까?"

침묵을 지키고 있던 제기온까지도 무거운 분위기로 말하고 있

었다.

그 사실에 놀라는 아피트.

'인섹트 카이저(곤충황제)' 제기온은 과묵한 남자이며, 좀처럼 말을 하는 일이 없기 때문이다.

마왕 리무루에 대한 충성 이외에는 강한 실력에만 흥미를 가지고 있는 남자—— 그게 바로 제기온이었던 것이다.

"어, 으, 응. 리무루도 감상하겠다고 했는데?"

자신도 모르게 압도된 라미리스는 말끝을 흐리면서 그렇게 대꾸했다.

애초에 라미리스에게도 제기온이 말하는 것을 볼 기회는 좀처럼 없었다. 놀라는 것도 당연했다.

"제기온이여. 라미리스의 말에 거짓은 없다. 리무루도 말이지, 미궁을 맡은 자들이 얼마나 강한지 궁금하다면서 흥미진진해하더군. 그러니까 너희를 믿고 이번 전쟁의 큰 역할을 맡길 마음이 들었겠지."

놀라고 있는 라미리스를 대신하듯이 베루도라가 그렇게 말했다.

베루도라에게 있어 제기온은 예전부터 전투훈련을 통해 길러온 우수한 제자였던 것이다.

그 실력은 놀랍게도 베루도라와도 오랫동안 어울렸던 카리스조차 상회했다. 그뿐만 아니라, 조건에 따라선 베루도라와도 호각 이상으로 싸울 수 있을 만큼 성장했던 것이다.

제기온은 지나치게 강했다.

미궁 안에서 제기온을 상대할 수 있는 자는 베루도라말고는 없었다.

그런 제기온이기에, 이 천재일우의 기회를 맞아서 가슴이 더욱 크게 뛰고 있었던 것이다.

"——그렇군. 리무루 님이 우리의 활약을……. 흥분되기 시작하는군. 내가 얼마나 성장했는지, 그 모든 것을 보여드리겠다."

"에헤헤, 물론! 기대하고 있겠다고 말했으니까 다들 힘을 합쳐 놀라게 만들어주자고!"

천진난만한 웃음을 지으면서 라미리스가 그렇게 얘기를 마무리했다.

라미리스는 천진난만하고 선량하긴 하지만, 그 본질은 무자비했다. 마왕을 자칭하고 있는 만큼, 약육강식이라는 절대적인 규칙에 이의를 제기하진 않는다.

미궁에 발을 들였을 때, 모두에게 그 규칙을 제시하고 있었다. 그건 제국의 장병들도 예외가 아니었으며, '본인이 들어가겠다는 의사'를 확인했을 때에 '클리어 조건을 만족하지 않으면 나갈 수 없는데 그래도 괜찮은가'를 각자의 본능에 대고 물었던 것이다.

그걸 위협으로 받아들였을까, 경고로 받아들였을까……. 그 질문을 받았을 때 위험하다고 생각한 자는 있었어도, 제지하려 자는 없었다. 모두가 미궁 안에서 얻을 수 있는 부를 꿈꾸면서, 설탕에 무리지어 몰려드는 개미처럼 미궁에 빨려 들어가듯이 안으로 들어간 것이다.

그 시점에서 라미리스의 자비는 사라져 있었다.

그러므로 전혀 봐주지 않고 적으로서 받아들이고 있었다.

그리고 제국의 장병들은 알게 될 것이다.

이 미궁의 진정한 모습.

공포를——.

"승리를, 리무루 님에게 바치자."

제기온이 그렇게 중얼거리면서, 자리에서 일어났다.

그 말을 신호로, 모두가 움직이기 시작했다.

지옥의 연회장에서 손님이 찾아오기를 기다리기 위해서.

●

던전(지하미궁) 입구에 제국군의 병사들이 속속 흡수되듯 들어가고 있었다.

가지런히 줄을 서서, 아주 효율적이고 규칙적인 동작으로.

각자의 허리에는 안전띠가 장비되어 있었으며, 앞뒤로 3미터 정도의 간격을 유지한 채 연결되어 있었다.

전투반은 별도로 존재했으며, 이쪽은 로프로 연결되지 않은 채 자유행동을 할 수 있게 되어 있었다. 전투가 없을 때는 연결된 병사들의 목숨 줄을 쥐고 있는 것이다.

미로 같은 건 물량 앞에선 문제가 되지 않는다. 사전준비는 완벽했으며, 누구 하나 헤매는 일 없이 미궁공략에 도전할 수 있었다.

그 완벽하게 준비된 모습에 만족하면서, 칼리굴리오는 자신이 얻게 될 부에 대해 생각하면서 마음을 부풀렸다.

(미로 따위는 어린애 속임수에 지나지 않는다, 문제는 거기에 서식하는 마물인데…….)

그 강함뿐만 아니라, 전투에서 시간을 소비하는 것이 문제가 된다. 사전조사로는 60층이 최하층이라고 들었지만, 그건 확실한 게

아니었다.

100층까지 있다는 소문까지 도는데, 그건 현실적이지 않다고 판단했다.

허풍일 것으로 생각했던 것이다.

깊은 층에선 더 가치가 있는 보물을 얻을 수 있다. 그리고 무엇보다 순도가 훨씬 더 높은 '마정석'이 회수될 것이다. 그건 너무나 매력적이지만, 서식하고 있는 마물의 강함도 비례하여 높아질 것이다. 그렇게 되는 건 귀찮다고 생각하면서, 칼리굴리오는 골치를 썩이고 있었다.

(뭐, 마물의 종류만 판명되면, 적절한 대처방법도 찾아낼 수 있겠지. 그렇게 되면 효율적인 사냥도 할 수 있을 거다.)

자랑거리인 수염을 만지작거리면서, 칼리굴리오는 그렇게 결론을 내렸다.

훈련된 장병들을 눈으로 보고 있으니, 미궁 따위는 위협적으로 생각되지도 않았다. 그 위용은 엄연한 힘의 증거였다.

미궁 안에서의 전투도 상정하여, 훈련도 했었다.

정령마법을 다루는 자가 진로를 확인하고, 특수공작반이 덫을 해제한다. 전투반이 마물을 제거하며, 처리반이 마물의 해체와 '마정석'을 채집할 것이다. 그 일련의 흐름을, 각 줄의 선두에서 처리하도록 시키고 있었다.

그리고 얻은 보물은 연결된 병사들을 경유하여 뒷줄로 보낸다. 그리고 그대로 입구 앞까지 넘겨준 뒤에, 대기시켜둔 자가 작전 사령부까지 운반하도록 되어 있었다.

병사를 연결하여 상황의 변화에 대응한다. 무슨 일이 있으면 즉시 정보를 가지고 돌아올 수 있도록, 병사들을 면밀하게 훈련시키고 있었다.

칼리굴리오의 계책은 초기에는 너무나 매끄럽게 진행되고 있었다. 하지만 그 안에서 이변이 발생하기 시작했다. 1,000명 정도가 들어간 시점에서, 연락이 끊어져 버린 것이다.

"각하, 어떻게 할까요?"

병사들의 신상에 무슨 일이 일어난 것인가?

그건 불명이었다. 로프가 깔끔하게 끊어져버린 것으로 봐선 아무래도 공간이 일그러진 것으로 판명은 되고 있었다.

(사전정보에 있었지. 미궁의 구조가 변환될 때가 있다고. 그러나 그건 24시간에 한 번이라고 들었는데…….)

칼리굴리오는 고민했지만, 병사들의 줄지어 들어가는 것을 막지는 않았다. 그대로 한동안 돌입을 계속하도록 시켰다.

그 결과, 판명된 것이 1,000명을 넘으면 미궁의 구조가 변한다는 사실이었다.

——아니, 그게 아니다. 칼리굴리오는 그렇게 생각하면서 깨달았다.

"그렇군. 적도 우리를 환영해주는 것 같다."

"——? 그게 무슨 말씀인지?"

"딱히 대단한 것도 아니다. 미궁이 사람으로 가득 차게 되면 저쪽도 불편하겠지. 저 계단을 내려가면 지하 2층이 나오는 게 아니라 아마도 다른 층으로 이어져 있을 것이다."

"뭐라고요?! 그런 짓을……."

놀라는 참모들을 얕보듯이 바라보면서, 칼리굴리오는 콧방귀를 꿔며 웃었다.

"할 수 있겠지. 상대는 저래 봬도 일단은 마왕이니까. 자신의 지배지에서 그 정도의 일도 하지 못한다면 이미 예전에 목숨을 잃었을 것이다."

상당히 정확하게, 칼리굴리오는 미궁에서 일어난 일을 예측해 내고 있었다.

연락이 끊어지기 전의 병사들의 대화에서 딱히 무슨 이변이 일어나는 낌새는 느껴지지 않았다. 그랬으니 갑자기 무슨 일이 일어난 것으로 생각하기도 어려웠다.

"그리고 딱 1,000명일 때 연락이 끊어지고 있다. 이걸 어떻게 생각하겠나?"

"과연…… 각하의 지혜로운 고찰이 실로 두려울 따름입니다."

음——하고 고개를 끄덕이면서, 칼리굴리오는 어떻게 대처할지를 생각했다.

지금 시점에서도 보물이 몇 개 운반되어 나오고 있었다. 그건 근사한 장신구이기도 했으며, '마강'으로 만든 무기랑 방어구이기도 했다.

모든 것이 일급품이었다. 그리고 채취된 '마정석'은 질이 좋았으며, 에너지 변환효율은 굳이 말할 필요도 없이 높았다.

그 시점에서 침공을 중단한다면 앞서 보낸 2,000명의 목숨은 절망적이다. 그보다 당초의 계획대로 물량으로 밀어붙이는 작전은 여전히 유효할 것이다.

칼리굴리오는 그렇게 판단했다.

"이건 위협이다. 우리가 미궁공략을 포기하도록 만들어서 시간을 벌 생각을 하고 있는 것이겠지. 그러면 드워르곤이 원군을 보내는 것도 기대할 수 있을 테니까."

"가소롭군요. 지금쯤은 그 드워르곤도──."

"내 말이 그 말이다. 여기서 중단하면 적의 의도대로 되는 것이라고 생각해라!"

"네엣! 그러면 미궁공략작전을 계속 실행하겠습니다!"

칼리굴리오는 적의 계책을 꿰뚫어 본 것을 만족했다. 그리고 얻을 수 있는 이익과 병사들의 목숨을 저울에 놓고 계산하면서, 어느 정도의 불안요소 따위는 무시하기로 했다.

이때, 제국군의 운명이 결정되었다.

돌입을 시작한 뒤로 딱 하루가 지났다.

밤낮을 가리지 않고 돌입하면서, 약 35만 명이나 되는 장병들이 미궁 안으로 침입을 끝내고 있었다.

여전히 1,000명을 경계로 침입하는 곳이 변경되고 있었다.

보아하니 특정한 층으로 보내진 자들만큼은 겨우 몸의 일부를 밖으로 꺼낼 수 있는 모양이었고, 거기서 얻는 보물의 종류도 조금씩 달라지고 있었다. 품질이 낮은 것은 거의 없었으며, 그중에는 구멍이 뚫린 무기도 포함되어 있었다.

적의 신병기로 보이는 무기였다.

이게 존재한다는 사실을 통해 적이 얼마나 당황하고 있는지를 알 수 있었다.

시간이 있었다면 회수했을 것이다. 그런데 그러지 못했다는 것은 미처 그럴 겨를이 없었다는 것을 보여주는 증거였다.

(미궁으로 손님을 끌어들이는 짓을 하고 있으니까, 정작 중요할 때에 이렇게 난감해지는 거다. 멍청한 것들.)

미궁을 이용하여 주변의 나라들로부터 사람들을 끌어모은 다——. 그 발상은 재미있다고 생각했다. 그러나 정작 중요한 시기에 적절히 대응하지 못한다면 허술한 짓이라고 말할 수밖에 없었다.

칼리굴리오는 그런 식으로 생각하면서 처음에는 마왕 리무루를 우습게 보고 있었지만, 하루가 경과한 시점에서 일단 상황을 지켜보기로 했다.

사령부의 병사들은 교대로 휴식을 취하게 했다. 그대로 계속 유지해도 괜찮았지만, 문득 불안감을 느낀 것이다.

"현재까지 미궁에 돌입한 자들은 35만 명이었지?"

"넷! 우리 군의 반수가 미궁 안에 침입한 상태입니다."

1,000명 단위로, 거의 모든 연락이 끊어질 것이라는 칼리굴리오의 예상은 맞아떨어졌다. 시간이 지나자, 먼저 돌입한 병사들을 발견했다는 보고도 들어왔다.

갑자기 기세가 오른 제국군. 모두가 불안감을 느끼고 있었기 때문에 우군의 무사함을 확인하면서 안도한 것이다.

별것 아닌 일로 당황하는 것은 제국군의 수치다.

모두가 그렇게 생각하면서, 불안감을 애써 억누른 채 행동하고 있었다. 그렇기에 그 낭보를 듣고 활기가 생겼다. 이제 두려워할 건 없다고 생각하면서, 침입하는 속도도 빨라지고 있었다.

그 결과가 반수나 되는 장병들이 미궁 안으로 들어가 버린 지금의 상황이지만…….

"이 정도나 되는 수를 투입했는데, 아직 미궁은 완전히 채우지 못할 줄이야⋯⋯."

"이렇게까지 넓을 줄은 생각도 못했습니다."

"60층⋯⋯ 아래층으로 내려가면 내려갈수록 좁아지는 것으로 알고 있었는데?"

"그렇게 들었습니다. 이제 곧 완전히 제패할 것으로 생각합니다만⋯⋯."

예정으로는 이미 제국병이 미궁을 제패하고 있어야 했다. 그러나 현실은 그렇지 않았으며, 병사의 돌입을 중단한 순간, 안에 들어가 있는 자들과의 연락이 끊어지고 말았다.

선행부대를 발견하면 상당한 양의 보물이 운반되어 올라왔다. 그러나 그것도 돌입을 중단시킨 지금은 완전히 끊어져버렸다.

"안에 들어간 자들 말인데, 아직 한 명도 나오지 않았나?"

"네, 네. 듣자하니 밖으로 나오기 위해선 미궁을 클리어해야 한다고──."

"그건 이미 들어서 알고 있다. 병사 한 명, 한 명의 머릿속에 대고 침입할 때 물었던 게 있지 않은가?"

"그렇습니다. 그리고 그 조건은 명확합니다만⋯⋯ 미궁의 왕을 쓰러트리기 전에 열 개의 열쇠를 지키는 자들을 토벌할 필요가 있다고 하는지라⋯⋯."

"그렇군, 그래서 아직 토벌할 수 없는 것인가."

대답은 나와 있었다.

하지만 칼리굴리오가 알고 싶은 건 그게 아니었다.

미궁의 왕은 아마도 마왕 리무루를 일컫는 말일 것이다. 그의 토벌이 클리어 목표라면 그건 오히려 바라는 바였다.

그랬을 것이다.

그러나 현실로는 후속부대를 보내는 것을 중단했을 뿐이며, 미궁 안의 병사들과의 연락조차 되지 않는 상황이었다.

"35만 명의 전력으로 마왕 리무루를 쓰러트릴 수 있다고 생각하나?"

그런 질문을 받은 참모들은 자신도 모르게 말끝을 흐렸다. 그러나 이내 기세를 올리면서 대답했다.

"파르무스 왕국이 실패한 원인은 베루도라와 조우했기 때문으로 알고 있습니다. 마왕 리무루만 있다면 충분히 타도할 수 있을 겁니다."

"저도 같은 의견입니다. A랭크 오버인 자도 다수 참가하고 있으니 좋은 소식을 기다리는 게 좋을 것이라 생각합니다."

동의를 얻어서 안심했는지, 참모들은 차례로 승리는 확실하다고 소리 높여 외쳤다. 그래도 칼리굴리오는 도저히 불안감을 지울 수가 없었다.

"우선 미궁 안의 병사들과 연락을 취해라. 연락부대도 투입하여 다양한 방법으로 통화를 시도하는 거다."

칼리굴리오의 명령을 받고, 연락을 취하기 위한 갖가지 방법이 시도되었다. 그러나 그 모든 시도가 실패로 끝났다. '마법통화'랑 '염화'를 시도해봤지만, 반응이 돌아오는 일은 없었다.

이렇게 되자, 참모들도 자신들을 속여 넘기기가 어려워지기 시작했다.

미궁에서 나온 전리품으로 들끓기 시작했던 마음도 앞을 예상할 수 없는 현재의 상황을 앞에 두면서 의기소침해지고 말았다.

그 모든 것이 미궁 내부와 연락이 되지 않는 것이 원인이었다. 상황을 알 수가 없으면 참모들의 역할을 제대로 수행할 수 없는 것이다.

"그러면 후속 부대를 편성한 뒤에 돌입을 재개하겠습니다."

칼리굴리오는 "음" 하고 말하면서 고개를 끄덕였다.

어찌 됐든 병사를 보내서 상황을 확인해야 한다. 이대로 지상에서 기다리고 있어도 미궁 내부의 상황을 확인할 수단이 없는 것이다.

미궁으로 들어가는 입구── 대문은 닫히는 일 없이, 여전히 활짝 열려 있었다. 처음과 전혀 달라지지 않은 채, 아무 일도 일어나지 않은 것처럼.

그런데도 조금이라도 후속부대가 뒤처지면 바로 기척을 느끼지 못하게 되어버렸다.

그때까지 순조롭게 진행되었던 내부에서의 금품 운반도 동시에 끊어지고 말았다. 그런 일도 있다 보니, 작전사령부에는 무거운 분위기가 감돌기 시작하고 있었다.

그리고── 2일이 더 경과했다.

"왜 속보가 들어오지 않는 거냐?"

"1,000명마다 다른 장소에 보내지는 바람에 깊은 층에 침입한 부대를 발견하지 못하게 된 것이겠죠."

"에잇, 미궁이란 곳이 그렇게 넓단 말인가?!"

"설마……."

"뭐냐?"

"전멸된 상황, 인 것은——."

"멍청한 것, 겁이라도 먹은 거냐!!"

"진정하라. 아마도 이건 마왕 리무루의 계책이다. 우리를 의심하게 하여 미궁 공략을 포기하게 만드는 것이 그가 노리는 바이겠지."

지금은 처음과는 달리, 1시간마다 1,000명만을 신중히 돌입시키고 있었다. 하지만 그렇게 하다 보니 보물은커녕 정보를 가지고 오는 것조차 어려워진 상황이었다.

첫째 날에만 35만 명이 미궁에 들어갔다.

둘째 날에는 15만 명이 추가되었다.

셋째 날에는 3만 명만 투입했다.

지상에 남은 제국의 장병들은 남은 수가 17만 명까지 줄어들었다.

"지금은 병력을 보존해두는 것이 현명하지 않을까요?"

"으——음…… 적의 책략에 순순히 당하는 것은 마음에 안 든다만, 이 이상 전력을 줄이는 것도 생각해봐야겠지."

"미궁 안에 보급부대도 보냈으니까 장병들의 활동한계도 늘어난 상태입니다. 적어도 20일은 상태를 지켜보는 것이 좋지 않겠습니까——?"

"너무 소극적이야!"

"하지만 가스터 중장과 팔라가 소장과도 아직 연락이 되지 않고 있습니다. 아직도 한창 사투를 벌이는 중인 건지, 그게 아니면……."

첩보부대를 몇 번이나 파견했지만, 귀환자는 없었다. 믿음직스러운 우군과는 여전히 연락이 되지 않고 있었다.

"마력요소 농도가 너무 높아서 그런 것이다. 그 외에는 다른 이유가 없으니까."

칼리굴리오가 단언했다.

이 이상의 사기저하는 위험하다고, 그렇게 판단하여 한 발언이었다.

그러나 이 자리에 가득 찬 불온한 분위기를 불식시키기는 어려웠다. 뭐라고 말할 수 없는 기분 나쁜 침묵 속에서, 제국군의 장병들은 모두가 불길한 예감을 느끼고 있었다.

그건 방금 전에 말했던 칼리굴리오조차 예외가 아니었다.

아직 17만이나 되는 장병들이 이 자리에 있다. 반대로 말하자면 그건 남은 자들이 17만 명밖에 없는 것, 이라고도 말할 수 있었다.

(혹시 나는 터무니없는 실수를 한 게 아닌지⋯⋯.)

문득 칼리굴리오의 머릿속을 그런 생각이 스쳐 지나갔다.

우뚝 솟은 대문. 지금은 그게 너무나도 기분 나쁜 존재로 느껴지면서, 칼리굴리오의 불안을 조장하고 있었다.

이 안에 있는, 미궁에 도전한 자들의 운명은——.

칼리굴리오가 그걸 알게 될 때까지는 이제 조금 남았다.

●

——미궁 : 41~48층——

미궁 안으로 들어간 제국장병들에 대해서 말하자면, 그 운명은 들어간 층에 따라 하늘과 땅 만큼의 차이가 있었다.

41층부터 48층으로 보내진 자들은 운이 좋다고 말할 수 있었다.

출현하는 마물은 강하지만, 그래도 기껏해야 B랭크 전후였다. 강화된 병사들의 적은 되지 못했으며, 순순히 공략이 진행되고 있었다.

제국의 장병들은 실력자들로 갖춰져 있었다.

모험가로 치자면, 전원이 최소한 C+랭크에 해당했다. 일류라고 불리기에 충분한 수준의 실력이었다.

그런 그들이었기에 마물이 나타나도 당황하지 않고 대처할 수 있었다.

가지런히 대열을 유지한 채로 행군했다.

선두에서 조금 뒤처지는 페이스로, 전투반이 경계하면서 호위행동을 취하고 있었다.

모퉁이마다 거점을 설치하여 통로를 제압했다. 훈련받은 대로 행동하면서, 플로어를 장악하고 있었다.

하루도 지나지 않아서, 위로 올라가는 계단과 아래로 내려가는 계단이 둘 다 발견되었다.

이번 작전에선 처음부터 모든 전력을 동원하여 마왕을 토벌하는 것이 목표로 되어 있었다.

위층의 보물을 약탈하는 것은 다른 부대에게 맡기거나, 모든 것이 종료된 뒤에 하도록 되어 있다. 계단을 거점으로서 제압했다. 그리고 그대로 공략은 계속되었다.

계단 부근에는 문이 봉쇄된 방이 있었다. 그 문에 걸린 간판에는 '휴식장소'라고 적혀 있었다. 사전에 조사한 내용과 같았지만, 다른 점은 문이 열리지 않는다는 것 하나뿐이었다.

"역시 문은 열리지 않습니다. 사용할 수 없게 되어 있습니다."

"당연하겠지. 파괴도 불가능한가?"

"넷! 총기, 마법 둘 다 효과가 없었습니다. 미궁 안의 통로와 마찬가지로, 파괴하기는 어려운 것으로 생각해도 틀리지 않을 것입니다!"

병사의 보고를 받으면서, 대장은 고개를 끄덕였다.

당연한 결과이며 놀랄 가치도 없었다.

전차포를 들여오거나, 대규모마법을 발동시킨다면 어쩌면 파괴할 수 있을지도 모른다. 그러나 그래선 이 안에 있는 자들의 안전을 보장할 수 없다. 가령 핵격마법 같은 걸 발동시켰다간 얼마나 큰 피해가 생길지 상상도 되지 않는 것이다.

따라서 대장은 당초의 예정대로 정공법을 이용하여 미궁에 도전하기로 했다. 즉, 물량작전이다.

그리고 지금 휴식장소도 이용할 수 없다는 얘기를 듣고, 짜증을 내면서도 납득한 것이다.

"위에 보고를 올려라. 그리고 공략은 순조롭다고 전하는 거다."

"알겠습니다!"

처음에 1,000명만 남겨졌을 때는 동요하기도 했다. 그러나 그 정도로 당황해선 제국장병이라는 이름이 아깝다.

부대장은 그대로 공략을 속행할 것을 결단했다. 그리고 그건 정답이었다. 잠시 시간이 지나자, 다른 부대와 합류할 수 있었던 것이다.

생각했던 것보다 광대한 층이었지만, 정령사와 측량사의 연계 덕분에 공략은 순조로웠다. 그리고 쓰러트린 마물에게서 드롭되는 '마정석'도 고품질이었으며, 발견된 보물 상자에선 훌륭한 재보도 획득할 수 있었다.

계단을 내려간 자들로부턴 42층도 제압직전이라는 보고를 들었다. 제국군에게 패배는 있을 수 없다며, 그때는 커다란 환호성을 질렀다.

둘째 날에는 41층의 모든 방의 탐색도 완료되었다. 그 기세를 살려 42층으로 들어섰으며, 거기 있던 부대와 합류했다. 파죽지세로 43층을 향했고, 셋째 날이 오기도 전에 48층을 목전에 두기에 이르렀다.

예상 이상의 성과였다.

하지만 49층부턴 상황이 달라지고 있었다.

——미궁 : 49~50층——

"우, 우와아아————. 내 목에 뭔가가 있어?!"

"가라앉고 있어. 내, 내 다리가 녹고 있다고오——."

"살려줘, 손이 빠지질 않아——."

아비규환의 모습이었다.

방심하면 나타나는 슬라임.

어디서든 나타나는 대량의 슬라임.

슬라임, 슬라임, 슬라임, 슬라임……

휴식을 취하려고 하면 슬라임이 천장에서 내려왔다.

모퉁이를 돌면, 소대가 분단되면서 섬멸당하고 있었다.

벽은 슬라임에 바닥도 슬라임.

무기랑 방어구가 파괴되었고, 병사들의 체력도 차츰 빼앗기고 있었다.

"에잇, 아직도 돌파하지 못한 거냐?!"

"넷, 층 전체에 기척이 퍼져 있기 때문에 마법으로 탐지가 되지 않습니다. 게다가 물리공격에 높은 내성이 있는지라, 어중간한 공격은 먹히질 않습니다!"

"더구나 적의 증식속도가 범상치 않습니다! 통각도 없는 것 같으며, 우리 공격에 겁을 먹는 모습도 보이지 않습니다!"

일반적인 슬라임 한 마리라면 두려울 게 없지만, 이렇게까지 거대해진 존재라면, 불태워버리는 것도 힘들다. 생각한 것 이상으로 번거로운 존재가 되어 있었다.

몇 시간마다 응원군의 도움도 받는 덕분에 후퇴해야 할 정도의 피해는 입지 않았다. 그러나 시간만 자꾸 축내고 있었으며, 생각한 만큼의 성과를 좀처럼 올리지 못하고 있었다.

결국, 층 전체의 탐색을 끝낸 것은 셋째 날이 거의 끝날 때가 되면서부터였다. 위층에서 내려온 부대와 합류할 수 있게 되면서, 겨우 물량작전으로 돌파한 것이다.

그리고 50층에선 부상자가 산처럼 쌓여 있는 광경과 마주치게 되었다.

어둡고 음습한 동굴 같은 통로. 거기선 전투를 치르는 소리가 메아리치고 있었다.

"제길, 저 망할 괴물 놈들, 다시 또 부활했어!!"

격분한 것처럼 소리치는 자가 있었다.

그 시선 끝에는 통로를 통과시키지 않겠다는 듯이 거대한 어둠의 화신과 같은 뱀이 꿈틀거리고 있었다.

템페스트 서펜트(람사, 嵐蛇)였다.

갑옷과 같은 비늘은 어중간한 마법도 총탄도 통하지 않았다.

접근하여 검으로 베려고 해도 템페스트 서펜트의 '포이즌 브레스'의 범위는 7미터까지 이른다. 검이 닿기도 전에 죽음의 안개를 먼저 뒤집어쓰고 마는 것이다.

"빌어먹을! 이 좁은 통로는 저 녀석들의 천하잖아!"

"넓은 장소라면 피해서 돌아갈 수 있지만, 이래선 아무런 방법이 없어."

"매직 캐논(중마도포)의 준비는?"

"소용없어. 방금 전에 사용했기 때문에 에너지가 충전되려면 두 시간은 걸려."

'매직 캐논'이란 것은 들고 다닐 수 있는 무기 중에서 최대의 위력을 발휘하는 신형 마도병기다. 마석을 에너지원으로 삼고 있는 '스펠 건(마총)'과는 달리 대기 중에서 마력요소를 모으는 충마식(充魔式) 병기였다.

장착된 마법은 원소마법 : 에어 버스터(공파대마포, 空破大魔砲)——. 공기를 압축시킨 뒤에 연속 폭발시키는 큰 위력의 마법이다. 불꽃은 발생하지 않으며, 방향을 지정할 수도 있었다. 따라서 건조물 안 같은 밀폐공간에서 활약하는 마법이었다.

이걸 다룰 수 있기만 해도 A랭크로 인정을 받는다고 하는 상급 마법인 것이다.

그러나 문제는 에너지 소비가 너무 심하다는 것이다. 그렇기 때문에 충마식이었지만, 마력요소의 농도가 높은 미궁 안에서도 완전히 충전되기까지는 세 시간은 걸린다. 평소라면 충분한 속도였지만, 이번에는 그 정도도 늦을 정도였다.

"이봐, 농담하지 마. 그러면 뭐야? 저 괴물들이 부활하는 게 더 빠르다는 말이야?!"

템페스트 서펜트는 명백하게 이상한 개체였다. 목 부분에 고리가 끼워져 있었으며, 다른 마물과는 일선을 긋는 존재감을 풍기고 있었다.

그리고 중요한 것이, 몇 번을 쓰러트려도 세 시간만 지나면 부활한다는 점이었다. 즉, 몇 번을 제압해도 시간이 지나면 다시 전투가 시작되고 말았다.

무엇보다 골치 아픈 점은, 이 층에는 안전지대가 없다는 사실이었다.

그리고 그뿐만이 아니라———.

"우, 우와————, 여기도 나왔어!!"

다른 통로에서도 전투가 벌어졌음을 알리는 소리가 울려 퍼지기 시작했다.

그렇다. 템페스트 서펜드는 한 마리가 아니었던 것이다.

확인된 것만으로도 열 마리는 있었다. A-랭크라는 높은 위험도의 마물이 무리를 지어서 그 특성을 살릴 수 있는 에리어(영역)을 지배하고 있었다.

이곳은 검은 뱀의 둥지.

원래라면 40층의 보스 몬스터(계층수호자) 노릇을 하고 있는 템페스트 서펜트와 예비로 마련해두고 있던 것까지 모두 한꺼번에 이 층에 풀어두었던 것이다.

결국, 위층에서 내려온 원군과 합류하면서, 무장의 충실한 보충을 꾀할 수 있게 되었다. 그로 인해 템페스트 서펜트를 상회할 수 있는 매직 캐논을 확보했다. 겨우 제압에 성공한 것은 셋째 날의 심야 시간이 되면서부터였다.

"괴물들의 부활에 주의하면서, 이 층을 유지한다. 부상자들은 위층으로 피난시키도록 해라."

"넷!!"

이리하여 제국군은 그 자리에서 부대의 재편성을 시작했다. 그리고 새로운 지옥을 향해 발을 들이기 시작했다.

──미궁 : 51~60층──

51층에는 근대적인 통로가 펼쳐져 있었다.

이 층의 제압은 완료된 것 같았고, 코너마다 병사의 모습이 보였다. 격렬한 전투의 흔적이 보이는 걸 봐도 이 층도 공략이 힘들었음을 추측할 수 있었다.

부대창 중의 한 명이 현지의 부대와 접촉을 시토했다.

"상황은 어떻게 진행되고 있지?"

잠들어 있는 병사들을 깨우지 않기 위해 보초에게 조용히 물었다.

"엉망진창이야. 우리는 마왕을 너무 얕보고 있었어."

"그게 무슨 말이야?"

"이 층의 덫은 정말 위험해. 우리가 서 있는 곳이 유일하게 진행할 수 있는 통로라고. 그 이외에는 절대 발을 들이지 마. 대부분의 덫은 파괴한 것 같지만, 아직 작동하는 게 있을지도 몰라."

"알았어. 참고삼아 묻겠는데 그건 어떤──."

상관에게 보고하기 위해서 자세한 내용을 물었다.

그리고 얘기를 들은 것은 제국 본국에서도 채용되었을 것 같지 않은 수많은 화학병기들이었다.

눈이랑 목에 작용하는 무미무취의 가스.

신경독, 용해액의 샤워.

많은 사람들을 희생시킨 흉악한 덫들. 그런 류의 지식은 자신들만의 전매특허라고 생각하고 있었던 만큼, 한층 더 위협적으로 느껴졌다.

"이 층부터 한동안은 마물이 나오지 않아. 그 대신 마력요소를 원동력으로 삼은 골렘이 배회하고 있어. 귀찮게도 자기수복기능을 갖추고 있는 것 같은데, 완전히 파괴하는데 시간이 힘이 많이 들었어."

"큰일이었겠군. 그 정도면."

자신들도 힘들었다고 말하고 싶었지만, 그 말을 억지로 참고 그 다음 얘기를 재촉했다.

"그래. 지친 자들과 부상자들은 55층에서 쉬고 있어. 그곳까지 가면 안전하게 식사도 할 수 있을 거야."

"고마워. 그럼 현시점에서 최전선은 어디지?"

"최전선이라……. 방금 전에 들어온 얘기로는 60층이 되려나. 농담으로 들릴 소리를 하고 있지만, 이런 보고를 올렸다간 틀림없이 머리가 돌았다고 생각할 거야. 나도 말하긴 싫지만, 그래도 들을 건가?"

한숨을 쉬면서 그렇게 대답하는 병사를 보며, 부대장도 고개를 끄덕일 수밖에 없었다.

"그래, 부탁하지."

"그런가. 그러면 말하겠지만 60층에는 말이지, 거대한 인형병기가 군림하고 있대! 그리고 그 녀석이 얼마나 강한가 하면——."

들으면 들을수록 말이 안 된다. 그런 말을 하고 싶을 정도로 처절한 강함.

A랭크의 전사들이 한꺼번에 덤빈다고 해도 공략의 실마리조차 보이지 않는 상대라고 한다. 그 몸은 '마강'으로 만들어져 있으며, 검이나 총 같은 물리적 공격은 통하지 않는다. 더구나 항상 '결계'가 쳐져 있어서 '매직 캐논'조차도 통하지 않는다고 했다.

해결할 방법이 없다. 그게 현재의 상황이라고 한다.

"나중에 그 거대한 골렘에서 목소리가 들렸다고 하는데, 세상에 놀랍게도 그 가드라 노사의 목소리와 똑같았다고 하더라고. 나도 믿을 수가 없는데도 그 사실을 보고해야만 하게 생겼거든? 진짜 못 해먹을 노릇이야……."

그렇게 말하면서 그 병사는 불평을 끝냈다.

부대장은 그 말을 그대로 상관에게 보고하고, 판단을 맡기기로 했다.

"갈 수밖에 없겠지. 우선은 55층을 목표로 삼고, 그런 뒤에 앞으로의 방침을 의논하기로 하자."

"알겠습니다."

이런 경우 상관에 대한 대답은 YES뿐이다. 부대장에게 대안이 있는 것도 아니며, 그 방침에 이의를 제기하진 않는다.

그저 이건 문제를 뒤로 미루는 것이다. 그렇게 멀지 않은 미래에 해답을 찾아내야 하지만, 어느 쪽이든 제국군에겐 후퇴라는 두 글자는 아예 존재하지 않았던 것이다.

"가는 건가? 뭐, 그렇겠지. 행운을 빌겠지만, 그 전에 하나 충고하는 걸 잊어버리고 있었군. 현재 특수한 몬스터가 다섯 마리 확인된 상황이야. 충분히 주의하라고."

"특수한 몬스터라고?"

"그래. 아직까지 토벌에 성공했다는 보고는 없어. 그건 틀림없이 유니크 몬스터겠지. 너무나 벅찬 존재였고, 몇 명이나 되는 동료들이 당했어."

붉은 슬라임. 금색의 스켈레톤. 사신과 같은 고스트에 중기사 같이 생긴 리빙 아머. 그리고 소형이지만 강력한 드래곤.

무시무시한 마물이지만, 이 부근의 층 전체에 걸쳐 숨어 있다고 했다. 골렘의 무리 속에 섞여 있던 이색적인 존재였다.

만나면 죽었다고 생각하라는 것이, 그 병사가 마지막으로 전해준 말이었다.

위층에서 살아남은 자들은 그 충고를 가슴 속에 새긴 채 전진했다. 그 앞에 무엇이 기다리고 있을지, 그걸 알게 되는 것은 잠시 후의 일이었다…….

아래로 점점 내려가는 제국군의 장병들. 그 앞이 사지라는 것도 모른 채, 그 줄은 끊임없이 계속 이어지고 있었다.

──미궁 : 61~70층──

"아직 멀었나? 아직 승리하지 못한 건가?"

"죄송합니다! 이번에도 공략은 실패로 끝난 모양입니다──."

그 보고를 듣고 장병들은 절망했다.

70층에 있는 거대한 문.

그건 죽음의 도시에 이르는 이 세계와의 경계.

·················.

············.

······.

사령(死靈)계의 마물들 속으로 돌진하면서, 제국군의 병사들이 미궁 안을 확보했다.

처음에는 괜찮았다.

그렇다. 처음에는······.

출현하는 것들은 사령계의 마물뿐이었다. 살이 썩는 냄새에만 익숙해지면 제국장병들의 실력을 감안해볼 때 고전할 만한 적은 아니었다.

맨 처음 들어온 1,000명이 거점을 확보했다. 후속부대의 출현을 확인하면서, 작전을 속행하기로 결단했다.

지상부대와의 연락이 끊어진 것은 뼈아프지만, 완전히 고립된 것은 아니었다. 시간만 주어지면 후속부대가 찾아올 테니까 문제 될 일은 없다고 판단한 것이다.

제국군은 성난 파도와 같은 기세로 층을 제압했다. 첫째 날에 61층부터 69층까지의 거의 모든 곳의 탐색을 완료해두고 있었다.

문제는 70층에 있었다.

70층에는 무슨 이유인지, 초목조차 완전히 메말라버린 구릉지대가 펼쳐져 있었다.

음산하게 죽음의 기운이 감도는 전쟁터.

그 앞에는 지상에 있던 대문과 같은 사이즈의 거대한 문이 우뚝 솟아 있었다.

해골로 만들어진 그 문은 성 부근의 도시를 감싼 벽의 중앙에 위치한 성곽도시를 지키는 문이었다.

왜 그런 것이 미궁 안에──. 그건 모두가 마음속에 품은 의문이었다.

그 도시는 대문 말고는 다른 출입구가 없었다. 배수시설, 통행용문, 그 외의 생활에 필요할 것 같은 모든 시설이 그 도시에는 결여되어 있었다.

그도 그럴 것이.

그 도시에 사는 것은 생명이 없는 자들.

언데드(불사계 마물)뿐인 것이다.

첫째 날에 그 대문은 굳게 닫혀만 있었다.

파괴를 시도해봤지만, 벽의 두께는 상당한 수준이었다. 게다가 불사자들이 우르르 몰려나와 수리를 해버리기 때문에 파괴공작은 계속 지지부진한 상황이었다.

다가가려고 해도 외벽 위에는 활을 겨눈 스켈레톤 아처(해골궁사병)의 모습이 보였다.

소수로 공격하는 것은 힘들겠다는 판단을 내리면서, 원군이 모이기를 기다리기로 한 것이다.

그리고 둘째 날 아침.

제국군은 수가 늘어나면서 1만 명을 넘어섰다.

대문의 공략에 나선 제국군 앞에서 소리도 없이 문이 열렸다.

그 자리에 모습을 드러낸 것은 불길하기 그지없는 와이트 킹(사령의 왕).

해골, 그렇게 표현하는 게 옳은 것일까.

매끈하고 윤기 있는 순백의 백골이 유창한 인간의 말로 제국군의 장병들에게 얘기를 시작한 것이다.

"잘 오셨습니다, 나의 데스토피아(죽음의 왕국)에. 내 이름은 '임모탈 킹(불사왕)' 아다루만. 연회의 준비는 완벽하게 갖춰졌소. 자, 즐거운 시간을 보내도록 합시다. 그러면 시작해볼까!"

왕—— 아다루만이 자신의 이름을 밝힌 직후, 공간이 압박되었다.

그 왕이 부리는 것은 사령의 기사들과 죽었어도 여전히 그 위용을 자랑하는 데스 드래곤(사령용)이었다. 그 죽은 용의 사악한 포효가 공간을 짓눌러버릴 기세로 뿜어져 나온 것이다.

그리고 천공에서 데스 드래곤이 문 밖으로 내려와서 섰다. 사령계 마물의 최상위에 위치하는 가장 흉악한 용이 제국군을 향해 그 이빨을 드러낸 순간이었다.

그뿐만이 아니었다.

커다란 문이 완전히 열리면서, 안에서 속속 불사자의 군단이 모습을 드러냈다. 데스 로드(사령기사장)가 이끄는 데스 나이트(사령기사)들이 연거푸 기어 나왔다.

문 앞에 정렬하고 있던 제국군은 갑작스런 전투 개시에 우왕좌왕하기 시작했다.

데스 드래곤은 특A급으로 분류되는 마물이며, 토벌하려면 반드시 사전준비가 필요할 정도로 무시무시한 실력을 자랑한다.

그 속성은 '불사'—— 완전히 제거하려면 '영혼'을 직접 공격하는 것 말고는 다른 수단이 없었다.

높은 전투능력을 자랑하는 제국의 병사들이었지만, 자신들의 공격이 통하지 않는 상대를 앞에 둔 상태에선 아무것도 할 수 없다.

"무, 물러나라! 마구잡이로 싸운다고 해서 이길 수 있는 상대가 아니—— 흐갹."

"제길, 불꽃이라면, 불꽃으로 태우면——."

"안 돼!! 녀석의 재생속도는 연소속도보다 더 빨라!!"

"빨리 이 자리를 벗어나라! 안 그러면 녀석의 독기를 맞아 정신을 파괴당한다!"

혼란에 빠진 제국군.

그런 병사들을 비웃듯이 용의 입이 크게 벌어졌다.

"큰일이야!! 저건—— 으갸악."

"푸헉."

"뭉개지고 이써, 내 모미이이——!!"

상공에서 데스 드래곤의 좀비 브레스가 쏟아졌고, 지상에서 기어 다니는 자들이 그걸 뒤집어썼다. 그 결과, 대부분의 자들이 레지스트(저항)에 실패하여 그 목숨을 잃게 되었다.

게다가 그뿐만이 아니었다.

데스 드래곤의 독기로 정신이 오염된 자는 좀비가 되어 상위존재의 명령을 따르게 되는 것이다.

이 자리에 존재하는 상위존재란 바로 와이트 킹을 말하는 것이며, 그건 즉 아다루만을 뜻한다. 제국의 피해는 그대로 아다루만의 전력증가로 이어지는 것이다.

제국군의 비극은 그뿐만이 아니었다.

데스 드래곤의 위협에서 도망친 자들도 안전하다고는 말하기 어려웠다. 데스 나이트들이 데스 호스(사령마)를 몰고 도망치는 자들을 추격하기 시작한 것이다.

제국군은 순식간에 그 수가 줄어들었고, 한 시간도 못 돼서 1만 명이 전멸했다.

이 참상은 소수의 생존자에 의해 후속부대에게 전해졌다. 그로 인해 70층 공략전이 본격적으로 진행되게 되었다.

……………….

………….

…….

둘째 날 이후, 제국군은 몇 번이고 70층으로 돌입을 시도하고 있었다.

그러나 그럴 때마다 뼈아픈 패배를 맛보고 있었다. 이어지는 제2진, 제3진도 결과는 마찬가지였으며, 상황은 전혀 호전되지 않았다.

압도적인 위협인 데스 드래곤은 말할 것도 없었고.

겨우 천 몇 백 명 정도밖에 되지 않는다고 해도, 데스나이트는 피로도 죽음도 존재하지 않는 상대였다. 더구나 그 위험도는 A-랭크로 상당히 높았다. 그런 존재가 아무리 쓰러트려도 재생하여 다시 일어나니 버틸 수가 없었다.

그들을 지휘하는 데스 로드를 언급하자면, 제국군 상위의 전사와도 호각이었다. 질만 따져봐도 제국군을 상회하며, 높은 속 전능력이 수적불리를 뒤집어버린 것이었다.

게다가 아다루만의 부하에겐 십걸 중의 한 명인 '데스 팔라딘(사령성기사)' 알베르트가 있었다. 제국군의 정예라고 해도, 불사자의 군대를 상대로는 승기를 찾아낼 수가 없었던 것이다.

"――하지만, 그것도 이번 작전으로 끝이다. 제군의 활약을 기대하겠다!"

제국군의 대령이 장병들을 향해 연설을 끝냈다.

4일째가 되어서 합류한 위층의 공략조. 그리고 현재 남은 모든 전력. 이번 작전은 총력전이 될 것이다.

그리고 제국군도 무능하진 않다.

언데드에 대한 공략수단은 동서고금에 널리 알려져 있다. 인류의 적인 불사의 마물을 상대하려면 신성마법이 유효한 것이다.

신성마법의 원리의 해명. 이에 대한 연구도 진행 중이며, 신에게 바치는 기도와 비슷한 효과를 발휘하는 기술을, 제국에서도 개발하고 있었던 것이다.

그 숙련자가 제국군에도 있었다.

현재 보유 중인 전력에서 그런 자들을 모아 각 부대에 배속했다. 그렇게 함으로써, 사악한 독기에 대한 내성과 '불사'를 파괴할 힘을 만들어냈다. 그게 바로 이번 작전의 중추였다.

구릉지대에 정렬한 제국군. 그 총수는 7만.

그에 비해 아다루만의 부하는 최근 며칠 동안 늘어난 좀비를 더해서 계산해도 4만에 미치지 못했다.

수만 따진다면 제국군이 유리하니 이번에야말로 승리를 손에 넣을 수 있을 거라고, 그때는 모두가 그렇게 생각하고 있었다.

그리고 결전이 시작되면서―― 왕이 움직였다.

"생각이 어설프구나. 엑스트라 스킬 '성마반전'――."

'임모탈 킹' 아다루만의 지배는 말단에까지 미친다.

그 힘이 미치게 된 시점에서 약점이었던 성 속성은 더 이상 약점이 아니게 되었다. 그 약점을 믿고 있었던 제국군은 예상이 빗나가면서 대패를 맛보게 될 것이다…….

이 패배로 인해 제국장병의 마음은 완전히 박살 났다.

살아남은 자들은 절망으로 몰렸으며, 위층을 향해 도주를 시작했다.

미궁의 클리어 조건 따위는 이미 망각한 뒤였다. 그 머릿속에는 이젠 살아남고 싶다는 생에 대한 갈망만 남아 있었던 것이다.

──미궁 : 71~79층──

이 층으로 진입한 제국군은 벌레들과 끝없는 싸움을 강요받게 되었다.

끝도 없이 이어지는 벌레의 맹공.

녀석들은 죽음을 두려워하지 않았고, 무리를 지어 끝도 없이 습격을 되풀이했다.

미궁 첫날.

맨 처음 투입된 장병들은 벌레의 맹공에 버티지 못하면서 물러나긴 했지만 두려워하진 않았다. 제압한 통로에 거점을 구축하고 즉시 대응하는 모습을 보였다.

일반적인 것보다 몇 십 배나 더 거대한 벌레는 징그러울 뿐만 아니라 그 힘도 강했다. 방심했다간 눈 깜짝할 사이에 잡혀 먹힐 것이다.

그러나 냉정해지면 한 마리, 한 마리가 그렇게 강하지 않다는 걸 파악할 수 있었다. 그리고 끝도 없이 나온다는 것은 얻을 수 있는 '마정석'의 수도 방대해진다는 뜻이다. 더구나 그 질은 높았기 때문에 병사들의 얼굴도 밝아졌다.

뭐야, 대단하지 않군──. 병사들은 그렇게 생각했다.

평범한 모험가 파티라면, 휴식을 취하지 못하면 피로가 축적될 것이다. 그리고 어느새 전력을 다하지 못하게 되면서 쓰러지게 된다.

그러나 자신들은 그런 걱정을 할 필요가 없다. 훈련을 잘 받은 군대가 공략한다면 벌레들 정도는 적이 되지 못한다. 벌레들이 아무리 대량으로 있다고 해도 제국군도 숫자로는 밀리지 않으니까.

지치면 교대하면서, 늘 만반의 태세를 유지하고 있었다. 이런 식으로 점점 거점이 늘어났으며, 공략은 순조롭게 진행되었다.

마음을 편하게 놓을 틈은 없었지만, 말하자면 유일한 문제는 그것뿐이었다. 반대로 얻을 수 있는 것은 컸다.

벌레의 낙원인 이 층에도 나무 구멍이나 동굴 같은 숨겨진 방이 제대로 준비되어 있었다. 그곳에는 강력한 마물도 있었지만, 보물 상자도 있었던 것이다.

호화로운 보물 때문에 웃고 있는 병사들도 있었다.

방금 전에 찾아낸 방에서 보물 상자를 열어보고 안에서 단검을 발견한 자일 것이다.

금은으로 세공된 것으로 딱 봐도 비싸 보이는 단검이었다. 성능도 상당히 우수한 것 같았으며, 그 검날의 빛은 '마강'으로 만든 것임을 증명하고 있었다.

날의 심 부분에만 '마강'을 쓴 물건도 고가이지만, 그 단검은 '마강'으로만 만들어져 있었다. 그 병사가 계속 웃는 것도 수긍이 되는 얘기였다.

이 미궁에 들어갔을 때 '마정석' 같은 건 군의 물건이 될 것이라는 설명을 들었다. 그러나 단검 같은 작은 물건은 묵인받을 가능성이 높다.

당연히 나중에 소지품 검사는 받겠지만, 보물을 지키는 보스를 쓰러트린 공을 고려한다면 그 물건은 그 병사가 가지게 되는 것은 틀림이 없었다.

주위의 병사들도 부러워하고 있었지만, 다들 다음은 자신의 차례일 것이라고 내심 생각하고 있었다.

그런 이득이라도 없다면, 이런 장소에서 벌레를 상대로 계속 싸우는 건 정말 못 해먹을 짓이었다.

채취된 '마정석'도 상당한 수에 이르렀다.

평소에는 희귀한 고순도의 '마정석'이 여기선 마물을 쓰러트리기만 해도 쉽게 손에 들어왔다.

웃음이 멈추지 않는다는 말은 그야말로 지금 같을 때 쓰는 것이며, 이 정도라면 보너스도 더 두둑해질 것이다.

다른 층의 상황도 전해 듣기로는 어디나 비슷하다고 한다. 그나마 비참한 것은 죽은 자들이 들끓는 층이랄까?

사령이 상대라면 얻을 수 있는 게 적다. 그에 반비례하여 쓰러트리는 것은 어렵다. 그에 비하면 이 벌레들이 꿈틀거리는 층은 그나마 대박에 속할 것이다.

적어도 얻을 수 있는 보물은 만족할 수 있는 수준이었으며, 모두 돌아가면 이번 일은 좋은 추억으로 남게 될 것이라고 행복한 망상을 부풀리고 있었다.

이변은 둘째 날부터 시작되었다.

그 병사는 경악하면서 눈을 한껏 떴다. 옆에서 걷고 있던 동료의 머리가 갑자기 땅에 굴렀기 때문이다.

"돌아가면 호화롭게 놀아보— 어?"

땅바닥 위에서 목이 없는 자신의 신체를 쳐다보면서, 그 병사는 멍한 표정을 지었다. 끝까지 이어지지 못한 목소리가 도중에 멈췄으며, 입은 그저 벌어져 있을 뿐이었다.

솟구쳐 오르면서 흩어지는 피. 그게 분수처럼 주위의 동료들에게 쏟아졌다.

"어, 어이이—!!"

절규하는 병사. 지금까지 수다를 떨고 있던 상대의 갑작스러운 참상에, 이해력이 도저히 따라가질 않았다.

그러나 그 병사는 운이 좋은 편이었다.

그 이상 머리를 쓸 필요도 없이 다음 희생자로 선발되었으니까.

툭 하고 떨어지는 머리.

말을 하지 못하는 시체가 된 처음 병사와 마찬가지로, 그 남자도 곧바로 숨이 멎었다.

그들이 죽은 장소는 79층.

아름다운 꽃이 흐드러지게 핀 장소였으며, 방금 전까지만 해도 안전지대라고 여겨지던 층이었다.

"우후후후후후. 하루를 기다린 보람이 있었네. 먹이가 잔뜩 몰려들어서 일부러 여기까지 와주었으니까. 수고했다, 너희들. 우리를 위해 죽어서 먹이가 되어라."

누군가의 목소리가 뚜렷하게 들렸다.

그 층 전체에 울려 퍼지는 아름다운 목소리가.

그건 여왕의 말이었다.

이 층을 수호하는 플로어 보스(영역수호자)──'인섹트 퀸(곤충여왕)' 아피트의 미성이었다.

아피트의 목소리는 사념파로 변환되어 층 전체에 울려 퍼졌다. 그녀의 충실한 하인들에게 확실하게 명령을 전하기 위해서.

＜.................．

＜............．

＜.......．

아피트가 통솔하는 것의 이름은 아미 와스프(군단봉)라고 부른다.

그 정체는 몸길이 30센티미터 정도 되는 벌의 모습을 한 살육 집단이었다.

뛰어난 초감각을 보유하고 있어서, 숨은 먹이(인간)를 놓치지 않는다. 작고 투명한 날개는 고주파를 발하는 칼날이 되며, 변칙적인 고속이동을 쉽게 할 수 있었다.

음속을 돌파하여 몰래 숨어드는 사일런트 킬러(소리 없는 암살 벌)인 것이다.

아미 와스프를 상대하려면 동체시력이 우수한 것만으로는 의미가 없다. 인간이라는 종족의 한계를 넘지 못하면 상대를 감지하는 것도 불가능한 것이다.

애초에 엑스트라 스킬 '사고가속'에 '초속반응'까지 보유하지 못하면, 상대의 움직임을 포착하는 것조차 불가능할 것이다.

겨우 한 마리만으로도 특A급으로 재해 지정을 받는 무시무시한 마물인 것이다.

참고로 서방열국에선 통상적으로 한 마리라도 발견될 경우 긴급 사태경보가 발령된다. 곧바로 각국 상층부에 보고가 이뤄지면서, 상급기사들로 토벌대가 조직된다. 가능하면 크루세이더즈에게도 출장해주길 요청하면서, 대규모의 소탕작전이 실시될 것이다.

성결계(聖結界)를 써서 주위에서 몰아넣고 약화마법이나 속도를 떨어트리는 둔족마법(鈍足魔法)으로 확실히 약하게 만든 뒤에 처리한다. 그래도 희생이 생길 것을 각오하지 않으면 않될 만큼 무시무시한 마물로 규정되어 있었다.

그런 존재가 여러 마리 발견되었을 경우엔 위험도는 크게 증가한다.

하물며 여왕의 통솔을 받는다면 과연 어떻게 될까. 그 답은 바로——.

....

....

....

아피트의 명령을 받은 아미 와스프의 수는 가볍게 1,000을 넘어섰다.

그리고 시작된 것은 일방적인 학살이었다.

어느 정도 실력에 자신이 있는 수준으로는 전혀 의미가 없었다. A랭크의 실력자라고 해도 어떤 일정한 레벨 이하라면 초보자와 다를 게 없는 결과가 된다.

반응할 수 없다면 기다리고 있는 것은 확실한 죽음.

이 층에 모인 제국장병들이 몰살될 때까지는 불과 10분도 필요하지 않았던 것이다.

──미궁 : 81~90층──

지금이라면 말할 수 있다.

첫째 날은 보너스 타임이었다.

살아남은 병사들은 모두가 그렇게 생각하고 있었다.

전우들은 이미 없었다.

모두 살해당한 것이다.

눈앞에 있는 악마, 귀신처럼 강한 그 마물에게.

하지만 불행한 것은 그들만이 아니었다.

다른 층에서도 비슷한 참극이 상연되고 있었던 것이다.

모두가 지금, 절망적인 전투를 벌이고 있었다. 각각의 층에서 각각의 강적을 상대하면서, 승산 없는 전투를 부득이하게 치르고 있었다…….

81층은 마수(魔獸)들의 낙원이었다.

강력한 개체가 활보하면서, 무리를 통솔하고 있었다.

그러나 결국은 지혜가 없는 마수다. 역전의 제국병들이라면 여유를 가지고 쓰러트릴 수 있는 상대였다.

한 마리당 평균 실력을 계산하면 B랭크 이상에 해당할 것이다. 그런 존재가 3~5마리 씩가 팀을 꾸려서 출현하기 때문에 생각했던 것보다 고전을 강요받게 되었다.

그러나 사상자가 나올 정도는 아니었으며, 계단도 발견할 수 있었다.

82층의 공략조와도 합류할 수 있었으니, 첫날의 성과로선 제법 괜찮았다.

이런 식이라면 시간은 걸려도 며칠만 지나면 공략 가능할 것으로 판단되었다.

하지만 공략 2일째.

그 녀석이 나타나면서 사태가 변해버린 것이다.

82층—— 밀림지대에 출현한 것은 인간의 말을 할 줄 하는 지혜가 있는 원숭이였다.

바람과 소리를 다루면서, 하늘을 누비고 폭풍우를 불렀다.

순백의 요괴 원숭이—— 그 이름은 뱌쿠엔(백원, 白猿).

늘씬한 체구를 아름답게 장식하는 것은 새하얀 털이었다. 전장을 종횡무진으로 누비는 모습은 연무를 보는 것 같은 착각에 빠질 정도로 아름다웠다.

곤봉을 쓰는 독특한 체술에 변환자재의 공중살법. 그뿐만 아니라 진공의 날을 전 방위로 날리는 위험하지 그지없는 마수. 그게 바로 뱌쿠엔이었다.

뱌쿠엔은 요술을 구사하여 제국군을 궤멸 직전까지 몰아넣었다.

뱌쿠엔은 1시간 정도 제멋대로 날뛴 뒤에 바람처럼 사라졌다. 또 오겠다는 말을 남기고.

그런 뒤에 이틀 동안, 정기적인 습격이 반복된 것이다.

동료들은 차례로 쓰러졌다.

제국 군인으로서의 긍지를 가지고, 필사적으로 이 마수를 상대하다가 패배한 것이다.

저격반의 총격은 폭풍우로 막혔으며, 약화나 상태이상 효과를 가져오는 마법도 요술로 그 효과를 막아내고 있었다.

'스펠 건'을 이용한 공격마법도 바람의 결계를 부수기엔 역부족이었다. 그래서 접근전투를 시도하려고 하면, 제국군 중에서도 엘리트가 한데 모인 기갑개조병단의 강화병을 손 위에 놓고 가지고 노는 지경이었다.

어린아이를 상대로 하듯이 뱌쿠엔은 정예들을 농락하고 있었다.

그리고 시간이 되면 뱌쿠엔은 물러났다.

그 이유는 단순명쾌했다. 제국병이 모이는 걸 기다리고 있었던 것이다.

처음에는 자신들을 얕보고 있다고 생각하면서 분개했지만, 지금은 어서 물러나 주기를 바라고 있었다.

생존자의 수도 지금은 1,000명이 되지 않았다.

과연 자신은 앞으로 얼마나 살아 있을 수 있을까──. 그 병사는 그런 생각을 했다.

왜 이렇게 되어버린 건지, 몇 번을 생각해봐도 알 수가 없었다.

병사의 시야에 흰 원숭이의 잔영이 보였다.

언제부터 톱니바퀴가 잘못 돌아가기 시작한 것인지── 그 답을 내지도 못한 채, 병사의 시야에 어두운 막이 내려왔다──.

83층── 탁 트인 초원지대가 펼쳐졌다.

빠지는 함정 같은 귀여운 덫이 설치되어 있었지만, 그런 건 아무런 장애도 되지 않았다.

날씨는 쾌청했다. 행군하는 자들의 안색도 밝았다.

그러나——.

둘째 날 밤에 제국군은 막대한 피해를 입었다.

천공에서 빛나는 달은 상현에서 만월로 바뀌는 중이었다.

그 달을 배경으로 고고한 토끼가 공중으로 떠올랐다.

중력을 다루는 토끼—— 겟토(월토. 月兎)였다.

겟토의 공격에는 적아군의 구별 같은 게 없었다.

그런 만큼 피해를 신경 쓰지 않고 전력을 다해 싸울 수 있었다.

달이 차고 이지러짐에 따라 좌우되지만, 비록 초승달이라고 해도
하늘과 땅을 뒤집을 수 있는 수준의 힘을 겟토는 가지고 있었다. 초
중력압괴(超重力壓壞)라는 폭위를 사방에 퍼트리면서 제국군을 농락
했던 것이다.

하지만 그게 끝이 아니었다.

밤은 다시 찾아올 것이다.

그리고 3일 후에는 보름달이 뜬다. 겟토의 힘이 최대한으로
발휘되는 밤이 올 것이다——.

84층—— 돌을 깔아서 만든 도로가 미로를 형성하고 있었다.

그곳을 걷고 있는 제국병의 안색은 좋지 않았다.

예상 이상으로 전력의 소모가 심했던 것 같았다.

"무, 물 좀 줘……."

"안 돼. 보급부대와 연락이 되지 않아. 참도록 해."

"제길! 이제 겨우 3일째인데 물을 마시고 싶어……. 물을 마시지

못하면 밥도 먹질 못한다고……."

개조수술을 받은 강화병사가 목마름을 버티지 못한 채 울먹이고 있었다. 쉽게 믿기 어려운 광경이었다.

하지만 이건 어쩔 수 없는 일이다.

마법으로 물을 만들어낼 수 있다는 이유로, 각자가 들고 다니는 물통의 양만큼만 음료수를 마련했던 것이다. 그보다 휴대용 식품이 더 중요하다고 판단하고 있었다.

그게 화근이 되었다.

이 층에는 독소가 가득 차 있기 때문에 대기 중의 수분을 모은 것만으로는 마실 수가 없었던 것이다.

그 사실을 알게 된 것은 3일째가 되는 날. 병사들 중에 이상을 일으킨 자가 나타나면서, 그제야 사태가 판명된 것이다.

더구나 이 독은 악질적이라서 해독마법이 듣질 않았다.

몇 번이나 해독해봐도 정신을 차려보면 독성분이 물에 섞여 있었다.

다행인 것은 호흡에는 문제가 없는 점이었지만…… 그래도 병사들에게 생기는 피해는 막대하게 커지고 있었다.

지금도 역시 선두의 병사들이 괴로워하면서 쓰러졌다. 상태를 살피니, 검은 반점이 피부에 난 모습으로 고열을 내고 있었다.

"또입니다! 체력저하가 심각하므로 치료할 필요가──."

"에잇, 여기에 의사는 없단 말이다! 치유마법은?"

"효과가 없습니다……."

이런 식으로 차례로 동료들이 쓰러져갔다.

그 모습을 본 제국장병들은 다음은 자신의 차례일지도 모른다는 생각을 하면서, 불안에 사로잡히고 있었다.

그런 병사들의 발밑을 작은 마물이 재빠르게 오가고 있었다.

그건 몸길이가 5센티미터도 되지 않는 검은 쥐. 그 존재가 너무나도 무력하게 보이기 때문에 병사들은 딱히 신경 쓰지 않았다.

──하지만.

그건 큰 실수였다. 그 쥐들이 바로 이 상황을 만들어낸 원흉이었던 것이다.

검은 병마의 코쿠소(흑서, 黑鼠)── 그게 이 층의 플로어 보스(영역수호자)였다.

흑사병, 검은 죽음의 병을 퍼트리는 역병의 지배자. 그게 바로 코쿠소의 본질이었다.

제국 병사들은 완전히 착각을 하고 있었던 것이다.

활보하는 강력한 마수에 정신이 팔린 나머지, 약소하고 밟으면 죽을 것 같은 검은 쥐를 그냥 보고 지나쳤다. 그게 바로 코쿠소의 사역마라는 것도 깨닫지 못하면서, 병원균을 퍼트리는 존재를 방치하는 결과가 되고 말았다.

신지 같은 스킬(능력) 소유자가 있으면, 이 층은 무력화가 가능했을 것이다. 그러나 아쉽게도 그렇게 필요할 때 딱 맞춰 나타나 주는 의사는 없었다.

마법을 이용한 치료는 병에는 그 효과가 약하다. 그 병의 전용 마법이라면 또 모를까, 부상을 치유하는 마법으로는 병에 딱히 효과가 없었던 것이다.

체력을 회복시켜주는 것이 한계였으며, 근본적인 치료에는 이르지 못했다. 부상의 치료와 병의 치료는 전혀 다른 원리에 기반을 두기 때문이다.

　애초에 병을 완치시킬 수 있는 신성마법을 다룰 줄 아는 자는 각국에 한두 명이 있을까 말까 하는 수준으로 희귀했다. 전장에 동행하는 것은 웬만큼 특수한 사정이 있지 않고는 있을 수 없는 얘기였다.

　이리하여 이 층에도 '죽음'이 만연하게 되었다——.

　85층—— 낙엽수들이 우거진 숲의 가운데를 위대한 왕호(王虎)가 걸어갔다.

　다른 층에선 마수들이 제멋대로 날뛰고 있었지만, 이 층에선 왕의 뜻에 따라 통일된 움직임을 보이고 있었다.

　번개를 두른 호랑이—— 그 왕의 이름은 라이코(뇌호, 雷虎)라고 했다.

　라이코가 모습을 드러내기 전까지는 우세했던 제국군이었지만, 그 이후는 전혀 다르게 진행되었다. 방어에 치중할 수밖에 없게 되면서, 다시 계단 바로 앞까지 거점이 밀려버린 것이다.

　숲속은 마물들의 천하였다.

　불리한 전황 속에서 제국군의 저항은 계속되었다…….

　86층—— 사막지대 속에 드문드문 존재하는 것은 오아시스였다.

　태양의 빛을 받으면서 기온이 상승했다.

　밤이 되면 기온이 내려가면서, 추위가 심해졌다.

　기온 차가 심했으며, 싸움과는 관계없이 제국병의 체력을 앗아갔다.

그렇기 때문에 장병들은 기온이야말로 최대의 적이라고 생각했다.

　그건 틀림없는 사실이긴 했지만, 정답은 아니었다.

　진정한 덫은 산소농도에 있었던 것이다.

　날개가 있는 뱀── 요다(익사, 翼蛇).

　요다가 지배하는 것은 대기.

　성분을 조작하여 산소농도를 제로로 만드는 것쯤은 요다에겐 식은 죽 먹기만큼 쉬운 일이었다.

　기온 차로 인해 컨디션 난조가 온 것으로 생각하고 있었던 제국군의 장병들은 하룻밤 쉬면 제 컨디션을 찾을 수 있을 것이라고 안이하게 생각했다. 그리고 그대로 조용히 숨을 거두게 되었다──.

　87층── 무슨 이유인지 산악지대가 펼쳐져 있었다.

　그 평화로운 풍경을 보면서, 병사들은 가족을 떠올렸다.

　문득 마음을 놓고 보니, 즐거웠던 어릴 적의 추억을 떠올리거나 연인과의 재회를 몽상하게 되었다.

　이완된 분위기가 완전히 전염되기까지 5일도 걸리지 않았다.

　마물의 출현빈도가 낮은 것도 원인이었다. 다른 층과는 달리, 여기선 긴장감을 유지하는 것이 어려웠던 것이다.

　그런 상태였기 때문에 그들은 더더욱 알아차리지 못했다.

　교대인원이 잠에 들면 일어나지 못하는 것을.

　일어나 있는 것처럼 보인 것은 모두 자신이 그렇게 믿고 있는 것 때문에 생기는 환각이었다는 것을.

꿈꾸는 양── 민쿠(면양, 眠羊)는 그렇게 되도록 꼬드겼다.

평화를 사랑하는 자상한 양은 피 한 방울 흘리지 않은 채 병사들의 의식을 차례로 거둬갔다.

민쿠의 환각최면으로 잠에 빠진 자들은 두 번 다시 일어나지 못하는 잠에 들게 되었다──.

88층── 강을 따라 생긴 삼림은 불새의 서식지였다.

신기하게도 그 불꽃은 나무에는 옮겨붙지 않았다. 적의가 있는 자에게만 반응하며, 꺼지는 일 없이 계속 타올랐다.

불꽃을 두른 새── 엔쵸(염조, 炎鳥).

그게 바로 이 땅의 플로어 보스(영역수호자)의 이름.

엔쵸와 그의 권속인 새들로 인해 제국군은 불에 타 죽어갔다──.

89층── 거울로 이뤄진 미로.

이 층에는 식물의 영향은 없었다.

깔끔하게 관리되었고, 거울도 모두 잘 닦여 있었다.

통로가 거울에 비춰지면서, 미로를 복잡하게 만들고 있었다.

더구나 그 거울은 깨지는 일이 없었다.

왜냐하면 그건 한 마리의 마수가 구사하는 비술로 인해 만들어진 것이기 때문이다.

거울 면을 따라 이동하는 개── 이가미(견경, 犬鏡)가 내달렸다.

거울 안을 자유자재로 내달리면서 제국군을 농락했다.

그 본체는 거울 안에 있으며, 그 거울은 모든 법술을 반사하여 사용자에게 되돌려 보냈다.

정체를 포착하는 것조차 어려운 것이 이가미라는 마물이었다.

거울에 비치면서 무수히 증식한 이가미로 인해 불쌍한 사냥감들은 차례로 잡아 먹혔다——.

각각의 층에서 흉악한 플로어 보스(영역수호자)가 날뛰고 있었다.

자신의 장기를 발휘할 수 있는 영역이라면 그들의 실력은 유감없이 발휘되었다.

그렇다곤 하나, 제국군도 필사적으로 저항했다.

때로는 쓰러트리기도 했으며, 그때는 커다란 환호성이 일어나기도 했다.

그러나——.

마물들은 부활했다.

몇 번이고 몇 번이고 부활했다.

그 사실이 무엇보다도 무시무시했다.

다른 층의 상태도 전해 들어보니, 비슷한 상황이라고 했다.

그 사실을 안 병사들의 마음은 꺾였다. 절망적인 싸움을 계속하는 것에 의미가 없다는 것을 깨달았기 때문이다.

그리고 가장 절망한 자들이 누구인가 하면——.

원숭이, 토끼, 쥐, 호랑이, 뱀, 양, 새, 개라는 동물계의 요마들. 그건 쿠마라의 팔부중(八部衆)이었다. 귀여운 애완동물에 지나지 않았던 것이다.

그 마수들은 쿠마라의 꼬리가 변한 모습이었으며, 각각의 힘

(능력)은 쿠마라로부터 나눠 받은 것에 지나지 않았다.

팔부중이 집합한 모습이야말로 쿠마라의 본성.

지금의 쿠마라는 어린아이의 모습이 아니라 경국지색의 미녀였다.

요마수를 다스리는 주인(환왕, 幻王)—— 그게 바로 90층의 가디언(계층수호자)인 '나인 헤드(구두수)' 쿠마라였던 것이다.

그런 쿠마라 앞에 어리석고 가여운 희생자들이 도달했다.

그건 쿠마라에게 있어선 먹이에 지나지 않았으며—— 미궁 안에서 더욱 많은 죽음이 양산될 뿐이었다.

그리고——.

제국군 53만 명의 병사가 미궁 돌입을 완료한 뒤로 며칠이 지났을 때.

미궁 안의 생존자는 제로가 되어 있었다.

제4장
완전한 승리

Regarding Reincarnated to Slime

미궁공략이 시작된 뒤로 7일이 지났다.

미궁은 장병을 집어삼킬 만큼 집어삼킨 상태로 여전히 침묵을 유지하고 있었다.

칼리굴리오는 자신에게 전해지지 않는 보고 때문에 초조한 시간을 보내고 있었다.

조바심이 나는 것은 본능에서 오는 공포를 얼버무리기 위해서였다.

아직도 다른 부대와 연락이 되지 않았으며, 게다가 미궁 안과도 연락이 끊겼다.

언뜻 보기엔 적지에 완전히 고립된 상태였다. 그 상황이 칼리굴리오를 불안하게 만들고 있었던 것이다.

"아직 아무도 돌아오지 않았나!"

그렇게 화를 내면서 소리쳐봤지만, 대답할 수 있는 사람은 없었다.

그게 대답이었다.

칼리굴리오뿐만 아니라 참모들도 상황이 여의치하지 않다는 것을 이해하였다.

첫날에 몇 번이나 병사를 파견했으며, 미궁 안에서 정보를 가지고 돌아왔다.

돌아온 병사는 한 명도 없었지만, 처음에는 안에 있는 자들과 대화하는 것만은 가능했다. 그들이 제공한 정보들을 모아서, 그 상황은 대강 파악할 수 있었던 것이다.

미궁에 들어갈 때 본인의 확인이 필요하게 된다.

그때 제시된 것이 미궁 클리어의 조건이었다.

──미궁 안에 있는 십걸을 쓰러트리고, 열 개의 열쇠를 모을 것. 그렇게 하면 미궁의 왕에 대한 도전권을 얻을 수 있다고 한다. 그 미궁의 왕을 쓰러트리면 클리어한 것이 된다.──

처음에는 간단하다고 생각했다.

그러나 지금에 와선 그 판단은 실수였다고 말할 수밖에 없었다.

모은 정보에 따르면 미궁 안의 층은 최소 50층 이상이었다.

1,000명마다 층이 바뀌지만, 순서대로 병사들이 들어갈 수 있었다. 그 덕분에 먼저 들어간 자들과의 연락이 가능했지만, 처음에 연락이 되었을 때는 돌입한 인원수가 5만 명을 넘어선 상태였다.

몇 번이나 반복된 돌입을 통해서 아마도 50층 이상 될 것이라 생각할 수 있었다.

유우키로부터 들은 신지 일행의 보고에 따르면 미궁은 60층이 있다고 했다. 하지만 그 정보가 도움이 되지 않는다는 것은 초기 단계에서 판명이 되어 있었다.

미궁 안에 출현한다는 마물의 실력이, 들었던 얘기와는 전혀 달랐기 때문이다.

애초에 미궁의 보스(왕)는 와이트 킹(사령의 왕)이라는 말을 한 시점에서 신지 일행의 얘기에는 신빙성이 사라진 것이다.

둘째 날에 올라온 보고로 와이트 킹이 지배하는 층이 발견되었기 때문이다.

그 와이트 킹이 얘기로 듣던 '십걸' 중의 한 명이라고 하는데…….

소문이 진짜가 아닌가 하는 목소리도 나왔다.

지금은 그 말을 웃고 넘길 사람이 아무도 없게 되었다.

"아무리 정예라고 해도 힘들단 말인가…….."

"네. 이대로 가면 공략은 실패로 끝나지 않을까 합니다만…….."

인정할 수 없다――고 생각하면서, 칼리굴리오는 부들부들 떨었다.

공략 실패라고 말은 쉽게 하지만, 그건 즉 제국장병 53만의 죽음을 의미하기 때문이다.

황제 루드라로부터 맡은 소중한 장병들을, 그렇게 쉽게 저버릴 수 있을 리가 없었다.

아직 7일. 한계까지는 아직 여유가 있는데다, 미궁 안에선 지금도 공략이 계속되고 있을 것이다. 그걸 믿으며 기다릴 수밖에 없었다.

그게 정답이겠지만, 칼리굴리오는 아니, 칼리굴리오뿐만 아니라 참모들도 모두 이대로는 위험하다고 느끼고 있었다.

그런 생각이 들게 만드는 것은 '십걸'의 존재였다.

현재 입수했다고 하는 '열쇠'의 수는 네 개. 아무리 쓰러뜨려도 부활한다고 하지만, 네 마리의 용왕으로부터 열쇠를 얻어낼 수 있었다.

그러나 남은 여섯 명에 대해선 토벌의 전망조차 보이지 않는 것이 현재의 상황이었던 것이다.

와이트 킹도 그랬지만, 그의 한쪽 팔로 여겨지는 데스 팔라딘 (사령성기사).

벌레를 다스리는 여왕에, 짐승들의 여주인.

가드라의 망령이라는 별명이 붙은 공격형의 골렘.

마지막 하나는 그 정체조차 불명이었다.

이 여섯 명을 쓰러트리지 못하는 한, 미궁의 클리어는 꿈같은 얘기였다.

미궁 안의 전력으로는 그 조건 달성은 불가능하다——. 칼리굴리오도 그랬지만, 참모들의 의견도 만장일치로 그런 판단을 내리고 있었다.

"하지만 이래선 아무리 전력을 투입해도 소용이 없겠군."

"네."

"그래봤자 소모만 될 뿐입니다. 게다가 이곳의 수비도 불안해지겠죠."

그럼 어떻게 할 것인가?

답은 하나밖에 없다.

미궁의 원래 공략방법—— 정예로 꾸린 팀으로 도전하는 것밖에 없었다.

하지만 그렇게 되면 누구를 선발할 것인가가 문제가 된다.

칼리굴리오는 잠시 고민한 끝에, 군단 중에서 정예를 긁어모으기로 했다.

모인 것은 100명의 남녀였다.

각 부대의 정예나 자기 실력에 자신이 있는 자들만으로 모집을 한 것이다.

앞줄에 앉은 자는 우아한 분위기의 남자. 전장에 있음에도 불구하고 풀을 빳빳하게 먹인 제복을 몸에 딱 맞게 소화하고 있었다.

그 남자의 이름은 미니츠. 칼리굴리오가 가장 신임하는 남자이며, 소장이라는 높은 지위를 차지하고 있었다.

이번 작전의 지휘관으로서 칼리굴리오의 추천을 받았다.

미니츠의 옆에는 담배를 문, 차가워 보이는 남자가 앉아 있었다.

사냥감을 노려보는 듯한 냉혹한 눈빛과 가지런히 정리된 수염이 난 얼굴은 상대하는 자에게 공포의 감정을 느끼게 했다. 또한 그 분위기에 모자라지 않는 실력을 갖춘 남자였다.

캔자스 대령.

수많은 눈부신 공적을 세운 영웅이었다. 그중에서도 유명한 것은 '요마향 섬멸작전'이었다. 그 지휘를 맡은 남자가 바로 캔자스, 그자였던 것이다.

그 태도는 자신감의 표현인지, 늘 건방졌다. 상관들을 앞에 두고도 두려워하는 기색은 눈곱만큼도 없었다.

주위에 있는 자들은 모두 캔자스에게 주의 같은 걸 주지 않았다. 그것도 당연한 것이, 캔자스의 직속상관인 미니츠가 그 태도를 묵인하고 있었기 때문이다.

칼리굴리오의 입장에선 마음에 들지 않는 부분이 있긴 했지만, 제국에서도 이름 높은 영웅을 상대로 쓴소리를 늘어놓을 정도는 아니라고 생각하고 있었다. 상사인 미니츠에게 일임하고 있으므로 캔자스의 행동을 비난할 수 있는 자는 이 자리에는 없었던 것이다.

그 외에 유명한 자는 루키우스와 레이먼드였다.

이 두 명은 '이세계인'이다.

루키우스는 유니크 스킬 '섞는 자(융합자)'를 가지고 있다. 그 힘을 이용한 고화력 공격이 특기이며, 제국군 안에서도 그 이름을 널리 떨치고 있었다.

레이먼드는 어떤가 하면 유니크 스킬 '싸우는 자(격투가)'를 보유하고 있었다. 과거에 격투가였으며, 그게 그대로 스킬(능력)이 된 것 같았다. 다양한 무기, 격투기, 그리고 이 세계에서 배운 아츠(기술)까지 구사하는 초일류의 전사였다.

두드러지게 유명한 자들은 이 네 명이지만, 다른 자들도 일기당천의 전사들이다. 최소 A랭크인 자들만 모였으며, 제국군 중에서도 1만 명에 한 명 존재하는 정예 중의 정예였던 것이다.

이 100명만으로 다른 나라의 기사단을 궤멸시키는 것도 가능한 수준이었다. 그런 영웅들에게 칼리굴리오는 이번 작전의 모든 것을 맡기기로 한 것이다.

"자, 제군들. 현재 상황은 들었겠지?"

말없이 고개를 끄덕이는 일동. 씨익 하고 웃고 있는 캔자스 같은 남자도 있었지만, 대부분이 진지한 표정으로 칼리굴리오의 말에 귀를 기울이고 있었다.

"미궁 안에선 지금 우리 동지들이 도움을 바라고 있다. 미궁을 나오려면 조건을 클리어해야 하는데, 그 조건에는 마왕의 토벌이 포함되어 있는 것이다. 제국 최강인 우리 기갑사단이라면 그 난제도 해결할 수 있겠지. 하지만! 시간이 부족한 상황이다."

이 미궁은 군대의 수만 믿고 공략할 수 있을 만한 장소가 아니다. 그 사실을 이해하게 된 칼리굴리오였지만, 솔직히 그 말을 입에 올릴 수는 없었다.

그런 짓을 하면 사기가 내려가므로, 일부러 말을 꾸며서 부하들에게 설명을 계속했다.

"미궁 안에 있는 십걸이란 녀석들을 토벌하여 열 개의 열쇠를 모으는 것이다. 그렇게 하면 마왕 리무루에 대한 도전권을 얻을 수 있다고 한다. 제군들에게 기대하는 것은 바로 그 역할이다. 마왕 토벌을 맡기고 싶다!"

이보다 더 강할 수 없다고 생각되는 기갑사단의 정예를 앞에 둔 상황에서, 칼리굴리오는 그렇게 연설했다.

"맡겨주십시오, 칼리굴리오 님. 우리, 영광스러운 제국군에게 마왕 따위는 적이 되지 않습니다. 그 사실을 지금부터 증명해 보이도록 하죠!"

우아한 몸짓으로 승리를 약속하는 모습을 보여주었다.

대표로 대답한 자는 가장 지위가 높은 미니츠였다.

그런 미니츠에게 반대 의견을 늘어놓을 수 있는 자는 이 자리엔 없었다. 실력에 자신이 있는 자들만 모인지라, 모두가 승리를 확인하고 있었기 때문이다.

이리하여 마왕에게 도전할 용사들이 선발되었다.

그들은 몰랐다.

몰랐기 때문에, 희망을 품을 수 있었다.

몰랐기 때문에, 미궁의 위험을 깨닫지 못했다.

지금은 후퇴하는 것이 정답이었던 것이다.

모든 것이 늦었다.

칼리굴리오의 결단은 너무 늦은 것이었다.

미궁 안에서의 싸움은 이미 종료된 상황이었으며, 미궁 안에 살아남은 자는 전무했다.

그렇게 되어 있는 것도 모른 채……

선발된 용사들은 의기양양하게 무시무시한 미궁으로 들어갔다.

●

대형 스크린의 영상을 집중하여 바라보던 우리는 여기서 겨우 한숨을 놓았다.

역시 예상대로라고 할까. 제국 측은 문에 적혀 있던 경고를 재미있다는 듯한 태도를 보이면서 바로 무시해주었다. 그뿐만 아니라, 우리가 기대했던 것 이상으로 많은 장병들을 미궁 안으로 보내준 것이다.

"대단하군, 예상 이상의 성과야."

내가 중얼거리자, 베니마루도 고개를 끄덕였다.

"경계해야 할 정도의 강자는 없었군요. 미궁십걸이 강한 것도 이유가 되겠지만, 생각했던 것보다는 편하게 상대할 수 있겠습니다."

그런 말을 하고 있지만, 그 눈에는 방심의 빛이 없었다.

이미 의식을 전환했는지, 이번에는 지상의 상황으로 주의를 기울이고 있었다.

"또 움직임이 있는 것 같은데."

"네. 이번에는 수에 의존하는 게 아니라 들여보낼 자들을 선별하고 있는 것 같습니다. 기왕이면 좀 더 빨리 결단을 내리는 편이 좋았을 텐데 말이죠. 그러면 미궁 안의 우리 동료들도 고전했겠지만요——."

"이봐, 우리에겐 그게 더 좋은 거잖아."

"뭐, 그렇긴 합니다만. 이렇게까지 바라던 대로 진행되면 오히려 불안해진다고 할까요……."

베니마루는 그런 말을 하고 있었지만, 그 표정에선 당연한 결과라고 생각하는 것이 엿보였다.

문제는 그게 아니라——.

아무래도 이 녀석, 자신이 나설 차례가 없어지니까 제국이 좀 더 잘 싸워주길 바라는 모양인데?

그 기분은 이해가 될 것 같기도 하고, 안 될 것 같기도 하고…….

아냐, 아냐. 이해를 해버리면 나도 전투 마니아가 되어버릴 거야.

나는 베니마루와 다른 부하들과는 다르다.

이 결과에 만족하고 있는 것이다.

그리고 몇 번이고 말하지만, 이 세계에선 양보다 질이 더 중요하다.

이 선별된 부대야말로 적의 주력으로 생각해도 될 것이다. 이 녀석들이 십걸을 각개 격파할 가능성은 충분히 높기 때문에 잠자코 지켜보고 있을 상황은 아니라고도 할 수 있다.

우리의 목적이었던 적군을 솎아내는 것.

이건 이미 충분히 달성되었다. 제국군은 남은 수가 십 수 만 정도였으며, 그 수만 본다면 서방열국으로도 충분히 대응할 수 있는 레벨까지 감소되어 있었다.

이건 말하자면 그거다.

도박에서도 종종 그렇게 하지만, 처음에는 대승을 거두게 하여 멈출 때를 놓치게 만드는 작전.

그 승리의 이미지가 너무 크기 때문에, 지더라도 회복할 수 있다는 착각을 하게 만드는 현상.

알고 있어도 좀처럼 멈출 수가 없단 말이지, 그렇게 되면.

이번의 제국군은 그야말로 그런 모습을 보이고 있었으며, 전력 투입을 수차례 반복한 결과, 이젠 되돌릴 수 없는 지경까지 전력을 투입하고 말았을 것이다.

우리 입장에선 목적을 달성할 수 있어서 큰 도움이 되었다.

지금까진 작전이 잘 진행되어서 분위기가 훈훈했지만, 또 다른 목적인 강자를 완벽히 밝혀내는 것은 아직까지 제대로 달성되지 않았다.

강한 자는 몇 명인가 있었지만, 나를 쓰러트릴 수 있을 만한 자는 없었다.

뭐, 클로에의 얘기에 나오는 나는 마왕이 되지 않았다고 하며, 히나타에게 패배——가 아니라 비겼을 때의 실력과 그다지 변화가 없었다고 하는데…… 그래도 그렇게까지 위협적으로 느껴지는 자는 발견되지 않았다.

굳이 말하자면 테스타로사가 죽인 레전드(전설)급의 장비를 지녔던 자들.

그 서열 11위인 데이비스라면 어쩌면 나를 죽일 가능성이 있었을지도 모르는 수준이었다.

물론, 지금의 내가 아니라 처음 히나타와 싸웠을 무렵의 나를 말하는 거지만.

결국 해당자는 아직도 모습을 보이지 않는다는 것이 결론이었다.

그에 관해선 아무리 오래 생각해봤자 어쩔 수 없으니 보류하기로 하고.

마음에 걸리는 것은 적 지휘관의 생각이었다.

이 정도로 비참한 상황에 몰려버렸으면, 대개는 후퇴를 선택할 텐데…….

적의 지휘관은 대체 무슨 생각을 하고 있는 거람.

《해답. 다른 부대와의 연락을 방해받고 있기 때문에 현재 상황의 인식이 충분하지 못한 상태일 것입니다. 있지도 않은 희망에 매달려 승리를 포기하지 못하고 있는 것으로 추측됩니다.》

이런, 라파엘은 신랄하군.

듣고 보니 납득이 되었다. 하지만 그렇게 되면 정보전을 너무 완벽히 제압하는 것도 다시 고려해볼 일이란 말인가. 지휘관이 상항파악을 제대로 했으면 빨리 물러나 주었을지도 모른다.

《아닙니다. 박살 낼 수 있을 때에 철저하게 박살 내지 않으면 화근을 남기게 됩니다. 침입자에 대한 자비는 베풀어줄 필요가 인정되지 않습니다.》

단호한 의견이었다.

합리적이고 냉혹하며 비정하게 들리지만, 그것도 정답이라고 생각한다.

제대로 된 전력을 남겨두면 제국은 야망을 포기하지 않을 것이다. 그러나 여기서 철저하게 박살을 내놓으면 적어도 당분간은 전쟁을 피할 수 있을 테니까.

무슨 일이든 어중간한 것이 제일 좋지 않다.

적에게도 가족이 있을 테니, 남겨진 자들은 슬픈 경험을 할 것이다.

하지만.

여기서 자신들의 어리석음을 깨우치게 만들어서, 앞으로의 전쟁을 억제할 수 있는 가능성도 있다.

이건 결코 정의는 아니지만, 적어도 자잘한 분쟁을 없앤다는 의미로 보면 정답이었다.

뭐, 이제 와선 이미 늦은 얘기다.

나는 라파엘과 달리 우유부단하다.

적이 도망친다면 마음대로 하게 내버려 둘 것이고, 또 공격해 온다면 반격하여 무찌를 것이다.

의사결정을 상대에게 맡기는 것을 보면 아직 안일한 것인지도 모르겠다.

스스로도 알고 있지만, 이것만큼은 내 원래 성격이 그렇다 보니, 그리 쉽게 고칠 수도 없는 노릇이다.

사실은 공격해 오길 바라지 않는 게 본심이며, 귀찮은 일은 피하고 싶었던 것이다.

마음속으로 그렇게 몰래 탄식하고 있자, 라미리스가 연락을 해왔다.

『리무루, 지금 시간 있어?』

『그래. 여긴 리무루, 별문제 없어.』

그 목소리를 들어보면 긴급한 일은 아닌 것 같은데, 무슨 용건일까?

『저기 말이지, 또 100명 정도가 쳐들어왔잖아?』

『그런 것 같네. 이번에는 강적인 것 같은데.』

『응응. 그래서 말인데, 십걸들이 한목소리로 요청이 있다고 했어.』

라미리스로부터 그 요청사항을 들었다.

첫 번째 요청사항, 제안자는 가드라.

듣자하니 미궁으로 침입한 자들 중에 아는 자가 있다고 한다. 루키우스와 레이먼드라는 이름을 가진 자인데, 이 두 사람은 '이세계인'이라고 한다.

어떻게든 설득하여 동료로 끌어들이고 싶다는 내용이었다.

두 번째 요청사항, 제안자는 쿠마라.

이쪽도 침입자들 중에 낯이 익은 자를 발견한 모양이었다.

하지만 가드라와는 달리 아는 자가 아니라, 복수의 대상이라고 한다.

쿠마라의 고향이었던 '요마향'을 멸망시킨 것도 모자라 어린──그래봤자 그 당시에 300살에 가까웠다고 하지만──쿠마라를 마왕 클레이만에게 팔아넘긴 남자. 그런 악랄한 자식이 제국군에 소속되어 있었을 줄이야…….

요청사항은 이 두 개뿐이었지만 어떻게 할까.

"어떻게 생각하나, 베니마루?"

"그야 물량으로 공격하는 것이 승리의 지름길이겠습니다만, 아름답진 않죠. 전쟁에 그런 미추를 따지는 게 소용이 없다는 건 잘 알고 있습니다만, 요청을 들어줘도 괜찮지 않겠습니까? 가드라가 설득할 수 있다면 괜찮은 결과이고, 실패하더라도 그렇게 큰 타격은 되지 않습니다."

확실히 그렇긴 했다.

어차피 전력을 분산할 수 있으니, 이 두 사람은 가드라에게 맡기기로 하자.

그리고 쿠마라 쪽 말인데——.

"누구라도 복수를 제지당하고 싶진 않을 겁니다."

베니마루가 말하자, 그 발언에는 무게가 느껴졌다.

그러고 보니 쿠마라는 클레이만의 데몬 도미네이트(지배의 주술)로 조종을 당하고 있었지. 그 원인이 된 남자가 제발로 찾아온 거라면 복수하고 싶다는 생각이 드는 건 당연할 것이다.

복수는 아무것도 낳지 않는다고 하지만, 마음을 정리하는 계기는 될 것이라 생각한다. 답답한 기분을 계속 끌어안고 있는 것보다 상대에게 직접 드러내면서 부딪치는 것이 더 개운해질 것이다.

그러니까 승인하기로 하자.

『라미리스, 허락하겠어.』

『좋았어! 역시 리무루, 얘기가 통하네!』

『어차피 전력을 분산시키고 싶으니까, 가드라가 맡은 층에는 루키우스와 레이먼드 두 사람만 보내. 쿠마라가 맡은 층에는——.』

"그 수염! 이름은 모르지만 밉살스러운 얼굴을 하고 있더라고."

라미리스는 쿠마라에 완전히 감정이입을 하고 있군.

하지만 나도 같은 기분이다.

『그 녀석을 보내줘. 그리고 쿠마라에게 잘 싸우라고 전해주고!』

『오케이! 내게 맡겨.』

이렇게 요청을 받아들였다.

남은 전력의 분배 말인데——.

"저기 있는 남자가 지휘관인 것 같군. 리무루 님, 저자를 혼자 보내서 아피트에게 처리하도록 시키죠."

베니마루가 태연한 표정으로 무시무시한 말을 했다.

방금 전에 '물량으로 공격하는 건 아름답지 않다'고 말했는데, 용케도 그런 작전을 쉽게 입에 올린단 말이지.

하지만 뭐, 그 의견은 채용하기로 했다.

『라미리스, 저기 있는 멋을 잔뜩 부린 중년 남자가 지휘관인 것 같으니까 그 녀석만 아피트가 있는 곳으로 보내.』

『그렇군. 지휘능력을 빼앗아서 통솔을 잃어버리게 만들자는 얘기네. 역시 리무루, 치사한 작전을 잘도 떠올린다니까!』

——뭐?

왜 내가 나쁜 놈이 된 거야?!

놀라는 나는 아랑곳하지 않은 채, 라미리스는 멋대로 납득하고 있었다.

『그럼 나머지 100명 정도 되는 자들은 아다루만에게 맡기면 될까?』

『알았어! 내 용왕들은 지고 말았지만, 다른 아이들은 아직 잘 싸우고 있으니까. 마지막까지 이런 분위기가 되도록 버텨줘야겠어!』

라미리스는 약간 분해하는 것 같았지만 이건 어쩔 수 없다.

드래곤 로드(용왕)라고 해도 몰려드는 군대를 상대로는 버티기 힘들었을 뿐이니까.

다른 십걸들과는 달리 지형효과가 있는 층은 광대하다. 상대를 괴롭힌다는 의미로는 중요한 역할을 다해주고 있었지만, 정보가 공유된 상태에서 대책을 세우면 그 우위성도 사라지고 만다.

그런 상황에서 치른 전투였으니, 나름대로 잘 싸워줬다고 생각한다.

열쇠를 네 개 빼앗기고 말았지만, 아직 십걸 중에서 여섯 명이 무패인 상태이었다. 이런 식으로 계속 싸워주길 바라자.

『믿고 맡기겠어! 하지만 방심만은 하지 마. 그 100명 중에도 위험한 녀석이 섞여 있을 가능성이 있으니까 말이야.』

『괜찮아, 괜찮아! 리무루가 보고 있다는 말을 듣고, 모두 의욕이 최고조에 달했으니까. 그리고 말이지, 미궁의 왕은 베루도라 사부거든?』

그것도 그렇군.

이번의 미궁 클리어 조건은 '열쇠를 열 개 모은 뒤에, 미궁의 왕에 도전하여 승리하는 것'이다. 베루도라가 쓰러지는 모습은 상상할 수도 없으니, 그 점은 안심해도 괜찮을 것이다.

『그러네. 그럼 계속해서 잘 싸워줘!』

『맡겨만 두세———요———!!』

기운차게 그런 말을 남긴 뒤에, 라미리스는 '사념전달'을 끝냈다. 자, 그럼 이제 조금 남았다.

나는 최후의 전투를 관전하기 위해서, 다시 대형 스크린 쪽으로 시선을 돌렸다.

루키우스와 레이먼드는 계단에 앉은 채, 거칠게 숨을 쉬면서 물을 마셨다.

보고에 따르면 계단에는 마물이 나오지 않았다고 했다. 완전히 믿는 것은 위험하지만, 다른 곳보다는 안전하다고 생각하여 휴식을 취하고 있었다.

....

....

......

칼리굴리오 대장에게 호출을 받고, 미궁으로 돌입하라는 명령을 받았다. 그 명령에 불만이 없었다.

루키우스와 레이먼드는 신지 일행과 마찬가지로, 가드라 노사에게 거둬진 '이세계인'이었다. 가드라에겐 좌우분간도 할 수 없는 이 세계에서 먹고 살 수 있게 자신을 길러주었다는 은혜를 느끼고도 있었다.

그런 가드라가 행방불명이 되었다.

특별팀을 이끌고 마왕 리무루의 영지로 임무를 맡아 떠났다고 했다.

가드라는 한 번은 돌아왔지만, 다른 팀 멤버는 모두가 귀환하지 못했다. 동행자는 전사했다고, 가드라는 유우키에게 보고했다고 한다.

그런 뒤에 가드라까지 모습을 감췄다.

팀의 동료들을 구출하러 간 것이라고, 그럴듯한 소문이 돌았다.

가드라를 아는 자라면 믿기가 좀 어려운 소문이긴 했지만, 만약 정말이라면 그냥 듣고 넘길 수가 없었다.

게다가──.

그 전사했다는 가드라의 동행자들 말인데, 그들은 루키우스와 레이먼드도 잘 알고 있는 인물들이었다.

이 세계에서 친해지게 된 동향자인 타니무라 신지, 마크 로렌, 신 류세이였던 것이다.

바로 믿기는 어려운 얘기였지만, 실제로 신지 일행은 돌아오지 않았다. 그들의 임무는 미궁의 조사였다고 하니, 거기서 마왕 리무루와 무슨 일이 있었음이 틀림없다.

신지 일행 세 사람은 마왕에게 도전했으며, 그 결과, 살해당한 것으로 생각하는 것이 타당했다.

같은 고향 출신인 동료들 중엔 신지 일행이 사라진 것을 슬퍼하는 자도 있었다. 루키우스와 레이먼드도 그랬으며, 그 외에도 많은 사람들이 그런 반응을 보였다. 같은 고향 출신이라는 사실만으로 정체불명의 연대감이 생겨났던 것이다.

그리고 신지는 의외로 리더에 어울리는 성격이었으며, 어려움에 처한 자를 저버리지 않는 자상한 남자였다. 조금 둔감한 면도 있었지만, 그런 신지를 따르는 자들도 있었다.

가드라로부터 받은 은혜. 그뿐만 아니라, 친한 친구들의 안부를 확인하고 싶다는 바람.

이런 생각들을 동료들과 의논한 결과, 가장 전투력이 높은 루키우스와 레이먼드 두 사람이 이번 원정에 참여하기로 결정된 것이다.

두 사람은 즉시 유우키에게 의견을 올렸지만, 그건 기각되고 말았다.

『지금 행동하는 것은 정말로 위험해. 지금은 일이 좀 복잡하게 돌아가고 있으니까 섣불리 움직이지 않는 게 좋아. 자세한 얘기는 해줄 수 없지만, 신지 일행도 분명 무사할 테니까──.』

이런 식으로 제대로 대응해주지 않았던 것이다.

유우키가 위험하다고 말했으면 정말로 위험할 것이다. 하지만 그 말로 납득할 수 없는 자도 있었다. 이대로 내버려 뒀다간 멋대로 뛰쳐나갈 수도 있으니, 그럴 바에는 그나마 전투에 특화되어 있는 루키우스와 레이먼드 쪽이 무슨 일이 있어도 대처할 수 있을 것이라 생각했다.

그런 이유로 루키우스는 단독으로 행동하기로 했다. 레이먼드도 그에 동의하면서, 두 사람은 유우키에겐 말을 하지 않고 행동으로 옮겼다.

혼성군단에서 기갑군단으로 소속을 변경하여, 이번 작전에 따라가기로 한 것이다.

그런 사정이 있던 루키우스와 레이먼드야말로 칼리굴리오의 명령은 바라 마지않던 것이었지만…….

………………

…………

……

"안에 들어온 건 실수일지도 모르겠군."

"그러게. 이렇게까지 적이 강할 줄은 몰랐어."

두 사람이 보내진 곳은 59층이었다.

두 사람은 모르는 사실이겠지만, 곧바로 60층으로 부르자는 의견도 있었다.

그러나 이 두 사람이 실력을 감추고 있을 가능성이 있었다.

다른 누군가가 변신했을 가능성도 있으니, 우선은 그들을 살펴보기로 한 것이다.

참고로 이건 리무루——'라파엘(지혜지왕)'——의 의견이었다.

의외로 신중하네, 리무루——라고 생각하면서, 라미리스랑 가드라도 납득한 상황에서 그렇게 하기로 한 것이다.

그런 이유로 루키우스와 레이먼드는 59층에서 격렬한 전투에 노출되었다.

가변식 레이저 광선포랑 음파포. 그 외의 다양한 과학병기. 격리벽이 내려가면 무미무취의 독가스가 살포되는 통로가 만들어졌다.

현재는 100층이 되어 있는 95층의 연구소에서 만들어진 수많은 병기들이 59층에서 운용되고 있었다.

그리고 그중에서 진짜 정수는 공격특화의 인형병기—— 골렘(마인형)이었다.

리무루가 괴뢰국 지스타브에서 발견된 유적 '암리타'로부터 가지고 온 자료. 그걸 연구하여 재현시킨 방위기구가 지금 유감없이 투입되고 있었다.

제국군을 섬멸할 때조차도 기능의 10퍼센트까지도 쓸 필요가 없었던 병기들. 그런 것들이 지금 루키우스와 레이먼드를 시험하는 데에 이용되고 있었다.

진정한 공방이 펼쳐지면서 두 사람은 비장의 수를 전부 드러내고 있었다.

레이먼드가 전위에 서서 시간을 벌었다.

그 귀중한 시간을 이용하여 루키우스가 필살의 일격을 날렸다.

루키우스의 '융합자'는 그 이름 그대로의 기능이 있었다. 물질을 서로 섞은 뒤에, 거기서 에너지를 만들어낼 수도 있었다. 사용법에 따라선 핵격마법과 동등한 공격으로도 전용할 수 있는 것이었다.

그걸 발견하여 가르쳐준 것도 가드라였다. 은사의 은혜를 떠올리면서도 루키우스는 필사적으로 싸웠다.

전투 그 자체는 두 사람의 압승이었다. 거대한 파괴력의 공격 앞에는 골렘도 과학병기군도 적이 되지 못했다.

하지만 그 수가 무시무시할 정도로 많았다.

단둘이서 이 덫들을 돌파하는 것은 너무나 힘들었으며, 겨우 하루 만에 루키우스와 레이먼드가 완전히 지치게 된 것도 무리가 아닌 얘기였다.

"이봐…… 어떡할래? 계속 전진할까?"

"멍청한 소리 하지 마. 아직 계단을 하나밖에 내려가지 않았거든? 저렇게 병기랑 덫이 대량으로 있는데, 대책도 없이 나아가는 건 위험해."

"그건 그래. 하지만 너한테도 다른 방법이 없잖아? 미궁에 들어가자마자 다른 사람들과도 떨어지고 말았으니 말이지……."

레이먼드의 말은 옳았다. 그런 건 루키우스도 이해하고 있지만, 아무것도 하지 못하는 것이 현재 상황이었다.

나아가는 건 위험하다고 말했지만, 그럼 어떻게 하는 것이 정답일까?

아래로 내려가지 않고 위로 올라간다고 해도 미궁을 나갈 수 있다는 보장은 없다. 그보다 미궁으로 들어갈 때 의사를 확인했던 내용을 믿는다면, 클리어 조건을 충족시키지 않으면 탈출은 불가능하다는 생각이 들었다.

"이런 미궁을 클리어하는 건 절대 무리일 거야……."

"그러게. 시간이 있으면 또 다를지도 모르지만, 하루에 한 층을 목표로 해도 1개월 이상은 걸리겠어. 식량이 절대적으로 부족해."

가장 큰 문제는 거기에 있었다.

루키우스랑 레이먼드는 개조수술을 받지 않았기 때문에 식사를 할 필요가 있다. 물은 어떻게든 해결할 수 있겠지만, 식량은 20일분만 남아 있었다. 방금 전에 지나온 층처럼 마물이 나오지 않는다면 그 고기와 피를 먹는 방법도 선택할 수 없는 것이다.

이대로 가면 3주일도 버티지 못할 가능성이 있었다.

돌입한 뒤로 겨우 하루. 상황은 이미 절망적이라는 계산밖에 나오지 않았다.

하지만 두 사람은 포기하지 않았다.

애초에 두 사람에겐 은사와 친구에 관한 정보를 모은다는 목적이 있었다. 여기서 다 내던지고 포기할 바에야 처음부터 미궁 같은 데는 들어오지 않았을 것이다.

"저기, 들어오기 전에 나눠 받은 이거, 믿을 수 있을 거라 생각해?"

루키우스가 자신의 목을 가리키면서 레이먼드에게 물었다. 그의 손가락이 가리키는 것은 목장식이었고, 미궁돌입작전을 실시하기 전에 칼리굴리오가 전해준 물건이었다.

듣자 하니 개발실에서 만든 시험제작품이며, 가드라가 가져온 소생 아이템의 모조품이라고 했다.

미궁 안에서 죽어도 부활할 수 있다고 얘기했지만, 루키우스는 믿고 있지 않았다.

"믿을 수 있을 리가 없지. 애초에 설령 부활한다고 해도 어디서 되살아나는 건데?"

"그래. 우리를 가지고 실험할 생각인 거야. 애초에 왜 목에 차는 건데? 가지고 온 건 팔찌였다고 했잖아?"

"그게 바로 제국의 기술도 아직 멀었다는 증거가 되겠지."

급한 대로 준비한 모조품이기 때문에 사이즈가 크게 되었다는 설명은 들었다. 하지만 그게 한층 더 두 사람의 불신감을 부추기고 있었다.

모조품에 목숨을 맡기라니, 기본적으로 생각해도 사양하고 싶은 얘기다.

『이건 말이지, 선택된 자에게만 마련해주는 것이다. 제군들에겐 이걸 맡길 만한 가치가 있다고, 나는 높게 평가하고 있다는 뜻이야!』

칼리굴리오는 그렇게 미사여구를 동원하여 설명했지만, 그건 뒤집어서 생각해보면 성과를 확인하지 못했다는 것을 의미한다.

말단 병사들의 몫을 마련하지 못했으므로, 어떻게 될지는 써본 뒤에 알 수 있다는 얘기였다.

적어도 실험 데이터가 있었다면 믿어볼 수도 있겠지만, 자신들이 실험용 쥐가 되는 건 어이가 없었다.

"네가 먼저 죽으면 어떻게 될지 확인할 수 있겠군."

"웃기지도 않는 농담이네. 적어도 나는 이런 것에 의지할 마음이 없어."

레이먼드가 현실적인 대답을 했다.

"애초에 이것의 오리지널이었던 '부활의 팔찌'라는 아이템은 마왕 라미리스의 권능에 의해 만들어진 거잖아? 그 힘을 빌려와서 쓰는 식의 가짜라니, 오히려 상대를 더 분노하게 만드는 것 아냐?"

레이먼드가 그렇게 이어 말하자, 루키우스도 그렇게 생각했다는 듯이 어깨를 으쓱하면서 동의하는 몸짓을 보였다.

죽으면 다시 살아나지 않는다 생각하고 행동한다——고, 두 사람은 당연하다는 듯이 그런 결론을 내린 것이다.

믿을 수 있는 것은 자신의 실력뿐이다. 그렇게 생각하면서, 두 사람은 쓴웃음을 지으며 일어섰다.

"가볼까?"

"그래. 이렇게 되면 갈 수 있는 데까지 가보자고. 그랬는데도 안 되는 거라면 다들 용서해줄 거야."

"그럴까? 신지라면 쓴웃음을 지을 것 같지만, 그녀는——."

"그 얘기는 그만해. 겨우 잊어버렸는데."

"그렇군, 미안. 미궁보다 그녀가 더 무섭지."

"이봐, 당사자가 듣지 않는다고 해서 본심을 너무 드러내진 마. 뭐, 나도 동의하지만 말이야."

"그렇지? 나 참, 신지의 둔감함은 정말 감탄스럽다니까. 그렇게까지 열정적으로 대시하는데 그걸 깔끔하게 무시한다니."

"동감이야. 하지만 그게 신지 다운 모습이 아닐까. 그런 점에 이끌려서 그녀도 그렇게 된 거겠지."

"그러네. 그렇게 생각해보면 신지는 정말 대단한 녀석이야. 의외로 아무렇지 않게 살아 있을 것 같아."

"그러게, 그 말이 옳다고 생각해!"

두 사람의 얼굴에 미소가 떠올랐다. 이런 상황에서도 희망을 가슴 속에 품은 채, 가야 할 길을 확실히 바라보면서.

환한 미소를 지으면서 두 사람은 계단을 내려가기 시작했다.

그들이 가려는 곳에 자신들을 기다리고 있는 자가 있다는 것도 알지 못한 채.

그리고——.

"여, 여어! 루키우스, 그리고 레이먼드 군. 두 사람에게 의논할 일이 조금 있는데!"

"그래. 진짜 괜찮은 얘기거든. 들어봐도 손해볼 일은 없을걸?"

"——순순히 들어야 한다고 생각해."

구출대상인 신지 일행 세 명의 마중을 받으면서, 루키우스와 레이먼드는 놀란 나머지 굳어버리고 말았다.

"음, 놀라고 있는 것 같구나. 나도 부탁하마. 우선은 얘기를 들어주지 않겠느냐?"

눈앞에 우뚝 솟은 거대한 골렘에서도 그리운 목소리가 들려왔다. 그 목소리의 주인은 틀림없이 루키우스와 레이먼드가 은의를 느끼고 있는 상대인 가드라였다.

"사, 살아 있었단 말입니까?"

"아니, 잠깐, 이게 어떻게 된 거야?"

가드라 일행의 설득작전은 그렇게 시작되었다.

혼란에 빠진 두 사람이 함락되기까지는 앞으로 약간의 시간이 필요할 뿐이었다.

가드라 일행의 설득은 놀랄 만큼 간단히 성공한 것 같았다.

이번 전쟁에는 참여하지 않겠다는 의사를 표명했던 신지 일행도 설득에는 참여해주었다. 그랬던 보람이 있었는지, 아무런 다툼 없이 상대가 납득해준 것 같았다.

가드라의 제자이자 신지 일행의 친구라는 루키우스와 레이먼드. 59층에서 그 실력을 실컷 시험해봤는데, 위험한 것은 루키우스 쪽이었다.

이자의 스킬(능력)은 정말 반칙이었다. 손가락으로 뭔가를 튕긴 것처럼 보였는데, 그 끝에서 만들어진 것은 소규모 폭발——한정적인 핵폭발 그 자체였던 것이다. 반응은 작았지만, 위력은 충분했다.

유니크 스킬 '융합자'——물질을 변용시켜서 다른 물질과 융합한다. 그걸 이용한 사용법으로는 작은 돌멩이를 변용시켜서 적에게 던지면, 적 그 자체를 폭파시키는 것이었다.

설령 '결계' 등으로 돌멩이를 튕겨낸다고 해도, 그게 지면에 떨어진 단계에서 폭발한다. 잘 튕겨내면 되겠지만, 루키우스가 사용하고 있는 돌멩이는 손톱 끝으로 튕기는 작은 것이라, 그렇게 처리하기도 상당히 어려울 것이다. 애초에 변용된 돌멩이에 반응하지 않는 것이 전제조건이 되기 때문에 튕겨내는 것조차 난감하다.

지극히 흉악한 스킬. 자칫 잘못하면 자신도 말려들 수 있는 공격수단이지만, 그 문제에 대한 대책은 잘 연구되어 있었다. 어떤 훈련을 쌓은 건지는 모르겠지만, 보기에는 완벽한 것 같앉다.

그리고 그런 루키우스와 콤비를 이루고 있는 레이먼드.

레이먼드의 격투술은 훌륭했으며, 그 투기를 방출하여 만든 방패도 대단했다. 앞에서 날아오는 공격을 모두 받아서 흘려내는 모습은 보고 있으면 정신없이 빠져들 정도였다.

루키우스가 일으킨 폭발의 충격파까지도 레이먼드의 방패는 깔끔하게 받아내고 있었다. 특성이 적절하게 잘 맞아떨어진 좋은 콤비였다.

누군가가 변신한 것 같지도 않으며, 본인이 틀림없다고 했다. 정신을 조종당하고 있는 낌새도 없으니, 이번에 찾아온 것은 가드라와 신지 일행의 구출이 목적이었던 것 같다.

둘 다 믿을 수 있는 인물인 것 같으니, 솔직히 말해 아군이 되어줘서 다행이었다.

동료가 된 두 사람은 한동안 연수 과정의 의미로, 신지 일행의 밑에서 일하게 시킬 예정이다. 배신의 우려는 없는 것 같지만, 일단 그렇게 조치하기로 했다.

상황을 본 뒤에 신지 일행과 같은 급으로 올려주기로 하자.

60층까지는 잘 진행되었다.

그럼 70층은 어떤가 하면…….

구릉지대에 100명 정도의 인간들이 서로 몸을 바짝 붙이고 있었다.

처음에는 약간 혼란에 빠진 듯한 모습도 보였지만, 하루가 지난 지금은 침착함을 되찾고 있었다. 언덕 위의 시야가 탁 트인 장소에 텐트를 치고, 각지로 몇 명을 정찰로 보내고 있는 것 같았다.

곧바로 움직일 것 같은 낌새는 없었으며, 아주 신중했다.

지휘관만 다른 장소로 보냈는데도, 이 냉정한 대응은 실로 대단한 것이었다.

역시 각 부대 중에서도 특히 더 우수한 용사들은 다르다고 할까.

"좀 더 당황할 거라 생각했는데 말이지."

"아뇨, 이 정도의 반응이 정상이겠죠. 지휘관이 사라져도 괜찮도록, 지휘계통은 명확히 해두었을 테니까요."

나와는 달리 베니마루는 담담한 평가를 내리고 있었다.

지휘계통이 제각각인 상태에선 작전행동은 불가능해진다. 위에 있는 자가 필요한 것이다.

그걸 명확하게 정해두는 것은 당연──하다는 것은 이해할 수 있지만, 여기 모인 자들은 급한 대로 긁어모은 자들일 것이다. 그런데도 곧바로 대신 지휘를 맡을 자가 있다는 것은 적이지만 훌륭하다는 생각이 든단 말이지.

"우리는 괜찮은가?"

"물론입니다. 제가 없어지더라도 고부아가 있는 데다, 고부아 밑에도 우수한 자들이 대기하고 있습니다. '쿠레나이(홍염중)'에선 전술론도 필수항목이므로, 누구나 지휘관을 맡을 수 있습니다."

어머나, 대단한 자신감이네요.

나도 그런 걸 배우지 않았는데, 어느새 공부했담.

"그렇다면 다행이군. 그건 그렇고 상대는 움직이질 않는데, 뭘 노리고 있는 것 같나?"

우리 군의 지휘계통은 베니마루와 각 군단장에게 맡기고 있다. 내가 신경을 써도 별수가 없으니, 얘기의 주제를 지금의 현실로 돌리기로 했다.

70층에서 진을 치고 있는 제국장병들 말인데——.

"그들의 목적을 말하자면, 다른 층에 생존자가 있는지를 조사하고 있겠죠. 그런 의미에서 보면 그들은 운이 없습니다. 다른 층이라면 그나마 모를까, 저 층에는 아무런 흔적이 남아 있지 않으니까요."

베니마루가 적을 동정하는 것처럼 대답했다.

그 말을 듣고 나도 납득했다.

나는 제국군의 생존자가 없다는 걸 알고 있지만, 그들에겐 동료를 찾는 것도 하나의 목적인 것이다. 살아남은 자와 합류하여 전력증강을 꾀하는 것도 작전으로 보면 합당한 것이었다.

하지만 그게 무의미한 짓이라는 걸 알아버린 이상, 마냥 그들의 행동을 기다리고만 있는 것은 달갑지 않았다.

"아다루만을 시켜 공격하게 할까?"

내가 그렇게 중얼거리자, 시온도 힘차게 고개를 끄덕였다. 상당히 지루했던 모양인지, 자신이 움직이고 싶어서 좀이 쑤시는 모양이었다.

그래도 미궁 안에 전력이 남아 있는 이상. 날 경호해야 하는 역할이 있다. 시온도 그걸 이해하고 있기 때문에 빨리 이 상황을 끝내버리고 미궁 밖의 싸움에 출전하고 싶은 거겠지.

"그렇군요. 이 이상 상황을 지켜봐도 대단한 정보는 얻을 수 없을 것 같으니까요."

베니마루는 그런 시온의 모습을 보고, 쓴웃음을 지으면서 그렇게 말했다.

그리고 아다루만에게 지시를 내렸다.

『나의 신이여, 제 활약을 지켜봐 주십시오!!』

싸움을 기다리고 있던 것은 시온뿐만이 아니었던 모양이다. 아다루만 또한 군대를 정비하여 제국군을 맞아 공격할 준비를 하고 있었던 것이다.

아다루만 일행은 연전연승을 거두고 있었다. 그 기세 그대로 마지막 싸움을 승리로 장식할 생각을 하고 있는 것 같다.

『그럼 잘 싸워줘!』

『네엣——!!』

사기를 고무시키기 위해 내가 뱉은 말이 신호가 되었다.

아다루만 일행은 기세 좋게 닫혀 있던 문을 열어젖힌 뒤에 출격한 것이다.

그리고 한 시간 후.

그곳에는 놀랄 만한 광경이 펼쳐져 있었다.

제국군의 생존자는 겨우 세 명. 하지만 우리 쪽의 살아남은 자도 아다루만과 알베르트, 그리고 데스 드래곤(사령용)뿐이었다.

3대3의 싸움이 되어버린 것이다.

그 층에 있던 100명 중에서 다른 사람들은 사령의 군대와 비기면서 같이 쓰러졌기 때문에 이자들에게는 원군이 존재하지 않았다. 세 시간만 지나면 사령의 군대가 부활할 것이므로, 그 시점에서 승리는 확정적이라고 생각했다.

그랬는데…….

"쿠후후후후. 재미있는 인간이 있었군요."

"음. 제법 훌륭하게 싸우는 모습을 보니, 나도 상대해보고 싶어지는군."

디아블로와 시온이 드물게도 그런 감상을 입에 올리고 있었다.

그 정도로 강력한 전사가 적측에 섞여 있었던 것이다. 그것도 세 명이나.

한 명은 우아한 분위기를 지닌 남자 검사.

알베르트와 접전을 벌이고 있었다.

한 명은 미인 마법사.

아다루만과 마법으로 전투를 벌이고 있었다.

한 명은 몸집이 큰 전사.

데스 드래곤을 혼자서 몰아붙이고 있었다.

본 적이 있는 빛나는 갑옷을 소환하여 몸에 장착한 걸 보더라도 테스타로사가 죽였던 레전드(전설)급의 장비를 지닌 자들의 동료인 것 같았다.

통일된 디자인인 걸 보니, 같은 조직에 소속되어 있는 것은 틀림이 없겠지.

"저 검사는 무시무시한 실력자로군. 알베르트와 호각으로 싸우다니."

알베르트와 그 남자의 싸움은 좀처럼 보기 힘든 신기(神技)의 공방이었다. 둘 다 검과 방패를 장비한 유파였으며, 그 실력은 백중이었다.

베니마루의 말대로 호각이라는 말이 어울렸다.

테스타로사가 쓰러트린 남자보다도 이자가 더 강할 것 같았다. 어쩌면 이자가 서열이 높을지도 모른다는 생각이 들었다.

"쿠후후후후, 아다루만도 신앙심이 부족하군요. 저 정도 수준인 자에게 마법으로 밀리다니."

"디아블로, 그렇게 말해도 저 갑옷은 성과 마의 속성과는 관계없이 갖가지 마법을 방어하고 있다. 저래선 아다루만이 불리해지는 것도 어쩔 수 없는 일이야."

시온의 의견은 적절했다. 아다루만에겐 엑스트라 스킬 '성마반전'이 있지만, 저 레전드급의 방어구는 반칙이었다. 대마법병기라는 의미에선 거의 완벽한 내성을 발휘하고 있었던 것이다.

저걸 파괴하려면 '디스인티그레이션(영자붕괴)' 같은 최강마법을 이용하는 것 말고는 방법이 없었다. 그건 아다루만도 쓸 수는 있지만, 상대가 그걸 허용하지 않았던 것이다.

자잘한 마법으로 틈을 만들고, 거길 노릴 수밖에 없다. 그러나 둘 다 같은 생각을 하고 있었는지, 계속 비슷한 기술로 맞싸우고만 있는 것이 지금의 상황이었다.

잊어선 안 되는 것이 마지막 남자다.

이자도 방심할 수 없었다.

왜냐하면 혼자의 몸으로 데스 드래곤을 상대하고 있었으니까.

이자의 경우엔 승리를 포기하고 있었다. 데스 드래곤의 재생능력은 엄청나기 때문에 완전히 쓰러트리는 건 불가능하다는 걸 꿰뚫어 보고 있었던 것이다.

동료의 승리를 믿고, 지루한 싸움을 계속 이어가고 있었다.

실은 이자가 잘 버텨주지 않았다면 승부는 이미 끝났을 것이다.

데스 드래곤은 소우에이의 힘으로도 쓰러트릴 수 없는 괴물이다. 그런 존재를 상대로 선전하다니, 생각했던 것 이상으로 골치 아픈 자였다.

"어떻게 될 것 같나?"

내가 묻자, 세 사람이 각각 대답했다.

"실력으론 알베르트가 위입니다만, 장비가 뒤떨어지는지라 승부에선 지겠군요."

"아다루만은 공에 집착한 나머지 조바심을 내고 있습니다. 냉정하게 대처하면 이미 승리했을 텐데, 이대로 가면 결정적인 공격을 날릴 수가 없겠군요. 그 사이에 알베르트가 패배하면 승부는 단번에 패배로 흘러갈 겁니다."

"승리만 있을 뿐입니다! 패배 따위는 있을 수 없습니다!!"

세 사람이 각자 다른 대답――이라기보다 시온만 혼자 이상한 말을 한다고 할까?

베니마루와 디아블로의 의견은 서로 비슷하게 통하였다. 아다루만 일행이 질 것으로 생각하고 있는 것 같았다.

그에 비해 시온은…… 정신론을 들먹이는군. 그건 의견이 아니라 바람이라는 거야.

"그렇다면 질 거란 말인가. 위험한가?"

"뭐, 아다루만 일행이 지더라도 다른 십결이 있습니다. 그리고 저라면 이길 수 있으니 괜찮을 겁니다."

"물론! 저도 이길 수 있으니 안심하십시오, 리무루 님!"

베니마루도 대단한 자신감을 가지고 있으니, 어떻게든 될 것 같군.

시온은 평소와 마찬가지였다. 그 말의 근거를 따져 묻고 싶지만, 답이 있을 리가 없겠지.

시온답다고 하면 시온답다고 할 수 있으니, 그 마음가짐만은 높게 사도록 하자.

"리무루 님, 걱정할 필요 없습니다. 십걸에는 베루도라 님의 제자인 제기온이 있습니다. 그자가 있는 한, 베루도라 님의 손을 더럽힐 일은 없을 거라 생각합니다."

쿠후후후후 하고 웃으면서, 디아블로가 그렇게 대답했다.

디아블로가 다른 사람을 칭찬하다니 별일도 다 있다. 그렇다면 괜찮단 말이군. 나는 그렇게 생각하면서 아주 조금 안도했다.

그런 대화를 나누고 있는 사이에 승부는 가경으로 접어든 것 같았다.

시간이 지나면 아다루만 일행이 승리할 것이다. 그런 희망도 있었지만, 아쉽게도 적도 그 사실은 알아차리고 있었던 모양이다.

"이대로 그냥 몰아붙이려고 했지만, 아무래도 그건 어려울 것 같군. 내가 진짜 실력을 발휘하게 만든 것을 저세상에서 자랑스럽게 여기도록 해라!"

적이었던 우아한 분위기의 남자가 그렇게 소리쳤다.

이런 때에도 아직 비장의 수를 남겨두고 있었단 말인가.

"네놈들이 죽기 전에 내 이름을 밝히도록 하마. 내 이름은 크리슈나. 제국의 '기사'── 임페리얼 가디언(제국황제 근위기사단)의 서열 17위다!"

"서열 94위, 레이하야."

"서열 35위, 바잔이다."

아, 역시 임페리얼 가디언이었나.

가드라로부터 얘기는 듣긴 했지만, 정말로 굉장한 멤버가 모인 것 같았다. 테스타로사가 쓰러트린 남자가 서열 11위였으니까 크리슈나라는 자는 그보다 높을 거라고 생각했는데. 실력과 숫자가 비례하는 건가 하는 생각을 했지만, 아무래도 그렇지는 않은 것 같다.

레이하 쪽이 바잔보다 더 높은 것 같으니, 내 생각이 틀리지는 않은 것으로 보였다.

그건 그렇다 치고, 지금은 승부의 행방이 중요하다.

크리슈나 일행이 이름을 밝히는 걸 듣고, 아다루만 일행도 기합을 다시 넣은 것 같았다. 이것으로 다시 전세가 회복되려나 하는 생각을 했지만, 아쉽게도 그렇게 되지는 않았다.

승부의 방향이 결정된 것은 크리슈나와 알베르트의 싸움에서였다.

크리슈나의 검이 알베르트의 커스 소드(원한의 검)를 부러트린 것이다.

부러트렸다고 할까, 부숴버렸다고 할까. 이건 완전히 무기성능의 차이 때문이었다.

커스 소드도 쿠로베가 만든 우수한 물건이다. 평범한 자는 다루지 못하는 것으로 알베르트에겐 최고의 무기였다.

그러나 크리슈나의 검은 레전드급이었던 것이다.

검으로 공방을 주고받으면서 조금씩 상대의 무기에 대미지를 축적시켰고, 그리고 최후의 일격으로 부숴버린다. 그게 크리슈나가 잘 쓰는 전법이었던 모양이다.

결과론이지만, 그게 판명된 것만으로도 좋게 생각하자.

이리하여 무기를 잃으면서 알베르트가 패배했다. 전위가 사라져버리자, 아다루만은 단번에 불리한 입장이 되었다. 후위답지 않은 화려한 몸놀림으로 의외로 오래 버티고는 있었지만, 그대로 밀리면서 패배하고 말았다.

그리고 마지막으로 세 명의 일제공격을 받고 데스 드래곤이 소멸하면서, 이 싸움은 끝났다.

알베르트의 검이 부러지지 않았다면 승부는 다르게 전개되었을 것이다. 그리고 마법사가 전사를 상대하여 체술로 맞붙어 싸운다는 게 무모한 짓이므로, 패배의 책임을 물을 생각은 없었다. 오히려 적의 비장의 수를 이끌어냈으니, 잘 싸워주었다고 칭찬해주고 싶은 기분이었다.

결국 싸움은 베니마루와 디아블로가 예상했던 대로 흘러갔다. 열쇠도 두 개 빼앗기고 말았지만, 이건 어쩔 수 없는 일이다. 이번에는 상대의 건투를 칭찬하기로 하자.

이리하여 크리슈나 일행 세 명에게, 씁쓸한 패배를 맛보게 되었다.

뭐, 끝난 일은 나중에 반성하기로 하고.

다음으로 넘어가자.

대형 스크린에는 79층에서의 전투풍경과 90층의 전투풍경이 비치고 있었다.

양쪽 다 승부는 가경에 접어든 느낌이었다.

과격한 쪽은 쿠마라로군. 저 수염 난 남자가 복수할 상대였다고 했으니, 뜨거워지는 것도 무리는 아니었다.

그에 비해 아피트 쪽을 말하자면……

이쪽도 또한 의외로 접전이었다.

지금의 아피트의 실력은 마법을 쓰지 않는 히나타와 필적할 정도로 강하다. 그런 아피트와 호각으로 싸운다니, 이 지휘관 같은 남자도 상당한 실력자로군. 이자도 우아한 분위기의 남자였는데, 방금 전의 크리슈나와 실력 면에서도 손색이 없어 보였다.

자, 과연 승부의 행방은 어떻게 될까.

우리는 마른 침을 삼키면서, 대형 스크린 쪽으로 시선을 고정했다.

●

미니츠 소장은 자신의 자랑거리인 슈트를 딱 맞게 소화하여 입은 모습으로 미궁 안을 유유히 걸었다.

디자인은 일반적인 장교의 것과 같지만, 옷감이 달랐다. 실한 오라기부터 엄선하여 마력을 주입시킨 명품인 것이다.

이 한 벌의 값이 영관 클래스의 연봉에 필적하는 고급품이었으며, 세련됨을 추구하는 미니츠도 만족할 만한 착용감을 약속해주고 있었다.

우아함이야말로 미니츠의 정체성. 그런 미니츠였기 때문에 이번 작전에 내심 많은 불만을 가지고 있었다.

전쟁 같은 건 압도적인 전력을 갖춰서 적을 위압하여, 싸우지 않고도 승리를 노리는 것이다.

희생을 내는 건 아예 논외이며, 하물며 그게 아군일 경우엔 지휘관의 능력을 의심하는 것도 어쩔 수 없는 일이라고까지 생각하고 있었다.

그런 미니츠였기 때문에 이번 작전은 결과 이전에 실패라고 단정하고 있었다.

하지만──.

"뭐, 그런 당연한 사실을 말로 할 수 없는 것도 높은 분을 모시고 있는 자의 슬픔이겠지."

그런 식으로 투덜대면서도 미니츠는 대담하게 웃었다.

평소에는 부하인 캔자스만 눈에 띄기 때문에 주목을 받을 일은 없지만, 미니츠 자신도 제국군의 몇 안 되는 용사였던 것이다. 자신의 미학에 반하기 때문이라는 이유로 전쟁을 도중에 팽개치는 그런 나약한 정신 같은 건 가지고 있지 않았다.

"──그건 그렇고 마왕 리무루도 성격이 못됐군. 당연하다면 당연한 계책이겠지만, 지휘관인 나를 혼자 다른 장소에 보내다니 말이야. 이래선 이번에 모인 용사들도 소수로 격파되어 버릴지도 모르겠어. 뭐, 캔자스 군 정도는 살아남을 것 같지만──."

누가 들어도 상관없다는 듯이 미니츠는 혼잣말을 했다. 그 내용과는 반대로 그 표정은 너무나 즐거워 보였다.

그것도 그럴 것이, 미니츠는 오랜만에 가슴 속이 고양되는 기분을 느끼고 있었다. 이렇게까지 위기인 상황에 노출되는 일은 태어나서 한 번도 경험해보지 않았다.

원래는 그 자신이 전선에 나서는 것조차 좀처럼 허락받지 못하는 위치에 있었다.

미니츠는 말단 병사에서 출세한 자가 아니라 귀족출신의 상류계급이었다. 사실은 군을 떠나면 칼리굴리오보다도 더 훌륭한 출세가도를 달릴 수 있을 정도였다.

정계에도 연줄이 있으며, 자신만의 파벌도 구축해두고 있었다.

그런 미니츠가 아직도 군에 소속되어 있는 것은 본질적으로 싸움을 아주 좋아하기 때문이었다.

미니츠는 피를 보는 것을 아주 좋아했다. 그래서 이런 식으로 기회를 얻게 되면 마음껏 날뛸 수가 있다. 그런 생각을 하자 미니츠의 얼굴에는 웃음이 지어졌다.

그런 미니츠가 보내진 곳은 아피트가 지배하는 층의 바로 위층, 78층이었다. 미니츠의 실력을 분석하기 위해서, 우선은 어떻게 싸우는지 관찰해보자는 게 이유였다.

그래서 미니츠는 사람이 없는 들판을 걸어가는 것처럼 벌레들을 전부 퇴치하면서 아래층으로 향했다.

"이거 참, 난 벌레를 싫어하는데 말이지. 다리가 꾸물거리는 걸 보기만 해도 구역질이 난다고. 이런 곳은 빨리 빠져나가야겠군."

그런 식으로 거만하게 말을 뱉으면서, 손을 옆으로 한 번 휘두르는 미니츠. 겨우 그 동작만으로 돌풍이 일었고, 수많은 벌레들이 분해되면서 가루로 변하였다.

그게 바로 미니츠의 힘.

유니크 스킬 '거만한 자(압제자)'였다.

이 힘은 단순명쾌. 심리적 압박에서 물리적인 압축까지 미니츠의 시야 전체에 효과를 미친다. 여기서 벗어날 방법은 없으며, 모든 게 먼지가 되어서 사라질 뿐이다.

사실은 팔을 휘두를 필요조차 없으며, 시선만으로 대상을 파괴할 수 있었다. 미니츠는 지금까지 이 힘 덕분에 무패를 자랑하고 있었던 것이다.

"약하군. 이래선 싸우는 재미가 너무 없어서 지루해지는데. 좀 더 노력해주면 좋겠어."

미니츠를 막을 수 있는 자는 없었다.

78층에는 A랭크 오버인 벌레들도 출현했지만, 그 모든 것들이 미니츠에 의해 쓰러졌다. 전혀 상대가 되지 못하고 순식간에 승부가 나버렸다.

그야말로 무적.

미니츠의 오만함도 이 힘이 있다면 납득이 되었다.

그리고 미니츠는 몇 시간 만에 계단을 발견했다. 이대로 곧장 아래층으로 내려가는 줄 알았는데, 의외로 마이 페이스를 유지하면서 휴식을 취하기 시작했다.

허리에 찬 가죽가방에는 고급 여행용 마도구가 담겨 있었다. 거기서 이제 막 만들어진 식사를 꺼내서 즐겼다.

마물의 접근을 막는 효과가 있는 지붕도 설치할 수 있는 침구세트까지 들어 있는지라. 미니츠는 당당하게 잠까지 즐기고 있었다.

완전히 미궁을 얕보는 태도를 보이고 있었다.

그리고 다음 날.

유유히 79층으로 발을 들인 미니츠는 거기서 진정한 강적을 만나게 되었다.

습격하러 다가오는 사일런트 킬러(소리 없는 암살 벌)—— 아미 와스프(군단봉)를, 미니츠는 너무나도 쉽게 물리쳤다. 아무리 상대하기 힘든 마물이라도 자신의 시야에 들어온 시점에서 승부는 정해지는 것이다.

"훗, 이곳의 마물도 내 적은 못 되는군. 뭐야, 기대를 너무 벗어나는데."

그렇게 큰 소리를 치는 미니츠를 보고 격노하는 자가 있었다.

아피트였다.

다양한 각도에서 몰래 접근하려고 해도 미니츠는 대처하는 모습을 보였다. 그 사실을 보더라도 미니츠가 '마력감지'를 구사하고 있다는 건 명백했다.

그렇다면 이 이상 아미 와스프를 보내서 공격해도 의미가 없다. 그렇게 판단하면서, 여왕이 직접 나선 것이다.

"빌어먹을 인간, 건방진 소리를 하는구나."

"그런가? 넌 좀 실력이 있나? 내가 보기엔 이곳의 벌레들과 큰 차이가 없는 것 같은데——."

그렇게 말하면서 미니츠는 땅에 떨어진 벌들의 사체를 짓밟았다. 그 행위가 아피트의 분노를 더욱 격렬하게 불타오르게 했다.

"죽이겠다."

"어디 해보시지."

이렇게, 두 영웅은 격돌했다.

미니츠는 처음부터 아피트를 얕보면서 덤비고 있었다.

방심하고 있던 것은 아니었지만, 자신의 '압제자'로 산산조각을 낼 수 있다고 생각했던 것이다. 그런데 그건 안일한 생각이었다는 것을 곧바로 깨닫게 되었다.

시선을 통해 간섭파가 발사되면서 아피트에게 중압을 가했다.

그 정체는 눈에 보이지 않는 인력이었다. 미니츠는 주위의 물질에 영향을 주면서, 끌어당기는 힘에 방향성을 줄 수 있었던 것이다.

거대질량체인 별이 지니는 인력을 이용하여 사방팔방으로 반발시켰다. 끌어당기는 힘과 반발력을 적절하게 조작해서 대상을 폭발하게 만들거나 압축시킬 수 있었다.

이 힘에 대항하려면 웬만해선 영향을 받지 않는 강인한 육체를 지니거나 혹은 간섭파를 상쇄하는 방향성을 갖춘 파동을 발사하는 수밖에 없었다.

그런 행동을 할 수 있는 자를, 미니츠는 지금까지 본 적이 없었다. 즉, 미니츠는 무적이라는 뜻이다.

그런 절대적인 자신감을 갖고, 미니츠는 능력을 발동시켰다. 그러나 그 자리에 나타난 광경은 미니츠가 생각했던 것과는 다른 것이었다.

"──흥, 늦다!"

미니츠가 파괴한 것은 아피트의 잔상이었다. 아피트는 미니츠의 힘의 정체를 파악한 건 아니었지만, 그 힘이 방향성을 가지고 있다는 것은 알아차리고 있었다. 빠른 속도로 돌아다닌다면 효과 범위에서 벗어날 수 있을 것으로 추측했고, 훌륭하게 피해낸 것이다.

"후후훗, 역시 내 생각이 맞았나. 내 움직임을 포착할 수 있을까?"

아피트의 움직임은 점점 가속했다.

이래선 미니츠가 아무리 '마력감지'를 구사한다고 하더라도 아피트에게 유효한 공격수단을 이용하여 공격하는 것은 어려웠다.

하지만 미니츠는 오히려 더 분발했다.

"재미있군. 이래야 싸움이 재미있지!"

능력을 최대한 전개하면서, 자신을 중심으로 역장을 형성하기 시작했다. 그와 병행하여 아피트의 이동방향을 막으려는 듯이 앞으로 걸어 나갔다.

이렇게 되면 아피트는 뒤로 물러날 수밖에 없다. 미궁의 통로 폭은 5미터나 되지만, 미니츠의 옆을 지나갔다간 역장에 붙잡혀 버리기 때문이다.

"쳇, 귀찮게 구는군."

"그건 내가 할 말이다!"

두 사람은 한 발도 물러서지 않았다.

히나타와의 특훈으로, 아피트의 움직임은 세련되면서도 날카로움이 더해졌다. 홀리 나이트(성기사)의 대장급도 농락하는 아피트였지만, 다가가지 못하면 의미가 없었다.

또한 움직임을 멈추는 것도 위험했다. 간섭파에 붙잡히면 아피트라고 해도 무사히 넘어갈 수 없기 때문이다.

(내 쪽에서 먼저 나선 게 화근이 되었군. 여왕의 방까지 물러나면 좀 더 자유롭게 날아다닐 수 있어. 이 남자의 힘이 얼마나 지속되는지는 모르겠지만, 이길 수 있는 확률을 높이려면 돌아갈 수밖에 없겠어.)

아피트는 그렇게 판단했다.

도망치는 것은 부끄러운 게 아니다. 탐욕스러울 정도로 승리를 노리는 것이야말로 아피트의 기본방침이었다.

그렇게 도망치기 시작하는 아피트를 보고도 미니츠는 우습게 여기지 않았다. 그게 전략적 후퇴라는 것을 꿰뚫어 보고 오히려 신중하게 쫓아갔다.

서두를 필요는 없다. 여기서 무리를 하는 것보다 힘을 보존해 두는 것을 우선했다.

(큭큭큭. 싸움이란 건 우아하게 치르는 것이지. 하지만 질 바에는 꼴사납게 발버둥치는 게 더 바람직한 법이야.)

미니츠는 아피트를 아름답다고 느끼고 있었다.

다른 마물과는 달리 미학을 지닌 상대라는 것을 꿰뚫어 보고 있었다.

자신에게 있어서 유리한 전장을 고르는 것은 전사에겐 당연한 것이다. 미니츠는 그걸 비웃지 않았고, 오히려 자신과의 싸움에 전력을 다해 임해주고 있는 것을 감사하게 생각할 정도였다.

상대를 얕보지도 않고 어떻게 몰아붙일지를 생각하면서, 미니츠는 아피트를 쫓아갔다.

그리고 도착한 곳은 넓게 트인 장소였다.

가장 높은 곳에 의자가 있었다.

(아무래도 이곳은 여왕이 군림하는 옥좌가 있는 방인 것 같군. 좋아. 너와 내가 승부를 짓기에 어울리는 장소다.)

일부러 적의 유도에 맞춰서 따라가 줬다. 그러니까 자신을 즐겁게 해달라고, 미니츠는 오만하게도 그런 생각을 했다.

"술래잡기는 이제 끝인가?"

"그래. 내 모든 힘을 동원해서 널 대접해주지. '인섹트 퀸(곤충

여왕)' 아피트의 '이름'을 걸고 말이야."

"그건 기대가 되는군. 나는 미니츠 소장, 널 죽일 자다. 그러면 제2라운드를 시작해볼까!"

그렇게 기염을 토하면서 미니츠는 가속했다.

지금까지는 상대의 실력을 관찰해보기 위해 힘을 조절하고 있었다. 지금부터가 진짜다. 아피트의 움직임을 넘어설 수 있는 수준은 아니었지만, 뒤처질 정도는 아닌 속도였다.

그러나 그걸 보고 동요할 아피트가 아니었다. 하늘 높이 상승하면서, 미니츠를 농락하려는 듯이 속도를 올리기 시작했다.

하지만 이건 미니츠에겐 예측 범위 안의 일이었다.

"어설프군. 내 힘을 얕보지 말았으면 좋겠는데!"

그렇게 소리친 것은 힘을 방출한 뒤였다.

돔 모양으로 만들어진 넓은 방의 천장 부근에서 보이지 않는 역장이 발생하여 아피트를 붙잡았다. 미니츠가 인력을 조작하여 천장으로 아피트를 끌어당긴 것이다.

"큭──?!"

괴로워하는 아피트를 보고, 미니츠가 웃었다.

"후후후, 괴로운가? 바로 눌러 죽여주고 싶지만, 너는 좀 강한 것 같군. 평범한 마물이라면 이 거리에서도 충분히 눌러죽일 수 있었는데 말이지."

그렇게 말하면서, 미니츠는 아피트에게 다가갔다.

미니츠의 힘은 거리에 비례한다. 다가가면 그만큼 압력이 늘어나기 때문에 아피트 같은 거물이라도 눌러 죽일 수 있다고 생각하여 그렇게 행동한 것이다.

그리고 아피트를 붙잡은 지금, 전 방위로 힘을 방출할 필요도 없어졌다. 아피트에게만 힘을 집중시킴으로써 확실한 승리를 얻을 수 있을 것이다.

(예상 이상으로 고전했지만, 역시 내 적은 되지 못했나. 하지만 이렇게까지 즐겁게 만들어준 답례로 괴롭지 않게 죽여주도록 하마.)

미니츠는 적을 괴롭히는 취미는 가지고 있지 않았다. 싸움을 통해 얻을 수 있는 고양감과 승리의 감동만을 원하고 있었다.

그렇기 때문에 순수한 호의로 아피트에게 자비를 베풀어주려고 했지만…….

"얕보지 마라, 인간! 나는 모든 힘을 동원해서 싸우겠다고 했을 텐데!"

그렇게 소리치자마자, 중압으로 괴로워하고 있어야 할 아피트가 다시 하늘로 날아올랐다.

그녀의 날개는 찢어졌고 팔다리는 부러지고 꺾인 채로 만신창이가 되었음에도 불구하고, 아피트의 전의는 전혀 줄어들지 않았다.

아피트 또한 승리만을 탐욕스럽게 바라고 있었던 것이다.

"이 싸움도 리무루 님이 보시고 계신다. 비록 꼴사납게 싸우더라도 적의 진짜 실력을 밝혀내는 것 또한 내가 맡은 역할이다!"

"크크크, 재미있군. 내 힘을 파악하겠다고? 그 전에 너는 죽게 될 거다!"

미니츠는 다시 자신을 중심으로 한 역장을 발생시켰다. 척력과 인력, 자신에게 다가오는 자를 튕겨냄과 동시에 지면에 붙잡아두는 힘의 흐름을 조작하여, 미니츠는 아피트를 끝장내려고 했다.

그를 상대하는 아피트도 언제까지 당하고만 있을 순 없었다. 미니츠의 인식력을 상회하는 속도로 비상하여, 간섭파에 붙잡히지 않도록 거리를 유지했다.

공격할 방법이 없는 것은 안타깝지만, 상대의 힘도 무한하진 않다. 언젠가 한계가 찾아올 것이라고 믿으면서 아피트는 계속 그때를 기다렸다.

미니츠의 한계가 찾아오는 것이 먼저일까, 아피트의 힘이 떨어지는 것이 먼저일까.

이리하여 인내가 필요한 내구전이 시작되었다──.

전황이 변한 것은 몇 시간이 지났을 때쯤이었다.

아피트는 히나타의 가르침을 지키면서, 다양한 공격방법을 계속 시험했다.

꺾인 팔다리는 사라졌으며, 찢어진 날개로 필사적으로 돌아다니면서 미니츠의 빈틈을 계속 찾았다. 사각을 노려 독침을 날리기도 했고, 날개를 진동시켜서 날카로운 충격파를 날리기도 했다. 부하인 아미 와스프(군단봉)를 전원 소집하여 전 방위에서 미니츠를 습격하도록 명령하기도 했다. 그 모든 시도는 미니츠의 간섭파가 약해지는 지점을 찾기 위한 것이었다.

이런 행동들로 인해서 아미 와스프는 이미 전멸된 상태여였다. 부하라고는 해도 아피트가 불러낸 자들이다. 분하지 않을 리가 없었다. 그럼에도 불구하고 아피트는 부하들에게 계속 특공을 시켰다.

그 결과, 미니츠도 무사하다고는 말하기 어려운 모습이 되었다.

착용하고 있는 고급 슈트는 보기에도 무참하게 엉망진창이 되어 있었다. 우아함도 죄다 버리면서 필사적인 회피행동을 보이게 된 것이다.

"우후후후후. 지친 모양이네."

"……너도 말이지. 이렇게까지 버티다니, 솔직히 말해서 놀랍군."

"말했을 텐데? 꼴사납게 싸우더라도 이기면 되는 거라고."

"동감이다. 단, 이기는 건 내가 되겠지만 말이지!"

둘 다 이렇게까지 버티는 건 실로 대단한 것이었다.

완전히 지친 상태에서 겨우 서 있는 것도 지경이었다. 그런 상황임에도 불구하고, 서로 허세를 부리고 있었다.

"네 힘은 정말 대단했다. 그건 인정하겠지만, 완전무결한 것은 아니로군. 선언하지. 나는 다음 공격으로 널 죽이겠다!"

공중에 떠 있는 아피트가 미니츠에게 뱉은 말이었다. 그녀의 얼굴은 자신의 피로 물들어 있었지만, 그 표정에는 환하게 빛나는 것 같은 아름다운 미소가 지어져 있었다.

그걸 가늘게 뜬 눈으로 보면서, 미니츠도 입가를 끌어올리면서 대답했다.

"그거 기대되는군. 그럼 나도 다음 일격으로 너를 편하게 만들어 주겠다고 약속하지."

두 사람 다 남은 힘은 얼마 되지 않았다. 다음 일격으로 끝을 내겠다는 것은 그 정도의 힘밖에 남아 있지 않기 때문에 한 말이었다.

그리고 두 사람은 뒷일은 생각지도 않고, 온 힘을 다 짜내어 움직였다.

아피트의 작전은 미니츠의 간섭파의 움직임을 예측하여, 그 직전에 궤도를 바꾼다는 것이었다. 음속을 넘어서는 속도로 몸통박치기를 하여 미니츠의 반응을 상회하겠다고 생각한 것이다.

미니츠도 그건 예상하였다. 문제는 아피트가 얼마나 미니츠의 힘을 파악하고 있는가 하는 것이다. 눈에 보이지 않는 간섭파가 언제 발동되는지, 그걸 정확하게 꿰뚫어 보고 있느냐 아니냐에 따라 대처를 달리 해야만 한다.

꿰뚫어 보았을 리가 없다——고 생각하면서, 미니츠는 자신을 믿기로 했다.

승부는 그 한순간으로 정해질 것이다.

미니츠가 힘을 방출한 그 순간에 아피트가 궤도를 바꿨다. 그러나 그건 미니츠가 예상한 대로 직감에 의한 행동이었으며, 간섭파가 보이는 것은 아니었던 것이다.

이겼다——고 생각하면서 미니츠는 웃었으며, 죽는다——고 생각하면서 아피트도 웃었다.

그렇다. 아피트의 공격은 처음부터 죽음을 전제로 한 것이었다.

"끝이다, 여왕 아피트."

기쁜 표정으로 웃는 미니츠.

눈에 보이지 않는 힘의 파동이 전신을 감싸는 것을 느낀 순간, 아피트는 크게 입을 벌리면서 비장의 수를 발사하려고 했다.

퀸 오브 니들(여왕의 신명침(身命針))—— 아피트가 죽음을 각오하면서 발사한 것은 최강의 독침이었다. 요기로 만들어낸 것이 아니라, 아피트의 신체의 일부분이었다.

그 경도는 '마강'도 쉽게 관통한다. 지근거리에서 온 힘을 모아서 발사하는 독침이라면 미니츠가 두른 역장도 꿰뚫을 수 있을

것이라고 아피트는 확신하고 있었다.

미니츠의 힘이 아피트를 압축했고, 아피트가 날린 독침이 역장을 관통하여 미니츠에게 육박하면서—— 승부의 결말이 날 때가 찾아왔다.

결과는 무승부였다.

아피트는 완전한 승리를 얻지 못한 것을 불만스럽게 생각했지만, 그래도 자신의 역할을 다 할 수 있어서 만족스러웠다.

죽음은 끝이 아니다. 미궁 안에선 몇 번이든 부활할 수 있는 것이다.

아피트는 부활의 때를 기다리면서, 이 자리에서 사라졌다.

그걸 확인한 미니츠는 부상이 나을 때까지 조용히 쉬기로 했다.

방금 그 공격으로 심장이 망가졌지만, 미니츠는 아직 살아 있었다. 이 정도로 죽을 미니츠가 아니었으며, 시간이 지나면 부상도 나을 것이다.

미니츠는 과거에 겪어보지 못했던 싸움에 몸을 맡길 수가 있어서, 마음이 충족되는 기분이었다.

(훌륭한 싸움이었다. 좀 더, 좀 더 맛보고 싶군. 그러면 내가 최강이라는 것을 증명할 수 있을 텐데——.)

여운에 잠기면서, 그런 생각을 하는 미니츠. 피가 끓어오르고 몸이 떨리는 싸움이었지만, 아직 만족스럽지 않았다. 오히려 더 강한 자와 싸우고 싶다고, 미니츠의 본능이 그렇게 호소하고 있었다.

자신의 한계에 도전하여, 그걸 넘어선다. 그렇게 하면 더욱 강해질 수 있을 거라고 믿으면서.

그런 미니츠의 마음에 부응하려는 것처럼, 지금 여기서 이변이
발생했다.

누군가의 목소리가 울려 퍼졌다.

"──훌륭한 싸움이었다."

그 목소리에는 다른 자들의 위에 군림할 수 있는 왕자(王者)의
품격이 느껴지고 있었다.

"내 '이름'은 제기온. 너는 나와 싸울 자격이 있다. 그걸 바란다면
내가 있는 곳까지 오도록 해라."

그 목소리에 이끌리듯이 미니츠는 감았던 눈을 다시 떴다.

그 시선 끝에 보인 것은 어느새 출현한 건지 모를 암흑의 소용
돌이였다.

(날 즐겁게 만들어주겠다는 건가? 그렇다면 그 초대에 응해
줘야겠지…….)

다 낫지 않는 몸인데도 미니츠는 전혀 기가 죽지 않은 모습으로
일어섰다. 그리고──.

자신을 부른 그곳으로, 미니츠는 아무런 두려움 없이 향했다.

●

과거에 '요마향'이라는 숨겨진 마을이 있었다.

세계각지에 있는 비경 중의 하나로, 언제나 봄이 계속 지속되는
낙원이었다고 한다.

지금은 존재하지 않았다.

20년 전에 제국군에 의해 유린당하면서, 이 세상에서 사라지고

말았기 때문이다.

쿠마라는 그 날의 일을 떠올리면서, 분노로 자신을 잃을 뻔했다. 자신이 무력했기 때문에 어머니를, 그리고 동료들을 잃었다.

위대했던 어머니는 마왕과도 필적할 만한 힘을 보유한 요마였다. 그러나 온화한 성격이었고 인간과 적대할 생각은 절대 하지 않았던 자상한 요마였던 것이다.

분명 인간과 적대하고 있던 마족들의 왕은 '요마왕'이라는 이름을 자처하고 있었다. 십대마왕과는 또 다른 세력이며, 인류에게도 위협적인 존재였을 것이다.

하지만 그건 '요마향'과는 아무런 관계가 없는 얘기였다.

마족은 마족. 요마는 요마. 그리고 요마왕은 그 종족조차도 분명하지 않은 마족의 왕일 뿐이었다.

그러니 인류—— 아니, 제국은 쿠마라와 그 동료들의 존재 그 자체를 허용할 수 없었을 것이다. '요마향'은 제국의 신민에게 국가의 무력을 보여주기 위한 데몬스트레이션의 산제물이 되고 말았던 것이다.

'요마향'이 있는 장소는 마왕 클레이만의 영지와 동쪽 제국의 국경선에 존재하고 있었다. 지스타브 측의 산기슭에서 제국 측에 있는 숲까지의 구간에 이계로 들어가는 입구가 숨겨져 있었다.

숲과 산이 베풀어주는 혜택, 그리고 온화한 기후. 언제나 봄인 낙원이라는 이름은 허풍이 아니었으며, 너무나 살기 편한 장소였다.

국경을 따라 존재했기 때문에 공격을 받지 않을 것이라고 생각하여 방심한 것도 있긴 했다. 마왕 클레이만과 제국은 비밀리에 불가침 조약을 맺었기 때문이다.

그런 평화로운 상황이 위기감을 마비시켰던 것이다.

갑자기 무장한 병사들이 아무런 기척도 없이 '요마향'을 습격해 왔다. 그리고 마을을 지키는 전사들의 저항도 허무하게, 동료들이 몰살당해버렸다.

어머니—— 선대 나인 헤드(구두수)도 또한, 그때 목숨을 잃었다.

힘은 있었지만, 싸움을 싫어했던 어머니였다. 인간이라고는 하나, 전투에 특화된 직업군인에게 이길 리가 없었던 것이다.

그리고 잊어버릴 수도 없는 그 남자.

"캔자스라고 했던가. 나는 기억하고 있다. 어머니의, 모두의 원수인 남자의 이름을——."

쿠마라는 원한이 찬 목소리로 소리쳤다.

밉살스러운 미소를 짓는 그 수염 난 남자는 쿠마라가 죽여도 시원찮을 만큼 증오스러운 적이었다.

캔자스는 산 채로 붙잡은 어린 나인 헤드인 쿠마라를 보수로 클레이만에게 넘겨줬다. 그리고 마을에 축적되어 있던 보물들은 모두 자신의 주머니에 채워 넣은 것이다.

제국의 신민들에겐 '요마향'의 위험은 사라졌다고 알리면서.

그 위협이라는 것도 자신들이 연출하여 벌인 자작 범죄행위였다. '요마향'이 위험하다는 이미지를 퍼트리려고 근처 마을의 주민이나 상인 몇 명을 적당히 골라서 무참하게 죽여버렸던 것이다.

그리하여 겁을 먹은 신민들로부터 자신들은 영웅인 양 대접을 받았고…….

그런 뒷사정을 알려준 것은 바로 클레이만이었다.

쿠마라의 원한이 인간에게 향하면 그것만으로 요마로서의 힘은 상승한다. 요기가 늘어나면서 마물로서의 '격'이 올라가는 것이다.

나인 헤드라는 귀중한 요마수였기 때문에, 클레이만은 쿠마라를 쓸 만한 전력이 될 것으로 예견했다. 그 덕분에 애완동물로 살아남을 수 있었던 것이다.

쿠마라는 클레이만의 예상대로 원한을 쌓으면서 힘을 길렀다. 그리고 클레이만 군이 간부인 다섯 손가락 중의 하나인 엄지로 선발되기에 이르렀다.

그 후에도 운명은 계속 돌고 돌아 쿠마라는 리무루에게 거두어졌다.

그리고 행복이란 것이 무엇인지를 떠올렸고, 어린 아이들과 놀면서 마음의 상처를 치유했다——. 그런 타이밍에 원한의 대상인 적과 재회한 것이다.

"죽이겠다. 너는 내 모든 힘을 다해서 철저히 죽여버리겠어——."

쿠마라는 그렇게 중얼거리면서, 캔자스가 찾아오기를 기다렸다.

반면에 캔자스 대령은 어떤가 하면.

혼자만 어딘지도 모를 장소로 보내졌는데도 동요하는 기색을 보이지 않았다.

캔자스는 바닥부터 시작하여 출세한 군인이었다. 실력주의인 제국의 상징과 같은 남자로, 주먹 하나로 지금의 지위까지 올라왔다.

나쁜 짓으로 손을 물들이는 것쯤은 아무렇지 않게 생각했으며,

출세욕의 화신 같은 남자였다.

'요마향' 사건 하나만 보더라도 자신의 위치와 힘을 강화하기 위한 정당한 행동이라고 확신하고 있었다.

큰 평화를 위해선 어느 정도의 희생은 치르는 게 당연한 것. 자신이 벌인 짓은 필요악이었다고 생각하면서 죄책감조차 품고 있지 않았다.

그러나 그 인간성에는 문제가 있어도, 그 실력은 의심할 바가 없었다.

서열강탈전에 참가했으면 틀림없이 상위 100명에 선발되었을 것이다. 그렇게 하지 않은 것은 캔자스가 임페리얼 가디언(제국황제 근위기사단)에 가입하는 것에 흥미가 없었기 때문이었다.

황제 루드라에 대한 충성보다 자신의 이익을 우선하고 있었다. 그리고 무엇보다 캔자스에겐 진심으로 신뢰하고 있는 상관이 있었다.

그 상관은 바로 미니츠 소장이었다.

캔자스와 실력으로도 비슷할 뿐 아니라, 캔자스를 주목하여 이끌어준 남자이기도 했다.

미니츠를 군의 정점으로 올려주고, 그런 뒤에 자신도 그 밑에서 전권을 쥘 것이다――. 그게 캔자스의 인생 목표였으며, 그날을 꿈꾸면서 노력해왔다.

그러므로 이번 침공은 더더욱 절호의 기회라는 생각을 하고 있었다.

칼리굴리오의 실책은 누가 봐도 명백했으며, 처분을 면하기는 어려울 것이다. 아니, 미니츠와 공모하여 미리 그렇게 되도록 손을 써서 기갑군단 내부의 의견이 통일되도록 꾸밀 것이다.

미궁 안에 남겨진 병사들을 구출하여 은혜를 베풀어주면 바로 새로운 파벌을 늘릴 수 있을 것이다.

그렇게 되면 칼리굴리오는 더 이상 이용가치가 없다.

"후훗, 가소롭군. 정치력만으로 군의 톱에 서려고 하다니, 그런 안일한 생각이 통할 리가 없을 텐데."

아무도 듣지 않는다고 생각해서, 캔자스는 마음껏 상관을 비웃었다. 그리고 그대로 태연하게 살아남은 부하를 찾기 위해 걷기 시작했다.

하루가 경과했을 때, 캔자스도 역시 뭔가 이상하다는 생각을 하기 시작했다.

미궁 안에 숲이랑 사막이 있는 것은 일단 뒤로 미뤄둔다고 해도 사람의 모습이 전혀 보이지 않았다. 그러기는커녕 마물조차도 발견할 수 없었다.

자신이 들른 모든 층이 불길할 정도로 조용했으며, 경계하고 있는 것이 멍청하게 느껴질 정도로 아무 일도 일어나지 않았다.

물론, 그런 것 정도로 방심할 만한 캔자스는 아니었지만, '위험예지'가 전혀 반응하지 않으면서 캔자스는 한층 더 큰 불안을 느끼게 되었다.

"흐—음. 나를 방심시키는 게 목적인 것도 아닌 것 같군. 그렇다면 전력을 집중시키고 있는 건가?"

무시무시할 정도로 탁월한 캔자스의 사태 파악 능력. 그건 정답이었다.

"핫핫하, 나를 그렇게까지 환영해주고 있다니, 기쁜 일이 아닌가! 그럼 사양하지 않고 마음껏 실례를 해보도록 할까!!"

빠른 태도 전환도 캔자스의 장점이었다. 덫이 있어도 돌파할 수 있다고 판단하여, 단번에 아래층을 향해 질주하기 시작했다.

후폭풍이 남을 만한 속도로, 캔자스는 내달렸다. 한 번 땅을 박차기만 해도 몇 미터의 거리를 이동하여 눈 깜짝할 사이에 계단까지 도달했다.

몇 시간 후——.

캔자스의 눈앞을 광대한 저택의 문이 가로막고 있었다.

찾아온 자를 위압할 것 같은 호화로운 구조였다.

그리고 소리도 없이 문이 열리면서—— 싸움이 시작되었다.

*

경국지색이라는 말이 이런 걸 가리키는 게 아닐까 하는 생각이 들 정도의 미모에, 모골이 송연해질 정도로 처절한 미소를 지으면서 쿠마라가 인사를 했다.

"어서 오세요, 잘 오셨습니다."

그 인사를 받고, 캔자스도 웃는 얼굴로 대응했다.

"이거 참 정중한 대접이로군. 그리운 얼굴인데. 넌 그때의 아기 여우인가?"

"기억하고 있었나요. 그것 참 만족스럽네요."

"잊어버릴 수가 있나. 네 어미는 나의 출세에 도움을 주었으니까."

두 사람 사이에 불꽃이 튀었다.

환각이 아니었다. 요기와 투기가 격렬하게 충돌하면서 발생한 물리적인 현상이었다.

"뻔뻔하게도!"

"핫핫하. 너도 무사했었나. 애초에 내가 클레이만에게 팔았기 때문에 살아남을 수 있었던 거다. 고맙게 여겨도 좋다고?"

"——죽이겠어."

한층 더 크게 살기를 높이면서 쿠마라가 으르렁거렸다.

그에 호응하듯이 나타난 것은 뱌쿠엔이었다. 팔부중 필두의 관록을 보여주려는 듯이 캔자스를 향해 곤봉으로 연속공격을 시작했다.

"요마의 생존자인가. 그렇다면 나도 재미있는 것을 보여주도록 하지."

캔자스는 그렇게 말하고는 아무런 예비동작도 없이 한 마리의 마물을 소환시켰다.

검은 털로 덮인 원숭이—— 야미자루(암원, 闇猿)였다.

"너, 너는 어머님의 하인이었던——?!"

그렇다.

그건 분명히 쿠마라의 어머니의 미수(尾獸, 꼬리짐승) 중의 하나였다.

"어때, 반갑지? 상대해줘라."

야미자루도 또한 자상한 성격을 지닌 마수였다. 쿠마라하고도 같이 놀아줬던 기억이 있다. 그런데…….

그런 깊은 인연이 있던 야미자루가 흉악한 표정으로 이빨을 드러냈다.

"날 잊어버렸단 말인가?!"

쿠마라의 목소리는 닿지 않았다. 야미자루는 "키익——!!"라는 새된 목소리로 외치면서 뱌쿠엔을 압도했다.

"소용없다. 그 원숭이는 내 하인이 되었으니까. 너에 대한 건 아무것도 기억하지 못해."

자신은 싸움에 참가하지도 않은 채, 품에서 담배를 꺼내 입에 무는 캔자스. 불을 붙여 연기를 빨아들이면서, 쿠마라를 보고 씨익 웃었다.

"네 이놈, 야미자루에게 무슨 짓을 한 거냐?"

"뭐? 의외로군. 나를 의심하는 건가?"

쿠마라를 비웃는 듯한 대답이었다.

캔자스가 진지하게 대답할 생각이 없다는 걸 깨달은 쿠마라는 분노한 상태에서 다음 수를 썼다.

"겟토, 코쿠소, 나와라!"

쿠마라의 꼬리가 마수로 변화했다.

이것으로 3대1. 상황은 다시 쿠마라 쪽에 유리하게 되었다.

하지만 그것도 한순간의 일이었다.

"나와라, 야미우사기(암토, 闇兎), 야미네즈미(암서, 闇鼠)."

놀랍게도 캔자스도 쿠마라에 맞춰서 마수를 소환한 것이다.

이 사태에는 쿠마라도 놀라움을 감출 수 없었다.

"어, 어떻게 이런 일이……."

"놀랐나? 하지만 그건 나도 마찬가지다. 어린 꼬맹이였던 네가 설마 꼬리로 짐승을 세 마리나 소환할 수 있을 줄은 몰랐으니까. 클레이만도 제법 잘 조교한 것 같구나."

그런 식으로 쿠마라를 업신여기는 투로 말하는 캔자스. 그의 태도는 자신감이 가득했지만, 그러는 데는 이유가 있었다. 캔자스가 소환한 마수 쪽이 쿠마라의 부하인 팔부중보다 강했기 때문이다.

"귀찮군, 이쯤에서 놀이는 끝내기로 하자."

그렇게 말하자마자, 캔자스는 마수를 더욱 추가했다.

"이럴 수가! 야미토라(암호, 闇虎)에 야미헤비(암사, 闇蛇)까지!"

하나하나의 강함을 비교하면 캔자스의 마수들 쪽이 더 강했다. 그도 그럴게, 그 마수들은 쿠마라의 어머니였던 선대 나인 헤드의 충실한 호위들이었으니까.

그런 강력한 마수들이 다섯 마리. 당시의 자상하고 온화했던 성격을 잊어버리고, 광포한 본능을 있는 대로 드러내면서 막아서고 있었다.

캔자스는 이 시점에서 승리한 것이나 다름없다는 생각을 하고 있었다. 어린 여우였던 쿠마라가 아무리 성장했어도 꼬리를 변신시켜서 조종할 수 있는 짐승은 기껏해야 세 마리가 한계일 것으로 생각하고 있었기 때문이다.

왜냐하면 쿠마라의 어머니조차도 짐승을 다섯 마리밖에 만들어 낼 수 없었다. 수천 년이나 살아온 요괴여우라면 또 모를까, 겨우 수백 년밖에 살지 못한 쿠마라라면 그 정도의 힘을 낼 수가 없을 것이라고 생각했던 것이다.

그렇기에 캔자스는 오만하게 말했다.

"지금의 너라면 내 애완동물로 길러줄 수도 있다. 마왕 리무루를 버리고 내 밑으로 들어오도록 해라. 그러면 목숨은 살려주마."

그건 교섭이라기보다 명령에 가까운 말투였다.

승리를 확신한 상황에서의 발언. 그러나 캔자스는 치명적인 착각을 하고 있었다.

쿠마라는 격노했다.

그 미소가 한층 더 깊고 아름답게 변했다.

"재미있는 사람이네. 나를 이렇게까지 분노하게 만들었으면 각오는 되어 있겠지?"

그렇게 물었지만 대답 같은 건 필요가 없었다.

쿠마라는 자신의 미수── 나머지 부하인 팔부중을 전원 해방시켰다. 차례로 나타나는 라이코, 요다, 민쿠, 엔쵸, 그리고 이가미. 이 자리에 팔부중이 전원 모였다.

"말도 안 돼?! 여덟 마리라고? 네 이놈……."

캔자스는 이때 처음으로 동요했지만, 그것도 또한 한순간의 일이었다. 곧바로 냉정함을 되찾으면서, 대담한 미소를 지었다.

"나를 놀라게 만들 정도로 성장하다니, 칭찬해주마. 하지만 그래도 전력은 내 쪽이 더 강하다."

"입 닥쳐라!"

"오오, 무서워라. 그러면 더 이상 말은 하지 않기로 하지. 네 녀석의 손발을 떼어내서 내 방에 장식해주겠다."

교섭은 끝났다.

그리고 8대5의 싸움이 시작되었다.

수로는 유리한 팔부중이었지만, 상대는 선대를 오랫동안 모셔온 정예들이었다.

축적된 에너지(마력요소)양이 달랐다. 그리고 무엇보다 경험의 차이가 있었다.

뱌쿠엔과 다른 팔부중들도 결코 약하진 않았지만, 수적 불리를 뒤집을 정도로 어둠의 마수들은 강했다.

시간이 지남에 따라 팔부중이 밀리기 시작했다. 하지만 쿠마라는 포기하지 않았다.

캔자스를 관찰하면서 하나 알아차린 게 있었던 것이다.

캔자스가 소환한 마수들은 개개별로 너무나 강력했다. 더구나 기억은 완전히 잃어버렸는데도 이성만은 남아 있는 것 같았다.

캔자스의 지시에 재빠르게 반응하면서, 팔부중에 대처하고 있었던 것이다.

이건 반대로 말하자면 사령탑인 캔자스를 쓰러트리기만 하면 쿠마라에게도 승산이 있다는 얘기가 된다. 그리고 쿠마라에겐 아직 비장의 수가 있었다. 팔부중을 자신에게 되돌려 본래의 모습이 되기만 하면 되는 것이다.

그렇게 하면 캔자스와 어둠의 마수들에게 이길 수 있다고, 쿠마라는 판단하고 있었다. 그래서 쿠마라는 당황하지 않고 전황을 분석하기 시작했다.

그리고 캔자스 쪽은 어떤가 하면.

이쪽은 여유가 있는 것 같았지만, 아슬아슬하게 한계가 오기 직전이었다.

캔자스가 어둠의 마수를 부릴 수 있는 것은 당연하지만 이유가 있었다. 캔자스의 힘이 바로 그 비밀이었던 것이다.

유니크 스킬 '빼앗는 자(약탈자)'—— 그게 바로 캔자스가 보유한 권능이었다.

이 힘은 그것만으로는 의미가 없었다. 아무런 효과가 없는 권능인 것이다.

캔자스가 이 힘을 깨달은 것은 어릴 적이었다. 세세한 일로 싸움을 하게 된 앙갚음으로 친구가 기르던 개를 죽였다. 그러자 어둠의 개를 불러낼 수 있게 된 것이다.

이것만으로는 전투에서 아주 조금 도움이 되는 정도였지만, 이 권능의 진짜 가치는 다른 곳에 있었다.

그건 캔자스가 군에 들어가 변경의 게릴라를 토벌했을 때 판명되었다. 죽인 상대와 동등한 힘을 지닌 '어둠'을 불러낼 수 있게 된 것이다.

그리고 캔자스는 깨달았다. 불러낼 수 있는 것은 자신이 죽인 상대뿐이라는 것을.

그건 즉, 죽이면 죽일수록 자신이 강해진다는 것을 의미하고 있었다.

그러나 그것도 한계가 있었다.

이 힘은 죽인 자의 힘을 가산하는 게 아니라, 가장 큰 것만 이용할 수 있게 되는, 그런 한계가 있는 힘이었던 것이다.

죽인 상대의 형상이나 스킬(능력), 이것을 완벽하게 재현할 수는 있다. 잠입임무 같은 데서 변장할 때도 편리하며, 너무나도 범용성이 높은 스킬이었다.

하지만 아무래도 한계가 있었다. 그건 캔자스의 허용량을 넘어서는 '어둠'을 불러낼 수 없다는 현실이었다.

만약 그게 가능했다면, 캔자스는 혼자서 군대를 조종할 수 있다는 것을 의미했다. 역시 그 정도로 만능이진 않았으며, 캔자스의 존재치의 한계는 분명 존재했던 것이다.

쿠마라는 그게 정답일 것이라고 꿰뚫어 보고 있었다.

그랬기 때문에 현재의 상황이 불리하더라도 당황하지 않았다.

"알고 있다. 너도 이제 한계가 왔겠지?"

"그래서 그게 어쨌다는 거냐?"

"네가 어떻게 어둠의 마수들을 부리고 있는 건지는 모르겠지만, 문제될 건 없다. 너를 죽이면 끝날 일이니까."

그게 쿠마라가 결론을 내린 전황분석이었다.

부하들의 전력은 엇비슷했지만, 양쪽 진영 둘 다 사령관은 전투에 참가하지 않았다. 지금 쿠마라가 캔자스를 상대한다면 어둠의 마수들에게 지시를 내리지 못하게 될 것이다.

그리고 쿠마라와 캔자스만을 비교한다면 에너지(마력요소)양으로는 쿠마라가 압도적으로 상회했다.

"안심해라. 편하게는 죽이지 않을 테니까."

그렇게 말하자마자 쿠마라는 그 자리에서 사라져 순식간에 캔자스의 뒤를 잡았다. 그리고 늘어난 손톱으로 캔자스의 목을 베려고 했다.

캔자스는 이 공격에 대응했다.

확실히 쿠마라의 말이 옳다고 인정하면서도 여유 있는 태도를 유지했다.

"무섭구면. 이렇게까지 성장할 줄 알았으면 그때 죽였어야 했는데."

"닥쳐라!"

"큭큭큭, 그렇게 화내지 말라고. 사과하는 대신에 재미있는 것을 보여줄 테니까."

그렇게 말하면서 캔자스는 웃었다.

확실히 캔자스의 '약탈자'는 죽인 자를 불러낼 수 있는 게 전부인 힘이었다. 불러낼 수 있는 수에는 한계가 있으며, 캔자스 자신이 얻은 힘도 지금까지 쓰러트린 적이 있는 가장 강한 자와 동등한 정도로밖에 강화되지 않았다.

하지만 캔자스는 비장의 수를 숨겨두고 있었다.

캔자스는 여기서 망설이지 않고, 그걸 쓰자고 결단했다.

"내가 왜 널 클레이만에게 팔았다고 생각하나? 강대한 전력이 될 것이라 생각하면서도 놓아준 이유가 뭐라고 생각하지? 그건 말이다——."

쿠마라를 길들여 기르는 것보다 더 쉽게, 그리고 더 거대한 힘을 손에 넣었기 때문이었다.

캔자스는 어둠의 마수들을 사라지게 했고, 그 대신 한 마리의 거대한 짐승을 소환했다. 그게 바로 캔자스의 힘의 원천이자, 쿠마라를 필요로 하지 않았던 이유였다.

"그, 그 모습은…… 어머님——?!"

그 자리에 출현한 것은 어둠의 여우요괴.

두꺼운 꼬리가 다섯 개에, 가느다란 꼬리가 네 개. 전부 아홉 개의 꼬리를 지닌 '요마향'의 여주인.

하지만 그 모습은 불길하게 바뀌어 있었으며, 생전의 자상한 면모는 조금도 남아 있지 않았다.

"하앗——핫핫하! 바로 그렇다. 이 녀석은 네 어머니지. 하지만 내게 조종을 받으면서 이 녀석은 광포한 힘을 전력으로 다룰 수 있게 되었다. 정말 대단하거든. 너도 한 번 보고 싶겠지?"

그 자상한 성격이 화근이 되어 적에게 쓸데없는 인정을 베풀고 만다. 그렇기 때문에 마왕에게 필적하는 힘을 지녔으면서도, 숨어 살면서 세계와의 교류를 최소한으로 줄이고 검소하게 생활하고 있었다.

그랬던 선대가 지금, 캔자스의 손에 의해 진정한 힘을 발휘했다.

"너는 죽은 자까지 우롱한단 말이냐······."

"그건 아니지. 경의야, 이건. 그 힘을 유효하게 활용해주고 있는 거란 말이다. 고맙게 생각해주면 좋겠는데."

캔자스가 불러낸 어둠의 나인 헤드(구두수)는 쿠마라를 보면서 기염을 토했다. 그 눈에는 아무런 감정도 떠오르지 않았다. 그저 적을 보는 눈으로 쿠마라를 노려볼 뿐이었다.

"어머님──."

"그 녀석을 죽여라."

명령에 따라서 나인 헤드가 움직였다. 다음 순간, 어둠의 미수를 통합하여 온 힘을 다한 일격이 팔부중을 향해 날아갔다.

"요다, 이가미──?!"

움직임이 느린 두 마리는 그 일격으로 중상을 입으면서 쿠마라의 꼬리로 돌아갔다. 그 정도로 강한 위력이었다. 팔부중들에겐 승산이 없다는 건 명백했다.

"핫핫하! 어떠냐, 재미있지? 이 힘이 있었기 때문에 너는 필요가 없었던 것이다. 하지만 꼬리 수만 보면 어머니보다도 우수한 것 같구나. 경험이 부족한 것 같지만, 그건 내가 보충해줄 수 있다. 큭큭큭, 너를 살려두길 잘했구나. 여기서 너도 손에 넣으면 나는 새로운 힘을 손에 넣을 수 있다!"

환희하는 캔자스.

패배 같은 건 털끝만큼도 생각하지 않았다.

최강의 나인 헤드와 그에 필적할 정도로 강화된 자기 자신. 그 정도의 전력이 있으면 이 아기 여우에게 질 리가 없었다. 캔자스는 그렇게 확신하고 있었던 것이다.

캔자스는 클레이만조차도 아래로 보고 있었다.

마왕에게 필적하는 나인 헤드의 힘을 구사할 수 있게 되면서 그를 처리하려고 생각했었는데, 신참 마왕인 리무루에게 패배했다는 이야기를 들었다. 의외로 대단한 녀석은 아니었다고 속으로 우롱했었다.

그러나 눈앞에 있는 쿠마라는 자신의 꼬리를 이용하여 여덟 마리나 되는 짐승을 사역하고 있었다. 개개의 힘은 경험이 부족하기 때문에 자신이 이기지 못할 정도는 아니었지만, 성장하면 얼마나 강해질지 상상도 되지 않았다.

(그렇기에 나는 행운아인 것이지. 여기서 이 녀석을 죽이고 그 시체를 내 힘으로 물들여주겠다!)

그렇게 되면 캔자스의 힘도 대폭 상승할 것이다. 신참 마왕 따윈 그 힘을 이용하면 어떻게든 해결할 수 있을 것이다.

캔자스는 그런 생각을 하면서, 쿠마라에게 공격을 개시했다.

멍하니 서 있던 쿠마라는 머리를 한 번 저으면서 중얼거렸다.

"냉정함을 잃으면 진다——고 했었지. 히나타 님의 가르침을 잊어버리고 있었군."

그런 뒤에 천천히 다가오는 남자와 짐승을, 그 눈으로 포착했다.

"모두 돌아와라."

그 말에 응하여 꼬리를 이용해 소환한 짐승들이 빛으로 변하면서 쿠마라의 꼬리에 흡수되었다. 그러자 쿠마라의 아홉 개 꼬

리가 눈이 부실 정도로 강한 빛을 발하기 시작했다.

남자와 짐승은 이제 눈앞에 와 있었다.

하지만 쿠마라는 당황하지 않았다.

꼬리로 부리는 짐승들의 경험치는 얕았다. 그건 인정한다.

하지만 쿠마라 자신은 그렇지 않았다.

우수한 스승과 절차탁마하며 노력하는 동료들. 훌륭한 환경. 그 모든 것이 쿠마라를 강하게 만들어주었다.

자신에게 닥쳐오는 날카로운 손톱과 예리한 나이프를, 쿠마라는 오른손과 왼손으로 부드럽게 감싸 쥐었다.

"——?!"

"너, 너?!"

"아직 이름을 밝히질 않았군. 내 '이름'은 쿠마라——."

"이, 이름이라고……?!"

"'나인 헤드' 쿠마라라고 한다."

손톱은 부숴버리고 나이프는 부러트렸다.

당황하면서 거리를 벌리는 캔자스를 향해 쿠마라는 너무나 아름다운 미소를 지었다.

"기억해둘 필요는 없다. 너는 내게 천천히 처참한 죽음을 선사할 생각이었겠지만, 그건 내가 감당하기엔 너무 무겁구나. 그러니까——."

그 말이 끝나기도 전에 어둠의 짐승이 산산조각으로 흩어졌다. 선대 나인 헤드가 쿠마라의 손에 의해 갈기갈기 찢겨버렸기 때문이다.

"말도 안 돼——!!"

너무나 경악스러운 사태를 보면서, 자신도 모르게 절규하는 캔자스.

자신의 장기말 중에 최강이었던 개체가 지금 눈앞에서 사라지고 있었다.

캔자스의 '약탈자'는 소환과는 달리 시체를 베이스로 삼아서 '어둠'을 형성하고 있는 것뿐이다. 그러므로 사라지고 만 개체는 두 번 다시 불러낼 수 없었다.

쿠마라는 지금 빼앗긴 것(어머니)을 되찾은 것이다.

"너, 넌……."

"내가 좀 더 강했다면 너를 한 방에 처리할 수 있었을 텐데. 아쉽긴 하지만, 이제 끝을 내기로 하자."

"자, 잠——!!"

그런 헛소리는 받아들여질 리도 없었으며.

캔자스의 애원은 쿠마라의 귀에는 전해지지 않았다.

"잘 가라."

그 말이 끝나는 때가 캔자스의 수명이 끝나는 때가 되었다.

구미연참(九尾連斬)——— 빛나는 꼬리를 이용하여 사방팔방에서 날린 참격으로 캔자스는 산산조각으로 베이고 잘리면서, 허망하게 사망했다.

이게 쿠마라였다.

경국지색의 미모와 냉혹하기까지 한 강철의 의지를 지닌 자.

잃어버린 것에 대한 그리움은 있지만, 미련 같은 건 없었다. 죽음은 죽음일 뿐이며, 돌이킬 수 없다는 것을 이해하고 있었다.

그렇기에 이 이상은 빼앗기지 않도록 하는 것이 더더욱 중요하다고 생각했다.

'요마향'은 잃어버렸지만, 지금의 쿠마라에겐 돌아갈 집이 있었다. 그걸 빼앗기지 않도록 노력하는 것이 지금의 쿠마라에겐 그 무엇보다 중요한 것이었다.

"모두에게도 복수의 기회를 주고 싶었지만, 용서해다오."

그래도 복수는 성공했다.

어머니의 목숨은 돌아오지 않지만, 그녀의 존엄성은 되찾을 수 있었다.

그 결과에 쿠마라는 만족했고, 진심 어린 미소를 지었다.

●

누군가가 조용히 명상을 하고 있었다.

칠흑의 외골격에 금색의 줄무늬가 나 있었다.

홍옥색으로 반짝이는 것은 이마의 중앙에서 뻗어 나온 검처럼 생긴 한 개의 뿔이었다.

그 뿔 아래에 있는 홍옥색의 겹눈은 닫히는 일이 없었다. 주위의 정보를 받아들이면서 머릿속으로 계속 처리하고 있었다.

그 외골격은 그의 주인인 리무루의 취향에 맞게 개조되어 있었다. 리무루의 세포와 '마강'이 그가 잃어버린 부위를 보강해주었다.

지금은 잘 적응되어 자신의 일부가 되어 있었다. 다이아몬드(금강석)를 넘어서는 강도와 생물이 갖출 만한 유연성을 겸비한 아다만타이트(생체마강)라고 부를 만한, 누구와도 비길 데 없는 성질을 지니기에 이르렀던 것이다.

레전드(전설)급과도 맞먹을 만한 천연의 갑옷으로 완성되어 있었던 것이다.

하지만—— 그의 실력은 결코 그 외골격에서 유래하는 게 아니었다. 그 **실력**의 본질은 어디까지나 탐욕스럽게 전투를 추구하는 그의 본성에서 유래했다.

그리고 지금.

그 앞에 새로운 사냥감이 찾아왔다.

모든 것은 그의 생각대로 되었다.

그가 바로 미궁의 절대강자.

최강의 수호자—— '인섹트 카이저(곤충황제)' 제기온이었다.

그리고——.

제기온은 생각했다.

그 의사를 확인한 그들에겐 자신과 싸울 자격이 있다고.

그렇기에 불러들인 것이다.

이 암흑공간으로.

이 층에 도달한 자는 행복하다고 볼 수 있었다.

인간으로서의 존엄과 강자로서의 긍지를 충족시키면서 죽어갈 수 있으니까.

……………….

………….

…….

미궁의 80층에 이르는 계단을 내려간 그 끝에는 휴식을 취할 수 있는 방이 있었다.

덫이 없다는 것을 보여주기 위해서, 방에는 문 없이 개방되어 있었다.

그 방 안쪽에 호화로운 문이 하나 보였다. 그 너머가 바로 이 층의 보스의 방이었다.

미니츠가 암흑의 소용돌이를 빠져나오면서 본 것은 바로 이 방이었다.

그 방에는 조명이 흐리게 밝혀져 있었고, 책상 위에는 과일이랑 마실 것도 준비되어 있었다. 또한 실용성 있는 일용품이 놓여 있었으며, 앉기 편한 의자도 놓여 있었다.

그 장소에는 이미 도착한 자가 몇 명 있었다. 미니츠는 살짝 눈을 크게 뜨면서, 그자들을 본 기억이 없지만 애써 떠올리려고 했다.

그런 미니츠보다 먼저 도착하여 의자에 앉은 채 얘기를 나누고 있던 자들이 일어섰다.

"미니츠 소장님, 무사하셨습니까! 저는 '기갑개조병단' 제26사단 소속——."

"됐다. 이 미궁은 일반 병졸이나 하급 장교만으로 살아남을 수 있는 만만한 장소가 아니지. 그건 충분히 이해했다."

한 손을 들어 상대가 이름을 밝히려는 것을 제지하는 미니츠. 신분이 상급 장교 이상인 자라면 모든 자의 이름과 소속을 기억하고 있었다. 하지만 눈앞에 있는 자들은 미니츠의 기억 속에는 없었다.

그 사실이 의미하는 것은 단 하나…….

이 미궁은 A랭크 오버인 자라도 살아남기가 어려울 것이다.

적어도 방금 전에 미니츠가 쓰러트린 벌레의 마인이 상대라면 아무리 많은 인원이 모이더라도 이기지 못한다.

벽을 돌파한 초인들 중에서도 극히 일부인 이 자리에 도달한 자가 아니면 그 정도 클래스를 상대하는 것은 불가능했다.

그런 강자가 하급 신분에 만족하고 있을 리가 없다. 그러므로 눈앞에 있는 자들의 정체를 미니츠는 대충 추측할 수 있었다.

"넷! 각하의 말씀대로입니다. 저는 임페리얼 가디언(제국황제근위기사단)의 서열 17위—— 크리슈나라고 합니다."

"서열 35위, 바잔입니다."

"서열 94위, 레이하입니다."

"흠. 역시 황제폐하의 근위기사인가. 이번 작전을 감시하기 위해서 우리 군에 숨어 있었던 건가."

"그렇습니다."

"그렇게 순순히 대답한다고 해도 찜찜한 부분이 남지만, 지금은 됐다. 그보다 이다음의 대책을 얘기하기로 하자."

"저희도 그게 좋겠다고 얘기를 나누던 중이었습니다."

"음."

자신의 예상이 맞아떨어진 게 당연하다는 듯이 미니츠는 얘기를 진행시켰다.

감시당하고 있었다는 사실은 달갑지 않지만, 중요한 것은 이 자리에서 살아남는 것이다.

여기서 필요한 것은 계급이나 지위가 아니라 실력이다. 따라서 미니츠는 크리슈나 일행의 지위를 따지지도 않고, 의의 있는 대화를 우선하자는 판단을 내렸다.

"그래서 다른 자들은 어떻게 되었나?"

"네. 우리가 보내진 곳은 보고로 들었던 와이트 킹(사령의 왕)이 있는 층이었습니다."

세 명을 대표하여 크리슈나가 대답했다.

미니츠는 시선만으로 그 다음 얘기를 재촉했다.

"우리는 지휘관들을 제외한 96명만으로 사악한 언데드의 왕과 대치하게 되었습니다. 그 전투에서 살아남은 자들은……."

"믿어지질 않는군. 딱히 명령이 없어도 각자 독자적인 판단으로 생동할 수 있도록 일기당천의 전사들만 모았단 말이다. 너희만큼 강하지는 않아도 우리 군의 정예들이었는데?"

이번 작전은 제국군의 구출을 목적으로 하고 있었다. 다양한 사태를 상정하여, 말단의 일반 병졸조차도 A랭크의 실력자들로만 모아놓았다.

그런 자들이 전멸했다는 건 믿어지지 않는다고, 미니츠는 말투에 힘을 주면서 물었다.

"녀석은 무시무시한 마왕이었습니다. 그리고 그 왕을 수호하는 데스 나이트도 초일류의 검사였습니다."

"저희 세 명 이외에는 그 층에서 몰살을 당하고 말았습니다. 좀더 빨리 저희가 정체를 밝혔으면 좋지 않았겠느냐는 추궁을 받는다면 그에 대해선 반박할 말이 없습니다. 하지만 죽은 용에 사자의 성검. 그리고 불사의 왕. 저희가 살아남은 건 기적 같은 일이었습니다."

크리슈나와 미니츠의 대화에 바잔이 끼어들었다. 그 말은 분노로 가득 차 있었으며, 자신들의 부족한 실력을 분하게 여기는 것 같기도 했다. 그게 본심이라는 것은 누가 봐도 명백했다.

"소장 각하에게 무례하게 구시면 안 되죠, 바잔."

"하지만 레이하 씨……."

"아니, 괜찮다. 이 미궁은 위험하다. 여기선 신분 같은 건 관계 없이 살아남기 위해 서로 협력해야 하지 않겠는가."

미니츠는 자신의 입으로 협력할 것을 제안했다.

상대가 황제의 근위기사라면 그 실력에 불만은 없다. 서로 충돌하고 있을 때가 아닌 것이다.

"그렇게 제안해주시면 저희도 정말 든든합니다."

크리슈나도 기갑군단의 미니츠 소장에 대해선 잘 알고 있었다. 원래는 황제 근위기사단에 소속되어도 이상할 게 없는 실력자이니, 협력 제안을 거절할 이유는 전혀 없었다.

크리슈나 일행 세 명과 미니츠는 말없이 서로 고개를 끄덕였다. 이 미궁에서 나온 뒤의 일은 그때 가서 생각하면 된다. 그게 이 네 명의 공통인식이 된 순간이었다.

"그런데 미니츠 님은 어떻게 이곳까지……?"

"내가 상대한 것은 아미 와스프(군단벌)들이었다."

"아미 와스프——!!"

위험한 마물의 대표급인 존재였다. 너무 위험하기에 발견되는 즉시 대처하기 때문에 오히려 일반인에겐 잘 알려지지 않을 정도였다. 알려진 경우에는 거의 몰살을 당하기 때문에 어느 쪽이든 일반적으로는 널리 알려지지 않은 마물이었다.

"그런 위험한 마물을 혼자서……?"

"이 미궁에 들어온 뒤로 너희 말고는 다른 동료를 만나지 못했지.

내 경우는 아미 와스프와 그들을 다스리는 여왕으로 보이는 마인을 쓰러트린 후, 누군가가 날 불렀다. 정신을 차려보니 이 장소에 와 있더군."

"과연, 그랬단 말입니까……."

그렇게 바로 대답하는 미니츠를 보면서, 크리슈나는 감탄하고 있었다.

퀸 와스프가 마인으로 변했다면 그 실력은 상상을 초월한다. 아마도 하위 마왕에 필적할 정도로 강할 것이라 생각했다. 그런 상대를 부하들까지 함께 처리했다면 미니츠가 얼마나 강한 실력을 가지고 있는지를 이해할 수 있었고, 믿음직스럽다는 생각이 들었다.

크리슈나는 긴장하고 있었기 때문에 지금까지 알아차리지 못했지만, 미니츠는 온몸에 부상을 입고 있었다. 가슴에도 큰 구멍이 나 있었으며, 그걸 보면 얼마나 격렬한 전투를 치렀는지 상상할 수 있었다.

"그렇다면 부상 정도는……?"

레이하가 묻자 "이제 와서 뭘……"이라고 말하면서 미니츠가 웃었다.

"물론 회복약은 준비해놓았다. 좀 더 쉬면 체력도 회복될 거다. 그보다 너희는 어떤 루트를 통해서 이 방까지 온 거지?"

주도권을 쥐는 건 미니츠이다. 입장은 대등하게 대하기로 했지만, 그래도 미니츠는 관록으로 크리슈나 일행을 부리고 있었다.

그 후로도 미니츠의 주도하에 각자 얻은 정보를 서로 교환했다.

그리고 판명된 사실은 이 미궁이 이상한 구조를 지니고 있다는 현실이었다.

사전에 들은 보고와 실제 정보가 너무 달랐으며, 기준으로 삼을 만한 게 아무것도 없었다. 맨손으로 닥치는 대로 더듬으면서 미궁 탐색을 하고 있는 것 같은 꼴이며, 앞으로의 전망도 어두웠다.

"그건 그렇고, 뭐가 어떻게 되어 가고 있는 거지? 우리가 상대한 것은 보고에 있던 60층의 보스였잖아? 마왕 리무루는 왜 우리에게 1층부터 공략하게 놔두지 않은 걸까?"

그렇게 되었으면 공략에 시간이 더 걸렸을 것이다. 자신들의 힘을 빼놓을 생각이라면 그게 정답이라는 생각이 드는데 말이지. 바잔은 그렇게 생각하면서, 자신의 의문을 입에 올렸다.

그 질문에 대답한 것은 역시 미니츠였다.

"간단하다. 미궁의 소문은 이미 들었겠지? 도전해도 팔찌를 장비하고 있으면 다시 살아날 수 있다고. 그게 마물들에게도 적용된다고 하면 어떻게 될 것 같은가?"

"아······."

그 말을 듣고 바잔은 넋이 나간 목소리를 냈고, 크리슈나와 레이하는 씁쓸한 표정으로 미니츠의 말에 이어서 얘기했다.

"공략에 시간을 들게 만드는 것보다 계속 받아들이는 것이 제국군을 더 많이 소모시킬 수 있단 말인가."

"더구나 한 번 들어가면 나올 수 없어. 이렇게 되면 각개격파를 해달라고 비는 거나 마찬가지인 셈이지."

그 말이 옳다는 듯이 미니츠는 고개를 끄덕였다.

"물론, 그건 미궁 안의 전력에 자신이 있기 때문이겠지. 나도 일단은 칼리굴리오 님에게 그런 의견을 드렸지만, 부활할 거점을 제압해두고 살아날 때마다 죽이면 된다는 말을 들었다. 그 의견도 타당하긴 했기 때문에 물러날 수밖에 없었지."

뚜껑을 열어보니 판단미스였다고, 미니츠는 씁쓸한 말투로 밝혔다.

결과적으로 제국군은 50만을 넘는 장병들을 투입하고 말았다. 전력을 계속 투입하는 가장 어리석은 행위를 저지르고 만 것이다.

미궁을 수호하고 있는 마왕 리무루의 부하들, 그들의 실력을 잘못 계산한 결과였다.

"그렇다면 살아남은 자를 발견할 수 있었나?"

"그게……."

그 말만으로도 모든 것을 알아차릴 수 있었다.

현재 살아 있는 것은 자신들뿐이라고 생각해야 했다.

"믿을 수 없다기보다 믿고 싶지 않은 기분이로군. 만약 살아남 아서 지상으로 돌아갈 수 있다면 가능한 한 빨리 후퇴해야겠어."

"폐하께선 분노하시겠지만 어쩔 수 없습니다."

그 결론에 누구 하나 반대하는 자가 없었다. 이리하여 방침은 정해졌지만, 그 다음은 현상파악의 차례가 기다리고 있었다.

"그런 그렇고 이 장소는 어떻게 된 거지?"

"여기에 놓인 마실 것과 과일에는 독이 들어 있는 것을 확인할 순 없었습니다. 적의 동정을 받을 생각은 없습니다만, 명백히 우리를 대접하기 위한 준비라고 생각되는군요."

"그리고 저 문 말인데, 밀어도 당겨도 열리지 않았지만 위에 숫자가 있지 않습니까? 저건 카운트다운이 아닐까 하는 얘기를 소장님이 오기 전까지 얘기하고 있었죠."

안쪽에 있는 문 너머에선 말로 표현할 수 없을 정도로 농후한 마의 기척이 풍겨 나오고 있는 것 같았다. 그리고 바잔이 가리킨 문 위에는 그의 말대로 숫자가 표시되어 있었다.

그게 시간을 표시하고 있다는 건 명백했다. 숫자는 200. 앞으로 세 시간 정도 지나면 문이 열린다는 의미인 것 같다.

기이하게도 그건 미니츠가 완전한 상태로 회복되기에 필요한 시간과 일치하고 있었다.

이건 절대 우연이 아니라고 생각하면서, 미니츠는 고개를 절레 절레 저으며 한숨을 쉬었다.

"아무래도 적은 우리가 완벽한 상태가 되기를 기다렸다가 싸울 생각인 것 같군. 정정당당한 것과는 좀 다르지만, 적어도 내 회복을 기다려주고 있는 것 같다."

"그리고 우리를 한 명씩 도전하게 만드는 게 아니라 몇 명이 모이길 기다리고 있었다는 말일까요?"

"그렇다면 자신의 실력에 상당한 자신감이 있는 상대, 라는 뜻이 겠군요."

"와이트 킹 일당을 전멸시킨 우리와 미니츠 각하를 꽤나 얕보는 짓을 하고 있군."

"하지만 지금은 그 의도를 받아들이기로 하자. 이제 곧 캔자스도 올 테니까, 시간을 벌면 우리가 유리해지게 된다."

"그렇군요. 전력은 많을수록 좋으니까요. 캔자스 공도 가담해 준다면, 이 미궁을 돌파하는 것도 불가능하진 않을 겁니다."

"그래요. 우리가 손에 넣은 열쇠는 현재 일곱 개입니다. 미니츠 각하도 이걸 손에 넣으셨겠죠?"

레이하가 그렇게 말하면서 메달을 하나 꺼내서 보여줬다. 그곳에는 열 개의 수정이 박혀 있으며, 그중에 일곱 개가 빛을 발하고 있었다.

그 메달이 바로 이 미궁의 왕에 대한 도전권을 얻을 수 있는 열쇠가 되는 것이다.

"물론이다. 미궁의 왕에게 도전하기 위해선 십걸을 쓰러트릴 필요가 있지. 우리가 돌입하기 전에 이미 네 개의 열쇠를 손에 넣은 상태였다."

"네. 와이트 킹뿐만 아니라 제가 쓰러트린 데스 나이트도 십걸이었던 모양입니다."

"그런가. 이제 캔자스가 승리하여 열쇠를 손에 넣으면, 이 앞에서 기다리고 있을 자와 합쳐서 최소한 아홉 개의 열쇠가 손에 들어오는 셈이로군. 희망으로 삼기에는 약한 빛이지만 길잡이가 되어줄 수는 있을 것 같다."

지금 당장 지상으로 돌아갈 수 있다면 두 번 다시 들어오지 않겠다고 맹세할 것이다. 그 정도로 이 미궁은 최악이었다.

하지만 그건 이뤄질 수 없는 소원이었다.

이 앞에 있는 적을 쓰러트리지 않으면 살아서 밖으로 나가는 것은 불가능했다. 그런 사실은 이미 예전에, 미궁에 들어갈 때 각오하고 있었다.

그들에게 남은 수단은 돌격하는 것뿐이었다.

이리하여 미니츠 일행은 캔자스의 도착을 기다리면서 휴식을 취했다. 승률을 높이기 위해서라도 여기서 조금이라도 피로를 회복해두어야 했다.

독은 걱정할 필요가 없다고 하나, 아무도 준비된 음식에는 손을 대지 않았다.

각자 자신이 가지고 다니던 식량을 꺼내서 마지막이 될지도 모르는 에너지 보충을 했다.

생존을 걸고.

남은 시간이 3분이 채 안 된 시점에서 미니츠는 일어섰다.

메달을 확인하고 빛이 늘어나지 않은 것에 낙담했다.

"……캔자스는 패배했을지도 모르겠군."

이 이상은 기다려도 원군이 찾아올 낌새가 없었다.

미니츠는 안일한 기대를 버렸다.

냉정하게 상황을 판단하여 적절한 지시를 내렸다.

"시간이 되었다. 슬슬 준비를 끝내도록 하자."

황제 근위기사들은 그 말을 듣고 묵묵히 고개를 끄덕였다. 그리고 펜던트를 꺼내서 작은 목소리로 동시에 외쳤다.

"""개봉!"""

시간차 없이 빛의 흐름이 그들을 감쌌으며, 세 명의 무장은 완료되었다.

황제 근위기사들 세 명에 기갑군단 최강인 미니츠 소장이 가담했다. 모두 네 명이지만 여기에 모인 저들은 제국에서도 최고의 전력이었다.

이 멤버들이라면 미궁답파도 꿈은 아니다. 모두 그렇게 믿고 있었다.

그리하여 운명의 때는 찾아왔다.

타임아웃이 되면서, 남은 시간이 제로가 된 것이다.

동시에 정면의 문이 열렸다.

모두 각오는 단단히 해두고 있었다.

그들은 망설임 없이 문을 통과하면서, 생존을 건 싸움으로 자신들의 몸을 내던졌다.

……………….

…………..

……..

문 안쪽은 정말로 어두웠다.

빛도 비쳐들지 않는 암흑공간으로 이뤄져 있었다.

레이하가 황급하게 빛의 마법인 원소마법 : 플로어 라이트(광범위 조명)을 발동시켜 불을 밝혔다.

그곳에 나타난 광경을 보고 숨이 막혀버린 일동.

그곳은 광대한 황야로 바뀌어 있었으며, 제국장병의 시체들이 산더미처럼 높게 쌓여 있었다.

그 정점에는 좌선의 자세로 앉아서 명상 중인 마물이 하나 있었다.

제기온이었다.

시체 위에 직접 앉아 있는 게 아니라 약간 공중에 떠 있었다.

그 모습을 보더라도 제기온이 고도로 마력을 끌어올린 상태라는 것이 증명되고 있었다.

"환영한다, 용감한 자들이여."

낮으면서도 또렷하게 들리는 목소리.

제기온이 한 마디를 뱉은 것만으로도 공간을 압도하는 듯한 기운이 팽창하기 시작했다.

미니츠는 확신했다.

이 마물이야말로 자신을 이 장소로 초대하여 들여보낸 존재이며, 마왕 리무루, 바로 그자라고.

그렇기 때문에 자신도 모르게 물었다.

"네가…… 마왕 리무루인가?"

마왕 리무루는 슬라임이라는 것을, 보고서를 통해 알고 있었다. 하지만 그게 어쨌다는 거냐.

슬라임이므로 다양한 형태로 변화할 수 있어도 이상할 건 없다.

그리고 무엇보다 이 마물이 풍기고 있는 것은 압도적이기까지 한 '마왕패기'였다. 그게 바로 이 마물이 마왕 리무루라는 증거라고, 미니츠는 그렇게 생각한 것이다.

하지만, 그 한 마디의 말이 제기온의 역린을 건드렸다.

"나 같은 놈을…… 위대하신 마왕 리무루 님으로 착각하다니……."

"뭐라고?"

격노의 기운이 공간을 가득 채웠다.

그 격렬한 반응을 보면서, 미니츠는 자신의 실수를 깨달았다.

"내 이름은 제기온. 미궁십걸 중의 한 명에 지나지 않는다. 너희들, 땅바닥을 기어 다니는 무지몽매한 자들의 어리석음은 만 번 죽어 마땅하다."

격정을 불태우면서도 제기온은 담담히 밝혔다.

"너희가 살아남는 길은 단 하나. 나를 쓰러트리는 것뿐이다. 그 목숨을 불태워서 사력을 다해 저항해봐라!"

제국의 영웅들을 앞에 둔 상황에서 오만하게 들릴 수 있는 발언을 했지만, 그 목소리에는 교만함 따윈 전혀 담겨 있지 않았다.

제기온은 그저 사실만을 밝히고 있다는 것을, 미니츠 일행도 깨달았다.

그 말을 뒤집으면, 제기온의 말대로 자신들의 실력을 보여줄 수밖에 없을 것이다.

"모두 전력을 다해 싸우자."

"그러겠습니다."

"예이."

"알겠습니다."

그리하여 유린(전투)이 시작되었다.

●

이게 사실인가——. 그게 바로 내 거짓 없는 감상이었다.

나와 베니마루는 대형 스크린에 비친 광경을 말문이 막히는 심정으로 바라보고 있었다.

방금 전까지 미궁 안의 모습을 비추고 있던 영상이 지금은 침묵하고 있었다. 그건 즉, 모든 층에서 제국군의 장병들이 목숨을 잃었다는 사실을 보여주고 있었다.

전투는 종료되었다.

하지만 우리는 지금 본 광경이 너무나 충격적인 나머지, 한동안 할 말을 잃고 있었다.

"저 녀석…… 너보다 강한 거 아냐?"

그제야 겨우 내 입에서 솔직한 감상이 흘러나왔다.

인정하고 싶지 않았는지, 씁쓸한 표정을 짓는 베니마루.

"그럴 가능성이, 약간은 있겠습니다……."

그렇게 말하면서, 너무나 분한 표정을 짓고 있었다.

베니마루는 작은 목소리로 "하지만, 제로까지 가진 않습니다"라고 중얼거리고 있었다.

인정하자.

지금은 순순히 인정하자고.

"쿠후후후후. 저 제기온과는 저도 싸워봤습니다. 무시무시한 전투 센스뿐만 아니라, 악마에 대한 우위성도 있어서, 어중간한 마법도 무효화되더군요. 역시 베루도라 님의 제자, 자칫했으면 저도 패배할 뻔했지 뭡니까. 뭐, 진 것을 인정하지 않으면 패배한 게 되지는 않지만 말이죠."

져도 노 카운트! 그런 식으로 디아블로는 미소를 지으며 말했지만, 내 입장에선 웃을 일이 아니다.

라즐도 그랬지만, 인섹트(곤충형 마수)의 상위 존재 중엔 데몬(악마족)의 천적이 존재한다. 제기온도 또한 그런 강자 중의 한 명이 된 것 같았다.

참고로 테스타로사 일행도 제기온에게 도전했다고 하는데, 아직도 이겨본 적이 없다고 한다. 분해하는 테스타로사를 볼 수 있어서, 디아블로는 아주 만족스러웠던 모양이다.

뭐, 제기온을 상대로 호각으로 싸울 수 있는 것만 봐도, 그 세 아가씨들도 보통이 아니지만 말이지.

그게 바로, 방금 전에 싸우던 모습을 본 나의 솔직한 감상이었다.

그러면 그 싸움을 회상해보기로 하자.

··················.

　　···············.

　　·······.

　미궁 안의 전투는 전체적으로 예상대로 끝났다.

　권유가 성공한 것은 만족스러웠으며, 쿠마라의 승리는 갈채를
받을 만했다.

　아다루만 일행과 아피트 쪽은 아쉬웠지만, 이건 말하자면 상대가
좋지 않았다.

　그런데 그런 강자들을 불러 모아서 회복의 시간까지 준 녀석이
있었다.

　제기온이었다.

　제기온은 자신이 인정한 강자들을 '공간조작'으로 억지로 불러
모은 것이다.

　무시무시한 점은 그 센스(감각). 명상하면서 미궁 안으로 의식을
펼쳐 모든 전투를 관찰하고 있었을 것이다.

　승부가 끝날 때까지 손을 대지 않고, 살아남은 강자만을 모으고
있었다.

　실로 터무니없는 짓을 하는 녀석이었다.

　어러다가 지면 단순한 바보짓이 될 뿐이며, 다른 미궁십걸도
잠자코 있지 않을 것이다.

　하지만 아무도 불평을 제기하지 않았다.

　패한 자에겐 불평을 말할 권리가 없다는 것도 이유가 되겠지
만, 그 이상으로──── 제기온의 실력을 모두 인정하고 있기 때문
이었다.

"제기온에게 맡기면 될 거야."

베루도라가 그렇게 장담했다는 정보도 보고를 통해 올라와 있었다.

나랑 베니마루의 입장에선 확실한 승리를 목표로 싸워주면 좋겠다. 적을 회복시켜주는 짓을 했다가 만약에 패배하기라도 하면…….

그런 걱정도 있었지만, 남은 적은 네 명뿐.

자잘한 일에 불평을 늘어놓는 것은 마왕답지 않은 짓이라는 생각도 들었다.

지금은 당당하게 제기온이 마음대로 하도록 허용해주기로 했다.

게다가 전투정보를 모을 수도 있다.

이 자리에서 제기온이 진심으로 싸우는 모습을 견학하는 것도 재미있을 것 같기에, 좋을 대로 하도록 놔두었다.

그 결과가 유린극이었다.

한 마디로 말하자면 압도적.

맨 처음 움직인 것은 혼자서 데스 드래곤을 상대했던 바잔이었다. 첫 공격부터 전력을 다 했고, 대지까지 박살 낼 것 같은 검격으로 제기온을 공격했다.

그걸 왼손으로, 상대의 움직임을 방해하지 않으려는 듯이 받아내서 흘리는 제기온. 옆으로 휘두르는 검을 부드럽게 밀어내어 흘리는 바람에, 바잔은 밸런스를 잃으면서 공격을 날리지 못하게 되었다.

그 틈을 놓칠 제기온이 아니었으며, 그대로 상대의 품으로 파고드는 데 성공했다. 파고들면서 디딘 오른발에 힘을 주었고, 그와 동시에 오른 주먹으로 상대의 갑옷에 타격을 가했다.

그 주먹에 얼마나 강한 힘이 담겨 있었단 말일까. 그리고 그 주먹의 경도는 레전드(전설)급에 필적한다는 뜻일까.

빛을 내면서 반짝이는 갑옷이 부서지면서, 바잔은 목숨을 빼앗기고 말았다.

전투가 시작된 지 3초도 안 되는 사이에 일어난 일이었다.

동료가 갑자기 죽으면서, 상황을 머리로 쫓아가지 못하게 된 것일까. 레이하라고 이름을 밝힌 여마법사가 멍하니 멈춰서고 말았다. 제기온 앞에서 그런 행동을 했다간 어떻게 될지는 명백했다.

그녀는 행복했다.

고통도 공포도 느끼지 않고 죽을 수 있었으니까.

손날 공격으로 양단된 레이하가 그 자리에서 무너지며 쓰러졌다.

그 모습을 보고. 알베르트를 쓰러트렸던 크리슈나가 절규했다.

"우, 우오오오오오——!! 잘도 레이하를! 죽어라, 이 빌어먹을 괴물! 디멘션 커트(요멸차원참, 妖滅次元斬)——!!"

분노를 전의로 승화시킨 크리슈나가 신속(神速)의 기술을 발사했다.

디멘션 커트라는 것은 다양한 방어를 관통하는 공격으로, 차원도 절단하는 참격이었다. 내가 지닌 '공간지배' 같은 공간조작계열의 스킬(능력)이 없었다면 대항은 불가능했다. 필살이라고 해도 과언이 아닌, 성검기(聖劍技)에 필적하는 일격이었다.

그러나 제기온에게는 통하지 않았다.

"가소롭군."

그렇게 말한 제기온의 주위에 공간의 일그러짐이 발생하고 있었다.

──잠깐, 그건 '우리엘(서약지왕)'의 '절대방어'의 일종인 디스토션 필드(공간왜곡방어영역)잖아!

내가 사용하면 툭하면 파괴당하기로 유명한 '절대방어'이지만, 제기온은 완벽하게 구사하고 있었다.

경악한 크리슈나에게 제기온이 말했다.

"리무루 님으로부터 물려받은 이 기술 앞에는 어떤 공격도 무의미하다!"

나는 가르쳐준 기억이 없는데요?

《……………》

라파엘(지혜지왕), 네가 한 짓이냐…….

아니, 제기온의 공간지배능력은 유니크 스킬의 레벨을 넘어섰다. 내가 사용하는 것과 비교해봐도 손색이 없는 레벨이었다.

그야 격투능력만 따지면 베루도라와 호각 이상으로 싸울 수 있는 수준이긴 했다.

크리슈나의 공격을 막아낸 것도 납득이 되었다.

이렇게 되면, 이젠 크리슈나 쪽에겐 승산이 없다고 생각했지만──.

"내 말을 들어라, 크리슈나!"

우아하고 댄디한 분위기의 남자, 분명 이름이 미니츠라고 했었지. 그 미니츠가 크리슈나를 불렀다.

"녀석은 보통이 아니다. 내가 녀석의 움직임을 느리게 만드는 동안에 전력으로 마무리 공격을 날려라!!"

아무래도 아직 승리를 포기하진 않을 것 같았다.

적이지만 훌륭하다고 칭찬해주었다.

미니츠는 제기온에게 자신의 힘을 날려 덮어씌웠다.

저 힘도 이미 해명이 완료된 상태였다. 아피트의 패배는 무의미하지 않았던 것이다.

유니크 스킬 '압제자'에 의한 인력조작. 미니츠는 이 힘으로 주위의 인력을 제기온에게 집중시키면서 그 움직임을 구속할 생각을 하고 있었던 것이다.

하지만 유감이다.

제기온에겐 통하지 않았다.

자신의 주위 공간을 일그러트리면서 인력의 흐름을 조작해낸 것이다.

그런 사용법도 있었구나——. 나도 깜짝 놀랄 정도였다.

아니, 그 전에 제기온은 왜 이렇게 강한 거지?

내 안에서 그런 의문이 부풀어 올랐다.

애초에 라파엘이 어떻게 제기온을 지도할 수가 있었던 거지?

《해답. 잊어버렸는지도 모르겠습니다만, 마스터(주인님)가 자신의 육체를 나눠주었습니다. 그 영향으로 '영혼의 회랑'이 연결된 것입니다.》

기억이 났다.

죽어가던 제기온을 구해주었을 때, 분명 내 육체의 일부로 그 상처를 메워준 것이다.

하지만 그렇다면 아피트도 같은 조건인데?

《해답. 개체명 : 제기온의 스펙(육체성능)은 차원이 달랐으며, 만족할 때 까지 풀 튠업(초최적화)을 실시했습니다. 그 결과, 마스터와 비슷한 능력을 획득하기에 이른 것입니다.》

아피트도 충분히 대단했는데, 그래도 라파엘에게 있어 부족했던 모양이다. 제기온에겐 만족한 것 같은데, 그게 얼마나 대단한지에 대한 실감이 나질 않는군.

그건 그렇고, 풀 튠업은 또 뭐야?

그거 쉽게 말해서 마개조라는 뜻이지?

처음 듣는 건데…….

라파엘의 취향의 결정이 바로 제기온이라는 얘기인가. 그런 식으로 인식해보면, 그 정도로 터무니없이 성장한 것도 당연한가.

역시 늘 지나치다는 평판이 높은 라파엘이었다. 내게 말도 없이 또 엉뚱한 짓을 저지른 셈이었다.

이상적인 전투형태를 지닌 전투에 특화된 마인. 그런 제기온이 베루도라와의 특훈을 통해 꽃을 피운 것이다. 웬만한 자가 상대할 수 있을 리가 없었다.

그리고 예상대로.

"디멘션 레이(차원등활절단파동, 次元等活切斷波動)!"

제기온이 오른손을 펼치면서 대충 휘둘렀다. 단지 그것만으로 차원절단── 즉, 공간단절이 일어났다.

이것도 또한 공간조작계열의 스킬(기술)이 없었으면 저항조차 할 수 없는 현상이었다.

제국의 두 사람은 곧바로 반응하는 모습을 보였지만, 받아낸 것만으로는 의미가 없었다.

크리슈나 쪽은 디멘션 커트로 상쇄하려고 했지만, 버텨내지 못하면서 두 조각으로 절단되고 말았다. 힘의 차이가 명백했다.

미니츠 쪽은 자신의 주위에 간섭파를 두르면서 공간절단을 피하려고 했지만…… 그것도 쓸데없는 발버둥이었다. 공간의 일그러짐에 대해선 거의 모든 물리현상이 소용이 없었던 것이다.

그 경악하는 표정은 필설로 다 표현하기 어려웠다. 누구에게도 진 적이 없었던 남자가 처음으로 패배했다──. 그런 내용이 담긴 표정이었던 것이다.

미니츠는 아마도 자신의 패배를 인정하지도 못한 채 저세상으로 여행을 떠나게 되었을 것이다.

……………….

………….

…….

이리하여 전투가 시작된 지 1분도 되지 않아 도전자들은 사망했다.

뭐, 이런 식으로 제기온은 터무니없이 강했다.

쿠마라가 비정상적일 정도로 강해진 것에도 놀랐지만, 제기온의 실력은 그에 비할 바가 아니었다. 자칫하면 나보다도 더 강하겠다는 생각이 들 정도였다.

아니야. 이건 아닙니다.

생물의 한계를 초월했어.

틀림없이 초월자, 진지하게 싸우는 히나타보다도 강하지 않을까.

내 계산으로는 아피트도 칼리온이나 프레이 급으로 강하다고 생각했다. 그런 아피트조차도 제기온 앞에선 3분도 버티지 못할 것이다.

제기온이 진심으로 싸우면 승부는 순식간에 끝이 날 게 분명했다.

아니, 그건 승부가 아니겠군.

일방적인 학살이겠지.

왜 이렇게 강한 존재가 미궁에 있는 거지?

아깝지 않나? ——그런 생각도 했지만, 이 녀석은 비밀병기다.

세상에 내놓아선 안 되는 녀석인 것이다.

그렇게 계속 놔두기로 했다.

하지만 그렇다고 해도…….

세상에는 숨겨진 강자가 있을 것이란 생각도 했고, 방심도 하지 않았다고 나름대로 생각했지만…… 설마 우리 쪽에 이런 규격 외의 존재가 숨어 있었을 줄이야.

강할 것 같다는 생각은 했지만, 상상을 훨씬 초월하고 있었다.

정말로 세상은 이해할 수 없는 것들로 넘쳐난다니까.

아니, 그보다…….

이번 일로 반성할 점은 달리 있겠군.

섣불리 라파엘에게 뭔가를 맡겼다간, 정말로 터무니없게 일이 커진다는 것이 판명된 셈이다.

나도 귀찮게 여길 때가 아니었다. 그 외에도 뭔가를 더 시킨 게 없는지, 나중에 찬찬히 얘기를 나눠볼 필요가 있을 것 같다.

그렇게 생각하면서도 나는 우선 미궁 안에서의 전투가 무사히 종료된 것에 안도했다.

*

이리하여 지상에서 쳐들어왔던 제국군 70만 명 중에 53만여 명의 처리가 완료되었다.

사실상 대학살이었지만, 내게 있어선 50만이 넘는 수의 '영혼'을 획득했다는 의미만 남았을 뿐이었다.

이걸로 합계 77만 명분 이상. 일곱 명의 간부를 진화시킬 수 있게 된 셈이다. 남은 지상전이 종료되면 누구를 진화시킬지 검토해보기로 하자.

그리고 지상전 얘기가 나와서 말인데, 아직 방심은 할 수 없었다.

"남은 제국군은 20만이 채 안 되는군. 대군이긴 하지만, 처음과 비교하면 적게 느껴져."

"네. 미궁으로 마지막 파병을 한 지 이틀이 지났습니다만, 움직임은 없군요. 더 추가하여 파병할 낌새도 없습니다. 아니, 이 이상 미궁에 집작하는 모습을 보인다면 적의 지휘관은 극도로 무능한 자이겠죠."

뭐, 베니마루의 말이 옳긴 하다.

전력을 차츰차츰 잃어버린 지금, 더 이상 미궁으로 파병하는 짓은 하지 않을 것이라 생각한다. 그렇게 되면 우리가 공격하러 나설 필요가 없어지는 셈이다.

A랭크 오버도 없는 지금, 적군의 전력은 대폭 약해진 상태다.

수는 많지만, 충분히 상대할 수 있을 것이다.

그렇게 생각했지만, 그래도 걱정은 끝나질 않았다.

"그래서 이제 어떻게 할 거지? 병사 수뿐만 아니라 그 질을 비교해봐도 아직 상대가 더 강하잖아? 이대로 제2군단을 보내서 공격한다면 아무래도 희생이 생길 것 같은데?"

이대로 농성하여 상대의 식량이 떨어지기를 기다린다. 그렇게 하면 우리는 피해 없는 승리를 노릴 수 있다.

우리는 미궁 안에 모아둔 식량으로 1년은 싸울 수 있다. 작물재배도 어느 정도 하고 있으니, 여차하면 라미리스에게 부탁해서 농지면적을 늘려도 된다.

신중을 기한다면 이 작전을 써야 할 것이다.

"적의 보급선은 이미 끊어진 상태니까 말이죠. 실질적으로 전략적으로는 우리가 이긴 상황입니다. 이렇게까지 진행되면 남은 건 사후처리뿐입니다만——."

"흐흥! 얼마 전에 말했던 대로 침략자를 살려서 보낼 생각은 없다는 뜻이겠죠? 역시 베니마루, 실로 믿음직스럽기 그지없습니다."

베니마루의 설명 도중에 시온이 끼어들었다. 그 발언을 듣고, 베니마루가 쓴웃음을 지었다.

아무래도 정답인 모양이다.

"제국이 두 번 다시 그 허튼 야망을 가지도록 놔둘 수는 없습니다. 그러기 위해서라도 침입자는 몰살시킬 필요가 있습니다."

베니마루도 또한 라파엘(지혜지왕)과 같은 말을 했다.

베니마루는 제국군의 대부분을 섬멸시켰음에도 만족하기는커녕, 당초의 예정대로 철저하고 완벽하게 적을 몰살시키겠다는 방침을 유지하고 있었다.

정말로 적에겐 인정사정이 없는 남자이다.

이렇게까지 되었으면 나도 반대할 생각은 없다.

각오는 되어 있었다. 그러다가 도리어 상대의 원한을 산다고 해도, 기꺼이 제국신민들의 증오의 대상이 될 것이다.

단── 서방열국에까지 우리의 악평이 퍼지는 것만큼은 어떻게든 피하고 싶은 바이지만……

《알림. 시험해보고 싶은 아이디어가 있습니다.》

오?

라파엘에게 복안이 있는 모양이다.

단언하지 않는 걸 보면, 성공확률이 확실하지 않은 것 같군.

그건 지금 바로 실행할 수 있는 건가?

《아닙니다. 준비와 시간이 필요하기 때문에 전쟁종료 후가 더 바람직합니다.》

과연.

뭐, 확실하게 전쟁 중에 이상한 실험을 시작할 수는 없겠지. 뭘 할 생각인지는 모르겠지만, 실행하는 것은 나이니까.

그 건에 관해선 나중에 의논하기로 하자.

내 의식을 베니마루 쪽으로 되돌렸다.

몰살 건은 충분히 이해했다. 나머지는 중요한 요망사항인데,

우리 쪽에서 희생자가 나오지 않기를 바라는 것뿐이다.

"아무도 죽지 않고 그렇게 할 수 있겠나?"

"저희들 간부가 나선다면 문제없습니다."

여전한 자신감이다.

그리고 그런 베니마루의 말을 듣고, 디아블로랑 시온뿐만 아니라 온후한 성격인 게루도까지 고개를 끄덕이고 있었다.

"그래서, 구체적으로 어떻게 할 거지?"

내가 그렇게 묻자, 베니마루가 설명을 시작했다.

"리무루 님의 호위는 절대 자리를 비우게 하지 않을 겁니다."

고개를 끄덕이는 일동. 이건 모두가 동의하는 것 같다.

"미궁 안으로 들어온 침입자는 루키우스와 레이먼드 이외에는 전부 죽였겠지? 그렇게 경계하지 않아도 괜찮지 않을까?"

그 두 사람은 아직 포로로 대우하고 있었다. 배신할 것처럼 보이진 않았기 때문에 구속은 하지 않았다.

만일을 위해서 60층에 대기시켜 두었고, 거기서 가드라에게 보호를 받고 있었다.

지루할 것 같다는 이유로 가드라가 각층에서 벌어지는 싸움을 보여주고 있었다. 그때 루키우스와 레이먼드의 반응도 기록되고 있었는데, 그들은 미궁수호자들이 싸우는 모습을 보고 말을 잇지 못하고 있었다.

"어떠냐? 내 말대로 이쪽으로 돌아서길 잘했지 않느냐?"

"그렇지? 고맙게 생각하라고."

"――감사의 표시로 식사 세 번 정도는 쏴."

"자자, 그만해. 우리도 거쳤던 길이고, 그 기분은 이해할 수 있으니까."

그런 식으로 가드라랑 신지 일행이 달래주고 있을 정도였다. 걱정하지 않아도 괜찮을 것 같다.

그렇게 되면, 전쟁이 시작되기 전에 도시로 침입한 자가 있지는 않은가가 문제가 되는데.

"소우에이, 도시로 침입한 자는 있었나?"

"안심하십시오. 이미 처리를 끝냈습니다."

있었던 모양이군.

하지만 소우에이가 이런 대답을 했다는 것은 안심해도 문제없다는 뜻이다.

《알림. 미궁 안에 침입한 자는 한 명도 남김없이 제거에 성공했습니다. 개체명 : 크리슈나만 '부활의 팔찌'의 사용을 확인했습니다만, 미궁 밖으로 나가 있기 때문에 문제가 되지는 않습니다.》

아, 크리슈나는 살아남았구나.

상당히 강했지만, 라파엘의 입장에선 이미 정보를 다 파악한 상태였다. 문제가 될 일은 없다는 얘기로군요.

"뭐, 미궁 안은 안전해진 것 같으니, 그렇게 걱정하지 않아도 괜찮을 것 같지만 말이지. 애초에 그 캔자스나 미니츠, 그리고 임페리얼 가디언(제국황제 근위기사단) 같은 그 정도 클래스의 자들이라면 마왕이 되기 전의 나보다 더 강했겠지. 클로에로부터 들은 얘기로는 나는 마왕으로 진화하지 않았다고 하니, 그런 나였으면 살해당해도 이상할 일은 없지 않았을까?"

그런 경우의 나였다면 디아블로도 부르질 않았으니까 내 곁에 없었을 테고 말이다. 베루도라도 아직 부활하지 않았을 테고, 제기온도 분명 진화하기 전의 상태였을 것이다.

전력 면에서 생각해봐도 지금과는 비교가 되지 않을 정도로 약소했을 것이란 생각이 들었다.

그런 상황에서 제국의 공격을 받았다면 아무런 방법도 없이 패배했을 것이고, 내가 사망했어도 이상할 게 없었다.

《⋯⋯있을 수 없는 일입니다.》

아니, 아니, 있을 수 있는 일이라고 생각하는데?

라파엘이 지는 걸 싫어하는 성격이라는 건 알고 있지만, 아무래도 그 발언은 분해서 뱉은 말인 것 같단 말이지.

그도 그럴게, 그 시점에선 '대현자'였으니까.

《⋯⋯⋯⋯⋯》

홋, 내 말발에 눌리고 말았나.

오랜만의 승리로군.

뭐, 이런 대화에서 이기고 지는 걸 따지는 것도 웃기지만.

"확실히 리무루 님의 말이 옳을지도 모르겠군요⋯⋯."

달갑지 않은 표정으로 베니마루가 동의했다.

하지만 시온은 여전히 완고하게 인정하려 들지 않았다.

"아니오! 패배 따윈 있을 수 없는 일입니다!"

아니, 아니, 있을 수 있는 일이라니까.

역사가 증명하고 있다고 말해주고 싶지만, 지금의 우리는 다른 역사 속을 살아가고 있다. 시온 같은 타입에겐 실제 현실이 되지 않으면 설명하는 게 어렵다.

나는 시온에게 설명하는 것을 포기하고, 하던 얘기를 마저 하기로 했다.

"뭐, 그걸 지금 의논하더라도 의미는 없겠군. 중요한 건 제국에도 강자가 있었다는 사실이야. 달리 더 남아 있을 가능성도 있으니, 결코 방심할 순 없지. 내 경호가 필요하다고 말해주는 마음씨는 기쁘지만, 그러다가 너희가 다치는 건 싫어."

미궁 안은 안전할 테니까, 지금은 단번에 정리하는 게 좋겠다는 생각이 들었다.

그렇게 생각해서 한 발언이었지만, 이 한 마디는 터무니없는 위력을 담고 있었던 것 같다.

"쿠후후후후, 리무루 님이 그렇게 말씀하신다면 저도 출격하기로 하죠. 그리고 이 전쟁을 순식간에 끝내도록 하겠습니다."

"디아블로, 새치기는 용서하지 않겠다! 내 비장의 부대를 리무루 님에게 소개할 이 절호의 기회를 절대 양보할 순 없어!!"

"주군, 잠깐만 기다려줘!! 테스타랑 울에겐 활약할 자리를 주었으면서 나만 나설 차례가 없다는 건 너무하잖아! 나한테도 출격 명령을 내려달라고!!"

디아블로가, 시온이, 그리고 문을 열고 뛰어 들어온 카레라가 서로 자신이 나서겠다고 소란을 부리기 시작한 것이다.

"너희들……."

이런 반응에는 베니마루도 어이가 없다는 표정을 지었다.

게루도까지 쓴웃음을 짓고 있었다.

"알았다, 알았어. 내가 여기 남을 테니까, 최종전은 너희들에게 맡기지."

결국은 베니마루도 그렇게 말하면서, 디아블로와 시온, 카레라의 출전을 인정하기로 한 것이다.

                                    *

그렇게 되자, 어떤 작전을 쓸 것인지가 문제가 되었다.

"전력을 확인하겠다. 주력이 되는 것은 나의 레드 넘버즈(적색군단) 3만 명과 게루도의 옐로 넘버즈(황색군단)와 오렌지 넘버즈(주황색군단)에서 뽑은 정예 17,000명. 질적 면에서 봐도 잔존제국병과 호각일 것이고, 나와 지휘관이랑 대장급은 '사념전달'로 연결되어 있지. 임기응변의 전술행동이 가능할 테니까, 전국을 한정한다면 호각 이상의 싸움으로 이끌어갈 수 있을 거다. 그래서 말인데 시온, 네 비장의 부대라는 존재는 그 수가 어느 정도지?"

현재의 전력은 47,000인가. 평균을 내면 B+랭크에 해당하니 충분한 전력이 된다. 그러나 제국군의 수는 그 네 배에 가까우며, 아무리 운용 면에서 유리하다고 해도 이대로 싸우다간 패배할 것 같은데…….

"1만 명입니다. 참고로 제 훈련을 버텨낸 자들만 남겨놓았으므로, 최소한 B+랭크 이상은 된다고 생각하셔도 됩니다."

시온 친위대── 통칭 시온의 팬클럽.

'부활자들(자극중)'과는 다른, 다구류루의 자식들을 대장으로 삼은 정체불명의 부대였는데, 그 규모는 상상 이상으로 불어났다고 한다.

"정말로 그렇게 많단 말이야?"

잠깐 눈을 뗀 사이에 그렇게까지 늘어나 있었다니 놀라웠다.

고부조도 참가하고 있다는 건 알고 있었지만, 그 외에도 다른 괴짜들이 잔뜩 가입하고 있는 것 같은 분위기가 풍기는데…….

"네! 리무루 님의 친위대라는 이름에 어울리도록 몰래 단련시켜두었습니다!"

으—음…… 그러니까 그건 내가 아니라 너의 친위대인데 말이지.

뭐, 상관없나.

이참에 믿음직스러운 아군이 늘어난 것으로 여기고 기뻐하기로 하자.

"이래도 수적으로는 압도적으로 불리한데. 그러므로 간부의 움직임에 기대해보고 싶군. 우선은 큰 기술로 상대를 혼란시킨 뒤에 그곳을 친다. 물론, 적도 잠자코 보고만 있진 않겠지. 방해를 받을 것이란 전제하에 누가 먼저 출격할 것인가가 문제인데——."

원래는 그 역할은 베니마루가 맡을 예정이었을 것이다.

이런 때야말로 광범위소멸공격—— '헬 플레어(흑염옥)'이 최적인 것이다. 그러나 아쉽게도 베니마루는 나를 경호하기 위해서 여기에 남기로 했다.

그럼 누가 가야 할까?

"주군, 그럼 내가 나설 차례이지 않을까?"

으—음, 그러네.

엄청 적임자일 것 같은 생각이 드는걸.

베니마루를 힐끗 보다가 눈이 마주쳤다. 살짝 고개를 끄덕였기 때문에 카레라에게 맡기기로 했다.

"쿠후후후후, 그렇다면 제가——."

"그럼 카레라에게 맡기겠다. 화려한 마법으로 제국군의 간담을 서늘하게 만들어줘라!"

"맡겨줘! 기대하고 있으라고, 주군!"

아, 디아블로가 무슨 말을 하려고 한 것 같았는데.

"미안, 디아블로. 무슨 말을 하려고 했지?"

"아, 아닙니다. 쿠후, 쿠후후. 중요한 얘기는 아니었습니다. 잘됐군요, 카레라."

"응! 너무나 기뻐."

디아블로와 카레라 사이에서 한창 불꽃이 튀기는 것 같이 보였다.

혹시 디아블로 녀석, 자신이 입후보하려고 한 건가?

그렇다면 미안한 짓을 한 셈인데, 디아블로도 대규모마법을 다룰 줄 알았었나?

사용할 줄 알겠지.

내가 보는 앞이니까 온몸에 단단히 기합을 주면서 싸울 마음을 먹었을 것이다.

그렇게 생각하자, 살짝 가엾게 느껴졌다.

"미안하구나, 디아블로. 실은 너는 최고사령관을 말살해주면 좋겠다고 생각하고 있었다!"

나는 의자에서 폴짝 뛰어내린 뒤에, 슬라임에서 인간의 모습으로 변하여 디아블로 앞에 섰다. 그리고 어깨에 손을 얹으면서 일부러 의미심장한 분위기로 그렇게 말했다.

"네?!"

디아블로의 입가에 미소가 지어졌다.

기뻐하는 것 같았다. 엄청나게 기쁜 표정을 짓고 있었다.

이러면 됐다.

"적에겐 아직 강자가 숨어 있을지도 모르잖아? 방금 전의 크리슈나라는 녀석이 부활했다고 들었는데, 그 녀석의 기척을 더듬어서 찾아내는 건 너에겐 쉬운 일이지 않을까?"

이 녀석에겐 스토커 기질이 좀 있으니까 그런 건 잘해낼 것 같단 말이지. 그렇게 생각해서 물어보자, "물론입니다, 리무루 님!"이라고 기쁘게 대답해주었다.

역시 그렇군, 이라고 생각하면서 나도 고개를 끄덕였다.

"제국에는 아직 무시무시한 강자가 숨어 있을 가능성이 있다. 그 녀석들을 색출해내기 위해서라도 여기서 우리의 힘을 보여줄 필요가 있다고 생각한다. 카레라, 디아블로, 부탁한다!"

"전력을 다해서 싸울 것을 맹세할게, 주군!"

"쿠후후후후. 리무루 님으로부터 받은 칙령에 제 가슴이 크게 뛰고 있습니다!"

다행이다. 카레라도 자신이 나설 차례가 온 것 때문에 기쁜 표정이었으며, 디아블로의 기분도 나아졌다.

이렇게 되면 게루도 쪽도 활동하기 편해지겠지.

"카레라의 마법이 방해를 받지 않도록 다른 부대로 충분히 위협을 해둬라. 그리고 만일의 경우, 방해하는 자가 나타난다면 그때는 시온, 너의 부대로 상대해줘라."

내 말을 이어받아 베니마루가 지시를 내리기 시작했다. 뒷일은 맡겨도 괜찮을 것 같군.

"진형을 어떻게 짤 것인지 말하자면 게루도가 최전선, 시온은 방금 말했듯이 유격대다. 추격은 레드 넘버즈의 화력에 기대기로 하고, 지휘관을 누구에게 맡길 것인가가 문제인데──."

베니마루와 '사념전달'로 연결하여 그 의사를 반영시킬 수 있는 자. 말단의 병사까지 '사념전달'로 명령을 전달할 수는 있지만, 전장에선 잘못된 행동을 하다간 목숨을 잃을 수도 있게 된다. 세세한 수정을 할 수 있는 자가 절대적으로 필요해지는 것이다.

고부아도 충분히 그 역할을 받을 수 있겠지만, 시온이나 게루도에게 지시를 내리는 건 짐이 무거울 수도 있겠는데?

"그 자리는 고부──."

"잠깐만 기다려주십시오!"

베니마루의 말을 가로막는 것처럼, 그때 관제실의 문이 갑자기 열렸다.

그리고 들어온 자는 텐구의 장로 대리인 모미지였다.

하쿠로우의 딸이기도 해서 우리와도 친숙한 사이였다. 하지만 그렇다고 해도 이 엄중한 경비태세를 이렇게 쉽게 관제실에 들어올 수 있는 건 문제가 되는데…….

"저기, 슈나 님이 흔쾌히 들여보내주셨습니다."

아, 그렇군.

슈나는 식사랑 차 준비를 세세하게 해주고 있다. 아무래도 모미지는 그런 슈나를 도와주고 있었던 모양이다.

그렇다면 문제될 일은 없으니까 모미지의 얘기를 듣기로 했다.

"베니마루 님의 대역은 장래의 아내가 될 제가 적합하다고 생각합니다!!"

"너, 무슨 소리를——?!"

이번 싸움에서 맡을 베니마루의 대역 말인데, 누구라도 상관없는 것은 아니다. 하지만 모미지라면 문제가 없겠지. 실력은 충분하며, 성격이 과격하기 때문에 시온이나 게루도에게 밀릴 리도 없다.

"괜찮지 않을까?"

나는 모미지의 제안을 받아들이기로 했다.

"모미지 공이라면 전우로서 믿음직스러울 따름입니다!"

시온도 불만은 없는 모양이다. 하쿠로우의 딸이라는 것을 알고 있기 때문에 상당히 마음을 터놓고 있는 느낌이었다.

"저도 찬성입니다. 레드 넘버즈는 실력주의의 마인들을 모은 부대. '쿠레나이'만으로 통제하는 것보다는 텐구의 협력도 얻는 편이 좋을 것 같다고 생각합니다."

게루도도 이렇게 말하고 있으며, 다른 간부들한테도 불만의 목소리는 들려오지 않았다.

"반대의견도 없는 것 같으니, 이 자리는 부인에게 맡기는 게 좋지 않겠나, 베니마루 군?"

"아니, 하지만……."

베니마루는 반대인 걸까?

아니, 뭐. 전장에 부인을 보내는 게 싫은 건지도 모르지.

"그렇군, 부인이 걱정되는 건가."

"그런 이유도 있습니다만—— 아니, 그게 아니라!"

자신도 모르게 자백할 뻔했던 베니마루였지만, 황급하게 부정하려고 했다. 그런 베니마루에게 예상치 못한 기습공격이 날아들었다.

"오라버니!"

터엉 하는 소리와 함께 문이 열리더니, 슈나가 떡하고 버틴 자세로 베니마루를 향해 소리쳤다.

"모미지 님은 최근 며칠 동안 오라버니의 식사를 준비해주었다고요! 오라버니가 맛있는 요리를 드시면 좋겠다며, 저에게 요리를 배우고 싶다고 하셨어요. 그 갸륵한 태도를, 저는 무시할 수 없었어요."

"그, 그랬어?"

"네."

힘을 주어 고개를 끄덕이는 모미지.

실은 나도 알아차리고 있었다. 슈나의 요리에 비하면, 역시 미숙한 부분이 있었기 때문이다.

그래서 모미지의 요청을 허락해줘도 좋겠다는 생각을 했던 것이다.

"하지만 그거와 이건 얘기가 다른──."

"오라버니!"

"윽."

베니마루도 여동생에겐 약한 건가.

"애초에 오라버니가 우유부단한 게 잘못이라고요. 그러니까 모미지 님이 불안해지는 거란 말이에요. 남자라면 확실하게 어느 분을 사랑하고 있는지 밝히시는 게 어때요?!"

아아, 그 말은 맞다.

알비스와 모미지, 베니마루가 어느 쪽을 선택할지가 궁금했다. 하지만 그건 지금 할 얘기는 아니라고 생각하는데.

진심으로 베니마루를 동정했다.

내가 그 입장이라면 모두가 보는 앞에서 이런 얘기는 자제해주길 바랄 것이다.

"아뇨, 슈나 님. 승리라는 건 제 손으로 쟁취하는 겁니다!"

이때 모미지가 힘차게 선언했다.

아아, 이건 알비스가 압도적으로 불리하겠는데.

모미지 쪽이 주변사람들을 완벽하게 구워삶았으니, 이미 승부는 끝난 게 아닐까?

그렇게 생각한 순간.

"새치기는 허용하지 않겠어요."

놀랍게도 알비스까지 등장했다. 슈나의 뒤에서 유유히 나타나 걸어온 것이다.

"방금 전에 겨우 유라자니아에서 원군을 이끌고 도착했습니다."

부탁하지도 않았고, 그런 얘길 들은 적도 없는데——. 그런데, 알비스가 들고 온 것은 밀림이 보낸 편지였다.

『잘해봐!』

라고, 한 마디만 적힌 그것.

누구한테 한 발언인지 모르겠지만, 받아들이기에 따라 여러 가지로 해석할 수 있을 것 같다.

그건 그렇다 치고.

알비스는 어떻게 미궁 안으로 들어온 거지?

"밀림 님이 마법으로 보내주셨습니다. 리무루 님이 개발해주셨죠?"

아아, 납득했다.

밀림은 라미리스에게 '염화'로 허락을 받은 뒤에 미궁 안으로 직접 군대를 보낸 건가.

무모한 짓을 했다고 생각했지만, 밀림이라면 뭐든 가능할 것 같다.

그리고 알비스가 이끌고 온 군대는 2만 명.

라이칸스로프(수인족)뿐만 아니라 하피(유익족)도 있다고 한다. 수왕전사단에서도 몇 명이 참가해주었다고 한다.

이 사태에는 베니마루도 씁쓸한 표정을 지을 수밖에 없었다.

밀림의 의향이 그렇다면 알비스의 원군을 거절하는 건 불가능하며, 그렇게 되면 모미지는 절대 물러나려 하지 않을 테니까.

"알았다, 알았어. 모미지, 너에게 내 군대를 맡기도록 하지. 내 대리를 맡아다오."

"기꺼이 그러겠습니다!"

기뻐하는 모미지.

그리고 시작되는 여자들의 배틀.

"부디 제 발목을 잡진 않았으면 좋겠네요."

"후후후, 무슨 자격으로 그런 소릴 하는 거죠?"

파직거리면서 튀는 불꽃의 환각을 보면서, '이거, 정말 괜찮은가'하는 생각이 들면서, 나는 조금 불안해졌다.

*

많은 일이 있었지만, 출격할 멤버는 정해졌다.

이래저래 말은 많았지만 알비스의 원군은 믿음직스러웠다.

수적불리는 여전했지만, 그래도 상당히 여유가 생긴 것 같았다.
게루도가 최선봉이며, 후방에는 모미지.

양쪽에는 유격부대. 우익이 시온, 좌익이 알비스인 배치로
정해졌다.

아주 조금 마음이 편해지긴 했지만, 싸움은 지금부터 시작이다.
나는 마음을 다잡으면서, 각 군단에게 출격준비를 하라고 명령했다.

기다렸다는 듯이, 시온과 게루도가 움직이기 시작했다. 모미지도
그들을 따랐고, 관제실은 순식간에 분주해졌다.

현재는 100층이 되어 있는 95층에는 광대한 빈터가 있었다.
군사훈련을 할 수 있을 정도는 아니지만, 거기라면 일동이 한
자리에 모여도 문제가 없었다.

그렇게 생각하여, 게루도의 제2군단과 베니마루의 제4군단의
멤버는 100층 주변에 대기시키고 있었던 것이다.

1시간 정도면 모일 것이니까 나도 사기를 높여주기 위해 나서
기로 했다. 어쨌든 군단을 전이마법으로 지상까지 옮길 필요가
있으며, 그 술식은 나 이외에는 다루지 못하는 것이다.

"리무루 님, 잠시 괜찮겠습니까?"

이동준비를 시작한 나에게 소우에이가 귓속말을 걸어왔다.

"뭐냐?"

"네. 지금 모스로부터 연락이 들어왔습니다. 블루문드 방면
에서 전투의 기척을 감지했다고. 조사한 결과, 트레이니 님이
누군가와 교전 중이라고 합니다."

"뭐?!"

그러고 보니 트레이니 씨는 열흘 정도 전부터 모습이 보이지 않았다. 수상한 자에게 인사를 하러 가겠다고 말하고 나간 뒤로, 아직 돌아오지 않았군.

혹시 그때부터 지금까지 계속 싸우고 있었던 걸까?

"소우에이. 미안하지만 잠시 가서 도와주지 않겠나?"

내가 그렇게 부탁하자, 소우에이는 아주 잠깐 망설였다. 내 경호가 허술해지는 것이 마음에 걸려서 그러는 것이겠지만, 다들 걱정이 너무 지나친 거라니까.

그렇게까지 신경질적인 반응을 보여주지 않아도 괜찮다고 생각한다.

베니마루가 남아 있어주는데다, 여차하면 미궁십걸을 부르면 된다. 나보다 오히려 트레이니 씨 쪽이 더 걱정이 되었다.

소우에이는 베니마루와 눈빛을 교환하더니, 고개를 끄덕였다. 보아하니 베니마루가 있으니까 괜찮을 것이라고 판단한 모양이다.

그렇게까지 내가 걱정이 됐단 말인가, 라고 생각하니 기쁘기도 하고 안타깝기도 하면서 미묘한 기분이 들었다.

뭐, 하긴 클로에의 얘기를 들어보면 내가 살해당하는 것 같지만 말이지. 지금의 나는 진화해서 마왕이 되었고——. 아니, 이런 건 어쩌면 플래그가 될 수도 있을 것 같군.

무슨 일이 생기면 라파엘(지혜지왕)이 알려줄 테니까, 불안하게 여기고 있어도 어쩔 수가 없는 일이다.

"잘 알겠습니다. 그럼 바로 떠나겠습니다."

"부탁한다."

내가 그렇게 말하자마자, 소우에이가 사라졌다. 변함없이 훌륭한

'순동법'이다.

트레이니 씨가 계속 싸우고 있었다면 실력에 큰 차이가 없는 상대이겠지. 그렇다면 소우에이가 가세하면 이길 수 있을 거라 생각한다.

조금 걱정이 되기도 하고, 어떤 상대인지 마음에 걸리긴 하지만 우리가 움직일 순 없다. 우선은 눈앞의 싸움을 끝내기로 하자.

1시간 후.

100층의 빈터에는 수많은 마인들이 북적거리고 있었다.

내가 모습을 드러내자마자, 모두 차렷 자세를 취하면서 조용해 졌다. 약간은 무서울 정도로 통제가 잡혀 있었다.

사기는 높았으며, 의욕이 충분한 모습이었다.

"아아, 제군! 이 일전으로 제국군을 몰아낼 것이다. 우리가 노리는 것은 완전승리다. 누구 하나 빠지는 일 없이 모두 살아서 돌아오도록 해라. 이상!"

내 입으로 말하는 것도 좀 그렇지만, 난 역시 연설은 무리라니까.

라파엘이 대신 원고를 적어서 읽어주면 될 텐데, 이럴 때만은 들리지 않는 척을 한단 말이지.

내가 직접 노력하여 마음이 담긴 말로 전할 수밖에 없었지만, 이게 의외로 마인들에게 좋게 받아들여진 것 같았다. 나중에 들은 얘기로는 고참 부하들뿐만 아니라 신참 마인들에게까지도 대호평이었다고 한다.

"우, 우오오오오오오오!! 리무루 님의 말씀은 최고야!"

"죽을 수 있어. 이제 아무런 미련도 없어!!"

"이 바보 녀석! 죽으면 넌 죽을 줄 알아!!"

그런 대화들이 사방에서 오갔다나 뭐라나.

그런 일이 있는 줄은 전혀 몰랐던 나는 침묵을 지키는 군대를, 전이마법으로 지상으로 보냈다.

*

그건 그렇고, 이렇게 되면서 주위가 단번에 쓸쓸해지고 말았군.

시온이랑 디아블로도 같이 출격했으니, 이 자리에 남은 건 나와 베니마루뿐이다.

"이기겠지?"

"네, 문제없을 겁니다. 제국군의 장병들이 움직이는 모습은 보이지 않지만, 수뇌부 쪽은 분주한 기색이 보였으니까요. 크리슈나라는 녀석이 미궁 안에서 일어난 일을 보고했겠죠. 생존자가 자신들뿐이라는 사실을 이해했다면, 저라면 후퇴할 겁니다. 뭐, 그 이전에 그런 상황이 되지 않도록 하겠지만 말이죠."

대담한 미소를 지으면서 베니마루가 대답했다.

그렇겠지.

나도 부하와 연락이 되지 않으면 불안하니까 그 시점에서 어떤 식으로든 대책을 생각했을 것이다.

솔직하게 말해서, 이렇게까지 훌륭하게 우리 작전에 걸려 들어줄 줄은 생각하지 못했을 정도였다.

"무슨 일이든 욕심이 지나치면 안 되는군."

"그렇군요. 전쟁과 약탈은 끊으려야 끊을 수 없는 사이입니다만, 적어도 우리 군에선 금기사항으로 지정해두고 있습니다."

홀륭하다.

전쟁에선 냉정함을 잃는 쪽이 지는데, 욕망을 자극받으면 바로 뜨거워지고 만다. 이번에는 그 습성을 이용한 셈이지만, 무서울 정도로 잘 먹혀들었다.

이 사례를 반면교사로 삼아서, 우리들은 같은 꼴을 당하지 않도록 조심하기로 하자.

그런 대화를 베니마루와 나누면서, 관제실로 돌아가려고 하다가.

나는 문득 어떤 가능성을 떠올렸다.

"이제 와서 묻는 것도 우습지만, 여기엔 지금 너와 나밖에 없지 않나?"

"네."

"만약에 말인데, 만약에 미궁 안에 적이 숨어 있을 경우, 이 기회를 절대 놓치지 않을 거라 생각하는데, 어떨까?"

"설마요. 아무리 그래도 그렇게 타이밍을 딱 맞춰서 움직일 순 없습니다."

"그렇겠지."

그럴 것이다.

그건 지나친 의심이라고 하겠다.

라파엘(지혜지왕)도 미궁 안은 안전하다고 보장해주고 있었다. 의심하기 시작하면 끝이 없으니, 이 건에 대한 생각은 이 정도로 끝내는 게 좋겠다.

몇 번이고 같은 생각을 하게 되는 건 마음속에 불안이 있기 때문이다. 아무래도 아까부터 안 좋은 예감이 든단 말이지……

《……?》

아니, 그러니까.

라파엘을 의심하는 건 아니지만, 뭔가 빠트린 게 있지 않을까 하는 생각이 계속 떠나질 않아서 말이야.

《해답. 수상한 인물은 전부 확인했습니다.》

그 말은 믿어.

하지만 반대로, 잘 알고 있는 인물이라면 어떻지?

예를 들어서 에렌 일행. 그자들은 신용하고 있으니까 배신을 당할 경우엔 엄청난 대미지를 받게 될 것이다.

물론, 이건 어디까지나 예를 든 얘기다.

에렌 일행이 나를 배신할 이유는 없으며, 서로 그동안 쌓아온 신용이 있다. 그들은 절대적으로 괜찮다고 단언할 수 있을 것이다.

하지만 다른 자들도 마찬가지라고 생각한다면 과연 그럴까…….

《………….》

우리나라의 간부들은 괜찮다.

묘르마일 군 같은 경우는 자는 시간도 아까워하면서 일해주고 있다. 나로선 그를 의심할 수 없었다.

간부 이외 중에서 친해진 사람들은 개국제 이후에 우리나라에 머무르게 된 자들이로군,

그래, 예를 들면——.

"리무루 씨—!"

'라비린스(미궁도시)' 쪽에서 온 자들이 보였다.

설마.

선두에서 손을 흔들고 있는 것은 나도 잘 아는 인물인 마사유키 군이었다. 그 외에도 두 명, 마사유키를 따르는 자들의 모습이 보였다.

전사와 마법사였고, 이름은 분명 진라이와 버니였지. 그다지 대화를 나눈 적이 없는 것은 이 사람들이 아직도 나를 적대시하기 때문이다.

"설마 하는 생각이 들었는데, 마사유키가 나를 노리고 있을 가능성도 있나?"

"아뇨, 아무리 그래도 그건 지나친 생각 같습니다."

"그렇겠지."

내 걱정을 베니마루가 부정해주었다.

나도 마사유키를 의심하고 싶지 않아.

그러고 보니 마사유키가 황제 루드라와 똑같이 생겼다는 말을 가드라가 했었는데…….

아니, 아니, 아무리 생각해도 남남끼리 우연히 닮은 거겠지.

《해답. 제국의 역사 및 그 외의 다양한 요인을 통해 검토했습니다만, 개체명 : 마사유키가 황제 루드라와 동일인물일 가능성은 0퍼센트입니다.》

그야 그렇겠지.

일단은 안심하고, 나는 마사유키의 부름에 반응했다.

"여어, 마사유키. 무슨 일이 있었나?"

"무슨 일이 있었나가 아닙니다! 저를 멋대로 군단장으로 임명하는 바람에 상당히 고생하고 있다고요! 뱀파이어(흡혈귀족) 분들까지 일시적으로 참가하게 해달라고 말하질 않나, 전 정말 힘들단 말입니다. 그러던 중에 방금 어수선한 움직임이 있었잖아요? 그래서 다들 뭐가 어떻게 된 거냐고 떠들어대는지라…….'

지원자가 점점 늘어나서 그걸 정리하는 것만도 힘들다고 마사유키는 말했다. 그런 상황에서 군단이 출격했으니 혈기왕성한 자들이 소란을 피우고 있다고 한다.

그 얼굴은 핼쑥했으며, 도저히 연기로는 보이지 않았다. 아니, 마사유키가 의심스럽다면 좀 더 빨리 라파엘이 경고해주었을 것이다.

그러므로 마사유키는 제외다.

"대부분은 원래 있던 도시에 아직 머무르고 있겠지?"

"네에, 그렇긴 하지만요…….'

지상에 있었던 도시 말인데, 현재는 지하 101층으로 피난 중이다. 햇빛이나 별들도 그대로 보이기 때문에 의외로 다들 지금의 상황을 알아차리지 못했다고 한다. 전쟁은 이미 시작되었지만, 아직도 먼 곳에서 서로 대치 상태가 이어져 있는 것으로 생각 중인 사람도 있는 것 같았다.

의용병단 2만 명에겐 도시의 치안유지를 맡기고 있지만, 그런 상황이었기 때문에 혼란은 발생하지 않았다. 하지만 마사유키 본인은 상당히 바쁜 나날을 보내고 있었던 것 같다.

문제는 '라비린스'에서 살고 있던 연구원들이다. 원래는 사무직에서 일하고 있었을 그들이었지만, 루미너스가 파견하여 온 자들은 대부분이 캘러미티(재액)급에 해당하는 실력자들인 것이다.

'초극자(超克者)'라고 하는데, 그들은 시간이 남아도는 자들이었다. 이번 전쟁도 축제 같은 감각으로 신이 나서 참가하려고 마사유키와 직접 담판을 짓기 위해 들렀다고 한다.

지금은 크루세이더즈(성기사단)로부터 파견된 박카스와 마사유키의 동료인 소녀 지우, 이 둘에서 어떻게든 한창 달래고 있다고 한다. 이대로 놔두면 수습이 안 될 것 같으니, 내가 어떻게든 해주면 좋겠다는 말을 전했다.

그들이 마사유키를 부추겨서 소동을 일으킨다. 그리하면서 나를 노릴 가능성도 있긴 하겠지만. 그렇다면 좀 더 빨리 행동으로 옮겼을 거라고 생각한다.

그러므로 그럴 가능성도 없을 것 같았다.

역시 지나친 걱정이라고 생각하면서 나는 한숨을 놓았다.

"힘들었겠군……."

"그렇겠죠? 그러니깐 어떻게든 좀 해주세요!"

"안심하게. 이제 곧 전쟁은 끝날 테니까, 그때까지 이리저리 구슬리면서 느긋하게 시간을 끌면 될 거야."

"아뇨, 아뇨. 남의 일이라고 그렇게 쉽게……."

한심하다는 표정으로 내게 불만을 토로하는 마사유키.

하지만 내가 무시하는 힘을 얕보면 안 되지. 그런 귀찮은 일에 자신이 스스로 머리를 집어넣을 정도로 나는 시간이 남아돌지는 않는 것이다.

별별 의심을 다 하느라 지쳤으니, 관제실로 빨리 돌아가고 싶

다. 그리고 슈나가 끓여준 홍차랑 맛있는 케이크라도 즐기도록
하자.

"지금 딱 봐도 도망치려는 것 같은데요!"

"핫핫하!"

"핫핫하가 아니라고요!"

아무런 의미가 없는 말다툼이었지만, 이게 바로 느긋함의 궁극
이란 말이지.

마사유키도 날 본받아서 이 경지까지 다다르면 좋겠다. 그렇게
바라고 있기 때문에 나는 마사유키를 방치하고 있는 것이다.

"용건이 그것뿐이라면 나는 돌아가겠네."

"정말로 이제 곧 전쟁이 끝나는 겁니까?"

"오늘 안에 끝을 내고 싶다는 생각을 하고 있어."

"우리는 아무것도 하지 않았으니 전혀 실감이 나질 않습니다만,
어느새 다들 싸우고 있었군요……."

그런 셈이지.

일반시민이 알아차리지 못하게 만드는 것이 내가 이상적이라고
생각하는 싸움방식이거든.

"그래. 그렇게 되었으니 이제 안심하게."

나는 빙긋 미소를 지었고, 마사유키를 납득시키기 위해서 그렇게
말했다.

이걸로 문제는 해결되었다고. 빨리 돌아가서 딸기 쇼트 케이크
를——.

"어이, 어이, 잠깐만. 마사유키 씨가 당신들을 배려하고 있어서
나도 말없이 참고 있었지만 말이지, 우리는 당신을 쓰러트리는 걸

포기한 게 아니거든? 그걸 잊어버리고 우리를 멋대로 이용하려 들다니, 도가 좀 지나친 것 같지 않아?"

문제가 해결되었다고 생각했더니, 새로운 문제가 발생했다.

마사유키의 덤으로 생각했던 진라이가 지금 여기서 불만을 터트린 것이다.

"아니, 그건 오해야. 이용하려 들었다니, 남이 잘못 들으면 큰일 날 소리를…….'

나는 그렇게 변명하려 했지만, 상당히 불리해지는 발언이었다. 이용하려고 한 것은 분명한 사실이니 이 말은 통하지 않을 것 같군.

그렇게 당황하고 있었던 나에게 생각지도 못한 원군이…….

"이봐, 진라이! 말이 지나쳐. 리무루 씨도 지금은 도시 사람들을 위해서 열심히 싸워주고 있으니까!"

마사유키가 진라이를 달래주었다.

고마워. 나중에 케이크를 하나 대접할게!

나는 마사유키를 향해 감사의 시선을 보냈다.

진라이는 마사유키가 주의를 주자마자, 더 이상 불평을 말하는 걸 멈췄다. 불만은 있겠지만, 그건 받아들일 도량도 갖추고 있는 것 같았다.

얼굴에 어울리지 않게 의외로 어른이라고 나는 생각했다.

어찌 됐든 이것으로 사건은 해결. 그렇게 생각했는데, 엿장수 마음대로 되진 않았다.

"진라이의 말이 맞아요, 마사유키 군! 원래 용사와 마왕은 적대하도록 정해져 있습니다. 끝까지 참을 게 아니라, 이런 녀석은 여기서 당장 해치우자고요!"

늘 한 발 물러서서 방관하던 버니가 이런 때에 한해선 열혈하게 바뀌었다.

나는 이거 참 큰일이라고 생각하면서, 어떻게 달랠 것인지를 고민했다.

"마사유키 군이 싸우지 않겠다면 내가 대신 죽여주마!"

그런 말을 하면서 주문을 읊기 시작하는 버니.

나는 그만하라는 생각을 했지만, 다음 순간 진지한 표정으로 바뀌었다.

"'홀리 필드(성정화결계)'."

말도 안 돼──라고 나도 모르게 소리칠 뻔했지만, 겨우 참았다.

이 마법은 다루기도 어려우며, 혼자서 다룰 수 있는 자도 한정되어 있다. 버니는 확실히 '이세계인'이며 마법을 잘 다룬다는 얘기는 들었지만, 이 정도로 높은 수준의 신성마법을 다룰 수 있을 줄은 생각도 하지 못했다.

아니, 그 전에 이건 진심으로──.

《──살의를 확인했습니다. 개체명 : 버니는 적입니다!!》

그 순간, 나도 드디어 깨달았다.

설마, 설마하고 생각하면서, 지나친 걱정이라고 억지로 믿으려 했던 적의 존재. 그 존재가 바로 눈앞에 있는 버니였다니.

그리고 나보다도 빨리 움직인 자가 있었다.

맑고 날카로운 소리. 그건 베니마루의 태도와 버니의 빛의 검이 충돌로 인해 발생한 것이었다.

"버니, 너…… 검도 쓸 줄 알았단 말이냐?!"

그렇게 말하면서 놀란 사람은 진라이였다.

버니가 검을 쓴 것은 이번이 처음일 것이다. 그 말은 곧, 버니는 동료였을 마사유키 일행을 지금까지 속이고 있었다는 얘기가 된다.

"훗, 자신의 진짜 실력을 쉽게 드러낸다니, 그런 멍청한 짓을 어떻게 하겠어?"

기왕에 쓸 바엔 필승필살을 노려야 한다고, 그 표정이 대신 말해주고 있었다.

"빌어먹을! 너 이 자식, 나뿐만 아니라 마사유키 씨까지 속이고 있었단 말이냐!"

"속이다니, 남이 들으면 오해하겠네. 마왕에게 접근하기 위해서 이용했을 뿐이야."

"이, 이용이라고?"

"그래. 마사유키 군은 딱 적절하게 움직여줬지. 그 덕분에 이렇게 최고의 기회가 찾아온 거야. 감사하고 있어."

베니마루와 검을 맞대고 있는데도, 버니는 여유 있는 태도로 진라이와 얘기를 나누고 있었다. 그 대화를 들어버리고 만 내가 할 말은 아니지만, 상당한 실력을 숨기고 있는 것 같다.

"베니마루, 나도 지금 바로 가세——."

"아뇨, 이 녀석은 제가 상대하겠습니다. 리무루 님은 주위 경계를 부탁드립니다."

가세하려고 한 나를 베니마루가 말렸다. 지금은 베니마루를 믿기로 하고, 나는 주위 경계를 강화했다.

그런 상황에서도 버니와 진라이의 대화는 계속 이어졌다.

"우, 웃기지 마! 마사유키 씨가 적절하게 움직여줬다고오——?!"

"그래. 너도 알아차리고 있었잖아. 그 남자가 사실은 대단한 실력이 있는 게 아니라 허풍만으로 살아가고 있다는 걸."

그 말을 듣고 단번에 안색이 나빠지는 마사유키.

앗차——. 나는 그렇게 생각했을 뿐이지만, 마사유키의 입장에선 사활이 걸린 문제이겠지. 하지만 다음 진라이의 발언은 내예상을 배신하는 것이었다.

"그게 어쨌다는 거냐? 허풍이든 아니든 마사유키 씨는 대단해! 우리의 기대를 단 한 번도 배신한 적이 없단 말이다—!"

사실은 알아차리고 있었다.

마사유키가 단순히 허풍만 부리는 애송이가 아니라는 것을, 그 본질을 제대로 꿰뚫어 보고 있었던 것이다.

나는 진라이를 다시 봤다.

마사유키도 믿을 수 없다는 눈으로 진라이를 보고 있었다.

그러나 버니는 그런 진라이의 반응이 마음에 들지 않았던 모양이다.

"쳇, 알고 있었으면서도 계속 붙어 있었단 말인가. 더구나 그런 무능력자를 존경한다니. 웃기고 있네."

짜증이 난다는 말투로 그렇게 내뱉었다.

하지만 울컥한 것은 내 쪽이었다.

"허풍이 뭐가 나쁘단 거야. 나도 허풍을 부리면서 살아가고 있거든!"

"리, 리무루 씨……."

"안 그러냐! 나는 단순한 샐리리맨이었어. 마왕이니, 용사니, 그런 게 존재하는 세계에서 살지 않았다고. 그래도 말이지, 살아갈 수밖에 없으니까 노력하고 있는 거야. 그걸 아무것도 모르는 녀석이 비웃는 꼴은 보고 싶지 않다고!!"

내 말을 듣고, 마사유키도 말없이 고개를 끄덕였다.

"다, 당신……."

그렇게 중얼거리면서, 진라이까지 당혹스러운 표정으로 나를 보고 있었다.

나는 상관하지 않고 계속 말했다.

"당연하잖아? 내가 하고 있는 일은 옳은 것이라고, 자신에게 그렇게 말해주지 않으면 왕 노릇은 해먹을 게 못 된단 말이다!"

그렇게 소리치던 기세를 이용하여 나는 마사유키의 옆까지 걸어갔다. 베니마루와 검을 맞대고 있는 버니를 자극하지 않도록 천천히.

"누구나 살아가는 것만으로도 벅차. 그래서 나는 다 같이 즐겁게 살 수 있는 세상을 목표로 노력하고 있는 거야. 마사유키는 말이지. 그런 내게 협력해주고 있어. 도움을 받고 있다고! 그런 마사유키를 우습게 보는 건 내가 용서 못 해!"

나는 마사유키 앞에 서서 버니를 향해 그렇게 내뱉었다.

내 말을 듣고 진라이가 고개를 깊이 끄덕이고 있었다.

그리고 마사유키도.

"버니, 너는 처음부터 날 이용할 생각이었나?"

방금 전까지 동요하고 있던 것이 마치 거짓인 것처럼 버니를 향해 당당하게 물었다.

"그렇다고 말했잖아."

버니는 베니마루와 거리를 유지하면서, 방심하지 않는 태도로 그렇게 대답했다.

베니마루도 또한 내 앞에 서서 버니를 노려보고 있었다. '홀리 필드'의 영향으로 베니마루는 전력을 발휘하지 못하고 있었다. 그렇기 때문에 단숨에 공격하지 않고 철저하게 상황을 지켜볼 생각인 것 같았다.

"그건 유우키 씨의 명령인가?"

"뭐어? 아아, 그렇군. 후훗, 가르쳐줄 수도 있지만 나한텐 이득이 없는걸."

그런 식으로 남을 업신여기는 듯한 발언을 하는 버니. 그러나 일단은 대화를 계속할 생각인 것 같았다.

'홀리 필드'가 안정적으로 발동되고 있으니, 자신이 유리하다고 확신하고 있기 때문인가?

《아닙니다. 어떤 노림수가── 정보를 확인했습니다. 개체명 : 마사유키 일행에는 또 한 명이 소속되어 있습니다. 그자의 정보를 검색한 결과, 미궁 안에서 존재가 확인되지 않았습니다. 외출 기록도 없습니다. 이건 즉──.》

무시무시한 속도로 라파엘의 보고가 들어왔다. 정보의 정리가 끝나지 않은 점을 보면 상당히 긴급한 상황이라고 라파엘이 판단한 것 같았다.

마사유키의 동료라면 분명 한 명 더, 지우라는 소녀가 있었다.

465

박카스와 둘이서 '초극자'들을 달래고 있다고 했었는데…….

《확인했습니다. 100층에 있는 연구소에서 대량살인이 발생. 개체명 : 박카스 및 '초극자' 몇 명이 참살당했습니다. 긴급조치로서 '영혼'은 보호해두었습니다——.》

큰 사건이야!

박카스는 그렇다 치더라도 '초극자'는 한 명, 한 명이 특A급인 괴물들이다. 그런 자들을 마사유키와 잠시 떨어진 짧은 시간 동안 전부 죽일 수 있다니, 좀처럼 믿기가 어려운 일이었다.

방어에 치중하는 '초극자'를 쓰러트리는 것은 너무나 힘든 일이다. 무엇보다 그들은 '초속재생'의 소유자이며, 그 외에도 다양한 특수능력을 보유하고 있었다.

대화력을 지닌 베니마루나 이상진화한 제기온이라면 또 모를까…… 쿠마라를 포함한 '십걸'들이라고 해도 불가능할 것이다.

그리고 보다 중요한 사실이 하나.

지우의 반응이 없다는 것은 무시할 수 없는 정보였다. 왜냐하면 미궁 안의 모든 것을 라파엘은 파악하고 있기 때문이다. 그런데도 발견하지 못했다면, 그게 의미하는 것은 지우가——.

『리무루 선생님——!!』

그 목소리는 '사념전달'보다도 빨리 내 마음에 직접 울려 퍼졌다. 그 순간 '사고가속'으로 내 시간이 아주 길어졌다.

반응한 것은 나 자신이었을까, 아니면 라파엘이었을까.

어느 쪽이든 간에, 그게 우리의 목숨을 구하게 되었다.

"죽어라!"

검은 섬광이 빠른 속도로 내 가슴으로 향해 날아왔다.

누군가가── 아마도 지우가 완벽하게 모습을 숨기고 날 노렸겠지. 그러나 내가 체통도 체면도 죄다 버리고 그 자리에 엎어져서 굴렀기 때문에 그 필살의 칼날을 피해낼 수 있었다.

경고해준 누군가의 목소리 덕분이었다.

그 목소리의 주인은 자그마한 소녀. 가면을 쓴 클로에였다.

나를 부르던 호칭이 예전에 부르던 것으로 돌아와 있었지만, 그걸 지적할 여유 같은 건 없었다.

아니, 그 전에 위험했다.

나는 최선을 다해서 주위를 경계하고 있었으며, 라파엘도 경계를 게을리 하지 않았다. 그 경계망을 뚫고 들어오다니, 그렇다면 단 하나의 가능성을 생각할 수밖에 없었다.

즉, 이 암살자도 가지고 있었던 것이다.

──얼티밋 스킬(궁극능력)을.

암살자의 모습을 겨우 확인했지만, 그건 역시 지우였다. 하지만 무표정은 그대로였지만, 띠고 있는 분위기는 이전과 완전히 달라져 있었다.

다른 사람이라도 해도 과언이 아닐 정도로 차갑고 날카롭다.

"놀랐어. 내가 눈치채지 못하게 미행하고 있었단 말이네."

내 암살에 실패했는데도 지우는 전혀 동요하는 모습을 보이지 않았다. 손에 든 펜던트에서 뻗어 나온 검은 칼날을 클로에를 향해 겨누면서 담담하게 말을 걸고 있었다.

"그렇게 당당히 싸우고 있으면 기척을 알아차리는 건 당연해."

"우수한 아이구나, 꼬마야."

"당신한데 그런 말은 듣고 싶지도 않고, 난 꼬마가 아니야!"

그렇게 말한 순간, 클로에의 모습이 어른으로 변화했다. 그리고 그녀가 빼든 것은 문 라이트(월광의 세검)였다.

그 갓즈(신화)급 무기의 광채가 지우를 향해 딱 멈췄다.

가면의 '용사' 클로에가 거기 있었다.

"쳇, 이 완벽하게 준비된 절호의 찬스에서 설마 이런 대실패를 할 줄이야. 이건 너답지 않은 실수다, 지우!"

혀를 찬 뒤에 불쾌한 표정으로 그렇게 내뱉는 버니.

"미안해. 방해를 받지 않고 쓰러트릴 생각이었는데 이런 복병이 있는 건 계산 밖이었어."

전혀 주눅 들지 않은 표정으로, 지우가 대답했다.

이 두 사람은 아는 사이다. 그것도 내 목숨을 노리는 누군가가 보내서 온 뛰어난 실력의 자객이었던 것 같다.

서로의 위치는 동등한 것 같았다.

즉, 버니도 얼티밋 스킬 보유자일 가능성이 농후한 것이다.

베니마루와 함께 서로를 노려보는 버니.

클로에와 함께 서로에게 검을 겨누는 지우.

나는 마사유키와 진라이를 보호하기 위해서 그 앞에 선 채, 돌아가는 상황을 지켜보기로 했다.

"이렇게 되면 어쩔 수가 없군. 정체가 밝혀진데다 작전이 실패한 지금, 실력을 숨겨둘 의미도 없겠지."

"그 의견에 동의해. 재빨리 적을 섬멸해야 해."

버니와 지우는 그렇게 말하면서 무기의 근원으로 보이는 펜던트에 힘을 불어넣었다. 그에 반응하여 펜던트가 강하게 빛을 발했다.

그 빛은 전에 본 기억이 있었다.

"그렇군, 너희도 임페리얼 가디언(제국황제 근위기사단)인가."

내가 그렇게 중얼거리자, 무장 장착을 마친 버니가 한숨을 쉬면서 고개를 끄덕였다.

"역시 본국 녀석들과 이미 전쟁을 벌였나 보군. 하지만 우리를 다른 로열 나이트(근위기사)와 마찬가지로 생각하진 말라고."

자신의 입으로 말한 대로, 평범하지 않은 실력을 숨기고 있는 느낌이었다.

"수다는 거기까지. 지금 바로 죽이겠어."

지우도 또한 독특한 갑옷을 입고 있었다. 디자인은 비슷하지만, 이쪽의 색은 칠흑이었고, 어둠 속에 떠오른 별들 같은 광택이 존재했다.

아마도 레전드(전설)급이겠지만, 한없이 갓즈(신화)급에 가까운 성능을 가지고 있는 것 같았다.

그건 버니도 마찬가지였다. 갑옷의 색은 황금색이지만, 성능은 지우와 동등하게 보였다. 착용자의 실력도, 그 갑옷에 반영되고 있는 것으로 생각해도 틀리진 않을 것 같았다.

"지우…… 너도 날——?"

마사유키가 슬픈 표정으로 그렇게 묻자, 지우가 차가운 눈으로 이쪽을 봤다.

"당연하지, 그게 임무라서 당신을 지키고 있었을 뿐이야."

단적인 발언. 그 말에는 그 이상의 의미는 전혀 담겨 있지 않았다. 그걸 이해할 수 있는 만큼, 마사유키가 얼마나 큰 상처를 받았을지도 충분히 알 수 있었다.

나는 위로해주고 싶었지만, 지금은 그럴 때가 아니었다.

"베니마루, 조심해라! 그 녀석은 강하다. 그리고 분명히 얼티밋 스킬을 숨기고 있을 거다."

"얼티밋? 유니크 스킬을 초월하는 궁극기 말입니까. 노력과 근성으로 어떻게든 대응할 수 있을까요?"

"무리겠지. 솔직히 말해서 네 힘으론 이길 수 없을 거라 생각한다."

"이거 참, 리무루 님이 그렇게 단언하시면 예상 이상으로 기운이 빠지는데요."

내가 냉정하게 판단하여 그렇게 말했는데, 베니마루는 쓴웃음을 지을 뿐이었다. 그 표정에는 여유가 보였기 때문에 어쩌면 뭔가 숨겨진 의도가 있을지도 모르겠다.

얼티밋 스킬에는 얼티밋 스킬로밖에 대응할 수 없다. 그 절대적인 법칙을 뒤집을 수 있을 거란 생각은 들지 않지만, 이곳은 미궁 안이다. 만일의 경우에도 죽을 일은 없으므로, 이대로 베니마루에게 맡기기로 했다.

그리고 클로에 쪽도.

클로에는 사실상 최강의 용사다.

얼티밋 스킬을 지니지 않은 상태에서도 베루도라까지 압도해냈다. 뭐, 그건 클로에라기보다 폭주상태의 클로노아였던 셈이지만, 그래도 그 전투능력은 엄청난 수준이다.

더구나 지금은 얼티밋 스킬 '요그 소토스(시공지왕)'를 보유하고 있으므로, 지우를 상대로 질 것이란 생각은 들지 않았다.

불안 요소가 있다고 하면── '요그 소토스'의 힘을 제어할 수 있는가 아닌가 하는 것이겠지.

그래서 나는 만일을 위해서 라파엘에게 명령을 내렸다.

《알겠습니다. 지금부터 적이 소유한 스킬(능력)의 해석을 시작하겠습니다.》

이러면 괜찮을까?

어쨌든 나는 언제든지 동료를 도와줄 수 있도록 대비하면서, 싸움의 행방을 지켜보기로 했다.

＊

맨 처음 움직인 것은 버니였다.

펜던트를 움켜쥐면서 다시 힘을 주었다. 그러자 그 형상이 변화하면서 창의 모습으로 고정되었다.

"지금까지 보여준 적은 없지만, 내 특기는 창술이거든. 저승길 선물로 보여주도록 하지."

버니는 상대를 얕잡아보는 태도로 그렇게 말하더니, 허리를 숙이면서 빈틈없는 자세를 취했다. 그리고 주문영창도 없이 마법을 발동시켜서 창에 마법이 감돌게 만들어놓고 있었다.

발동시킨 마법은 번개 계열의 선더 레인(뇌격대마우, 雷撃大魔雨)이었다. 원래는 범위공격의 성격을 갖고 있는데, 그 에너지 전체를 창에 집결시키고 있었다.

상당히 훌륭했지만, 생각한 것만큼 위협적으로 느껴지진 않았다.

베니마루도 그에 대항하여 자신의 애도인 '홍련'에 '흑염'을 둘렀다. 그러자, 진홍의 칼날에 검은 불꽃이 얽히면서, 요사스러운 광채를 발했다.

이쪽도 훌륭했다. 지휘능력은 덤에 불과하다는 생각이 들게 할 정도로, 마치 악귀 같은 강함을 느끼게 하는 기백이었다.

그리고 둘 다 동시에 움직였다.

버니는 마법이 특기인 줄 알았는데, 창술도 뛰어났다. 스스로 말한 게 있으니만큼 상당히 강했다. 하지만 나는 여유 있게 그 움직임을 쫓을 수 있었다.

마음에 걸리는 것은 '미래공격예측'이 발동되지 않는다는 것이었다. 이건 즉──.

《알림. 개체명 : 버니의 스킬로 인해 모든 간섭이 방해를 받고 있습니다.》

역시 그랬나. 지우의 기척을 놓친 것도 어떤 방해현상이 작동했기 때문일 것이다.

버니랑 지우는 다양한 간섭에서 몸을 보호하는 힘을 지니고 있다는 생각이 들었다. 이건 엄청난 힘이지만…… 더 마음에 걸리는 것은 그 외에 어떤 권능을 보유하고 있는가 하는 점이다.

베니마루와 버니는 호각의 싸움을 연출하고 있었다.

베니마루의 표정에는 초조해하는 빛이 보이지 않았으며, 충분히 버니와 맞싸우고 있었다. 상대하는 버니는 굳이 말하자면, 약간 짜증이 나는 듯한 표정을 짓고 있었다.

473

기본적인 힘의 차이는 베니마루가 우세했다. 장비의 성능 차로 인해 버니가 좀 더 우세한 상황이라 할 수 있었다. 그러므로 버니의 입장에선 달갑지 않을 것이다.

"제법 싸울 줄 알잖아?"

"너는 기대보다 못 하군."

베니마루의 대꾸를 듣고, 버니의 표정이 일그러졌다. 자존심을 자극받았기 때문인지, 부모라도 살해당한 것 같은 눈으로 베니마루를 노려보고 있었다.

"마물 주제에 큰 소리를 치는군. 그렇다면 이걸 맞고도 여전히 큰 소리를 칠 수 있을까?"

버니는 그렇게 소리치면서, 창을 회전시켜 베니마루와 간격을 벌리려고 했다. 공방일체의 움직임으로 거리를 확보한 뒤에 필살의 일격을 날리려고 한 것 같았다.

하지만 그걸 허용할 베니마루가 아니다.

완전히 버니의 움직임을 파악했는지, 유유히 거리를 좁혀가고 있었다.

대단하다는 말밖에 나오지 않았다.

베니마루가 남들의 눈을 피해 수행하고 있었던 것은 알고 있었지만, 설마 이렇게까지 성장했을 줄은…….

내가 보기엔 지금의 베니마루의 실력은 하쿠로우 이상이다. 알베르트도 뛰어난 검사라고 생각하고 있었지만, 베니마루가 더 강한 것은 틀림이 없었다.

또한 '흑염'의 제어도 훌륭했다. 힘에 휘둘리는 게 아니라, 자신의 것으로 완벽하게 소화하여 다루고 있었다.

유니크 스킬 '대원수'는 자신의 힘으로도 완벽히 통제할 수 없는 것 같았다.

나는 솔직하게 감탄했다.

베니마루에겐 제기온이 더 강하지 않겠느냐고 물었지만, 지금의 베니마루를 보고 있으면 누가 더 강한지 알 수 없게 되었다. 상황에 따라선 승리의 여신은 양쪽에게 다 미소를 지을 것이다.

"괴, 굉장해······."

"지금이니까 말하는 거지만, 저런 강한 사람을 상대로 싸우는 건 자살행위라고 생각해. 하물며 리무루 씨는 훨씬 더 강하거든? 그걸 잘 알아두고, 앞으로는 나에게 무모한 짓을 시키는 건 자제해줘."

"아, 알았습니다, 마사유키 씨."

내 뒤에서 진라이와 마사유키가 그런 대화를 나누고 있었다. 아마 두 사람에겐 베니마루와 버니의 모습은 아예 보이지도 않는 모양이다. 섬광이 번뜩이고 있는 것으로밖에 보이지 않겠지. 뭐, 그래도 굉장하다는 것만큼은 전해지는 것 같지만.

나는 그런 두 사람에게 유탄——이라기보다 충격파가 날아오지 않도록 계속 '우리엘(서약지왕)'의 '절대방어'로 보호하고 있었다. 그러나 이건 지루하고 힘든 작업이다. 버니의 공격에는 얼티밋 스킬의 영향이 있기 때문에 방심하면 '절대방어'를 뚫어버리기 때문이다.

아니, 힘든 것은 내가 아니라 라파엘이겠지만 말이지.

뒤에 있는 두 사람은 일단 넘어가기로 하고, 그보다 지금은 베니마루와 버니의 싸움의 행방이 더 중요하다.

버니의 비장의 수는 거리를 확보하지 않으면 발동할 수 없는 타입인 것 같다. 방금 전부터 짜증스러운 표정을 지으면서, 베니마루를 떼어놓으려 노력하고 있었다.

베니마루 쪽은 여유만만이었다. 차분한 표정으로 버니를 몰아붙이면서, 조금씩 상처를 입히기 시작하고 있었다.

이렇게 되면 베니마루의 승리는 시간문제일 것으로 생각했지만, 아무래도 그건 안일한 생각이었던 것 같다.

베니마루의 맹공을 받으면서 버니의 자세가 무너졌다. 그 한순간의 빈틈을 파고들어 베니마루가 '흑염'을 두른 태도를 휘둘러 베었다.

치명적인 일격——이었을 텐데도, 버니가 씨익 웃었다.

"역시 네 힘으론 날 못 이긴다!"

그 표정은 지금까지 몰리고 있던 것이 거짓이었던 것처럼 밝았으며, 이렇게 될 것을 예상하고 있었다는 듯이—— 아니, 이 모든 것이 버니의 손바닥 위에서 놀아나던 것이었다.

무슨 일이 일어났다는 것은 명백했다.

얼티밋 스킬에는 얼티밋 스킬로밖에 대항할 수 없다——. 이 절대적인 법칙 앞에 베니마루의 공격은 무효화된 것이다.

승리를 자신하는 버니와는 대조적으로, 베니마루가 분하다는 듯이 표정을 일그러뜨렸다. 유니크 스킬이 통하지 않아도 검기라면 통할 것이라고, 그렇게 생각하고 있었던 것 같았다.

하지만 현실은 비정했다.

베니마루의 검은 확실하게 버니에게 닿았지만, 버니도 또한 자신의 갑옷이 막아준 덕분에 치명상에는 이르지 못했던 것이다.

더구나 버니는 즉시 회복마법을 구사하여 자신의 상처를 치료해 버리고 말았다.

이렇게 되면 베니마루가 승리하기 위해선 필살의 일격으로 승부를 낼 수밖에 없다. 검의 실력은 베니마루가 더 위지만, 버니는 얼티밋 스킬의 보유자이다. 격이 높은 실력자를 상대로 그렇게 이기는 건 너무나도 어려운 일이었다.

곤경에 처한 베니마루. 그 후로 싸움의 흐름은 버니에게 기울었으며, 베니마루는 방어에 치중하게 되었다.

*

베니마루가 궁지에 몰리고 있던 그때.

클로에도 또한 예상외의 고전을 하게 되었다.

단순히 실력만 비교한다면, 클로에 쪽이 압도적으로 위였다. 하지만 지우의 장기는 적의 허점을 찌르는 공격이었으며, 클로에와 제대로 검을 맞부딪히려고 하지 않았다. 그런데다 격리결계를 펼쳐서 우리의 도움을 받지 못하게 하거나, 사방이 어두워질 정도의 독성 안개를 발생시켜 시야를 가로막기도 하는 등 자신이 유리해지는 상황을 만들어내려고 했다.

가면을 쓴 클로에에겐 그런 기술은 통하지 않는다. 그러나 철저하게 도피에 치중하는 지우는 클로에의 발로도 포착하는 것이 어려웠던 것이다.

도망치는 지우, 쫓아가는 클로에.

그 결과는 싸움의 장기화였다.

뭐, 베니마루와 달리 클로에에겐 얼티밋 스킬(궁극능력)이 있다. 나에게도 이길 수 있는 실력이 있는 이상, 만일의 경우라도 지우에게 질 것이란 생각은 들지 않았다.

이쪽은 안심해도 된다고 생각하여 주시하지 않았지만, 아무래도 그렇게 쉽게 일이 진행되지는 않는 것 같았다. 베니마루가 방어에 치중하게 됨과 거의 동시에 클로에 쪽도 난감한 사태를 맞게 된 것이다.

"요리조리 잘도 도망 다니네."

"당연하지. 너의 검은 위험해. 아마도 내 방어를 뚫을 것으로 예상한다."

지우는 신중했다.

정체불명인 클로에를 상대로 냉정하게 대처하고 있었다.

클로에의 '절대절단'은 유니크 스킬이면서도 무슨 이유인지 얼티밋 스킬에도 통하는 위력을 자랑하고 있었다. 지우가 자신의 입으로 그렇게 말하고 있는 것뿐이니까 겸손함도 어느 정도는 포함되어 있겠지만, 적어도 레전드급의 방어구로는 막을 수가 없는 것이 사실이었다.

뭐니 뭐니 해도 그 베루도라조차도 대미지를 받았을 정도였으니까, 지우의 선택은 정답이라고 말할 수 있었다.

"도망치기만 하면 날 이기진 못할 텐데?"

"그 말은 부정하지 않겠어. 하지만 문제는 없어. 내 목적은 승리가 아니라, 버니의 엄호니까. 버니가 거기 있는 키진을 죽인다면 둘이서 힘을 합쳐 널 죽여주겠어."

그 말을 듣고 잠자코 있을 수 없었지만, 그 후에 지우의 지저분한 전법이 본격적으로 발휘되었다. 내가 가세하려고 할 때마다 '라비린스(미궁도시)'를 향한 공격이 날아왔다.

마사유키와 진라이의 후방에는 격리된 도시가 있다. 그곳을 공격당하면 얼마나 큰 피해가 나올지 알 수가 없었다.

더구나 지우는 버니에게까지 도움을 요구하는 지경이었다.

"버니, 예상외의 방해자가 난입했어. 이 여자는 생각한 것 이상으로 번거로운 존재야. 마왕 리무루를 동시에 상대하는 것은 위험하니까 안전책을 강구하고 싶어. 마왕 리무루가 개입하지 않도록 '라비린스'에 대한 공격을 지원해줘."

"알았어. 적당히 도와줄게."

버니의 공격까지 추가되면서 내 부담은 배로 늘어났다.

마사유키랑 진라이에겐 '부활의 팔찌'가 있으므로, 최악의 경우가 일어도 괜찮다. 그러나 '라비린스'에는 아무것도 모르는 주민도 살고 있는 것이다.

더구나 이곳은 가장 안전한 장소였던지라, 모두가 '부활의 팔찌'를 착용하고 있는 것은 아니었다. 피난 중인 모험가들이라면 또 모를까, 일반 주민들에겐 인연이 없는 물건이었다.

유탄을 막아내는 것뿐만 아니라, 지우랑 버니의 악질적인 공격까지 처리해야 했다. 방출계의 공격이니까 '벨제뷔트(폭식지왕)'로 단숨에 삼킬 수는 있지만, 클로에를 도와줄 수 있을 만한 상황은 만들어지지 못했다.

아니, 정말로.

솔직히 말해서 클로에가 빨리 알아차리고 도와주러 온 것은 정말 큰 도움이 되었다. 만약 나와 베니마루뿐이었다면 이미 패배했을 가능성도 저버릴 수 없었다.

왜냐하면 베니마루의 힘으로는 버니의 공격을 받아내는 게 한계였다. 자칫하면 공격의 위력에 밀릴 수도 있으므로, '라비린스'를 노리는 공격을 방해하는 것도 힘든 상황인 것이다.

그래도 싸움이 유지되고 있는 것은 베니마루의 레벨(기량)이 버니를 상회하고 있기 때문이었다.

일격이라도 직격을 맞으면 사망할 수 있는 맹공을, 베니마루는 침착한 표정으로 받아내고 있었다. 스킬의 우월로 역전이 되어버리긴 했지만, 칭찬을 받을 만한 사람은 베니마루 쪽이라 할 수 있겠다.

하지만 그렇다고 해도…….

이 녀석들은 지금까지 마사유키를 따라온 부록 정도로만 생각하고 있었는데, 터무니없는 실력을 숨기고 있었다.

반대로 말하자면, 지금까지 내 눈을 속이고 있었던 것만 보더라도 이 녀석들의 실력이 얼마나 강한지를 알 수 있다는 얘기가 된다.

루미너스도 축제 때에 이 녀석들을 놓치고 있었던 것이다. 나──라기보다 라파엘이 알아차리지 못한 것도 어쩔 수 없는 일이다.

어쨌든 지금은 최악의 상황이라고 할 수 있다.

이 녀석들은 빈틈없이 라미리스 쪽과의 '사념전달'도 방해를 하고 있으니, 우리 힘만으로 이 난국을 헤쳐 나가야만 했다.

나의 그런 불안감이 전해진 것인지, 여기서 클로에가 도박을 시도하고 나섰다. 그리고 그게 예상도 못한 실수로 연결되고 말았던 것이다.

"이렇게 되면 비장의 수를 쓰겠어."

이 국면을 타개할 한 수—— 그런 게 정말로 있다면 부디 써줬으면 좋겠다. 그러나 무슨 이유인지, 나는 그때 안 좋은 예감이 들었다.

한순간, 시야가 암전된 것처럼 보였다.

모든 움직임이 정지되면서, 온몸이 마비된 것 같은 감각.

무슨 일이 일어난 것인지 여전히 이해하지 못한 채로, 그 감각을 어디선가 경험한 것 같은 느낌이 들었다.

그렇다. 그건 분명 기이와 클로에가 싸웠을 때와 같은——.

《알림. 개체명 : 클로에 오벨의 에너지(존재력) 저하를 확인. 스킬(능력)의 제어에 실패한 것 같습니다.》

시간이 정지되었을 때의 감각이었다——고 내가 떠올린 것과 동시에 라파엘이 경고를 했다. 그리고 나는 클로에의 모습이 어린아이로 돌아가 버린 것을 깨닫게 되었다.

"잠깐, 클로에?!"

"이럴 수가?! 이 힘(권능)은 효율이 너무 안 좋아서 지금의 나는 다루지 못하는 것 같아——."

『그래서 말했잖아! 장시간 동안은 제어하기가 어렵다고.』

무슨 일이 일어난 건지는 불명이지만, 클로에의 비장의 수라는 것이 실패한 것은 틀림없는 것 같다. 더구나 클로에의 전투능력까지 엄청나게 약해지는 최악의 사태까지 동반하면서.

역시 클로에도 '요그 소토스'의 힘을 완전히 제어할 수 없었던 것 같았다. 전에 기이와 싸울 때는 훌륭하게 구사하고 있는 것처럼 보였다. 그러나 실제로는 그 시간이 멈추는 현상의 대부분은 기이가 자신의 힘을 썼기 때문에 일어난 것이며, 클로에는 그에 대응하는 모습을 보여줬던 것뿐이다.

그래도 충분히 대단했다. 시간이 멈춘 세계에서 움직이지 못했으면 기이에게 일방적으로 패배했을 테니까.

하지만 모의전과 실전은 다른 법이다.

클로에도 순간적으로는 시간을 멈출 수 있는 것 같지만, 그러려면 대량의 에너지를 소모하는 모양이다. 지금의 모습이 바로 그 증거일 것이다.

이렇게 될 위험이 있기 때문에 실전에서 미확인된 권능을 사용하는 것은 문제인 것이다.

클로에가 '요그 소토스'의 권능을 완전히 제어할 수 있게 되었다면 얘기는 달라졌겠지만, 라파엘(지혜지왕)조차도 그 해석을 끝내지 못했으니, 그런 기적을 기대하는 건 잘못이었다.

『클로에! 괜찮은 거니?』

『조금 벅찰지도 몰라. 원래 모습으로 돌아갈 순 있지만, 100퍼센트 상태로 돌아가려면 시간이 좀 걸릴 것 같아…….』

내가 걱정이 되어서 '사념전달'로 물어보자, 클로에는 분해하는 말투로 그렇게 대답했다. 그래도 아직 상황은 최악이진 않았다. 클로에가 싸우지 못하게 된 것은 아니므로 일단은 안심했다.

"뭘 하려고 한 건지 모르겠지만, 쓸데없는 발버둥이었네. 자신의 힘도 파악하지 못하다니, 생각했던 것보다 조잡해."

"핫핫하, 원래 그 정도 수준이었겠지. 그 지우, 네가 너무 지나
치게 경계한 것뿐이야."

클로에의 실수를 보고, 지우와 버니가 비웃었다.

하지만 이때 하늘의 도움이라고도 할 수 있는 목소리가 내 마
음에 울려 퍼졌다.

《알림. 적이 소유한 스킬의 해석이 완료되었습니다.》

빨라!!

클로에가 보유한 '요그 소토스'는 아직 해석이 끝나지 않았는데.
버니와 지우의 얼티밋 스킬(궁극의 능력)을 이렇게 간단히 해석을 끝
내버리다니.

최소한 성능의 방향성이나마 알 수 있으면 좋겠다는 정도로
생각하고 있었지만, 이건 아주 기쁜 오산이었다.

그래서 그 내용은?

《알림. 개체명 : 버니 및 개체명 : 지우가 보유한 능력에 대해서 말하
자면 공통점이 다수 확인되었습니다. 이건 거의 동일한 권능인 것으로
생각됩니다. 각자의 개성으로 인해 발현되는 것이 유니크 스킬이며, 그
한계를 넘어선 것이 얼티밋 스킬입니다. 그럼에도 불구하고 두 사람의
권능이 비슷하다는 것은——.》

버니와 지우의 힘은 누군가가 빌려준 것이라는 건가?

《그렇습니다. 그럴 가능성이 높다고 추측됩니다.》

과연, 그렇군.

실은 나도 조금 부자연스럽다고 생각하고 있었다.

얼티밋 스킬을 획득하려면 웬만한 노력으론 도저히 쫓아가지 못한다. 그 히나타조차도 유니크 스킬 수준에 머물러 있으며, 그란이나 루미너스 같은 초월자도 궁극까지 각성하지 못했다.

이런 말을 하는 건 좀 그렇지만, 버니나 지우 수준에 불과한 자가 쉽게 손에 넣을 수 있는, 그런 어중간한 힘이 아닌 것이다.

그리고 얼티밋 스킬에는 그 보유자 특유의 성질이 뚜렷하게 드러난다. 방해나 은폐는 훌륭했지만, 그 이상의 힘은 쓰이지 않고 있었다.

나는 숨겨둔 게 있지 않을까 하고 경계했지만, 아무래도 그게 아니라——.

《그렇습니다. 마법이나 유니크 스킬에 대한 절대우위와 자신의 권능의 완전은폐. 이 두 가지가 개체명 : 버니 및 개체명 : 지우가 대여 받은 권능입니다. 둘의 에너지(존재력)를 통해 역산해봐도 이 이상의 권능을 구사할 수 있는 여유는 없었습니다.》

이것밖에 사용하지 못한다는 게 정답이었다.

뭐가 어떻게 돌아갈지는 끝나지 않으면 모르는 법이다. 웃고 있는 버니와 지우를 보고 나는 조금씩 그런 생각이 들기 시작했다.

『베니마루, 클로에! 녀석들의 힘의 비밀을 알았다. 번거로운 상대이긴 하지만, 이기지 못할 수준은 아니다. 그래서 제안이 있는데, 들어보겠나?』

내가 그렇게 묻자, 두 사람은 두말없이 고개를 끄덕였다.

『물론입니다. 제 홍련으로 녀석을 벨 수 있었다면 이미 승리했을 텐데 말이죠. 짜증이 나는 건 녀석의 힘이 방어에 특화되어 있다는 것이로군요.』

베니마루는 이대로 계속, 지지 않도록 싸움을 이어갈 각오를 했던 모양이다. 상대의 언동에 현혹되지 않은 채, 이길 수 있는 기회를 찾고 있었다. 그렇게 싸우고 있는 사이에 디아블로나 시온이 돌아올 테니까, 그때 반격으로 나서면 된다고 생각하면서.

역시 '사무라이 총대장'—— 어떤 때에도 냉정하고 믿을 수 있는 남자였다.

『나도 리무루 씨를 믿고 있어. 방금 전의 실수를 만회하고 싶으니까, 이길 수 있는 작전이 있다면 뭐든 말해줘!』

클로에도 또한 나를 믿어주고 있었다.

이쪽은 베니마루와 다르게 자신이 초조하게 굴지만 않았으면 이길 수 있는 싸움이었을 것이다. '절대절단'이라면 지우의 방어를 꿰뚫었을 것이며, 1대1이라면 질 상대가 아니었다.

하지만 이번 일은 좋은 교훈이 되었다.

클로에가 얼티밋 스킬을 익숙하게 쓰지 못한다는 약점이 노출되었지만, 그건 지금부터 개선해나가면 되는 것이다. 나중을 기대하기로 하고, 지금은 이 싸움을 끝내는 것에 집중해주면 좋겠다.

『그러면 전하겠어. 베니마루는 나와 '영혼의 회랑'을 이어주면 좋겠다. 그러면 내 권능의 일부를 빌려줄 수 있으니까.』

『바라는 바입니다. 리무루 님의 힘을 빌리는 것은 한심하다고 생각하지만, 지는 것보다는 낫습니다. 반드시 승리할 것을 약속 드리겠습니다.』

베니마루는 흔쾌히 승낙해주었다.

긍지보다 승리를 중시하는 베니마루다운 선택이었다.

그리고 이번에는 상대도 빌린 힘을 쓰고 있는 셈이니, 부끄러워 할 필요는 없다고 생각한다. 실력을 비교하면 틀림없이 베니마루가 더 강하니까.

그렇게 생각하면서, 나는 베니마루의 홍련에 '절대절단'을 부여 했다. 이건 클로에가 사용하고 있는 것과 동등한 위력을 자랑한 다. '절대방어'를 반전시킨 것뿐이며, 둘이 서로 격돌하면 상쇄되 겠지만 버니가 상대라면 충분히 통할 것이다.

베니마루는 이 정도면 충분하다.

그 다음은 클로에다.

『클로에, 클로노아, 잘 들어라. 이대로 시간을 벌어주면 베니마 루가 버니를 쓰러트릴 거다. 그 후에 지우를——.』

이번에는 방금 전까지와는 반대의 패턴이다.

지금의 클로에는 어른의 모습으로 돌아가 있지만, 아직 완벽히 힘을 발휘할 수는 없는 상태였다. 지금은 안전한 계획을 선택하여 확실한 승리를 목표로 하고 싶다.

클로에는 베니마루가 이길 때까지 시간을 벌어주면 그걸로 충분하다. 그렇게 생각했지만——.

『잠깐만! 나는 지지 않았어. 1대1이라면 반드시 이길 수 있다고.』

『그래, 리무루. 방금 전엔 '요그 소토스'에 휘둘리고 말았지만,

진지하게 싸우면 지지는 않아.』

클로에와 크로노아는 의욕이 가득했다.

그렇게 말할 것이라는 예상도 했기 때문에 놀라진 않았다. 그래서 나는 한 가지 제안을 하기로 했다.

『그러면 조건이 하나 있어.』

『뭔데?』

『한 번 더 '요그 소토스'를 써서 완벽하게 승리해줘.』

『──뭐?』

『짧은 시간이라면 멈출 수 있지만, 너무 짧아서 지우에겐 통하지 않았는데?』

클로에는 역시 무리하지만 않으면 스킬을 사용할 수는 있는 모양이다. 그 짧은 시간이라는 것이 감각적으로 몇 초 정도를 가리키는 것인지는 명확하지 않지만, 얼티밋 스킬을 보유한 지우를 몰아붙이기엔 부족한 시간이었을 것이다.

그래서 한계를 넘어서고 만 것이겠지만, 다음에는 아마 괜찮을 것이다.

『나도 협력할게. 연산을 도와줄 테니까 한 번 더 시도해보자.』

『그렇다면 나는 불만이 없지만…….』

『리무루의 연산영역을 해방해준단 말이지? 그렇다면 제어할 수 있을 거라 생각해.』

내 제안을 클로에와 클로노아는 받아들여주었다.

불안한 것 같지만, 실은 나도 같은 기분이었다.

뭐니 뭐니 해도 이건 라파엘이 한 제안인 것이다.

괜찮으려나? 그런 생각이 드는 것도 어쩔 수 없는 일이지만,

나는 라파엘을 믿고 있었다.

아마도 무슨 의도가 있을 테니까, 지금은 솔직하게 믿고 행동하기로 하자.

그렇게 생각한 나에게, 클로노아가 문제를 제기했다.

『하지만 에너지가 부족해. 전투형태가 될 수는 있지만, 시간을 멈출 수 있을 정도의 에너지는 회복하지 못했어. 리무루의 도움을 받아서 에너지 효율을 높인다고 해도 지금의 클로에는 구사하지 못할 거라고.』

그건 나도 마음에 걸려하던 것이었다.

내 힘을 빌려줄 예정이었지만, 그것만으로 충분할까?

《네. 문제없습니다.》

힘찬 대답이었다.

뭔가 믿고 있는 게 있겠지. 자세하게 물어보지는 말자.

『문제없어. 부족하다면 내가 준비할게.』

준비할 사람은 라파엘이지만 말이지. 뭐, 여기서 길게 설명할 얘기도 아니므로 폼을 좀 잡아봤다.

내 대답을 듣고, 클로노아도 납득해주었다.

『알았어. 그렇다면 나도 찬성이야. 저 녀석에게 본때를 보여주고 말겠어.』

그렇게 되면서, 작전은 정해졌다.

반격개시다.

*

　베니마루는 공격 스타일을 변경했다. 그 전에는 '정(靜)의 태도 (太刀)'로 싸우고 있었지만, 내가 '절대절단'을 부여하면서부터는 '동(動)의 태도'로 전환했다.

　'정의 태도'라는 것은 선수를 상대에게 양보하며, 반격이 주가 되는 검기다. 또는 받아서 흘리는 것을 중점적으로 행하며, 적극적인 공격을 하지 않는 공수일체의 형(型)을 기본으로 삼고 있었다.

　그에 비해 '동의 태도'라는 것은 방어보다 공격을 중시하고 있다. 단숨에 상대를 공격해 몰아붙여서 주도권을 주지 않고 압승하는 것이 본질이었다.

　버니는 베니마루의 검격의 변화에 놀라면서, 방어에 치중하게 되었다. 입장이 역전된 셈이지만, 그 시점에선 표정에 여유가 보이고 있었다.

　그러나 그건 순식간에 사라졌다.

　버니가 여유를 보인 것은 베니마루의 태도가 자신에게 먹히지 않는다는, 실증된 확신이 있었기 때문이다. 그런데, 그건 이미 과거의 얘기가 된 것이다.

　베니마루의 격렬한 공격에 대처가 늦어지면서, 버니에게 틈이 생겼다. 그곳을 노린 치명적인 일격.

　"마──?!"

　말도 안 돼──라고 말하려고 한 걸까?

　버니는 그 일격을 맞고 몸통이 양단되고 말았다. 그대로 물 흐르는 듯이 이어지는 일격으로 머리가 둘로 갈라졌다. 그렇기 때문에 마지막 말도 제대로 하지 못한 채, 그대로 사망하고 말았던 것이다.

그건 그렇다 쳐도 베니마루의 실력은 압도적이었다.

"처음부터 그런 기세로 싸웠으면 여유 있게 이기지 않았을까?"

"아뇨, 그런 짓을 했다면 제 홍련이 부러졌을 겁니다. 저 갑옷은 위험하다고 생각해서 칼에 부담을 주지 않도록 익숙하지 않은 전법으로 계속 싸운 겁니다."

그게 익숙하지 않은 전법이란 말인가. 당당한 모습이 완전히 몸에 익은 것처럼 보였는데, 확실히 베니마루에겐 '동의 태도'가 더 잘 어울리는군.

그리고 지금의 베니마루라면 확실히 하쿠로우보다 강하다. 신체능력은 원래 더 높았지만, 지금은 레벨(기량)도 비슷하거나 그 이상이었다.

그런고로 전력을 다해 싸운 베니마루는 정말 엄청났다. 반격을 시작한지 1분도 되지 않아 버니를 쓰러트린 것이다.

그리고 클로에도.

『역시 에너지가 부족해!!』

클로노아가 권능을 발동시키려고 하다가, 힘든 표정으로 소리쳤다.

하지만 그 직후.

《알림. 문제없습니다.》

그렇게 말하는 냉정한 목소리와 『꺄아아━━━━━━?!』하는 비통한 목소리가 동시에 들려온 것━━같은 기분이 들었다.

무, 무슨 일이 있었던 거지.

어렴풋이, 아니, 틀림없이 그의 비명인 것 같았는데…….

듣고 있으려니, 나까지 슬퍼지는군.

너무나도 불쌍했다.

내가 나쁜 짓을 한 건 아니라고 생각하지만, 그 원인은 나였다.

━━그러면 역시 내가 나쁜 짓을 한 게 되나?

나중에 푸딩이라도 대접하면서, 사과와 동시에 기분을 풀어주자고 일단은 마음속으로 맹세했다.

어쨌든 에너지 문제는 해결되었다.

다음 순간, 세계가 정지했고━━.

지우가 산산조각이 난 것이다.

그렇게 되면서 뭐, 이렇게 버니와 지우를 쓰러트리게 되었지만, 이때 라파엘이 미안한 목소리로 보고를 했다.

《━━알림. 개체명 : 버니 및 개체명 : 지우의 생존을 확인. '부활의 팔찌'의 존재를 잊어버리고 있었습니다.》

어, 그러니까 신경 쓰지 마, 라고 해야 하나?

별일이네, 라파엘이 그렇게 맹한 실수를 저지르다니. 아니, 생각해보니 처음이라고 말해도 과언이 아닐 정도로 좀처럼 생길 수 없는 일이었다.

"실수했군. 버니와 지우의 '부활의 팔찌'를 미리 파괴해둘 걸 그랬어."

"아뇨, 팔찌 같은 건 차고 있지 않았습니다."

"응. 나도 봤는데, 그런 건 없었어."

이런, 나와는 달리 베니마루랑 클로에는 신중했군.

팔찌의 존재를 잊지 않고 기억해두고 있다가 확인하면서 싸우고 있었다.

아니, 내가 너무 부주의했던 것일지도 모르지.

그렇다면 라파엘이 못 보고 놓친 것이라는 생각은 들지 않으므로, 버니와 지우가 잘 숨겨두고 있었단 뜻이 되려나.

"아, 그거 말입니다만."

그렇게 말하면서 우리의 대화에 끼어든 것은 계속 견학하고 있던 마사유키였다. 그리고 마사유키의 발언을 진라이가 이어받았다.

"실은 말이지, 우리는 당신을 적이라고 여기고 있었거든, 그래서 팔찌도 순순히 받아들이지 않았어. 그렇다고 해서 쓰지 않는 것도 좀 그렇다는 결론이 나와서……."

그런 말을 하면서, 진라이는 바짓가랑이를 걷어 올려서 보여줬다.

그곳에는 놀랍게도 발목에 찬 '팔찌'의 모습이……

"이건 팔찌인데……?"

"아니, 알고 있거든? 하지만 말이지, 이건 마법의 아이템이잖아? 그러니까 여기에 차도 효과는 마찬가지인 거지. 최소한의 반항으로 이렇게 하자고 버니가 말을 했던 거야."

보아하니 이런 사태를 예상하고 버니가 미리 수를 쓴 것 같군.

베니마루는 머리를 긁으면서 혀를 차고 있었고, 클로에는 클로에대로 불쾌한 감정이 역력해 보이는 기운을 풍기고 있었다. 그 가면 안에선 울컥한 표정을 짓고 있을 것이다.

이런 사정이 있었다면, 라파엘이 무슨 수를 쓸 수 있었을 거란 생각도 들지 않는군.

그도 그럴게, 지우의 힘으로 인해 이 자리는 격리된 상태였으며, 그 때문에 라미리스와의 통신도 방해를 받고 있었다. 베루도라와는 '염화'가 통했겠지만, 정확하게 사정을 설명하는 것은 어려웠을 거라 생각한다.

그리고 라파엘의 작업량을 생각해볼 때, 동시에 얼마나 많은 일을 동시에 진행하고 있었을 지를 계산해보면 골치가 아파질 정도였다.

베니마루에게 '절대절단'을 부여하고, 클로노아를 도와서 '요그소토스'의 동시제어에 도전했다. 그 외에도 나의 '절대방어' 유지에 버니와 지우의 능력해석 등등 세어보면 끝이 없을 정도다.

이런 상황에서 팔찌를 발에 차는 바보가 있을 거란 예상을 하는 건 어려웠을 것이다.

"어쩔 수 없군. 이건 어쩔 수 없는 일이야."

"그렇군요. 잊어버리죠. 그 녀석들의 힘은 파악했고, 다음에 또 싸워도 반드시 이길 겁니다. 제가 아닌 자와 싸운다면 걱정이 됩니다만, 뭐, 대책은 세울 수 있습니다."

그런 결론에 이르면서, 베니마루와 나는 이번 일은 잊어버리기로 한 것이다.

*

이리하여 버니와 지우는 격퇴했다.

확실하게 마무리를 짓지 못한 것은 실수였지만, 그건 잊어버리기로 했으니 노카운트다.

마사유키 일행은 동료의 배신에 충격을 받고 있었지만, 다시 극복하여 일어설 수 있을 거라고 믿어보자. 힘없는 걸음으로 사람들을 설득하러 도시로 돌아가는 뒷모습을 배웅하면서, 나는 그런 생각을 했다.

전쟁은 아직 끝나지 않았다. 마사유키 일행에겐 미안하지만, 그들을 신경 쓰고 있을 여유는 없다.

마사유키 일행은 클로에에게 맡기기로 하고, 나와 베니마루는 관제실로 돌아갔다.

이번에야말로 미궁 안의 적은 완전히 정리되었을 것이다. 남은 건 마지막 싸움을 지켜보는 것뿐이라고 생각하면서 들어갔더니, 방 안에는 먼저 온 손님이 몇 명 있었다.

"아, 리무루! 갑자기 연락이 되지 않아서 깜짝 놀랐잖아!"

"그러게. 뭐, 나는 걱정 같은 건 하지 않았지만, 한 마디 해주자고 생각했거든. 그리고 라미리스가 아무래도 가봐야겠다고 해서 말이지. 서둘러——가 아니라, 잠시 상황을 조금 보러 온 참이야."

걱정하는 표정을 짓는 라미리스와 한껏 거드름을 피우는 베루도라.

갑자기 내 에너지(마력요소)를 뺏는 건 그만 좀 해—— 라는 불평을 늘어놓기 시작했지만, 본심은 나를 걱정해주고 있었던 것이다 드러나고 있었다.

이런 점이 귀엽단 말이지, 이 녀석은.

그러니까 라파엘(지혜지왕), 적어도 한 마디 말 정도는 하고 허락을 받은 뒤에 베루도라의 힘을 빌리도록 하자고.

《──? 이제 와서 새삼스러울 것도 없으니 문제될 게 없습니다.》

이, 이제 와서 새삼스러울 게 없다니…….
혹시 지금까지도 나 몰래 멋대로 이용하거나 했단 말인가?
왠지 베루도라도 익숙해진 것 같은 느낌이고.
그렇다면 베루도라에겐 미안한 짓을 했군. 맛있는 간식뿐만 아니라 새로운 만화책도 마련해주도록 하자.
"걱정을 끼친 것 같군. 뭐, 베루도라에겐 어디서든 연락할 수 있으니까, 무슨 일이 생기면 부탁할게."
"그게 사실이야, 사부?"
"아! 어흠, 그러니까 걱정할 필요가 없다고 말했을 텐데!!"
가늘게 눈을 뜨는 라미리스.
쑥스러움을 감추려는 것인지, 베루도라는 한껏 거만한 태도로 화제를 바꾸기 시작했다.
"그보다 말이지, 무사했다면 저 녀석들의 얘기도 들어주는 게 어때?"
그 말을 듣고 베니마루의 시선을 따라 쫓아가자, 그 자리에 있는 것은 트레이니 씨와 소우에이, 그리고 꽁꽁 묶인 상태의 수상한 남자였다.
소우에이와 트레이니 씨의 기척은 알아차리고 있었지만, 또 한 명은 누구일까?
트레이니 씨는 잔뜩 지친 모습으로 과일 주스를 쪽쪽 빨고 있었다.

아직 여유가 있는 것 같으니 일단 내버려 뒀다.

나는 소우에이 쪽으로 시선을 돌려 눈으로 물어봤다.

"실은 모스로부터 들은 장소로 직행했더니, 트레이니 님과 싸우고 있던 자가 바로 이 남자, 우리의 원수인 라플라스였습니다."

꽁꽁 묶여 있던 자는 라플라스였다.

꽤나 심하게 맞은 상태였지만, 일단은 살아 있었다.

"왜 그 녀석이 살아 있지?"

베니마루가 차가운 목소리로 소우에이에게 물었다.

보기 드물게도 살기를 그대로 드러내고 있었다.

"나도 죽이려고 했지만, 이 녀석이 리무루 님에게 꼭 얘기해야 할 게 있다고 자꾸 주장하는 바람에 말이지."

"함정일 게 뻔하잖아."

그렇게 말하면서 베니마루가 태도를 뽑았다.

그 순간 축 늘어져 있던 라플라스가 폴짝 뛰었다. 애벌레처럼.

재주도 좋다는 생각이 듦과 동시에 조금 재미있었다.

"아하핫."

하고 나는 자신도 모르게 웃고 있었던 모양이다.

"자, 잠깐! 당신도 웃고만 있지 말고, 부하들을 좀 말리라고!!"

"당신이라고?!"

소우에이의 살기가 격렬해졌다. 하지만 그건 그나마 나은 편이었고, 베니마루는 여전히 아무 말 없이 단칼에 베어버리려고 했다.

나는 황급히 끼어들어서 일단은 베니마루의 분노를 달랬다.

"진정해. 무엇보다 지금은 유우키 녀석과도 정전 중이잖아? 모처럼 여기까지 데려왔으니, 얘기를 들어보자고."

소우에이도 내 말을 듣더니 고개를 끄덕이고 있었다.

화를 내고 있으면서도 도의는 지키는 걸 보면, 소우에이는 실로 인내심이 많았고 냉정했다.

베니마루도 자신의 실수를 인정하고, 태도를 칼집에 다시 집어넣고 있었다.

"그래서 할 얘기라는 건 뭐지?"

"정말 여긴 무서운 곳이라니까. 저기 있는 누님도 사람 말을 들어주지 않는데다, 예전에 만났을 때보다 훨씬 더 강해졌으니. 저기 있는 형씨는 그나마 나은 편이지만 눈이 웃고 있질 않고, 그리고 저기 있는——."

"뭐?"

안 됩니다. 베니마루 씨. 평소에 숨기고 있는 진짜 성격이 드러나고 있다고요.

나는 어홈 하고 헛기침을 하면서, 무거워질 뻔한 분위기를 바꿨다.

"실은 말입죠, 저는 유우키 씨한테 말을 전해달라는 부탁을 받았습니다요!"

라플라스도 분위기를 파악할 줄은 아는군. 내게 감사의 시선을 보내면서, 여기 온 이유를 얘기하기 시작했다.

처음부터 그랬으면 좋았을 거라 생각하면서, 나는 그 얘기에 귀를 기울였다.

"——그러니까 버니와 지우에게는 주의할 필요가 있다는 얘깁니다!"

"…………."

"…………."

나와 베니마루는 자신도 모르게 말없이 서로의 얼굴을 바라보고 있었다.

기왕이면 좀 더 빨리 듣고 싶었던 말이네, 그건.

라플라스의 얘기로는 유우키의 부하 중에 다무라다라는 남자가 있었다고 한다. 유우키의 지배하에 있는 비밀결사 '케르베로스(삼거두)'의 보스 중의 한 명이라고 하는데, 가드라에게서 받은 충고도 있다 보니 그 얘기를 검토해본 결과, 다무라다가 가드라를 암살하려고 한 의혹이 떠올랐다고 한다.

당연히 유우키는 그런 명령을 내리지 않았다. 다무라다에게 의심의 눈길을 보내게 되었다.

의혹이라고는 하지만, 이건 거의 확정이었다. 그렇게 판단한 유우키는 그게 정확하다는 전제에서 지금까지의 행동을 다시 살펴봤다. 그랬더니, 여러모로 수상한 점이 발견되었다고 한다.

그렇게 되자, 다무라다가 준비해준 마사유키의 동료들에게도 어떤 뒷사정이 있는 게 아닌가 하는 의심이 들었다. 그래서 서둘러, 다른 임무에서 귀환 중이었던 라플라스가 대신 말을 전해주는 일을 맡았다고 한다…….

그런 식으로 라플라스의 얘기가 진행됨에 따라서, 트레이니 씨의 안색이 점점 나빠지기 시작했다.

왜 좀 더 빨리 전하러 오지 않았냐――면, 굳이 묻지 않아도 그 대답은 알 수 있었다.

"그, 그렇다면 그렇다고 제대로 설명을 했으면……!!"

"그러니까 중요한 얘기가 있다고, 내가 몇 번이나 말했잖습니까!

그랬는데 '믿을 수 없습니다!'라고, 당신은 내 말에 귀를 기울이지도 않았잖아요!"

"그, 그건 당신이 수상쩍으니까. 그리고 예전에도 도망친 쓸쓸한 기억이 있으니까, 이번에는 그런 실수를 하지 않겠다고 기합이 들어가는 바람에……."

"기합을 너무 넣었다굽쇼! 내가 몇 번이고 이번에는 일로 찾아온 거니까, 나도 지금 진지하다고 그렇게나 소리쳤는데, '입 다물어요, 그런 궤변은 안 통합니다!'라고 말하면서 남의 말을 듣지도 않았잖습니까!!"

내 앞에서 꼴사나운 언쟁을 벌이고 있는 두 사람을 보고 있으면, 그 대답은 명백했다.

"그래서, 혹시 지금까지 계속 싸우고 있었던 말인가?"

"그렇습니다요. 정도껏 좀 하시지, 나 참……."

완전히 토라진 라플라스. 그동안 계속 싸우고 있었다고 하는데, 며칠 수준이 아니라 열흘 정도 되지 않나?

그 정도면 토라질 만도 하군.

"저, 정말 죄송합니다!!"

트레이니 씨는 자신이 섣부른 판단을 했다는 걸 깨닫고, 얼굴을 새빨갛게 붉히면서 내게 사과했다.

하지만 우리 중에 트레이니 씨를 비난할 수 있는 사람이 있을까?

좀 더 라플라스를 믿어주자——는 건 사실 들어주기 힘든 얘기다.

그도 그럴게, 지금도 수상쩍으니까.

사람을 외모만으로 판단해선 안 된다고 생각하지만, 이 녀석은 정말 의심이 가는 짓만 하니까. 이런 수상쩍은 녀석을 믿는 게 더 큰 문제다.

이번에는 실수를 한 셈이지만, 트레이니 씨를 비난할 순 없겠지.

베니마루도 다짜고짜 베어버리려고 했던 만큼 뭐라고 따질 할 수 없는 것 같았다. 소우에이도 어색한 표정을 짓고 있는데, 오히려 용케 참고 여기까지 데려왔다는 생각이 들었다.

"뭐, 이미 끝난 일이야. 더 이상 마음에 두지 말고 다 잊어버리자고."

더 애기해봤자 소용없는 일이고, 생각하는 것도 귀찮다.

그러니까 이 일은 적당히 얼버무려 넘기기로 하자.

지금은 그보다 전장 쪽이 더 중요하다.

마지막까지 무슨 일이 일어날지 알 수가 없다. 그 사실을 한 번 더 마음에 새기면서, 우리는 대형 스크린 쪽으로 시선을 돌렸다.

●

칼리굴리오는 초조한 심정으로 보고를 기다리고 있었다.

정예병사 100명을 미궁으로 파견시킨 뒤로 이미 이틀이 지났다. 그대로 연락이 끊어져버린 것에 불만을 감출 수가 없었다.

아니, 아니다.

불만이라는 태도를 띠고는 있지만, 칼리굴리오의 속마음은 불안감으로 가득 차 있었던 것이다.

금품이랑 질이 좋은 '마정석'에 눈이 흐려지는 바람에, 이번의 미궁공략을 결정했다. 그 결정 자체는 후회하지 않는다. 등 뒤의 보안을 유지하기 위해서라도 마왕의 영토를 무시할 수는 없었던 것이다.

얻은 보물도 예상 이상이었으며, 미궁에서 반출되어 나오는 그것들을 바라보면서 기쁨에 잠겼던 칼리굴리오. 지금 생각해보면, 그것들은 모두 마왕 리무루의 계책이었던 것이다. 그걸 깨달으면서 자신의 한심함에 화를 내고 있었다.

그와 동시에, 이 상황을 만회할 수 있다는 생각도 들지 않았고, 이대로 마왕 리무루에게 패하는 것은 아닐까 하는 생각이 들면서, 칼리굴리오는 두려워졌다.

"제기랄! 에잇, 보고는 아직 없었나?!"

오늘만 해도 벌써 몇 번째인지도 모를 칼리굴리오의 노성이 날아들었다.

그 말에 대답하는 참모는 아무도 없었지만, 이때 진지 바깥쪽에서 술렁거리는 목소리가 들려오기 시작했다.

"뭐냐? 무슨 일이냐?!"

그런 칼리굴리오의 질문에 대답하듯이 하급병사가 달려 들어왔다.

"보고 드립니다! 지금 막 '마도전차사단'에 소속된 자가 합류했습니다!!"

'뭐라고?' 칼리굴리오는 그렇게 생각했다.

아무리 마도전차의 성능이 우수하다고 해도, 합류할 때까지 구동음이 일절 들리지 않은 것은 납득이 되지 않았다.

그동안 보냈던 전령도 한 번도 돌아오지 않았으니, 우군의 전황도 여전히 명확하지 않은 상황이다. 그 점을 생각해봐도 불안한 예감이 커질 뿐이었다.

그런 칼리굴리오의 불안은 적중했다.

"지금 막 돌아왔습니다……."

그렇게 말하면서 칼리굴리오가 있는 야전텐트에 들어온 것은 전장에 어울리지 않는 아름다운 여성 사관이었다.

그 정체는 비밀결사 '케르베로스'의 보스 중의 한 명 '여자'의 미샤였다. 유우키의 명령을 받고 칼리굴리오의 농락작전을 벌였으며, 그대로 이번 작전에도 종사하고 있었던 것이다.

단, 제국기갑사단의 참모관이라는 지위는 진짜였다. 나름대로의 실력을 선보이면서, 칼리굴리오의 참모로서 일하고 있었던 것이다.

하지만 이번에 미샤가 배속된 곳은 본대가 아니라 '마도전차사단' 쪽이었다. 안전성을 생각해서, 칼리굴리오가 그렇게 배치해 준 것이다.

칼리굴리오의 동향 감시가 목적이었던 미샤의 입장에선 그 결정은 솔직히 불만이었다. 그러나 뭐라고 말할 수 있는 입장이지 않았기 때문에 칼리굴리오의 호의에 감사한다는 태도를 유지하면서, 유우키에게 전황보고를 계속하고 있었다.

당연히 '마도전차사단'의 대패배도 보고가 끝난 상태였다. 그런 뒤에 마물들에게 들키지 않도록 신중하게 전장을 떠났으며, 이렇게 본대와 합류하게 된 것이었다.

"미샤, 무사했구나!"

"네, 칼리굴리오 님."

요염하게 미소 짓는 미샤. 지저분한 차림새임에도 불구하고 그녀의 미모는 전혀 흐려지지 않았다.

그런 미샤를 보고 안도했지만, 칼리굴리오는 자신의 본분을 잊어버리진 않았다.

"그래서 다른 자들은 어떻게 되었나? 그리고 어느 정도가 본대와 합류할 수 있었나?"

그렇게 연달아 물어보았다.

"기다려주십시오. 이제 와서 그렇게 서두르셔도 의미가 없습니다."

"뭐? 그게 무슨──."

"전멸했습니다."

"뭐?"

"제국이 자랑하는 '마도전차사단'도, 비장의 수로 아껴두고 있던 비공선 100척도 모두 잿더미가 되어버렸습니다."

요염한 미소를 유지한 채, 미샤는 칼리굴리오에게 그렇게 말했다.

"말도 안 돼……. 너는 대체 무슨 소리를 하고 있는 거냐?"

믿을 수 없다는 듯이 칼리굴리오가 웃었지만, 미샤는 여전히 말이 없었다. 그 모습을 보고, 칼리굴리오도 믿을 수밖에 없었다.

"정말로 전멸했단 말이냐?"

"네."

"그러면 기갑군단의 생존자는 여기 있는 자가 전부라는 말이냐?"

"바로 그렇습니다, 각하."

미샤의 대답을 듣고, 칼리굴리오는 고개를 푹 숙였다.

칼리굴리오뿐만 아니라 다른 참모들도 얼굴이 새파래지고 있었다.

침공 작전은 완전히 실패였다. 여기서 미궁 공략을 성공했다고 해도 그 많은 장병들의 목숨이 사라졌다면 책임추궁에서 벗어날 방법은 없다.

황제 루드라는 칼리굴리오와 그의 부하들을 절대 용서하지 않을 것이다.

"어떡하면 되지?"

칼리굴리오의 중얼거림에 참모들도 대답할 말을 찾지 못했다.

그런 분위기 속에서 미샤가 입을 열었다.

"철군해야 합니다."

"뭐?"

"잠깐 살펴봤습니다만, 미궁공략도 잘 진행되지 않는 것 같더군요. 미궁은 탐색하는 것. 군대로 침공하는 게 아니라고 하던데 바로 이걸 뜻하는 것이겠죠."

"그건 유우키, 그 애송이가 한 말인가?"

"네. 그분은 미궁을 공략하려면 정예만을 골라서 투입해야 한다고 말씀하셨습니다."

"무슨 멍청한 소리를! 이미 정예를 골라서 보냈단 말이다――!!"

담담하게 충고하는 미샤에게 격노한 칼리굴리오가 큰 소리로 대꾸했다.

칼리굴리오의 말은 옳았다.

사실 이틀 전에 생각할 수 있는 한 최고의 전력을 막 투입시킨 것이다.

그리고 제국군 중에서도 최강을 자부하는 '기갑개조병단'의 정예들을 총 50명 이상이나 보내놓았다.

이 이상을 바라는 건 너무 지나친 욕심이다.

정예들은 반드시 미궁 안에서 합류할 것이다. 그리고 지금도 미궁공략을 목표로 진군하고 있을 것이 틀림없다.

칼리굴리오는 그렇게 믿고 있었다. 그렇게 믿지 않는다면 공포로 인해 마음이 짓눌리고 말았을 것이다.

그런 칼리굴리오에게 인정사정없는 미샤의 말이 들려왔다.

"하지만 우리 군의 정예를 집어삼켰으면서도 미궁은 여전히 건재합니다. 분명 안에선 싸움이 계속되고 있을 가능성도 있겠죠. 하지만 그 상황을 파악할 수 없는 한, 이 이상의 원군을 보내는 것도 어렵지 않겠습니까?"

"그 입 다물어라."

"우리가 할 수 있는 것은 우군이 살아남아 밖으로 나오기를 기다리는 것뿐, 이겠죠?"

"다물라고 했다! 내 말을 잘 듣고 안심해라, 미샤. 상위의 전사들에겐 소생효과가 있는 목장식을 배분해주었다. 그 목장식을 착용하면 죽어도 미궁 밖으로 부활한다고 한다. 아무도 나오지 않은 것을 보면, 공략은 순조롭다는 증거가 아니겠느냐!"

그게 낙관적인 생각이라는 것은 칼리굴리오도 이해하고 있었다. 그러나 전군을 맡고 있는 장수로서, 이 자리에선 그렇게 말할 수밖에 없었던 것이다.

하지만 미샤의 추궁은 끝나지 않았다. 다른 참모와 달리, 미샤는 칼리굴리오를 자신의 포로로 삼고 있었다. 여기서 역린을 건드려도 어떻게든 넘어갈 수 있다는 자신감이 미샤에겐 있었다.

"하지만 시험제작품으로 만든 목장식의 소생효과는 아직 확인되지 않았을 텐데요? 유우키 님의 말로는 스킬(능력)로 구체화된 팔찌일 경우 카피(복원)는 불가능하다고 들었습니다."

그 말을 듣고, 칼리굴리오는 입을 다물 수밖에 없었다.

실험할 테니까 죽어보라는 말을 부하에게 할 수는 없는 노릇이다. 미샤의 말대로 실험을 해보지 못한 채, 전우들을 보낸 것이다.

목장식은 어디까지나 만일의 경우를 대비한 보험이라는 의미가 담겨 있는 것이었다.

칼리굴리오도 그 점은 이해하고 있었다.

미샤의 말은 옳았으며, 지금 실수를 하고 있는 것은 자신 쪽이라는 것을.

군단장은 힘만으로 될 수 있는 것이 아니다. 힘이 없으면 되지 못하지만, 현상파악도 하지 못하는 무능한 자는 결코 맡을 수 없는 지위인 것이다.

하지만 50만 이상이나 되는 정예로 공략 불가능한 구조물이 있을 거란 사실을, 칼리굴리오는 도저히 믿을 수가 없었던 것이다.

대도시를 몇 개나 잿더미로 만들 수 있는 엄청난 수준의 군사력인 것이다. 최악의 경우에도 미궁을 파괴하여 탈출할 수 있을 것이라고 생각했을 만큼…….

그뿐만이 아니다.

현시점에서 많은 수의 사망자가 나왔다. 게다가 미궁 내부의 동료들까지 저버린다면 역사적인 대패배를 기록한 무능한 장군으로, 칼리굴리오의 이름이 미래에 영원히 남아버리게 될 것이다.

자신이 이끄는 94만 명의 군대가 지금은 잔존병력 20만 명이 채 되지 않았다.

이대로 물러난다니, 그런 두려운 짓을 할 수 있을 리가 없었다.

일이 이 지경에 이르게 되자, 칼리굴리오는 마왕을 만만하게 보고 있었다는 것을 깨달았다.

'폭풍룡'만 위협적인 적으로 여겼으며, 마왕 리무루와 그의 군대를 유린해야 할 상대로만 보고 있었던 것이다. 싸워야 할 상대를 적으로 인식하지 않았던 것이다.

이건 치명적인 실수였다.

하지만 포기하기에는 아직 이르다. 칼리굴리오에겐 미니츠라는 희망이 남아 있었다.

"진정해라. 내가 가장 신뢰하는 남자인 미니츠 소장이 미궁 안에 침입한 상태다. 그러면 반드시 어떤 정보를 가지고 올 것이다. 그 결과를 기다린 뒤에라도——."

그러나 칼리굴리오는 그 말을 마지막까지 마칠 수가 없었다.

"아뇨, 지금 바로 철군해야 합니다, 칼리굴리오 공."

갑자기 텐트로 들어온 남자가 허가도 받지 않고 그렇게 진언했기 때문이다.

"누구냐, 네놈은?!"

참모가 물었다.

위병은 대체 뭘 하고 있었는지를 생각하면서, 칼리굴리오는 그 남자를 바라봤다.

다친 것 같지는 않았지만, 제복이 피투성이가 된 것이 마음에 걸렸다. 여기 있는 자들은 아무도 전투에 참가하지 않았을 것이니, 생각할 수 있는 건 별동대의 생존자이거나, 혹은——.

"나는 크리슈나라고 한다. 이틀 전에 미궁에 들어간 100명 중한 명이며, 임페리얼 가디언(제국황제 근위기사단)의 서열 17위다."

그 말을 듣고, 그 자리에 있던 자들이 모두 경악했다. 그리고 그건 칼리굴리오도 마찬가지였다.

"이, 임페리얼 가디언이라고?"

"황제 근위기사가 왜 여기 있는 거지?"

동요하는 참모들.

그러나 역시 지휘관은 다르다고 할까. 맨 처음 냉정함을 되찾은 것은 칼리굴리오였다.

"지금은 이런 얘기를 할 때가 아니다! 크리슈나 공이라고 했던가. 우선은 상황을 들려줄 수 있을까?"

일갈하여, 그 자리를 진정시켰다.

크리슈나는 시선만으로 감사의 뜻을 밝힌 뒤에, 서둘러 현재의 상황을 설명했다.

"단적으로 말하자면 그 미궁은 위험하오. 그대들에게 말해도 모르겠지만, 서열 35위인 바잔과 서열 94위인 레이하도 죽었소. 미니츠 소장까지도 내 눈앞에서 죽었지. 확증은 없지만, 캔자스 대령도 죽었을 거요. 미궁 안에 생존자는 없다. 그렇게 생각해도 틀림이 없을 것이오!"

모두 그 말을, 망연자실한 표정으로 듣고 있었다.

거짓말이다——라고 소리치고 싶은 칼리굴리오였지만, 크리슈나의 눈은 진지했다. 그 말은 진실이라고 온몸으로 호소하고 있었다.

애초에 그의 얼굴은 본 적이 있었다. 크리슈나는 확실히 이틀 전에 보낸 자들 중의 한 명이라는 것을, 칼리굴리오는 기억하고 있었던 것이다.

(되살아났단 말인가. 그렇다면 '부활의 팔찌'를 가지고 있었단 말인가. 그것도 모조품이 아니라 진짜를. 그렇다면 이 녀석은 진짜라고 생각해도 틀리지 않겠군.)

칼리굴리오는 격노하고 싶은 기분과는 반대로, 애써 냉정하게 생각했다.

가드라가 제출했던 '부활의 팔찌'는 두 개.

한 개는 기술국에서 해석하여, 모조품의 제작에 도움을 주었다.

그리고 또 한 개는 황제폐하에게 헌상했다. 아마도 그 '팔찌'를 대여 받은 덕분에 크리슈나는 부활할 수 있었을 것이다.

이로 인해 '부활의 팔찌'의 소생효과가 확인되었지만, 복제품에겐 효과가 없었다는 것도 또한 확인된 셈이다.

그 말인 즉, 미궁 안의 장병들은 진짜 전멸했다는 얘기가 될 것이다.

50만 이상이나 되는 장병들이 전원 사망── 그 사실을 떠올리면서, 칼리굴리오의 얼굴은 새파래졌다.

그러나 지금은 그럴 때가 아니었다.

크리슈나의 설명은 아직 끝나지 않은 것이다.

"그리고 우리를 죽인 상대 말인데, 마왕은커녕 그 부하인 사천왕도 아니었으며. 이름도 들어본 적이 없는 마인이었소. '십걸'이라는 자들 중 한 명이라고 하는데, 그 녀석은 격이 달랐지."

애초에 '십걸'이라는 것만으로 아크 데몬(상위마장)에 필적하거나 그 이상의 전투력을 보유하고 있었다. 그런 괴물들 중에서도 제기온이라고 이름을 밝힌 마인은 차원이 다른 강함을 자랑하고 있었던 것이다.

크리슈나도 절대 이길 수 없다는 생각이 들게 만들 정도로.

"한 번 더 말하지만 지금은 철군합시다. 이건 절대 수치스러운 일이 아니오. 살아남은 장병들을 구하기 위해서라도 지금 바로 결단을 내려주길 바랍니다!"

그런 크리슈나의 열의를 보면서, 간부들은 주춤거렸다. 그의 말은 틀림없이 진실이었다. 망설이고 있을 시간이 없다고, 모두가 그렇게 직감하고 있었다.

"……마왕이 아니라고? 아크 데몬 급의 괴물이 우글거리고 있다고? 그 정도란 말인가? 신참이라고 얕보고 덤볐던 마왕이, 어떻게 이 정도로 강한 전력을 보유하고 있단 말이냐——!!"

더 이상 참을 수 없다는 듯이, 칼리굴리오가 절규했다.

그걸 신호로, 참모들이 소란을 피우기 시작했다.

"지금 당장 철군합시다! 이건 우리만의 책임이 아닙니다. 정보국의 태만도 원인이 되지 않겠습니까!"

"그 말이 맞습니다. 마왕 리무루가 움직이기 전에 지금 살아남은 자들만이라도 도망쳐야 합니다!!"

각자 앞 다퉈서 의견을 올리는 참모들. 늘 서로 반목하고 충돌하는 일도 많았던 그들이었지만, 이때만큼은 의견이 일치하고 있었다. 자신의 몸에 위기가 닥쳐왔음을 본능적으로 깨달은 것이다.

그리고 마지막으로 미샤가 입을 열었다.

"잊어버리고 미처 보고하지 못 한 게 있습니다만, 우리를 괴멸로 몰아넣은 것은 사룡 베루도라가 아니었습니다. 누군가의 핵격 마법으로 인해 우리 군은 치명적인 타격을 받은 것입니다. 그것도 두 번이나. 레기온 매직(군단마법)을 쉽게 파괴할 수 있는 규모의 마법이었죠. 그 마법을 쓴 자도 위협적인 존재입니다만, 제가 하고 싶은 말은 달리 있습니다. 그건 즉——."

그 다음 말을 듣지 않아도 모두 이해했다.

이 땅에는 아직 '폭풍룡' 배루도라가 대기하고 있다는 것을.

칼리굴리오는 결단을 내리고 명령을 내렸다.

"병사들을 모아라! 되돌아간다. 일단 지금은 본국을 향해서 되돌아간다!!"

어디까지나 이건 후퇴가 아니라 전진이라고, 칼리굴리오는 자신을 설득시키려는 듯이 그렇게 외쳤다. 그게 궤변이라는 것을 잘 알고 있지만, 그렇게라도 생각하지 않으면 불안감으로 자기 자신이 짓눌려질 것 같았던 것이다.

궤변이든 아니든, 이 자리에서 도망칠 수 있다면 문제는 없다. 참모들은 그렇게 생각하여, 그 명령에 즉시 따르려고 했다.

하지만 그 결단은 너무 늦었다.

상황은 이미 움직이기 시작하고 있었다.

그건 성난 파도와 같은 흐름으로 바뀌었으며, 소용돌이치는 거센 물줄기가 칼리굴리오와 부하들을 집어삼키기 위해서 밀려들었다.

제국군의 운명—— 그건 이미 끝난 상태였던 것이다.

*

칼리굴리오의 명령을 지우려는 듯이 텐트 안에 낮고 또렷한 목소리가 울려 퍼졌다.

"그건 곤란하지. 주인마님께선 너희들의 철군을 허용하지 않겠다고 말씀하셨다."

어수선해진 사령부에 찬물을 끼얹듯이, 그 남자는 유유히 나타났다.

텐트의 입구 쪽으로 시선이 집중되었다. 그 자리에 서 있던 자는 칼이라고 부르는 무기를 허리에 찼으며, 이국풍의 차림을 한 남자.

금색이 알록달록하게 들어간 백발을 뒤로 넘겨서 하나로 묶었다. 길게 뻗은 흰 수염과 주름이 가득한 얼굴. 그러나 그 날카로운 눈빛과 곧고 반듯하게 선 자세가, 그 남자가 늙었다는 사실을 깨닫지 못하게 했다.

"누구냐?"

크리슈나가 한 발 앞으로 나서면서 물었다.

"이거 실례했군. 내 이름은 아게라. 주군인 카레라 님으로부터 이번에 사자로 임명된 자이다."

남자의 정체는 아게라였다.

평화주의자인 리무루이기에, 일단은 항복을 권고하기 위해 사자를 보내기로 결정한 것이다.

제국군이 수락할 것을 기대한 자는 적었으며, 오히려 자신의 실력을 보여줄 기회를 잃은 것을 슬퍼하는 자가 더 많을 정도였다. 그러나 몇 안 되는 상식인 중의 한 명인 아게라가 이렇게 하는 것이 무인의 예의라며 주장했고, 그 의견을 게루도가 받아들였다. 그리고 모미지도 반대하지 않았기 때문에 사자의 역할을 명받고 여기까지 찾아온 것이었다.

애초에 이 행동은 템페스트 군이 준비를 갖추기까지 시간을 번다는 의미도 컸다.

제국군이 철저항전하려고 하든 항복하려고 하든, 그건 둘 다 상관없었다. 하지만 도망치는 것은 허용할 수 없다.

이번 침공에 참가한 자들에겐 모두 벌을 내릴 것이다. 그게 리무루가 내린 결단이었던 것이다.

아게라는 그 의사를 존중하고 있었다.

따라서 이 자리에서 칼리굴리오와 부하들이 도망치는 것을 그냥 보고 넘어가줄 생각은 절대 없었던 것이다.

그런 아게라에게 참모 한 명이 소리를 질렀다.

"사자라고? 주인마님이라면 마왕 리무루를 말하는 거냐?"

그 질문을 듣고, 아게라는 아주 짧은 순간 표정이 험악해졌다.

"우리의 위대하신 주인마님의 이름을 함부로 부르다니, 참으로 오만하구나. 죽음으로써 반성해라."

그 말이 끝남과 동시에, 그 질문을 한 참모의 목이 떨어졌다.

이 자리에 있던 자들은 아게라가 검을 뽑는 기척을 전혀 느끼지 못했다. 가장 가까이에 있던 크리슈나까지도 아무런 반응을 하지 못했을 정도였다.

이 한 번의 칼부림으로 아게라는 이 자리를 지배했다.

모두가 입을 다문 가운데, 낭랑하게 요구사항만을 전했다.

"내 말을 들을 자세가 된 것 같군. 그럼 전하겠다. 지금 즉시 무장을 해제하고 항복하라. 그렇게 하면 노예로서 생명은 안전하게 보장해주겠다. 거역하겠다면 그것도 좋다. 각자의 무력으로 승부를 결정내기로 하자. 1시간만 기다려주겠다. 항복하겠다면 그 전에 우리에게 알리도록 해라."

그 말만 남기고 아게라는 등을 돌렸다.

칼리굴리오는 이때, 필사적으로 머리를 굴리면서 어떤 게 최선인지를 생각했다. 그리고 일말의 희망을 걸고 아게레에게 교섭을 시도하기로 한 것이다.

"잠깐 기다려라! 아니, 실례했군. 잠시 기다려주시오."

"뭔가?"

아게라는 걸음을 멈추고, 칼리굴리오 쪽으로 돌아봤다.

"실례, 내 이름은 칼리굴리오라고 하오. 이 군단의 군단장이며, 이번 작전의 최고책임자이지."

"흠. 그래서 용건은 뭐지?"

아게라의 목적은 시간벌이였기 때문에 서둘러 돌아갈 필요는 없었다. 흥미는 없지만, 칼리굴리오의 얘기를 들어주기로 했다.

그런 아게라의 반응을 보고, 칼리굴리오는 교섭에 희망을 맡겼다.

"아게라 공, 방금 전에 항복하면 받아주겠다고 말했는데, 조건을 다시 검토해줄 수는 없겠소? 노예로 삼겠다는 것은 너무 심하군. 그건 도저히 받아들이기 어려운 조건이오."

칼리굴리오의 갑작스러운 발언을 듣고, 참모들은 하나같이 놀랐다. 하지만 여기서 반대 의견을 입에 올릴 자는 없었다. 모두가 이 상황이 불리하다는 것을 이해하고 있으며, 이 교섭의 행방에 희망을 맡기기로 했기 때문이다.

아게라가 여전히 말이 없는 것을 좋게 해석하면서, 칼리굴리오는 일방적으로 얘기를 계속했다.

"이대로 우리가 죽음을 각오하고 싸우는 것보다, 그쪽도 승리를 얻으려면 더 큰 피해를 입게 될 거요. 노예로 삼는 게 아니라, 우리를 일단 놓아줄 순 없겠소? 물론 배상금은 지불할 것이며, 앞으로 일절 침공하지 않을 것을 약속하겠소. 아니, 그뿐만이 아니오! 나는 본국에 돌아가 황제폐하께 귀국과 동맹을 맺자는 의견을 드리려는 생각을 하고 있소이다! 제국과 귀국이 손을 잡는다면 이 세계를 지배하는 것도 실로 간단할 거요. 다른 마왕들보다도 우세한 위치에 설 수 있을 테니, 마왕 리무루 폐하께서도 손해볼 얘기는 아니라고 생각하는데? 우리는 은혜를 잊지 않겠소. 어떻소이까? 마왕 리무루 폐하께 내 말을 전해줄 순 없겠소?"

칼리굴리오는 필사적으로 소리를 높여 말했다.

현재 상황을 생각해보면, 드워르곤 공략과 미궁공략은 완전히 실패했다. 작전에 종사한 장병들은 전원 사망한 것이다.

살아남은 것은 이 자리에 있는 채 20만 명이 안 되는 자들. 이번 침공은 누가 보더라도 대실패였다.

일이 이 지경까지 이르렀으면, 칼리굴리오도 인정할 수밖에 없었다. 그 사실은 이미 인정한 상태에서 살아남은 자들만이라도 무사히 본국으로 귀국시키자고 생각한 것이다.

그게—— 그것만이 칼리굴리오가 질 수 있는 책임이었다.

하고 싶은 말을 끝내고, 아게라의 반응을 기다리는 칼리굴리오.

자신들에게 유리한 얘기라는 것은 이해하고 있지만, 승산이 없는 것은 아니었다.

처음보다 그 수가 대폭 줄어들긴 했지만, 20만이라는 수도 대군인 것이다. 숫자로는 마왕군에게 밀리지 않을 것이며, 이 정도의 숫자가 죽을 각오를 하고 반항하여 싸운다면 마왕 리무루에게도 분명 달갑지는 않을 것이다.

지상은 미궁과 달리 죽어도 되살아날 수 없다. 그러므로 완전한 승리를 실현하게 될 이 제안은 일고의 가치가 있다는 판단을 내릴 것이 틀림없었다.

적어도 눈앞에 있는 아게라가 대답해줄 수 있는 제안이 아니다. 반드시 마왕 리무루에게 전해질 것이다.

마왕 리무루에게 이 제안이 전해지기만 하면 그때부터가 본격적인 시작이다. 모두를 놓아주는 것은 허용해주지 않는다고 해도 일부의 자들만이라도 놓아주도록 교섭하면 된다.

가능하다면 자신을.

(노예로 삼겠다는 건 목숨까지는 빼앗을 생각이 없다는 뜻이겠지. 마왕답지 않게 마음이 약하지만, 이번에는 그 덕분에 살아날 수 있을 것 같군. 말단인 장병들은 나중에 다시 사들이면 된다. 지금은 어떻게 해서든 본국으로 돌아가서 폐하께 이 상황을 전해야만 해.)

칼리굴리오는 그렇게 생각했다.

자신의 목숨은 아깝다. 하지만 그 이상으로 장병들을 한 명이라도 더 많이 구하고 싶다. 그리고 정확한 정보를 황제폐하에게 가져가야 하는 것이다.

그게 칼리굴리오의 거짓 없는 본심이었다.

적의 전력을 너무나도 낮게 계산하고 있었다. 그게 이번의 패인이지만, 이건 어떤 의미로는 불가항력이었다.

드워르곤, 템페스트, 그리고 서방열국. 이 세 세력을 동시에 상대하더라도 이번 작전이라면 승리할 수 있을 것이라 자부하고 있었다.

절대적인 승리를 확신하고 있었는데, 결과는 이 모양이었다.

마왕 리무루의 부하 중에 디재스터(재화)급에 해당하는 괴물이 여럿이나 있다니, 그런 말도 안 되는 사실을 상상할 수 있을 리가 없었다.

이번 실패로 칼리굴리오의 실추는 면할 수 없겠지만, 이 이상의 희생은 제국의 근간조차도 무너트릴 수 있다. 지금은 자존심을 버려서라도 일단 물러났다가, 앞으로의 재건에 희망을 걸어야 했다.

칼리굴리오는 욕망은 컸지만 무능하진 않았다. 그렇기에 이런 제안을 한 것이다.

(마왕 리무루가 내 목숨을 바란다면 그것도 어쩔 수 없지. 누군가가 반드시 루드라 폐하에게 정보를 가져다 줄 것이다. 그러면 이번 패전에도 의미를 찾을 수 있어…….)

자신은 희생이 되어도 좋다는 각오로 교섭에 임한 칼리굴리오.

하지만 모든 것이 너무 늦었다.

"이 지경인데도 자신들이 의견을 낼 수 있는 입장이라고 생각하는가? 테스타로사 님의 자비를 걷어찬 시점에서 네놈들의 운명은 정해진 것이다. 따를지 반항할지는 알아서 선택하도록 하라."

그게 아게라의 대답이었다.

아무도 움직이지 못하는 가운데, 아게라는 유유히 텐트를 떠났다.

마지막으로 한 마디, "결코 도망칠 수 있을 거라는 생각은 하지 마라"는 말을 남기고.

"어떡할 거죠?"

망연자실하게 서 있는 칼리굴리오에게, 미샤가 예의를 차리지도 않은 말투로 물었다.

잠시 동안 침묵이 이어졌으며——.

"……싸울 수밖에 없겠지. 우리의 목숨은 전부 황제폐하의 것. 노예가 된다면 목숨은 부지할 수 있겠지만, 그런 굴욕을 달게 받아들였다간 황제폐하를 뵐 면목이 서지 않는다!"

조용히, 그리고 결의를 담아서, 칼리굴리오가 결단을 내렸다.

"하지만 마도전차도 매직 캔슬러(마력요소교란방사)도 없습니다. 힘든 싸움이 될 것 같은데요?"

"상관없다. 이미 목적은 생존이 아니라, 황제폐하에게 정보를 가지고 돌아가는 것에 중점을 둘 테니까! 아무리 많은 장병을 희생한다고 해도 너희들은 도망치는 거다."

"——?! 자, 잠시만 기다려주십시오!"

"그, 그럼 각하는 어떡하실 생각입니까?"

"그야 뻔하지. 제국군인의 긍지를 마물들에게 보여줄 것이다!"

절망적인 상황이 되어서야 겨우 칼리굴리오는 사욕을 버렸다. 그 결과, 순수한 군인으로서의 긍지를 되찾은 것이다.

분위기가 바뀐 칼리굴리오를 보고, 부관이랑 참모들의 표정도 바뀌었다.

"각하 혼자만 남겨두고 도망친다니, 그 정도로 수치를 모르는 자는 여기에 존재하지 않습니다."

"그렇습니다. 최후의 발악이라, 재미있지 않습니까?"

"아직 패배가 정해진 건 아닙니다! 지금부터가 기갑군단의 진짜 실력을 발휘할 때입니다!"

각자가 기세를 올리면서, 사기를 높이기 시작했다.

미샤는 그런 분위기 속에서 혼자 한숨을 쉬었다.

"그러면 저는 도망치도록 하겠습니다. 전 남성분들의 자살에 어울려드릴 정도로 갸륵한 성격이 아니라서 말이죠."

미움을 받는 역할은 자신이 맡겠다는 듯이, 손을 팔랑팔랑 흔들면서 그렇게 선언했다.

쓴웃음을 짓는 칼리굴리오.

"미안하군. 너라면 유우키 애송이와도 연줄도 있겠지. 황제폐하에겐 내 무능함을 똑바로 전해다오."

"잘 알겠습니다, 각하."

자신도 쓴웃음을 지으며 답례하는 미샤.

아무도 미샤를 말리지 않았다. 여기서 도망치는 것이 결코 편한 여정이 아니라는 것을 이해하지 못하는 없었던 것이다.

"호위를——."

"그렇다면 그 역할은 우리가 맡도록 하겠소."

칼리굴리오의 말이 끝나기가 무섭게, 텐트 안으로 누군가의 실루엣이 출현했다. 그 정체는 바로 방금 전에 미궁에서 탈출한 버니와 지우였다.

"'더블오 넘버(한 자릿수 숫자)'——!"

"크리슈나인가, 오랜만이군. 여기에 남아 있어도 죽을 뿐이야. 자네도 함께 가겠나?"

그 말에 말문이 막히는 일동.

제국의 최강 전력인 '더블오 넘버'가 패배를 예견하는 말을 입에 올린 것이다. 그 사실이 지금부터 자신들을 기다리고 있을 싸움의 혹독함을 얘기해주고 있었다.

"——아뇨. 저는 칼리굴리오 공과…….."

"그런가. 그러면 반드시 폐하께 자네들의 활약을 전해드리겠다고 약속하지. 자네들의 죽음은 개죽음이 아니라 명예로운 전사가 되겠지. 사력을 다해서 싸우도록 하게. 그러면 그 싸움에는 반드시 의미가 생길 테니까."

버니의 말이 무겁게 울려 퍼졌고, 지우도 말없이 동의했다.

그리고 두 사람은 미샤를 데리고 재빨리 이 자리에서 물러났다.

남은 자들은 죽음을 각오했다.

"사자가 지정한 시간을 지킬 필요는 없다. 적군의 정비가 끝나기 전에 최대위력의 타격을 날려주는 거다!"

칼리굴리오의 명령은 순식간에 말단에게까지 전해졌다. 그리고 최후의 결전을 향해 전력을 다할 수 있도록, 모두가 분주하게 움직이기 시작했다.

●

"그런가, 결전을 택했는가."

게루도는 분주하게 움직이기 시작한 제국군을 보면서 경의를 표했다.

아직 자신들의 승리가 확정된 것은 아니다. 그러기는커녕 수적으로는 압도적으로 불리했던 것이다.

방심은 금물이다. 부상을 입은 호랑이를 상대하다가 사망자가 나오는 건 결코 있어선 안 되는 일이었다.

게루도가 이끄는 제2군단의 역할은 방위다. 최전선을 유지하며, 후방에 대기 중인 화력부대를 지켜내는 것이다. 그렇게 하여 승리를 손에 넣는다는 계획이다.

이건 드워프들이 잘 쓰는 전술이었다. 벽이 되는 부대의 뒤쪽에서 강력한 공격마법을 날리는 작전인 것이다.

단순명쾌해서 게루도의 부대에게 잘 어울렸다.

화력담당인 제4군단의 지휘를 맡은 것은 텐구인 모미지였다.

"서방님을 위해 승리를!!"

그렇게 말하면서 모인 자들을 격려하던 모습이 절로 미소를 자아냈다.

주위에서부터 공략하는 그녀의 모습을 보면 상당한 책사 못지않다. 어느새 해자는 메워져 있으며, 정신을 차려보면 기정사실이 완성되어 있을 것 같다.

전략 단계에서 베니마루는 모미지에게 지고 있는 게 아닌가 하고 게루도는 생각했지만, 본인도 의외로 그런 상황이 전혀 싫지만은 않을지도 모른다.

정말로 싫다면 벌써 예전에 대처했을 것이다. 그렇지 않으면 '대원수'라는 이름이 아까우니까.

문제는 베니마루를 사모하는 여성들이 많다는 점이랄까.

그중에서 유명한 것은 알비스다.

모미지와 격렬한 경쟁을 벌이고 있다는 사실은 간부들 사이에선 명물이 되어 있을 정도였다. 과연 모미지가 승자의 자리에 앉을 수 있을지는 뚜껑을 열어볼 때까지는 알 수가 없다.

이번에도 알비스는 원군으로 달려왔으며, 게루도의 입장에서도 어느 쪽을 응원하면 좋을지 망설여질 정도였다.

(이것만큼은 아무래도 역시 슬퍼하는 자가 나오게 될 테니까 말이지. 너무 깊이 개입하지 않는 것이 좋겠어.)

그렇게, 무인답지 않은 결론에 도달하는 게루도.

그대로 마음을 새로이 다잡으면서 한 번 더 부족한 게 없는지 확인하기 시작했다.

후방에 대기시킨 부대의 지원태세는 만전을 기했으며, 공격수단에도 문제는 없었다.

모미지가 이끄는 본군만이 아니라, 시온이 이끄는 별동대랑 알비스가 이끄는 원군도 있다.

연계에 관해선 베니마루가 있는 이상 불안할 게 없었다.

(내가 제 역할을 완전히 소화하면 패할 일은 없다.)

게루도의 방어는 그야말로 철벽이다.

옐로 넘버즈(황색군단)과 오렌지 넘버즈(주황색군단)의 정예를 합쳐서 17,000명. 이 전사들이 게루도의 유니크 스킬인 '지키는 자(수호자)'를 통해 철벽의 방어를 부여받고 있었다. 더구나 쿠로베랑 가름이 만들어준 무기와 방어구로 인해, 게루도 부대의 강도는 포탄에도 버텨낼 수 있을 정도로 강화되어 있었다.

또한 게루도의 유니크 스킬 '채우는 자(미식자)'의 위장을, 군단이 공통으로 사용할 수 있는 것은 큰 이점이다. 어느 정도의 상처라면 후방에 있는 지원부대의 마법으로 치유할 수 있는데다, 큰 부상을 당해도 즉시 회복약을 사용할 수 있으니까.

유사시를 대비해서 게루도의 '위장' 안에는 대량의 회복약이 상비되어 있었다. 이번 전쟁뿐만 아니라, 각종 사태에 대처할 수 있도록 하라면서, 리무루가 제조한 회복약을 비축시켜주었던 것이다.

품질열화도 일어나지 않으므로, 보존하기에도 최적이었다. 이번에는 그걸 아낌없이 사용해도 된다는 허가도 받아놓았다.

병참의 개념으로 생각해봐도 이동하지 않은 채 그 자리에서 물자의 보급이 가능한 그 부대는 더할 나위 없이 믿음직한 존재다. 마물들이 자신의 육체를 통해 구축한 튼튼하고 강력한 방벽으로서 기능할 것이다.

패할 리가 없다──고 게루도는 생각했다.

나머지는──.

게루도는 시선을 상공으로 돌렸다.

그곳에 보이는 것은 게루도의 부대에 배속된 '카레라'라는 이름을 가진 무관의 모습이었다.

(리무루 님이 기대하실 정도의 힘이라니, 나도 즐겁게 감상하도록 하지.)

결전까지는 이제 얼마 남지 않았다.

게루도는 흥분으로 몸이 떨리는 것 같은 기분을 느끼면서도 조용히 그때가 오기를 기다렸다.

●

게루도의 시선 끝, 상공에 정지해 있던 카레라.

그녀는 자신을 따르는 두 명과 함께 제2군단에 배속되어 있었지만, 지금은 별도로 행동 중이었다.

리무루로부터 첫 공격을 맡는 선봉이라는 영예를 받은 것이다.

무인인 게루도는 흔쾌히 그녀들을 받아들여주었으며, 하고 싶은 대로 하라는 말을 해주었다. 참으로 호감이 가는 인물이었으며, 카레라도 마음이 통하는 상대라고 인식하고 있었다.

카레라는 리무루로부터 게루도를 지키라는 밀명을 받은 상태였다. 아마 테스타로사나 울티마도 그럴 것이다. 간부들이 대처할 수 없을 정도의 강자가 제국군에 있을 경우, 그 상대를 하여 시간을 버는 것이 카레라를 비롯한 악마들의 진짜 역할이었던 것이다.

하지만 지금은 다르다.

선봉을 맡는 입장이 된 지금, 같이 있을 이유는 없게 되었다. 사실 게루도 부대가 철저하게 벽의 임무를 수행하는 중에는 카레라 일행이 나설 차례가 없었다.

지금은 어떻게 적을 섬멸할 것인가, 그걸 생각하는 게 선결 과제였다.

그런고로, 상공에서 핵격마법을 날리려고 한 카레라.

"자~~~잠깐만 기다리십시오! 카레라 님, 지금 뭘 하시려고 한 겁니까?"

사자의 역할을 마치고 지금 막 돌아온 아게라가 황급하게 카레라를 막으려고 끼어들었다.

제국군을 상대할 때의 그 냉철한 모습은 그 자리에 없었다. 카레라 앞에선 아게라도 주인을 돌보느라 고생하는 한 사람에 지나지 않았던 것이다.

아게라는 좋지 않은 예감이 들어서 서둘러 돌아왔는데, 아무래도 그건 잘한 일인 것 같았다. 민감하게 기척을 탐지하여 카레라의 행동을 완벽히 읽어냈고, 오랜 세월을 거쳐 단련된 시종으로서의 감이 날카롭게 작용하고 있었다.

"어라? 아게라, 돌아온 거야? 여러모로 생각해봤는데, 지금은 역시 연습이 필요할 것 같더라고. 본격적으로 전투가 벌어졌을 때 실수하지 않으려면 말이지!"

카레라는 시끄러운 잔소리꾼이 없는 틈에 저질러버리자고 생각했지만, 방해를 받았음에도 불구하고 전혀 개의치 않는 모습이었다. 이게 평소의 행동이라는, 실로 명확한 증거였다.

"연습, 이라고요?"

"응, 그래. 상공에서 핵폭발을 일으키는 것뿐이라면 조금 큰 불꽃놀이처럼 끝나고 말 거잖아? 약간의 여열로 지상도 노릇노릇하게 타버리겠지만, 그 정도는 애교로 넘어갈 수 있을 거야. 어때? 이러면 문제가 없겠지?"

"대단하십니다. 완벽해요! 역시 카레라 님입니다!!"

자랑스럽게 말하는 카레라를, 옆에 서 있던 소녀가 한껏 칭송했다. 그 소녀는 아게라와 동격인 파트너—— 에스프리였다.

사랑스러운 외모를 가지고 있지만, 성격은 너무나도 나쁘다. 최악이라고 말해도 과언이 아니었다. 이래보여도 실력은 확실하기 때문에 아게라 입장에서도 처치곤란한 존재였다.

원래는 동료라면 같은 고생을 서로 나눠야 하는 사이이다. 그런데 에스프리는 카레라를 추종하기만 할뿐 전혀 도움이 되지 않았다.

한 번도 카레라에게 간언하지 않았으며, 그녀의 뜻에 따라 행동할 뿐이었다. 손해보는 역할을 전부 아게라에게 떠넘기고, 자신은 철저하게 카레라의 아부에만 치중하는 악랄한 여자였다.

그 결과, 모든 고생은 아게라에게 넘어오는 원하지 않은 환경이 만들어지고 만 것이다.

이성을 유지한 채 악의를 행동으로 옮기는 테스타로사나 더 큰 잔인함을 추구하는 울티마도 어지간하다는 생각은 들었다. 하지만 악의가 없다고 해서 그걸로 끝날 문제가 아니다.

주위에 끼치게 될 민폐를 돌아보지도 않고 늘 자신의 힘을 있는 대로 써버리는 카레라는 아게라의 입장에선 정말 난감한 주군이었던 것이다.

피해가 좀 커졌네, 라고 말하면서 웃어도 전혀 달갑지 않았다. 같이 웃을 수 있는 마음이 들지 않는 것이다.

그 점에서 동료인 에스프리는 카레라와 감성이 비슷하기 때문에 아무런 고민도 없는 것 같았다. 그 사실이 아게라에겐 너무나 부럽게 느껴졌다.

"대단하긴 뭐가——!! 넌 그 입 좀 닥치고 있어!!"

고생을 도맡아하는 역할인 아게라는 일단 무책임한 에스프리에게 성난 목소리로 소리쳤다. 그런 뒤에 카레라 쪽을 돌아보면서, 어린아이에게 얘기하듯이 정성껏 설명하기 시작했다.

"——잘 들으십시오, 카레라 님. 지금 저는 사자로서 적진을 찾아갔었죠?"

"응, 그랬지."

"그렇다면 시간이 될 때까지 손을 대지 않는 것이 전장에서의 규칙입니다."

"뭐? 하지만 이건 연습인데?"

"연습이라도 안 되는 건 안 되는 겁니다!"

아게라의 상사인 카레라는 브레이크가 듣지 않는 폭주차량 같은 성격을 갖고 있다.

말리는 것이 너무나 힘든 것이다.

힘만은 압도적인만큼 처리하기가 벅찼다.

평소에도 늘 마왕 레온을 있는 대로 자극하고 있었다. 매일처럼 핵격마법을 쏴댔으며, 도발을 되풀이하고 있었다. 마왕 레온이 어른이었기 때문에 전쟁으로 번지진 않았지만, 만약 다른 마왕이었다면 이미 큰 전쟁이 일어났을 것이다. 그리고 날뛸 수 있는 만큼 실컷 날뛰다가 결국엔 마계로 돌아가게 되었을 것이 틀림없다.

카레라의 목적은 찰나적인 향락이었으므로, 전쟁의 승패에는 무게를 두지 않았다. 따라서 패해도 크게 한바탕 웃으면서 사라졌을 것이다.

본인이 졌다고 생각하지 않으니까 아무런 대미지도 받지 않으며, 반성으로도 이어지지 않는다. 그런 카레라에게 어떻게 해야 상식을 가르쳐줄 수 있을지, 그게 얼마 전까지 아게라가 했던 고민이었다.

하지만 지금은 아니다.

지금까지는 최강의 존재인 데몬(악마족) 중에서도 상위존재——지배계급자인 아게라 일행에게 명령을 내릴 수 있는 자는 없었다. 그뿐만 아니라 지배자계급의 악마들도 부릴 수 있는 힘을 가진 카레라에겐 의견을 올리는 것만으로도 목숨을 걸어야 했던 것이다.

아게라는 카레라가 마음에 들어 했기 때문에 존재가 사라지는 일 없이 그녀를 따르는 것을 허락받은 것에 지나지 않았다.

그러나 지금은 그런 카레라도 마왕 리무루의 부하가 된 것이다.

앞으로도 마왕 리무루가 카레라에게 좋은 인상을 가질 수 있도록 하기 위해서라도 참는 법을 익힐 필요가 있다고 아게라는 생각했다. 그리고 직감으로 움직이는 게 아니라, 머리를 써야 한다고도 생각했다.

그러기 위해 필요한 것은 상사인 카레라가 상식을 익히게 만드는 것이었다.

카레라도 법률 쪽으로 정해진 일이나 약속된 것을 제대로 기억하고 올바르게 대처할 수 있었다. 그렇다면 일상적인 일에 대해서도 조금쯤은 생각하고 행동해주면 좋겠다고 생각하는 아게라.

(그렇게 되면 내 고생도 조금은 줄어들게 되겠지.)

그런 조촐한 소원을 가슴 속에 품고 아게라는 날마다 노력했으며, 매일 카레라에게 쓴소리를 해주었다.

그런고로 아게라는 이때를 기다렸다는 듯이 카레라에게 설교를 늘어놓았다.

옆에서 보면 할아버지에게 꾸중을 듣는 손자 같은 모습이었지만, 본인은 그런 걸 전혀 신경 쓰지 않았다. 지금이 찬스라고 생각하면서, 계속 애기했다.

이해하기 쉽고 간결하게. 금방 질려하는 성격이라 남의 말을 듣지 않는 카레라를 상대로는 이게 너무나도 어려운 일이었다.

아게라는 아주 간절한 심정으로 카레라에게 전쟁의 관례를 설명하기 시작했다.

하지만 바로 그때.

갑자기 제국군이 움직였다.

"저기, 아게라. 네가 약속한 시간까지는 아직 많이 남았지?"

"그, 그렇습니다…….."

"그러면 저건 네 재미없는 얘기를 듣는 동안에 제국이 먼저 선수를 쳤다는 뜻이 되나?"

아게라의 온몸이 긴장했다. 이중의 의미로.

카레라는 평소에도 봐주는 것을 생각하지 않는 성격이지만, 화를 내면 폭주를 넘어서 폭발한다. 그 분노의 칼끝이 아게라에게 향한다면 살아남는 걸 포기해야 한다.

그리고 또 한 가지는 제국에 대한 분노였다.

카레라에 전쟁의 관례라는 것을 설명해주고 있었는데, 그걸 완전히 허사로 만들고 말았다. 그런 제국의 배신행위로도 여길 수 있는 폭거에 대해 아게라는 오랜만에 분노를 느끼고 있었다.

"카레라 님! 그런 영감은 그냥 내버려 두고, 저 약속을 지키지 않은 바보들을 교육시키도록 하시죠!"

에스프리가 '고맙게 생각하라고, 이 바보!'라는 뜻이 담긴 시선을 아게라에게 보내면서, 카레라의 주의를 돌리려는 듯이 제국군을 손가락으로 가리켰다.

진을 구축하는 게루도 부대.

그곳을 노리고 달려드는 20만에 가까운 잘 통제된 군대. 시야를 가득 메울 듯이 진을 펼친 제국의 장병들은 상공에서 보면 딱 좋은 먹이로밖에 보이지 않았다.

카레라가 빙긋 웃으면서 고개를 끄덕였다.

"그렇게 할까! 아게라, 물론 말리지 않겠지?"

말리면 죽이겠다는 듯이 무시무시한 기백을 띠면서 묻고 있었다.

그러나 아게라의 반응은 카레라가 예상하고 있었던 것과 달랐다.

"하긴…… 1시간 기다리겠다고는 전했습니다만, 그 전에 공격해선 안 된다고는 말하지 않았군요. 이번 실수에 대한 책임은 저에게 있는 것 같습니다."

"그래서?"

"죽고 싶어 하는 자들을 죽여주는 것도 무인의 올바른 자세라고 하겠지요. 봐줄 필요는 없습니다. 마음껏, 내키시는 대로 하시는 게 좋으리라 생각합니다."

아게라도 또한 완벽하게 각오가 되어 있었다.

악마답지 않은 상냥한 인물이긴 하지만, 주군을 바보로 여기거나 약속을 어기는 짓을 극단적으로 싫어한다. 제국은 그런 아게라의 역린을 건드린 것이다.

"좋네. 온몸이 오싹거리는걸. 난 그래서 널 정말 좋아한다니까."

아게라는 더 이상 말리려들지 않았다. 그걸 알아차린 카레라는 더할 나위 없이 기쁜 표정으로 웃었다.

"그럼 시작하자. 우리를 얕보면 어떤 꼴을 당하는지, 그걸 가르쳐주도록 할까!"

"뜻에 따르겠습니다."

"잘 알겠습니다."

이리하여 전투가 시작되었다.

제국은 몰랐다. 자신들의 행동이 사형집행의 허가를 내리게 되었다는 것을.

"자아, 그럼 핵격마법의 비라도 한 번 내려볼까?"

"그거 좋군요! 지상에 폭발의 꽃을 피운다니, 정말 근사합니다!"

──그리고 알게 될 것이다. 평소에 온화한 자를 화나게 만들었을 때, 그 보복이 더욱 과격해진다는 것을.

"아니, 그건 너무 약한 것 같습니다. 카레라 님, 주인마님의 말씀을 떠올려보십시오. '화려한 마법으로 제국군의 간담을 서늘하게 만들어줘'라고 말씀하시지 않았습니까."

"──음?"

"지금은 우리의 힘을 제대로 한 번 보여주는 것이 바로 주인마님의 바람에 따르는 것이 아니겠습니까."

과연. 그렇게 생각하면서 카레라는 눈을 크게 떴다.

아게라의 말은 실로 타당했다. 그리고 지금 늘 잔소리를 늘어놓으면서 카레라의 폭주를 막으려고 들던 아게라 본인이 카레라에게 전력을 다해서 싸우라는 말을 하고 있었다.

그 사실에 생각이 미치자, 카레라는 감개무량한 기분을 느꼈다.

"드디어 알아줬구나, 아게라. 네 말이 맞아. 나는 자신도 모르게 그만 스스로의 한계를 정해놓고 있었던 것 같아. 네 말을 듣고 눈이 떠졌어. 좋아, 지금은 비장의 수를 보여줘야겠지! 나도 성공해 본 적이 없는 대마법을, 여기서 멋지게 선보이도록 하자고!!"

카레라는 의욕을 보였다.

그것도 지금까지 본 적이 없을 정도로 한껏.

아, 큰일 났다──. 아게라는 그렇게 생각하면서 냉정함을 되찾

앗지만, 이미 때는 늦었다. 카레라는 마법발동으로 이미 의식을 집중하고 있었다.

'어떡할 거야?'라는 눈으로 에스프리가 노려보고 있었지만, 그 건 아게라도 알지 못했다. 이렇게 되면 이젠 될 대로 되도록 놔둘 수밖에 없는 것이다.

상사(카레라)가 폭주하는 바람에 나중에 꾸중을 듣게 되겠지만, 그건 그때 가서 생각하면 된다. 그렇게 마음을 단단히 먹고 이 상황을 즐기기로 했다.

이래저래 말은 많았지만, 아게라도 역시 데몬이었던 것이다.

결국, 진군을 시작한 제국군은 상공에서 날아온 공격으로 인해 궤멸되게 되었다.

레기온 매직(군단마법)을 통한 다중결계랑 최신예 기재를 이용한 대마법방어, 개개인의 높은 마법저항력에 아낌없이 투입한 성스러운 수많은 가호들. 그런 모든 방위수단이 카레라가 날린 대규모섬멸마법 앞에는 무력했던 것이다.

그 마법이란 것은 바로 핵격마법의 일종—— 크래비티 컬랩스(중력붕괴)였다.

다양한 핵격마법 중에서도 최대최강의 위력을 자랑하는 그 마법은 방대한 에너지(마력요소)양과 정밀한 마력조작을 필요로 한다.

마법의 중추가 되는 어비스 코어(흑염핵)를 방치하면 팽창하여 '뉴클리어 플레임(파멸의 불꽃)'이 발생한다. '그래비티 컬랩스'라는 것은 그걸 억제하여 압축으로 전환시키는 금단의 마법인 것이다.

그 압축이 의미하는 것은 초중력의 발생이다. 쉽게 설명하자면,

인공적인 블랙홀을 만들어내는 것이라고 말해도 될 것이다.

별의 중력자장을 비틀어서, 그 자리에 국지적인 초중력의 역장을 발생시킨다. 한정적인 초압축공간의 영향범위에 들어간 자는 전부 짓눌리고 말 것이다.

그런 마법에 노출된 제국군의 운명 같은 건 더 말할 필요도 없이 비참한 것이었다.

갑작스럽게 중력이 미친 것처럼 그 힘이 커졌다. 그 영향으로 인해 자신의 체중조차 버티지 못하면서 차례로 짓눌리기 시작하는 제국의 장병들.

개방적인 장소에 있던 것이 도리어 화근이 되는 바람에, 악마의 눈에서 벗어날 방법이 없었다. 20만 가까운 대군의 80퍼센트 이상이 그 마법의 영향범위에 사로잡혀 있었다.

장병들은 움직이지 못하게 되었지만, 이 마법의 진면목은 지금부터가 시작이다. 정확히 지정된 범위 안에서 마력의 폭풍이 미친 듯이 불어 닥쳤다. 아무도 본 적이 없을 것 같은, 역전된 거대한 폭풍우였다.

초압축공간은 한계점에 달했고, 이윽고 모든 에너지가 한 곳으로 집중되었다. 그게 반전되었을 때 소규모의 초신성이 지상에 출현했다.

하늘과 땅을 이은 칠흑의 기둥—— 그건 지옥의 뚜껑이 열린 게 아닐까 싶은 정도의 대폭발로 인해 성층권까지 휘말려 올라간 모래와 분진이었다.

이건 이미 행성 위에서 사용할 레벨의 마법이 아니었다. 범위가 지정되지 않았다면, 쥬라의 대삼림이 통째로 잿더미가 되었을 것이다.

이 마법에 레지스트(저항)할 수 있을 강자는 제국군에겐 없었다.

당연하다.

이 핵격마법 : 그래비티 컬랩스라는 것은 모든 마법이랑 물리 현상을 망라한 전(全)속성공격이니까.

이리하여 제국군은 무슨 일이 일어난 것인지 이해하지도 못한 채, 그 대부분이 먼지가 되어 소멸한 것이다.

카레라는 그 일격으로 만족했다.

난감해진 것은 제정신을 차린 아게라였다.

그렇게 하라고 부추긴 것은 자기 자신이었으므로, 뭐라고 말할 수도 없었다. 그러나 설마 이 정도의 참상을 만들어낼 줄은 아게라는 상상도 하지 못했다.

아니, '위험하지 않을까'라는 생각은 했지만, 카레라의 힘이 이 정도일 줄은 몰랐다는 것이 올바른 표현이었다.

어떻게 하지──. 이제 와서 그런 고민을 한다고 해봤자, 이렇게 된 이상 사후약방문에 지나지 않는다.

주인 때문에 고생이 많은 아게라의 고난은 이제 막 시작되었을 뿐이었다.

●

엄청나다고 생각하며, 게루도는 웃었다.

강할 것이라고 생각하긴 했지만, 카레라의 실력은 상상을 초월하는 것이었다.

"설마, 단 한 번의 공격으로 저렇게 많은 적을 처리할 줄이야. 이래선 우리가 활약할 차례가 없지 않은가."

그런 식으로 불만을 토로한 게루도였지만, 그건 진심은 아니었다.

혼란에 빠져 있지만, 제국군의 생존자는 2만 이상. 그 모든 자들이 사지에서 벗어나려고 필사적으로 게루도 부대를 향해 달려온 것이다.

수적불리는 뒤집어졌지만, 방심할 때는 아니었다. 게루도는 그걸 충분히 이해하고 있었다.

죽음의 공포를 직접 보고 겪은 제국군이 죽음을 각오한 듯한 기세로 돌격해 오고 있었던 것이다. 그 압력은 웬만한 것이 아니었다.

그러나 게루도는 동요하지 않았다.

지휘관이 평정을 유지하고 있었기 때문인지, 게루도의 부하들은 발단에 이르기까지 모두 냉정하게 적을 응시하고 있었다.

"방패, 준비!"

양쪽 군이 접촉하기까지 얼마 남지 않았을 때, 게루도가 무거운 목소리로 명령을 내렸다.

일사불란한 움직임으로 반응하는 제2군단. 다음 순간, 그들은 아무도 통과할 수 없는 벽이 되었다.

격렬한 충돌——에도 불구하고, 게루도 부대는 한 걸음도 물러나지 않고 제국군을 받아냈다. 그리고 그 후에도 게루도 부대의 벽은 일절 무너지는 일 없이, 한 걸음도 물러서지 않은 채 제국군을 다시 밀어내고 있었다.

이렇게 시작된 최종전, 그다음에 움직인 것은 시온이었다.

"돌격합니다. 리무루 님의 적을, 모조리 죽여버립시다!!"

'부활자들(자극중)'의 통솔을 받는 시온 친위대는 그 목소리가 마치 신호라도 되는 것처럼 큰 함성을 질렀다.

그 직후, 다종다양한 1만 명의 마인들이 각자 행동을 개시했다.

시온이 단련시킨, 시온의 팬을 자처하는 자들. 그 힘은 '자극중'의 지휘를 받으면서 멋대로 행동하는 것 같았지만 잘 통제되어 있었다.

그 수도 물론이거니와, 그 전투능력은 가히 특필할 만한 것이었다.

시온의 힘(능력)인 엑스트라 스킬 '모털 피어(공포패기)'를, '자극중'을 경유하여 모두가 두르고 있었다. 1만 명의 마인들은 '테러 나이트(공포기사)'로 변해 제국군을 공격한 것이다.

적의 공포심을 부추기면서, 전의를 상실하게 만들었다. 그게 엑스트라 스킬 '모털 피어'의 진수였다. 적군의 원래 실력을 봉인하고, 자신들만 일방적으로 날뛸 수 있기 때문에 그 효과는 절대적이었다.

드워프 3형제의 장남인 가름이 만들어낸 자줏빛을 띤 감색의 갑옷을 모두 착용한 상태에서, 전장에서 마구잡이로 날뛰는 시온 친위대. 그 모습은 제국군의 입장에선 악몽 그 자체였다.

그중에서도 눈길을 끄는 것은 어이가 없을 정도로 거대한 오라(요기)를 뿜어내는 세 명의 거인이었다.

시온의 '모털 피어'를 자신들의 오라와 동화시킨 상태에서, 폭력의 화신이 되어 마구잡이로 날뛰고 있었다.

그 정체는 물론, 마왕 다구류루의 세 아들들이었다.

다른 자들도 그에 뒤지지 않았다.

잘 죽지 않는 체질을 최대한 이용하여, '자극중'이 적의 시선을 끌었다. 그 사이에 다른 마인들이 적을 처리하는 작전이었다. 이로 인해 피해가 생기는 일 없이 착실하게 적군의 수를 줄이고 있었다.

고부조도 그들 중 한 명이었다.

"아아, 왠지 머리가 근질거리네요."

그런 말을 태연히 하고 있었지만, 그 머리에는 검으로 찔린 구멍이 나 있었다. 그게 조금씩 메워지는 모습은 익숙하지 않은 자의 입장에서 보면 그야말로 공포 체험이었다.

"역시 고부조 씨네요."

"그러게. 방금 그 일격은 나라면 죽었을 거야."

고부조의 부하들도 감탄할 정도로 고부조도 성장했던 것이다.

이렇게 싸우는 중에 다구류루의 아들들을 중심으로, 전장에 세 개의 소용돌이가 생기기 시작했다. 그걸 기점으로, 제국의 좌측에 붕괴가 일어나기 시작했다. 그걸 놓칠 시온 친위대가 아니었으며, 성난 파도 같은 기세로 제국장병들이 밀리기 시작했다.

죽음을 각오하고 필사적인 힘을 내서 싸우고 있던 제국장병들이라 해도 시온 친위대의 적은 되지 못했다.

개개인의 전투능력을 비교한다면 전력 면에선 그리 큰 차이는 볼 수 없었다. 그러나 그 숙련도에는 압도적일 정도의 격차가 있었으며, 레벨(기량)면에선 시온의 친위대가 상회하고 있었던 것이다.

어떤 식으로 훈련을 받으면 그렇게 되는 걸까.

시온 친위대의 멤버들은 경이적인 수준으로 전투에 특화되어 완성된 모습을 보이고 있었다.

　우익으로서 시온이 대활약을 하고 있었을 무렵.
　제국군의 우측에서도 파란이 일어나고 있었다.
　"마, 말도 안 돼! 왜 여기에── 크흐억."
　"수, 수왕전사단──?!"
　"싫어, 죽고 싶지 않── 크갹."
　원군으로서 참가한 수왕전사단과 수왕의 부하들인 마인들. 그 모든 자들이 큰 은혜를 베풀어준 리무루에게 조금이라도 그 은혜를 갚기 위해서 자신이 가진 모든 힘을 아낌없이 발휘하고 있었다.
　"저건 정말 터무니없는 괴물이네."
　"그러게 말입니다."
　알비스의 중얼거림을 듣고, 코끼리 수인인 조르가 고개를 끄덕였다.
　본 적도 들은 적도 없는 대마법이 눈앞에서 전개되고 있었다.
　하늘과 땅을 이은 불길한 기둥은 순식간에 십 수만 명의 제국 장병들을 재로 만들고 있었다. 그러고도 위력은 줄어들지 않았으며, 그 폭위를 전장에 끝없이 드러내고 있었다.
　그 일격으로 승리는 확실해졌다.
　남은 문제는 숨어 있는 강자가 아직 남아 있는가 하는 것이다.
　그걸 확인할 필요가 있기 때문에 이번 전투에선 적의 도망을 허용하지 않은 것이다.
　평소의 온화한 리무루를 알고 있는 알비스이기 때문에 더더욱 그 철저한 방침에 공포를 느꼈다. 그와 동시에 마왕이란 존재는 이래야 한다고 깊이 납득하고도 있었다.

"2만 명이나 되는 군대로 달려왔지만, 과잉전력이 되고 말았네. 이래선 도저히 은혜를 갚았다고 으스대지도 못하겠어."

"애초에 은혜를 다 갚은 축에 들지도 않습니다."

"그 말이 맞네. 그럼 최소한 리무루 폐하를 슬프게 하지 않도록 노력할까. 죽는 건 아예 논외야. 누구 하나 다치지 않도록 전력을 다해 싸우도록 해."

"다들 들었겠지? 수왕의 부하라는 긍지를 가슴에 품고, 마지막까지 방심하지 말고 전력을 다해 싸워라!!"

조르가 으르렁대면서 소리치자, 수왕전사들이 그 목소리에 호응했다.

그리하여 제국군의 우측에서도 짐승들의 진격이 시작된 것이다.

이 시점에서 전세는 이미 정해져 있었다.

후방은 대마법의 폭위적인 위력에 의해 좌우할 것 없이 철저하게 유린되었고.

제국군은 이젠 포위된 채 섬멸되기만을 기다리는 꼴이 되어 있었던 것이다.

그런 상황을, 모미지는 차가운 눈으로 바라봤다.

머리는 냉정하게 유지하고, 마음은 격렬하게 불태우면서.

"슬슬 때가 되었군. 인정어린 불꽃으로 적을 고통에서 구해주도록 하죠."

그렇게 중얼거리면서, 고부아에게 신호를 보냈다.

그 순간, 제4군단은 호흡을 정확히 맞춰서 그 요기를 높이기 시작했다.

고부아를 통해 '쿠레나이(홍염중)'에 지령이 전달되었고, 각 부대원에게 '사념전달'이 날아들었다. 그리고 그와 반대의 과정으로 각 부대원이 높인 요기는 '쿠레나이'에게 전해졌고, 훌륭하게 조화를 이루기 시작했다.

그걸 하나로 묶는 것이 모미지의 역할이었다.

"정말로 괜찮겠습니까?"

약간 불안한 말투로 고부아가 물었다. 그러나 그 걱정을 모미지는 일소에 부쳤다.

"베니마루 님의 아내가 될 자가 이 정도도 할 줄 몰라서 어떡하겠어요."

그 태도에는 흔들리지 않는 자신감이 있었다.

이 모인 요기를 한 번 더 하나로 모아서 화력으로 바꾼 뒤에 적군에게 날릴 것이다. 그게 모미지의 제안이었다.

단순명쾌한 작전이지만, 요기의 통합에 실패한다면 폭발하는 사태도 생각할 수 있다. 그렇게 되면 전선을 유지하고 있는 게루도 부대에게까지 피해를 끼치게 될 것이다. 고부아가 불안해하는 것도 당연하지만, 모미지의 자신감을 보면서 입을 다물었다.

모미지는 베니마루의 대리로서 군을 맡고 있는 것이다. 모미지를 의심하는 것은 베니마루를 믿지 않는 것과 같은 행위가 된다.

"그러면 맡기겠습니다. 시작하겠습니다만, 괜찮겠습니까?"

"네. 저 카레라 씨가 날린 악덕한 마법만큼 대단하진 않겠지만, 남은 자들만 처리하는 거라면 충분하겠죠. 이 일격으로 끝내고 말겠어요."

그리고 모미지의 일생일대의 대요술이 선을 보이게 되었다.

"부드럽게 상냥하게 적을 감싸는 홍련의 꽃을 피우거라. 자, 눈을 크게 뜨게 보시길. 요천홍화염(妖天紅華焰)——!!"

그건 천공에 피는 붉은 꽃.

첫 번째 목적은 산소를 급속히 연소시키는 것.

이로 인해 지상에서 산소를 빼앗아 적을 행동불능으로 만들게 된다.

두 번째 목적은 쏟아지는 인정어린 불꽃.

그 고온은 적에게 고통을 주기도 전에 의식을 빼앗는다.

세 번째 목적은 강력한 적을 색출.

이 공격을 버텨낼 수 있다면 그자는 강자로 구분되어 분류될 것이다. 방해자만 처리하기엔 이 요술은 그야말로 적합한 한 수인 것이다.

그리고 전장에 핀 꽃이 흩어졌다.

살아남은 자는 아무도 없었다.

"어라라? 맥이 빠지네."

"예상은 하고 있었습니다. 마지막에 미궁 안으로 침공한 자들은 다른 자들보다 실력이 뛰어났으니까요. 아마도 그들이 제국군의 비장의 수단이었겠죠."

"그렇군요. 그럼 이제 남은 건 적의 사령부뿐."

"거기도 이제 끝이 나겠지요. 왜냐하면——."

"아아, 그랬었죠. 그 카레라 씨를 부하로 부리는 분이 직접 가셨으니, 어떤 상대라도 대적할 수 없을 테니까요."

"동감입니다."

"그렇다면⋯⋯?"

"네. 이것으로 이번 결전은 우리가 승리하게 되었습니다."

그 말을 신호로, 전장에 환호성이 솟구쳐 나왔다.

결전이라는 이름의 섬멸전은 이렇게 무사히 종료된 것이었다.

●

칼리굴리오에겐 절망적인 보고가 여럿 날아들었다.

아니, 보고를 받을 것까지도 없었다.

눈앞에서 일어난 대참사.

단 하나 그들이 행운으로 생각할 수 있는 것은, 너무나도 순식간에 일어났기 때문에 공포도 후회도 느끼지 않은 채 죽을 수 있다는 것이었다.

반대로 그 공포의 마법에서 살아남은 자들은 눈빛이 바뀐 모습으로 본진까지 도망쳐서 돌아왔다.

영혼이 짓눌리는 것 같은 공포를 맛보고 제국에 대한 불신을 품은 채, 자신의 어리석음을 한탄하면서.

다른 미사여구를 동원할 여유도 없이, 참모들이 철군할 것을 외쳤다.

그러나 일이 이렇게까지 진행된 상황이라면 이 자리에서 살아남은 것은 불가능했다.

(어쩌다가 이렇게 된 거지? 노예가 되는 길을 선택했어야 했나? 아냐, 애초에 대체 언제부터 우리는 잘못된 판단을 하고 있었던 것이냐⋯⋯?)

칼리굴리오는 제자리를 도는 머릿속을 정상적으로 돌려보려고 필사적으로 노력했지만 실패했고, 한 번 더 절망적인 상황을 바라보면서 현재 선택할 수 있는 작전을 검토했다.

그런 건 존재하지 않았다.

그렇게 적절한 작전 같은 게 이런 때에 떠오를 리가 없었던 것이다.

아니, 그 이전에――.

"말도 안 돼……. 뭐냐, 저건? 대체 뭐냔 말이다아――!!"

칼리굴리오는 공포와 혼란의 도가니 속에 있었다.

그런 흉악한 마법 같은 건 이해의 범주 바깥에 있었다.

어떻게 하면 저렇게―― 다수의 '결계'로 보호받는 십 수만의 장병들을 식은 죽 먹듯이 죽일 수 있단 말인가.

20만에 가까운 군대는 겨우 한 번의 공격으로 궤멸되었다.

남아 있는 자들도 저런 상태에선 전멸하는 것도 시간문제일 것이다.

"호, 혹시……."

"뭐냐!"

"이, 이론상의 마법이긴 합니다만, 별의 중력에 간섭하는 것이 있습니다. 핵격마법으로 분류되는 것으로 알고 있는 그 마법은 너무나도 방대한 에너지를 필요로 하는데다, 그걸 정밀히 컨트롤 하지 않으면 실현시킬 수가 없습니다……."

"――가드라로부터 들은 적이 있다. '그래비티 컬랩스(중력붕괴)', 라고 했던가?"

그렇다. 칼리굴리오도 들은 적이 있었다.

이론상으로 가능성이 있다고 여겨질 뿐이며, 아직도 연구 중인 마법이라고.

과거에 확인된 마법이 아니며, 제국의 기술의 정수를 모으고 이계의 과학지식도 동원하여 이론을 세운 뒤에, 연구 중인 단계에서 좌절된 것…….

전쟁의 국면은 물론이고 국가까지도 소멸시킬 수 있는 전략급 마법. 그러나 분명 그 마법의 실현은 불가능하다는 결론이 내려진 것으로 알고 있다.

그걸── 완벽한 형태로 발동시키고 있었다.

그것도 단 한 명의 마물이, 말이다.

마왕.

그 말이 현실적인 공포감을 동반하면서, 칼리굴리오의 머릿속에 도달했다.

자신들은 결코 손을 대선 안 되는 자에게 손을 대고 만 것이 아닐까? 라고.

"칼리굴리오 님의 박식함에는 감탄했습니다."

칼리굴리오를 현실로 되돌린 것은 참모 중의 한 명이 뱉은 느긋한 목소리였다.

화풀이를 하려는 듯이 칼리굴리오가 소리쳤다.

"그건 이론상의 마법이지 않으냐! 이게 실현된다면 베루도라도 죽일 수 있다고 자랑했단 말이다!!"

"그렇습니다. 그 정도로, 그 마법의 위력은 끝을 알 수가 없는 것으로 알고 있습니다."

어느새 참모들의 반응은 둘로 나뉘어져 있었다.

"괴, 괴물인가? 겨우…… 겨우 혼자서 그런 극대마법을——."

그렇게 말하면서, 공황상태에 빠지는 자들.

"굉장해. 아하하, 돌아가면 논문을 써야겠어! 이제 우리도 그 금지된 주술을 손에 넣을 수가 있다고!!"

그렇게 정신을 놓은 듯한 분위기로 얘기를 나누는 자들.

전의를 상실한 자들과 현실도피를 택한 자들이었다.

이젠 더 이상 사령부로서의 기능도 잃어버린 상태였다.

이 최악의 상황 속에서 할 수 있는 것은 아무것도 없었다. 그러나 그래도 칼리굴리오는 군단장이었다.

남은 장병들의 목숨에 대한 책임이 있는 위치였던 것이다.

이 상황을 포기하고 팽개치는 것만큼은 칼리굴리오가 결코 할 수 없는 짓이었다.

하지만 철군으로 전환할 수 있는 상황은 아니었다.

도망쳐 온 자들을 포함해도 본진에는 2,000명도 채 못 되는 장병들밖에 남아 있지 않았다. 통제도 되지 않으니, 도망쳐도 몰살될 미래밖에 보이지 않았던 것이다.

힘이, 힘이 필요하다——, 칼리굴리오는 그렇게 통절하게 애원했다.

제국이 늘 그렇게 해왔던 것처럼 강하다면 모든 게 허용된다. 압도적인 힘이 있기 때문에 세계를 평정할 수 있게 되는 것이다.

하지만 힘이 없는 자의 말로는 비참했다.

굳이 말할 필요도 없이, 지금의 칼리굴리오의 상황을 보면 일목요연했다.

'3대장'이라는 제국의 정점에 이름을 올리면서, 칼리굴리오는 세계의 한 축을 담당하고 있다고 자부하고 있었다. 그러나 그런 건 허상이었다는 것을 이제 와서 겨우 깨달은 것이다.

(나는, 나는 참으로 무력했구나. 참으로 무능했고 참으로 약한 자였다. 이 정도로 비참하면서, 단지 착취당하기만 하는 입장이었을 줄이야…….)

그렇게 탄식할 수밖에 없었다.

부도 명성도, 그런 건 전부 지금의 상황에선 가치가 없었다. 정말로 곤란할 때에 필요한 것이야말로 무엇보다 중요한 것이었다.

"힘이 필요하단 말이다……."

칼리굴리오의 눈에서 대량의 눈물이 흘러나와 떨어졌다.

제국의 영화를── 나아가선 지휘관인 칼리굴리오를 믿고, 100만에 가까운 장병들이 죽었다. 그런 사실을 눈앞에 두고, 칼리굴리오는 큰 충격을 받으면서 실의에 빠져 있었다.

"보, 보고 드립니다! 전장의 상공에 거대한 불꽃을 확인. 관측되는 열량을 보더라도 지상에 있는 자들의 생존은 절망적인 것으로──."

"끝이다. 제국은 지금 완전히 패배했다……."

부관이 자신도 모르게 그렇게 중얼거리자, 참모들도 조용해졌다.

현실도피에 빠진 자들도 꿈에서 깨어난 듯이 넋을 놓고 있었다. 앞으로 기다리고 있을 현실을 직시하려고 했지만 뇌가 그걸 거부했던 것이다.

"──항복을 제안하도록 하죠. 받아들여줄 지는 도박에 걸어봐야겠지만, 우리를 유용하다고 여길 가능성도 있습니다. 이대로 가면 어차피 몰살당할 겁니다. 살아남을 가능성은 그것밖에 없다고 생각합니다만, 어떻습니까?"

죽는 것보다는 노예가 그나마 나을 것이다. 그렇게 생각한 자의 제안이었지만, 이젠 늦었다는 느낌을 떨칠 수가 없었다. 그러나 칼리굴리오는 그 제안을 받아들이기로 했다.

"……그렇군. 소용없을지도 모르지만, 교섭은 해보기로 하자. 적어도 적의 눈을 우리 쪽으로 끌어들일 수 있으면 미샤 쪽이 무사히 도망칠 확률도 높아질 테니까."

자신들의 죽음으로 끝나더라도 제국에게 정보만 전해진다면, 이 패배에도 의미를 찾을 수 있을 것이다. 그렇게 생각했기 때문에 소극적으로 찬성한 것이었다.

칼리굴리오답지 않은 겸허함이었지만, 그의 마음은 이미 산산조각이 나 있었다.

하지만 그렇기 때문에── 이 상황에서 어떤 것이 최선인지 그걸 생각할 수 있게 되었다.

좀 더 빨리 이런 경지에 도달할 수 있었다면 칼리굴리오는 희대의 명장이 될 수 있었을 것이다. 그 정도로 욕망과 허영심을 버린 칼리굴리오는 그 본래의 총명함을 되찾았던 것이다.

하지만 그 판단은 너무나도 지나치게 늦었다.

그리고 칼리굴리오과 부하들의 희망은 이미 아무것도 남아 있지 않았다.

"쿠후후후후. 항복하겠단 말입니까. 그건 곤란하군요. 조금은 제 상대도 해주셔야죠."

그렇게 말한 것은 어느새 텐트 안에 있었던 디아블로였다. 평소와 마찬가지로 집사복을 입었으며, 그 아름다운 얼굴에는 미소를 짓고 있었다.

디아블로를 본 순간, 칼리굴리오는 절대적인 힘의 차이를 깨달았다. 지금의 그는 냉정한 판단력을 되찾았으며, 시시한 긍지를 지키기 위해 목숨을 버리는 짓은 하지 않았다.

맨 먼저 벌여야 할 것은 교섭이라고 생각하면서, 호위병들에게도 검을 물리게 했다. 싸워도 패배할 것이 확실한 이상, 그건 올바른 행위였다.

칼리굴리오의 시선 끝에는 크리슈나가 "무리야……"라고 중얼거리면서 웅크리고 있었다. 칼리굴리오와 마찬가지로, 그 압도적이기까지 한 실력차이를 느껴 절망한 모양이다.

칼리굴리오는 자신의 선택이 옳았음을 곱씹으면서, 스스로 이름을 밝히기로 했다.

"내 이름은 칼리굴리오, 이번 작전의 최고책임자입니다. 귀공의 이름을 물어봐도 되겠습니까?"

그런 질문을 받자, 디아블로가 기쁜 말투로 대답했다.

"어라? 꽤나 예의가 바르시군요. 제 '이름'은 디아블로. 마왕 리무루 님의 충실한 하인입니다."

자신의 이름을 밝히는 것을, 디아블로는 아주 좋아하는 것이다.

그런 디아블로를 앞에 두고, 칼리굴리오는 생각에 잠겼다.

디아블로에게 이길 수 있는 가능성은 낮았다. 사령부에 있는 전원이 동시에 덤벼도 승리하는 것은 불가능할 것이다.

거대한 드래곤 이상으로 농밀한 마의 기운. 그의 몸에서 풍겨 나오는 오라(패기)는 칼리굴리오와도 인연이 있었던 마왕 클레이만보다도 압도적이었다.

더구나 디아블로는 아무런 기척도 없이 여기에 있었다. 그 말은 즉, 이렇게나 엄청난 오라를 지금까지 일절 느끼지 않도록 억제한 상태에서 침입했다는 뜻이었다.

그런 절대적인 강자가 출현했지만, 칼리굴리오의 마음은 바람이 잔잔해진 것처럼 조용했다.

(이건 찬스야. 항복을 허락할 마음은 없는 것 같지만, 교섭에는 응해주고 있군. 시간을 벌기만 한다면 이 위험한 남자를 붙들어 둘 수 있을 것이다.)

그렇게 하면 도망친 미샤 쪽의 안전도 더 확실해질 것이라고, 칼리굴리오는 판단했다.

하지만 그건 안일한 생각이었다.

"쿠후후후후. 혹시 시간을 벌 생각을 하고 있는 것 아닙니까?"

"뭐라고?"

"여기서 도망친 자들이 있으니까 자신들이 미끼가 되겠다. 실로 훌륭한 자기희생적인 사고방식입니다만, 아쉽게도 소용없는 짓입니다. 왜냐하면 그자들은 이미 처리되었으니까요."

악마는 조용히 숨어들며, 가여운 사냥감을 결코 놓치지 않는다.

그 사실을 증명하는 것처럼 디아블로가 웃었다.

그리고 아무것도 없는 공간에서 시체를 둘 꺼내더니 지면에 눕혔다.

"설마 '더블오 넘버(한 자릿수)'가——?!"

경악한 표정으로 크리슈나가 소리쳤다.

그 시체의 정체는 버니와 지우였던 것이다.

사령부에 긴장감이 일었다.

경악한 것은 크리슈나만이 아니었다. 여기 있는 자들이라면

'더블오 넘버'가 패배한 의미를 정확히 이해할 수 있었다.

디아블로에겐 이기지 못한다. 아니, 그보다도——.

(그, 그럴 수가…… 그러면, 그러면 우리의 죽음은, 모든 장병들의 죽음이 아무런 의미가 없는 것이 되어버리지 않는가——!!)

깊은 절망이 칼리굴리오를 덮쳤다.

"전원, 발도! 침입자다! 침입자를 처단하라!!"

부관이 소리쳤고, 호위병들이 그 지시에 응했다.

크리슈나와는 달리, 호위무관들은 자신들의 실력으로는 디아블로가 얼마나 강한지 파악하질 못하고 있었다. 그렇기 때문에 너무나도 무모한 행동이라는 것을 모르고 반응하고 만 것이다.

"쿠후후후후. 하등한 당신들이 저와 대등하게 싸울 수 있다고 생각하십니까?"

비웃는 디아블로.

그러나 부관들도 기죽지 않고 소리쳤다.

"닥쳐라, 이 빌어먹을 악마! 이곳에는 아직 1,000명이 넘는 전사들이 대기하고 있다. 네가 아무리 강하다고 한들, 겨우 혼자서 뭘 할 수 있단 말이냐!!"

부관은 분노로 공포를 덮으려는 것처럼, 그렇게 필사적으로 소리치면서 주장하고 있었다.

칼리굴리오는 움직일 수 없었다. 이제 그만두라고 외치고 싶었지만, 말도 제대로 할 수가 없었다. 겨우 혼자서 뭘 할 수 있느냐고 부관은 말했지만, 사실은 그렇지 않다고 큰 소리로 외치고 싶었는데…….

칼리굴리오는 지금 진정한 강함이란 것이 무엇인지를 이해했다.

황제 루드라가 자신들에게 무엇을 바라고 있었는지를.

단 한 명의 강자는 100만의 군대에게 이길 수 있는 존재다.

그 증거가 방금 전의 그 극대마법이었다.

그리고 '더블오 넘버'라는 강자 두 명을 죽일 수 있는 괴물이 하나라도 있으면, 기갑군단쯤은 간단히 붕괴되고 만다는 것을.

그 증거로——.

"쿠후후후후. 그 말을 하기에는 너무 늦었군요. 살아남은 사람들은 당신들뿐입니다."

무슨 말을 하고 있는 건지, 부관은 이해하지 못하는 모습이었다. 하지만 칼리굴리오는 밖에서 무슨 일이 일어난 것인지 보지 않아도 알 수 있었다.

아까부터 신경이 쓰이고 있었다.

밖이 너무나도 지나치게 조용한 것이.

디아블로가 따악! 하고 손가락을 울렸다.

그 순간, 천막이 날아갔다. 그리고 바깥의 광경이 칼리굴리오와 부하들의 시야에 들어왔다.

그곳에는 일면 전체가 시체의 산으로 덮여 있었다.

병사들은 모두, 마치 잠든 것처럼 죽어 있었다.

그렇다. 영혼만 빠져나간 것처럼…….

아니, 그게 정답이라는 것을 칼리굴리오는 깨달았다. 병사들은 아무런 저항도 허락받지 못한 채, 디아블로에게 영혼을 빼앗긴 것이다.

그리고 지금도 또, 눈앞에서 비극이 재현되었다.

디아블로가 손가락을 울리자마자, 크리슈나를 비롯한 다수가 그대로 쓰러진 것이다.

칼리굴리오의 가슴에 도래한 절망과 슬픔.

"우, 우…… 우오오오오오오오오오오오오오오—!!"

피눈물을 흘리면서 절규했다.

그리고 그 직후, 칼리굴리오의 감정이 포화되면서, 폭발했다——.

●

애초에 디아블로에겐 적병을 놓아줄 이유가 없었다.

리무루의 명령을 받고, 디아블로는 기뻐하면서 전장으로 달려갔다. 크리슈나의 기척을 찾아서 적의 사령부를 발견한 뒤에, 그 상황을 살피고 있었다.

그곳으로 온 자가 버니와 지우였지만, 누구 하나 놓아줄 생각이 없었던 디아블로는 당연히 처리하기 위해서 행동에 나섰다.

두 사람은 생각했던 것 이상으로 강했다.

(이것 참. 유니크 스킬을 최대한으로 단련했는데도 통하지 않는다니. 하지만 보아하니 누군가로부터 빌린 힘인 것 같군요. 언밸런스하다고 할까, 능력에 각성한 것 같지는 않아 보입니다. 그렇다면 방법이 있죠.)

그런 생각을 하면서도, 상당히 여유 있게 디아블로는 두 사람을 처치했다.

그걸 보면서 초조해진 미샤가 자신은 유우키의 부하임을 커밍아웃했다.

리무루가 유우키와 공동전선을 펼치는 것을 묵인하고 있는 이상, 그 뜻에 거슬리는 짓을 한다는 건 디아블로는 생각도 할 수 없었다. 그래서 미샤만은 놓아 보내준 것이다.

(그건 그렇고 얼티밋 스킬(궁극능력)이었던가요? 먼 옛날에 기이가 자랑하는 걸 듣고 울컥하긴 했지만, 이건 연구해볼 가치가 있을 것 같군요.)

강해지는 것을 자중하던 디아블로는 그러기를 포기하면서, 곧바로 자신의 고집을 버릴 수 있었다. 유효하다면 뭐든 이용한다. 그게 디아블로라는 악마였다.

그런 식으로 얼티밋 스킬에 흥미를 가지게 된 디아블로였지만, 자신의 할 일을 잊어버리진 않았다.

제국군의 진지까지 돌아가 유유히 침입했다.

그리고 소동이 일어나는 것도 귀찮으므로, 눈에 띄는 자의 목숨을 '엔드 오브 월드(세계의 붕괴)'로 차례로 빼앗았다.

민첩하게 무차별적으로.

망설임 없이 적병들을 몰살시킨 것이다.

디아블로의 눈앞에서 칼리굴리오가 포효했다.

재미있다——고 생각하면서, 디아블로는 웃었다.

칼리굴리오는 인간의 한계를 돌파했다. 원래부터 재능은 있었던 모양이다.

지금은 '선인'급을 돌파하면서 점점 에너지양이 증가하고 있었다.

(아아, 절망으로 인한 각성입니까. 죄의식이 그 몸을 그 경지로 이르게 만든 것 같군요. 그래야죠. 그래야 나와 싸울 가치가 있습니다.)

디아블로는 지금까지 강해지는 것에 흥미를 가지고 있지 않았다.

그러나 지금은 힘을 추구하고 있었다.

그가 따르는 주인—— 리무루에게 있어 유용한 도구(하인)가 되기 위해서,

디아블로에게 있어 도구라는 것은 유능함을 보이지 않으면 의미가 없는 것이었다. 도움이 되지 않는 도구 따위는 존재할 가치도 없다고 생각하고 있었다.

자신의 부하를 두지 않은 것도 그게 이유였다.

무능한 부하는 필요 없다는 듯이, 기꺼이 혼자가 되는 길을 선택하여 살아온 것이다.

그런 디아블로였기 때문에 더더욱 자신도 또한 유능해져야겠다는 향상심을 잊지 않았다.

강자와의 싸움은 디아블로에겐 바라마지 않는 좋은 기회였던 것이다.

●

자신의 포효가 멀리 있는 것처럼 들렸다.

그렇게 느끼면서, 칼리굴리오는 각성했다.

힘이 솟구쳤다. 그것도 과거에 경험해본 적도 없을 정도로 장절한 힘이.

압도적이다——라고, 칼리굴리오는 생각했다.

동료가 살해된 분노, 절망, 그리고 공포가 자신의 한계를 부수는 열쇠가 되었다.

그리고 이 힘이야말로 황제 루드라가 칼리굴리오에게 건 기대

였을 것이다.

『너에겐 기대하고 있다.』

루드라로부터 직접 그런 말을 들었다.

그날의 일을, 칼리굴리오는 잊은 적이 없었다.

지금까지는 군단장이 되어 제국에게 충성을 다 바치는 것이 루드라가 기대한 바라고 생각하고 있었다. 그러나 그건 잘못된 해석이었던 것이다.

(아아, 그랬었구나. 폐하는, 루드라 님은 내가 각성하기를 바라고 계셨던 것이다!)

그렇게 깨닫자, 모든 행위에 의미가 있었다는 것을 이해할 수 있었다.

지금 칼리굴리오는 '선인'을 넘어서 '성인'의 단계에 이르렀다.

세포 하나하나가 뒤섞이면서, 정신이 육체를 능가했다. 그런 식으로 자신의 신체가 새로이 만들어지는 것을, 칼리굴리오는 손에 잡힐 듯이 확실하게 이해할 수 있었다.

각성마왕에게도 필적할 만한 엄청난 힘. 그리고 각성한 칼리굴리오는 지금까지 자신이 얼마나 무능했었는지를 깨달았다.

이 힘 앞에선 기갑군단 따위는 무의미했다. 즉, 제국의 군대로는 마왕이나 베루도라를 상대로 절대 이길 수 없었다는 것을.

"나는, 나는 어리석은 자였다……."

"쿠후후후후. 그 말이 옳습니다."

"하지만 그렇기에! 나는 스스로의 잘못을 바로잡을 것을 맹세하마!!"

칼리굴리오가 그렇게 외친 순간, 빛나는 신성한 갑옷이 그 몸을 감쌌다.

신대(神代)의 시대부터 전해오는 최고의 무장.

황제로부터 대여 받은 갓즈(신화)급의 갑옷이었다.

원수와 3대장에게만 착용이 허가된, 제국의 최고전력임을 나타내는 증표. 그게 지금 칼리굴리오를 진정한 주인으로 인정한 것이다.

"용서하지 않겠다, 이 빌어먹을 악마! 멸살시켜주마!"

"쿠후후후후. 그렇게 나와야 재미있죠."

이리하여 두 사람은 서로를 노려보았고, 최후의 싸움이 시작되었다.

칼리굴리오는 자신의 힘을 극한까지 모아서, 첫 수부터 전력을 다한 공격을 날렸다.

컨틀렛으로 보호받는 주먹은 그것만으로도 흉기였다. 이 세상에 존재하는 거의 모든 물질을 박살 내는 최강의 파괴력을 지니고 있었다.

주먹 끝의 속도는 음속을 넘어섰고, 잔상조차 남기지 않는 신화의 영역에 도달했다. 그 충격파는 물질이 지닌 방어력을 돌파했으며, 분자결합을 파괴한다. 그리고 그 주먹에 담긴 기백은 마음의 방벽을 통과하여 아스트랄 바디(성유체)까지 대미지를 줄 수 있었다.

즉, 정신생명체도 죽일 수 있는 것이다.

칼리굴리오는 디아블로의 이름을 알고 있었다.

마왕 리무루의 사천왕 중 한 명이자, 그 정체는 사악한 데몬(악마족)이라는 것을. 더구나 믿기 어렵게도 전설상의 존재인 '데몬 로드(악마공)'라고 보고서에는 기록되어 있었다.

정보국의 조사결과를 업신여기고 있던 칼리굴리오였지만, 지금이라면 그 보고가 진실이라는 것을 믿을 수 있었다.

'더블오 넘버(한자릿 수)'가 둘이 덤벼 패배한 상대인 것이다. 그런 무시무시한 존재라고 해도 이상하지 않았다.

그러나 칼리굴리오의 공포심은 사라져 있었다.

(이 녀석이 무시무시한 악마라는 것은 인정하겠지만, 지금의 내 적은 되지 못한다. 이 힘이 있으면 '용종'이든 '마왕'이든, 심지어 '용사'라고 해도 모두 한꺼번에 쓰러트려주마!!)

인간의 힘을 1이라고 할 때, A랭크로 인정받은 자의 신체능력은 적어도 10이상이다.

상위마인이라면 100에 가깝다.

아크 데몬(상위마장)이라면 140을 기록한다.

마왕이라면 적어도 300은 될 것이다.

용종은 측정불능이지만, 아마도 1,000을 넘을 것으로 추측되고 있었다.

그리고 지금, 칼리굴리오는 자신의 힘이 1,000을 넘었음을 깨닫고 있었다.

이게 성인으로 각성한 자만이 도달할 수 있는 세계.

더구나 칼리굴리오는 자신에게 필적하는 에너지를 내포하는 갓즈급을 착용하고 있었다.

이 힘이라면 '데몬 로드'라고 해도 멸살할 수 있다. 칼리굴리오가 그렇게 확신한 것도 무리는 아니었다.

"후우, 기대보다 못 하군요."

그 필살의 주먹을, 디아블로가 가볍게 받아서 흘려버렸다.

"말도 안 돼!!"

"무슨 궁금한 점이라도 있습니까?"

"어떻게, 어떻게 너는 무사한 거지?"

지금의 일격이라면 어떤 악마라고 해도 틀림없이 멸살시킬 수 있었을 것이다. 설령 빗나간다고 해도 아무런 상처도 없이 무사할 수 있다니, 그런 말도 안 되는 얘기는 결코 인정할 수 없었다.

"왜냐고요? 이유는 간단합니다. 당신은 그 힘을 다룰 수 있을 만한 레벨(기량)이 부족하기 때문이죠."

그렇게 아무렇지도 않은 것처럼 디아블로가 대답했다.

"레벨이라고?"

"네. 저도 정말 아쉽습니다. 싸우기에는 아직 너무 일렀군요. 이 정도라면 차라리 방금 전의 두 사람이 더 강했습니다. 빌린 힘인 것 같았지만, 얼티밋 스킬(궁극능력)이 그 몸에 깃들어 있었으니까요. 만약 당신이 좀 더 빨리 그 힘에 각성했더라면 훨씬 더 즐거운 싸움을 할 수 있었을 텐데 말이죠……."

과일은 익기를 기다리지 않으면 맛있어지지 않는다. 너무 빨리 수확했다고, 디아블로가 한탄했다.

그건 칼리굴리오의 입장에서도 인정하고 싶지 않은 굴욕이었다.

"빌어먹을! 얕보지 마라, 이 망할 악마!!"

그렇게 소리쳤지만, 상황은 최악이었다.

칼리굴리오는 이해하고 있었다.

자신의 힘으로는 눈앞에 있는 악마에게 이기지 못한다는 것을.

그리고 무엇보다 '더블오 넘버'들의 힘의 비밀을.

그 제국 최강의 기사들은 황제 루드라가 선별한 자들인 것이다. 그리고 그 궁극의 힘을 대여 받고 있었을 것이다.

그 사실을 뒷받침하는 것이 디아블로가 언급한 빌린 힘이라는 말이었다.

자력으로 획득한 힘이 아니었기 때문에 디아블로에겐 통하지 않았던 것이다.

힘의 본질을 이해하여 자신의 것으로 소화하지 못하면, 아무리 강대한 힘이라고 해도 무의미하다. 그리고 그건 칼리굴리오 자신에게도 할 수 있는 말이었다.

싸우기에는 아직 너무 이르다고 한 디아블로의 발언. 그게 바로 부정하고 싶어도 그럴 수 없는 것이 현실이었던 것이다.

"우오오오오오오오오——!!"

이길 수 없다는 것을 깨달았다. 그래도 칼리굴리오는 전력을 다해 싸웠다.

적어도 한 발이라도 갚아주지 못하면 자신들의 행위는 전부 쓸모없는 것이 된다. 그걸 부정하고 싶어서, 칼리굴리오는 무모한 싸움에 도전한 것이다.

그러나 그건 이미 싸움이라고 부를 수 없었다.

칼리굴리오의 역량을 바르게 꿰뚫어 본 디아블로에겐 그건 이미 작업에 지나지 않았다.

강대한 힘을 지닌 갓즈급의 갑옷이라고 해도, 지금의 칼리굴리오의 힘으론 그 성능을 완전히 이끌어내지 못하고 있었다. 주인으로 인정은 했지만, 마음이 통할 정도로 서로를 이해한 것은 아니었던 것이다.

갓즈급에는 의지가 존재한다. 칼리굴리오가 진정한 주인이 되기에는 같이 지내면서 쌓아온 시간이 도저히 부족했던 것이다.

도구라는 것은 완벽하게 쓸 수 있어야 그 의미가 있다. 쓰는 자가 성능을 이끌어내지 못하는 도구만큼 슬픈 것은 존재하지 않는다.

결국, 제국군의 마지막 한 사람이 된 칼리굴리오는 디아블로의 진짜 힘을 이끌어 내보지도 못한 채, 패배했다.

그리고 그의 영혼도 거두어지고 말았다──.

종장

마왕의 소업(所業)

Regarding Reincarnated to Slime

칼리굴리오는 자신을 자상하게 감싸주는 따뜻한 기운을 느끼면서, 눈을 떴다.

(여, 여긴……?)

자신이 지금까지 무엇을 하고 있었는지, 곧바로 떠올리지 못하는 칼리굴리오. 당황하면서 주위를 둘러보자, 약간 넓은 실내에 누워 있었다는 것을 깨달았다.

그리고 그 장소에서 푸른빛이 감도는 은발의 12, 13세 정도로 보이는 소녀가 천사 같은 미소를 지으면서 뭔지 모를 작업을 하고 있었다.

눈만 옆으로 돌려 보고 있으려니, 하늘을 보고 누워 있는 자에게 손을 내밀고 있었다. 그 손에서 무지개색의 빛이 흘러나왔으며, 나란히 누워 있는 동료들을 향해 쏟아지고 있었다.

(저건 크리슈나 공인가? 아니, 잠깐. 크리슈나 공은 분명, 내 눈 앞에서 죽었던 것 같은데…….)

확실하지 않은 머릿속이 그 순간에 각성했다. 자신들이 마물의 나라를 침공하면서 전쟁을 벌이는 중이었다는 것을, 칼리굴리오는 갑자기 떠올린 것이다.

황급히 몸을 일으키면서, 칼리굴리오는 소리치려고 했다. 그러나 다음 순간엔 할 말을 잃었다. 놀랍게도 죽은 것으로 알고 있었던 크리슈나가 슬그머니 눈을 떴고, 칼리굴리오와 눈이 마주친 것이다.

"——?!"

지금 막 눈을 뜬 크리슈나는 칼리굴리오와 마찬가지로 현재의 상황에 당혹하고 있는 것 같았다. 무슨 일이 일어난 것인지 이해하지 못한 채, 소녀의 움직임을 눈으로 쫓고 있었다.

푸른 은발의 소녀는 칼리굴리오 일행이 눈을 뜬 것을 알아차리지 못한 것 같은 모습으로, 차례차례 같은 작업을 반복하고 있었다.

소녀 앞에는 버니와 지우. 그 옆에는 칼리굴리오의 부관이랑 참모들의 모습이 있었다.

(이게 어떻게 된 거지……. 저자들도 분명 살해당했을 텐데…….)

칼리굴리오는 혼탁한 의식을 유지한 상태에서, 그래도 냉정하게 사실을 받아들이려고 했다. 그러나 도저히 지금 일어나고 있는 현상을, 자신의 이해력이 쫓아가지 못하고 있었다.

틀림없이 그들은 죽었다.

그들의 가슴은 위아래로 움직이고 있지 않았으니, 호흡을 하고 있지 않은 것은 명백했다. 그런데도 소녀가 손을 내밀면 차례로 숨을 다시 쉬기 시작한 것이다.

그 방에는 십여 명의 제국군 간부들이 모여 있었지만, 그렇게 많은 시간을 들이지 않고도 모두에 대한 처리가 완료되었다.

그 순간, 소녀는 겨우 만족스러운 표정으로 고개를 끄덕이더니, 칼리굴리오 쪽으로 돌아봤다.

"여어, 눈을 떴겠지? 몸은 좀 어때? 이름은 기억해낼 수 있나?"

가벼운 말투로 말을 걸어오는 소녀.

그러나 불쾌함은 느껴지지 않았다.

소녀의 외모가 가련했던 것도 그 이유 중의 하나이겠지만, 무엇보다 그 소녀가 풍기는 기운이 칼리굴리오에게 반감을 가지는 것을 허용하지 않았던 것이다.

하지만 반응할 수 있느냐고 묻는다면 그 대답은 '아니다'였다.

무슨 일이 일어나고 있는 건지 상황이 이해가 안 되는 상태에서, 모두 그대로 입을 다물고 있었다.

'더블오 넘버(한자릿 수)'인 버니랑 지우조차도 망연자실한 표정으로 굳어 있었다.

당혹스러워하는 칼리굴리오 일행을 보면서, 소녀가 중얼거렸다.
"어라, 실패한 건가? 술식은 분명 완벽했을 텐데……."

그렇게 말하면서, 난감한 표정을 짓고 있었다.

그 말을 듣고, 칼리굴리오는 그녀가 어떤 술법을 실행했다는 것을 깨달았다.

그리고 어쩌면 그 술식이란 것은——.

(아니, 말도 안 돼. 이건 있을 수 없는 일이야, 있을 수 없는 일이지만, 그래도…….)

몸에 이상은 느껴지지 않았다.

——아니, 있었다.

그 정도로 넘쳐났던 힘이, 칼리굴리오가 각성하면서 손에 넣은 힘이 완전히 사라져 있었다. 뭔가 무시무시한 일이 일어났다는 것을, 그것만큼은 이해할 수 있었다.

"……실례. 우리는 분명 죽었을 텐데……?"

칼리굴리오가 조심스럽게 물어봤다.

그 발언을 듣고, 다른 동료들도 기억이 확실해진 모양이었다. 눈빛이 돌아오면서, 현재의 상황이 이상하다는 것을 알아차린 모양이었다.

확실히 칼리굴리오 일행은 디아블로라고 이름을 밝힌 악마에게 살해당한 것으로 알고 기억하고 있었다.

그 악마에겐 자신들을 살려둘 이유 같은 건 없었다. 그러므로 자신이 살아 있다는 것에 칼리굴리오는 의문을 느끼고 있었다.

"아, 기억이 났나 보네? 자기 이름은 기억하고 있어?"

"으, 음. 나는 칼리굴리오라고 한다."

그렇게 대답하면서, 칼리굴리오는 어떤 가능성에 생각이 미쳤다.

혹시 이 소녀가 위기에 빠진 칼리굴리오 일행을 구해준 게 아닐까 하고.

그 상황에서 자신들을 구출한다는 건 어지간한 실력자가 아니면 불가능할 것이다.

그 악마는 상상을 초월하는 실력자였다. 궁극의 힘을 손에 넣은 칼리굴리오조차도 식은 죽 먹기처럼 쉽게 패배시키고 말았던 것이다.

그뿐만이 아니라 '더블오 넘버'인 버니와 지우까지도…….

그런 악마를 쓰러트릴 수 있는 자라면, 풍문으로 듣던 '용사' 밖에는 짐작이 가지 않았다.

"호, 혹시 그대가 우리를 구해준 것인가? 그렇다면 아, 악마는? 그 사악한 악마는 어떻게 되었지?"

칼리굴리오는 쉴 새 없이 연거푸 물었다.

그 순간.

"리무루 님께 무례하십니다."

그렇게 말하는 목소리가 들렸다.

그 귀에 익은 목소리는 그 저주받을 악마의 것과 똑같았다.

그리고 그것보다 더 큰 문제는 리무루라는 이름이었다.

그건 칼리굴리오 일행이 토벌할 목표로 정해두고 있었던 마왕의 이름이었던 것이다.

칼리굴리오 앞에 디아블로라는 악마가 모습을 드러냈다. 자신도 모르게 공포로 몸을 떨었지만, 소녀의 목소리가 디아블로를 말렸다.

"으―음, 착각을 하고 있는 사람도 있을 것 같으니까 설명해주겠는데, 너희는 죽었어. 너희들이 소속되었던 군을 전멸시켰지. 종군한 병사는 전원 사망했으니까 생존자는 전무할 것으로 생각해. 그러니까 내가 너희를 구한 게 아니야. 되살리긴 했지만 말이지."

"쿠후후후후. 참으로 훌륭한 술식이었습니다. 당신들에게 고맙게 여기란 말은 하지 않겠습니다만, 적어도 리무루 님의 위대함 정도는 느낄 수 있으면 좋겠군요."

"―뭐?"

무슨 말을 하는 건지 이해를 하지 못한 채, 자신도 모르게 넋이 나간 목소리로 되물은 칼리굴리오. 그러나 그런 멍청한 모습을 비웃는 자는 아무도 없었다.

"네가 자랑스럽게 떠들어서 어쩌자는 거냐, 디아블로."

"죄송합니다. 이 무지몽매한 자들에게, 조금이라도 리무루 님의 위대함을 전파하고 싶은 마음에 그만―."

"그런 걸 쓸데없는 간섭이라고 하는 거야!"

그런 식으로 눈앞에서 티격태격하는 대화가 벌어지고 있는데도, 누구 하나 끼어들 수 없었다.

잠시 시간이 지난 뒤에 소녀가 칼리굴리오를 향해 웃으면서 말했다.

"보아하니 기억도 괜찮은 것 같군. 술식이 성공해서 안심했어."

"네, 네에……."

"그럼 다시 내 소개를 할까. 만나서 반가워. 내가 리무루. 마왕 리무루야. 이 나라에서 왕 노릇을 하고 있지. 잘 부탁해!"

그 말을 듣고, 칼리굴리오는 굳어버리고 말았다.

칼리굴리오뿐만 아니라, 이 자리에서 되살아난 자들 모두가.

리무루의 말이 머리에는 도달했지만 그 뜻을 이해하지 못하면서, 칼리굴리오의 눈은 한계까지 떠진 채 눈앞의 소녀를 응시했다.

이 소녀가 리무루.

자신들이 장애물이라고 생각했고, 제거해기 위해 움직인 적.

현재 옥타그램(팔성마왕) 중의 한 명인 마왕 리무루, 바로 그자.

그리고 상황을 통해 판단하건대, 자신들을 되살려준 장본인이었다.

눈앞에 있는 자가 마왕 리무루 본인. 세상에 널리 공개된 초상화와는 전혀 닮지 않은 사랑스러운 미소였지만, 문제는 달리 있었다.

"저, 저기, 하나 확인하고 싶습니다만……."

"응? 뭐지?"

허락을 받았기 때문에, 칼리굴리오는 조심스럽게 물어봤다.

"저기, 저희를 되살렸단 말입니까?"

"응, 그래."

"어떻게 그런……?"

"음, 그걸 설명하려면 어렵긴 한데, 영혼이란 존재를 말이지──."

"아니, 아니, 그게 아니라! 무슨 이유로 적인 저희를 되살려주었단 말인지요?"

"아아, 그걸 묻는 거였나?"

칼리굴리오의 질문을 받으면서 소녀── 아니, 마왕 리무루는 안심했다는 듯이 고개를 끄덕였다. 그리고 별일도 아니라는 듯 대답했다.

"간단해. 전쟁은 아직 계속되고 있지만, 너희는 내 손에 들어왔어. 그러니까 이젠 내 장기말이라는 뜻이지!"

그래서 되살렸다고, 그렇게 밝혔다.

칼리굴리오는 의미를 이해하지 못하면서 머리가 멍해졌다.

마왕 리무루가 되살렸다고?

누구를?

우리를, 말인가?

경악과 혼란, 그리고 공포가 마음을 가득 채웠다.

그건 칼리굴리오뿐만 아니라, 되살아난 자들 모두가 같은 반응을 보이고 있었다.

혼란이 진정될 때까지, 지금은 한동안의 시간이 필요해지게 된 것이다.

●

혼란에 빠진 칼리굴리오 일행을 곁눈질로 바라보면서, 나는 방에서 밖으로 나왔다.

방안에 있던 자들은 이 군단의 중요인물들이었다. 말하자면 제국의 침공 작전을 지휘하고 있던 최고책임자들이다.

그들을 되살린 것은 칼리굴리오에게 설명했던 대로 내 장기말로 삼기 위해서였다. 그리고 그게 바로 라파엘(지혜지왕)이 생각하고 있던 복안이었다.

....

....

......

죽은 자의 소생——.

시온의 사망사건 이후, 라파엘은 영혼의 해석을 진행하고 있었다. 지금은 순조롭게 거의 모든 원리를 해명한 모양이었다.

사람으로 한정된 게 아니라 마물이라고 해도 영혼에는 질과 양이 존재한다. 그게 '정보자'라고 불리는 물질이며, 그걸 관리함으로써 어느 정도의 생과 사를 관장할 수 있게 된 것이다.

동식물의 영혼은 그 질은 잘 모르겠지만, 에너지양은 극소했다. 그에 비해 인간의 영혼에는 막대한 에너지가 담겨 있었다.

이건 평등하고 공평하게, 누구에게든 일정한 수치가 주어진다는 것은 이미 확인된 사실이었다.

그 영혼의 에너지를 제대로 쓸 수 있는가 아닌가——. 그게 바로 스킬(능력)로 호칭되는 영혼의 힘의 발현이었다.

영혼에 새겨진 정보가 힘을 구사하는 근원이 되는 것이다.

그럼 에너지에 직접 정보가 새겨지는가 하면 그건 또 아니다.

일단은 부정형의 파장인 자아가 있으며, 그걸 감싸는 '정보자'의 집합체—— 마음(심핵, 心核)이 있다. 이것에 모든 정보가 새겨져 있는 것이다.

그 심핵을 덮은 에너지의 결정이 바로 '영혼'이었다.

'의사혼(疑似魂)'이라는 것은 이 심핵을 투영하는 받침접시로 개발된 것이었다.

'의사혼'에 투영된 심핵에 에너지는 없지만 자아는 있었다. 영혼의 힘이 없으니까 스킬을 구사할 순 없어도 자아를 가지고 행동하는 것은 가능해지는 셈이다.

이번에 시도한 칼리굴리오 일행의 소생 말인데, 영혼의 대용품으로 '의사혼'을 이용하고 있었다.

영혼을 빼앗고 거기서 심핵을 꺼낸 뒤에, 최소한도의 에너지만 남겨서 '의사혼'에 이식한 것이다.

·················.

············.

·······.

성공률이 좀 불안했던 것 같지만 성공해서 정말 다행이었다.

이 소생에 대해서 말하자면, 문제가 없는 것은 아니었다.

우선 많이 약해진다. 영혼의 힘을 전부 내가 빼앗았으니까 그건 당연했다.

착실하게 챙기면서 빼앗은 영혼을 일부러 돌려줄 이유는 없다. 불만을 제기한다고 해도 그건 기본적으로 다른 얘기다.

그런고로.

지금 그들은 스킬을 사용하지 못하게 되었다.

심핵에 스킬 정보가 새겨져 있었다고 해도 영혼의 힘이 없으면 구사할 수 없다. 앞으로는 스킬의 습득도 사용도 그 모든 것이 일절 절망적이라 할 수 있을 것이다.

그리고 마법구사에도 영향이 생기지만, 이에 관해서 말하자면 노력하기에 따라서 개선될 것이다.

어느 정도 익숙해지면 영혼의 힘이 없어도 마법은 쓸 수 있게 될 것이다. 마법이란 것은 스킬(능력)이면서 아츠(기술)이기도 하다. 영혼의 에너지 대신에 대기 중의 마력요소를 이용함으로써 법칙을 조작할 수 있게 될 것이었다.

투기 대신에 마력요소를 이용함으로써 아츠 같은 것도 다룰 수 있다. 육체가 쇠퇴한 상태라도 다시 단련하면 되고, 수련을 쌓은 아츠는 남기 때문에 스킬에만 의존하던 자가 아니라면 문제가 되진 않을 것이다.

그런고로, 노력하기에 따라선 강해질 수 있는 것이다. 단, 에너지의 질이 다르기 때문에 아무래도 한계는 있겠지만.

'의사혼'이란 것은 어디까지나 미궁을 즐기기 위한 장난감에 지나지 않았다. 그렇게 높은 수준의 요구를 받더라도 난감할 따름이다.

하지만 뭐, 이번에는 문제될 것이 없다.

그들을 소생시키는 것은 제국장병을 위해서가 아니라, 우리가 안 좋은 평가를 받으면서 피해를 입지 않으려고 하는 것이니까. 평가가 어떤지에 대해선 의견이 갈리게 되겠지만.

제국이 자신들의 사정에 따라 침공해온 것이니, 그 결과로 죽는 것도 자업자득이라 할 것이다. 그러므로 내 입장에선 되살려 줄 명분 같은 건 없었던 것이다.

  하지만 불명예스러운 악평이 퍼지는 것보다는 낫다. 말이 나온 김에 추가하자면, 제국신민들로부터도 필요 이상으로 증오를 사지 않고 넘어갈 수 있다.

  라파엘(지혜지왕)의 실험이 성공을 거둬서 정말 다행이다. 모처럼 되살렸으니까, 저 중요인물들에겐 모두 이번 일의 책임을 지게 만들 예정이었다.

  지금도 소우에이를 시켜 빈틈없이 감시하고 있었다.

  아니, 되살아났다고 해도 그건 '임시로 마련한 목숨'인 것이다. 어느 정도의 자유는 보장하고 있어도 만일의 경우에는 추적이 가능했다.

  즉, 도망은 불가능했던 것이다.

  그러므로 그들은 방치해둘 것이다.

  나는 내가 할 일을 빨리 끝마치려고 생각했다.

  칼리굴리오 일행에게 술식을 시험해보면서 효과를 확인했다. 문제가 없었기 때문에 대규모로 실시해보기로 했다.

  눈앞에는 약 70만 명이나 도는 시체가 나란히 누워 있었다.

  무슨 일이 있어도 대처할 수 있도록, 그 장소는 미궁 안으로 잡았다.

  70층, 아다루만의 지배영역이었다.

  이 시체들은 전장의 각지에서 모을 수 있는 만큼 모아온 것이다.

내가 직접 나서서 대규모 전이로 옮겨왔다.

고부타, 게루도, 가비루, 그리고 미궁 각층의 수호자들이 전부 동원되어 회수해줬다.

여기 나열된 시체들이 이번의 희생자 중에서 소생가능한 모든 자들이었다.

드워르곤의 이스트(동부도시) 앞에 전개하고 있던 부대는 그대로 아무런 움직임이 없었다. 대치 상태가 계속되고 있었다.

쥬라의 대삼림에 침입한 94만 명은 미샤와 루키우스와 레이먼드, 이 세 명을 제외한 전원이 전사했다. 그중에 24만여 명의 시체는 회수가 불가능했다.

소생마법이 불가능하다는 평가를 받은 것은 영혼을 재현할 수 없기 때문이었다. 이번에는 테스타로사 일행이 있어준 덕분에 '영혼'을 회수할 수 있었다. 그러므로 육체가 남아 있다면 소생은 가능했지만…….

육체가 전혀 남아 있지 않은 자도 있었던 것이다.

울티마의 '뉴클리어 플레임(파멸의 불꽃)'으로 증발된 자나 테스타로사의 '데스 스트릭(죽음의 축복)'으로 유전정보를 완전히 파괴당한 자, 그리고 카레라의 '그래비티 컬랩스(중력붕괴)'로 인해 재가 되어버린 자들이었다.

또한 육체가 남아 있어도 되살릴 수 없는 자도 있었다.

공포나 절망으로 인해 마음이 죽어버린 자들. 이쪽은 가장 중요한 자아가 사라져버린 상태인지라 소생이 불가능했던 것이다.

예를 들면, 쿠마라에게 살해당한 캔자스가 그런 경우에 해당한다. 그 녀석은 죽는 순간에 공포로 마음이 망가진 모양인지, 영혼 속에

'정보자'가 남아 있지 않았다.

아무리 라파엘(지혜지왕)이라고 해도 '정보자' 그 자체를 복원하는 것은 불가능하다. 그러므로 내가 어떻게 할 수가 없었던 것이다.

애초에 캔자스 같은 남자를 되살릴 생각도 없었기에, 딱히 문제가 된다고 느끼지는 않았지만 말이지.

그런고로, 24만여 명은 소생이 불가능했지만…… 원래는 전원이 사망한 상태였으니, 그나마 이 정도 수로 넘어갈 수 있는 건 행운이었다고 할 수 있지 않을까.

되살리지 못한 자들은 불쌍했지만, 운이 없었다고 생각하고 포기하도록 하자.

나도 전능한 신은 아닌 것이다.

무에서 유를 창조할 수는 없다.

그리고——.

실은 딱히 후회도 하지 않는다.

악마 아가씨 3인방은 좀 지나쳤다고 생각하지만, 이건 전쟁이다. 섣불리 봐주면서 싸우다가 자신들에게 피해가 생기면 의미가 없는 것이다.

내게 있어 중요한 것은 내 동료들뿐이며, 아무런 관계도 없는 타인과 동료들을 놓고 비교한다면 망설임 없이 동료를 지킬 것이다.

하물며 침략해 온 적병에게도 자애로운 마음으로 대하라니——그런 성인군자 같은 말을 할 생각은 없다.

그런 꽃밭 같은 머릿속의 사고회로로는 정말로 피해가 생겼을 때 책임을 질 수 없는 것이다.

그렇기에 되살아나지 못하는 자에 대해선 내가 신경을 쓸 필요가 없다.

그럴 필요가 없지만── 나는 평화로운 나라였던 일본에서 지낼 때의 감성이 아직 남아 있기 때문인지, 죽은 자들에 대해선 뭐라고 말할 수 없는 기분을 느꼈다.

이건 결코 후회가 아니며, 나 자신이 저지른 짓이 잘못된 것이라고는 생각하지 않지만, 아직도 익숙해지지 않은 것이다.

아무도 죽지 않고, 평화롭게 살 수 있으면 좋을 텐데──. 그런 생각이 들지 않을 수가 없었다.

그래도 나는 앞으로도 우리의 영역을 침범하는 자들에겐 인정을 베풀지 않을 것이며, 철저한 공포를 부여하는 것도 긍정적으로 생각하지만⋯⋯.

그런 내가 명복을 비는 것은 위선이 되겠지.

그러므로 지금은 죽은 자가 아니라 되살아날 수 있는 자들을 위해서 묵도하기로 하자.

'세이크리드 버스데이(대규모 소생술식)'──전개.

방에서 나온 칼리굴리오 일행이 경악한 표정으로 눈을 크게 뜨고 있는 것 같았다.

그대로 계속 있다간 눈이 계속 커진 채로 있게 되지 않을까.

뭐, 내가 알 바는 아니다.

빨리 소생을 끝내도록 하자.

모든 시체에게 복제한 '의사혼'을 차례로 심었다.

긴급사태라는 명목으로 내가 가진 '카피(복제)'를 최대한으로 활용했다. 그리하여 개개인에게 건넬 수 있을 정도로 많은 '의사혼'

을 확보해두고 있었다.

시체의 수복은 이미 다 끝난 상태였다. 아다루만 휘하의 신성 마법을 다룰 줄 아는 자들이 총출동하여 나서둔 덕분에 지금은 모두 깔끔하게 회복된 상태였다.

이게 적병을 위한 것임에도 불구하고, 모두가 자는 시간도 아까워하면서 열심히 일해주었다. 감사하게 생각한다.

아다루만은 아예 잘 필요가 없었기 때문에 남들의 배로 일해주었다. 싸웠을 때보다 더 피곤하지 않았을까.

그의 활약을 제대로 평가해주자는 생각이 들었다.

이런저런 과정을 거치면서, 깔끔한 상태의 시체에 '의사혼'의 이식이 끝났다.

말로는 쉽게 할 수 있어도 라파엘 선생의 압도적인 연산력이 있었기 때문에 가능한 작업이었음은 굳이 말할 것도 없을 것이다.

뒤이어 〈반혼의 비술〉이 아닌 〈수혼(授魂)의 비술〉을 실행했다.

영혼의 재생과는 다르므로, 이 과정에서 필요한 에너지는 그렇게 많지 않다. 문제는 오히려 개개인을 특정하는 데 있어서 막대한 연산을 필요로 한다는 것이다.

이 과정을 실행하는 자도 역시 라파엘 선생이다.

나는 실질적으로 아무것도 하지 않는다. 묵상하면서 서 있을 뿐, 모든 것은 선생에게 맡기고 있다.

육체의 유전자 정보와 영혼의 기록을 조합하여, 순식간에 개인을 특정해내는 그 모습은 그야말로 선생님이라고 부를 수밖에 없을 정도로 대단했다.

나는 도저히 흉내를 낼 수 있을 것 같지도 않다.

복잡괴기한 술식이었다.

하지만.

옆에서 보고 있던 칼리굴리오 일행에겐 내가 그 모든 것을 해내고 있는 것처럼 보였을 것이다. 어느새 엎드린 자세로, 아니, 날 보고 경배하듯 절하는 동작을 취하기 시작하고 있었다.

잠깐, 그런 짓을 하면 내가 부담스럽거든?

너무 심한 착각을 하고 있으니 그만했으면 좋겠다. 그렇게 생각했지만, 술식이 끝날 때까지는 그런 말을 할 수도 없었다.

그런 분위기 속에서 하루 내내 부담스러운 기분을 느끼면서 비술을 계속 실행했다. 제국장병 약 70만 명의 소생은 무사히 성공했다.

●

70층에는 간이 텐트가 세워졌으며, 되살아난 자들에게 식사가 제공되고 있었다.

소생직후에는 혼란스러워하던 자들도 지금은 차분해진 상태였다. 모두가 말없이 다시 살아난 사실을 실감하며 곱씹고 있는 것처럼 식사에 집중하고 있었다.

커다란 솥으로 다양한 야채랑 고기를 넣고 끓인 스튜 같은 독특한 맛이 나는 음식.

건더기가 잔뜩 들어 있으며 따뜻했다.

혼란이 수습되면서, 현실을 서로 인식하고 있던 제국장병들에게 그 수프는 말로 표현하기 어려운 감동을 선사해주고 있었다.

칼리굴리오도 또한 그런 패잔병 중의 한 명이었다.

공복이라는 것도 알아차리지 못한 채, 팽팽하게 긴장되었던 분위기가 누그러졌다. 그걸 실감하면서, 자신들이 한 번 죽었다는 것을, 마왕 리무루의 부하들에 살해당했다는 것을, 몇 번이고 몇 번이고 가슴속 깊이 이해했다.

하지만 그래도 자신들은 지금 살아 있었다.

마왕은 '임시로 마련한 목숨'이라고 말했다.

——안심해. 평범하게 사는 데는 아무런 문제도 없을 테니까.

누군가와 사랑하여 가정도 꾸릴 수 있으며, 아이도 만들 수 있어.

단, 우리에게 불이익이 되는 행동에는 제한을 걸겠지만 말이지!

너희의 '의사혼'에 새겨 넣은 '주술'로 인해 두 번 다시 적대행동은 취하지 못하게 될 거야.

그 점은 양해해주면 좋겠어——.

혼란이 수습되었을 때 모두가 보는 앞에서 그렇게 설명하는 말을 들었다.

하지만 그런 '주술' 같은 건 필요가 없다——고 칼리굴리오는 그렇게 확신하고 있었다.

누가 두 번이나 그런 어리석은 짓을 거듭 저지르겠는가.

몇 백 년 전에 베루도라가 재앙을 불러왔을 때는 그 결과를 보고 공포만이 전해졌다. 하지만 그래도, 도시 하나가 소멸하여 거기 사는 사람들이 모두 사라졌어도, 그에 필적하는 재화를 인간의 손으로 연출하는 것은 불가능하진 않았던 것이다.

그래서였을까?

공포는 전해졌지만, 결코 쓰러트릴 수 없는 존재라고는 아무도 생각하지 않았다.

어쩌면 살아남은 사람들이 더 많았다면 근원적인 공포가 전해지면서 베루도라의 불가침성이 좀 더 강력하게 주장되었을지도 모르지만, 결국엔 그게 한계였을 것이다.

하지만 이번에는 그런 실수가 일어날 일 자체가 없었다.

──한 번 죽은 뒤에 소생되었다──.

신이 아니라 마왕의 손으로.

그런 말도 안 되는 기적을 보게 되었으니, 그를 거역하려는 생각을 품는 자가 있을 리가 없었던 것이다.

(우리는, 나는 너무나도 어리석었다…….)

자신들이 너무나 오만했다는 것을 깨닫게 되었다.

아니, 애초에 정말로 마왕이란 말인가?

칼리굴리오는 거기서부터 의문을 품지 않을 수가 없었다.

크리슈나는 아예 하룻밤 만에 마왕 리무루를 신앙의 대상으로 삼고 있었다. 지금도 신을 받들고 섬기는 듯한 태도로 그의 모습을 계속 눈으로 쫓고 있었다.

먼저 마왕에게 엎드려 절한 것은 칼리굴리오 자신이었으니, 그에게 뭐라고 할 수도 없었고, 그럴 마음도 없었지만…….

마왕이 말하는 '임시로 마련한 목숨'말인데── 이에 대해서도 실은 아무런 문제가 없었다.

그의 말대로, 확실히 싸울 힘을 잃어버린 것에 가까웠다.

그러나 살아가는데 있어 딱히 큰 불편을 끼치는 정도는 아니다.

어느 정도의 마물은 지금의 칼리굴리오 일행의 힘으로도 물리칠 수 있기 때문이다.

마왕 리무루에겐 한참 모자라는 힘일지도 모르지만, 칼리굴리오 일행의 기준으로는 여전히 A랭크에 가까운 실력이 남아 있는 자도 있었던 것이다.

스킬은 사용하지 못하며, 마법 구사에도 어려움이 있겠지만, 잘 단련된 육체가 아직 남아 있었다.

그리고 육체가 노화되어 생물로서의 수명이 끝날 때까지 살아가는 것을 허락받은 것이다.

그것만으로도 충분하다고, 칼리굴리오는 생각했다.

그리고 그건 약 70만의 장병들 전체의 공통적인 생각이었다.

모두 감사와 외포(畏布)의 감정을 품고 있는 지금의 상황에서, 마왕 리무루에게 거역하려는 뜻을 품은 자가 나올 리가 없었다.

진심으로 인정하는, 철저하고 완벽한 패배.

전쟁이 끝나기를 모두가 바라고 있었다.

제국의 침공은 지금, 완전한 실패로 끝난 것이다.

후기

오랫동안 격조했습니다.

후세입니다.

12권에선 후기가 없었기 때문에 상당히 오랜만에 뵙는다는 느낌이 드는군요. Twitter 같은 걸 하지 않으므로 한층 더 그렇게 느껴집니다.

일단 '소설가가 되자'에 있는 저의 작가용 마이 페이지에선 활동보고를 통해 조금씩 광고를 하기도 합니다만, 그다지 알려지지 않았을지도 모르겠군요. 관심이 있는 분은 그쪽도 확인해주시면 감사하겠습니다.

대부분은 발매일 전후에 어떤 정보를 올려놓을지도 모르니까 말이죠!

자, 그럼 본편에 대한 얘기를 조금 하겠습니다.

이 후기를 쓰고 있는 지금 현재 이미 13권의 줄거리가 공개된 모양입니다.

'압도적인 무력을 자랑하는 템페스트의 처참하리만큼 엄청난 학살극'이라고 적혀 있습니다만, 이게 대체 어떻게 된 일일까요.

대개는 주인공의 위기를 더 강조하면서 광고하는 게 아니었나?

그런 상황에서 역전하니까 주인공은 멋져! 라는 얘기가 나오는 거잖아?

그런데도 '학살극'으로 광고한단 말이죠.

이건 이미 위기 운운하기는커녕, 무쌍으로 이기는 전개로밖에——

아니, 잠깐 기다려주십시오.

어쩌면 발상의 역전으로 지금부터 위기에 몰리게 될 수도……?!

그건 아니라고 작가인 저 자신은 생각하지만, 과연 진상은 어떻게 전개될 것인지, 그건 자신의 눈으로 확인해주십시오!

*

여기서 이 자리를 빌려 한 가지 알려드리겠습니다!

12권의 띠지를 통해 발표되었으니 이미 다들 알고 계시겠지만, 이번에 이 작품인『전생했더니 슬라임이었던 건에 대하여』가 TV 애니메이션으로 방영되게 되었습니다!

취미로 적고 있었던 것이 책으로 나오고, 만화로 만들어지고. 그리고 애니메이션이 방영된 것입니다.

원작자로서도 감개무량할 따름입니다.

여기까지 올 수 있었던 것도 여러분의 응원이 있었기 때문입니다.

많은 분들의 지지가 있었기 때문에 이 작품은 존재할 수 있는 것입니다!

이 작품을 접하면서 재미있다고 생각해주신다면, 그보다 더한 기쁨은 없을 것입니다.

앞으로도『전생했더니 슬라임이었던 건에 대하여』를 잘 부탁드립니다!!

『마물의 나라를 즐기는 법』오카기리 쇼 작가님의 축전

TENSEI SITARA SURAIMU DATTA KEN Vol. 13
©2018 by Fuse
First published in Japan in 2018 by Fuse.
Korean translation rights reserved by Somy Media, Inc.
Under the license from Micro Magazine Co., Ltd., Tokyo JAPAN

전생했더니 슬라임이었던 건에 대하여 13

2019년 2월 1일 1판 1쇄 발행
2023년 5월 15일 1판 10쇄 발행

저　　　자	후세
일러스트	밋츠바
옮 긴 이	도영명
발 행 인	유재옥
본 부 장	조병권
담당편집	정영길
편 집 1 팀	김준균 김혜연
편 집 2 팀	정영길 조찬희 박치우 정지원
편 집 3 팀	오준영 이해빈 이소의
편 집 3 팀	전태영 박소연
미　　　술	김보라 박민솔
라이츠담당	김정미 맹미영 이윤서
디 지 털	박상섭 김지연
발 행 처	㈜소미미디어
인쇄제작처	코리아피앤피
등　　　록	제2015-000008호
주　　　소	서울 마포구 토정로 222, 403호(신수동, 한국출판콘텐츠센터)
판　　　매	㈜소미미디어
마 케 팅	한민지 최정연 박종욱 최원석
물　　　류	허석용
전　　　화	편집부 (070)4164-3962, 3963 기획실 (02)567-3388
	판매 및 마케팅 (02)567-3388, Fax (02)322-7665

ISBN 979-11-6389-177-2 04830
ISBN 979-11-5710-126-9 (세트)